Las violetas del Círculo SHERLOCK

Las violetas del
Círculo SHERLOCK

MARIANO F. URRESTI

© Mariano Fernández Urresti, 2012
Autor representado por Silvia Bastos, S. L., Agencia Literaria
© De esta edición: 2012, Santillana Ediciones Generales, S. L.
Torrelaguna, 60. 28043 Madrid
Teléfono 91 744 90 60
Telefax 91 744 92 24
www.sumadeletras.com

Diseño de cubierta: OpalWorks

Primera edición: febrero de 2012

ISBN: 978-84-8365-307-4
Depósito legal: M-45422-2011
Impreso en España por Anzos, S. L. (Fuenlabrada, Madrid)
Printed in Spain

PRISA EDICIONES

Para Mariam y Duende

«La vida es una serie de lecciones,
y las más importantes vienen al final».
SHERLOCK HOLMES, en «La aventura del Círculo Rojo»

«Si eliminamos lo imposible, lo que queda,
por improbable que parezca, tiene que ser la verdad».
SHERLOCK HOLMES, en «El signo de los cuatro»

«¿Ha visto al "demonio"? Si no es así,
pague un penique y entre»*.

---

* Fragmento de una de las cartas recibidas por Scotland Yard y atribuida a Jack el Destripador. 10 de octubre de 1888.

LAS VIOLETAS DEL CÍRCULO SHERLOCK

PARTE

1

Cuckmere Haven, Sussex (Inglaterra)
24 de agosto de 2009

Sergio Olmos miró por la ventana una vez más. No se cansaba de hacerlo. Le devolvió la mirada una de las ovejas que pastaban con absoluta indiferencia en la pradera que se extendía hasta los acantilados. El animal rumiaba satisfecho, lejos de los pensamientos del hombre que había alquilado aquella casita un mes antes y que no parecía tener otra preocupación que la de leer y escribir. Ocasionalmente, Sergio había emprendido durante aquel mes algún viaje breve a destinos de los cuales sus vecinas, las ovejas, carecían de toda información.

La casa estaba alejada unos kilómetros de Cuckmere Haven. Cuando pensó en instalarse en la zona, Sergio desestimó otras posibilidades hasta que encontró aquella preciosa casita desde cuyas ventanas podía contemplar la campiña. Más allá, se alzaban las imponentes formas de las Siete Hermanas, los acantilados a cuyos pies agonizaban las olas del canal de la Mancha antes de ser enterradas en sudario de espuma.

Nada más verla, alquiló la casa sin titubeos, y pronto la bautizó como El Refugio. La casa disponía de dos dormitorios y un cuarto de estar que no era demasiado grande, pero sí cómodo y suficiente para él. Dos grandes ventanales ofrecían una imagen impagable de los acantilados de tiza. Aquel pequeño salón contaba, además, con una chimenea que lo hacía más acogedor. Sobre la repisa de madera de la chimenea, Sergio solía clavar con un cuchillo la escasa correspondencia que recibía. Era uno de los homenajes que rendía al hombre por cuya causa estaba allí recluido. Había otros, pero solo un ojo experto podría advertirlos a primera vista, caso del nombre que había dado a la casa, o los títulos de algunos libros que poblaban la biblioteca. Allí dormitaban, por ejemplo, *El martirio del hombre,* de Windood Reade; *La logia invisible*, de Jean Paul Friedrich; *Reflexiones, sentencias y máximas morales,* de François La Rochefoucauld, y, naturalmente, la obra completa de Edgar Allan Poe, entre otros volúmenes.

Un visitante no iniciado imaginaría que acababa de entrar en la casa de un lector omnívoro, porque de ningún otro modo se podría definir mejor a alguien que tenía un ejemplar de *Fausto* colocado junto a *El manual práctico del apicultor.*

El resto de la casita apenas tenía interés. A los dos dormitorios se accedía a través de una estrecha escalera, pero solo una habitación precisaba la soledad monacal que Sergio se había impuesto a sí mismo. La otra se había convertido en su despacho. El doble acristalamiento de las ventanas lo aislaba del incesante lamento del mar. En la parte trasera de la casa bostezaba al sol del verano un solitario plátano.

Sergio Olmos tenía cuarenta y cinco años, rondaba el metro ochenta centímetros de altura, y las entradas cada vez más profundas entre su cabello castaño denunciaban mucho mejor de lo que estas palabras serían capaz de hacerlo que, lentamente, la juventud se alejaba de él. Había engordado un poco en los últimos años, pero su barbilla poderosa y su nariz levemente aguileña conferían a su rostro, pulcramente rasurado, una expresión resuelta y vigorosa. Sus ojos eran verdes, y en el fondo de los mismos se podía descubrir el brillo orgulloso del artista.

Al contrario que el hombre cuya vida lo había conducido hasta aquel rincón de la campiña inglesa, Sergio no fumaba. Y al contrario del hombre cuyas huellas trataba de rastrear, a Sergio sí le gustaba el campo.

Si hubiera sido posible ponerle a prueba con algún texto escrito en francés, alemán, inglés, e incluso en latín, hubiéramos comprobado que salía airoso del lance. Su capacidad para memorizar era, ciertamente, extraordinaria. Ese don suyo había sido una bendición durante sus años estudiantiles.

Sergio no era dado en modo alguno a recordar el pasado, y mucho menos a repasar sus escasas relaciones sociales en los años universitarios. Sin embargo, recluido en aquella casa del sur de Inglaterra con el propósito que hasta allí lo había llevado, los rostros de un grupo de personas con las que mantuvo una extraña relación durante su estancia en la Universidad Complutense de Madrid aparecían con nitidez en su memoria. Y, entre los rostros que emergían desde lo más oscuro de su memoria, adquiría un doloroso brillo el de Clara Estévez.

Sergio cerró los ojos con fuerza, y nunca sabremos si lo hizo para no dejar escapar el recuerdo de aquella mujer o para evitar que se instalara dentro de él. Respiró hondo y sus dedos largos tamborilearon sobre la mesa de su escritorio, que se mostraba literalmente invadido por indisciplinadas huestes de folios arrugados, recién salidos de la impresora conectada a su ordenador portátil y desestimados por Sergio al poco de haber leído su contenido. Ninguno de aquellos comienzos le parecía digno para el primer capítulo del libro que pretendía escribir.

Unas gaviotas atravesaron la parcela de cielo inglés que se advertía desde la ventana. En el horizonte, las velas de algunos barcos manchaban de blanco el fondo azul.

El escritor abrió los ojos y miró un recorte de prensa que había clavado con chinchetas de colores sobre un tablón de corcho colgado de la pared. La página de periódico mostraba la fotografía de una mujer atractiva que sonreía complacida en lo que parecía una fiesta. El titular explicaba la felicidad de la dama fotografiada:

CLARA ESTÉVEZ, GANADORA DEL PREMIO
DE OTOÑO DE NOVELA

Sergio había leído aquel recorte de prensa mil veces desde que estaba en aquel extraño retiro. Curiosamente, aquel premio literario había sido fallado exactamente el mismo día en que Sergio se instaló en aquella casita de la costa inglesa.

Los ojos verdes de Sergio regresaron sin poder evitarlo a la fotografía del periódico. Junto a Clara Estévez se encontraban varias personas que parecían compartir con ella su felicidad, en especial un hombre bien parecido que la estrechaba por la cintura, posando para el fotógrafo visiblemente orgulloso.

Sergio miró a aquellos personajes con una mezcla de nostalgia y rencor. Sus labios parecieron temblar antes de que unas palabras salieran de su boca, arrugadas, tímidas, como si temiera que alguien que no fuera alguna oveja o alguna gaviota pudiera escucharlas en aquella soledad que se había concedido a sí mismo:

—¡El Círculo Sherlock!

2

En una ciudad del norte de España
24 de agosto de 2009

L a Casa del Pan, se leía en el cartel de la entrada.
Frente a la iglesia de la Anunciación, una construcción neogótica que se había convertido en el mojón que separaba el barrio norte del centro de la ciudad, la parroquia había puesto en marcha un proyecto social tan ambicioso como polémico. Pero no era la primera vez que la comunidad parroquial decidía convertir el mensaje evangélico en una acción social directa. Muchos años antes, la parroquia se había alineado junto a los movimientos obreros más reivindicativos, participando en manifestaciones y viéndose inmersa en cargas policiales. Y ahora, cuando el barrio se había superpoblado de inmigrantes de las más variadas procedencias, había creído que era su obligación procurar su integración, además de dar de comer al hambriento. El problema residía en que había muchos hambrientos, y muchos parroquianos que consideraban que el pan debía repartirse primero entre los de casa antes que entre los forasteros.

—Ni te imaginas cómo era esta zona cuando yo era un chaval —dijo don Luis, un cura barrigón y de mirada recelosa—. ¿Quién me iba a decir a mí, que no quise ir a las misiones, que las misiones vendrían a mí?

—Exagera usted, padre —respondió Baldomero, sazonando sus palabras con una de sus habituales sonrisas limpias—. En cuanto a esta zona, le diré que he visto muchas fotografías, y ya sé que aquí y allá no había más que prados y cuatro casas dispersas. Pero el mundo cambia, padre —añadió, mirando a la cola de inmigrantes que, como cada día, se iba formando en busca de un plato caliente—. Y Cristo estaría con ellos si estuviera aquí.

—No manosee el nombre de Cristo, se lo ruego —bramó don Luis, antes de alejarse rumiando sus reproches contra Baldomero.

Ajenos a la enésima discusión entre los dos párrocos, los voluntarios que cocinaban y servían el centenar de comidas que a diario repartía la Casa del Pan siguieron con su tarea. Solo Cristina Pardo había advertido el malhumor con el que el viejo sacerdote abandonó el local.

—¿Otra discusión? —dijo la muchacha a Baldomero.

—Dios aprieta, pero no ahoga —respondió el joven sacerdote.

—Pues a veces no estoy yo tan segura —replicó Cristina—. Solo tienes que mirarlos.

Los dos contemplaron la larga fila que formaban los hombres y las mujeres que habían acudido al comedor social. Tampoco aquel día habría para todos. El presupuesto con el que contaba la Casa del Pan solo permitía dar cien comidas al día, por lo que cada vez el número de personas que se quedaban sin comer era mayor.

—¿Has intentado hablar de nuevo con el concejal? —preguntó Cristina.

—Sí, y con el alcalde también. —Baldomero movió negativamente la cabeza—. Pero ahora todo el mundo está más pendiente de las elecciones que de esta gente. Y también lo he intentado con los bancos, y con la Cámara de Comercio e Industria, pero no he obtenido más que promesas, y lo que necesitamos es dinero.

—Si no llegan más subvenciones, no podremos seguir.

Ambos guardaron silencio, porque los dos sabían que era verdad. El comedor social se sostenía con fondos que la parroquia había logrado del ayuntamiento de la ciudad, del gobierno regional y de generosas aportaciones de algunos feligreses. Sin embargo, eran conscientes de que había parroquianos que preferían que sus limosnas fueran al cepillo de la iglesia y se emplearan en sacar brillo a las imágenes que adornaban el templo. Y cada vez era más creciente el ruido de quienes se mostraban decididamente en contra de un proyecto como aquel.

—Y luego está don Luis —se lamentó Baldomero—, que no solo no suma, sino que yo creo que anda por ahí haciendo que otros resten.

Don Luis había superado con holgura la frontera de los sesenta años. Vestía de rigurosa sotana, bajo la cual se perfilaba su rotunda silueta. Sus manos rollizas y su cara sonrosada hacían que quien no lo conociera suficientemente creyera que estaba ante un sacerdote rural sin más filosofías que las precisas para su humilde puesto en el engranaje clerical. De todos modos, tal dictamen resultaría, además de apresurado, erróneo, porque don Luis era un hombre muy leído. Es posible que pocos sacerdotes de su quinta estuvieran en disposición de presentar un currículo académico como el suyo y una hoja de servicios tan brillante, lo cual no hacía sino añadir más misterio al enigma de por qué se había conformado con estar durante tantos años en la parroquia de la Anunciación, cuando se le habían hecho generosas ofertas para hacer carrera.

Pero para quienes lo conocían de verdad, tal enigma no existía; salvo que se considere asunto hermético el hecho de que un hombre carezca de otra ambición que la de servir allí donde nació. Y ese era el caso de don Luis, quien, entre otras muchas erudiciones, contaba con la de ser un especialista consumado en la historia local.

Tenía el viejo sacerdote un pronto terrible. De haber sido un papa renacentista, tal vez el retrato que más se ajustaría a su perfil sería el del pontífice Julio II, aquel anciano de barba blanca que encabezaba personalmente los ejércitos vaticanos para conquistar los territorios del centro de Italia. Un papa furibundo, pero culto, amante del arte y con quien tuvo sus más y sus menos Miguel Ángel Buonarroti.

Pero sucedía que don Luis amaba un mundo perdido, un tiempo que ya no existía: el de la ciudad que lo vio nacer y en la que jugó, como tantos otros, en aquellas praderas donde ahora había edificios sombríos en los que, como chinches, se apretujaban los inmigrantes.

La ciudad donde don Luis había nacido y ejercía su labor pastoral no figuraba entre las cincuenta más notables de la región hasta el siglo XVIII. Si hubiéramos podido echar un vistazo al censo en aquel momento, habríamos comprobado que en aquellos años su población no superaba los trescientos habitantes. Sin embargo, apenas un siglo después multiplicó por más de diez esa cifra, y luego no dejó de crecer ininterrumpidamente hasta superar los cien mil.

En su origen, el terruño del viejo cura no había sido otra cosa que un rancio señorío feudal a cuyo alrededor se agruparon el resto de las aldeas nacidas a la sombra de otras casas solariegas. Pero todo cambió con una serie de medidas que afectaron al comercio y al transporte.

Sucedió que, a pesar de que la ciudad carecía de puerto, terminó por convertirse en el raíl por el cual los productos agrícolas meseteños llegaban hasta el boyante puerto de la capital de la región. Y aquel trasiego de productos favoreció un cambio en la estrategia económica que terminó por definir a la ciudad, puesto que la mercancía traía de la mano dinero y personal. Naturalmente, aquel flujo de seres y dinero hizo preciso un comercio que satisficiera las necesidades de los recién llegados. Al mismo tiempo, algunas industrias comenzaron a ver aquel verde paraje bañado por un caudaloso río como idóneo para establecer sus factorías.

Cuando el siglo XVIII iba a echar el cerrojo, una licencia real otorgó a la localidad venia para llevar a cabo un mercado semanal. Y a esa bendición se añadió la lluvia fina que significó para las haciendas locales el mercado colonial. Los empresarios que aún dudaban si instalarse o no en la comarca despejaron sus dudas, y pronto aparecieron exitosas firmas que trabajaban en aquellos productos que ultramar favorecía: desde la harina a la cerveza, desde los tejidos de algodón a los curtidos. El empuje era tan grande que ni siquiera las guerras napoleónicas lograron quebrar la tendencia al crecimiento.

El golpe de fortuna definitivo para la ciudad de don Luis se demoró hasta mediado el siglo XIX, cuando una orden real dispuso que el ferrocarril que iba a enlazar la costa norte del país con las tierras de pan atravesara la ciudad. El empujón económico fue irreversible. Había de todo y todo podía ocurrir. Se transformaba el azúcar, se cosía calzado, se explotaban las minas próximas... Y así fue como ocurrió que la estructura minúscula de un pueblo cedió al fortalecerse la musculatura económica, y de resultas de la metamorfosis emergió una boyante ciudad cuyo crecimiento parecía no tener fin.

Naturalmente, la sociedad local también cambió. La burguesía y los notables comenzaron a adquirir algo más que una conciencia de clase y fomentaron la aparición de las más variadas entidades, desde las culturales a las recreativas, desde las caritativas a las económicas. Y en el seno de una de aquellas familias con pedigrí municipal nació muchos años después don Luis.

—¿De veras crees que don Luis sería capaz de maniobrar a tus espaldas para acabar con este proyecto? —Cristina miró directamente a Baldomero. Al devolverle él la mirada, ella desvió sus ojos azules visiblemente avergonzada.

El sacerdote no pareció reparar en el arrobo de la muchacha y reflexionó brevemente antes de responder.

—No, no lo creo. —De nuevo la sonrisa se dibujó en su rostro—. En realidad, no es tan agrio como parece. —Y, bajando la voz, añadió—: Algunos de estos desdichados me han dicho que don Luis visita las casas de los enfermos del barrio y consuela incluso a muchos que no entienden lo que les dice porque no hablan español.

La mirada de Cristina quedó enredada de nuevo más tiempo del debido en los ojos del cura.

—Será mejor que vayamos a echar una mano a los voluntarios, ¿no crees? —dijo él.

Ella asintió.

3

Cuckmere Haven, Sussex (Inglaterra)
24 de agosto de 2009

E l Círculo Sherlock!

Las palabras sonaron en la pequeña casita de Cuckmere Haven como un conjuro. Cada una de las sílabas recorrió la estancia y obraron un singular sortilegio capaz de desgarrar la telaraña del olvido que Sergio había tejido durante los últimos veinticinco años alrededor de todo cuanto tenía que ver con el Círculo Sherlock.

Durante sus años universitarios Sergio dedicaba el tiempo imprescindible a sus estudios de filología, volcando en cambio todo su ímpetu en la teoría de la literatura y la literatura comparada. A pesar de lo tacaño que se mostraba con su tiempo cuando se trataba de preparar los exámenes, los resultados siempre eran espectaculares, algo que no tardó en llamar la atención en el mundillo universitario.

Un día se acercó a él un joven a quien no había visto hasta entonces.

—¿Sergio Olmos? —preguntó el desconocido, y añadió sin esperar la respuesta—: En el campus se habla mucho de ti. Me llamo Víctor Trejo.

Al parecer, los resultados académicos del desconocido eran tan impactantes como los de Sergio, si bien todo su esfuerzo lo desarrollaba en la Facultad de Económicas. Según explicó, tanto había oído hablar del famoso estudiante de filología que había decidido conocerlo en persona.

Víctor tenía la misma edad que Sergio. Su cabello era rubio y ensortijado sobre las orejas, y desarmaba a cualquiera con una mirada azul untada de ingenuidad; tal vez la ingenuidad que da el haber vivido siempre al resguardo de los apuros económicos que la familia de Sergio, en cambio, debía padecer para poder darle estudios.

El muchacho rubio resultó ser muy hablador, y no tardó Olmos en descubrir que procedía de una acaudalada familia del sur. Sus padres eran dueños de enormes latifundios, donde se dedicaban a la agricultura y a la cría de ganado de lidia y caballar.

Fue precisamente a través de Víctor Trejo como Sergio conoció la existencia de un extravagante grupo de estudiantes que se reunía semanalmente en la trastienda de una librería de viejo situada en un callejón de Madrid.

—Allí tiene su sede el Círculo Sherlock —le informó en voz baja Víctor.

Aquello sí tenía gracia, pensó Sergio. ¡El Círculo Sherlock!

—¿Sherlock? ¿Tiene que ver con Sherlock Holmes? —preguntó.

—¿Acaso conoces a alguien que se llame así y merezca ser recordado? —Víctor sonrió.

Sergio pudo saber entonces que aquel grupo de entusiastas universitarios pugnaban entre sí por ser los más extraordinarios conocedores de todas y cada una de las sesenta aventuras que componen el llamado *canon holmesiano* escrito por sir Arthur Conan Doyle. El escritor escocés, como era frecuente en aquella época, había publicado los relatos del famoso detective como capítulos sueltos en publicaciones periódicas. En total Doyle dejó escritos sesenta relatos, los mismos a los que aquel grupo de estudiantes parecía reverenciar[*].

---

[*] *Estudio en escarlata* fue la primera aventura publicada por Doyle. Apareció en 1887 en la revista *Beeton's Christmas Annual*. Posteriormente fue publicada como libro. No es la primera aventura en la que participa Holmes. En realidad, es el caso número dieciséis en la historia del detective, y la número tres que se relata en su integridad. Sin embargo, es la primera en la que actúa junto al doctor John Hamish Watson. Con el paso del tiempo, las sesenta aventuras se estructuraron en nueve

—Nosotros preferimos decir *Sacred Texts* —precisó Víctor.

—De modo que *Escritos sagrados*. —Sergio sonrió entre dientes.

—¿Te apetecería ir el próximo viernes? —propuso Víctor en un arrebato de cortesía a todas luces improcedente, dado que ningún miembro del grupo podía invitar individualmente al círculo a un aspirante sin haber consultado previamente a los demás. Por eso se arrepintió de inmediato y se mordió el labio inferior. A Sergio no le pasó inadvertido aquel tic y lo miró con gesto burlón.

—Vaya, si te viera ahora Holmes diría que se encontraba ante un hombre que acaba de cometer una torpeza, que está nervioso y arrepentido por algo que ha dicho y por eso se muerde el labio.

—¡Muy observador! —Víctor abrió desmesuradamente sus ojos y contempló de nuevo a Sergio como si jamás lo hubiera visto—. ¿Has leído alguna aventura de Holmes?

—¿Por qué no me retáis tú y tus amigos el próximo viernes y lo descubrís? —repuso Sergio con sorna.

—Te advierto que podemos interrogarte sobre el detalle más nimio —le avisó Víctor, recién recompuesta su habitual expresión beatífica.

—Nada es pequeño para una inteligencia grande —replicó Sergio, ganándose de inmediato el respeto de su nuevo y único amigo universitario.

—¡Demonios! ¡Eso es de *Estudio en escarlata*!

Poco después, Trejo se despidió de Sergio y este, de inmediato, se arrepintió de haber accedido a reunirse con aquel grupo, al que no había tardado en calificar de lunáticos. Jamás había cultivado las relaciones sociales. En los dos años que llevaba en la universidad no había logrado ninguna amistad ni tampoco sentía necesidad alguna de disfrutar de ella. Se consideraba a sí mismo

---

tomos: *Estudio en escarlata* (novela, 1887); *El signo de los cuatro* (novela, 1890); *Las aventuras de Sherlock Holmes* (relatos, 1892); *Las memorias de Sherlock Holmes* (relatos, 1894); *El sabueso de los Baskerville* (novela, 1902); *El regreso de Sherlock Holmes* (relatos, 1905); *El valle del terror* (novela, 1915); *El último saludo de Sherlock Holmes* (relatos, 1917); *El archivo de Sherlock Holmes* (relatos, 1927).

mejor que cuantos le rodeaban, lo que hacía que le mirasen como lo que realmente era: un tipo altivo y distante. A Sergio le aterraba la vida ordinaria, pero le parecía aún más insoportable la vida de los demás.

¿Por qué había aceptado aquella invitación entonces? Sencillamente porque aquel joven de mirada limpia había pronunciado las palabras mágicas, las mismas que un día lejano de su infancia escuchó por vez primera: ¡Sherlock Holmes!

Víctor Trejo debió de recibir la autorización del resto de los miembros de la excéntrica hermandad, puesto que al día siguiente volvió a encontrarse con Sergio y reiteró con extrema cortesía su invitación para visitar el lugar de reunión de su club. A Sergio le pareció cómico el modo en el que la invitación le fue formulada, puesto que parecía que su interlocutor se hubiera transportado a otra época. Sus formas y su manera de hablar ayudaban a llegar a esa peregrina conclusión.

Víctor le entregó una tarjeta de visita donde se podía leer: «Círculo Sherlock», y debajo aparecía la dirección de una librería de viejo donde tenían lugar aquellos aquelarres literarios.

Y así fue como el viernes fijado, a las ocho de la tarde, Sergio Olmos se encontró en un callejón remoto del Madrid de los Austrias adonde no parecía haber llegado jamás la modernidad. Era una tarde ventosa y fría de un oscuro mes de noviembre. El estudiante de filología llevaba en una mano un paraguas negro y en la otra, la tarjeta de invitación que Trejo le había entregado.

No se cruzó con ningún viandante cuando enfiló el estrecho callejón y comenzó a buscar el lugar donde había sido citado casi a ciegas, pues no había más luz que la que derramaba pobremente una viejísima farola. Después de dejar atrás dos sombríos portales, en la acera izquierda vio el destartalado letrero que anunciaba su destino.

La librería resultó ser un garito ruinoso, compuesto por un mostrador de madera aceitoso y varias estanterías enclenques que soportaban el peso liviano de muy pocos libros. Al frente de tan ilustre ministerio se encontraba un anciano gordinflón que debía haberse jubilado varios siglos antes y que, por lo que pudo llegar a descubrir Sergio después, seguía acudiendo al local por pura inercia. De hecho, la librería ya no era de su propiedad, sino que había sido adquirida por el padre de Víctor a petición suya con el propósito de empadronar allí a su enigmático club.

Víctor salió a su encuentro de inmediato, aunque a Sergio le costó reconocerlo. Hasta ese instante creía estar preparado para casi cualquier extravagancia, pero sus previsiones se vieron superadas por completo. Trejo vestía un atuendo de lo más delirante compuesto por levita negra, cuello alto, chaleco blanco, guantes de idéntico color, zapatos de charol y polainas de color claro. Todo ello coronado por un sombrero de ala ondulada que, sin embargo, no lograba ocultar los rizos rubios que asomaban sobre sus orejas.

—Todos están deseando conocerte. —La sonrisa de Víctor se acompañó con un gesto de la mano, invitando a Sergio a subir por una angosta escalera que había al fondo del cuchitril.

La escalera, que tenía diecisiete peldaños, condujo a ambos a lo que Sergio interpretó como un mundo paralelo, pues ¿de qué otro modo se podría tildar la escena que apareció ante sus ojos?

De pronto, se encontró pisando una gruesa alfombra que lo aislaba no solo del suelo, sino del mundo real. La estancia estaba amueblada de forma inequívocamente victoriana. De algún modo inexplicable se había construido una chimenea que proporcionaba un amoroso fuego. De la repisa colgaban unas babuchas persas que, nada más verlas, Sergio no tuvo la menor duda de que contenían tabaco para pipa, tal y como acostumbraba a hacer el más extraordinario detective de todos los tiempos. Aquí y allá había papeles en aparente desorden. No obstante, el recién llegado intuyó que en su disposición había un cuidadoso esmero. Los matraces químicos, el violín que dormitaba sobre un sillón…, todo era perfecto. Se trataba de una recreación bastante verosímil del salón del 211B de Baker Street descrito por sir Arthur Conan

Doyle. Las paredes estaban repletas de fotografías de lugares que él no había visitado, pero que conocía sobradamente por cuanto había leído sobre ellos: Pall Mall, Oxford Street, King Charles Street, Queen Ann Street, los páramos de Dartmoor, Yorkshire, Sussex... Y, por supuesto, ¡Baker Street!

—Veo que reconoces esos lugares —dijo Víctor, siguiendo con sus ojos la dirección en la que miraba Sergio—. ¿Has estado allí?

Sergio negó con la cabeza, incapaz de articular palabra alguna.

—Yo sí, pero soy el único de todos nosotros. Las fotos son mías —reveló.

—En realidad, caballero, no es usted el único que ha visitado los santos lugares —aclaró una voz al fondo de la sala.

—Ella, señor, no cuenta —replicó enojado Víctor.

Entre una humareda alimentada generosamente por pipas y cigarros habanos, Sergio descubrió a cinco jóvenes que, como su anfitrión, parecían haberse escapado de algún libro de Charles Dickens o de Robert Louis Stevenson. Todos vestían a la moda victoriana. Se abrieron paso entre el espeso humo del tabaco y se apresuraron a presentarse.

Así fue como Sergio Olmos conoció a Tomás Bullón, estudiante de periodismo; Sebastián Bada, estudiante de derecho; Enrique Sigler, estudiante de bellas artes; José Guazo, estudiante de medicina, y Jaime Morante, estudiante de matemáticas. ¡El Círculo Sherlock al completo!

—Caballeros —dijo Trejo, tras carraspear ceremoniosamente—, reitero mis disculpas por mi inexcusable proceder al haber invitado al señor Olmos sin el consentimiento previo de todos ustedes. Pero, como la descortesía por mi parte ya se había producido y ninguna culpa tiene de ella nuestro invitado, propongo que descubramos hasta qué punto es merecedor o no de unirse, si lo desea, a nuestro club.

Sergio apenas podía parpadear, y menos aún cuando descubrió en las estanterías de aquella sala de unos cuarenta metros cuadrados la colección completa de las aventuras del famoso detective consultor que parecía iluminar las vidas de aquel grupo de fanáticos. Pero había algo más, algo extraordinario: una colección de ejemplares, que parecían originales, de *The Strand Magazine,* publicación periódica donde Arthur Conan Doyle dio a conocer inicialmente buena parte de las historias del detective de su invención. Olmos localizó, entre otros, un número de octubre de 1893 en el que aparecía *El tratado naval.* Más allá, la débil luz de la sala le permitió descubrir un ejemplar de diciembre de 1910 que incluía *La aventura del pie del diablo,* y casi junto a él otro ejemplar, de mayo de 1893, que fue el que el estudiante llamado Enrique Sigler cogió con mucha ceremonia. Sigler era un muchacho moreno, apuesto, de modales exquisitos. Tenía unos profundos ojos verdes y unas manos largas y delicadas. Su porte era tan aristocrático que llevaba aquel traje de época con total naturalidad.

Abrió el libro y dijo:

—Caballeros —el tono de su voz era solemne y un tanto untuoso—, veamos si nuestro invitado es capaz de estar a nuestra altura. —A continuación, leyó en voz alta una pregunta—: ¿A quién pertenecía?

—Al que se ha ido —respondieron los demás en un tono monocorde, como si fuera un acostumbrado ritual.

—¿Quién la tendrá? —volvió a preguntar Sigler.

—El que vendrá —respondieron todos.

En ese instante, todas las miradas se centraron en Sergio, salvo la de Sigler, que leyó una nueva pregunta en voz alta:

—¿Dónde estaba el sol?

Sergio Olmos no tardó ni siquiera un segundo en comprender lo que se esperaba de él, y respondió:

—Sobre el roble.

El grupo de jóvenes se sintió plenamente complacido por la respuesta, pero aún parecían tener dudas sobre el invitado. Una nueva pregunta salió de la boca de Sigler:

—¿Dónde estaba la sombra?

—Bajo el olmo —replicó muy seguro Sergio.

—¿Dónde estaba colocada? —preguntó Sigler.

—Al norte diez y diez, al este cinco y cinco, al sur dos y dos, al oeste uno y uno, luego debajo —contestó Sergio.

Todos prorrumpieron entonces en una cerrada ovación. Las siguientes respuestas sonaron como una única voz sumadas todas a la de Sergio.

—¿Qué daremos por ella?

—Todo lo que es nuestro.

—¿Por qué deberíamos hacerlo?

—Para responder a la confianza.

Nuevos aplausos siguieron a la última respuesta de aquel cuestionario sin sentido para alguien que no fuera miembro del Círculo Sherlock.

—Os lo dije —se vanaglorió Víctor Trejo—. Os dije que no me equivocaba con él. La mediocridad no reconoce nada por encima de sí misma, pero el talento reconoce al genio al instante —añadió, riendo su propia gracia.

Algunos de los presentes abuchearon cómicamente al engreído Trejo, y a Sergio le pareció excesivo tanto el hecho de que se apropiase de una cita sublime de *El valle del terror*[*] como que lo hiciera para echarse flores a sí mismo.

El viento golpeó con fuerza los dos ventanales que asomaban a la calle, ante los cuales pendían unas cortinas de color avellana. Sergio descubrió también una mesa vestida con un mantel blanco sobre la cual había un juego de té. La tetera parecía llena, y de ella salía un humo generoso que se mezclaba con el producido por aquellos fumadores.

—Podría decir, caballero, algo más sobre la aventura de donde hemos sacado el ritual que inicia nuestras reuniones —preguntó Sebastián Bada, el estudiante de derecho.

Bada tenía una complexión robusta, pero no era grueso. Su rostro rubicundo se sostenía sobre un cuello poderoso, y sus movimientos eran firmes y seguros. Había algo de marcial en él.

---

[*] Aventura publicada en *The Strand Magazine* desde septiembre de 1914 hasta mayo de 1915. Los hechos tienen lugar entre el sábado 7 y el domingo 8 de enero de 1887.

—Por supuesto —repuso Sergio con frialdad—. Los hechos suceden el día 2 de octubre de 1879. Sherlock tiene, por tanto, veinticinco años. Por aquel entonces ya se había establecido en Londres, pero no en Baker Street, como supongo que ustedes saben bien. Las preguntas que han formulado, caballeros —sin querer se había dejado llevar por el tratamiento ceremonioso de sus adversarios intelectuales—, forman parte del llamado *Ritual Musgrave**. Holmes asegura que es el tercer gran caso en el que intervino, pero realmente es el segundo del que tenemos alguna noticia. El primero fue «El Gloria Scott**». El caso llegó a sus manos después de que un antiguo compañero de sus tiempos universitarios en Cambridge llamado Reginald Musgrave le pidiera ayuda ante las extrañas desapariciones que habían ocurrido en la propiedad de su familia, en Sussex. Al final, la trama condujo a Holmes a descubrir nada menos que la corona real de los Estuardos, después de descifrar el significado de las preguntas que ustedes me han formulado.

Se escucharon exclamaciones: «¡Bravo!», «¡Excelente!». Y todos los miembros del círculo parecieron entusiasmados por la extraordinaria memoria del invitado, especialmente el estudiante de medicina, José Guazo, que dirigió variados elogios a Sergio, si bien este se mostró, como era su costumbre, distante. Para él, aquel alarde nemotécnico no era especialmente significativo. Sus profesores podrían aportar numerosos datos sobre su extraordinaria capacidad memorística.

—No está mal, pero no lancemos aún las campanas al vuelo, señores. —La voz áspera y susurrante de Jaime Morante, el estudiante de matemáticas, se abrió paso entre la algarabía—. ¿Me dejan probar a mí, caballeros?

Todos asintieron y aguardaron con expectación las preguntas de aquel joven alto, seco y envarado, que peinaba hacia atrás su cabello con brillantina. Sus ojos negros se entornaron sobre las inci-

---

* «El ritual de los Musgrave» se publicó en 1893 en *The Strand Magazine*. Los hechos tienen lugar el 2 de octubre de 1879.

** Publicado en abril de 1874 en *The Strand Magazine*. Los hechos suceden en el verano de 1874.

pientes bolsas oscuras que se iban perfilando debajo de ellos, a pesar de ser solo un par de años mayor que Sergio. Una sonrisa de suficiencia se pintó en sus labios.

—Veamos —dijo tras una pausa teatral—. En «La aventura de los planos del Bruce-Partington»* muere un funcionario del gobierno.

—Arthur Cadogan West —lo interrumpió Sergio sonriente.

El estudiante de matemáticas carraspeó molesto.

—No era algo tan simple lo que yo quería preguntar, estimado amigo. —Sus labios se curvaron pintando una sonrisa condescendiente—. En las ropas del muerto se encontraron dos entradas para el teatro. ¿Sabe de qué teatro le hablo?

Sergio acusó el golpe, pero su rostro siguió siendo una máscara para sus contertulios. Sin duda, Morante había elegido una de las mejores historias de Doyle. La resolución de aquel caso le valió a Holmes como pago nada menos que un alfiler de corbata con esmeralda entregado por la reina Victoria en persona. Pero la respuesta que le pedían tardó en brotar de sus labios unos segundos más de lo que él hubiera deseado. Al final de los cinco segundos empleados en recordar, dijo:

—Teatro Woolwich. Las entradas eran para el teatro Woolwich.

Morante inclinó la cabeza levemente en señal de reconocimiento. Pero Sergio, molesto porque le había costado cinco segundos recordar lo que se le había preguntado, trató de resarcirse añadiendo datos que ninguno de los allí presentes podía recordar, como que los sucesos de esa aventura tuvieron lugar entre el jueves 21 y el sábado 23 de noviembre de 1895, cuando Holmes tenía cuarenta y un años de edad, y que durante el relato el detective informa a su inseparable Watson, que está escribiendo una monografía sobre los motetes polifónicos de Orlando Lassus. A continuación, Sergio rubricó su extraordinaria exhibición añadiendo que la semana en que esa aventura se desencadenó, todo Londres se había visto envuelto en una espesa niebla amarillenta, según asegura Conan Doyle al comienzo del relato.

---

* Publicado en *The Strand Magazine* en 1908. La historia se desarrolla en noviembre de 1895.

El grupo se sintió superado por el recién llegado. El resto de la tarde, Sergio siguió deslumbrando a los demás con sus extraordinarios conocimientos sobre el canon de Sherlock Holmes, pero cuando le preguntaron el motivo de su pasión por el detective dudó antes de responder:

—Empecé a leer esas aventuras cuando era muy niño.

La reunión reportó a Sergio otras sorprendentes noticias, como que José Guazo, el fornido estudiante que pretendía ser médico, y Morante, el inquisitivo matemático, habían nacido en la misma ciudad que él. Pero Sergio no los conocía en absoluto. Ambos eran mayores que él, y habían estudiado en un colegio regentado por religiosos. Además, su círculo de amistades (¡como si Sergio hubiera tenido alguna amistad de verdad en su infancia!) era muy diferente.

José Guazo tenía la nariz ancha, rotunda. Sus ojos eran azules y sus movimientos, algo torpes. Parecía un hombre en quien se podía confiar. Con el paso de los días, Sergio observó que el fondo de melancolía que advirtió en los ojos de Guazo aquella tarde jamás se borraba, pero tardó meses en descubrir el motivo. Lo único que supo aquella tarde es que Guazo vivía en Madrid en casa de unos familiares.

En cambio, nada en Jaime Morante era hospitalario. Tal vez su don para las matemáticas lo hacía frío como un lagarto. Ni siquiera Sergio, que gozaba de una merecida fama de estirado y antisocial, lograba equipararse a Jaime, quien, sin embargo, se mostraba de un humor por completo diferente durante las reuniones del círculo. Siempre estaba dispuesto entonces para el ingenio y la broma inteligente. Los números no tenían secretos para él, y parecía que las obras de Doyle tampoco. Cuando Sergio lo conoció, ya había escrito varios artículos en revistas especializadas sobre problemas matemáticos especialmente difíciles. Era unánime la opinión de que le aguardaba un excelente futuro profesional.

El padre de Jaime Morante era funcionario, aunque nadie sabía bien de qué exactamente. Había sido trasladado a Madrid, pero toda la familia anhelaba regresar a su región natal. Morante era asmático, parecía tener el pecho hundido a pesar de que trataba siempre de ir erguido como una vela.

Al término de la velada, Sergio fue informado de que el círculo buscaba un séptimo miembro, puesto que, por alguna razón que nadie le explicó, esa cifra había sido juzgada como la más idónea cuando redactaron los estatutos del club. Y así fue como Sergio fue invitado formalmente a ingresar en el círculo.

Sin embargo, se mostró reacio a ello, dado que no le gustaban las relaciones sociales y se sentía mucho más cómodo entre libros que entre personas. Pero Víctor, y también José Guazo, insistieron hasta que se le agotaron las excusas.

Sergio quiso saber entonces, aunque se sintió profundamente incómodo al hacer la pregunta, qué gastos originaba aquella afiliación, a lo que Trejo respondió que no había ninguno. Él, o más bien su padre, financiaba aquel juego intelectual con la generosa aportación mensual que le concedía. El local, los libros, todo cuanto allí veía, incluidos los trajes de época victoriana, corrían por cuenta de su familia.

—Mi padre prefiere que emplee su dinero en cultura que en juergas —le aclaró Víctor—. ¡Y que me aspen si Holmes no es cultura!

Una semana después, Sergio vestía en la reunión correspondiente una excelente levita negra, una chistera reluciente, pantalones grises y polainas de color pardo. La obra de arte había salido de las manos de un viejo sastrecillo que Trejo había localizado sabía Dios dónde y al que pagaba generosamente.

4

En una ciudad del norte de España
24 de agosto de 2009

Baldomero Herrera no había cumplido los treinta años. Llevaba el cabello rubio corto, y de su cara tostada siempre iba prendida una sonrisa. A diferencia de don Luis, jamás vestía la sotana ni otras prendas de su oficio, salvo cuando decía misa o cumplía con otros menesteres afines a su cargo. No era demasiado alto, aunque tampoco bajo. Pero había un ángel en su mirada. Y luego estaba su candorosa sonrisa, que siempre le abría las puertas y los corazones.

Al contrario que don Luis, él no había nacido en la ciudad, sino que había llegado a ella tres años atrás, después de ejercer su labor pastoral en un par de pueblos castellanos. No obstante, era tal su grado de implicación social que parecía que toda su vida hubiera transcurrido allí.

Sin embargo, en los últimos meses todo había cambiado. Su popularidad había menguado entre ciertos sectores de la parroquia por su empecinamiento en favorecer las condiciones de vida de los inmigrantes. Muchos vecinos mostraban más que recelo por la actuación del párroco, puesto que sentían a los recién llegados como una amenaza para su seguridad y también para sus puestos de trabajo. Quienes tenían pisos que pretendían alquilar o vender habían observado un claro descenso de la demanda precisamente porque cada día había más población forastera en aquel barrio, y aunque no había motivos reales para establecer semejantes relaciones, se había instalado la convicción de que la delincuencia había aumentado espectacularmente por culpa de los extranjeros.

De manera que, con aquel caldo de cultivo, la idea de crear un centro social donde los forasteros se encontraran entre sí y con los otros parroquianos, y en el que poder dar un plato de comida caliente a quien lo necesitaba, no recibió precisamente una cerrada ovación.

La idea había surgido por sí sola. Apenas con mirar los alrededores de la parroquia, el observador más torpe advertía la extraordinaria mezcolanza de razas y la babel de idiomas en que se había convertido el distrito norte de la ciudad en pocos años. Muchos de los extranjeros carecían de papeles, pero Baldomero consideraba que eso no los excluía de tener dignidad.

—¿Creéis que Jesús os pedirá alguna documentación cuando os llegue la hora? —solía recordar en el púlpito en la misa dominical.

Pero los murmullos que brotaban entre los bancos hacían que el sacerdote no precisase candil alguno para ver con claridad lo que escondía el corazón de muchos de sus feligreses. Y cualquier duda que pudiera albergar sobre ese extremo se fue disipando a medida que la asistencia a los oficios que él realizaba fue menguando, mientras que las misas que oficiaba don Luis fueron llenándose hasta la bandera. Pero ¿acaso Jesús tenía en cuenta qué cura contaba con más público en sus misas?

Baldomero se sentía más cristiano que nunca cargando con aquella cruz que los fieles habían arrojado sobre su espalda. Además, no seríamos unos notarios fieles de lo que sucedía en la parroquia si no dijéramos que no todos los vecinos estaban en su contra. Y, aunque no resulte demasiado espiritual contar las almas que uno es capaz de juntar para compararlas con las que suma otro sacerdote, podríamos decir que el pulso entre don Luis y Baldomero se saldaba claramente a favor del primero. Un setenta por ciento de la parroquia hubiera seguido al viejo párroco por el desierto desde el Sinaí si eso fuera necesario, mientras que solo un treinta por ciento se sentiría bien liderado por el joven cura en busca de la tierra de promisión.

A pesar de todo, Baldomero tenía parroquianos incondicionales, y sobre aquellas piedras construyó su proyecto. El primer combatiente que reclutó para su causa lo encontró en la Oficina Municipal de Integración.

Cristina Pardo no era una funcionaria al uso, sino una mujer comprometida con lo que hacía. Con ella no fue preciso que el sacerdote se esforzara en la prédica, pero es que además ella sintió, el mismo día en que conoció a Baldomero, que había encontrado a alguien especial. Y aunque se obligaba a sí misma a sacudirse de encima cualquier otro pensamiento que no guardara relación con una sincera amistad, no podía evitar rimar algunos versos prohibidos que luego guardaba en un suspiro cerca del sacerdote.

Cristina había nacido en aquella ciudad y conocía las calles y a las gentes del barrio norte de manera especial. El ayuntamiento había decidido unos años antes que los Servicios Sociales debían descentralizarse, para lo cual se crearon oficinas específicas en los distritos más populosos y con más población de riesgo. En la zona norte, ante el innegable aluvión de inmigrantes que se había experimentado en los últimos años, se creyó oportuno dotar a dichos servicios con una Oficina de Integración, a cuyo frente estaba ella.

Cristina era delgada, de tez clara salpicada de pecas que aniñaban aún más su expresión. Su cabello era rubio y liso, y siempre parecía recién lavado. Cuando reía, regalaba a los demás pequeños cristales de felicidad. Sin embargo, su trabajo no le permitía demasiadas alegrías.

Los datos municipales eran incontestables. Desmenuzando las estadísticas, se advertía que casi el setenta por ciento de la población inmigrante de toda la ciudad estaba en aquel barrio. El dato era aún más espectacular si se tenía en cuenta que el sector norte contaba con veinticinco mil de los más de cien mil habitantes que estaban empadronados en la localidad. De manera que en la cuarta parte del municipio se arracimaba la casi totalidad de los extranjeros.

El distrito era agotador para una mujer tan involucrada en su trabajo como lo era ella. Debía lidiar con personas que procedían de sesenta y siete nacionalidades diferentes, y muchas de ellas no conocían siquiera una sola palabra de español. Y aunque era cierto que el número de sudamericanos —colombianos, dominicanos, ecuatorianos, venezolanos y hondureños, preferentemente— era elevado —aunque todos estaban a la zaga de los rumanos—, los trabajadores sociales se habían encontrado con gente procedente de los países más insospechados. Aquel mismo día, por ejemplo, Cristina había visitado a una mujer nacida en Bután, y una compañera suya tenía localizada a una familia de Sri Lanka, a dos ciudadanos de Benin y a un grupo de Burundi.

Era tal la mixtura del paisanaje que las propias funcionarias competían entre sí, a modo de divertimento, para ver quién se topaba con el extranjero más exótico. Cristina no tenía duda de que su hallazgo de aquella mañana —la mujer de Bután— le haría ascender bastantes puestos en la peculiar clasificación. La competencia en ese terreno era tan cerrada que ya apenas contabilizaban en la pugna lugares como Liberia, Mali o Togo.

Aquel distrito había nacido en los años sesenta del pasado siglo a la sombra del crecimiento industrial de la ciudad. Eran tiempos en los que los promotores y constructores afines al régimen franquista gozaban de total impunidad para sacar el máximo rendimiento al suelo en el que construían. Aquella patente de corso permitió a los bucaneros inmobiliarios esquilmar la totalidad de los metros cuadrados de la zona, sin apenas dejar un árbol que permitiera respirar al barrio.

La amalgama de edificios convertían el distrito en un extraño ser sin formas precisas. Aquí y allá se alzaban bloques de pisos donde, como si de colmenas se tratara, los obreros procreaban y dejaban consumir sus vidas. Muchas de las construcciones eran edificios de ladrillo rojo que, con el paso del tiempo, envejecieron untándose de negro con la contaminación producida por los automóviles y las chimeneas de las fábricas. Y, aunque en los últimos años se había lavado la cara con pinturas de colores a algunos de aquellos bloques de viviendas, jamás se lograría ordenar el caos que imperaba las tripas del barrio. Callejones oscuros, patios impensables a los que se accedía por pasadizos lóbregos y angostos pasillos convertían a algunas zonas del distrito en una maraña urbana opresiva.

La crisis industrial, el envejecimiento de la población, la huida de los hijos de aquel ataúd urbano en el que habían visto envejecer a sus padres y el aluvión de inmigrantes que trataba de buscar un lugar bajo el sol en las barriadas de la zona habían enterrado para siempre el paisaje que don Luis gustaba de recordar; el paisaje en el que él, como tantos otros, había nacido sesenta años antes. Ya nada quedaba de aquellos prados en los que, de niño, jugaba con los demás a la pelota. Ni había huertos a los que ir a robar fruta en aquella edad lejana en que aún no había recibido la vocación religiosa y en la que robar peras aún no era considerado pecado. De aquella época nada quedaba, salvo alguna vieja casa convertida en testigo de los mil avatares que había conocido el barrio, y el viejo cementerio que vigilaba desde lo alto de una pequeña loma cómo iban muriendo, uno tras otro, sus futuros inquilinos.

Los cálculos no dejaban lugar a la duda: si el flujo de inmigrantes se mantenía igual que en la última década, iba a resultar difícil dar una respuesta a aquel problema social. Cristina miró las cifras en la pantalla de su ordenador. Mientras la población autóctona del barrio envejecía, moría o huía, el número de inmigrantes se había multiplicado espectacularmente.

—Y eso que no tenemos controlados a muchos de ellos —le dijo María, su compañera de oficina.

—No sé qué vamos a hacer. —El rostro de Cristina pareció envejecido de pronto—. En el comedor de la Casa del Pan no dan abasto, y las subvenciones son insuficientes. Creo que Baldomero está desesperado, aunque lo niegue.

—¡Baldomero! Ya ni siquiera le llamas padre o párroco. —María rio—. ¿No irás a darles la razón a los que andan diciendo cosas por ahí?

Cristina se ruborizó. Odiaba esa facilidad suya para enrojecer cuando alguien la ponía en un apuro, pero, si trataba de controlarlo, el resultado era aún peor.

—¿Qué cosas? No seas imbécil.

—¿Qué cosas? ¡Ya sabes tú lo que dicen!

Cristina enrojeció aún más, si es que era posible que existiera un tono aún más intenso para su vergüenza.

—¿De veras te gusta tanto ese cura? —preguntó María, poniendo su mano derecha sobre la de Cristina.

María era cinco años mayor que su amiga. Siempre estaba buscando el novio soñado, pero, cada vez que creía dar con él, resultaba que el sueño era una pesadilla. A pesar de todo, era una de esas personas a las que uno no recuerda sin una sonrisa en la boca. Era alta, fuerte, acogedora, redonda y estaba provista de un corazón de oro.

—No digas tonterías —se defendió Cristina. Hizo una pausa y sonrió con picardía—. No te voy a negar que es hombre guapo, porque eso ya lo ves tú también. Pero es un cura, ¿no lo entiendes?

—¿Y?

—¿Cómo que y?

—Más emoción —se mofó María—. Ya lo estoy viendo —con la mano realizó un trazo imaginario y teatral en el aire—, la nueva versión de *El pájaro espino*.

Las dos rompieron a reír.

En ese momento, una furgoneta engalanada con reclamos electorales pasó por delante de la oficina donde María y Cristina trabajaban. Las dos mujeres miraron el rostro del candidato que sonreía rotulado en la carrocería del vehículo.

—Más nos vale a todos que ese no gane las elecciones —dijo María.

Cristina guardó silencio. Las dos sabían que el programa que planteaba aquel político incidía especialmente en el problema inmigrante, pero no para solucionarlo con medidas sociales, sino precisamente para caldear los ánimos de los vecinos contra los extranjeros. Baldomero y ella habían hablado del tema en varias ocasiones y coincidían en que aquellos mensajes políticos, tendentes a recuperar la historia local, a rescatar del baúl de los recuerdos la esencia de un tiempo en el que la ciudad había gozado de un esplendor económico y social, no eran más que un modo de enmascarar el rechazo hacia el reto cultural y racial que representaban los extranjeros.

—¿Cuándo dejará de llover? Hace una semana que no voy a la playa —se lamentó María.

—Con todo lo que tenemos que hacer, y tú pensando en la playa —le recriminó Cristina.

—¿Sabes qué? —María hizo una pausa teatral—. Lo que tienes que hacer es venir conmigo un día de estos a la echadora de cartas de la que te he hablado. Hay que salir de dudas: ¿dejará la sotana Baldomero por ti?

La sonora carcajada de María quedó amortiguada por el repiqueteo de la lluvia en los cristales.

5

Cuckmere Haven, Sussex (Inglaterra)
24 de agosto de 2009

S ergio arrojó al suelo los papeles en los que había intentado, sin éxito, dar las primeras pinceladas de lo que debía ser su nuevo libro. Por más que se esforzaba, no lograba que prendiera en su corazón la chispa necesaria para hacer creíble su relato, y el ritmo narrativo era pésimo. Sus ojos, sin poder evitarlo, iban del ordenador portátil hasta la fotografía de la premiada Clara Estévez. La amplia sonrisa de aquella mujer, su mirada pícara y sus formas indudablemente acogedoras no ayudaban en modo alguno a que las musas acudieran a su llamada.

Miró por la ventana. Una luz dorada bañaba el atardecer en la playa y decidió salir a su encuentro. Tal vez el aire fresco amplificara su llamada a la inspiración.

El camino que serpenteaba hacia los acantilados a lo largo de la pradera lo contempló caminar ensimismado, sin saber que los pensamientos de Sergio lo habían llevado de nuevo a aquellos tiempos universitarios. Sin saber por qué, de pronto emergieron límpidos los recuerdos de una tarde muy lejana.

Aquella tarde, vulnerando por completo las costumbres estrictas que solían regir su vida universitaria, entró en una popular cervecería situada no lejos del campus. Habían pasado un par de meses desde su ingreso en el Círculo Sherlock. Las noches de los viernes

42

de aquel invierno parecían idénticas en la memoria de Sergio. Todas tenían un severo gusto victoriano y se presentaban siempre borrascosas y propensas a la niebla y al viento. Pero, dentro del minúsculo universo que Trejo y los demás habían creado en aquel garito de un callejón perdido, el tiempo parecía detenerse.

Era miércoles por la tarde y nada podía hacer prever a Sergio lo que le aguardaba en el interior de la cervecería. El azar había dispuesto lo necesario para que en una mesa del fondo del local estuvieran dando buena cuenta de unas pintas cuatro de los miembros del extravagante Círculo Sherlock. Uno de ellos, Sebastián Bada, vio a Sergio y gritó su nombre por encima del bullicio del local. Al verlos, Sergio se sintió profundamente incómodo, pues no tenía con el grupo más relación que la fijada en la liturgia de la noche de los viernes. Sin embargo, se vio obligado a sonreír y a acercarse a la mesa, donde también estaban Tomás Bullón, el estudiante de periodismo; Enrique Sigler, el estudiante de bellas artes, y Guazo, el futuro médico.

Las relaciones de Sergio con Bullón y con Bada habían sido cordiales hasta ese día, aunque frías. Después de aquella tarde, ni siquiera fueron cordiales, y todo por culpa de Sherlock Holmes. Bueno, en realidad, la tormenta se desencadenó por personajes en los que pocos lectores de las aventuras de Doyle reparan.

Para empezar, Sergio se sentía fuera de su hábitat natural al entrar en aquella cervecería y verse obligado a compartir parte de su tiempo con aquellos otros cuatro estudiantes. No era lo que tenía planeado, y nada lo enojaba más que ver cómo sus planes se veían truncados por culpa de otros o que, por la acción fatal de los demás, el rumbo que se había trazado a sí mismo se viera irremediablemente modificado.

Lo embarazoso de la situación no se arregló ni siquiera con los sorbos de la pinta de cerveza con la que trató de mimetizarse con el resto del grupo. Los miró uno a uno por encima del espumoso líquido y se maravilló al descubrir cuánto cambiaban todos ellos sin las ropas victorianas que lucían en las reuniones en el Círculo Sherlock.

Tomás Bullón seguía siendo igual de desgarbado y su cara sonrosada no era muy diferente, pero parecía bastante más joven. Su incipiente calvicie incluso se notaba menos que cuando se quitaba la chistera con la que se tocaba en las reuniones. Sus ojillos grises se achicaban cuando sonreía y los carrillos carnosos los ocultaban.

Sebastián Bada no parecía tan fornido con aquel suéter amplio y el pantalón de pana. Pero su cabello rapado seguía haciendo de él el tipo más parecido a un soldado de permiso de cuantos estaban en el local.

En cuanto a Enrique Sigler, su comportamiento era igual de exquisito que vestido como un decimonónico lord inglés. Su cabello moreno estaba impecablemente cortado, y el color verde de sus ojos no parecía menos limpio que cuando vestía levita. Pese a ello, las prendas victorianas le hacían mayor, según el juicio de Sergio. Pero, a pesar de ello, seguramente no habría una sola mujer en el bar que no se hubiera fijado en el apuesto Sigler.

Y por último estaba Guazo. También él parecía más joven, y quizá menos robusto que dentro del apretado chaleco gris que lucía en las reuniones del estrambótico club. Sus ojos azules se mostraron en todo momento partidarios de las opiniones que expresara Sergio, y eso que estas fueron muy poco comedidas, como enseguida se comprobó.

La tempestad se originó al poco de salir a la palestra los relatos protagonizados por Holmes. Sergio no tenía ninguna gana de charlar con ellos, y aún menos de dedicar tiempo a la obra de Doyle fuera del lugar y la hora previamente pactados para debatir sobre el particular. Por ello, intentó en varias ocasiones reconducir la conversación hacia otros horizontes, pero Bada y Bullón no estaban por la labor. Antes al contrario, interpretaron por alguna razón desconocida que habían encontrado el punto débil de Olmos al proponer algunas preguntas sobre personajes secundarios, aparentemente irrelevantes, que aparecían en las aventuras holmesianas. Esa era su especialidad, afirmaban.

—¿Cuándo se menciona por vez primera a la señora Hudson? —interrogaron con un no disimulado aire de superioridad a Guazo.

El estudiante de medicina dudó. Recordaba, como todo el mundo, que la casera de Holmes y Watson era nombrada siempre en los relatos por su apellido, y que su nombre de pila solo fue conocido en «El último saludo», precisamente el último relato protagonizado por Holmes[*]. Sin embargo, en aquel momento era incapaz de recodar cuándo aparecía mencionada por vez primera en las memorables sesenta aventuras publicadas.

—¿Es posible que ninguno lo recuerde? —dijo Bullón, extendiendo el reto de la pregunta a Sigler y a Sergio.

Sigler se encogió de hombros en un gesto que expresaba su rendición, mientras que Sergio miró disimuladamente su reloj mostrando una calculada desconsideración hacia su interlocutor.

—¡En «La aventura de la segunda mancha»![**] —exclamó triunfante Bullón—. ¿No recordáis que entra en escena llevando en la bandeja la tarjeta de una mujer?

—Al parecer, nuestro amigo Olmos no sabe tanto como aparentaba —apostilló Sebastián Bada maliciosamente.

El comentario provocó la hilaridad de Bullón, que se frotó las manos al tiempo que fabricaba en su mente una segunda pregunta sobre personajes secundarios de las aventuras que todos ellos admiraban.

—¿Cómo se llamaba el competidor al que Holmes odiaba y que vivía en la costa de Surrey? —Lanzó al aire la pregunta como si fuera un guante con el que desafiaba al resto.

Sigler era tan guapo y apuesto como poco dado a la bronca y a la polémica, de modo que, siguiendo esa manera de conducirse que le valía estar siempre a bien con todo el mundo, se rindió de inmediato.

—Reconozco que no lo sé —dijo.

---

[*] El nombre de pila de la señora Hudson, la casera del 221B de Baker Street, era Martha. «El último saludo» se publicó en *The Strand Magazine* en septiembre de 1917. Los hechos narrados, no obstante, se sitúan en el día 2 de agosto de 1914. Holmes tenía sesenta años y Watson, sesenta y seis.

[**] Publicada en *The Strand Magazine* en diciembre de 1904. La historia se desarrolla en octubre de 1886.

—¿Y el caballero de la privilegiada memoria? —Bullón miró a Sergio con aquellos ojillos suyos escondidos tras sus generosos carrillos—. ¿También se rinde?

Sergio guardó silencio, lo que fue interpretado por Bullón y Bada como una capitulación en toda regla. Y al comprobar que habían abierto una vía de agua irreparable en el prestigio que Olmos tenía en el Círculo Sherlock, decidieron que obtendrían aquella tarde una victoria sin paliativos. No estaban dispuestos siquiera a hacer prisioneros. Era el momento, concluyeron, de humillar públicamente al estirado superdotado.

—En cambio, Holmes admira el trabajo de un policía de provincias, e incluso lo ensalza por su minuciosidad ante el atónito Watson, acostumbrado como estaba a las pullas que Sherlock dedicaba al inspector Lestrade y al resto de Scotland Yard. —Bada dio un sorbo a su tercera pinta antes de preguntar—: ¿Cómo se llamaba aquel detective?

Guazo, Sigler y Sergio permanecieron en silencio, pero por causas diferentes, a pesar de lo que creyó Bada. A él le pareció evidente que ninguno sabía la respuesta y que solo él y Bullón habían prestado atención a los personajes secundarios de esas aventuras.

—¿Y cómo se llamaba el hombre que hacía de topo en la organización de Moriarty enviando información a Holmes ocasionalmente? —preguntó Bullón, mirando directamente a Sergio.

A esas alturas, era evidente que Bada y Bullón no tenían en cuenta en modo alguno a Guazo y a Sigler. Todo su afán era humillar públicamente a Sergio, que hasta ese momento había sido casi invulnerable al debatir sobre los más variados aspectos de las aventuras del detective afincado en Baker Street.

Sergio tuvo la tentación de guardar de nuevo silencio, como había hecho hasta ese momento, porque en su estricta división del tiempo no estaba incluida en modo alguno la conversación sobre Holmes en un día y en una hora ajenos a la rutina establecida. No obstante, al mirar la expresión maliciosa de Bullón le pareció que contemplaba al hombre más antipático del mundo. Sus ojos escrutaron minuciosamente la cara del futuro periodista y centró su atención, sin poder evitarlo, en la mofletuda cara roja, donde se advertían venillas desagradables. De pronto, le pareció que la prometedora calva de aquel joven era cada vez más grande, y al fijarse en sus dientes le desagradó advertir que estaban rodeados de un sarro amarillento. Presumió que Bullón debía padecer de halitosis.

Luego volvió sus ojos hacia Bada, en cuyo cuello musculoso latía con fuerza una vena excitada por el juego que se traían entre manos. Vio reflejada su ansiedad esperando que él, Sergio, fuera incapaz de responder a la cuestión que le había planteado Bullón. Bada era más agraciado físicamente que Bullón, pero en aquel momento toda la atención de Olmos estaba centrada en los latidos de aquella vena del cuello, como si fuera víctima de algún aojamiento que le impidiera mirar hacia otro lado.

—¿Lo sabes o no? —La pregunta reiterada de Bada lo sacó de su embeleso y lo devolvió a la realidad.

Entonces fue cuando decidió que aquellos dos fanfarrones merecían una lección.

—Sí, creo que lo sé —respondió, arrastrando las palabras. Luego tomó un sorbo de cerveza mientras miraba con calculada lentitud a sus dos adversarios. Guazo y Sigler asistían a la escena sin perder detalle—. El informante de Holmes en la organización de Moriarty se llamaba Fred Porlock, aunque en realidad ese nombre era un *nom de plume,* un seudónimo. A ese personaje se le menciona en *El valle del terror.*

A Guazo y a Sigler el final de la respuesta les sorprendió con la boca abierta, mientras que Bada y Bullón trataron de mostrar una indiferencia que no era tal.

—Al menos sabe alguna cosa de las que le preguntamos —dijo Bullón a Bada, buscando el apoyo de su compinche para proseguir la burla.

—No, no, disculpen, caballeros. —Sergio empleó a propósito el tono victoriano que acostumbraba a usar el grupo en sus reuniones—. En realidad, sabía las demás respuestas también, pero no quise contestar simplemente porque no me apetecía.

—¡Vaya, vaya! —Bullón se mofó—. ¡Qué excusa más poco creíble!

—¿De veras lo cree así? —Sergio puso sus ojos verdes a unos centímetros de los ojos grises del mofletudo estudiante.

—Así lo creo —respondió el otro, picado.

—Está bien. —Olmos carraspeó—. El odiado competidor de Holmes en la costa de Surrey se llamaba Barker, y la referencia al mismo aparece en «La aventura del fabricante de colores retirado»*. En cuanto al detective que mencionaron y al que Holmes dedica inesperadas loas, no es otro que el inspector Baynes, quien, por cierto —añadió mirando a Bullón—, debía de tener algún parecido con usted, pues se le describe en «La aventura de Wisteria Lodge»** como mofletudo y coloradote.

Naturalmente, aquel insulto sacó de sus casillas a Bullón. Sergio no solo lo había derrotado, sino que incluso lo insultaba públicamente a sabiendas de que cuando alguien mencionaba sus regordetes carrillos en términos despectivos se sentía mortalmente herido. Y de no ser por Guazo, quien a partir de aquel momento se hizo irremediablemente admirador de Sergio —irremediablemente, a pesar de que Sergio trató de evitarlo en múltiples ocasiones, dado que no era aficionado a estrechar lazos con nadie—, aquel lance hubiera terminado en pelea.

Sigler pidió calma y la obtuvo, no sin trabajo. Pero Sergio no parecía aún satisfecho y fue el primero en hablar después de estirar con esmero su vieja americana y su camisa, las cuales Bullón había arrugado.

—Bien, si quieren jugar a los personajes secundarios, les puedo hacer yo un par de preguntas. ¿Aceptan con *fair play*? —Sonrió burlonamente.

Bada y Bullón se miraron con recelo. ¿Qué podían hacer? Si rehusaban, quedarían como cobardes, pero si fracasaban en el

---

* Apareció publicada en *The Strand Magazine* en febrero de 1927. La historia se sitúa en julio de 1898.

** Se publicó en *The Strand Magazine* en septiembre de 1908. Ocurre en marzo de 1890.

reto perderían la condición de expertos en la materia que ellos mismos se habían otorgado.

—Veamos qué puede preguntar —dijo al fin orgulloso Bada.

—Está bien —aceptó Sergio—. Por ejemplo, se me ocurre, mirándole a usted, que podría preguntarle cómo se llama el detective de Scotland Yard que aparece en «El tratado naval» [*].

La mente de Bada se puso a trabajar velozmente, pero de pronto se detuvo y comenzó a dividir sus pensamientos en dos direcciones. ¿Qué era lo más llamativo de aquella pregunta? ¿Importaba más el nombre del detective o el hecho de que la pregunta hubiera surgido al mirarle a él, según había dicho aquel impertinente?

Dividida la mente en dos, los segundos transcurrieron con extraordinaria rapidez. Sergio miraba impertérrito su reloj, hasta que decidió que el plazo era suficientemente holgado como para que el interpelado hubiera respondido.

—¿Debo entender que el caballero Bada desconoce las respuestas?

—¿Por qué dices respuestas? —Bada le tuteó adrede.

—Porque imagino que habrá pensado usted en el nombre del detective y en el motivo por el cual lo elegí, ¿no es así? —replicó Sergio, obviando el tuteo que había utilizado el estudiante de derecho.

Sebastián Bada hizo un silencio elocuente.

—Se lo diré. El nombre del detective es Forbes, y se me ocurrió al recordar el modo en el que Doyle describe su comportamiento en esa historia.

Sergio tomó su pinta y se echó al coleto un generoso sorbo prologando magistralmente el silencio. Todos estaban deseando que contestara a la segunda parte de la cuestión.

—¿Y? —Fue todo lo que acertó a preguntar Bada.

—Y ¿qué? —dijo distraídamente Sergio, decidido a dilatar la incertidumbre en su adversario.

—Que qué quiere decir con eso de cómo describe Doyle a ese inspector.

---

[*] Se publicó en *The Strand Magazine* en octubre de 1893. Los hechos suceden en el verano de 1889.

—¡Ah! ¿Eso? —exclamó burlón Sergio—. Verán, caballeros, a lo largo del relato la actitud de ese inspector es la propia de un patán, de un idiota que cree saber lo que no conoce.

Al escuchar aquel insulto envuelto en análisis literario, Bada estalló, y lo que no pudo hacer Bullón antes lo hizo él. Su puño de hierro se estrelló con ira en el pómulo derecho de Sergio, quien cayó al suelo entre el estrépito de las pintas derramadas. Toda la clientela del local se volvió hacia ellos. Desde el suelo, el agredido los miró con aire socarrón mientras Guazo sujetaba a Bada y Sigler hacía lo propio con Bullón.

6

En una ciudad del norte de España
24 de agosto de 2009

T enéis datos fiables?

—Tenemos datos, pero yo no me atrevo a decir qué grado de fiabilidad tienen.

—Entonces, ¿para qué te necesito a ti y a todos esos? —Jaime Morante gritó por encima de la mesa al tiempo que miraba con desprecio a un grupo de personas que llevaban chapitas de metal clavadas en sus ropas en la que se veía el rostro de un Morante que exhibía una sonrisa seductora.

—Las encuestas nunca son del todo fiables, señor —se atrevió a responder el interpelado, un tipo bajito, con poco pelo y que padecía estrabismo—, y mucho menos en un barrio como ese, donde ni Dios sabe quién está empadronado y quién no. Además, muchos de los encuestados no saben ni hablar español.

—¿Y qué coño me importan a mí los que no son españoles? ¡Quiero la opinión de los que son como yo, de aquí de toda la vida! ¡Los negros y todos los demás ni me votan ni me votarán! Si por mí fuera, no quedaría uno en estas calles. ¿Es tan difícil de entender eso?

Esta vez no dio opción a que el hombrecillo que dirigía al grupo de encuestadores pudiera responder. Hizo un gesto con la mano pidiendo que lo dejaran solo. Inspiró profundamente, se levantó, ajustó su corbata y contempló en silencio una réplica del cuadro de Jean-Baptiste Greuze titulado *La jeune fille à l'agneau* que decoraba la pared principal de su despacho.

Al mirar aquella obra, imágenes de un tiempo lejano salieron a su encuentro. Se recordó a sí mismo como el brillante estudiante que siempre fue. La imagen que desempolvó su memoria era la de un joven alto, delgado, con cara de enterrador de película del Oeste, como solía decir alguno de los miembros del Círculo Sherlock. Aunque el paso del tiempo le había hecho engordar algo, su inteligencia no había menguado, y seguía conservando sus ojos fríos y retadores.

En los tiempos del Círculo Sherlock, Jaime Morante vivía en Madrid porque su padre, que era funcionario, había sido destinado allí. Al principio, el buen hombre se había prometido regresar a casa en cuanto tuviera la menor oportunidad de traslado, pero el paso del tiempo lo fue acostumbrando a la vida en la gran ciudad y el terruño le tiraba menos. Y, aunque cada verano la familia regresaba a casa, esta, lentamente, fue considerada como tal únicamente por Jaime. De modo que, cuando ganó la plaza de profesor de matemáticas para un instituto, no dudó en pedir como destino su ciudad de origen. Y así fue como alcanzó la primera de las metas que se había trazado para sí mismo: ser profesor en su ciudad y gozar del prestigio social anhelado.

De su segundo gran sueño no le habló a nadie en toda su vida. Durante todos aquellos años como profesor fue labrándose una espesa red de contactos, de relaciones a los más altos y a los más bajos niveles, que le permitieran, llegado el momento, maniobrar según su deseo. Y, mientras llegaba su ocasión, analizaba con su privilegiada mente todo cuanto sucedía en la ciudad. Contrajo matrimonio con Elisa, una mujer insulsa y sumisa, con la que tuvo dos hijos, pero nada de aquello colmaba sus aspiraciones. Lentamente, Morante conoció a casi todos los que tenía que conocer y fue conocido por todos los que tenían que conocerlo, según su meticuloso plan. Y cuando creyó que el tiempo de la cosecha había llegado, anunció su propósito de presentarse a las elecciones municipales para ser el futuro alcalde. Para ello, creó un partido propio. Ninguna de las formaciones políticas existentes le servía.

¿Qué proponía el candidato Morante? Él sabía que preguntas como esa han de ser respondidas con mucha cautela. Lo importante, según creía, era hablar de todo aquello que los vecinos estimaban como cosas comunes, sin deslizar jamás un mensaje radical ni con una carga ideológica clara. Se trataba de recuperar la identidad histórica de la ciudad, de apelar a los símbolos comunes, de ensalzar el valor de los colectivos culturales y deportivos, de regar las raíces de una historia que se estaba olvidando porque quienes la conocían, o incluso la habían escrito, habían desaparecido.

Los cálculos electorales eran claros. Morante dominaba lo suficiente las matemáticas como para saber cuántos votos precisaba, y creía conocer lo bastante a sus vecinos como para sospechar dónde podría alcanzar esos votos.

En el transcurso de aquellas investigaciones electorales fue cuando se topó con el distrito norte, donde el granero de votos era tan grande que quien se hiciera con la mayoría tendría buena parte de la alcaldía en el bolsillo. Y para lograrlo había que apostar fuerte.

En ninguna otra parte de la ciudad el discurso ambiguo y amarillo de la recuperación de la historia, del orgullo local y el resto de las milongas que empleaba podía ser más efectivo (o menos) que en ese barrio. Ante él se alzaba un enemigo imprevisible y multicolor: la hidra de la inmigración.

Si cambiaba su discurso en aquel barrio, pensó, sus adversarios tendrían un buen motivo para la crítica, de modo que solo quedaba una opción: endurecer ese discurso para tratar de ganarse al votante no inmigrante y que odiaba a los recién llegados.

Cuando la parroquia puso en marcha el proyecto social de la Casa del Pan, Morante creyó que todo estaba perdido. Pero pronto advirtió las enormes posibilidades que se le abrían si acertaba a dar la vuelta a aquella situación. ¿Acaso no conocía desde hacía años a don Luis, el veterano párroco? ¿No tenía conocidos en la comunidad de feligreses en cuyos bolsillos deslizar ciertas promesas de futuro y en sus oídos susurrar algunos argumentos sobre cuánto había disminuido la seguridad en la zona con la llegada de aquellos forasteros?

El candidato Morante salió de su despacho y, como por arte de magia, su expresión agria quedó maquillada mostrando al mundo una sonrisa afectuosa y cordial. Saludó a cuantos encontró a su paso con familiaridad. A unos les preguntó por la salud de sus padres y a otros, por cómo iba todo en casa. ¿Los niños estaban bien? ¿El mayor había terminado los estudios en Madrid? ¿Sabías que yo también estudié en Madrid?, confesó en tono confidencial a un hombre de gran papada y enorme corpachón.

Así, entre sonrisas, llegó al coche que iba a convertirse en su hogar durante los días de frenética campaña electoral. Le había costado mucho abandonar su cátedra de instituto, pero, ahora que lo había hecho, estaba decidido a jugarse el todo por el todo. Siempre había sido un ganador.

Se miró en el espejo interior del vehículo que conducía su hombre de confianza más próximo y comprobó que su pelo, cada vez más escaso, seguía disciplinadamente dispuesto tal y como lo había ordenado por la mañana. Sin embargo, advirtió claros signos de cansancio en su rostro. Las bolsas que últimamente se habían afincado bajo sus ojos lucían más oscuras que de costumbre. El día había sido largo, y aún quedaba mucho por delante.

—Tenemos tiempo para ir a la cofradía antes del mitin —comentó al conductor. El chófer, un hombre servicial que había adquirido la costumbre de reír sacando la lengua, asintió y puso el vehículo en marcha.

Apenas un cuarto de hora más tarde, Jaime Morante hacía su entrada en el local de la cofradía. Se trataba de un centro social que abría sus puertas en el corazón de la ciudad. El recinto tenía dos pisos. En el de abajo había una cafetería abierta al público en general que lucía un largo y pulcro mostrador de madera. Un puñado de clientes apuraba sus cafés, fumaba y charlaba animadamente. Tras la barra, vestido con un impecable estilo años treinta, un hombre calvo y de rostro sonrosado saludó de un modo entusiasta a Morante al verlo llegar.

—¿Hay alguien? —preguntó el político.

Para cualquier otro que no fuera el camarero, aquella pregunta parecería absurda, pues era evidente que sí había clientes en el local. Pero Morante ni siquiera había mirado a los bebedores de café.

—Arriba, señor —dijo por toda respuesta el camarero.

Y, sin más, Morante se dirigió a unas bien torneadas escaleras de madera que daban acceso al segundo piso del local, el verdadero corazón de la Cofradía de la Historia.

Diez años atrás, un grupo de notables de la ciudad, a los que tal vez habría que conceder el título de visionarios a la vista de la decadencia económica local experimentada en los años posteriores, se reunieron por vez primera estableciendo como vínculo común su amor por aquella ciudad.

Como suele ser frecuente en iniciativas de ese tipo en una ciudad de provincias, todo surgió de forma espontánea e inesperada. Heriberto Rojas, un extremeño que llevaba más de media vida ejerciendo como médico de familia en la ciudad, compartió un café con el abogado Santiago Bárcenas y con el constructor Manuel Labrador. Fue una tertulia en la que se habló de todo y de casi todos. En un momento de la charla, Bárcenas y Labrador, que habían nacido en la ciudad y habían vivido en ella toda su vida, dejaron caer sobre la mesa su nostalgia por aquellos tiempos de la juventud.

—Aquellos sí que fueron buenos tiempos —dijo Labrador, un cincuentón que tenía más de quinientos obreros a su cargo y que resultaba adjudicatario de casi todas las obras públicas de la región. Dio una vigorosa chupada a su puro y guardó un silencio que los otros respetaron como si asistieran a un duelo.

Nadie podía decir que Manuel Labrador no fuera generoso con su ciudad. Siempre estaba al frente de cuantas iniciativas sociales y deportivas nacían, y además su dinamismo arrastraba a todo el mundo en aquellas aventuras sin poder evitarlo.

—Deberíamos publicar un libro.

La ocurrencia la tuvo el médico, Heriberto Rojas. Los otros lo miraron con asombro y les pareció más que nunca un científico loco, con aquel pelo suyo cano, largo y rizoso que tanto lo asemejaba a Albert Einstein. De pronto, Bárcenas, el abogado, se echó a reír. Su corpachón se agitó con cada carcajada mientras su dilatada papada subía y bajaba asemejándolo a un gigantesco pelícano. Bárcenas tenía casi sesenta años y gozaba de un enorme prestigio. Su bufete era uno de los más importantes de la ciudad.

—¡Coño, esa sí que es una idea! —dictaminó cuando la risa se lo permitió.

La idea, no obstante, aún debió engordar más antes de convertirse en una realidad, pero pronto la ola del entusiasmo de aquellos hombres llegó a un puñado de vecinos que creyeron que era su deber mantener vivo el rescoldo de la vieja historia local.

En los meses siguientes arrimaron sus poderosos hombros ilustres ciudadanos como don Luis, el párroco mayor de la iglesia de la Anunciación; el profesor Jaime Morante o Antonio Pedraja, dueño de un restaurante y una cafetería que pronto se convirtió en la sede del grupo. Pedraja, un tipo achaparrado, de manos anchas y pelo negro revuelto que parecía siempre recién levantado de la cama, era el ejemplo entre todos ellos de cómo la ciudad había sabido premiar a quien trabajaba honradamente en ella. Prácticamente de la nada, pero trabajando de sol a sol, había sabido abrirse camino hasta poder disfrutar de aquel emporio provinciano que le había llevado a establecer tan elevadas relaciones sociales.

Cuando Pedraja ofreció la parte de arriba de su cafetería como sede privada del grupo, cerrándola al público incluso, todos aplaudieron entusiasmados. Tal vez el hostelero no desconocía que muchos de aquellos hombres lo habían mirado con cierto desdén hasta hacía poco tiempo; pero, si así era, lo disimuló muy bien.

Para el nacimiento formal del grupo, con su propio nombre, hubo que esperar aún un año. Para entonces, la tertulia había aumentado en un par de miembros más, y fue uno de ellos el que dio con un nombre que fue recibido con una cerrada ovación inmediatamente después de ser propuesto: la Cofradía de la Historia.

7

Cuckmere Haven, Sussex (Inglaterra)
24 de agosto de 2009

L a tarde languidecía. El tiempo parecía ralentizarse alrededor de Sergio, como si la vida se midiera parsimoniosamente en olas de mar, las mismas que rendían su tributo de espuma ante las colinas a las que los lugareños llamaban Siete Hermanas.

Enderezó su espalda y aspiró con fuerza el aroma impregnado de salitre. Enfrascado en sus pensamientos, no se percató de la presencia del hombre que lo espiaba desde la cumbre de los acantilados blancos. Si hubiera sido menos confiado, posiblemente le hubieran ido mucho mejor las cosas en el futuro. Pero su exceso de confianza, nacida de su inmodestia y de su arrogancia, siempre lo había acompañado. Se sentía superior en inteligencia y genio a casi todo el mundo, y eso, a la larga, se cobra su precio.

El hombre que vigilaba sus pasos permaneció oculto entre unas rocas durante unos minutos. Después, cuando estuvo seguro de que Olmos tenía intención de pasear despreocupadamente por la playa, se encaminó con decisión hacia la casita a la que el escritor había bautizado como El Refugio. Una vez dentro, el hombre se sentó en el escritorio y cogió algunos de los folios escritos que Sergio había desestimado. Encendió el ordenador y, sin vacilar, escribió la clave que permitía el acceso.

Ajeno por completo a los tejemanejes del desconocido, los pensamientos de Sergio regresaron a aquella tarde en la que sus diferencias con Bullón y Bada se hicieron tan evidentes.

Después de la pelea, Bada y Bullón salieron del bar dando empujones a todo el mundo. Sigler, por su parte, se encontró en una difícil situación. No sabía si debía permanecer con Sergio o si su obligación como amigo le exigía seguir a los dos enojados miembros del Círculo Sherlock. Al final, murmuró una disculpa envuelta en aquel tono diplomático que le era tan propio y salió en busca de Bullón y Bada, dejando a Guazo junto al dolorido Sergio.

Guazo, tal vez como aspirante a médico que era, veneraba la figura de John Hamish Watson. Ninguno en el Círculo Sherlock conocía tantos detalles sobre la vida del compañero del detective más famoso de todos los tiempos. Y es que él, al contrario de lo que sucedía con el resto de los cofrades del estrambótico club, proponía una lectura muy diferente sobre la verdadera personalidad del doctor.

José Guazo había mostrado una especial simpatía por Sergio desde la primera tertulia en la que este participó. A pesar de su complexión fuerte, cabeza cuadrada y mentón poderoso, sus ojos azules abrigados tras unas gafitas de montura dorada dulcificaban su gesto. Cosida a aquellos ojos azules viajaba la melancolía que Sergio había advertido en él desde el primer momento. Sus hombros caídos acentuaban aquella imagen desvalida.

El hecho de haber nacido en la misma ciudad que Sergio hubiera servido a cualquier otro para, de inmediato, sentir cierta corriente de simpatía por él, pero en este caso ese sentimiento solo circulaba de José hacia Sergio, no a la inversa. Para Sergio, que una persona fuera o no paisana no tenía el mayor interés. De hecho, para él prácticamente ninguna persona lo tenía. Y, desde luego, su ciudad mucho menos.

A pesar de su origen, José Guazo vivía desde hacía mucho tiempo en Madrid, en casa de unos tíos suyos. Su madre había muerto poco después de traerle al mundo. Se diría que su familia se veía perseguida por un destino fatal, puesto que su hermano Enrique había fallecido en accidente de tráfico unos años antes de que Sergio lo conociera. Al parecer, conducía bajo los efectos del alcohol, según murmuró alguno de los miembros del círculo en cierta ocasión.

Antes de la llegada de Sergio Olmos a las reuniones de aquel grupo de entusiastas holmesianos las posiciones eran, aproximadamente, las siguientes: Bullón y Bada se consideraban expertos en todo aquello que tuviera que ver con los personajes secundarios de las sesenta aventuras escritas por Doyle. Víctor Trejo era partidario de ver a Holmes casi como un ser real, de carne y hueso, y presentaba como prueba irrefutable de sus extravagantes convicciones el hecho de que, según él, Doyle no tenía facultades literarias suficientes como para construir un personaje como aquel, si no fuera porque se había inspirado en la historia de alguien real. Y cuando hablaba de alguien real no se refería al doctor Joseph Bell, un profesor que Doyle tuvo en sus tiempos de estudiante de medicina y que, según parece, asombraba a sus alumnos por sus dotes de observación y deducción. Muchos exegetas de Doyle proponían a Bell como el modelo que el escritor tomó para construir a Holmes. De hecho, recordaban el nada desdeñable dato de que el segundo apellido de Bell era House, y el personaje de la famosa serie televisiva* es una especie de Holmes en el ámbito médico.

Pero Trejo no se refería a eso cuando hablaba de Holmes como alguien real. Cuando proponía la existencia de un personaje de carne y hueso quería decir exactamente eso: un tipo de carne y hueso, y no precisamente el doctor Bell House.

Por su parte, la mente cartesiana de Jaime Morante, el brillante estudiante de matemáticas, se había visto arrastrada por el magnetismo holmesiano debido a su pensamiento analítico, ajeno a cualquier pasión humana. Siempre tenía en la boca una frase que Watson escribió en la aventura conocida como «Escándalo en Bohemia»** y que definía perfectamente el carácter frío de Sherlock:

---

* La serie de televisión *House* está interpretada por Hugh Laurie, y el médico al que da vida tiene ciertas similitudes con Holmes; de hecho, el número de su casa es el 221B.

** Publicada en *The Strand Magazine* en julio de 1891. Los sucesos tienen lugar en mayo de 1887.

«Para un carácter como el suyo, una emoción fuerte resultaba tan perturbadora como la presencia de arena en un instrumento de precisión». Para un matemático como él, aquella frase resultaba sencillamente deliciosa. Pero de lo que realmente le gustaba presumir a Morante era de ser un excelente especialista en los criminales con los que Holmes se tuvo que enfrentar.

Enrique Sigler, por su parte, no se mostraba especialmente seducido por ningún personaje en concreto, sino más bien por el ambiente que se respiraba en aquellas aventuras. Le hubiera gustado recorrer las calles de Londres envueltas en la niebla a bordo de un coche de punto, saludar a las señoritas tocando educadamente el borde de su chistera, frecuentar alguno de los abundantes fumaderos de opio que salpicaban la ciudad en aquella época o tomar el té en las mismísimas habitaciones de Holmes dejándose servir por la señora Hudson.

Y, finalmente, estaba José Guazo.

—Watson era un compatriota valiente, que se alistó en el ejército. Era médico cirujano, no es un estúpido como Holmes nos lo presenta con frecuencia. Era un buen escritor, y poseía una excelente biblioteca. Se había graduado en una universidad de prestigio como la de Londres y no dudó en jugarse la vida en más de una ocasión por Holmes —argumentaba, no sin razón—. ¿Cuándo os daréis cuenta de que si Holmes existe es porque Watson lo ha creado?

En los momentos más acalorados, Guazo perdía la compostura. Resultaba sorprendente escucharlo gritar que no fue Doyle, sino Watson quien, en realidad, publicó en diciembre de 1887 *Estudio en escarlata*, dando inicio a la saga holmesiana.

—¿Acaso Doyle era el seudónimo de Watson? —se burlaban los demás.

—No, simplemente Watson es Doyle, o Doyle es Watson.

—Y las aventuras que no escribió Watson, ¿a quién se las debemos? —solía argumentar Sigler[*].

---

[*] Watson narra cincuenta y seis aventuras de las sesenta que se dieron a la imprenta (en realidad, se cita en esas sesenta historias la participación de Sherlock Holmes en más de un centenar de aventuras. Algunas de ellas no se narran por ser secreto

De modo que para Guazo no era cierto que Holmes fuera un tipo real, como soñaba Trejo, sino un personaje de ficción construido por un médico humilde, que era el verdadero corazón de aquellas historias. ¿Doyle había creado a Watson? ¿O acaso Watson era Doyle? Por encima de la respuesta a esas preguntas estaba la pasión del joven estudiante por John Hamish Watson.

Pero, para desgracia de Guazo, Sergio no compartía en modo alguno su hipótesis.

—Voy a demostrarle su propia ignorancia —acostumbraba a decirle Sergio en las reuniones del círculo, echando mano del mismo tono condescendiente y burlón que Sherlock empleaba con Watson[*], hasta el punto de afearle cada vez que podía el estilo con el que había redactado *Estudio en escarlata*.

Entonces Sergio tomaba la palabra y era capaz de recordar detalles increíbles en los que demostraba las habituales torpezas del compañero del detective.

—Tampoco debemos fiarnos mucho de un tipo como Holmes —contraatacaba Guazo—. Ya sabemos que nunca mostraba el más mínimo reconocimiento a quien le daba información[**], de manera que quizá lo único que pretendía con sus pullas era restar importancia al hombre que le había dado la vida en realidad.

Habían transcurrido más de veinte años desde aquellas reuniones del Círculo Sherlock. Muchas cosas habían cambiado alrededor de Sergio. Para empezar, la literatura lo había convertido en mi-

---

de Estado o por afectar a la vida de personas importantes). Dos aventuras son relatadas por el propio Sherlock («El soldado de la piel descolorida» y «La aventura de la melena del león»); una se atribuye al hermano mayor de Sherlock, Mycroft («El último saludo»), mientras que es motivo de gran polémica averiguar quién narra «La aventura de la piedra de Mazarino», aunque se suele considerar obra de Doyle.

* Esa frase se la dedica Sherlock Holmes a Watson en «La aventura del detective moribundo». Publicada por primera vez en *The Collier's Weekly* en noviembre de 1913.

** Esa afirmación la realiza Watson en «El vampiro de Sussex». Publicada en *The Strand Magazine* en enero de 1925.

llonario. Cinco *best-sellers* consecutivos lo habían aupado a una posición envidiable al alcance de muy pocos escritores. Nos referimos a ese momento en que el autor puede escribir lo que se le antoje y a todos les parecerá que sus ideas son brillantes y su prosa, fantástica. Ahora eran las editoriales las que se lo disputaban.

Su imparable éxito literario había comenzado precisamente en el tiempo en el que frecuentó el Círculo Sherlock. Aunque su primera novela —publicada por una editorial menor que no supo confiar en ella— pasó sin pena ni gloria, con la segunda fue reconocido, a pesar de su juventud, como uno de los autores más prometedores del panorama literario del país. Eso sí, a ello contribuyó decisivamente Clara Estévez, si bien ese era un detalle que Sergio no estaría dispuesto a reconocer jamás. Y menos ahora, cuando se esforzaba por imaginar que los veinte años de vida junto a ella habían sido también pura ficción; un sueño del que, afortunadamente, ya no quedaban siquiera las inconexas imágenes que solemos tener del mundo onírico al poco de despertarnos.

Pero había veinte años de vida en común imposibles de soslayar, por más que él lo deseara. Había compartido su cama y su vida con aquella mujer que aparecía en la fotografía del periódico que tenía frente a su despacho. La mujer aún conservaba la sonrisa más cautivadora que un hombre podía desear. Sus ojos azules, su cabello moreno y sus labios carnosos seguían exactamente igual que cuando rompió con ella. La única diferencia era que Clara, la antigua agente literaria de Sergio, se había convertido en una celebridad como novelista.

El aroma del mar ayudó al escritor a creer que, de verdad, Clara Estévez había quedado atrás en su vida. Los separaba el canal de la Mancha, kilómetros de tierra y un infinito dolor.

Y, ahora, ahí estaba él, en los mismos escenarios que asistieron a los últimos días de su héroe de juventud. Ahora que era rico e influyente en el mundo literario, se había decidido a dar rienda suelta a un viejo anhelo: escribir la vida secreta de Sherlock Holmes, desvelando todo aquello que los más apasionados seguidores del detective siempre anhelaron saber. Pero el motivo de una empresa literaria de esa envergadura merece ser explicada al menos sucintamente.

El día 24 de abril de 1891 Holmes fue a visitar a su amigo Watson. Aquel año, Watson vendió la consulta médica que tenía abierta en Paddington y regresó a la de Kensington, donde había vivido durante su primer matrimonio. Y es que, al contrario de lo que muchos no iniciados creen, el detective y el médico no vivieron siempre juntos. Durante los años en que duró su amistad, cuyo inicio debemos fechar en enero de 1881 —cuando Holmes tenía veintisiete años y el doctor, siete años más que él—, John Watson contrajo matrimonio en tres ocasiones.

Desde que Watson se casó por segunda vez y reemprendió la práctica médica, la relación entre ambos había menguado*. De vez en cuando, Sherlock lo visitaba. Pero desde el año anterior, el doctor apenas había tenido relación con su amigo. Watson seguía las andanzas del detective por la prensa, de modo que su sorpresa estaba más que justificada cuando lo vio entrar en su consulta aquella noche del 24 de abril.

Holmes se mostraba inquieto y pidió a Watson que cerrara las contraventanas. Temía ser alcanzado por el disparo de un fusil de aire comprimido, explicó. Por lo visto, había logrado desmantelar la red delictiva de su máximo opositor, James Moriarty, y sabía que querían asesinarle. De hecho, ya lo habían intentado varias veces aquel mismo día.

Holmes pidió ayuda a Watson para huir de Londres mientras la policía ultimaba los detalles de la gran redada. El doctor se aprestó a colaborar, e incluso lo acompañó en un viaje que arrancó en Victoria Station a bordo del Continental Express —ajenos al incendio que destrozó sus habitaciones de Baker Street— y que finalizó en las cataratas de Reichenbach, en los Alpes suizos. Allí, Holmes y Moriarty pelearon a brazo partido y ambos cayeron al fondo del abismo. Holmes había muerto, y así lo publicaron los medios de comunicación, aunque no se había encontrado su cuerpo. El *Journal*

---

* Las referencias siguientes se encuentran en «El problema final», publicada en *The Strand Magazine* en diciembre de 1893.

de Genève del 6 de mayo de 1891, un despacho de la agencia de noticias Reuter del que se hicieron eco los periódicos ingleses el 7 de mayo y sobre todo unas insultantes cartas del hermano del criminal Moriarty en las que ofendía la memoria de Holmes fueron las únicas informaciones sobre tan trágico acontecimiento.

Precisamente, esas cartas ofensivas impulsaron a Watson a tomar la pluma y relatar cuanto sabía de la muerte de Holmes, ocurrida el día 4 de mayo de 1891. El relato apareció publicado en *The Strand Magazine* en mayo del año siguiente. Por entonces, Watson había enviudado por segunda vez.

Sin embargo, para sorpresa de todo el mundo, y en especial del bueno de Watson, tres años después, en 1894, ocurrieron cosas asombrosas.

El 30 de marzo de ese año el segundo hijo del conde de Mynooth, Ronald Adair, fue asesinado entre las once y las doce de la noche, en extrañas circunstancias, en su casa del número 427 de Park Lane. Watson, tras sus aventuras con Holmes, se había aficionado a leer los sucesos, y leyó con sumo interés las noticias sobre tan enigmático crimen. Atraído por aquellos hechos, el jueves 5 de abril atravesó Hyde Park y llegó hasta Park Lane dándole vueltas a lo que allí había ocurrido. De pronto, tropezó con un anciano vendedor de libros. Y, para su asombro, poco después, el anciano apareció en la puerta de la consulta del doctor y se desprendió de lo que no era sino un disfraz. ¡Era Holmes!

Esos hechos, narrados en «La aventura de la casa deshabitada»[*], han arrojado a lo largo de los años a todos los holmesianos a un abismo: ¿dónde estuvo Sherlock Holmes entre el día 4 de mayo de 1891 en que cayó al precipicio en las cataratas Reichenbach y el día 5 de abril de 1894 en que reapareció en Londres ante un pasmado Watson? ¿Era posible rellenar la vida secreta de Holmes? Algunos autores lo habían intentado, pero lo que Sergio Olmos se proponía era verdaderamente audaz y solo podía tener la forma

---

[*] *The Strand Magazine*, octubre de 1903. Los hechos acontecen el jueves 5 de abril de 1894.

de una novela. Una novela cuyos cimientos se los había ofrecido en bandeja el propio sir Arthur Conan Doyle en uno de aquellos memorables relatos, titulado «El problema del puente de Thor»*. En ese relato había encontrado un dato aportado por John Watson que permitía a un novelista comenzar los cimientos de una narración fantástica (o tal vez no tan fantástica) y aguardar a que el lector se aviniera a ser el perfecto cómplice que todo escritor desea encontrar entre su público.

Como la vida lo había alejado de Clara para siempre, nada lo retenía en España. Había decidido hacer realidad el viejo sueño y escribir la novela que más le apetecía construir. Para ello, se había propuesto visitar cada uno de los escenarios de la vida de su héroe de infancia y juventud, y recorrer los mismos parajes en los que tuvieron lugar las populares aventuras. Y, para dar forma a aquella quimera literaria, ningún otro sitio le pareció más propicio que aquella casita de Sussex, frente al mar.

Sergio caminaba despreocupadamente por la playa contemplando los imponentes acantilados blancos. Tal vez fue en esa misma playa, se decía, donde Holmes se enfrentó a uno de los problemas más extraordinarios de su carrera, «La aventura de la melena del león»**. Allí, al sur de los Downs, Holmes pasaba sus días de retiro en una casita —a Sergio le gustaba imaginar que tal vez la casa del detective no fue muy distinta a la que él mismo había alquilado, o incluso quizá fuera la misma, puesto que la dueña le había dicho que tenía más de cien años de antigüedad—, en compañía de la vieja ama de llaves de Baker Street, la impagable señora Hudson.

Sherlock se había retirado a aquel bucólico paraje abandonando definitivamente su profesión en noviembre de 1903, a la

---

* *The Strand Magazine*, febrero de 1922. La historia transcurre en octubre de 1900.

** *The Strand Magazine*, diciembre de 1926. Los hechos suceden entre julio y agosto de 1909.

edad de cuarenta y nueve años. Su propósito era dedicarse al estudio de la apicultura, si bien no pudo evitar participar aún en tres casos más, aunque solo dos de ellos fueron narrados[*].

¿Por qué Holmes abandonó su forma de vida en 1903? ¿Realmente no había ya ningún problema criminal suficientemente estimulante para su extraordinario cerebro tras haber acabado con James Moriarty y con su cómplice, Sebastian Moran?

Por aquel entonces, John Watson apenas lo visitaba ya. La ausencia de quien había sido el principal narrador de sus aventuras obligó al propio Holmes a redactar el insólito problema en que se vio involucrado. Y el detective, que siempre había criticado los relatos de su amigo por considerarlos sensacionalistas al estimar que reducían demasiado las deducciones nacidas de la lógica en beneficio de detalles aventureros, debió tomar la pluma y contar unos hechos ocurridos durante el verano de 1909.

Pero ¿por qué se había retirado Sherlock Holmes de la vida pública?

En su futuro libro Sergio iba a jugar con una hipótesis que otros autores[**] habían manejado y que, mirándose a sí mismo, le parecía que se ajustaba a su situación como un singular guante: Holmes se había recluido en aquel rincón del sur de Inglaterra en noviembre de 1903 porque un mes antes, el día 8 de octubre, había muerto en Trenton (Nueva Jersey), donde nació, la única mujer que lo derrotó y a la que siempre profesó el único amor que un hombre como él podía ofrecer.

Sergio miró el mar. Las olas de aquella tarde cálida de verano, al retirarse, arrastraron mar adentro la arena y el dolor que el mero recuerdo de Clara Estévez producía en su corazón.

---

[*] «La aventura de la melena de león» y «El último saludo», op. cit.
[**] Por ejemplo, W. S. Baring-Gould en *Sherlock Holmes de Baker Street,* Ed. Valdemar, Madrid, 1999.

8

En una ciudad del norte de España
26 de agosto de 2009

Daniela Obando miró por la única ventana de su habitación. Era un día gris, más propio del otoño que del verano, pero ya se había acostumbrado al tiempo melancólico del norte, donde el cielo lloraba casi con tanta frecuencia como ella lo había hecho durante los últimos tres años.

Era el día de su cumpleaños, pero nadie más que ella lo sabía en aquella ciudad. No había velas que soplar ni nada que celebrar. Sus ojos de color café estaban permanentemente untados de sufrimiento desde la muerte de su esposo, ocurrida tres años antes.

William Rubén Vargas había llegado desde su Honduras natal con la ingenua decisión de roturar en la madre patria un futuro mejor para él y para su esposa, a la que había dejado en su país hasta conseguir una situación holgada que le permitiera traerla a España. Sin embargo, no tardó mucho en comprender que los sueños no hacen amistades con nadie, y menos aún con los inmigrantes.

Durante dos años, William trabajó de casi todo. Si no fuera porque pasaba inadvertido para todo el mundo, se le hubiera podido ver fregando platos en un restaurante de poca monta en Madrid, y luego ampliando su currículo durante los veranos de la Costa del Sol como camarero nocturno y albañil diurno. En esos dos años, comiendo poco y padeciendo mucho, ahorró lo suficiente como para poder traer junto a él a su esposa Daniela. Pero, antes, preparó con esmero un piso minúsculo en una ciudad de provincias, adonde fue a parar respondiendo a una oferta de empleo de una empresa de trabajos verticales.

El piso no era gran cosa: un saloncito comunicado por una barra americana con la minúscula cocina, un único dormitorio y un aseo provisto de una ducha. Pero estaba limpio y el alquiler era asequible. A William Rubén Vargas le parecía el mejor lugar del mundo, especialmente si lo podía compartir con el calor de su añorada Daniela.

Ella llegó a España un miércoles. Él falleció en un accidente laboral dos días después. Daniela oyó a gente desconocida que le decía que lo ocurrido era inexplicable. Nadie sabía cómo había sido posible el fallo del sistema de seguridad, pero el caso irrefutable era que William Rubén Vargas había caído a plomo desde una altura de quince pisos hasta la tierra de la madre patria.

¿Indemnizaciones? ¿Responsabilidades? Ella escuchó entre la bruma del dolor primero y la rabia del luto después cómo aquellas palabras enmudecían poco a poco hasta, finalmente, desaparecer.

Daniela tenía veintitrés años cuando envejeció de pronto trescientos. De resultas del caso, la mujer que ahora miraba por la ventana sucia de aquella ciudad era un pálido reflejo de lo que ella misma fue. Había llegado hasta allí huyendo de un pasado en el que su hombre había pretendido construir un futuro, y ahora sentía que lo único que le quedaba era un doloroso presente.

Hacía ya seis meses que estaba en la ciudad, después de errar de un sitio a otro trabajando de casi todo, menos en aquello que le hubiera obligado a empeñar su honra. El cristal de la ventana le permitió contemplar el reflejo de alguien que le pareció desconocido: una mujer mulata, de enormes ojos negros hundidos por el dolor y delimitados por profundas arrugas que parecían excavar su rostro más y más cada noche de soledad. Tenía la frente amplia, el pelo ensortijado, la nariz ancha, las caderas generosas y los pechos pequeños.

Vino a la ciudad porque quería huir del lugar donde William Rubén había muerto. En una estación de autobuses el azar hizo que conociera a una dominicana llamada Mari Cielo, una prostituta que le dijo que conocía a una amiga en aquella zona del norte de España. Daniela jamás había oído hablar de la ciudad de la que la dominicana decía maravillas, pero le pareció que el lugar estaba suficientemente lejos de la muerte de su esposo, de modo que compró un billete junto a Mari Cielo.

El reflejo del cristal en el que aparecía aquella desconocida que guardaba un vago parecido con Daniela desapareció cuando ella se dejó caer en la única silla que adornaba su estrecha y mustia habitación. La lluvia comenzó a golpear el cristal cuando la mano de Daniela tembló al llenar el vaso de ginebra barata. Apuró de inmediato el contenido, ejercicio que supuso dejar la botella a la mitad. Aún quedaba una eternidad para acabar el día, pues no había llegado siquiera la hora de comer, de modo que a Daniela le pareció que sería imposible escapar de la soledad con tan pocas provisiones.

Dolorosamente, se levantó y miró de nuevo por la ventana. Al otro lado había un patio estrecho en el que apenas entraba la luz del sol los días en que este se dignaba aparecer. Se resignó a mojarse, pero todo era mejor que soportar una tarde de soledad sin ginebra. De modo que puso sobre su camiseta de manga corta de color rosa una chaqueta vaquera, a juego con su falda, y salió de la habitación.

El piso del cual formaba parte aquella pieza estaba en poder de un clan rumano. Cada una de las habitaciones estaba realquilada a inmigrantes de diversa nacionalidad. Mari Cielo traía a sus clientes a la habitación contigua los días en que no ejercía su profesión en algún coche o en las zonas más lóbregas del dédalo de patios y callejuelas de aquel barrio. Pero la dominicana había decidido irse unos días antes porque le habían hecho una oferta en un club nocturno de la capital de la provincia. La habitación de Mari Cielo se la quedó un matrimonio que ya ocupaba la tercera habitación del piso. Se trataba de una pareja rusa que vivía con sus dos hijos pequeños. El marido era un hombre alto, enjuto, de barba rubia y tez pálida que parecía estar profundamente avergonzado de tener que vivir en aquella situación. Ella era una mujer enorme, más corpulenta que su esposo, de cabello corto y ojos verdes profundos que miraba a Daniela con desprecio cada vez que se cruzaban en la cocina que todos compartían o en la entrada del cuarto de baño.

Mari Cielo creía conocer la biografía de aquel matrimonio. Un día le dijo a Daniela que había escuchado en el barrio que eran músicos, aunque nadie sabía cómo era posible que hubieran caído en semejante antro.

En cuanto a los caseros, los rumanos, nadie sabía exactamente quiénes eran, puesto que cada mes pasaban a cobrar el alquiler personas diferentes provistas de una sonrisa torva y unos bates de béisbol contundentes y persuasivos.

Daniela salió a la calle cuando la lluvia comenzó a arreciar. Aunque sabía que no podía permitírselo, mientras caminaba hacia la tienda en la que solía comprar la ginebra pensó en cómo hubiera sido su vida en España si su esposo no hubiera muerto. Seguramente, ahora serían padres de uno o dos niños. A ella le hubiera gustado dar un varón al papá para que él se sintiera orgulloso. En cuanto a ella, no tendría que haber estado lavando el trasero de los ancianos a los que cuidaba y sacaba a pasear, ni fregaría más suelos que los del hogar que compartiría con los suyos.

El ruido del claxon de un vehículo rompió el hechizo de sus pensamientos en mil pedazos. La única verdad para ella era que estaba sin trabajo, puesto que el anciano al que cuidó durante los últimos meses había fallecido, y de momento Cristina Pardo, la impetuosa muchacha que luchaba desde la Oficina de Integración de los Inmigrantes en el barrio, no había podido encontrar para Daniela ni siquiera una escalera que fregar. Afortunadamente, el alquiler del mes ya lo había pagado, y para comer siempre podía acudir a la Casa del Pan, como venía haciendo desde hacía una semana.

Caminaban las dos en silencio bajo el mismo paraguas. Cada paso que daban era un chapoteo sobre el suelo empapado. Apenas eran las nueve de la noche, pero la oscuridad era total. Aquel mes de agosto, sin duda, pasaría a la historia local como el más desapacible de cuantos se recordaban.

—Oye, yo no voy. Vete tú sola. Esas cosas no van conmigo.

Cristina se detuvo y obligó a María a pararse en mitad de la calle.

—Pero ¿por qué? —María protestó—. ¿Qué pierdes con acompañarme y hacer una pregunta o dos si te da la gana?

—¿Y qué quieres que pregunte? No tengo nada que preguntar. —Cristina se apretujó aún más contra su amiga, buscando amparo bajo el minúsculo paraguas.

—¿Cómo que no tienes nada que preguntar? ¿Y lo de Baldomero?

—¿Lo de Baldomero? Pero ¿tú estás tonta o qué te ocurre? —Cristina explotó de cólera—. ¿No te enteras de que es un cura, y lo único que haces es difundir lo que dicen cuatro viejas en la iglesia?

María la contempló en silencio. Admiraba a Cristina y la tenía por mucho más que una amiga, pero no comprendía cómo era posible que una mujer tan guapa no hubiera encontrado aún al hombre de su vida. Y, para colmo, resultaba que el que le gustaba era un cura.

—Bueno, yo tampoco lo he encontrado aún. —Sus palabras escaparon entre los labios sin poder evitarlo.

—Tú tampoco, ¿qué? —preguntó Cristina.

—Nada, cosas mías. —María puso entonces ojos de cordero degollado antes de añadir—: Acompáñame a mí al menos y no preguntes nada, ¿vale?

Cristina conocía a María desde hacía dos años, cuando se creó la Oficina de Asuntos Sociales en el distrito norte y ella ganó la plaza de asistente social encargada de los inmigrantes. Sabía que nada malo podía esperar de María, a la que se podía culpar de exceso de generosidad como pecado más grave. Bueno, de eso y de creer a pies juntillas cuanto decía aquella echadora de cartas, la tal Graciela, a cuya consulta María pretendía arrastrarla en busca de las pistas y claves que condujeran a ambas hasta los brazos del hombre de sus sueños.

—Voy, pero yo no pregunto nada —dijo al fin Cristina, claudicando ante la insistencia de su amiga.

Minutos más tarde, María llamaba a la puerta de la vidente. Cristina estaba tensa, incómoda, y también un poco asustada. Se preguntaba qué tipo de mujer abriría la puerta. En toda su vida jamás había ido a un lugar como aquel. ¿Sería capaz, la tal Graciela, de mirar dentro de su alma y advertir los escandalosos pensamientos que había tenido con respecto a un cura? ¿Realmente había gente capaz de adivinar el futuro en unas cartas?

La joven estaba a punto de echar a correr cuando la puerta se abrió.

—Pasen, pasen —dijo una voz dulce pero firme.

Tenía gracia, pensó Cristina, que, a pesar de todo cuanto su amiga le había dicho sobre la infalibilidad de la adivinadora, nunca le hubiera comentado nada sobre su aspecto. Cristina había imaginado a la echadora de cartas como una mujer mayor, tal vez grande, oronda, que vestiría alguna túnica de color chillón y tendría un innegable aire de bruja. Pero la mujer que las invitó a pasar no respondía en absoluto al prototipo que ella creía que era el que correspondía a una vidente.

Graciela era bajita, de poco más de un metro y medio de altura. Tenía una nariz larga, aunque parecía adecuada para su cara. Sus ojos eran más bien pequeños y estaban tal vez demasiado juntos. Se recogía el cabello negro en una pequeña coleta y hablaba con una extraña calma. Naturalmente, no vestía una túnica llamativa, sino un sencillo vestido de color marrón claro con un estampado de flores. En lo único que había acertado Cristina era en sospechar que la mujer sería gruesa; aunque, para ser precisos, Graciela no era obesa, sino más bien rellenita, compacta. A pesar de ello, movía con sorprendente agilidad su cuerpo, y al poco las dos amigas habían sido conducidas a una salita en cuyo centro había una mesa camilla.

De modo que aquella era la sala de máquinas del castillo de la bruja, pensó Cristina, a quien de pronto le pareció estar viviendo un sueño o ser la protagonista de la escena de una película de escasísimo presupuesto. Aquella sala podía pertenecer perfectamente a la casa de sus padres, con su mesa camilla, sus figuritas en el mueble del televisor y su sofá de escay.

—¿Sorprendida?

La pregunta de Graciela cogió a Cristina totalmente desprevenida.

—¿Perdón?

—Le preguntaba si está sorprendida.

—¿Por qué habría de estarlo?

—Tal vez se había imaginado que mi consulta fuera diferente, quizá con una marmita burbujeante rellena de un guiso hecho con serpientes, sapos y, a lo mejor, algún niño que hubiera capturado en una noche de luna menguante.

Las palabras de Graciela no sonaban a reproche, sino más bien a una broma que ya hubiera empleado en otras ocasiones con las clientas novatas. No obstante, Cristina se estremeció sin poder evitarlo al pensar que, tal vez, aquella pequeña mujer hubiera sido capaz de leer sus pensamientos.

Las tres se sentaron alrededor de la mesa camilla, pero Graciela se colocó frente a las dos clientas.

—¿Qué queréis saber? —preguntó mientras comenzaba a manipular un mazo de cartas del tarot muy sobado.

—Yo, nada —se apresuró a decir Cristina, y de inmediato se arrepintió de haber abierto la boca.

Graciela la miró de un modo extraño. Y luego dijo:

—Ya lo sé, cariño. Tienes miedo. Suele ser frecuente.

Después, su mirada se relajó y se volvió hacia María.

—¿Y tú?

Durante poco más de media hora las diminutas manos de Graciela ejecutaron una increíble danza en compañía de los arcanos mayores y menores. Las cartas volaban sobre la mesa, se disponían en grupo confeccionando las casas astrológicas y, de creer lo que aquella mujer aseguraba, desvelando algunos aspectos claves de la futura vida sentimental de María. Y María parecía satisfecha, no en vano se le había anunciado un romance durante el inminente otoño con un hombre bien vestido, serio y cabal, aunque tal vez mayor que ella.

—¿Mayor? ¿Cuánto más?

—¿Cuántos años tienes? —preguntó Graciela.

A Cristina le resultó ridículo que alguien que era capaz de predecir todas aquellas cosas no pudiera saber qué edad tenía su clienta sin preguntárselo.

Entonces Graciela la volvió a sorprender.

—Tu amiga —dijo mirando a Cristina a los ojos— tiene treinta y uno, eso ya lo sé, pero no sé por qué no veo tu edad.

El rostro de Cristina se volvió más pálido que de costumbre. Las pecas que salpicaban su rostro destacaban sobre la piel blanca hasta que, de pronto, enrojeció.

—No te apures —dijo Graciela—. Me sucede muchas veces cuando hay dos personas en la consulta. Por algún motivo mi energía conecta de una manera especial con una de ellas.

—Tengo treinta y seis años —dijo María, mucho más preocupada por su futuro que por las facultades psíquicas de Graciela.

—Es posible que él tenga quince años más que tú.

—¡Quince años! —exclamó María, visiblemente decepcionada.

Cuando la consulta terminó, Graciela acompañó a las dos amigas hasta la puerta.

—Volved cuando queráis —dijo, pero solo miró a Cristina mientras las invitaba.

Una vez a solas, Graciela se sentó de nuevo junto a la mesa camilla. ¿Qué tenía que decirle aquella chica alta y rubia?, se preguntaba. ¿Por qué toda su atención se había centrado en ella, a pesar de que no se atrevió a decir nada durante toda la consulta?

Y decidió preguntar a su vez a las cartas.

Con la primera tirada empalideció. La segunda, la tercera y la cuarta tirada las hizo con manos temblorosas. Sobre el mantel de ganchillo, panza arriba, como peces muertos, la Torre, la Muerte, el Ahorcado, el seis, el siete y el ocho de espadas mostraban impúdicamente su mensaje de sangre.

9

Londres
26 de agosto de 2009

Sergio Olmos emergió del subsuelo urbano y respiró profundamente el aire fresco de la mañana. A pesar de ser un día de verano, la temperatura en Londres más parecía la propia de una mañana otoñal. Dejó tras de sí la estación del metro de Holborn, adonde había llegado desde Green Park, en cuyas inmediaciones había alquilado una habitación de hotel. Miró distraídamente alrededor y, sin más demora, se dirigió hacia su destino.

¿Cuántas veces había visitado Londres en los últimos años? Sin embargo, la ciudad seguía provocando en él un estremecimiento especial. Lejos quedaba aquella primera visita al Círculo Sherlock, en cuya sede contempló las fotografías que su amigo Víctor Trejo había hecho de algunos de los escenarios de las aventuras holmesianas. Por aquel entonces, ni él ni su familia estaban en disposición de permitirse un viaje así, pero sus conocimientos sobre los relatos de las aventuras del famoso detective hicieron que reconociera de inmediato, como si por ellos se hubiera paseado, aquellos evocadores lugares.

Los primeros derechos de autor que recibió por las ventas de la novela con la que debutó en el mercado literario los gastó en un viaje a la capital británica. Y, a pesar de las innumerables veces que había visitado después la ciudad, jamás pudo olvidar la emoción con la que su mirada recorrió la primera vez algunas de las calles que su admirado Sherlock tan bien conoció.

Desde la estación de metro de Holborn al Museo Británico la distancia es escasa, de modo que instantes después se encontraba frente a la mole del museo donde se custodian dos millones de años de civilización. Los turistas más madrugadores se disputaban la entrada para precipitarse por el tobogán de la historia que los conduciría desde el antiguo Oriente Medio hasta la Ilustración, desde la Prehistoria hasta Egipto o al mundo grecorromano. A pesar de todo, Sergio apenas les prestó atención. De hecho, no resultaban sino una incomodidad más que lo alejaba del Londres victoriano por el que le gustaría pasear.

Rodeó el museo y trató de imaginarse cómo sería Montague Street en el mes de julio de 1877. Montague Street es una calle situada tras el Museo Británico en la que Sherlock Holmes alquiló unas habitaciones cuando llegó a Londres por vez primera con el propósito de convertir sus extraordinarias capacidades deductivas y de observación en un oficio, el de detective consultor[*].

La inmensa mayoría de los lectores de las aventuras del detective creen que siempre vivió en Baker Street, pero se equivocan. Sergio había visitado Montague Street siempre que pisaba Londres, pero ahora el propósito era muy diferente. No se trataba de un viaje de placer, sino de trabajo.

Su idea de rellenar los años vacíos de la vida de Sherlock le hacían sentir en su interior un fuego que no había experimentado desde su primera novela. La grandeza de Sherlock lo convertiría en un personaje real, como de hecho lo consideraban buena parte de sus fervorosos admiradores. El imperecedero recuerdo del detective, pensaba Sergio en ocasiones, dando sin querer la razón a Víctor Trejo, no podía comprenderse si no se admitía que el personaje era un hombre de carne y hueso. De modo que, en la futura obra de Sergio, sir Arthur Conan Doyle encarnaría el mismo papel que la historia reservó al rabino de Praga Judah Loew en el siglo XVI. Según la leyenda judía, el rabino Loew había construido un ser, un *golem,* a partir de la arcilla al que dotó de vida propia

---

[*] Holmes informa a Watson en «El ritual de los Musgrave» de que su primer domicilio en Londres estuvo en Montague Street, *op. cit.*

después de realizar una serie de conjuros e invocaciones mágicas. El rabino pretendía que su criatura le sirviera y defendiera el gueto de Praga de los ataques antisemitas, pero pronto aquel ser comenzó a escapar de su control. Y, aunque el rabino intentó acabar con la vida de su criatura, la situación se tensó hasta los límites más insospechados.

A diferencia de esas criaturas robóticas, sin capacidad para pensar por sí mismas, el *golem* literario de Doyle era mucho más inteligente que su propio creador y supo derrotarlo cuando llegó el momento obligándolo a escribir una resurrección exigida por los lectores[*].

Mientras paseaba absolutamente abstraído por la calle en la que vivió Holmes durante sus primeros días londinenses, Sergio sonreía para sí al pensar con qué extraordinaria habilidad la criatura supuestamente de ficción a la que el *rabino* Doyle pretendió mostrar como un cerebro andante, incapaz de enamorarse ni apenas sentir, fue ganándose el amor y el respeto del público. Su autor mostró al mundo un héroe nada convencional, frío, antipático, adicto al tabaco, consumidor de morfina y cocaína. Sin embargo, a pesar de los esfuerzos de su hacedor, que llega a decir de su criatura que «jamás hablaba de las pasiones más tiernas, si no era con desprecio y sarcasmo»[**], el público supo comprender que Sherlock ocultaba un mundo interior fascinante del que nada se decía en aquellas historias. Un mundo tal vez repleto de angustia vital, la misma que le hacía consumir drogas en un ejercicio de autodestrucción que su compañero Watson trataba infructuosamente de evitar. Aquel hombre que Doyle quiso mostrar distante y frío fue el héroe que el público eligió al comprender que, cuando se lamentaba en voz alta preguntándose si acaso «no son todas las vi-

---

[*] Cuando Doyle publicó en diciembre de 1893 «El problema final», en el que Holmes moría en las cataratas Reichenbach, la casa del escritor se vio inundada por cartas de los lectores exigiéndole el regreso de Holmes. Las oficinas de la publicación donde aparecían los relatos *(The Strand Magazine)* fueron el punto de cita de numerosos manifestantes cada sábado durante varios meses. Y se cuenta que incluso la madre de Doyle dejó de hablarle por haber matado a su criatura literaria.
[**] «Escándalo en Bohemia», *op. cit.*

das patéticas e insignificantes»*, era porque sufría por el destino de los hombres más que su propio autor.

El ruido de los vehículos, las prisas de la gente, la vida de una ciudad enorme como Londres incomodaban a Sergio. También él, como Enrique Sigler, hubiera preferido escuchar los cascos de los caballos tirando de los carruajes de alquiler en aquel lejano mes de julio de 1877, cuando Holmes llegó a la capital dispuesto a abrirse camino en su insólita profesión.

El mismo Museo Británico al que Sergio había prestado nula atención acogió durante muchas horas al futuro detective mientras devoraba los más variados libros de las ramas del saber que precisaba dominar para mostrarse eficaz y certero en su oficio. Ocasionalmente, algunos antiguos compañeros de universidad ponían a su alcance algún caso extraordinario, persuadidos de la afilada inteligencia de Holmes.

Años antes, mientras visitaba la casa familiar Trevor, en Norfolk, adonde había sido invitado por un compañero de estudios, Holmes tuvo claro cuál sería su futuro profesional. Sucedió cuando su amigo habló a su padre, un hombre de mundo que había enviudado tiempo atrás, de la capacidad deductiva y de observación de Holmes. El hombre creyó que su hijo exageraba, razón por la cual, a modo de juego, retó a su huésped a ver cuánto podía averiguar sobre él con solo observarlo. La exhibición de Holmes fue tan memorable que el viejo Trevor pronunció unas palabras que resultaron proféticas: «No sé cómo lo consigue, señor Holmes, pero me da la impresión de que todos los detectives de hecho y de ficción son niños a su lado. Por ahí tiene que orientar su vida, y se lo dice un hombre que ha visto algo de mundo»**.

Y así fue como ocurrió. Aquella primera aventura sucedió en el verano de 1874. Holmes tenía veinte años. Es cierto que la inexperiencia del futuro detective no impidió la muerte del cliente, pero fue capaz de desenredar una compleja historia que explicó el motivo del asesinato del padre de su amigo. Aún años des-

---

* «La aventura del fabricante de colores retirado», *op. cit.*
** «La aventura del Gloria Scott», *op. cit.*

pués, Holmes conservó en un cilindro la cuartilla que contenía el extraño mensaje con el que comenzó aquella primera y juvenil aventura, y así se lo explicó mucho tiempo después a su inseparable compañero John Watson.

Al enfrentarse abiertamente con un crimen, Holmes comprendió lo acertadas que habían sido las palabras del padre de su amigo. Si los demás detectives apenas serían niños en comparación con él, los criminales deberían comenzar a temblar. Y así llegó aquel mes de julio de 1877 en que se instaló en Montague Street, la misma calle que Sergio Olmos paseaba arriba y abajo un siglo después tratando de imaginar dónde estuvieron las habitaciones que su héroe alquiló al poco de llegar a la ciudad.

El resto de la mañana pasó veloz. Fue un suspiro para Sergio, que vivía en un mundo paralelo al de los miles de personas que se cruzaron en su camino. El Londres de los demás no era el mismo por el que él caminaba. Mientras sus pasos lo conducían hacia Tottenham Court Road evitando que su mirada quedara atrapada, como lo haría un seductor encantador de serpientes, por la imagen de algunos de los modernos y orgullosos edificios del centro de Londres, su mente lo transportó a un mes de agosto bien diferente, el de 1889. Imaginó cómo sería aquel día caluroso en el que comienza la aventura titulada «La caja de cartón»*. Tanto era el calor reinante que las habitaciones de Holmes en Baker Street se habían convertido en un horno, y el sol arrancaba dolorosos destellos a los ladrillos del edificio de enfrente. Sergio recordaba cómo el detective, al inicio de esa aventura, llegaba a preguntarse si realmente aquella calle era la misma que habitualmente se veía sumida en densas y lúgubres nieblas en otros momentos del año.

Pero ¿por qué habían venido a la memoria de Sergio las primeras líneas de aquel relato en el que, unos renglones después, el detective daba una lección inigualable a Watson a propósito de cómo

---

* Apareció en la revista *The Strand Magazine* en enero de 1893. Los hechos suceden durante el verano de 1889.

se podía seguir el razonamiento de un hombre con solo mirar su cara y sus ojos? La respuesta no tenía nada que ver con el meollo de aquel truculento caso. En realidad, su paseo hasta Tottenham Court Road guardaba relación con el Stradivarius de Sherlock Holmes.

Con su inseparable cuaderno de notas en la mano, Sergio trató de imaginar cómo sería aquella calle en el ocaso de la década de los años ochenta del siglo XIX. Su fértil imaginación pronto le permitió descubrir al mismísimo Holmes caminando por la acera después de cruzar la calle sorteando un par de carruajes de alquiler. Con su inventiva, Sergio lo siguió con sigilo. Tan abstraído estaba que realmente le parecía verlo y, casi, ir pisando sobre la sombra del detective.

Con los ojos de su imaginación, Sergio descubrió al fin adónde se dirigía Holmes. Y así fue como creyó descubrir dónde estuvo en otro tiempo la tienda regentada por un judío en la que el detective pudo adquirir su costosísimo violín —cuyo precio no debía ser inferior en modo alguno a las quinientas guineas— por tan solo cincuenta y cinco chelines[*].

Satisfecho con su *hallazgo* (nada menos que el lugar donde Holmes compró su mítico violín), Sergio prosiguió su distraído paseo ajeno por completo al mundo que lo rodeaba y también al hombre que lo seguía con disimulo desde hacía bastante tiempo. De haber vivido más pendiente del presente y menos del pasado, el escritor hubiera caído en la cuenta de que su misterioso seguidor era el mismo que lo había espiado desde los acantilados de Sussex días antes. Se trataba del mismo hombre que, aprovechando su ausencia durante aquel paseo por la playa, había entrado en la casita de alquiler, había conectado su ordenador, había escrito la clave con la que Sergio pretendía preservar sus secretos informáticos, había utilizado algunos de los folios que Sergio había desechado tras leer su contenido y había escrito algunos textos que luego imprimió antes de abandonar sigilosamente la casa sin dejar el menor rastro de su presencia en ella.

---

[*] Holmes proporciona esa información a Watson en «La caja de cartón», *op. cit.*

¡Oxford Street! ¡Más de trescientas tiendas! Tal vez la calle comercial más grande del mundo, o al menos una de las mayores. Nadie visita Londres sin pasear por ella y caer en la tentación de comprar en alguno de sus famosos comercios; bueno, en realidad, sí existía alguien inmune a esos vicios: Sergio Olmos.

Lo que pretendía encontrar en Oxford Street no lo podía ver nadie más que él, y era lógico, puesto que la sucursal del Capital and Counties Bank que él buscaba no existía. Sergio tenía algunas ideas al respecto: la sucursal debía tener el aire severo y el olor rancio que él atribuía a toda entidad bancaria decimonónica.

¿Qué razón lo había impulsado a garrapatear sobre su libreta algunas notas sobre aquella cuestión? La respuesta era simple: en esa sucursal bancaria de Oxford Street tenía su cuenta Sherlock Holmes[*]. Hubiera sido magnífico revisar el estado de sus finanzas, sonrió el escritor; después de todo, no sabemos cuáles eran sus tarifas exactamente. A algunos clientes les cobraba; a otros, no. Pero es probable que las tierras de su familia le reportaran ciertas rentas que le permitían tener una posición holgada, aunque no espléndida.

A media mañana hizo un alto para comer algo en Nicole's, en New Bond Street. A Sergio siempre le había gustado comer en un lugar donde pudiera pasar totalmente inadvertido. Allí, nadie reparaba en él, pues nada tenía que lo hiciera especial, y mucho menos en una ciudad tan cosmopolita como Londres. Salvo por su tradicional atuendo, compuesto por un impecable traje negro de alguna famosa firma y una inmaculada camisa blanca, ningún atributo de Sergio era especialmente notable.

Mientras degustaba su ensalada con parsimonia, miró las notas de su bloc. También el hombre que lo seguía había decidido comer algo, pero lo hizo en otro local próximo, desde donde podía observar si Sergio salía de nuevo a la calle.

Cuando finalizó su almuerzo, Sergio consultó su cuaderno. Su próximo destino estaba subrayado vigorosamente con tinta roja: Serpentine Avenue, St. John's Wood.

---

[*] Holmes desvela ese dato en «La aventura del colegio Priory». Se publicó en *The Strand Magazine* en febrero de 1904. Los hechos suceden en mayo de 1901.

Una vez hubo terminado su almuerzo, y ajeno a las maniobras del hombre que lo seguía con extrema precaución, se encaminó hacia Hyde Park, dispuesto a dar con la dirección anotada en su libreta.

No era una dirección cualquiera. De creer a Conan Doyle, en la primavera de 1887 existía allí una casa, la residencia Briony. Y en ella vivía un personaje sin el cual, tal vez, no se puede comprender a Sherlock Holmes por completo. Por aquellos días el detective había cedido a su tentación de consumir cocaína disuelta al siete por ciento tres veces al día para soportar el tedio de las jornadas en las que su extraordinaria mente no era retada por criminal alguno. Además, Watson, debido a su primer matrimonio, no vivía ya con él.

—¡«Escándalo en Bohemia»! —murmuró Sergio. Aquellas palabras sonaron con una mezcla de temor y reverencia.

¿Por qué era importante aquella aventura? ¿Por qué Sergio llevaba anotada y subrayada una dirección en su cuaderno de notas?

La razón era simple: se trata de uno de los relatos más emblemáticos de la andadura personal de Sherlock Holmes. Y no porque la historia tenga la curiosidad literaria de que se divide en tres partes, algo que no se vuelve a repetir en las demás narraciones. ¡No! ¡La enjundia de aquella aventura tenía que ver con una mujer! «¡La mujer!», como diría el doctor Watson.

«¡La mujer!» no era otra que Irene Adler, una *prima donna* retirada, que había nacido en Trenton, Nueva Jersey[*] y que, según el juicio de Watson, era «la cosa más linda que se haya visto bajo un sombrero en todo el planeta». Y no solo eso: fue la única mujer que ganó el corazón de Holmes y, además, lo derrotó demostrando ser más astuta que él.

Y fue precisamente en ese momento cuando el azar aparejó todo lo que se precisaba para que acertara a pasar delante de Sergio una mujer morena, cuya edad rondaba los cuarenta años y que exhibía unas sensuales formas redondeadas. La desconocida vestía

---

[*] Según W. S. Baring-Gould, Irene Adler nació el martes 7 de septiembre de 1858, de modo que era cuatro años más joven que Holmes, *op. cit.*

un atuendo deportivo y caminaba a buen paso. Era evidente que no daba un paseo cualquiera, sino que practicaba una modalidad mucho más atlética.

Sergio, apenas repuesto de la impresión, caminó hacia ella. El escritor había enmudecido por el asombro. Por un instante tuvo la convicción de que el universo había conspirado en su contra para que tropezara en las vísceras de Londres con la mujer por la cual había huido de Madrid semanas antes. Sin embargo, al mirar a la desconocida más detenidamente, comprendió que no era ella. No era Clara Estévez.

A Clara Estévez, la misma que veinte años más tarde le sonreía permanentemente desde un recorte de prensa colocado en su despacho, la conoció al salir de una de las reuniones del Círculo Sherlock. Aquella tarde, ventosa y fría, no habría pasado a la historia de la vida de Sergio de no haberse filtrado en ella aquella muchacha.

De inmediato, Sergio se sintió cautivado por sus ojos azules. Y si la primera impresión es aquella que nos enamora o nos desenamora, se puede afirmar sin la menor duda que Sergio Olmos se enamoró antes de que ella le sonriera a través de sus labios.

—Clara, este es Sergio, el futuro escritor del que te he hablado. —A Sergio le molestó la familiaridad con la que su amigo Víctor Trejo hablaba a la joven—. No conozco a nadie que sepa tanto sobre Holmes como él.

—Caballero, por favor —repuso Sergio con falsa modestia, al tiempo que trataba de espantar la envidia con la que miraba de pronto a su amigo Víctor.

—No le habéis dicho que los modales victorianos solo se emplean dentro del círculo. —Clara miró burlonamente a Sergio y rio.

Sergio se sintió enrojecer, lo cual pareció complacer enormemente a Clara, que rio aún con más fuerza. Después, acercó su mejilla a la de Sergio y se dejó besar suavemente a modo de presentación.

—Me llamo Clara. —Su voz era más grave de lo que Sergio había esperado, pero había en ella un matiz tremendamente sensual—. Y perdona la broma. De todos modos, si este grupo de cafres no fuera tan machista y admitieran a una mujer en el círculo, ya veríamos quién sabe más sobre el detective, si tú o yo.

Una luz se encendió en la mente de Sergio. De pronto comprendió el motivo por el cual durante la primera visita a la sede del club, y mientras admiraba las fotografías de los «santos lugares», como los del círculo llamaban a los escenarios holmesianos, alguien dijo que no todas las fotografías las había hecho Víctor. Entonces este replicó que ella no contaba. De modo que aquella mujer morena y de mirada azul era *ella,* comprendió Sergio.

Tiempo después averiguó que Clara, que era dos años más joven que él, estudiaba bellas artes, además de música y canto. Era gallega, como su padre, que representaba a una multinacional financiera en Madrid. Pero su madre era norteamericana y dirigía una importante agencia literaria. Un día ella le confesó que sus padres se habían divorciado y que aquello la había afectado profundamente durante un par de años. Al final, había optado por quedarse junto a su madre, confesó.

Clara era tremendamente inteligente; seguramente, más que cualquiera de los miembros del círculo. Ni siquiera Sergio, que podía presumir de un impecable expediente académico, estaba a su altura en muchos aspectos. En cuanto al canon holmesiano, pronto pudo averiguar que ella podría presidir el círculo sin ningún problema. Solo conocía a un hombre que supiera más que él y que Clara sobre las sesenta historias escritas por sir Arthur Conan Doyle.

Algo más advirtió Sergio con el paso del tiempo, y era que la sola presencia de Clara hacía que Enrique Sigler abandonara de inmediato la compañía de los demás, como si aquella mujer le provocara algún tipo de alergia aún por diagnosticar.

Sigler, a quien ya hemos presentado como un joven apuesto, de modales exquisitos y siempre bien vestido, tenía la misma edad que Sergio. Sabemos de él que era moreno, de estatura media, ojos verdes, mirada profunda y manos largas y delicadas. Su padre era un acomodado industrial y, junto a Víctor Trejo y a la propia Clara, formaba el triángulo de los millonarios, como los llamaban los demás burlonamente.

Aunque su padre era catalán, a Enrique Sigler le gustaba más hablar de su madre, una judía alemana, y por ello nunca empleaba el apellido paterno: Rosell. Una de sus aficiones era la de hablar de los orígenes míticos de su apellido alemán, puesto que aseguraba que era una variante de Segal. Los Segal, afirmaba, fueron maestros de la Torá desde antes incluso del Templo de Jerusalén, lo mismo que los Cohen o los Leví. Todos ellos, se vanagloriaba, eran descendientes directos de Aarón, el hermano de Moisés.

Sigler asistía al Círculo Sherlock, pero no era un consumado especialista en el tema, como ocurría con los demás. Sin embargo, se esforzaba por derrotar a Víctor Trejo, el gran mecenas de aquel extraño invento, en las escasas disputas que ambos sostenían sobre las aventuras del detective. Pero mientras Víctor competía sin pasión, Sigler mostraba su aspecto más agresivo cuando discutían los dos.

La violencia de sus discusiones había llamado poderosamente la atención a Sergio, pero nunca había encontrado el momento idóneo para preguntar a Víctor qué era lo que les sucedía. Y no supo el motivo hasta el día en que Clara le dijo que ella y Sigler habían mantenido una relación antes de que la joven comenzara a salir con Víctor.

—A Enrique no le gusta perder en nada —dijo Clara—, y supongo que a mí me tenía como un trofeo. Por eso discute con Víctor siempre que puede y huye literalmente de mí.

¿Era Holmes un misógino? Esa pregunta se la habían formulado a Sergio muchas veces. Ahora, de un modo involuntario, apareció de nuevo en su mente mientras seguía a cierta distancia por Hyde Park a aquella mujer que tanto le había recordado a Clara Estévez. La mañana seguía siendo maravillosa y eran muchos los visitantes que iban desde los jardines de Kensington hacia Hyde Park disfrutando del sol.

De pronto, la mujer interrumpió durante un momento su vigoroso caminar y secó el sudor de su frente con una muñequera diseñada por una poderosa marca de ropa deportiva. Miró a su alrededor, y por un instante sus ojos azules estuvieron a punto de posarse sobre la mirada de Sergio. Aunque, si es que llegó a verlo, nada en él le llamó le atención y prosiguió su caminata.

A pesar de lo que los demás sostenían, Sergio no creía que Holmes fuera un misógino. Cuando llegaba el turno de esos debates, él siempre argumentaba que en la aventura titulada «La banda de lunares»*, uno de los primeros casos narrados por Watson, Holmes se pone de inmediato del lado de la protagonista, Helen Stoner, y se muestra indignado cuando descubre que el padrastro de la joven la ha golpeado.

Morante discutía apasionadamente sobre ese particular. En su opinión, Holmes era un empedernido misógino y proponía como argumento un ejemplo que a él le parecía palmario. Recordaba cómo en «Los hacendados de Reigate»** Watson dice que el detective solo aceptó ir a aquella casa de campo cuando supo que el anfitrión era soltero.

¿Era homosexual Holmes? Eso habían dicho algunos supuestos especialistas, e incluso se había creído que mantenía con Watson una relación mucho más allá de la amistad. Pero Guazo era el primero que defendía la heterosexualidad del doctor recordando que se había casado en tres ocasiones y que a lo largo de las diferentes aventuras muestra una especial predilección por las damas.

Clara bromeaba diciendo que tal vez Watson era bisexual y Holmes solo era homosexual. Sergio, en cambio, seguía en sus trece. Para él, Holmes no era misógino ni homosexual, sino que, simplemente, había entregado su cerebro y su cuerpo a una causa.

---

* Publicada en *The Strand Magazine* en febrero de 1892. Sucede en abril de 1883.
** Se publicó en *The Strand Magazine* en junio de 1893, pero los acontecimientos ocurren en abril de 1887.

—Por una vez estoy de acuerdo en algo con Watson —solía decir para picar a Guazo—, y es cuando dice en «Escándalo en Bohemia» que para un cerebro como el de Holmes una emoción fuerte como la que provoca una mujer podía ser tan letal como la arena en un instrumento de precisión.

Clara miraba a Sergio con aquellos ojos de gata y le decía que Holmes tenía miedo de las mujeres, y que desconfiaba de ellas. Sergio procuraba no demorarse más de lo debido en la profundidad del azul de aquellos ojos y replicaba que el detective siempre fue un caballero con todas las mujeres que se cruzaron en su camino.

—Sí, pero de una de ellas se enamoró —respondía Clara, sonriendo.

Ensimismado en sus pensamientos sobre Clara Estévez y sobre Irene Adler, la mujer que enamoró a Sherlock Holmes, Sergio perdió de vista a la atlética morena a la que había seguido hasta Hyde Park. Entre el gentío que rodeaba la orilla del lago Serpentine, a Sergio solo le quedó de ella su recuerdo, lo mismo que le había dejado Clara Estévez.

10

En una ciudad del norte de España
27 de agosto de 2009

Graciela se ganaba la vida con las cartas del tarot desde hacía más de veinte años. Para ella, aquel viejo mazo de naipes, cuyos orígenes algunos situaban en la India y otros en Marruecos o en Egipto, era un libro de sabiduría. En su opinión, el ritual que suponía cada tirada servía para facilitar un diálogo entre su parte consciente y su parte inconsciente. Pero después de todos aquellos años había aprendido a sentir de un modo especial cuando reflexionaba ante los Arcanos Mayores. Desde la carta 0 —el Loco— hasta el cartón XXI —el Mundo—, se contenían todas las respuestas a todas las preguntas. Si no se descubría lo que se anhelaba, era por torpeza y falta de limpieza de espíritu de quien las manipulaba, según creía.

Dieciocho años antes, aquella convicción suya le había costado su matrimonio. Para Blas González, un farmacéutico que encarnaba la tercera generación familiar al frente de la botica del pueblo en el que ambos vivían, aquella obsesión de su esposa por las malditas cartas era intolerable. Por supuesto que él no creía en nada de todo aquello, respondía visiblemente incómodo cuando algún vecino le preguntaba sobre qué pensaba a propósito de que su esposa se estuviera ganando fama de bruja con esos tejemanejes.

Pero ella no cedía a pesar de las discusiones, cada vez más acaloradas, que mantenían. Lo que ella llamaba «diálogo interior» él lo calificaba de simple chifladura. Y, así, la grieta entre los dos se fue ensanchando y acabó por devorar su matrimonio.

De aquella relación, él salió con menos dolores de cabeza y dejando el prestigio de la saga de boticarios inmaculada; ella emergió fortalecida, transmutada. Cuando los papeles se arreglaron y su matrimonio se convirtió en agua pasada para ambos, Graciela cerró su maleta y guardó en su bolso el mazo de cartas.

Convencida de que en los veintidós Arcanos Mayores se representan los símbolos básicos del sendero de la vida, en una habitación de hotel los desparramó sobre la cama aplicándose al máximo en el ejercicio. ¿Qué debía hacer con su vida? Y los cartones le hablaron. Y desde entonces siempre le habían hablado con claridad.

Graciela predicaba que se engañan quienes creen que el símbolo pretende disimular, engañar, ocultar al hombre aquello que contiene. En su opinión, los símbolos del tarot no nacieron para guardar secretos, sino para mostrar aquello que las palabras no pueden expresar y la mente no puede aprehender por el método científico. Por ello, es preciso ser un loco para emprender el viaje de iniciación que, a su juicio, era el tarot. De manera que decidió comenzar, como esa carta, desde cero, e intentar experimentar lo desconocido. Y así fue como Graciela, al igual que la figura del cartón del Loco, salió de aquel hotel con su minúsculo hatillo en busca de una nueva vida.

De sobra sabía que, en una aventura como la que se proponía, le aguardaban momentos difíciles; que debería atravesar, como el ciclo del tarot, reinos de sombras, pero se mostró firme en su propósito de caminar hacia una nueva luz.

Hacía dieciocho años que trabajaba en aquella ciudad y sus clientes eran tan abundantes como fieles. Era cierto que no lograba adivinarlo todo, pero tampoco erraba con frecuencia, de manera que su fama medró entre aquellos que ansiaban saber su futuro y creían que aquella mujer bajita que un día fue la esposa de un boticario de pueblo podía revelárselo.

Durante todos aquellos años había aprendido a conocer a la gente y a conocerse a sí misma. La exploración interior alcanzaba un milímetro más de profundidad con cada tirada de cartas. Había aprendido también a huir de la tentación de ganar dinero fácil embaucando a las almas más desvalidas de las que llegaban a su consulta. Creía manejar fuerzas suficientemente peligrosas como para no jugar con ellas. Pero, sobre todo, Graciela había aprendido a ser dócil y a saber escuchar a las cartas. Y, si una y otra vez aparecían sobre la mesa los arcanos que contemplaba, debía ser por algo.

Desde que el día anterior aquella chica rubia se cruzó en su vida, las mismas cartas le anunciaban algo horrible. Pero las cartas no facilitan direcciones ni números de teléfono ni diagnósticos médicos ni nombres de personas.

—Está claro que una mujer va a morir, pero ¿quién? —se preguntó Graciela, mirando las cartas.

Sobre el mantel blanco de la mesa camilla la carta XII, el Ahorcado, le hablaba, pero esta vez no conseguía entender su mensaje. Junto a él, el cartón XIII, la Muerte, era el heraldo del cambio, del fin, de la transformación, de la despedida. La carta XVI, la Torre, teñía de dramatismo el inminente futuro de una mujer desconocida. Pero, por más que Graciela buscaba en las dos figuras que caían al vacío desde aquella torre una solución, no la encontraba. Ni las veintidós llamas que un rayo arranca de la fortificación destruida ni el espectral jinete de la Muerte ni tampoco el hombre que pendía boca abajo cruzando sus brazos tras la espalda le daban la respuesta que ansiaba.

—¿Quién va a morir? —murmuró.

Daniela Obando tardó mucho tiempo en despojarse de aquella sensación de vacío con la que compartía la cama y que la obligaba cada vez con más frecuencia a remojar su alma en ginebra para poder conciliar algunas horas de sueño. Pero el vacío la aguardaba al día siguiente calcinando con el fuego de la resaca sus esperanzas de olvidar la muerte de su esposo.

Cada día, al despertar, su boca se convertía en una cavidad totalmente insuficiente para acoger su lengua, que parecía hinchada y desprendía un olor fétido. Y, mientras sus huesos y músculos se estiraban doloridos, las primeras luces del día eran el medio de transporte en el que huían los trocitos de la vida que una vez había compartido con su añorado esposo y que ella se esforzaba en conservar en la memoria durante el sueño.

Había dejado atrás un nuevo cumpleaños, pero todos sus esfuerzos por ahogarlo en alcohol se revelaban insuficientes cuando se descubría despertando a un nuevo día de soledad.

Más allá del cristal de su ventana, la lluvia fina seguía repiqueteando su melancólica canción de aquel extraño final del verano. Ni siquiera los lugareños más ancianos recordaban unas postrimerías del mes de agosto tan lluviosas y desagradables.

Eran las doce de la mañana cuando consiguió hacer acopio de fuerzas suficientes como para incorporarse y afrontar la realidad: hoy tampoco había muerto; hoy también seguiría sola.

Era jueves, aunque eso no tenía la menor importancia. Su agenda estaba orientada, en exclusiva, a beberse el tiempo. Podría acercarse por la oficina de Cristina Pardo, pero pronto desestimó esa idea. Cristina le había pedido algo de tiempo para poder encontrarle un nuevo trabajo, de modo que no parecía oportuno visitarla.

Al salir del cuarto de baño que compartían los realquilados del piso en el que vivía, se tropezó con el músico ruso. Él le sonrió; ella quiso corresponder, aunque no acertó a hacerlo. ¡Hacía tanto tiempo que Daniela no reía!

Daniela se apartó para dejarlo pasar. El hombre llevaba en un estuche un instrumento musical y una maleta que contenía las tallas de madera que a diario ponía a la venta en una plaza céntrica de la ciudad. Las tallaba él mismo y trataba de atraer a los posibles compradores interpretando piezas populares con su esposa. Mari Cielo había acertado: los dos rusos eran violinistas.

El resto del día lo pasó vagando por el barrio. A media tarde vio salir de uno de los lóbregos portales del inmueble al cura más viejo de la parroquia, a don Luis. Por lo que sabía de él, era un hombre de un temperamento agrio que mantenía evidentes diferencias con el otro párroco, y no solo en la edad. Sin embargo, también había oído decir que solía visitar a los enfermos y que en muchas ocasiones, gracias a él, alguno de los tres médicos que pasaban consulta gratuita en la Casa del Pan se acercaba incluso a los hogares de aquellos que eran más reacios a acudir al comedor de beneficencia.

Don Luis caminaba apresuradamente bajo la lluvia, guareciéndose con un paraguas negro, el cual concedía a su sotana un aire aún más sombrío. El sacerdote apenas levantó la vista del suelo cuando se cruzó con Daniela, pero fue el tiempo suficiente como para que sus miradas coincidieran en aquel universo de desesperanza y pobreza en que se había convertido el barrio norte de la ciudad.

Antes de regresar a casa, una furgoneta provista de altavoces y decorada con los lemas de un partido político pasó junto a ella lanzando al aire el anuncio de un mitin para aquella misma noche en un colegio del barrio. Las elecciones municipales tendrían lugar el mes próximo, pero la maquinaria de las organizaciones políticas se había puesto ya en marcha. Y aunque a Daniela no le importaban en absoluto ni las elecciones ni los partidos políticos, por alguna razón se estremeció al ver el rostro del hombre que aparecía en los carteles que decoraban la furgoneta. El vehículo chillón se perdió instantes después tras una esquina arrancando agua de los charcos.

Daniela volvió a salir de su habitación alrededor de las diez de la noche con el propósito de conseguir cenar un día más en la Casa del Pan. Pero cuando estaba a punto de salir por el portal, una multitud vociferante y amenazadora la hizo retroceder. No tardó en comprender lo que ocurría. Se trataba de un grupo de fanáticos que salía con ánimos caldeados del mitin que había dado en el colegio próximo el político cuyo rostro había visto retratado en aquella furgoneta por la tarde.

La turba se mostraba violenta, y vio como algunos de ellos golpearon a Ilusión, una muchacha uruguaya con la que Daniela había hablado en alguna ocasión. Ilusión ejercía la prostitución en la calle de un modo ocasional. No era una prostituta profesional, pero a veces no quedaba más remedio que trabajar de cualquier cosa para poder vivir.

Cuando los violentos partidarios de Jaime Morante se marcharon, Daniela corrió hacia la joven uruguaya. La encontró llorando y con la cara ensangrentada. Ilusión había cumplido los treinta y cinco años, pero su aspecto frágil y ajado la hacía parecer mucho mayor. Era más alta que Daniela. Iba teñida de rubio, y sus ojos marrones estaban inundados de terror.

—Vete a casa, mi amor —le aconsejó Daniela.

—No puedo —confesó entre lágrimas Ilusión—. Necesito dinero para pagar el alquiler.

Daniela la vio alejarse dando tumbos buscando el parapeto de las sombras del barrio. A lo lejos aún se escuchaban las voces de la turba xenófoba.

A pesar de la ginebra que había bebido aquella tarde, los sentidos de Daniela se aguzaron al ver la suerte que había corrido su amiga, de modo que procuró no ser vista por nadie durante su caminata hasta la Casa del Pan. Pero, para su desgracia, el incidente que había visto y el tiempo que perdió consolando a Ilusión hicieron que llegara tarde. El cupo de comidas se había servido ya.

El padre Baldomero se mostró desconsolado cuando compareció ante las decenas de personas que, como Daniela, no habían tenido la fortuna de caldear su estómago aquella noche.

—¡Doctor! ¡Doctor! —Baldomero alzó la voz por encima del guirigay que formaban los comensales y aquellos que aún aguardaban su turno en la fila.

Al segundo grito un hombre de mediana edad, de aspecto gris y taciturno y al que parecía caerle grande la chaqueta del traje, se giró en dirección al cura y saludó con la mano. Después se abrió paso entre el gentío y estrechó la mano del sacerdote calurosamente.

—Me alegro de verle, padre.

—¡Por favor! —El párroco movió la cabeza en señal de desaprobación—. Nada de padre. Le tengo dicho y redicho que me llame Baldomero.

—A mí me cuesta tutear a un cura, ¿qué quiere le diga? —replicó el médico—. Aunque no lleve usted sotana y sea bastante más joven que yo, y le confieso que eso sí que lo envidio, sigo siendo de la vieja escuela, ya me entiende.

Baldomero sonrió como solo él sabía hacer.

—¿Y qué? ¿Muchos pacientes?

—Pura rutina, gracias a Dios —dijo el médico—. Esta semana está siendo muy tranquila. No sé cómo les habrá ido a los demás.

—Por lo que me han dicho, parece que la gente les va perdiendo el miedo y cada vez vienen más a consulta.

—Eso espero. —El médico miró su reloj—. Me van a disculpar, pero debo irme. —Saludó de nuevo al sacerdote y miró con simpatía a Cristina antes de abandonar el local.

—Parece un buen hombre —comentó la joven.

—Lo parece y lo es —dijo el cura.

—No sé cómo te las has arreglado para que esos tres médicos pasen consulta gratuita a esta gente.

—Dios provee. —El clérigo rio.

El médico caminó con decisión hacia la puerta de salida de la Casa del Pan. Había pasado consulta durante una hora, tal y como hacía dos veces por semana de modo absolutamente gratuito. Al margen del problema que en ocasiones suponía el idioma de los pacientes, estos no eran diferentes de los demás que atendía en su consulta privada o de aquellos por cuya salud velaba en el centro de salud a diario.

El médico pensaba que Baldomero era un buen tipo, un idealista que tal vez pudiera llegar a convertirse en alguien peligroso para algunos en la ciudad precisamente por ser un soñador. Cuando el cura le habló de su proyecto con aquel entusiasmo suyo y le dijo que ya tenía convencidos a otros dos médicos para pasar consulta, pero que necesitaba a un tercero para que cada día los inmigrantes tuvieran asistencia médica, dudó. Tal vez sintió miedo a tener que enfrentarse a los sectores de la parroquia que más se habían opuesto a ese proyecto, pero finalmente decidió qué era lo correcto y qué no, más allá de lo que los demás pensaran.

En la puerta de salida, la cola de personas que aguardaban su turno para comer engordaba. El médico tropezó en ese momento con Daniela Obando.

En la calle, la lluvia arreciaba.

Daniela se alejó sin saber adónde ir. Era tarde para encontrar ninguna tienda abierta en la que poder adquirir algo de comida. Decidió administrar su exiguo capital comprando un bocadillo y otra botella de ginebra para pasar la noche. Arrastrando los pies, se encaminó hacia un bar llamado El Campanario, situado en una plazoleta no lejos de la iglesia.

Antes de entrar en el garito, repleto de jóvenes emigrantes y prostitutas más o menos profesionales, contó cuidadosamente el dinero que llevaba encima. Al ver cuánto habían menguado sus ahorros, pensó en Ilusión. Y, por primera vez en su vida, cruzó por su cabeza la pregunta de cuánto podría ganarse trabajando en la calle. ¿Sería capaz ella de prostituirse? El olor a sudor y cerveza que impregnaba el local espantó esas ideas de su mente.

Minutos después había devorado un escuálido bocadillo y apuraba el primer trago de la botella que había comprado para remojar la garganta. Fue entonces cuando escuchó una voz masculina a su espalda.

—¿Te apetece un trago?

Ilusión estaba contenta. Tenía motivos para estarlo, porque la noche había comenzado de forma terrible cuando aquellos bárbaros la golpearon, y sin embargo luego todo había discurrido de la mejor manera posible. Había despachado a cuatro clientes poco exigentes y de escasa resistencia (el cliente ideal, en definitiva). A dos de ellos los complació en sus vehículos; a los otros dos, al amparo de miradas indiscretas entre las sombras de sendos patios del barrio.

Contó los billetes y rio satisfecha. Tal vez aquella fuera la última noche en la que se veía obligada a vender su cuerpo, porque le habían prometido un trabajo como limpiadora en un par de casas del centro de la ciudad.

Durante el camino de regreso al minúsculo apartamento por el que pagaba un alquiler desmesurado a unos marroquíes, Ilusión vio cosas que, a la larga, serían de sumo interés.

Estuvo a punto de llamar a Daniela, su amiga, cuando la vio entrar en un garito no lejos de la iglesia de la Anunciación, pero no quiso tentar a la suerte aquella noche en la que tan bien habían rodado las cosas. Para que Daniela pudiera oírla, debería gritar, y tal vez no era lo más sensato si recordaba la paliza que le había propinado horas antes el grupo de fanáticos. Mejor no tentar a la suerte, decidió.

La segunda cosa notable que el destino hizo que viera Ilusión fue al cura más viejo, a don Luis, deambulando por las calles a una hora que le pareció totalmente inapropiada para un sacerdote. ¿Acaso también los religiosos iban de putas? La sola idea le hizo reír.

Más adelante, un grupo de hombres de color charlaban animadamente a las puertas de un local en el que apenas quedaban clientes. Ilusión, temerosa, cambió de acera para evitarse posibles problemas. Al doblar la esquina vio a un hombre alto, delgado y con barba, que llevaba una maleta y una bolsa de deporte negra. El hombre salía del portal donde vivía Daniela.

Instantes después entró en el edificio donde malvivía y respiró aliviada. Tanteó en el fondo del bolsillo oculto bajo su falda el fajo de billetes y subió las escaleras dispuesta a soñar con ese trabajo de limpiadora del que le habían hablado.

Una furgoneta negra pasó por la calle desierta.

11

Londres
27 de agosto de 2009

A quel día, Sergio amaneció de un humor excelente. Cuando miró sin ambages a la mañana desde la habitación de su hotel, sintió que aquel iba a ser un gran día. Y aunque esos arrebatos de optimismo eran por completo anómalos en su comportamiento, tal vez tenían una sencilla explicación. La causa, sin duda, era que aquel día volvería a Baker Street.

Después del desayuno, caminó despreocupadamente hacia el West End. Al principio, se obligó a contemplar con calma aquella inmensa ciudad que ponía en marcha su sala de máquinas para activar a un puñado de millones de seres humanos, pero a medida que se acercaba hacia Baker Street, su mente se fue alejando lentamente de aquel mundo ruidoso y humeante.

Al otro lado de la calle, el enigmático espía que parecía decidido a acompañarlo a todas partes se había detenido a charlar con un muchacho que no tendría más de catorce años. El niño vestía unos tejanos sucios y rotos, una camisa descolorida que en un pasado más espléndido que su presente debió de ser azul celeste, y se tocaba con una gorra cuya visera miraba hacia su nuca. Los demás complementos del mozalbete consistían en una argolla que pendía de su nariz y unas enormes zapatillas de deporte.

Nadie pudo escuchar la conversación entre el hombre y el muchacho, pero debió de existir entre ambos algún tipo de acuerdo comercial, puesto que el desconocido entregó al pilluelo un pequeño fajo de libras. A partir de ese momento, el hombre y el niño caminaron por la acera opuesta a la que Sergio elegía en cada momento.

Sergio consultó sus notas. Allí aparecían las referencias al momento en el que Holmes y Watson son presentados por Stamford, el antiguo subalterno del doctor. El momento sublime se narraba en *Estudio en escarlata*. Watson conoce a Holmes cuando el detective está enfrascado en la ejecución de uno de sus trabajos químicos, con el que pretendía encontrar un reactivo para detectar las manchas de sangre. Ninguno de los dos necesitó más que una conversación trivial a propósito de los gustos y manías personales del otro para decidirse a alquilar las habitaciones de las que habían tenido noticia.

¿Qué hombre contempló ante sí Watson? Pues un tipo alto, que sobrepasaba los seis pies[*], y muy delgado, por lo que parecía aún más alto. Tenía la mirada aguda, la nariz era fina y aguileña. Su barbilla, prominente y cuadrada, delataba a un hombre de gran voluntad, según el propio doctor dejó escrito tiempo después.

Y ¿qué hombre contempló ante sí Holmes? Pues a un hombre de estatura mediana, fuerte, provisto de un cuello grueso y un hermoso bigote. Luego supo algunas cosas más sobre aquel doctor, como que era siete años mayor que él[**], que había pasado parte de su infancia en Australia, que se había doctorado en medicina en Londres, que había prestado servicio militar en el Quinto de Fusileros de Northumberland como ayudante de cirujano y que, herido en la batalla de Maiwand en la guerra de Afganistán el 27 de julio de 1880, había sido licenciado y se le había concedido una modesta pensión. Y precisamente lo exiguo de esa renta lo había obligado a buscar un compañero con el que compartir el pago del alquiler de unas habitaciones.

Aquel encuentro memorable tuvo lugar en enero de 1881.

---

[*] Más de un metro ochenta.

[**] John Hamish Watson había nacido en Hampshire el 7 de agosto de 1847, en el seno de una familia acomodada. W. S. Baring-Gould, *op. cit.*

Las habitaciones que los dos jóvenes decidieron alquilar se encontraban en la zona por la que ahora caminaba Sergio seguido de cerca por el hombre que se había convertido en su sombra. Se trataba de una de las más aristocráticas de Londres. Regent's Park es el pulmón verde de un distrito en el que, además de Kensington, se incluye Mayfair.

El primer relato en el que se mencionan las habitaciones de Baker Street es también el que nos permite conocer a la dueña de las mismas, la señora Hudson. A Sergio siempre le había parecido un personaje fascinante. ¿Cómo era la dueña de aquel piso en alquiler? Y, por cierto, ¿realmente era la dueña? ¿Estaba casada? ¿Era viuda?

Todas esas preguntas jamás fueron respondidas en los relatos holmesianos. Poco más se sabe de ella que su nombre de pila, y ese no es mencionado hasta la última de las aventuras*. Solo entonces sabremos que la buena señora Hudson se llamaba Martha, y en alguna ocasión habría de jugar un papel estelar en los misterios que rodeaban al detective**.

Cuando Holmes se retiró a Sussex en noviembre de 1903, con cuarenta y nueve años de edad, Martha Hudson lo acompañó. Debemos suponer que no era tan mayor cuando los dos amigos la conocieron. Holmes tenía entonces veintisiete años.

Llegado a este punto, cuando tuviera que escribir la biografía del más famoso detective de la historia, Sergio sabía que tendría que hacer un guiño a los lectores, puesto que la casa que se describe en los relatos de Doyle jamás existió. El inmueble, situado al norte de Baker Street, fue elegido por el escritor por alguna razón que nadie conoce. Tal vez la pasión que Doyle sentía por los crímenes y por el misterio lo había llevado a visitar el célebre museo de Madame Tussaud, una especie de cámara de los horrores que se encuentra situada a poca distancia de la supuesta vivienda de Sherlock Holmes. Puede ser que en alguna de esas visitas reparara en esa calle y le pareciera la más idónea para situar a su hé-

---

* «El último saludo», *op. cit.*
** Por ejemplo, en «La aventura de la casa vacía», cuando colaboró activamente en un engaño diseñado por Holmes para atrapar a Sebastian Moran, *op. cit.*

roe. O puede, como prefería especular Víctor Trejo, que Holmes, como el personaje real que quería imaginar, hubiera vivido por las inmediaciones.

El número 221B, por tanto, fue una licencia literaria. Todo el mundo sabía que fue durante una renumeración de los inmuebles de la calle que tuvo lugar en los años treinta del siglo XX cuando el correspondiente al número en cuestión pasó a formar parte del complejo conocido como Abbey House, sede de la Abbey Road Building Society. Sin embargo, lo sucedido a partir de ese instante reforzaba la tesis de un Holmes de carne y hueso, puesto que de otro modo parecía imposible creer que cientos y cientos de personas enviaran sus cartas solicitando la ayuda del detective al ahora rebautizado 221B de Baker Street.

El aluvión de cartas obligó a la sociedad a crear un secretariado que despachara esa correspondencia, y de ese modo Holmes resucitó. Pero a Sergio le gustaba preguntarse si tal vez desde la misma publicación de sus aventuras no tuvo que atender personalmente cartas similares.

La fuerza inmortal de Holmes se demostró una vez más cuando el 27 de marzo de 1990 se inauguró un museo en su honor precisamente en ese inmueble. Y a ese museo le había conducido a Sergio su caminata. El escritor contempló el portal de acceso con infinita ternura. La entrada estaba custodiada por un portero ataviado como un *bobby* decimonónico.

A pesar de que había cruzado aquel umbral en varias ocasiones, en todas ellas había sentido la misma emoción que la primera.

A la derecha del portal había una tienda que despachaba los más variados productos relacionados con Holmes, desde pipas hasta estatuas, desde postales y libros hasta lupas y sombreros de época. Sergio se dirigió hasta el mostrador, donde también se adquirían las entradas para entrar en el museo. Después salió al exterior, saludó al *bobby* con cordialidad y subió los míticos diecisiete escalones que conducían al primer piso del inmueble de la señora Hudson. Allí estaba la guarida de Holmes.

Mientras tanto, el hombre que vigilaba sus movimientos se mostró terriblemente complacido al ver que el escritor entraba en el museo. El hombre se ajustó unos guantes y sacó un sobre del bolsillo de su americana. A continuación, habló durante unos instantes con el muchacho que parecía haber contratado.

—¿Has visto al hombre al que hemos seguido? ¿Te has fijado bien en él?

El chico asintió y se pasó una mano impaciente por su pelo enmarañado.

—Lo único que tienes que hacer es entregarle esta carta, ¿de acuerdo?

El mozalbete asintió de nuevo.

—Ponte estos guantes —le ofreció un par de guantes de látex sin estrenar antes de entregarle el sobre—. No te los quites hasta que entregues la carta. No hables con él nada más que lo necesario. No olvides decirle que te llamas como yo te he dicho, ¿entendido? En cuanto le entregues la carta, corre si quieres que te pague el resto. —Y diciendo esto mostró un buen fajo de libras—. Te esperaré junto a la estatua de Sherlock Holmes que hay en la boca del metro.

Al entrar en aquel salón Sergio se estremeció. Allí la presencia del espíritu de Holmes era innegable, y no estaba dispuesto a conceder ni la menor oportunidad a quienes pretendían sofocar su pasión diciendo que todo cuanto tenía ante sus ojos era una simple recreación artificial destinada a los ingenuos turistas. Para él, había algo que no se podía reconstruir, y esa preciada joya era el alma inmortal del detective más extraordinario que jamás existió.

El apartamento constaba, como bien había quedado escrito en los «textos sagrados»[*], de dos dormitorios y un único cuarto de estar muy ventilado y soleado gracias a la luz que recibía a través de dos espaciosas ventanas. La habitación de Holmes estaba a un

---

[*] *Estudio en escarlata, op. cit.*

paso de aquel pequeño salón, mientras que la de Watson se encontraba en el segundo piso, junto al de la señora Hudson, y daba a un patio trasero.

Sergio Olmos acarició con la vista, tiernamente humedecida, cada uno de aquellos rincones cargados de recuerdos. Allí estaban el violín, el equipo de experimentos químicos y muchos más guiños que solo los iniciados podían captar. Afortunadamente para él, no había en ese momento ningún otro visitante en la sala. Con la excepción de un vigilante de avanzada edad que custodiaba el lugar, nadie más que el espíritu del eminente detective consultor podía advertir la emoción con la que sus dedos se deslizaron por la chimenea del salón. Junto al fuego de una chimenea como aquella, tal vez exactamente igual a la que ahora tenía ante sí, Holmes narró a Watson las peripecias de su investigación sobre la corbeta Gloria Scott*. Sobre la repisa estaba la babucha persa en la que Sherlock solía guardar tabaco, y todo tenía el aire caótico que Watson describía como propio de las costumbres de su compañero de piso, un tipo capaz de vestir con escrupulosa elegancia, pero tender a lo bohemio en mil detalles cotidianos**.

Sergio sintió la necesidad de emular a Holmes y clavar sobre la repisa de madera de la chimenea la correspondencia, como hacía en su casita de Sussex. Y lamentó no tener un revólver a mano para poder disparar contra la pared con cartuchos Boxer escribiendo con los impactos el patriótico «V. R.»*** que Sherlock realizó en ocasiones.

¡Cuántos relatos habían comenzado precisamente en aquella sala! ¡Y cuántos debates del Círculo Sherlock comenzaron justamente con alguna rebuscada alusión a los diálogos que allí habían tenido lugar!

---

* «La corbeta Gloria Scott» comienza en una noche de invierno en la que los dos amigos están sentados junto al fuego, *op. cit.*

** En «El ritual Musgrave», Watson asegura que Holmes era «uno de los hombres más desordenados del mundo, capaz de volver loco a cualquiera que compartiera con él su casa», *op. cit.*

*** Alusión a la reina Victoria.

¡Baker Street!

Sergio vagó de un lado a otro del salón recordándose a sí mismo durante las largas horas en las que devoró una y otra vez las aventuras de su admirado Holmes. No necesitó esforzarse mucho para que su imaginación recuperara mil escenas que habían tenido lugar en aquella sala. Le parecía ver la figura enjuta, reseca y nariguda del inspector Lestrade acudiendo a pedir ayuda a Sherlock, e incluso creyó escuchar las voces de los más variados clientes que habían llegado hasta allí pidiendo auxilio al fantástico detective.

Le resultaba imposible no recordar las historias en las que Baker Street había cobrado un protagonismo especial, como ocurrió durante «La aventura de la casa vacía».

Al evocar aquella narración, Sergio, inconscientemente, miró por una de las ventanas del salón, creyendo por un instante que veía el escondite de Candem House donde se ocultaron Watson y Holmes con el propósito de detener al malvado coronel Sebastian Moran, el hombre de confianza del profesor Moriarty. Los hechos ocurrieron en la primera aventura después de la sorprendente reaparición de Holmes, al que todo el mundo había dado por muerto tres años antes en las cataratas de Reichenbach.

Mirando ahora por la ventana de Baker Street y recordando aquellos hechos, Sergio renovó sus votos: su novela convertiría a Holmes en un hombre de carne y hueso.

Aquellas habitaciones eran mencionadas de un modo u otro en varias de las aventuras del detective consultor[*]. Lejos estaba Sergio de imaginar que aquel salón en el que dieron comienzo tantas aventuras iba a servir para que su vida diera un vuelco inesperado y siniestro.

—¡Mister Olmos!

El escritor se volvió al escuchar cómo alguien pronunciaba a duras penas su apellido. Pero si aquello le pareció extraordinario, aún más sorprendente fue descubrir al dueño de aquella voz. Se

---

[*] Por ejemplo, en «La aventura de la casa vacía», «El sabueso de los Baskerville», «La liga de los pelirrojos», «La aventura del carbunclo azul», «La aventura de la diadema de berilos».

trataba de un chico de unos trece o catorce años que vestía un amplísimo tejano raído que le colgaba por el trasero de forma grotesca. Se tocaba con una gorra cuya visera estaba dispuesta mirando hacia la nuca, y había una expresión resuelta en su rostro imberbe. El joven, que lucía un *piercing* en la nariz, alargó su mano derecha, enfundada en un guante de látex, y entregó un sobre a Sergio. Y antes de que este fuera capaz de articular palabra alguna, el muchacho dijo que se llamaba Wiggins. Acto seguido, abandonó presurosamente el salón.

Sergio estaba paralizado por la sorpresa. En la habitación no había nadie más en aquel instante, y toda su atención se centró en el sobre que el joven le había entregado. Su pasmo había nacido de la insólita circunstancia que suponía el haber reconocido de inmediato aquel modelo de sobre y también el papel sobre el que estaba escrita la carta más extraña que jamás le había correspondido leer. Además de la carta, el sobre contenía cinco pétalos de violeta. Y, para colmo, aquel nombre: Wiggins.

—¿Cómo es posible? —murmuró.

Cuando fue capaz de reaccionar, bajó los diecisiete escalones que conducían desde las habitaciones de Holmes a Baker Street, pero ya era demasiado tarde. Wiggins había desaparecido.

12

En una ciudad del norte de España
31 de agosto de 2009

Gregorio Salcedo trabajaba en una fábrica química situada en el extrarradio de la ciudad. El horario de su jornada laboral variaba en función del relevo a cuya disciplina debía ajustarse, y en aquellos días le correspondía incorporarse a las seis de la mañana, razón por la cual una hora y media antes se levantaba y, tras abrir los ojos con una taza de café, se demoraba lo estrictamente necesario para asearse.

Antes de salir a la calle, miró por la ventana. Llovía torrencialmente y una neblina algodonosa salía del río embadurnando las calles con su hálito frío, a pesar de ser aún verano.

Gregorio abandonó el amparo de su portal, en la calle Juan XXIII, para dirigirse hacia el aparcamiento gratuito, situado a menos de un kilómetro de distancia, en el que solía aparcar su vehículo. Cobijado bajo su paraguas, maldijo aquel temporal.

Poco después atravesó una amplia plaza y enfiló hacia el callejón por el que solía acortar su recorrido hasta el aparcamiento. En realidad, era un pasaje que se abría bajo un edificio y que apenas tenía treinta metros de largo. Los números 42 y 44 de la calle José María Pereda encontraban allí acomodo. A pesar de que durante el día nada había en aquel callejón que provocara recelo, a las cinco y media de la madrugada de aquella tormentosa jornada a Gregorio el acceso se le antojó siniestro. La tormenta había provocado un apagón en la zona que oscurecía el pasaje, y Gregorio se estremeció. Un rayo dejó una cicatriz violenta sobre el telón de nubes negras y, cuando sus pasos al fin lo pusieron bajo la cubierta protectora del pasaje, un feroz trueno pareció zarandear los cimientos de la ciudad.

Al pasar a la altura de los dos portales, situados frente a frente, miró hacia la izquierda y entonces fue cuando la vio.

Junto al portal del número 42, a un par de metros de donde Gregorio se encontraba, estaba el cadáver de una mujer. Se trataba de una mujer mulata, joven, cuyos ojos sin vida se abrían enormemente mirando hacia su derecha, al este. Aquella mirada vidriosa paralizó a Gregorio. Su cerebro comenzó a procesar por su cuenta la información que sus ojos le proporcionaban y se descubrió elucubrando sobre cosas tan absurdas como lo irónico que resultaba que aquella desdichada mirara hacia donde el sol saldría, cuando en realidad ya no lo volvería a ver.

Parecía evidente que estaba muerta, no obstante, se acercó un poco más y sintió aún algo de calor en los brazos de la desconocida. Dos terribles heridas recorrían en paralelo la garganta de la mujer. Las palmas de ambas manos estaban abiertas y hacia arriba. A su lado había un sombrero de paja recubierto de terciopelo negro que a Gregorio le pareció absolutamente fuera de lugar. Las piernas de aquella infeliz estaban ligeramente separadas y le habían levantado la falda vaquera que lucía.

A pesar de la náusea que le provocaba la imagen de aquella mujer, que parecía un pelele en el que nunca hubiera anidado vida alguna, un extraño hechizo parecía haberse apoderado de Gregorio, que se sentía incapaz de apartar la vista de aquella escena. Su mirada recorrió el cuerpo tendido en el suelo y se detuvo horrorizada al comprobar que los intestinos de la difunta asomaban por entre los labios de una herida salvaje que había en el abdomen, como si pretendieran ver la primera luz de una mañana que su dueña no vería jamás.

El estómago de Gregorio se amotinó, y vomitó el desayuno y parte de la cena. Aún temblando, sus manos consiguieron dar con el teléfono móvil que guardaba en el chaquetón y marcar el número de la policía.

Cuckmere Haven, Sussex (Inglaterra)
2 de septiembre de 2009

Su mesa de trabajo, como de costumbre, estaba repleta de papeles y cuadernos de notas en cuyas tripas hacían la digestión una enorme cantidad de datos garrapateados con una letra minúscula e ininteligible. No obstante, bajo el caos aparente, imperaba un orden que solo Sergio sabía interpretar.

Había instalado su ordenador portátil sobre una venerable mesa de roble no demasiado grande, pero muy pesada. Cuando alquiló la casa, la mesa presidía el pequeño salón, pero él se las arregló para que el pastor que atendía las ovejas que Sergio tenía por vecinas le ayudara a subirla a una de las dos habitaciones del piso superior, la que había convertido en su guarida y en la que, con no demasiado éxito hasta ese momento, se había propuesto desvelar al mundo todo lo sucedido en la vida de Sherlock Holmes durante sus años perdidos.

La mesa fue dispuesta frente a una ventana desde la que podía contemplar a placer las Siete Hermanas y ver la muerte continua de las olas en la costa. A la derecha, colgado en la pared, había un enorme tablón de corcho en el que estaban clavados con chinchetas numerosos nombres de personas y flechas que unían y enlazaban a unos con otros. Eran los personajes de su futura novela. En aquellos nombres latía la vida; cada uno tenía una historia maravillosa que contar, pero Sergio debía sacarlos de la lámpara maravillosa de la imaginación para que el público llegara a conocerlos un día.

También aquel tablón de corcho era la ventana desde la cual la fotografía de Clara Estévez lo contemplaba sonriente, mientras Enrique Sigler la abrazaba por la cintura.

—¡Hay que joderse! —exclamó Sergio—. ¿Quién lo iba a decir? ¡El cabrón de Sigler y Clara juntos otra vez!

Otras personas aparecían en la fotografía. Se veía reír a un hombre entrado en carnes que sostenía un vaso largo lleno de una bebida oscura. Sergio presumió que sería whisky. Conocía lo suficiente a Tomás Bullón, el periodista del Círculo Sherlock, como para saber qué le gustaba beber. Bullón parecía ajeno al premio que recibía Clara y miraba divertido hacia el fondo de la sala, donde Sergio reconoció sin dificultad a Víctor Trejo, que contemplaba a todos los asistentes a la fiesta con evidente desdén.

Otras personas aparecían en el paisaje de la fotografía, pero ninguna interesaba a Sergio, aunque lamentaba que no se viera la cara del hombre que estaba de espaldas junto a Bullón. Parecía quedarle demasiado holgada la americana, observó. ¿Habrían acudido los demás miembros del círculo al gran día de Clara?, se preguntó.

Una caprichosa cordillera de documentos situada a la izquierda del ordenador contenía toda la información que había ido recopilando en las últimas semanas durante los viajes que había realizado a diversos lugares de Inglaterra. Seguramente, ninguno de aquellos destinos resultaría especialmente atractivo para los turistas, pero para Sergio eran extremadamente evocadores e imprescindibles para su propósito.

Si mirásemos por encima de su hombro, encontraríamos anotaciones sobre North Riding, en el viejo, extenso y otrora mucho más famoso condado de Yorkshire, al norte de Inglaterra. Allí fue donde el 6 de enero de 1854 nació Holmes. También podríamos tropezar con información sobre la naturaleza indómita de los páramos de Dartmoor, en Devon, escenario de impagables aventuras como la del sabueso de los Barskerville* o la del caballo llamado Estrella de Plata**.

---

* Publicada en *The Strand Magazine* entre agosto de 1901 y abril de 1902. La famosa aventura transcurre entre septiembre y octubre de 1888.

** Apareció en *The Strand Magazine* en diciembre de 1892. Los hechos se remon-

Incluso, en alguna parte de aquella informe mole de papeles, descubriríamos apuntes valiosísimos sobre la bahía de Poldhu, en el extremo más apartado de la península de Cornualles, donde Sherlock estuvo a punto de morir en *La aventura del pie del diablo*[*], por solo mencionar algunos de los tesoros allí apilados.

Sin embargo, a pesar del gran interés que todos aquellos papeles tenían para su futura empresa literaria, había uno que nada tenía que ver con su trabajo y que había ganado toda su atención en los últimos días. Se trataba de la extraña carta que aquel muchacho que dijo llamarse Wiggins le entregó en Baker Street.

Había leído una y otra vez el contenido del mensaje, pero era incapaz de comprenderlo. ¿Por qué y quién pretendía gastarle semejante broma? ¿Y los cinco pétalos de violeta? ¿Qué significado podían tener?

Mirando al mar, que bailaba su danza de espuma y azul al otro lado del cristal de su ventana, el escritor volvió a leer por enésima vez el mensaje:

> *En soledad, en el más sombrío Mortuorio, el silencio aparecerá por sorpresa. La única y primera vida está degollada. Mientras tanto, hasta se pudrirá la alegre y más frágil. La pequeña y humilde violeta cae y se desangra y marchita, lánguida, muerta, entre ellos y tus otras dos manos, mi querido Holmes.*

Se sirvió un brandi. Después de lo de Clara bebía más de lo debido, y lo sabía. Durante los veinte años que vivieron juntos jamás se había excedido con la bebida, pero ahora poco importaban esos veinte años. Para huir de ella se había refugiado en sus sueños de juventud, los que siempre tenían por protagonista al más grande detective consultor de todos los tiempos.

—¿Por qué, Clara? —la pregunta brotó de sus labios, húmedos por el brandi, casi sin querer.

---

tan a septiembre de 1890.

[*] Se publicó en el número de diciembre de 1910 de la revista *The Strand Magazine*. Los sucesos que se narran ocurren en marzo de 1897.

¡Clara!

¿Cuándo ocurrió todo? ¿En qué día las miradas de ambos se enredaron hasta el punto de provocar un beso? ¿En qué hora maldita sus manos buscaron ansiosas por debajo de su ropa mientras ella se aferraba a su espalda?

No recordaba la fecha, pero a Sergio le parecía que todo sucedió cuando llevaba poco más de un año como miembro activo del Círculo Sherlock. Y aunque jamás celebraron un aniversario durante los veinte años que estuvieron juntos, sí hubo durante todo ese tiempo una pasión desmedida que ninguno cesó de alimentar desde el primer instante en que sus cuerpos se fundieron, traicionando ambos al amigo y al novio, respectivamente. Y cuando Víctor Trejo, el ingenuo hijo de un millonario andaluz que se había convertido en el mecenas del Círculo Sherlock, descubrió el engaño de la que entonces era su novia, el garito holmesiano se cerró para siempre. Una mujer («la mujer», como habría escrito el bueno de Watson) acabó con aquella fantasía.

Desde luego que durante todos aquellos años unos y otros volvieron a verse. Con quien más relación tuvo Sergio en los años posteriores fue precisamente con Enrique Sigler, quien, irónicamente, ya había perdido a Clara una vez a favor de Víctor Trejo, y ahora, a juzgar por la fotografía sostenida por cuatro chinchetas en el corcho, la había vuelto a recuperar.

Al poco de iniciar su relación, Clara se convirtió en un apoyo innegable para la carrera literaria de Sergio. La americana, la madre de Clara, tenía un peso de tal magnitud dentro del mundo editorial que cuando ella tosía se constipaba buena parte del mundillo del libro. Su agencia literaria era tan exclusiva que cualquier autor moriría por ser representado por ella. Y lo que otros escritores jamás consiguieron, Sergio lo logró con su segundo manuscrito.

El éxito fue tremendo. Tal vez sería bueno poder diferenciar en aquel borrador hasta dónde llegaba el ingenio del autor y dónde comenzaba la habilidad de la agente literaria para corregirlo y venderlo, pero habían pasado ya tantos años que eso sería imposible de determinar.

En la tercera novela de Sergio, Clara ya era su agente literaria. Podría pensarse que su madre le había enseñado todo cuanto había que conocer en la profesión, pero sería un error. Si su madre infundía respeto en el mundo editorial, la inteligencia de Clara provocaba terror. De modo que la cartilla de ahorros de Sergio engordó hasta extremos indecentes por algo aparentemente tan poco útil para la sociedad como escribir novelas. Por su parte, Clara vendía libros tan fácilmente como los cuadros que pintaba, pues jamás olvidó su licenciatura en bellas artes.

Eran la pareja modelo. Madrid abría para ellos las puertas más selectas. Pero todo había cambiado seis meses antes.

Un día de invierno, Sergio encontró pegada una fotografía de Clara en la pantalla de su ordenador. «Espero que te sientas pagado con esta fotografía», decía la nota que acompañaba la imagen de una Clara especialmente bella, vestida con una blusa blanca.

La habitación de ella estaba vacía. No había trajes ni zapatos; ni un beso de carmín en el espejo del lavabo o el cálido susurro de su perfume sobre las sábanas. Nada.

Cuando regresó al estudio, Sergio comprendió la magnitud de la traición: ¡alguien había borrado el disco duro de su ordenador y se había llevado las copias de seguridad de la novela en la que trabajaba! Meses después, aquella novela ganaba el Premio Otoño firmada por Clara Estévez.

Ni por un instante Sergio pensó en demandarla. No tenía pruebas que sostuvieran su acusación ni tampoco tenía ganas de entrar en aquella batalla. Cualquiera podría haber robado aquellas copias. Sí, seguramente se encontrarían huellas dactilares de Clara y todo eso, pero ¿cómo no iban a encontrarlas si ella había vivido allí? Pero lo peor no era eso; lo peor era que aún la quería.

Y ahora, cuando creía que la vida no podría ofrecerle ninguna sorpresa tan mayúscula como la traición de una mujer que era su amante y agente literaria, resultaba que aparecía un chico desconocido llamado Wiggins y le entregaba la carta más extraña que nunca hubiera imaginado.

¡Wiggins!

Aquello tenía su gracia.

—*Estudio en escarlata* —murmuró Sergio.

Su mente viajó hasta las páginas del primer relato en el que Watson y Holmes colaboran para esclarecer un crimen ocurrido en el número 3 de los jardines de Lauriston.

Corría el año 1881. Desde el mes de enero, los dos personajes vivían juntos en Baker Street, pero Watson no sabía a qué diablos se dedicaba su compañero de piso. Las costumbres de Holmes eran regulares, pero extrañas, confesaba Watson en su relato. Rara vez se acostaba más tarde de las diez de la noche y, cuando el médico se levantaba por la mañana, Holmes ya solía haber desayunado. Cuenta Watson que Sherlock a veces se pasaba horas enteras durmiendo en el sofá sin apenas hablar, pero en otros momentos su actividad era febril. Tan notable era lo que Holmes parecía saber como lo que ignoraba, confiesa el médico. Su compañero de piso era por completo impredecible, pues si bien parecía ser experto en cosas tan absurdas como los crímenes cometidos durante todo un siglo, se mostraba en cambio por completo ignorante en temáticas como la literatura, la filosofía o la astronomía.

Holmes era, eso sí, un hábil boxeador y un consumado esgrimista. Tocaba el violín magníficamente, y tenía conocimientos desiguales pero extraordinarios sobre botánica y química. Pero para Watson era un enigma por qué permanecía horas enteras en un sillón con la mirada perdida, y no conocía la identidad de un hombrecillo que de vez en cuando venía a consultar a su amigo.

Fue el día 4 de marzo de aquel año de 1881, poco después del desayuno, cuando Holmes confesó al doctor su profesión.

—Soy detective consultor —le dijo.

Así fue como Watson supo que aquel hombrecillo que con tanta frecuencia aparecía en la casa era un inspector de Scotland Yard llamado Lestrade, y en ese mismo relato aparecen en escena media docena de muchachos vagabundos y harapientos cuyo líder se llamaba ¡Wiggins!

—Es la división de Baker Street del cuerpo de detectives de la policía —dijo Holmes a su atónito amigo.

Al parecer, Holmes confiaba más en aquellos jóvenes mendigos para obtener información de todo cuanto ocurría en los bajos fondos de Londres que en la mismísima policía metropolitana.

—Son como linces; lo único que les falta es tener organización —aseguró.

—*Estudio en escarlata* —repitió Sergio.

¿Quién quería gastarle semejante broma? ¿Quién podía tener el ingenio de entregarle aquel documento por mano de un moderno Wiggins?

Su mirada se perdió de nuevo en el enigmático mensaje, pero tampoco entonces tuvo éxito.

Cansado, abrió el ordenador y se conectó a Internet.

Todas las tardes leía las ediciones digitales de la prensa española. Así fue como tropezó con la noticia de la fiesta de entrega del premio literario a Clara.

Sus ojos se pasearon por las páginas de política, de cultura y de deportes sin que nada le pareciera especialmente interesante. Apuró su vaso de brandi y volvió a llenarlo hasta el borde.

A pesar de que hacía más de diez años que no iba a su ciudad natal, muy de vez en cuando leía lo que decían los periódicos locales. Sin saber por qué, aquella tarde de septiembre también lo hizo, y lo que leyó en la portada del periódico de más tirada de la región hizo que el vaso de brandi cayera sobre la mesa manchando un puñado de papeles.

Leyó de nuevo la noticia y luego miró con una mezcla de terror y avidez la misteriosa nota que Wiggins le había entregado. De pronto, una luz se abrió paso en su mente. A continuación, cogió el teléfono móvil.

—Deseo comprar un billete de avión —dijo en un perfecto inglés.

LAS VIOLETAS DEL CÍRCULO SHERLOCK

PARTE

1

En una ciudad del norte de España
3 de septiembre de 2009

Diego Bedia estaba desconcertado. Había repasado todos los detalles del escenario mil veces. Creía haber memorizado cada uno de los ángulos ofrecidos por las fotografías que tenía esparcidas sobre la mesa y se había mostrado aún más puntilloso que de costumbre, si es que eso era posible, en el escrutinio de todos los datos. Pero de nada le había servido pasarse dos noches en blanco y haber anulado una cena que había prometido a Marja. Y, aunque ella era consciente de qué tipo de trabajo era el de Diego, a él no le había resultado difícil advertir una sombra de reproche en la voz de la joven cuando le dijo que lo sentía, que tenía trabajo y que la compensaría.

Removió con sus grandes manos una vez más las fotografías.

—¿Quién puede haber hecho algo así? —se preguntó en voz alta.

Pero nadie que no fuera Daniela Obando podía ofrecerle la respuesta que deseaba el inspector de la Brigada de la Policía Judicial, Diego Bedia, sobre cuyos anchos hombros el inspector jefe, Tomás Herrera, había confiado la resolución de aquel pavoroso crimen del que todo el mundo hablaba en la ciudad desde hacía dos días, y sobre el cual las televisiones y la prensa habían caído manoseándolo todo con ese estilo zafio y apresurado con el que tantas veces adoban sus noticias.

Todo eran especulaciones. Al principio, casi todos abrazaron la idea de que se trataba de un nuevo caso de violencia de género, y de hecho esa había sido la línea de investigación que Diego puso en marcha. Pero luego llegó la información que trajo una amiga de Marja, y ahora ya no sabían qué pensar.

Durante más de veinticuatro horas nadie fue capaz de poner nombre a aquella desdichada, hasta que Marja se presentó en la comisaría con una joven rubia, de mirada azul, tez clara y pecas que dijo llamarse Cristina Pardo. Marja conocía a Cristina de la Oficina de Integración de los Inmigrantes. Cristina estaba muy nerviosa. Se sentó y Diego se apresuró a traerle un vaso de agua. La chica dio dos sorbos, miró al policía y a Marja, y finalmente trató de explicar lo que sabía.

—La mujer de las fotografías se llama Daniela Obando —anunció—. La conozco porque es —se interrumpió—, quiero decir, porque era asidua a la oficina en la que trabajo, donde también conocí a Marja —añadió, mirando a la guapa pelirroja que la había acompañado—. Daniela también solía ir a comer a la Casa del Pan. —Se detuvo y miró a los policías como para cerciorarse de que ellos sabían de lo que les estaba hablando. Diego asintió y la animó a proseguir—. Daniela estaba viuda, no era prostituta ni se metía en líos. Trabajaba cuidando a ancianos y fregando suelos en casas y portales. Esos trabajos se los conseguía yo, como a otros inmigrantes, desde la oficina.

Cuando Cristina finalizó su relato, Diego no pudo evitar seguir mirándola un poquito más de lo debido. Aquella chica era especial, eso se veía a simple vista.

Con los datos que salieron a relucir, se visitó el domicilio de Daniela, donde pronto descubrieron que no había modo cabal de saber quién era exactamente el dueño de aquel piso ni quién cobraba el alquiler a los realquilados, que, a saber, eran la propia Daniela y una familia de rusos integrada por dos violinistas y sus dos hijos.

Se tomó declaración a los rusos, que hablaban lo suficientemente bien el español para entender lo que se les preguntaba y para responder con criterio. Ni el hombre, Serguei —un tipo alto, delgado, con barba y pelo negro largo—, ni la mujer —altísima, fuerte, de pelo rubio corto— habían visto a Daniela en los últimos tres días. La noticia de su muerte les había sorprendido, aseguraron. No, Daniela no tenía ninguna relación con hombres, al menos que ellos supieran. Nunca había traído a ninguno a la habitación. No era como esas prostitutas, desgraciadas y sin escrúpulos, dijo la rusa, que resultó llamarse Raisa. Raisa escupió al suelo para firmar su opinión sobre las putas del barrio.

Se interrogó también a los rumanos que, por lo que se dedujo, controlaban el alquiler del piso. Ninguno de ellos sabía nada, pero Diego ordenó que fueran investigados hasta donde fuera posible. Mientras tanto, la policía científica realizó una minuciosa investigación de la habitación de Daniela. Pero a pesar de que no se dejó ni un centímetro por analizar, no se encontró nada que pudiera orientar la investigación en alguna dirección concreta.

Desde la noche del día 27 de agosto nadie había visto a Daniela. Era como si la tierra se la hubiera tragado y la hubiera regurgitado degollada en la madrugada del día 31. La última vez que la vieron con vida, al menos hasta donde la policía sabía, fue en la Casa del Pan, adonde acudió en busca de una cena que no llegó a disfrutar porque las raciones se habían acabado.

Hacía unos minutos el inspector jefe, Tomás Herrera, había llamado a Diego para compartir con él los datos del informe previo de los forenses. Los chicos del Centro Anatómico Forense de la capital de la provincia se lo habían enviado al juez Ricardo Alonso, que instruía el caso, y al fiscal Juan Luis Ulloa. Alonso siempre había tenido una excelente relación con Herrera, de modo que no tardó en hacerle llegar una copia.

Sin embargo, todas las esperanzas que tenían depositadas en el informe pronto se desvanecieron. A falta de datos más precisos que pudieran revelar el estudio de los restos enviados a Madrid, seguían igual de desorientados. Poco más añadía el documento a lo que ellos ya conocían. El resumen era el siguiente: alguien le había practicado dos cortes en el cuello a Daniela. La primera incisión se extendía a lo largo de unos diez centímetros, y el asesino había comenzado su siniestro trabajo dos centímetros y medio por debajo de la mandíbula, bajo la oreja izquierda. El segundo corte fue brutal. Quienquiera que fuese el autor de aquella barbaridad, inició su sanguinaria obra dos centímetros por debajo del primer corte, con el que no había logrado segar la vida de la víctima, y esta vez atravesó vasos sanguíneos, tejido muscular e incluso acarició las vértebras con su afilado dedo de metal. Cuando creyó haber finalizado con éxito su salvaje agresión, se detuvo a poco más de siete centímetros del lado derecho de la mandíbula.

Por lo que habían deducido, el tipo sujetó a la víctima por la espalda. Daniela trató de resistirse y en la pugna se mordió la lengua. El agresor apretó más fuerte y provocó una magulladura en el lado izquierdo de la cara, además de un hematoma en el lado derecho del maxilar inferior de la víctima. Todos estaban de acuerdo en que el criminal había agredido a la mujer atacándola por detrás, sujetándola y rebanándole el cuello de aquel modo brutal.

El informe forense señalaba que la muerte de la joven se había producido unos treinta minutos antes de que Gregorio Salcedo la encontrara en aquel callejón. La joven no había sido violada, y no había rastro alguno de actividad sexual en su cuerpo. Pero había más cosas inquietantes, algunas de las cuales el comisario jefe, Gonzalo Barredo, decidió no divulgar para no alarmar innecesariamente a la población, y porque interpretó que podría ser más útil actuar de ese modo durante la investigación.

Para empezar, aquella desdichada estaba aún viva cuando el animal que la atacó comenzó a acuchillar su abdomen. Se debió ahogar en su propia sangre asistiendo al terrible corte que el criminal realizó desde su pelvis hasta las mamas, además de otros tajos transversales en la zona genital. Los intestinos asomaban entre los labios de la herida, que parecía haber sido producida por un cuchillo o un instrumento cortante extremadamente afilado y largo.

Para silenciar a la prensa estos últimos detalles, se solicitó la colaboración de Gregorio Salcedo, que era el único que los conocía. Salcedo no dudó en asentir desde aquel silencio en el que había caído después de dar aviso al 091. Desde ese instante creía estar viviendo un sueño terrible; un sueño durante el cual asistió a la llegada de dos coches patrulla de la policía hasta aquel pasadizo maldito; contempló el acordonamiento de la zona por parte de la policía, lo que impidió que los vecinos de los dos portales afectados pudieran salir de su casa durante bastante tiempo; estuvo presente cuando se produjo la imponente aparición del juez Alonso y del médico forense; y, naturalmente, fue testigo de la llegada de la Brigada de la Policía Judicial encabezada por el inspector jefe Tomás Herrera acompañado del inspector Diego Bedia. Todo aquello había sucedido a cámara lenta para él. También había podido observar, como si fuera una película, cómo la policía científica se afanaba en su rastreo por encontrar la más minúscula prueba que condujera hasta el asesino.

Tomaron declaración a Salcedo y analizaron sus ropas en busca de algún dato que pudiera ser relevante. Tras el interrogatorio en la comisaría, lo dejaron en libertad, no sin antes solicitar su colaboración no divulgando lo que sabía de las heridas que tenía aquella mujer.

—Y asimismo, aquel animal tuvo tiempo de arrancarle a la chica cinco dientes —murmuró Bedia, mirando la fotografía en la que se veía la boca abierta de la fallecida—. ¿A qué coño viene eso?

Y luego estaba lo del sombrero. ¿Qué diablos pintaba aquel sombrero de paja forrado de terciopelo negro? Ese dato había hecho las delicias de los periodistas, que comenzaron a hacer todo tipo de conjeturas estúpidas. Se había tratado de seguir la pista del dichoso sombrero para saber si era propiedad de la víctima o descubrir dónde pudo haber sido adquirido, pero hasta el momento no habían tenido éxito.

En su comparecencia ante la prensa, el comisario Barredo no dijo nada del peine y del trozo de espejo que se encontraron en un bolsillo de la falda de Daniela. Eran todos los efectos personales con los que, al parecer, había tenido que emprender apresuradamente y contra su voluntad el último viaje que a todos nos aguarda.

Diego se frotó los ojos con sus grandes manos. Eran las ocho de la mañana y, a pesar de la noche en vela, sentía que el tiempo se le escapaba entre los dedos. El asesino de Daniela Obando podía estar a esas horas muy lejos de allí. Llamó a los dos policías a su mando, José Meruelo y Santiago Murillo, dispuesto a contarles lo que aún no sabían del informe forense que había enviado el juez Alonso.

Los dos policías llegaron a la vez. Eran buena gente. Meruelo tenía el pelo negro rizoso y lucía siempre una barba de una semana. No había nada en su físico que fuera especial. Podría pasar desapercibido en cualquier parte. No era demasiado alto ni demasiado bajo; ni gordo ni delgado y, además, solo hablaba si era estrictamente necesario. Estaba casado y su única debilidad era su hijo, un chaval de doce años al que llevaba cada domingo a jugar al fútbol en un equipo infantil. Si se le daba cuerda sobre ese tema, entonces Meruelo rompía su silencio y se embalaba. Diego creía que Meruelo haría cualquier cosa por su hijo.

Murillo tenía dos brazos que parecían mazas. Era un joven fornido, de esos para los cuales el gimnasio es su segunda casa. Llevaba el pelo muy corto, al estilo militar, pero su cara lampiña y sus ojos azules impedían que la primera impresión que se tuviera al verlo fuera la de estar ante un bruto de cualquier especie en la que los brutos se catalogan. Tenía novia, una chica atlética que compartía con él su pasión por el deporte.

—Sentaos —les invitó Diego—. Tenemos el informe forense.

Murillo se movió nervioso en su asiento, seguramente deseando estrujar con sus manos terribles el gaznate del asesino que buscaban. Meruelo, naturalmente, guardó silencio.

Los dos policías miraron expectantes al inspector Bedia, a quien tenían en un pedestal. Un hombre de treinta y ocho años, de hombros fuertes, gesto decidido, ojos negros y mirada resuelta. Sabían que había nacido en aquella ciudad y que, tras su paso por la Academia General de Policía de Ávila, y después de sudar la camiseta de lo lindo en comisarías de Madrid y Valencia, había logrado su sueño de regresar a casa hacía poco más de un año. Los dos confiaban en él, y él en ellos. Su confianza mutua tenía algo de animal, como si supieran que debían cazar en manada y que el resultado exitoso de la expedición dependía siempre de que el líder, el alfa, fuera firme y sereno. Y en eso era difícil ganarle a Diego Bedia, a pesar de lo de su mujer. Bueno, mejor dicho, lo de su exmujer, la Bea.

Beatriz Larrauri, la Bea para Murillo y Meruelo, era una vasca alta y delgada que resultó ser una hija de puta que metió a su amante en la cama de Diego y él un día los sorprendió en lo mejor del asunto. Y, para mayor escarnio de Diego, el amante de su mujer era otro inspector de policía nacido en su ciudad y con el que había compartido los años de estudio en la Academia General de Policía de Ávila. Los dos habían recorrido desde entonces caminos paralelos. Ambos conocieron a Beatriz Larrauri en la academia y ambos la cortejaron. Diego y Gustavo Estrada, que así se llamaba aquel que creía era su amigo, hicieron un pacto de caballeros: cortejarían a Beatriz empleando todos los métodos lícitos que tuvieran a su alcance, pero, si ella se decidía por uno de los dos, el otro abandonaría el campo de batalla sin molestar jamás al vencedor.

Finalmente, ella se decidió por Diego. Ambos fueron destinados a Valencia, y allí su relación se consolidó y terminó en boda. Diego no tuvo noticias de Estrada hasta que regresó a su ciudad natal en compañía de su esposa. Fue entonces cuando supo que Estrada había conseguido ser destinado a la Brigada de Homicidios de la comisaría provincial y que se había ganado una sólida reputación. Lo que no sospechaba era que su esposa había iniciado una aventura con Estrada a sus espaldas. Diego se enteró cuando los encontró en la cama aquel día.

Por aquel entonces, su matrimonio estaba en la cuerda floja, y desde aquella tarde ya no hubo cuerda de ningún tipo. Todo se fue al traste, y lo peor era que Ainoa, la hija de ambos, de siete años, y por la que Bedia daría su vida, se había quedado a vivir con la madre por imperativo judicial. Una situación bastante jodida, según el peritaje de Meruelo y Murillo, y la cosa aún era más delicada porque los dos tenían que verse cada día en la comisaría, ya que la Bea era en realidad la inspectora Beatriz Larrauri. Afortunadamente, se decían, el jefe había mejorado una barbaridad en los últimos meses, desde que había comenzado su relación con esa chica pelirroja, Marja.

—Pues resulta que estamos parecido —dijo el inspector, repasando el informe—. No se ha encontrado ni una sola huella ni un indicio de dónde pudo cometerse el crimen, porque está claro que no ocurrió en aquel callejón, algo que parecía evidente por la poca sangre que se encontró. El tipo no la violó, y no hay resto alguno de ADN. De modo que la mató en otro sitio y la llevó hasta allí, pero no sabemos por qué. La chica no parecía haber ingerido alcohol ni droga alguna las horas previas a su muerte. Quienquiera que fuese el que cometió el crimen no es alguien común. Hay que tener mucha sangre fría para llevar a esa mujer hasta allí de madrugada. La verdad es que el cabrón tuvo suerte, porque nadie lo vio. No cabe duda de que es inteligente y meticuloso. En definitiva —Bedia alzó los ojos del informe y miró a sus dos hombres—, no tenemos nada de nada.

2

Sergio no sabía qué pensar. No sabía si aquello tenía gracia o carecía de ella por completo. ¿Cómo era posible que alguien le hubiera profetizado un crimen brutal que se iba a cometer en su ciudad natal entregándole una carta cifrada en Baker Street? ¿Qué clase de broma era aquella?

El caso es que allí estaba él, vestido según su costumbre con un carísimo traje Armani negro y una camisa blanca, mirándose los deslumbrantes zapatos italianos mientras miles de personas iban y venían de un avión a otro en Heathrow.

Aquella costumbre suya de vestir siempre de negro y blanco la había adquirido hacía ya muchos años, cuando comenzó a ganar dinero con los libros. Un día decidió que solo vestiría trajes caros, de las mejores marcas, pero con un estilo propio, en el que se mezclaban a partes iguales gotas románticas y aromas góticos, algo que se advertía mejor cuando llegaba el otoño y se adornaba con algún largo abrigo negro o alguna capa del mismo color.

Hacía diez años que no iba a casa. Ni siquiera lo hizo cuando murió su madre, ocho años antes, porque se encontraba en América promocionando una de sus novelas. Nada lo ataba a aquel lugar, donde solo quedaba una persona que tenía para él importancia, la misma a la que tenía decidido visitar antes de acudir a la policía. Ni más ni menos que la persona que más sabía sobre Sherlock Holmes de cuantas él conocía: su hermano Marcos.

Curiosamente, había pensado en él hacía unos días, durante sus paseos por Londres recogiendo ideas para su libro. Ocurrió cuando caminaba por Pall Mall.

Cualquiera sabe que hablar de Pall Mall para uno de los miembros del Círculo Sherlock era hacerlo sobre Mycroft Holmes.

La primera vez que el detective mencionó a Watson la existencia de un hermano suyo fue el día 12 de septiembre de 1888[*]. ¡Habían transcurrido siete años desde que ambos se conocieran en la aventura *Estudio en escarlata*! ¿Qué clase de hombre era Holmes que había mantenido en absoluto secreto la existencia de un hermano que vivía a escasa distancia de Baker Street?

Watson se mostró justamente sorprendido, pues había llegado a pensar que su amigo era huérfano y que carecía de cualquier familiar vivo, dado que jamás los mencionaba.

Al recordar ese pasaje, Sergio sonrió comprensivamente. Pero no era Watson a quien comprendía, sino a Holmes. Sergio sonrió porque también él tardó más de tres meses en mencionar a su hermano Marcos ante sus colegas del Círculo Sherlock en los lejanos años universitarios.

Dicen que Piccadilly recibe ese nombre porque en esa zona de la ciudad era frecuente la venta de collares *(picadills)* en el siglo XVIII. Es tal vez la calle más popular de Londres. Al sur de la misma se extiende St. James's; al norte, Mayfair.

Sergio llegó aquel día hasta Piccadilly caminando despreocupadamente por New Bond Street. Al llegar a Pall Mall atiesó las orejas. ¿Qué sabía de Mycroft Holmes? En su cuaderno de notas había escrito con letra abigarrada algunas informaciones por temor a que su excelente memoria le jugara una mala pasada.

Mycroft vivió en Pall Mall. Pero ¿dónde exactamente?

---

[*] La cita aparece en «El intérprete griego», publicada por vez primera en *The Strand Magazine* en septiembre de 1893.

Los datos conocidos lo presentaban como un hombre alto, corpulento, de ojos de color gris claro y mirada acuosa. Aparentemente, ofrecía la imagen de un hombre de torpes movimientos, pero su frente señorial, sus labios firmes y lo inteligente de su mirada desmentían de inmediato esa primera impresión. Tenía siete años más que su hermano Sherlock, pues había nacido el 12 de febrero de 1847. Y aunque tuvieron un hermano mayor (dos años más que Mycroft y nueve más que Sherlock), llamado Sherrinford, fue Mycroft quien jugó un papel estelar en algunas de las aventuras del detective.

Mycroft fue clave en el momento en que su hermano debió huir de Inglaterra mientras se ultimaba el cerco sobre el malvado Moriarty[*], y a él deja Sherlock todas sus posesiones en previsión de que le ocurriera una desgracia irreparable. Además, Mycroft es el narrador de la última aventura protagonizada por su hermano, «El último saludo».

Pero Sergio sabía más sobre Mycroft[**]. Por ejemplo, que había estudiado en Oxford y más tarde en Cambridge, y que completó los estudios de economía y política. Y aunque en un primer momento Sherlock le dice a Watson que Mycroft tiene un oscuro trabajo administrativo en el Foreign Office, posteriormente se descubre que es el verdadero cerebro del ministerio. Sherlock confiesa a Watson que su hermano carece de ambición alguna, hasta el punto de que su sueldo es de solamente cuatrocientas cincuenta libras al año, pero eso es así porque él quiere. De hecho, asegura, «de vez en cuando él es el gobierno británico», y ocupa «un puesto único, que él mismo se ha creado». El detective, en un momento de confesiones por completo inaudito en él, añade a propósito del puesto de su hermano que «nunca ha existido nada parecido antes ni volverá a haberlo». Por las manos de Mycroft pasaban a diario las informaciones más relevantes de todos los ministerios, y él analizaba los datos y ofrecía conclusiones tan va-

---

[*] «El problema final», *op. cit.*

[**] Datos ofrecidos por W. S. Baring-Gould en *Sherlock Holmes de Baker Street*, *op. cit.*

liosas como brillantes. La especialidad de Mycroft era saberlo todo.

Watson no tuvo conocimiento alguno de la existencia de tan formidable personaje hasta que un día discutió con su amigo a propósito de si la facultad de observación y la capacidad para la deducción que exhibía el detective era producto de un aprendizaje sistemático o de una virtud genética.

Ante el asombro del doctor, Sherlock le respondió que debía de tener algo que ver la herencia genética, pues tenía un hermano mayor cuyo cerebro era extremadamente privilegiado, hasta el punto de que sus dotes empequeñecían hasta el extremo, si se comparaban con las de Mycroft.

Sergio sonrió para sí mientras caminaba por Pall Mall haciendo cábalas sobre dónde podía haber estado la casa de tan extraordinario individuo. También él, Sergio, procuraba no decir nada sobre su vida privada a los demás, y mucho menos sobre su familia. Y curiosamente, su capacidad memorística, que a todo el mundo parecía extraordinaria, era muy inferior a la de su hermano Marcos.

En el Londres victoriano, a decir de sir Arthur Conan Doyle, no lejos del Carlton estaba la sede del club más extravagante que se pueda imaginar. Se llamaba el Club Diógenes, y en él se daban cita los hombres más antisociales de toda la ciudad. En aquella extraña hermandad no se permitía que nadie hablara, y el mayor anhelo de sus peculiares miembros era disfrutar de un refugio relajante.

Sergio trató de imaginar dónde pudo haber estado ubicado semejante centro social, uno de cuyos fundadores había sido el propio Mycroft, quien permanecía en él invariablemente a diario desde las cinco menos cuarto a las ocho menos veinte de la tarde.

También sabía que Mycroft trabajaba en Whitehall, de modo que el recorrido que hacía diariamente apenas suponía cinco minutos andando. Con tan solo doblar la esquina iba de su casa al trabajo y viceversa, y como el Club Diógenes también estaba a un paso, toda su vida se fraguaba en una distancia ridícula. Por eso cuando un día de noviembre de 1895 abandonó su rutina habitual y se presentó en el 221B de Baker Street para hablar con su hermano sobre la desaparición de los planos del submarino Bruce-Partington tras haber enviado previamente un telegrama anunciando su visita, Sherlock no dudó en calificar el hecho como algo tan insólito como lo sería que un planeta se saliera de su órbita.

Las capacidades de uno y otro Holmes se midieron en un divertidísimo diálogo en «El intérprete griego». Por su parte, las capacidades de Marcos fueron conocidas por los miembros del Círculo Sherlock poco después de que su hermano Sergio anunciase su existencia tras aquella pelea en la cervecería.

—¿Un hermano? —Víctor Trejo estaba entusiasmado—. ¿Tienes un hermano estudiando aquí y no nos lo has dicho en todo este tiempo?

—Tampoco hace tanto que nos conocemos —se disculpó Sergio.

—No importaría tanto si no fuera porque, según dices, nadie sabe sobre Holmes más que él —dijo Víctor, acompañándose de un gesto teatral.

Los demás miraban en silencio la escena, pero estaba claro que a Guazo aquella noticia lo había llenado de estupor y de alegría, mientras que era difícil valorar qué significado tenía la expresión contenida de Bullón y de Bada. Tal vez valoraban hasta qué punto la existencia de alguien más listo que Sergio les podría venir bien para ponerlo en su sitio, pero posiblemente temieran que el nuevo Olmos fuera aún más petulante y engreído que el que ya conocían. En cuanto a Morante, su cara no permitía imaginar qué pensamientos surcaban su mente. A Sigler, por su parte, aquello solo le producía gracia.

—¿Y qué estudia?

—Ciencias políticas y economía —contestó Sergio—. Las dos carreras a la vez.

—¿Y sus notas? —quiso saber Guazo, aunque temía la respuesta.

—Aún mejores que las mías.

—¿De veras sabe tanto sobre Holmes? —se atrevió a preguntar Sigler.

—Él fue quien me aficionó a esas historias siendo yo pequeño.

—No se hable más —dijo en tono resolutivo Víctor—. Hay que invitar al señor Marcos Olmos a nuestro círculo.

—Lamento recordar que eso no es posible —intervino Morante—. No olviden, caballeros, que ya hemos cubierto el cupo de siete plazas que fijan los estatutos, y yo personalmente no estoy con ganas de variar cada dos por tres nuestras normas.

Hubo un tenso silencio que Sergio resolvió.

—Tampoco sé si mi hermano tendrá demasiado interés en asistir a nuestras reuniones.

—Un momento. —Trejo alzó los brazos pidiendo calma—. Yo propongo invitar una tarde al señor Marcos Olmos para, si lo desea, conocernos. Nadie ha hablado de que ingrese como miembro con pleno derecho en el círculo. A eso no creo que nadie pueda oponerse —añadió, mirando directamente a Morante, y este se encogió de hombros.

Contra todo pronóstico, a Marcos Olmos le pareció divertida aquella cita y se comprometió con su hermano a ir el viernes que se había fijado previamente. Y aunque Sergio le había prevenido sobre lo que allí se iba a encontrar, sin duda lo que vio en aquel garito perdido de Madrid lo debió de fascinar: tipos vestidos a la moda victoriana, ejemplares originales de *The Strand Magazine*, una reconstrucción del despacho de Holmes…

Aquella tarde todos se sentaron en mitad de la niebla producida por el humo de las pipas y los habanos y contemplaron a Marcos Olmos como un entomólogo estudiaría al insecto más sorprendente. Lo que tenían ante ellos era un joven de amplia frente, rizos negros, ojos oscuros, dos años mayor que Sergio, y también cinco centímetros más alto y diez kilos más grueso que él. Pero lo mejor de todo estaba por llegar. Y comenzó cuando Morante se atrevió a hacerle una pregunta como quien lanza una piedra al río para ver qué profundidad tienen sus aguas.

—Me preguntaba —se frotó las manos evidenciando cierto nerviosismo— si tendría la amabilidad de recordar el modo en que Holmes reveló a Watson su profesión. Nada mejor que comenzar por el principio, ¿no cree?

—Me parece un reto excelente —respondió Marcos, y se retrepó sobre el sillón que le habían ofrecido minutos antes. En ningún momento pareció advertir que bajo el guante que Morante le lanzaba había veneno.

Sergio, que conocía el carácter frío y calculador del estudiante de matemáticas, sí captó el brillo malicioso que había nacido en las pupilas de Morante.

—Watson —dijo Morante con su habitual tono monocorde y un poco afectado— conoció la profesión de Holmes de un modo accidental, al leer un artículo subrayado a lápiz en una revista en el que se afirmaba que un hombre observador podía descubrir detalles que a los demás les pasan desapercibidos, e incluso penetrar en los pensamientos de los demás con solo fijarse en la contracción de un músculo o en la mirada de quien le rodea. ¿Recuerda el título de aquel artículo, señor Olmos?

Marcos enderezó su enorme corpachón y se permitió acariciar uno de los ejemplares de *The Strand Magazine* antes de responder.

—Es una pregunta inteligente —concedió—, y pocos son los que caen en la cuenta de la importancia de aquel incidente. Pero sí, sí que lo recuerdo, naturalmente. El artículo se titulaba «El libro de la vida», y fue un día 4 de marzo cuando Watson lo leyó en Baker Street. Luego cometió la torpeza —miró a Guazo y le sonrió a modo de disculpa— de decirle a Holmes que el autor de aquel artículo debía de ser un charlatán. Fue entonces cuando Sherlock le confesó que el autor del artículo era él, y que había planteado en el texto la base de sus métodos profesionales, puesto que era detective consultor.

El resto de la tarde fue tan inolvidable para quienes no conocían a Marcos que el tiempo se detuvo para ellos.

Habían pasado muchos años y muchas cosas desde entonces, pensó Sergio, justo en el momento en el que llamaron a los pasajeros de su vuelo para embarcar. Apenas había tenido contacto con su hermano en los últimos años, a pesar de que siempre lo había querido. Sin embargo, aquella frialdad suya, aquel maldito orgullo, había impedido que se lo dijera todas las veces que lo había merecido.

Cuando entregó su tarjeta de embarque a la joven sonriente que controlaba el acceso a la puerta de embarque, se prometió que eso iba a cambiar, que lo primero que haría cuando lo viera sería decirle a su hermano todo cuanto le debía. Para el amor, se dijo, nunca es tarde.

3

Barcelona
4 de septiembre de 2009

Las motas de polvo flotaban, visibles y despreocupadas, en el estrecho río de luz que se filtraba a través del agujero que tenía la persiana. Aquella esquirla de luz era lo único que impedía no pensar que el mundo seguía sumido en la más profunda de las noches. Pero, en realidad, eran más de las once de la mañana, y el teléfono volvió a sonar. La musiquilla era insoportable, chabacana, y dejaba en evidencia el pésimo gusto de quien la había seleccionado. Y quien la había seleccionado era el dueño de aquel apartamento repleto de cacharros sin fregar, botellas vacías que se apilaban en la mesa del salón y en el fregadero, y en el cual, si hubiéramos abierto su frigorífico, hubiéramos descubierto que no había nada de comer que no fuera hielo.

El hombre que vivía en aquel caos creyó escuchar algo desde la profunda bruma que envolvía sus sentidos. En realidad, lo que había oído era la última llamada del teléfono, pero tardó tanto en incorporarse como lo habría hecho un perezoso en completar una vuelta a un estadio olímpico.

La cama en la que Tomás Bullón yacía víctima de una monumental borrachera estaba revuelta y sucia. En el laborioso proceso que siguió al instante en el que logró abrir su ojo derecho e iniciar su camino hacia la conciencia, tropezó con unas bragas y un sujetador que alguien había olvidado, pero no recordaba quién los había llevado puestos alguna vez ni cómo era posible que ahora los tuviera a su alcance.

Bullón se frotó los ojos antes de tratar de enfocar su mirada hacia alguna parte. Pero cuando los abrió, no vio nada que no fuera el hilillo de luz filtrándose por la persiana rota; todo lo demás era oscuridad. De modo que encendió la luz. Y nada más hacerlo comprendió que había cometido un terrible error, porque la claridad que nacía de la mesilla de noche le propinó una violenta bofetada que le obligó a cerrar los ojos de nuevo. Por último, se rascó la barriga y luego los testículos, comprobando con regocijo que nada había cambiado en esa zona y que todo seguía en su sitio. Y, realizado ese test, se irguió como si fuera realmente un *Homo sapiens*.

Dando tumbos, llegó hasta el cuarto de baño y se metió en la ducha sin más preámbulos. El inmisericorde chorro de agua bendita lo catapultó milagrosamente desde la otra vida a esta, la misma en la que él era un periodista de fortuna que firmaba los reportajes más arriesgados, además de ser el autor de algunos de los libros más vendidos después de haberse infiltrado entre las mafias de la prostitución o entre los grupos de neonazis más violentos.

Después de un cuarto de hora con el chorro de agua golpeando su nuca, probó a hablar.

—¡Joder! —logró articular.

Una vez que hubo comprobado que sus testículos estaban donde solían y que incluso aún hablaba, Bullón se tranquilizó. Caminaba por terreno conocido, aunque debía reconocer que no lograba aún tener claro qué había sucedido la noche anterior. Lo último que recordaba era un bar de carretera, adonde le había conducido la pista que seguía tratando de resolver el crimen de una chica de dieciséis años cuyo cuerpo la policía intentaba localizar desde hacía más de un mes sin éxito. Ahora bien, le resultaba imposible enlazar los acontecimientos que, sin duda, tuvieron lugar desde que entró en aquel bar de carretera hasta que llegó a su cama. Por no hablar del enigma de las bragas y el sujetador, aunque lentamente se abría paso una tesis en su cabeza a propósito de eso: ¿no había creído ver durante la noche a una mulata roncando en su cama? Su vida sexual se había convertido en un caos después de que su esposa solicitara el divorcio y se hubiera llevado a la hija que tenían en común. Aquella niña era lo mejor, tal vez lo único bueno que había construido Bullón en esta vida.

Salió de la ducha empapando el cuarto de baño y dejando un rastro de agua por todo el desordenado apartamento. Aspiró profundamente, y se decidió a abrir la ventana. La claridad de la mañana lo zarandeó. Más allá de aquel sucio cristal, Barcelona bullía en plena efervescencia.

Miró su teléfono móvil. Le quedaba muy poca batería, porque no lo había apagado en toda la noche. Había una docena de llamadas perdidas y una enorme cantidad de mensajes. Generalmente, jamás leía los mensajes, pero esta vez hubo algo que le llamó la atención en el que le había enviado Osuna, un joven periodista deportivo al que había conocido en alguna fiesta que ya no recordaba.

El mensaje incluía la fotografía de un periódico regional en el que aparecía una mujer degollada.

«A lo mejor te interesa seguirle la pista a esto», había escrito Osuna.

Y así fue como Tomás Bullón, que tenía muchos más kilos y mucho menos pelo aún que cuando formaba parte del Círculo Sherlock, vio por primera vez a Daniela Obando. Es cierto que él estaba en pelotas y lucía una barriga peluda que no lo hacía en modo alguno atractivo, pero no era menos cierto que la mujer estaba absolutamente muerta y nada de eso tenía para ella la menor importancia.

A la misma hora en que Bullón conocía de un modo tan poco romántico a Daniela Obando, muy lejos de Barcelona, Graciela volvía a poner las cartas sobre la mesa por enésima vez. El tarot se lo había advertido en repetidas ocasiones en los últimos días, desde que vino a su consulta aquella chica, la rubia que trabajaba para el ayuntamiento. Los arcanos le habían hablado de un crimen, pero ella no podía saber dónde ocurriría esa desgracia ni quién sería la víctima. Y, mucho menos, quién podía ser el asesino.

Desde hacía unos días ya sabía al menos el nombre de la mujer asesinada. La prensa había dicho que se llamaba Daniela; que era inmigrante hondureña viuda, y que vivía como podía en el barrio norte, pero Graciela no acertaba a encontrar qué relación podía tener aquella desdichada con la visita de Cristina Pardo a su casa. ¿Por qué había tenido aquella especie de premonición precisamente en su presencia?

Desde hacía un par de días, desde que se enteró de lo del crimen, dudaba sobre lo que debía hacer. ¿Sería prudente ir a ver a Cristina y explicarle lo que le sucedía? ¿Y si no la creía?

Mucho mejor parecían irle en ese momento las cosas al inspector Diego Bedia, porque hacía media hora que su ex, la Bea, le había facilitado una pista con la que no contaban en modo alguno. Y, aunque le escocía tener que cruzar con ella más palabras de las necesarias, cuando le sentó delante a Ilusión olvidó por un momento cuánto le había cambiado la vida por culpa de su exmujer.

La inspectora Larrauri le explicó algo que ya no recordaba sobre prostitución y una redada en no sabía bien qué sitio. En realidad, Diego no le prestó la más mínima atención durante toda la perorata, pero cuando dijo que aquella muchacha que traía del brazo como si fuera un pelele decía conocer a Daniela Obando, todos sus sentidos se pusieron alerta.

Metieron a Ilusión en una sala de interrogatorios y se encerró con ella allí. Desde el otro lado del cristal Murillo y Meruelo escucharon el relato de la prostituta uruguaya, porque resultó que era uruguaya, y que en síntesis arrojó los siguientes datos:

Ella, Ilusión, se había encontrado con Daniela la última noche que había sido vista con vida. Aquella noche a Ilusión la había apaleado un grupo de cafres seguidores de Morante, el político que dio un mitin electoral en el barrio. Al parecer, la gente salía caliente de la cita después de la arenga, abiertamente xenófoba, del político. De manera que, cuando se encontraron con aquella infeliz, le dieron una soberana paliza y la dejaron en paz cuando la fiesta les pareció que decaía.

Entonces apareció Daniela y la recogió del suelo. La ayudó a ponerse en pie y le pidió que se fuera a casa, añadiendo que aquella gente podía volver. Pero Ilusión no le hizo caso, porque necesitaba conseguir dinero para pagar el alquiler. De manera que siguió trabajando, y de hecho le fue bastante bien el resto de la noche.

Cuando pensaba en irse a casa fue cuando vio de nuevo a Daniela.

¿Iba sola? ¿Dónde la vio exactamente? El policía quería saberlo todo y muy rápido. Pero Ilusión habló despacio, recogiendo del fondo de sus recuerdos todo lo que sabía, y lo que sabía resultó no ser tanto como el policía hubiera deseado.

Daniela, explicó la uruguaya, salió de la Casa del Pan y entró en un garito que está en una placita situada tras la iglesia de la Anunciación llamado El Campanario. Los policías lo conocían de sobra. Era un lugar donde todo era posible, desde conseguir droga hasta escuchar buena música o acostarse con una prostituta en alguno de los reservados. Allí no solo iban inmigrantes, sino gente de todo pelaje y condición.

—¿Y qué sucedió? —preguntó Bedia.

Sucedió que Ilusión la vio entrar allí y estuvo a punto de llamarla, pero no se atrevió a gritar por miedo a que los fanáticos que la habían golpeado anduvieran por la zona, o que otros que no la habían visto tuvieran otras intenciones aún peores con ella, de modo que se marchó. Y allí fue donde vio por última vez a su amiga.

—¿Vio algo más? ¿Vio a alguien?

Ilusión dudó antes de responder que sí, que había visto al cura mayor, a don Luis, por el barrio.

—¿A esas horas de la noche? —se extrañó Bedia.

Ella asintió. Era todo lo que sabía.

No era mucho, pero era más de lo que tenían hasta ese momento. Murillo y Meruelo iban a darse una vuelta por la sede del partido político de Morante para ver si averiguaban algo sobre quiénes habían apaleado a Ilusión, y por la noche se dejarían caer por El Campanario. Diego, por su parte, iba a ir a la iglesia, un lugar que no tenía la costumbre de frecuentar.

4

En una ciudad del norte de España
4 de septiembre de 2009

El mismo día en que Diego Bedia recibía aquella inesperada pista para su investigación y que Tomás Bullón veía con los ojos enrojecidos por la resaca el cuerpo sin vida de Daniela Obando en la fotografía que le había enviado su amigo Osuna, Sergio Olmos había llegado a la ciudad donde nació. Hacía diez años que no pisaba aquellas calles, y lo que se encontró no lo defraudó en modo alguno. Todo seguía igual que siempre, la misma atmósfera decadente, la misma humedad a pesar de estar aún en verano, la misma calma provinciana que tanto odiaba.

Se hizo conducir por el taxista al mejor hotel de la ciudad. No era muy céntrico, pero tampoco las distancias eran tan grandes como para sentirse demasiado lejos de ninguna parte. Prefirió sin duda un hotel que ir directamente a la casa familiar, donde seguía viviendo su hermano, o al menos eso tenía entendido. Todavía no estaba preparado para verlo. Necesitaba unas horas de adaptación al medio. Tenía que ordenar su mente antes de llamar a Marcos, quien, por otra parte, seguramente no estaría en casa hasta más tarde, cuando hubiera acabado su insulsa jornada laboral en el ayuntamiento, donde trabajaba.

La habitación resultó ser excelente, a pesar de sus prejuicios. Era cierto que no tenía el pedigrí de las suites que había ocupado en medio mundo promocionando sus novelas, pero no se le podía poner ningún reparo. Colgó cuidadosamente el Versace y el Gucci que había traído como repuesto para el Armani que lucía, y colocó a su lado cuatro impecables camisas blancas de las mismas marcas. Después, dispuso cuidadosamente los dos pares de zapatos italianos en la parte inferior del armario y dejó el resto de sus cosas dentro de la maleta. Se quitó la chaqueta y la colgó delicadamente en una percha antes de dejarse caer sobre la cama, que resultó disponer de un colchón extraordinariamente reparador.

Durante la siguiente media hora contempló el techo de la habitación con meticulosidad, sin saber por qué. Era como si creyera posible encontrar allí arriba la respuesta al estúpido, y a la vez escalofriante, enigma que lo había llevado de vuelta a casa. ¿Quién había escrito aquella carta? ¿Qué juego era aquel? ¿Por qué había muerto aquella mujer? ¿Quién era aquel chico, Wiggins? ¿Debía ir directamente a la policía? ¿Querría ayudarlo su hermano?

En medio de aquella tormenta de ideas y preguntas apareció de ese modo otra vez Marcos. ¿Qué pensaría él de todo aquello? ¿Habría cambiado mucho? ¿Seguiría fumando en pipa, como era su costumbre?

La verdad es que Sergio estaba posponiendo aquel reencuentro porque, en el fondo, se avergonzaba de su comportamiento. Sabía que su hermano había hecho todo tipo de sacrificios por él, y lo quería sin duda alguna, pero a Sergio se le había ido la cabeza con todos aquellos éxitos suyos. Era cierto que nadie de su familia había llegado tan lejos, y que Arturo Olmos, aquel zapatero que llegó a la ciudad mediado el siglo XIX y abrió una zapatería en la comercial calle Ascensión dando inicio a la saga familiar, se hubiera sentido orgulloso de él. Pero seguramente aún más orgulloso se hubiera sentido de Marcos, si lo hubiera conocido.

Aquel zapatero, Arturo Olmos, era el bisabuelo de Sergio.

El abuelo de los dos hermanos heredó aquel negocio familiar y también el nombre del pionero, Arturo. Pero el segundo Arturo Olmos no se conformó con lo que había recibido en herencia, sino que logró ampliar el negocio y, a su muerte, pudo dejar a su único hijo el rico legado de tres comercios.

Aquel heredero afortunado era Siro, el padre de Sergio y Marcos. Sin embargo, en los años setenta las cosas se torcieron y la familia tuvo que vender dos de los comercios. Aquel dinero sirvió, además de para poder mantener a flote el negocio original, para que los dos hermanos pudieran cursar estudios universitarios en Madrid. Primero fue para allá Marcos, y todas las expectativas que tenían sus padres puestas en él se cumplieron por completo. Sus dos primeros cursos fueron tan brillantes como lo había sido su currículo académico a lo largo de su vida.

Dos años después llegó a la capital Sergio, quien, para enojo de su padre, decidió estudiar literatura, en lugar de algo de provecho como Marcos, que había emprendido el reto de terminar economía y ciencias políticas al mismo tiempo. El padre de Sergio nunca comprendió la elección de su hijo pequeño. Pero no tardó el zapatero en reconocer que las calificaciones de Sergio eran casi un espejo de las de su hermano mayor. Con aquel argumento, Violeta, la esposa de Siro, lo calmaba y salía en defensa del hijo menor, que era su ojito derecho.

Marcos y Sergio compartieron piso en los años universitarios. Cuando Sergio ingresó en el Círculo Sherlock, su hermano mayor estaba en el cuarto curso de sus dos carreras y él, en el segundo. Después de aquella primera tarde en la sede de las tertulias literarias, Marcos no había vuelto a aparecer por allí, dado que lo impedía la rigurosa normativa interna de la hermandad. Sin embargo, todo cambió de la manera más inesperada un día de final del invierno.

Más de veinte años después, Sergio veía en el techo de su habitación en aquel hotel los sucesos de aquellos días lejanos, como si alguien proyectara una película.

Guazo entró una tarde como un ciclón en su habitación. Por entonces, a pesar de que él siempre se había mostrado frío y cortante, como acostumbraba, el estudiante de medicina se había convertido en un elemento cotidiano de su vida. Cada vez que podía, se dejaba caer por el piso donde vivían los dos hermanos y se liaba a charlar con ellos sobre los temas más dispares. Pero aquella tarde Guazo traía el rostro demudado.

—¿Te has enterado? —gritó sin mayores preámbulos.

—¿Si me he enterado de qué?

—De lo de Bada. —Guazo jadeaba y abría la boca como un pez fuera del agua. Sergio pensó que debía advertirle que aquel sobrepeso podría traerle graves disgustos.

—¿Qué le ha pasado?

—Que lo han matado, Sergio —bufó, al tiempo que se dejaba caer en una silla y se secaba el sudor con un pañuelo—. Se lo ha cargado un cabrón que lo ha atropellado con un coche y se ha dado a la fuga.

Al parecer había ocurrido la noche anterior, pero ninguno de los miembros del círculo supo nada hasta el mediodía. Por lo que Guazo había ido descubriendo, a Sebastián Bada lo atropellaron en una calle poco transitada, muy cerca del colegio mayor donde vivía. El golpe había sido tan violento que debía haber muerto de inmediato.

La policía jamás dio con el irresponsable conductor, aunque se sospechó durante un tiempo que debía ser algún estudiante que regresaba borracho de alguna fiesta. Pero lo cierto es que no hubo manera de encontrar el coche ni tampoco al criminal.

Todos los del círculo, incluido Marcos, asistieron al funeral, que tuvo lugar en un pueblecito de Ávila de donde era originaria la familia del desdichado estudiante de derecho.

Durante un mes el Círculo Sherlock cerró sus puertas, pero cuando Víctor Trejo creyó llegado el momento de reabrirlas, la primera propuesta que puso sobre la mesa fue solicitar el acuerdo unánime del resto para proponer el ingreso en aquella santa compañía de Marcos Olmos. Todos aceptaron, aunque Morante lo hizo sin el menor entusiasmo, lo cual no extrañó a nadie.

Los dos meses siguientes fueron maravillosos. O al menos a Sergio se lo parecían ahora, tal vez porque lo que sucedió después ensombreció el resto de su vida estudiantil. Pero aquellos dos meses posteriores al ingreso de Marcos en el círculo fueron fantásticos, y eso que él quedó relegado a un humilde segundo plano en las reuniones, porque toda la atención se desvió de él a su hermano, algo que pareció complacer muchísimo a Morante y a Bullón, los cuales, era obvio, no tenían a Sergio presente en sus oraciones.

A Marcos le podían preguntar cualquier cosa peregrina y él respondía después de chupar parsimoniosamente su pipa. Aún recordaba Sergio una ocasión en la que Víctor lo quiso poner a prueba preguntándole si era capaz de decir cómo se llamaba el fumadero de opio en el que Watson encuentra a Holmes caracterizado como un vejete en «La aventura del hombre del labio retorcido»[*].

—Por supuesto —respondió sin la menor vacilación Marcos—, El Lingote de Oro, en Upper Swandam Lane, una calle que, por cierto, creo que jamás existió en Londres.

O cuando quisieron acorralarlo obligándole a decir qué dos casos investigó Holmes por encargo del mismísimo papa León XIII, a sabiendas de que ninguno de los dos se narran en las aventuras publicadas y que solo se mencionan de pasada en ellas.

—Supongo que se refieren a «La famosa investigación sobre la muerte repentina del cardenal Tosca»[**] y a «El pequeño asunto de los camafeos del Vaticano»[***].

Aquellas exhibiciones de Marcos terminaban siempre entre cervezas y bromas, festejos a los que su hermano mayor se sumaba con entusiasmo, lo que contribuía aún más a su creciente popularidad en el club y al paralelo descenso de Sergio en la escala de los mitos.

Pero una tarde su pequeño mundo se quebró para siempre. Sucedió un 18 de marzo, ¡cómo olvidarlo! Aún no habían comido cuando recibieron una llamada. Era de su casa. El gesto de Marcos se ensombreció. No era nada frecuente que sus padres les llamaran a esas horas. Cogió el teléfono visiblemente nervioso, aunque trató de que su voz sonara firme. Pero instantes después se vino abajo.

---

[*] Publicada en *The Strand Magazine* en diciembre de 1891. Los hechos transcurren en junio de 1887.

[**] Se menciona en «La aventura de Peter el Negro», publicada en *The Strand Magazine* en marzo de 1904. Relata hechos sucedidos en julio de 1895.

[***] Investigación citada en *El sabueso de los Baskerville*, op. cit.

Enterraron a su padre al día siguiente en el cementerio viejo, no lejos de donde los otros zapateros Olmos descansaban contemplando cómo iba cambiando aquella ciudad que ellos conocieron cuando solo era un pueblo y la subida a aquel cementerio era una aventura gótica, pues no había más que un par de casuchas por allí cerca y el resto, sin alumbrado eléctrico, era una galaxia oscura donde, al amanecer, Dios colocaba cada día enormes prados con vacas. Marcos y Sergio habían escuchado a su padre contar que en los años en que Siro era un chaval los niños disputaban entre sí para ver quién de ellos era capaz de subir la cuesta del cementerio y llegar lo más cerca posible del camposanto. Aquellos retos terminaban en el momento en el que cualquier ruido, tal vez producido por un solitario gato, alteraba sus ya tensos nervios y todos salían huyendo convencidos de estar siendo perseguidos por un fantasma.

La situación económica de la familia comenzó a tambalearse, y aunque Violeta se negó a admitirlo hasta que le fue imposible mentir más a su hijo Marcos, que estudió con detenimiento las cuentas familiares, no era posible mantener a los dos hijos estudiando en Madrid. Sin que Sergio pudiera decir nada, Marcos ejerció de inmediato como cabeza de familia, asiendo el timón de aquella nave en calidad de nuevo comandante de los Olmos. Sin dar opción a discusión alguna, decidió que abandonaba los estudios para que Sergio pudiera terminar los suyos.

Y ahí acabó todo.

Se acabaron los días de ambos en el Círculo Sherlock. Finalizó abruptamente la brillante carrera universitaria de Marcos Olmos, repleta de matrículas de honor y sobresalientes. Concluyó bruscamente un camino para él, y comenzó otro: el de tratar de sacar adelante el comercio familiar para poder dar de comer a su familia y permitir que su hermano pudiera estudiar.

Tres años después, con las cuentas familiares saneadas, Marcos optó a una plaza de administrativo en el ayuntamiento de la ciudad y la aprobó sin apenas estudiar. De haber concluido sus estudios universitarios, sin duda podría haber tenido mejores expectativas, pero no parecía que él tuviera mayores pretensiones que las de cuidar de su madre y vivir tranquilamente en una ciudad que, al contrario que Sergio, amaba profundamente.

Luego llegó el éxito literario de Sergio.

Durante los primeros años, la relación entre ambos siguió siendo estrecha. Sergio escribía mucho o los llamaba por teléfono. También solía enviar regalos caros a su madre, e incluso llevó a Violeta de viaje a Roma para que viera el Vaticano, algo con lo que ella siempre había soñado. Pero un día de verano de hacía diez años Violeta murió de puro agotamiento, y el único de sus dos hijos que asistió al entierro fue Marcos, el mismo que había cuidado de ella durante todos aquellos años. A Sergio trataron de localizarlo por todos los medios a través de la oficina de Clara Estévez, su agente literaria, pero cuando al fin pudieron hablar con él en Estados Unidos, ya era imposible que pudiera llegar a tiempo para el entierro.

Casi una semana después de que enterraran a Violeta a la vera de Siro Olmos, su difunto marido, Sergio volvió a casa para visitar la tumba de su madre. Marcos lo miró desde el fondo de una profunda tristeza y finalmente ambos hermanos se fundieron en un abrazo. Pero Sergio fue incapaz de llorar. Compró unas flores preciosas y las colocó en la tumba de sus padres, y luego extendió delante de Marcos un documento legal en el que renunciaba a la herencia familiar. Le dijo que tenía suficiente dinero para vivir y que lo justo era que él, Marcos, siguiera adelante con todo aquello: la zapatería y todo lo demás.

Al día siguiente se marchó y jamás regresó.

Eran las cinco de la tarde cuando Sergio caminaba por el casco viejo de la ciudad. Era un día de septiembre sucio y húmedo, aunque al menos no llovía. La gente iba abrigada, como si el verano fuera ya un maldito recuerdo. Las baldosas de las calles peatonales estaban mojadas aún por el último chaparrón y los edificios antiguos exhalaban un vaho decadente.

En la calle de la Anunciación, Sergio se detuvo. Calzados Olmos. De pronto, le pareció verse a sí mismo saliendo en pantalón corto de aquella pequeña zapatería que tenía delante de él. Casi nada había cambiado, salvo la moda del calzado que se exponía en el escaparate, y la muchacha de poco más de veinte años que lo miró sonriente desde detrás del mostrador.

Sergio esbozó una sonrisa a modo de saludo. Se sacudió de encima el recuerdo infantil y se dirigió al portal situado junto al comercio familiar. Llamó al timbre del primer piso, el situado justo encima de la zapatería, y aguardó la respuesta.

—¿Dígame?

—Marcos, soy Sergio.

Un espeso silencio se prolongó durante unos segundos, como si Marcos estuviera digiriendo la información. Luego, abrió la puerta pulsando el portero automático.

Marcos salió a su encuentro de inmediato. A Sergio le sorprendió su nuevo aspecto, puesto que estaba mucho más delgado —nada quedaba de su enorme corpachón— y se había rapado el cabello. El tono de la piel de Marcos se había amarilleado.

—¿Y eso? —dijo, mirándole la reluciente calva.

—Estaba harto de ver cómo me iba haciendo viejo —bromeó Marcos—. Se me caía el pelo, y no quería verme las canas. Además, ahora está de moda eso de llevar el pelo rapado.

Era la primera vez en su vida que Marcos seguía algún tipo de moda, pensó Sergio, pero tal vez aquellos diez años habían obrado milagros que él aún desconocía, aunque parecía poco probable a la vista de la ropa que llevaba su hermano: un pantalón de corte clásico de color marrón y una camisa de color marfil. Sobre los hombros se había puesto una negra y vieja chaqueta de punto.

Entraron en la casa, un piso enorme, de suelos de madera encerados y pulidos, con muebles pasados de moda y donde los libros aparecían en los lugares más inesperados. Todo estaba igual que siempre, con la novedad de un magnífico equipo de música y una televisión de plasma de muchas pulgadas.

—¡La modernidad ha llegado! —rio Marcos, al observar que su hermano miraba la televisión.

Sergio lo miró de nuevo y lo encontró tan alto como siempre, pero al prestar más atención tuvo la misma impresión que uno tiene al ver un castillo desde la distancia y luego, tras acercarse, verlo más de cerca: en realidad, la construcción estaba mucho más ajada de lo que parecía desde lejos. Marcos había envejecido. Naturalmente, Sergio también. Pero parecía que la inminente llegada de los cincuenta años había hecho estragos en el otrora corpulento hermano mayor. Luego pensó en cuánto lo quería y creyó ver en el fondo de la mirada de su hermano la misma calidez que destilaba en los lejanos años de su infancia, cuando encontraba en él el apoyo que necesitaba o al hermano mayor que lo defendía en el colegio o en la calle.

Durante unos minutos intentaron apresuradamente ponerse al día. Pero pronto descubrieron que no era fácil resumir diez años. Marcos seguía soltero, por supuesto, y conocía lo que le había ocurrido a Sergio con Clara. Realmente, lo sabía medio país, porque las televisiones y la prensa lo habían aireado impetuosamente. Al hablar de Clara, Sergio creyó percibir cierta incomodidad en su hermano, pero no le concedió importancia. ¿La zapatería? Iba relativamente bien, explicó. Daba algún beneficio, aunque él la mantenía abierta por razones más sentimentales que comerciales. En cuanto al ayuntamiento, nada había de interesante. Pura rutina administrativa.

—Seguramente no habrá nadie allí que tenga la capacidad que tú tienes —se lamentó Sergio—. No saben valorarte.

—No empieces con eso —protestó Marcos—. El que no quiere saber nada de valoraciones soy yo. A las tres de la tarde salgo, y que me dejen en paz. Tengo mis libros —señaló las atiborradas estanterías—, y luego soy el secretario de la Cofradía de la Historia —añadió muy ufano.

—¿Y eso qué es?

—Un grupo de estudiosos de la historia local —carraspeó—. Bueno, ya sé que a ti las cosas del pueblo te importan bien poco, pero a mí me encantan, ya lo sabes. Por cierto —añadió mientras encendía una pipa—, ¿sabes quiénes están también en la cofradía?

—Ni idea —respondió Sergio.

—Morante y Guazo, ¿los recuerdas?

—¿No me digas? —Sergio estaba sinceramente sorprendido, y de pronto sintió que aquello podía ser importante—. Claro que los recuerdo, pero me parece más sorprendente que gente que estuvo en el Círculo Sherlock regrese a mi vida de un modo tan curioso precisamente ahora.

—¿Qué quieres decir?

Sergio miró alrededor. El salón familiar parecía el mismo de toda la vida. No podía evitar pensar que en cualquier momento su padre subiría de la zapatería o que su madre saldría de la cocina con algún guiso entre las manos. Salvo la pintura de las paredes, que había sustituido al viejo papel pintado, allí podrían estar sentados él y su hermano en pantalón corto.

—Necesito que me ayudes. —Las palabras salieron de su boca con timidez, consciente de que llevaba diez años sin ver a su hermano y ahora regresaba a él en un momento de apuro.

—¿Qué sucede? —Marcos lo miró con alarma, pero en ningún momento hubo un matiz de reproche en su voz.

Sergio sacó la carta que le habían entregado en Baker Street y la colocó sobre la mesa.

—Vengo de Londres —explicó—. En realidad, de Sussex, de Cuckmere Haven.

—¡Caramba! —exclamó Marcos—. ¡El retiro de nuestro amigo Sherlock!

—Eso es —sonrió Sergio—. Verás, estaba allí con la idea de escribir un libro sobre Holmes; una especie de novela donde pudiera reconstruir lo que sucedió durante sus años perdidos, ya sabes…

—Desde las cataratas de Reichenbach hasta «La aventura de la casa vacía» —dijo Marcos, como si todo el mundo supiera de qué estaban hablando. Pero era evidente que aquello le fascinaba y se inclinó hacia delante—. Muy interesante, ¿y qué tenías pensado? ¿En qué te ibas a apoyar?

—Dejemos eso para otro momento. —Sergio no quería que la conversación se desviara hacia Holmes, porque entonces su hermano se entregaría a alguno de sus debates intelectuales—. El caso es que hace unos días, en Baker Street, apareció un chico, un chaval de menos de quince años, vestido con uno de esos pantalones caídos, una gorra con la visera mirando hacia la nuca, *piercings* y esas cosas, y me dijo que se llamaba Wiggins.

—¡Wiggins! —Los ojos de Marcos parecían a punto de salir de sus órbitas. Chupó con más intensidad su pipa y se retrepó en su sillón—. ¿Cómo es posible?

—Eso pensé yo. Pero lo extraño fue que me llamó por mi nombre y me entregó un sobre con esta carta y cinco pétalos de violeta. —Sergio abrió el sobre y dejó que su hermano la leyera—. Durante unos días no entendí qué diablos significaba todo aquello.

Marcos leyó el extraño mensaje y reflexionó durante unos treinta segundos, al cabo de los cuales exclamó:

—«El Gloria Scott».

Resultaba extraordinario que un hombre fuera capaz de establecer una relación tan inmediata entre aquel extraño escrito y una de las aventuras de Sherlock Holmes, pero a Sergio no le sorprendían las proezas de Marcos en ese campo.

—¡Exacto! —admitió Sergio—. «El Gloria Scott». —Se pasó las manos por el cabello y luego sacó del bolsillo de la americana un recorte de prensa—. Creí que era una broma de alguien hasta que, días después, leí en Internet que se había cometido este crimen aquí.

Marcos cogió el recorte de prensa y su rostro pareció envejecer aún más. Sus dedos largos, ahora mucho más delgados de lo que Sergio los recordaba, tamborilearon sobre la mesa.

—Debemos ir a la policía —dijo, tras reflexionar unos segundos.

—¿Vendrás conmigo? —preguntó Sergio con cierta aprensión—. ¿Me ayudarás?

Entonces Marcos se puso en pie y pareció regresar el hermano mayor de toda la vida, el grandullón inteligente que siempre estuvo junto a él en los peores momentos.

—Por supuesto que sí. —Sonrió y abrazó a Sergio—. Pero antes vamos a ir a ver a Guazo. Esto le va a encantar.

—¿A Guazo? ¿Crees que le debemos contar esto a Guazo?

—No hay problema —lo tranquilizó Marcos—. Tú no has hecho nada malo, y él anda bastante delicado de salud últimamente, y esto le va a resucitar.

Sergio se encogió de hombros.

—Por cierto —dijo de pronto Marcos—, supongo que has reparado en que son cinco pétalos de violeta.

—¿Qué quieres decir?

—«Las cinco semillas de naranja»[*], Sergio —dijo con total naturalidad, como si la vida de cualquiera pudiera desarrollarse en el interior de una aventura decimonónica todos los días—. Habrá más muertes.

—Que habrá más muertes, parece claro —reconoció Sergio—. Supongo que te habrás dado cuenta en cómo murió esa mujer inmigrante. —Señaló con el dedo la noticia del periódico—. Quiero decir lo de las heridas en la garganta y, sobre todo, el sombrero de paja. Está claro el mensaje, pero no se me había ocurrido relacionarlo con «Las cinco semillas de naranja».

—¡Por favor! ¡Es elemental, querido Sergio! —exclamó divertido Marcos.

---

[*] Historia publicada en *The Strand Magazine* en octubre de 1891. La aventura tiene lugar en septiembre de 1887.

5

4 de septiembre de 2009

M ientras su hermano se vestía, Sergio lo aguardó en el salón. Se levantó y recorrió aquellos viejos muebles con la mirada. Descorrió la cortina y volvió a contemplar la calle, tal y como había hecho miles de veces en su infancia. Solo las manos que sostenían la cortina habían cambiado. Eran las manos de un hombre, no las de un niño. Después se dirigió hacia su antigua habitación. Abrió la puerta con miedo, como si temiera sorprenderse a sí mismo en la pequeña cama en la que dormía. Pero no fue así, porque descubrió que allí no quedaba nada de su infancia. De hecho, su hermano había convertido la habitación en un coqueto despacho. Había una mesa de escritorio sobre la que descansaba un moderno ordenador portátil. Las paredes estaban abrigadas por estanterías que contenían un gran número de libros sobre la historia local y publicaciones que parecía haber editado aquella curiosa Cofradía de la Historia de la que su hermano le había hablado.

En aquella misma habitación, cuando los dos eran pequeños, Marcos comenzó a leerle algunas de las aventuras de Sherlock Holmes. Sin poder evitarlo, Sergio curioseó entre los libros de su hermano, y no le sorprendió encontrar una lujosa edición de los sesenta relatos del canon holmesiano. Abrió al azar el tomo y se encontró con las primeras líneas de *Estudio en escarlata*, la primera aventura que Watson compartió con Holmes.

Al releer aquellas familiares páginas y al pensar que dentro de unos minutos volvería a encontrarse con José Guazo, recuerdos recientes atravesaron la mente del escritor. Tan solo unos días antes la figura de John Watson se había cruzado en su camino en Londres.

«Next station: High Street Kensington!».

Sergio Olmos se apeó. Había llegado a su primer destino aquella nueva mañana limpia y clara de verano, y cuando emergió al tumulto urbano no pudo reprimir una sonrisa. Resultaba inevitable mezclar en su mente el objeto de su búsqueda por uno de los barrios más selectos de Londres con el rostro de alguien a quien había conocido muchos años antes.

A pesar de lo temprano de la hora, las calles mostraban una enorme actividad. Muchos turistas visitaban el distrito para curiosear por los alrededores de Kensington Palace y husmear en algunas de las salas que se muestran al público con el pueril propósito de formarse una idea de cómo pudo ser la vida de lady Diana, que vivió en ese palacio. Después, presurosos, irían a los populosos almacenes Harrods para completar la trágica vida de la princesa, muerta en circunstancias extrañas junto al hombre al que amaba entonces, Dodi al Fayed, hijo del dueño de aquel emporio comercial.

Sin embargo, mientras todo eso sucedía a su alrededor, Sergio buscaba pistas sobre la vida de un hombre que había muerto el día 24 de julio de 1929, cuando contaba con ochenta y dos años de edad. No era un hombre a quien él hubiera conocido personalmente, por supuesto, pero, al pensar en aquel caballero victoriano, de nuevo se cruzó en su mente el rostro de la persona a la que ya había llegado a identificar con el fallecido. Y de nuevo sonrió.

Con esos recuerdos como compañía caminó desde el Royal Albert Hall a través de Kensington Gardens tratando de imaginar dónde habría podido tener su consulta el bueno de John Watson. Solo por un instante, le pareció que hubiera sido divertido tener junto a él a Guazo, con quien tantas veces había discutido a propósito de la importancia que tenía el doctor en los casos resueltos por Holmes.

Sergio había llegado a pensar que a Guazo, en realidad, no le gustaba la medicina, y que si había emprendido aquel camino universitario era para emular de alguna manera a su admirado personaje. Watson, que había nacido en Hampshire el 7 de agosto de 1847, había cursado estudios médicos en la Universidad de Wellington, y luego se especializó en cirugía militar, al tiempo que acudía a clases prácticas en el Hospital de San Bartholomew de Londres.

¿Qué especialidad había cursado Guazo? Al pensar en ello, tantos años después, Sergio advirtió el poco caso que realmente había hecho a aquel joven que, no obstante, manifestaba por él una extraña simpatía. Y eso a pesar de las continuas disputas que ambos tenían a propósito de Watson.

Era cierto que el doctor había sido un patriota, como decía Guazo. Todo el mundo sabía que se había alistado en el Quinto de Fusileros de Northumberland y que marchó a la guerra a Afganistán. Allí, el martes 27 de julio de 1880, el ejército inglés conoció una de sus más terribles derrotas. Aquella batalla, Maiwand, se saldó catastróficamente también para Watson, quien resultó herido y se vio obligado a ir de hospital en hospital hasta que un tribunal militar lo facturó hacia Inglaterra con una modestísima pensión en la billetera.

Al recordar ahora, en pleno corazón londinense, algunos avatares de la vida de Watson, Sergio evocó los rigurosos interrogatorios a los que solía someter a Guazo en los lejanos años universitarios.

—¿Cómo se llamaba el ordenanza que salvó la vida a Watson?

—Murray —respondió el estudiante de medicina sin el menor titubeo.

—¿Qué nombre recibía el transporte militar que llevó al convaleciente Watson hasta Portsmouth?

—Orontes, naturalmente.

—¿En qué bar de Londres se encuentra Watson poco después de regresar a su patria con un antiguo practicante que había estado a sus órdenes?

—Se encuentra con Stamford, que así se llamaba ese practicante, en el bar Criterion.

¡El Criterion! Sergio sonrió con agrado al recordar *Estudio en escarlata,* donde se narra el encuentro de Watson y Holmes, propiciado, precisamente, por el tal Stamford.

Había sucedido que los ahorros de Watson menguaban a enorme velocidad, dado que jamás fue previsor en lo que a sus ingresos concernía. Y en el transcurso de la comida con su viejo conocido planteó su deseo de encontrar a alguien con quien pudiera compartir los gastos de un alquiler. Sergio jugó a recordar el diálogo entre ambos:

—Es usted el segundo hombre que hoy me habla en esos mismos términos —dijo entonces Stamford.

—¿Quién fue el primero? —preguntó Watson.

—Un señor que trabaja en el laboratorio de química del hospital —respondió el practicante.

En pleno invierno de 1881 Watson conoció al más extraordinario sujeto con el que jamás toparía. Holmes y él alquilaron unas habitaciones en el 221B de Baker Street y en ellas vivirían hasta 1903, si bien el doctor contrajo matrimonio durante ese periodo en tres ocasiones, y por supuesto durante esas épocas dejaba solo al detective.

Precisamente por ese afán de Watson de bucear en el proceloso mar del amor era por lo que Sergio Olmos había ido a parar al exquisito distrito de Kensington, pues allí había tenido casa y consulta Watson tras su primer matrimonio. A Sergio le resultaba imperioso para su proyecto literario ver con sus propios ojos al mismísimo espíritu del médico caminando por aquellas calles, yendo del brazo de Constance Adams, su primera esposa, a la que conoció durante un periodo de formación académica que pasó en San Francisco. La pareja contrajo matrimonio el 1 de noviembre de 1886, pero ella falleció a finales de diciembre del año siguiente.

Las tempranas muertes de las dos primeras esposas de Watson eran uno de los temas tabú en las conversaciones que mantenía con su amigo Guazo. Solo pasado cierto tiempo, cuando supo que la propia madre del estudiante de medicina había fallecido prematuramente, Sergio comprendió el motivo de esa reticencia.

Precisamente la primera gran disputa que mantuvo con José Guazo nació como consecuencia del modo antagónico en que ambos veían la figura del doctor. Todo se desencadenó una tarde durante la cual había salido a colación el primer matrimonio de Watson y un caso en el que ambos participan tras tan magno acontecimiento.

—«Escándalo en Bohemia» se desarrolla entre el viernes 20 y el domingo 22 de mayo de 1887 —recordó a los demás Sergio, pavoneándose de su fabulosa memoria—. Watson demuestra una vez más que es todo corazón, pero con solo una pizca de cerebro. —Olmos observó que Guazo se movía inquieto en su asiento y que apagaba violentamente el habano del que hasta ese instante disfrutaba. Sin embargo, continuó imperturbable—: Nunca he estado más de acuerdo con Holmes como cuando le dice en «La aventura del detective moribundo» que no es más que un médico general y con un historial académico mediocre.

—No le tolero esas palabras, caballero. —A pesar de su ira, José se las arregló para mantener la compostura victoriana que reinaba en aquellos cónclaves—. ¿En qué se basa para decir semejante disparate?

Los demás miembros del círculo aguardaron expectantes la respuesta de Sergio. Su amigo Víctor Trejo abrigaba la esperanza de que, dado que Guazo le había mostrado cierta simpatía y lo había defendido en numerosas ocasiones, Sergio tuviera la delicadeza de cambiar de tema. Por su parte, sus enemigos más feroces, Bullón y Bada, se mostraban encantados por el giro que habían dado los acontecimientos, puesto que tal vez el engreído Olmos podía perder aquella tarde a su mejor aliado.

—¿Voy a tener que demostrarle su propia ignorancia? —Sergio arruinó con aquellas palabras, las mismas que Holmes dedicó a Watson en «La aventura del detective moribundo», las esperanzas de Trejo.

José Guazo estuvo a punto de perder la compostura y saltar desde su sillón contra el insoportable y flemático Olmos. La mano de Sigler sobre su hombro derecho fue un bálsamo que lo tranquilizó en el momento exacto. Mientras tanto, desde el fondo de la sala, Morante observaba todo cuanto ocurría con aquellos ojos de reptil que le caracterizaban.

—¡Explíquese! —gritó Guazo.

—¿Ninguno de ustedes lo recuerda? —Sergio dedicó una mirada retadora y llena de suficiencia a todos los demás—. Seguro que si mi hermano estuviera aquí les daría a todos ustedes una inolvidable lección. —Hizo una pausa teatral antes de volverse hacia Guazo—. ¿Tampoco usted recuerda el primer encuentro entre su admirado Watson y Holmes tras el matrimonio del doctor?

Sí, claro que lo recordaba, aseguró el estudiante de medicina.

—Y el primer error que usted comete, señor —dijo, tratando de dominar sus nervios—, está en la datación de los acontecimientos, puesto que Watson asegura que visitó a Holmes en Baker Street el 20 de marzo de 1888.

—¡Bobadas! —exclamó Sergio—. ¡Watson miente! Lo hace con frecuencia —añadió, haciendo una mueca despectiva que tuvo como consecuencia la cólera de Guazo.

—¡No le consiento en modo alguno esas palabras! —gritó, fuera de sí.

—Estimado amigo, a usted le pasa lo mismo que a su doctor, que no observa, solo ve. ¿Recuerda que Holmes, tras advertir de inmediato que Watson ha engordado durante sus meses de vida conyugal siete libras y media, le pregunta si sabe cuántos escalones hay desde la entrada de la casa de Baker Street hasta sus habitaciones?

—Sí, claro que sí —rezongó Guazo, porque sabía lo que venía a continuación.

—A pesar de haber subido por ellos cientos de veces, Watson no sabía que había diecisiete escalones. ¿Qué se puede esperar de un hombre así?

—Se puede esperar honradez —replicó de inmediato Guazo—. Y capacidad de sacrificio, pues no olvide que en más de una ocasión se jugó la vida por Holmes, como sucedió en «La aventura del pie del diablo».

—Por supuesto, caballero. No le negaré a Sancho Panza que fue capaz incluso de recibir un balazo que iba dirigido al verdadero protagonista de aquellas aventuras, y bien que le dolió a Holmes tal sacrificio[*].

—Holmes jamás era efusivo —repuso Guazo—. Era un cerebro con piernas, pero olvida usted quién es el redactor de aquel relato. ¿Acaso no es Watson quien lo escribe? ¿No será que, debido a su humildad, se rebaja a sí mismo para acentuar las dotes de observación de su criatura literaria?

Al escuchar esas palabras, el resto de los miembros del círculo irrumpieron en el duelo dialéctico de los dos titanes. Nadie estaba de acuerdo con la tesis de Guazo de que, en realidad, al maldito Sherlock Holmes lo había creado Watson, pues era él quien había escrito casi la totalidad de las aventuras del detective.

—Además —se escuchó decir al estudiante de medicina por encima del griterío que se había adueñado del local—, también olvida usted que Holmes erró en su apreciación sobre el peso que había ganado Watson. ¡No eran siete libras y media, sino solo siete!

—Siento haber cambiado tu habitación de ese modo.

Marcos sorprendió a Sergio, quien dio un respingo. No había escuchado a su hermano aproximarse. Los recuerdos de sus disputas con Guazo se quebraron bruscamente.

—No pasa nada. —Sacudió la cabeza—. Es lógico. Aquel niño ya no va a volver.

Los dos hermanos se miraron con tristeza.

---

[*] «La aventura de los tres Garrideb». Publicada en *Collins Weekly*, en octubre de 1924. Los hechos ocurren en junio de 1902.

—¿Nos vamos? —preguntó Marcos—. He llamado a José por teléfono y me ha dicho que nos acompañará a la comisaría de policía.

Resultó que Guazo vivía en la avenida de España, una de las zonas más caras de la ciudad y con hermosas vistas a un parque próximo. Marcos le informó de que Guazo había enviudado, como el mismísimo Watson, hacía ya unos años. Al parecer, tuvieron un accidente de circulación y ella se llevó la peor parte. El matrimonio no había tenido hijos.

—Desde que murió Lola, su esposa, el pobre ha ido de mal en peor —dijo Marcos—, y últimamente ha estado bastante enfermo.

Sergio miró de reojo a su hermano. También él, se dijo, estaba desmejorado. Su perfil era mucho más afilado que años antes, aunque su imponente estatura seguía haciendo de él un sujeto espectacular.

—¿Y tú qué tal estás? ¿Cómo te encuentras?

—Con achaques, Sergio, ¿qué quieres que te diga? Vamos teniendo una edad.

Llamaron a la puerta del doctor. Pero el hombre que salió a su encuentro parecía un impostor. Al menos eso fue lo que pensó Sergio al verlo. Nada quedaba del corpachón de Guazo en aquel hombrecillo que los saludó encantado de la vida. Quienquiera que fuera aquel tipo, no se parecía al Guazo que él recordaba. Sin embargo, al mirarlo con detenimiento, el escritor fue capaz de descubrir el mismo color azul en los ojos del médico que recordaba de los años universitarios. Las gafitas de montura de oro también le resultaron familiares, lo mismo que aquel tono de clara admiración hacia él.

—Sergio, Sergio —Guazo repetía el nombre de su antiguo amigo con devoción—, he leído todos tus libros. ¡Esta sí que es buena! ¡Nada menos que el famoso Sergio Olmos!

Los dos hermanos fueron invitados a entrar a un lujoso salón que nada tenía que ver con la vieja casa familiar de Marcos. Era evidente que al bueno de Guazo le habían ido bien las cosas.

—Tu hermano me ha contado algo por teléfono sobre una carta misteriosa, ¿no es así?

Sergio asintió y dejó que Marcos pusiera al día al médico sobre el motivo de su visita a la ciudad. Mientras escuchaba el increíble relato, Guazo tomaba notitas visiblemente entusiasmado.

—Es lo más extraordinario que he oído en mi vida —dijo cuando Marcos terminó de ponerlo al día—. ¡«El Gloria Scott»! ¡«Las cinco semillas de naranja»! —murmuró para sí—. ¡Y Wiggins! ¡Eso sí que tiene gracia!

—¿Sabes? Hace unos días me acordé de ti. —Sergio miró al médico, tratando de averiguar qué había de raro en él y que no acababa de descubrir. Desde luego que era Guazo, aunque más mayor y mucho más delgado, pero había algo más, algo extraño en su aspecto.

—¿No me digas? —Guazo parecía encantado de volver a encontrarse con Sergio.

—Paseaba por Kensington Gardens tratando de imaginar dónde pudo estar el domicilio de Watson.

—Después de su primera boda, cuando se casó con Constance Adams, ¿no?

—Sí, por supuesto.

—¿Y lo encontraste? —Guazo lo miró divertido.

—Me temo que no. —Sergio decidió pasar al ataque—. Y tú ¿ya resolviste el enigma de quién fue la tercera esposa de Watson?

Los tres amigos rompieron a reír de buena gana, aunque Sergio creyó advertir cierto resquemor en la mirada del médico. Al parecer, casi nada había cambiado en lo que tocaba a su relación con Watson.

Como todos los holmesianos saben, tras la muerte de Constance Adams en diciembre de 1887, el doctor regresó a Baker Street y reanudó su vida en común con Holmes. Pero el amor volvió a llamar a su puerta dos años después, cuando conoció a Mary Morstan durante la aventura titulada *El signo de los cuatro*[*]. Con ella

---

[*] Se publicó en la revista *Lippincott's Magazine* en febrero de 1890. Los hechos ocurren en septiembre de 1888.

contrajo matrimonio el miércoles 1 de mayo de 1889 en la iglesia de St. Mark, en Camberwell*. No obstante, las desgracias familiares persiguieron al doctor una vez más y a finales de 1891 Mary falleció. Algunos autores han llegado a especular que se debió a un problema cardiaco heredado de su padre, y se recuerda que ya durante *El signo de los cuatro* Mary sufrió unos desmayos que podían ser síntomas de su grave afección. De ese modo, Watson perdió durante aquel año maldito a su esposa y a su mejor amigo, puesto que se creía que Holmes había muerto en las cataratas de Reichenbach.

El maltrecho corazón de Watson encontró, a pesar de todo, la felicidad una vez más. Sucedió en 1902. Durante el verano de aquel año abandonó Baker Street y se instaló en Queen Ann Street**, y el sábado 4 de octubre contrajo matrimonio por tercera y última vez. Ahora bien, mientras que todos los especialistas estaban de acuerdo sobre la identidad de las dos primeras señoras Watson, no ocurría lo mismo a propósito de la última esposa del doctor. Las disputas habían sido encendidas también en el propio Círculo Sherlock.

En aquellos días lejanos, Guazo había mantenido agrias discusiones con algunos miembros del círculo que se decantaban por lady Frances Carfax*** como la enigmática tercera esposa de Watson. Aquello le parecía inaceptable a Guazo, quien no obstante debía reconocer que, aunque apostaba por Violet de Merville**** como esposa de su admirado doctor, no podía probarlo más allá de cualquier duda.

—Pues creo que sí, Sergio —sonrió el médico—. Ya lo creo. Al final me he decantado por Grace Dunbar***** —dijo muy ufano—. Tuvo que ser ella, porque a Violet de Merville la había conocido

---

* Dato citado en «Sherlock Holmes de Baker Street», *op. cit.*

** Referencia obtenida en «La aventura del cliente ilustre». Publicado en *Collier's Weekly* en noviembre de 1924. Los hechos ocurren en septiembre de 1902.

*** Protagonista de la aventura titulada «La desaparición de lady Frances Carfax», historia publicada en *The Strand Magazine* en diciembre de 1911. Los hechos suceden en julio de 1902.

**** Protagonista de «La aventura del cliente ilustre», *op. cit.*

***** Protagonista de «El puente de Thor», *op. cit.*

hacía poco tiempo. Watson se casa por tercera vez el 4 de octubre de 1902, y a Violet la había conocido un mes antes. En cambio a Grace la conoció dos años antes, y es más lógico que pudiera haberle hecho la corte. Si recordáis, Watson escribió maravillas de ella.

—Sea quien fuera la última mujer de Watson, lo separó definitivamente de Holmes —dijo Sergio.

—Yo no diría tanto, pero reconozco que ya no se vieron con tanta frecuencia.

—Recuerda que Holmes se ve obligado a escribir él mismo «La aventura del soldado de la piel descolorida», lo que demuestra que su amigo no tenía ni un solo dato sobre aquel caso.

—Pero Watson aún escribió otros casos.

—Solo dos más, si tenemos en cuenta que «La aventura de la piedra de Mazarino» la escribió Doyle y «La aventura de la melena del león» fue redactada por Holmes[*].

—Y «El último saludo» fue cosa de Mycroft —intervino Marcos—. Pero ahora, debemos darnos prisa. Tenemos una cita en comisaría y no creo que sea prudente llegar tarde.

---

[*] Los dos últimos relatos atribuidos a la pluma de Watson fueron *La aventura de los tres frontones*, que se desarrolla el martes 26 y el miércoles 27 de mayo de 1903, y que se publicó en *Liberty Magazine* en septiembre de 1926, y *La aventura del hombre que se arrastraba*, situada en el verano de 1903. Esta última narración apareció en el número de marzo de 1923 de *The Strand Magazine*.

6

E stamos solos, joder, podemos decir lo que pensamos sin miedo a la prensa. —Morante se echó al coleto un generoso trago de coñac.

Una vez por semana los miembros de la Cofradía de la Historia acostumbraban a comer juntos, y después hacían una larga sobremesa en la que se hablaba de todo.

Aunque aquel día la hermandad no estaba al completo, la tertulia había ganado en animación en los últimos minutos. A pesar de que no había un orden del día previamente fijado, sí era costumbre que al comienzo de la reunión se propusieran algunos temas que se consideraba que podrían ser de interés. Aquella tarde, por ejemplo, los presentes habían dedicado algunos minutos a valorar una nueva colección de fotografías decimonónicas que don Luis había conseguido recuperar tras el fallecimiento de uno de sus feligreses. Su viuda, que sabía que el cura era un apasionado de la historia local, las había puesto en las regordetas manos del sacerdote. «Tal vez», le dijo, «se puedan publicar en uno de esos libros que usted escribe». La viuda creía que de ese modo una pequeña parte de su difunto marido sería eternamente recordada si en el libro se hacía constar la cesión de la propiedad de las fotos por parte de la familia.

Los demás temas habían sido de puro trámite, hasta que Morante sacó a relucir el inaudito aspecto que el barrio norte mostraba desde un tiempo a esta parte. Si se quería recuperar la vieja esencia local, la presencia de tanto inmigrante por aquellas calles iba a resultar, como poco, molesta.

El político paseó su mirada fría por todos los presentes. Las bolsas debajo de sus ojos parecían agrandarse cuando se encontraba especialmente fatigado. Los dientes se le habían ido separando más de lo debido en los últimos años, a pesar de que en la fotografía del cartel de campaña la informática hubiera obrado el milagro de hacer de él un modelo de pasta dentífrica.

—A vosotros os jode tanto como a mí que una parte histórica de la ciudad esté perdiendo su identidad de ese modo. Y encima a usted, padre —miró directamente a don Luis—, le ha salido ese cura jovencito metiendo a todos los extranjeros en su casa.

—Es la casa de Dios —respondió el viejo cura, restando importancia al asunto—. Baldomero no es un mal muchacho, pero le sobra fantasía.

—¿Fantasía? ¿Sabe lo que me dice la gente cuando voy por el barrio?

El abogado Santiago Bárcenas interrumpió la chupada que estaba a punto de propinar a su habano, y Manuel Labrador, el constructor, tosió con estrépito. El médico Heriberto Rojas animó al candidato Morante.

—¿Qué es lo que dicen?

—Que están hartos de que cada día haya más gente que no conocen; hartos de los robos y de la delincuencia. Sin ir más lejos —dio un golpe en la mesa para captar aún más la atención de su auditorio—, ahí está el caso de esa chica a la que cortaron el cuello el otro día. Esas cosas no pasaban en el Mortuorio en otros tiempos, joder.

—Espero que usted sea capaz de devolvernos a aquellos años benditos —dijo Pedraja, el dueño de la cafetería. A todos les pareció la típica intervención de un tipo servil y vulgar.

—¿Cree usted que podrá cambiar las cosas? —quiso saber Bárcenas. El abogado había planteado la pregunta en un tono neutro, pero tal vez hubiéramos podido calificar la mirada que la acompañó como levemente irónica.

—Confío en contar con vuestro voto y con vuestro apoyo —sonrió Jaime Morante. Las bolsas oscuras que colgaban bajo sus ojos ocultaron un brillo malicioso en su mirada—. Ya me gustaría contar con más puntales entusiastas como el amigo Labrador.

El constructor se sonrojó. No le hacía ninguna gracia que Morante alardeara en público del dinero que recibía para su campaña electoral procedente de su empresa.

—¿Y usted qué dice, don Luis? —preguntó Pedraja.

—Lo que yo diga, poco importa —refunfuñó el cura—. Lo único que importa es lo que diga Dios.

—Pero la gente del barrio está revuelta contra ese cura joven por el comedor social que ha organizado, ¿no es así? —insistió Pedraja.

—Algo de eso hay. —Don Luis estaba visiblemente incómodo. Una cosa era que él discutiera con Baldomero en el ámbito parroquial y compartiera la idea de que aquel proyecto social podía ser una bomba de relojería dentro del barrio, y otra bien distinta era hablar en público de sus diferencias con el joven sacerdote—. Me temo que debo dejarles. Tengo que ir a la parroquia. Espero que el próximo día hablemos de nuevo de historia y no de política —les reprochó.

—Precisamente lo que quiero es recuperar la historia del barrio, don Luis —repuso Morante—. Ya lo verá.

—Ojalá esté en lo cierto, Morante —respondió el cura mientras se levantaba de la mesa—. Ojalá.

—Por cierto —Morante se dirigió a Heriberto Rojas, el médico—, me han dicho que algunos médicos pasáis consulta gratuita a esos desgraciados.

Rojas se removió inquieto en su asiento. Don Luis se detuvo cuando estaba a punto de abandonar la reunión y se giró para escuchar al médico.

—¿Y qué quieres que hagamos? Nos lo pidió ese cura joven. No son más que unos desdichados. Es nuestra obligación ayudarlos.

—¿Guazo también?

—Guazo también, y otro colega, Pereiro —confesó el médico—. Pasamos consulta los tres de vez en cuando.

Bárcenas apuró su habano y guardó silencio. Jaime Morante miró al médico de un modo tan frío que incluso Labrador, que creía conocerlo bien, se estremeció. Don Luis abandonó la sala sin decir adiós.

Unos segundos después de que el cura abandonara el local, Morante se volvió hacia los demás contertulios y preguntó:

—¿Cómo va ese libro que tenemos entre manos?

—Casi a punto para la imprenta —respondió Heriberto Rojas, el médico—. A falta de unas fotografías.

—¿Lo tendremos a tiempo?

—Lo podrás presentar el día 26 de este mes, como habíamos previsto.

Morante entornó los ojos y esbozó algo parecido a una sonrisa de satisfacción.

Yumilca Acosta había llegado a España hacía un par de años desde la República Dominicana. No diremos que no sabía a lo que venía, pues, desde el mismo momento en que tomó la decisión de dejar atrás su casa —poco más que un cuchitril repleto de hermanos y parientes—, supo muy bien qué se esperaba de ella. Apenas había llegado a la madre patria, comenzó a prostituirse y, aunque le hubiera gustado mucho más ganarse la vida de otro modo, al menos así podía ahorrar lo suficiente como para enviar de vez en cuando dinero a los suyos.

Desde hacía tres meses trabajaba en un prostíbulo en las afueras de la ciudad. Lo regentaba Felisa Campos, una mujer de unos cuarenta años, de cabello largo y rubio, con quien Yumilca tenía una buena relación. Además de con la jefa, la joven dominicana había cultivado una buena amistad con una chica rumana llamada María que chapurreaba el español con un acento del este que a Yumilca le resultaba divertido. Una al lado de la otra eran el café y la leche. Yumilca era una mulata grande y redonda de veintitrés años que reía con más facilidad de la que podría imaginarse dada la vida que llevaba; María, en cambio, era delgada, silenciosa y rubia. Su piel parecía traslúcida, y solo se parecía a su amiga en que ambas eran altas y muy buenas en su trabajo, lo que hasta el momento les había servido para sobrevivir.

Yumilca había dejado atrás una extensa familia y una niña que parió cuando ella no era más que una adolescente. María había abandonado Rumanía hacía más de cinco años con toda su familia. Sus padres mendigaban en la entrada de los supermercados de la ciudad integrados en una sólida estructura de mendicidad que había extendido sus tentáculos por casi todos los sitios, pero era María quien más dinero aportaba a la economía familiar. ¿Se desea saber si sus padres y su hermana menor sabían a qué se dedicaba ella? La respuesta es sencilla: todos sabían de dónde procedía el dinero que les permitía comer cada día.

En alguna ocasión, la chica que estaba al frente de la Oficina de Integración había hablado con su hermana menor y le había conseguido algún trabajo precario sustituyendo a alguien en la cocina de algún restaurante o en un supermercado de la barriada. También a ella le habían propuesto algún empleo así, pero trabajar tanto para ganar tan poco le parecía una pérdida de tiempo.

Por supuesto que Yumilca aspiraba a una vida mejor, y también había hablado en alguna ocasión con Cristina Pardo. Lo que decía aquella muchacha rubia sonaba bien, la música era pegadiza y maravillosa, pero la letra no era tan sencilla. Yumilca sabía que no podía permitirse esos sueños, y mucho menos ahora, cuando las cosas no iban precisamente bien. La clientela había descendido, y en el barrio la situación comenzaba a ser tensa. Las bandas de algunos países estaban enfrentadas entre sí y algunas pugnaban por controlar el negocio de la prostitución. A veces se había planteado si no le resultaría imprescindible buscarse la protección de alguno de los cabecillas que controlaban las calles, pero de momento se había resistido a esa tentación. Aún tenía dinero suficiente para pagar el alquiler, y cuando venían mal dadas solía ir a cenar a la Casa del Pan antes de ir al trabajo.

Naturalmente que había oído lo de aquella chica a la que habían asesinado, pero si se ponía a pensar en los peligros que podía encontrar tras cada esquina, no podría salir de casa. Y Yumilca tenía que salir para poder comer.

Tomás Bullón había recorrido el callejón donde se ubicaban los números 42 y 44 de la calle José María Pereda innumerables veces en la última media hora. Había llegado a la ciudad hacía tan solo hora y media, después de que hubiera cogido el primer vuelo desde Barcelona. No había necesitado más que una buena ducha y un afeitado para espabilarse. Su olfato de periodista discernía de inmediato dónde había una buena historia, y no tenía la menor duda de que aquella lo era.

Había leído todo cuanto se había publicado sobre el crimen consultando las ediciones digitales de la prensa regional. Los periódicos nacionales apenas se habían hecho eco del suceso, y eso le pareció algo excelente. Si nadie había visto lo que él empezaba a olfatear, eso le dejaba en una posición magnífica. Cuando quisieran reaccionar, irían todos siguiendo su estela.

Consultó una vez más la información. La chica había aparecido en aquel portal a una hora tan temprana que nadie había visto nada. Entrevistó a todos los vecinos que pudo y nadie le aportó ni un solo dato de interés. Parecía evidente, por lo que la policía había declarado, que no fue allí donde la mataron, sino que la habían dejado junto a aquel portal de un modo nada caprichoso. La cabeza mirando al este, los brazos caídos a lo largo del cuerpo, las piernas ligeramente separadas, la garganta surcada por dos profundos tajos de unas medidas casi exactas a las que Bullón había estudiado tiempo atrás, y luego estaba lo de aquel sombrero de paja forrado de terciopelo negro que había estimulado su olfato periodístico.

Si sus sospechas eran ciertas, la policía había ocultado información. Y, si es que estaba en lo cierto, no le parecía extraño que hubieran actuado así. Pero los datos que conocía eran un faro en medio de la oscuridad para alguien acostumbrado a orientarse en el tenebroso mundo del crimen. De modo que faltaban detalles, los detalles más reveladores, y se prometió que encontraría al único hombre capaz de rellenar las lagunas que había creído advertir en la versión oficial. Encontraría a Gregorio Salcedo, el obrero que se había topado con el cadáver de aquella desgraciada, y lograría la entrevista que nadie había sospechado que aquel hombre podía proporcionar.

La plaza donde Serguei vendía sus figuras talladas a mano no era demasiado grande, pero tenía indudables ventajas. Para empezar, siempre había gente en ella. Las cafeterías tenían mesas y sillas ocupando buena parte del suelo público en los días en que no llovía, que eran los menos en aquel final del verano. Además, era un lugar de juego para los niños, y tras los niños estaban sus madres. Y, por último, era un sitio de paso. Todo el mundo pasaba en algún momento por el suelo bermejo de la plaza. Iban y venían. Entraban y salían de la iglesia vecina. Cruzaban hacia la zona comercial. Siempre había gente en la plaza, y las arcadas que la flanqueaban proporcionaban a Serguei cobijo en caso de lluvia y una bondadosa sombra en los días soleados.

Cada mañana extendía su mercancía: crucifijos, imágenes religiosas, animales pulcramente pulidos, casas milagrosamente extraídas de la madera… Y, después, comenzaba a tocar el violín. Más tarde llegaba Raisa, su esposa, e interpretaban los dúos maravillosos que embelesaban a los viandantes.

La gente se preguntaba cómo era posible que aquella pareja que tocaba el violín como los ángeles hubiera caído en el infierno en el que vivían. Pero eran reflexiones breves y desapasionadas, apenas formuladas con el mismo interés con el que se observa el vuelo anárquico de una hoja arrastrada por el viento. Algunos paseantes dejaban unas monedas a su paso; otros murmuraban sin dejar ningún rastro de caridad tras de sí. A unos y a otros los miraba Serguei desde el fondo de sus ojos teñidos de tristeza aún más que de costumbre.

Como el día era largo, solía llevar consigo un tocón de madera y daba forma a alguna nueva figura. Su habilidad con aquel cuchillo enorme llamaba la atención. Sus dedos de músico, tan hábiles arrancando quejidos bellísimos a las cuerdas del violín, se tornaban en garras firmes cuando sujetaban el cuchillo.

Tres hombres se detuvieron a contemplar su obra durante unos instantes. Serguei levantó la vista unos segundos. Uno de ellos vestía un elegante traje negro y una camisa blanca. Se veía que era un hombre de mundo. Los otros dos eran algo mayores que él. Uno era alto y llevaba el pelo rapado; el otro, más bajo, contemplaba con curiosidad a través de unas gafitas de montura de oro cómo trabajaba la madera.

Antes de alejarse el hombre del traje negro le dejó una generosa cantidad de dinero. Sin querer, prestó atención a la conversación que mantenían. A pesar de que su español no era tan bueno como desearía, entendió lo suficiente como para sorprenderse. Parecía absurdo, pero aquellos desconocidos hablaban sobre Sherlock Holmes.

7

4 de septiembre de 2009

Aquella era la primera vez que Sergio entraba en una comisaría de policía. Resultó ser un edificio mucho más grande de lo que había sospechado. Tiempo después descubrió que allí trabajaban ciento veinte policías.

Al poco de poner sus pies dentro del edificio, salió a su encuentro un agente uniformado de maneras educadas pero firmes. Sergio explicó que tenían cita con el inspector Diego Bedia, y el policía, alto y de hombros fornidos e incipiente barriga, les pidió amablemente que esperaran en una salita de poco más de ocho metros cuadrados amueblada con dos filas de asientos de plástico unidos entre sí y que, por lo que enseguida advirtieron, era la antesala de una habitación donde se formulaban denuncias y se prestaba declaración. En las paredes no había otra decoración que algún póster sobre los Cuerpos y Fuerzas de Seguridad del Estado, y el tiempo pareció ralentizarse de pronto. Sergio se fue encontrando visiblemente más incómodo, mientras que Marcos y José Guazo parecían extrañamente relajados.

Su hermano, de vez en cuando, le ponía la mano sobre la rodilla para tranquilizarlo. Sergio siempre había podido contar con él. Marcos jamás le había fallado, y se reprochó a sí mismo una vez más su incapacidad para mostrar cariño hacia los demás. En su relación con Clara, siempre era ella la que más daba, la que se acercaba a él, la que iniciaba el beso. Por supuesto que Sergio amó a Clara, y también quería profundamente a su hermano, pero la habilidad que demostraba escribiendo no era la misma a la hora de compartir sus sentimientos con los demás. Al menos en eso, se consoló, tenía mucho en común con Holmes.

La sala estaba iluminada violentamente por un fluorescente. Aquella inmisericorde claridad delataba aún más la crueldad con la que el paso del tiempo había tratado a su hermano y a su amigo de la juventud. Aunque era cierto que Sergio era dos años más joven que ambos, le pareció que aquello no justificaba su aspecto. Los había encontrado marchitos, en especial a Guazo. Suponía que era la consecuencia de la enfermedad que, según le había informado su hermano, había padecido recientemente. Lo miró disimuladamente y volvió a percibir algo raro en su amigo, pero no sabía de qué se trataba. En un momento dado, la mirada del médico se cruzó con la suya.

—Aún no me lo puedo creer. —Guazo sacudió la cabeza—. El famoso novelista ha vuelto. —Rio, dándose una palmada en la rodilla—. ¡Maldita sea!

Sergio iba a decir algo cuando el policía que los había hecho esperar allí entró en la sala y les pidió que lo acompañaran. Dóciles, los tres salieron tras el agente, que los condujo hasta un ascensor. Aquí y allá Sergio observó algunas puertas que en su imaginación se tornaron la entrada a calabozos y lugares de interrogatorio.

Subieron tres pisos y la puerta se abrió frente a unos despachos. En una mesa estaba sentado un policía de unos treinta años de aspecto atlético, brazos hercúleos y pelo corto de color rubio. Desde la mesa de al lado los contempló un hombre de cabello ensortijado y barba de varios días. Tras esas mesas había una puerta, a la que se dirigió el agente que los escoltaba. El policía golpeó la puerta con los nudillos.

—¿Inspector Bedia? —dijo después de llamar.

De inmediato salió a saludarlos un hombre alto, de ojos negros y una mirada profunda tan atractiva como inquietante. Tenía una espalda ancha, la nariz recta y el rostro pulcramente rasurado, salvo en la zona de la perilla. Sergio, que tenía la costumbre de sacar parecidos a todo el mundo, creyó ver en el inspector a un futbolista italiano cuyo nombre no recordaba.

—Diego Bedia. —El inspector los saludó uno por uno con un apretón de manos firme, al tiempo que parecía analizarlos de arriba abajo—. Pueden pasar, por favor.

Mientras entraban en el despacho del inspector, Sergio sintió clavados en su espalda los ojos de los otros dos policías, el de los brazos de hierro y su silencioso vecino barbado.

—El comisario Barredo me ha dicho que tienen ustedes información sobre el crimen de Daniela Obando —dijo Diego, tras ofrecerles un café que todos rechazaron—. ¿Quién de ustedes es Marcos Olmos?

—Soy yo —dijo Marcos.

—¿Usted es el que trabaja en el ayuntamiento? ¿El que llamó al comisario?

Marcos asintió. Explicó que conocía al comisario Gonzalo Barredo de algunos actos institucionales en el ayuntamiento, que habían tenido la ocasión de hablar un par de veces y que, por esa razón, lo telefoneó.

—Él me dijo que era usted quien estaba llevando la investigación.

Diego asintió en silencio.

—¿Y bien? ¿Qué es lo que saben?

—¿Qué sabe usted sobre Sherlock Holmes? —Sergio había necesitado toda su valentía para poder hacer aquella pregunta, y cuando se escuchó a sí mismo pronunciándola ante un inspector de policía auténtico y en una comisaría donde se trataba de aclarar un crimen tan horrendo como real, comprendió que acababa de decir una verdadera estupidez.

—¿Cómo dice? —Los ojos negros de Diego cayeron sobre Sergio provocando aún mayor desconcierto en el escritor.

—Holmes. —Marcos salió en ayuda de su hermano—. Ya sabe, el detective de las novelas.

—Me temo que no estoy para perder el tiempo, señores. —La masculina voz de Bedia delató su impaciencia—. Si tienen realmente algo que decir, háganlo ahora o váyanse antes de que todo esto empeore.

Sergio guardó silencio y dejó sobre la mesa del policía el sobre que lo había conducido hasta allí.

—¿Qué es esto? —preguntó Diego.

—La información que habíamos prometido —respondió Marcos.

Las fuertes manos de Diego abrieron el sobre sin vacilar y se encontró con los cinco pétalos de violeta y con la carta, cuyo contenido leyó en voz alta:

> *En soledad, en el más sombrío Mortuorio, el silencio aparecerá por sorpresa. La única y primera vida está degollada. Mientras tanto, hasta se pudrirá la alegre y más frágil. La pequeña y humilde violeta cae y se desangra y marchita, lánguida, muerta, entre ellos y tus otras dos manos, mi querido Holmes.*

—¿Qué coño significa esto? —Levantó la mirada del papel y pareció haber tomado la decisión de ordenar el inmediato ingreso en el calabozo de aquellos tres chiflados.

—Por eso le pregunté primero si sabía algo sobre Sherlock Holmes —se apresuró a responder Sergio—. Esa carta solo tiene sentido si se lee según una clave que aparece en uno de sus relatos.

—«El Gloria Scott» —apuntó Guazo, que hasta ese instante se había mantenido al margen de la conversación—. El mensaje está cifrado.

—Me parece que ustedes no son conscientes de dónde están ni de con quién están hablando. —Era evidente que la irritación de Bedia crecía por momentos—. Tienen treinta segundos para explicarse.

—Está bien. —Sergio respiró hondo y cerró los ojos durante cinco segundos buscando las palabras adecuadas—. Soy escritor. Acabo de llegar de Inglaterra, donde me encontraba escribiendo, o más bien intentándolo, una novela que gira sobre la figura de Sherlock Holmes, pero eso no viene ahora al caso. Lo que a usted le interesa saber es que hace unos días, estando en el museo dedicado al detective que se encuentra en Baker Street, un chico que dijo llamarse Wiggins...

—¡Wiggins! ¿Se da cuenta? —dijo de pronto Guazo, como si aquel detalle fuera de lo más revelador para Bedia, quien lo fulminó con la mirada. Guazo se escondió aún más en el fondo de la silla que le habían asignado.

—Bien —prosiguió Sergio—, aquel chico me entregó esa carta. En el sobre había asimismo esos cinco pétalos de violeta.

—¿Y qué diablos tiene que ver eso conmigo y con mi investigación? —El instinto de Bedia le dijo que tal vez aquella gente no estaba del todo loca, aunque no alcanzaba a ver adónde conducía semejante historia.

—Verá usted —tomó la palabra Marcos—. En abril de 1893, sir Arthur Conan Doyle publicó un relato titulado «El Gloria Scott». —Los datos fluían de la boca de Marcos como si tal cosa, como si los hubiera leído instantes antes o tuviera la información delante de sus ojos—. El caso es que, en ese relato, Sherlock Holmes descifra una nota tan extravagante como la que usted ha leído. Aquella nota decía así:

> *La negociación de caza con Londres terminó. El guardabosques Hudson ha recibido lo necesario y ha pagado al contado moscas y todo lo que vuela. Es importante para que podamos salvar con cotos la tan codiciada vida de faisanes.*

Al escuchar aquello, Diego ni siquiera acertó a decir nada. Sus dudas sobre la cordura de aquellos tres personajes, sin embargo, se habían disipado por completo. Pero antes de que pudiera echarlos a patadas, escuchó algo realmente sorprendente.

—Holmes resolvió aquel mensaje —dijo Sergio, recogiendo el testigo de su hermano— leyendo la primera y la tercera palabras siguientes del texto, y así sucesivamente, de manera que la cosa quedaba de este modo. —Miró a su hermano y este comprendió el juego.

—«La caza terminó. Hudson lo ha contado todo. Vuela para salvar la vida» —recitó Marcos, visiblemente orgulloso de su memoria.

—¿Me están diciendo que esa carta suya sigue el mismo juego de palabras? —preguntó Diego desconcertado.

—Pruebe usted mismo —lo invitó Marcos.

A pesar de su reticencia, Diego comenzó a leer de ese modo (leyendo la primera palabra y luego la tercera siguiente) la, aparentemente, estúpida carta que le habían dejado:

*En soledad, en **el** más sombrío **Mortuorio**, el silencio **aparecerá** por sorpresa. **La** única y **primera** vida está **degollada**. Mientras tanto, **hasta** se pudrirá **la** alegre y **más** frágil. La **pequeña** y humilde **violeta** cae y **se** desangra y **marchita**, lánguida, muerta, **entre** ellos y **tus** otras dos **manos**, mi querido **Holmes**.*

—«En el Mortuorio aparecerá la primera degollada. Hasta la más pequeña violeta se marchita entre tus manos, Holmes» —leyó titubeante Bedia. Aquello era una verdadera locura.

—¿No fue en el Mortuorio donde apareció el cadáver de esa chica? —preguntó Sergio, que de sobra sabía que el número de la calle José María Pereda donde había aparecido Daniela estaba en la zona que popularmente se conocía en la ciudad como el Mortuorio—. Pues si a usted todo esto le sorprende, imagínese a mí cuando leí en Internet la noticia. Hasta ese momento creía que todo era una broma absurda, ¿comprende?

Diego no respondió. Estaba tratando de asimilar aquella información y dio la vuelta al papel. Entonces vio fragmentos de un relato que nada tenía que ver con aquella historia.

—¿Y esto?

—Eso es lo realmente extraordinario —replicó Sergio—. Ese papel es mío; quiero decir que son fragmentos de la novela que estoy escribiendo y que había desechado. Alguien ha escrito esa carta en mi propio ordenador, que yo había dejado apagado, y eso se lo puedo garantizar.

—¿Y quién lo hizo? —Diego estaba abrumado.

—Si usted lo averigua, tendrá a su asesino, ¿no cree?

—Lo que está claro es que alguien ha retado a Sherlock Holmes en la persona de mi hermano —dijo Marcos con absoluta calma—. Si se fija bien, el texto trata de dejar en evidencia a Holmes, puesto que asegura que «hasta la más pequeña violeta se marchita entre tus manos, Holmes». Y no solo eso, sino que anuncia que en el Mortuorio «aparecerá la primera degollada».

—¿De qué coño está usted hablando? —Diego sintió de pronto que estaba viviendo algún tipo de pesadilla. No era posible que él se viera involucrado en semejante historia de folletín. Pero al mismo tiempo una luz diminuta se iba abriendo en su mente indicándole que merecía la pena seguir escuchando a aquel trío tan singular.

—Le está anunciando que habrá más muertes —explicó Guazo, quien pareció haber recuperado la compostura.

—¡Exacto! ¡«Las cinco semillas de naranja»! —exclamó alborozado Marcos.

Diego lanzó una mirada suplicante hacia Sergio, en quien lentamente había creído descubrir un grado menor de chifladura que en los otros dos. Parecía un hombre inteligente y de buena posición económica, a juzgar por su impecable traje, sus zapatos de marca y todo lo demás. Un tipo con mucho mundo recorrido que podría haber decidido quedarse en Londres o donde le diera la puñetera gana y no haber traído aquella carta hasta su despacho.

—Verá usted —Sergio pareció comprender la llamada de auxilio del policía—, mi hermano se refiere a otro de los relatos de Holmes. En «Las cinco semillas de naranja» Sherlock recibe un día de una terrible tormenta la visita de un cliente.

—Para ser del todo precisos —intervino Marcos—, hablamos de finales de septiembre de 1887, y el cliente se llamaba John Openshaw.

Diego pasó por alto aquella información, que le pareció irrelevante y le confirmó su sospecha de que el hermano mayor estaba más loco que el pequeño, y animó a Sergio a proseguir.

—Resultó que la familia de Openshaw había vivido en América, pero años antes un tío suyo había regresado a Inglaterra estableciéndose en Sussex. Allí pasaba sus días disfrutando de una considerable fortuna, hasta que un día recibió una carta que contenía cinco semillas de naranja. Era la advertencia de su inminente muerte, según después se comprobó.

—La amenaza se cumplió —añadió Guazo—. Lo perseguía el Ku Klux Klan. Y no fue la única muerte.

—¿Y creen que quien ha escrito esta carta ha jugado con la misma idea?

—En efecto —admitió Sergio—. Lo que no sabemos es por qué ha preferido las cinco violetas en lugar de las cinco semillas de naranja.

—¿Y por qué el asesino del que ustedes me hablan iba a dirigirse a usted, señor Olmos?

—No lo sé —admitió Sergio—. No tengo ni idea, pero sí le puedo decir que la elección de «El Gloria Scott» y «Las cinco semillas de naranja» no es casual. De los sesenta relatos protagonizados por Holmes y que fueron publicados, en muy pocos fracasó, y aún en menos murieron sus clientes. Pues bien —hizo un alto para mirar directamente al inspector—, en esos dos relatos sus clientes fallecieron porque Holmes se equivocó.

—Ya, muy bien. —Diego trataba de valorar todo aquello y aún no sabía en qué casilla clasificarlo—. De momento, la carta se queda aquí —anunció—. La enviaremos a la policía científica para ver si son capaces de encontrar algo. ¿Cuándo se la entregaron a usted?

—El día 27 de agosto —contestó Sergio—. Cuatro días antes de que esa joven apareciera muerta.

—Inspector —intervino Marcos—, además de las huellas de mi hermano, en la carta encontrarán las mías. No tuve la precaución de ponerme guantes cuando Sergio me la mostró en mi casa.

Diego asintió y anotó la información. Miró a Guazo y le preguntó si él también la había tocado. El médico negó con la cabeza. Marcos le había recitado el mensaje, pero no llegó a tocar el sobre.

—¿Me dice que ha sido escrita en su ordenador? —preguntó Bedia. Sergio asintió—. Necesitaremos echarle un vistazo.

—Ningún problema —dijo Sergio—. A primera hora de mañana se lo traeré yo mismo, si le parece bien.

Diego se mostró conforme.

—¿Y por qué cree que alguien le haría llegar una carta así?

—Para eso tendremos que hablarle del Círculo Sherlock —repuso Sergio.

Durante la siguiente media hora, el inspector de policía Diego Bedia recibió una clase magistral de las aventuras de Sherlock Holmes al tiempo que tenía noticia, por vez primera en su vida, de la increíble existencia de un grupo de universitarios que, veinte años antes, había organizado una tertulia literaria a la que asistían vestidos según la moda victoriana. El maestro conductor del relato fue Sergio, pero contó con la inestimable aportación del doctor José Guazo, quien, por otra parte, había ingresado en semejante club antes que ninguno de los presentes. Guazo explicó cómo un día había coincidido con un estudiante de economía llamado Víctor Trejo y con la novia de este, una preciosa joven llamada Clara Estévez, en la entrada de un cine club donde se proyectaba una película en la que Peter Cushing daba vida al famoso detective. Mientras aguardaba su turno en la fila para adquirir la entrada, Guazo escuchó la disputa que la pareja sostenía a propósito de cuándo había tenido lugar la primera boda del doctor Watson. Mientras Clara sostenía que la ceremonia se había celebrado el 1 de mayo de 1889, Víctor Trejo lo negaba vigorosamente.

—Como comprenderá —explicó Guazo al policía—, me vi obligado a intervenir.

Diego no salía del asombro. Aquella gente hablaba sobre Sherlock Holmes y Watson como si tal cosa, e incluso aquel doctor, Guazo, al que conocía por alguna referencia, hablaba con total seriedad a propósito de la obligación que creyó tener de intervenir para zanjar una discusión sobre el primer matrimonio de Watson. Todos ellos parecían haber escapado de algún centro psiquiátrico. No obstante, guardó silencio y animó al médico a proseguir.

—Naturalmente, le di la razón a la joven —explicó Guazo—. Añadiendo a su información que el primer día de mayo de 1889 había caído en miércoles.

Y así fue como se estableció la relación entre Trejo y Guazo. Por aquel entonces el grupo solo estaba integrado por el propio Víctor Trejo y por Enrique Sigler, el adinerado heredero de una familia de industriales catalanes. Más tarde se sumaron a las tertulias Jaime Morante, Sebastián Bada y Tomás Bullón. Finalmente, llegó al grupo Sergio y, por último, su hermano Marcos tras la muerte de Bada.

Después de escuchar la historia completa del Círculo Sherlock, el inspector Bedia tuvo que reconocer que en aquel relato había algunos elementos ciertamente notables a los que debería prestar atención en los próximos días. Para empezar, sus singulares informadores le habían proporcionado datos curiosos sobre el pasado universitario del candidato a las elecciones municipales Jaime Morante, quien había protagonizado un mitin político en el barrio horas antes de que asesinaran a Daniela Obando. Seguidores suyos habían apaleado en aquellas calles a Ilusión, la uruguaya amiga de Daniela. Luego estaba la interesante relación amorosa que aquella mujer, Clara Estévez, había mantenido con tres de los miembros del círculo: Sigler, Trejo y el propio Sergio Olmos, que había sido su pareja sentimental hasta hacía unas semanas, según le acababan de contar.

Parecía evidente, pensó el inspector, que alguna de aquellas personas estaba íntimamente relacionada con todo aquel asunto, pero había que ver de qué modo y por qué. Aquel juego que se traían entre manos sobre Sherlock Holmes invitaba a pensar que alguien del pasado de Sergio pretendía pasarle factura, pero sin duda aquella era la forma más estúpida en que se puede orquestar una venganza.

—Además de usted —preguntó Diego a Sergio—, ¿quién conoce la clave para acceder a su ordenador? Usted ha dicho que lo había dejado apagado, pero que alguien lo utilizó para escribir esta carta.

—Que yo sepa, solo hay una persona que conozca esa clave —respondió Sergio sin titubeo.

—¿Y esa persona es...?

—Clara, mi antigua... —Sergio se detuvo dudando sobre qué calificativo emplear—, mi antigua agente literaria.

—¿Y dónde se la puede encontrar?

—No sé si estará en Madrid o en Barcelona —respondió, sin poder evitar que el recuerdo de la fotografía de Clara con Enrique Sigler cruzara veloz por su mente.

—Ya —dijo lacónicamente Bedia—. Y, por cierto, el nombre del chico que le entregó la carta —consultó sus notas—: ¡Wiggins! ¿Qué tiene de interés?

—Wiggins era el nombre del líder del grupo de chicos de la calle que servían de informadores a Holmes en los bajos fondos —se apresuró a aclarar Guazo—. No puede ser una casualidad.

—No, creo que no —aseguró Sergio—. Supongo que por eso me dijo cómo se llamaba. Para completar la charada.

—¿Y lo de las violetas? —El inspector los miró con cuidado uno por uno—. ¿Qué creen que significa?

Los tres amigos se miraron y guardaron silencio.

—Dígame una cosa, inspector. —Sergio miró con calma a Diego, en quien lentamente estaba comenzando a confiar—. ¿Han contado ustedes a la prensa todos los detalles de esa muerte?

La pregunta desarmó al policía durante unos segundos. Posiblemente, no había sospechado que pudieran interrogarle a él, y menos sobre un aspecto tan delicado de la investigación.

—¿Qué quiere decir?

Los dos hombres se sostuvieron la mirada. Ambos habían sentido una corriente de simpatía mutua a medida que transcurrían los minutos, pero Diego sabía dónde estaba el límite, y seguramente la frontera del silencio se extendía justo allí donde se había decidido cuando se ofreció la información del asesinato a los medios de comunicación. Y, aunque no podía negar que estaba ciertamente intrigado por la pregunta del escritor, pensó que la versión oficial era la mejor de las versiones posibles, al menos de momento.

—Me he llegado a plantear una teoría sobre ese crimen, pero me parece tan descabellada que ni siquiera me atrevo a compartirla —confesó Sergio—. Además, para que mi teoría tuviera algún sentido, el asesinato debería tener algunos otros componentes que no aparecen en esa noticia de prensa. Por eso le pregunté si habían contado todo

—No sé a qué se refiere —Diego dudó—, pero lo que se ha contado es aquello que se ha creído oportuno para el buen desarrollo de la investigación.

Aquello era como no decir nada, pero cualquiera podía entender que no se había dicho todo sobre el asunto. El problema para Sergio era saber si lo que no se había dicho era precisamente lo que él sospechaba.

—Entiendo —respondió—. Bien, si no tiene ninguna otra pregunta, será mejor que nos vayamos.

—Respecto a su ordenador…

—Mañana a primera hora se lo traeré.

El inspector acompañó hasta la puerta del ascensor al peculiar trío, los despidió con un apretón de manos y entregó a Sergio su tarjeta, donde aparecía su número de teléfono. «Por si recuerda algo que no me haya contado», le dijo. Diego los siguió con la mirada hasta que entraron en el ascensor. No sabía qué pensar de ellos ni de su extraordinaria historia. Pero lo que estaba claro es que ahora tenía más cabos de los que tirar que antes de la reunión.

—¿Qué querían esos? —preguntó Meruelo.

—No os lo vais a creer. Quiero un informe completo de cada uno de ellos. Ya sabéis: dónde viven, qué les gusta, si tienen familia, hijos…, lo que sea. Y no olvidéis daros una vuelta por la sede del partido de Morante y por El Campanario.

Después llamó por teléfono al inspector jefe Tomás Herrera.

—Tomás, tengo algo que no te vas a creer.

—¿Sobre el asesinato?

—Algo así.

—¿Cómo que algo así?

—Oye, ¿tú has leído alguna de esas historias sobre Sherlock Holmes?

8

4 de septiembre de 2009

El inspector jefe Tomás Herrera acababa de escuchar la historia más extravagante de cuantas había tenido ocasión de oír a lo largo de sus ya, casi, cincuenta años de vida. Llevaba en la profesión suficiente tiempo como para haber visto de todo, pero nunca había sospechado que un día su mejor hombre le vendría con una historia sobre Holmes, el doctor Watson y todo aquel enredo del Círculo Sherlock y los fanáticos que lo integraban. Había trabajado, como Diego Bedia, en algunas de las comisarías más duras del país y no creía posible que, a esas alturas, hubiera algo que lo sorprendiera. Se las había tenido que ver con locos de las más diversas especies, pero si lo que le habían contado a Bedia aquellos tres chiflados era cierto, sin duda estaban por llegar días desagradables. De todos modos, prefería dejar aparcada la teoría detectivesca que acababa de conocer hasta que Murillo y Meruelo juntaran las piezas necesarias para tener una visión más amplia de quiénes eran en realidad aquellos tres hombres que habían traído la enigmática carta a la comisaría. Había que ver si se encontraban más huellas en el papel y en el sobre, aparte de las de Marcos y Sergio Olmos, y también aguardaban con interés lo que pudiera contener el ordenador personal del escritor.

Desde la muerte de su esposa, las convicciones religiosas de Tomás Herrera se habían deteriorado notablemente. Tampoco es que fueran especialmente sólidas antes de la enfermedad que se la llevó para siempre de su lado hacía un año, pero si antes su relación con Dios se reducía a alguna misa dominical, algún funeral y alguna que otra boda a la que los invitaban, desde que vio cómo sellaban el nicho donde iba a descansar su mujer para siempre, no había tenido ni necesidad ni ganas de cruzar palabra alguna con Dios. Y, sin embargo, ahí estaba ahora, de camino a la iglesia.

—¿Cómo has pensado enfocar el tema? —preguntó a Diego, que caminaba a su lado masticando un silencio espeso—. Me siento incómodo interrogando a un cura viejo sobre un crimen, la verdad.

—No lo vamos a culpar de asesinato —repuso Diego, tratando de quitar hierro al asunto—. Simplemente, vamos a ver qué nos cuenta del barrio. Por lo que sabemos, a esa chica, Daniela, se la veía con frecuencia en la Casa del Pan, ¿no? Pues nadie mejor que el cura para explicarnos cómo funciona ese invento.

Tomás asintió y guardó silencio. Conocía a don Luis desde hacía unos cuantos años. No fue él quien ofició el funeral de su esposa, porque la ceremonia tuvo lugar en otra parroquia de la ciudad, pero había coincidido con el cura en alguna ocasión y tenían amigos en común, como Santiago Bárcenas, el abogado. Sabía que el cura y el abogado frecuentaban una asociación de apasionados de la historia local, e incluso Tomás tenía alguno de los libros que habían editado.

Cuando llegaron a la parroquia no fue don Luis quien salió a recibirlos, sino un cura joven, de sonrisa ancha y rostro aniñado.

—¿Qué desean? —preguntó Baldomero.

Los dos policías se presentaron y explicaron el motivo de su visita. Don Luis aún no había llegado, pero no tardaría, anunció el párroco.

—Tal vez usted nos pueda dar información sobre la chica que asesinaron hace unos días. —Diego decidió probar fortuna. Quizás podrían sacar algo nuevo mientras llegaba don Luis.

—¿Se refieren a Daniela? —La expresión de Baldomero se ensombreció—. Solía venir por la parroquia a la hora de las comidas. No es que fuera una habitual —aclaró—, pero la conocíamos.

—Y, dígame —intervino Herrera—, ¿cómo funciona ese comedor social suyo?

—Nos mantenemos a duras penas con subvenciones del gobierno regional y del ayuntamiento, además de las aportaciones que hacen algunos fieles. Si quieren que les diga la verdad, no sé cuánto resistiremos.

—Pero ¿dan de comer a cualquiera?

—No, a cualquiera no. —El cura se levantó y se dirigió a un archivador. Sacó de allí una carpeta y extrajo unos documentos—. Tenemos un listado que nos ha facilitado la Oficina Municipal de Integración de personas que se encuentran en una situación económica desesperada, pero solo podemos ofrecer un número reducido de comidas. No llegamos a todos, lamentablemente.

Diego guardó silencio. Se veía que el cura se tomaba en serio su labor pastoral y que sentía aquel proyecto como algo personal.

—¿Podría darnos una copia de ese listado? —preguntó Tomás Herrera. Pero al ver que la sombra de una duda se instaló en el rostro del cura, añadió—: Si se siente más cómodo, se lo pediremos a la Oficina de Integración.

—Lo preferiría —confesó Baldomero.

En ese momento entró en la oficina parroquial don Luis. Al ver a los dos policías se detuvo, extrañado. Solo conocía al mayor. Le pareció que Tomás Herrera había envejecido demasiado teniendo en cuenta que no había pasado tanto tiempo desde que coincidieron en una comida en homenaje al abogado Santiago Bárcenas, amigo de ambos. Supuso que la pérdida de su esposa era la que lo había hecho adelgazar de aquel modo, aunque seguía siendo un hombre fuerte, con cierto aspecto militar acentuado por el corte de pelo que lucía.

—Señor Herrera, ¿qué le trae por aquí?

—Le presento al inspector Diego Bedia. —Tomás sonrió, al tiempo que estrechaba la mano del sacerdote—. Estábamos preguntando a su colega —miró a Baldomero con cierta incomodidad, porque no sabía si el término colega era el más adecuado para la ocasión— sobre cómo funciona ese comedor social que tienen en la parroquia y si conocía a Daniela Obando, la joven que fue asesinada hace unos días.

—Lástima lo de esa chica —respondió el cura.

—¿La conocía usted? —intervino Diego.

—No, la verdad es que no —dijo don Luis—. No voy mucho por el comedor social.

Baldomero lo miró con una extraña expresión que a Diego no le pasó desapercibida. Parecía que había cierta tensión entre los dos sacerdotes.

—Entonces, ¿no la vio usted la noche en que fue asesinada?

—Naturalmente que no. —El cura miró a los policías extrañado—. Ya le digo que no suelo trabajar con los inmigrantes. Esa labor pastoral la hace el padre Baldomero.

—La noche del crimen estaba usted en la parroquia, supongo. —Tomás no sabía cómo plantear aquella cuestión. Ilusión, la prostituta uruguaya, había afirmado que vio a don Luis por las calles del barrio a una hora avanzada, pero se sentía incómodo preguntándole al cura dónde estuvo la noche del crimen.

—Sí, claro que sí —dijo don Luis sin vacilar.

Los dos policías guardaron silencio. ¿Por qué mentía el sacerdote? ¿Qué tenía que ocultar?

—Bien, han sido de mucha ayuda —dijo Tomás—. Si les necesitamos, volveremos a visitarles.

Los dos sacerdotes parecían aliviados cuando los policías salieron de la casa parroquial. Era evidente que aquella visita había alterado a ambos, pero solo ellos sabían los motivos.

—Tal vez se equivocó esa chica, la prostituta que te dijo que había visto a don Luis por el barrio a altas horas de la noche. —Tomás caminaba junto a Diego dando unas enormes zancadas y con la vista puesta en algún lugar muy lejano.

—No lo creo —respondió Diego—. Parecía muy segura de lo que había visto aquella noche.

Un par de calles por detrás de la iglesia de la Anunciación había una minúscula plaza muy mal iluminada y con unos jardines en pésimo estado. Por la noche, aquella plaza era el centro de reunión de todo tipo de gente. Allí se daban cita prostitutas, bebedores solitarios, músicos callejeros y traficantes de droga. En la zona más lóbrega abría sus puertas El Campanario, y cerca de allí estaba la Oficina de Integración.

—Esta noche Murillo y Meruelo se van a dar una vuelta por ese garito —dijo Bedia mirando el letrero de El Campanario—. La uruguaya vio entrar a Daniela allí la noche en que desapareció.

Tomás Herrera asintió.

—No olvides pedir en la Oficina de Integración el listado que tenía el cura —recordó a Bedia.

Sin saber por qué, la perspectiva de ver a Cristina Pardo le resultó sumamente atractiva a Diego. Inconscientemente, miró el reloj. Había quedado con Marja para cenar.

Marja Tesanovic era alta, de piel clara y cabello del color del bronce. Hacía poco más de un año que había encontrado un trabajo estable en un hotel situado en un pueblecito alejado tres kilómetros de la ciudad. Allí, hacía las camas, limpiaba las habitaciones, e incluso a veces hacía labores de recepcionista. Gozaba del afecto del dueño del hotel, un hombrecillo de cabello despeinado, prominente barriga y aire despistado.

Cada mañana, Marja se subía a un autobús que cubría el trayecto desde la ciudad hasta la playa próxima, situada a diez kilómetros. El autobús tenía una parada a cien metros del hotel donde ella trabajaba. Le gustaba ir con tiempo hasta la parada del autobús, saboreando cada momento, porque sabía muy bien que la vida podía reservarte raciones de amargura cuando menos se espera, de manera que había aprendido a paladear los instantes felices que el destino le entregaba con cuentagotas.

Seis meses antes le correspondió vivir una mañana muy especial. En realidad, en aquel momento no podía prever que su vida fuera a dar un giro inesperado, porque las grandes señales de nuestro camino siempre se interpretan a posteriori. Era una mañana fría. Las afueras del barrio norte, en el que Marja vivía, estaban cubiertas de escarcha. Subió al autobús como siempre y, como siempre que había un asiento libre, ocupó una plaza próxima a la ventanilla. El cristal estaba empañado y abrió con sus largos y blancos dedos una grieta por la que mirar al exterior.

El autobús intentó incorporarse al carril, pero una furgoneta de reparto estaba ocasionando un considerable atasco al haberse detenido en medio de la calzada. Los conductores de media docena de vehículos hacían sonar sus bocinas, y pronto todo el mundo tuvo los nervios a flor de piel. También un taxista, cuyo vehículo se encontraba justo al lado del autobús en el que viajaba Marja, protestaba airadamente.

En la parte de atrás del taxi viajaba un hombre de ojos negros, nariz afilada y rasgos profundamente masculinos. La mirada de aquel desconocido se cruzó con la de Marja y ambos sonrieron. La joven serbia conoció de ese modo tan inesperado al inspector Diego Bedia, cuyo coche se había averiado precisamente aquella mañana obligándole a pedir un taxi para ir al trabajo. La Bea, como dirían Meruelo y Murillo, se había quedado con el piso en el que vivían, que estaba en el centro de la ciudad, y él había alquilado un pequeño apartamento de dos habitaciones cerca de la playa.

A la mañana siguiente, cuando estaba a punto de subir al autobús, Marja se sorprendió al ver en la parada al hombre alto y moreno que le había sonreído el día anterior desde el taxi. Se concedió a sí misma el placer de volver a encharcar sus ojos azules en la oscuridad de la mirada de aquel hombre, que parecía bastante nervioso cuando le dirigió la palabra por vez primera.

Diego Bedia era una de las mejores cosas que le habían sucedido a Marja en sus veintiocho años de vida. Tal vez se podría pensar que la muchacha aún no había vivido lo suficiente como para tener tan pésimo concepto de la vida, pero se cambiaría de idea de inmediato si se conociera su historia.

Aún no había cumplido los diez años cuando su madre, Mirjana, falleció. Su padre, Nikola, se entregó a la bebida con frecuencia y eso lo convertía en un hombre peligroso, dada su condición de militar. En los tiempos de la guerra de los Balcanes,

Nikola participó activamente en algunas atrocidades cuyos detalles, afortunadamente para ella, Marja no conoció hasta muchos años después.

Cuando Marja tenía quince años su padre formaba parte de un grupo paramilitar al que llamaban los Escorpiones. Aquel grupo estuvo a las órdenes del general Ratko Mladic durante los terribles acontecimientos que tuvieron por escenario Srebrenica en el mes de julio de 1995. Ni siquiera el hecho de que la zona estuviera bajo la protección de Naciones Unidas detuvo a los serbios seguidores de Radovan Karadzic para llevar a cabo su política de limpieza étnica. Poco antes de morir, Nikola confesó a su hija que él formó parte del grupo armado serbio que asesinó sin piedad a unos ocho mil bosnios; que no se hizo distinciones entre hombres, mujeres y niños, y que durante aquella orgía de sangre creyó siempre estar haciendo lo correcto.

Tras la toma de Srebrenica, los serbios ejecutaron y deportaron a decenas de miles de bosnios musulmanes. El padre de Marja participó en ejecuciones masivas que tuvieron lugar en Potocari. En su lecho de muerte explicó a su hija cómo los cuerpos sin vida de aquellos desgraciados fueron apilados sin el menor escrúpulo en carros o encima de tractores. Los cuerpos de los ejecutados se enterraban en fosas comunes, y Nikola aún creía escuchar los lamentos de algunos heridos que fueron enterrados cuando todavía estaban vivos.

Más de diez mil civiles y algunos cientos de soldados bosnios emprendieron la huida en dirección a Tuzla, pero el general Radislav Krstic, hombre de confianza de Mladic, tuvo noticia del hecho y ordenó por radio que ejecutaran a todos. Irónicamente, aquella orden fue interceptada por radio y grabada, sirviendo tiempo después para que el Tribunal Penal Internacional lo condenara a treinta y siete años de cárcel. El padre de Marja apretó el gatillo con seguridad, tanto cuando el objetivo eran mujeres como cuando se trataba de hombres. Sin embargo, Dios aguardaba el momento adecuado para soplar sobre su conciencia y avivar el fuego que aún existía en su corazón.

Ocurrió un día en que le ordenaron ir junto con tres soldados hasta una antigua fábrica de zinc de Potocari. Allí debían dar
muerte a un grupo de civiles. Era una misión rutinaria, pero precisamente era el momento que Dios había elegido para llamarlo.
El grupo de desdichados bosnios que aguardaba el tiro de gracia
estaba integrado por cinco mujeres, diez hombres y una niña de
diez años. Al principio, todo fue bien. Primero dispararon a los
hombres y luego les llegó el turno a las mujeres, pero antes sus
compañeros decidieron violarlas. Nikola Tesanovic, que había participado en juergas como aquella en varias ocasiones, se sintió incómodo en aquel momento. Tal vez la mirada azul de la niña le
recordó de un modo extraño a su propia hija. La contempló con
detenimiento y se sorprendió del parecido que aquella pequeña
tenía con Marja. Pero los otros tres soldados, ajenos a los repen-
tinos escrúpulos de Nikola, se disponían a comenzar su fiesta
precisamente con la pequeña. La niña era pelirroja, como Marja,
y lloraba sin saber qué hacer ni qué pretendían aquellos hombres.
Uno de ellos la abofeteó para que se callara y le arrancó los harapos que tenía por ropa. Los otros dos soldados reían visiblemente
complacidos. Pusieron a la niña de espaldas y los tres hombres se
bajaron los pantalones dispuestos para el festín. En ese momento,
Dios sopló en la conciencia de Nikola.

Antes de que pudieran reaccionar, los tres soldados habían
recibido una bala en la cabeza.

Nikola miró alrededor y comprobó que nadie había visto
lo ocurrido. Los únicos testigos eran las mujeres, que se habían
quedado tan mudas como estatuas. La niña seguía allí, de espaldas y desnuda. Nikola preguntó a las mujeres si alguna era la
madre de la niña. Ellas negaron con la cabeza. Habían matado a
toda su familia días antes, le confesaron. Y entonces Nikola perdió la cabeza y tomó entre sus brazos a la pequeña y huyó de
Potocari.

Días más tarde, llegó a su casa. Era increíble que durante el
camino nadie hubiera reparado en aquella extraña pareja formada
por el soldado y aquella niña pelirroja que no parecía musulmana.

Una vez en su casa, le dijo a Marja que tenía una nueva hermana que se llamaba Jasmina.

Los tres huyeron de su patria. Cada paso que lo alejaba de aquel horror purificaba las entrañas de Nikola. Marja tomó bajó su protección a la pequeña Jasmina, y realmente la sintió como hermana.

En su huida siempre mantuvieron rumbo hacia el oeste. Nikola hablaba a las pequeñas de España, un país al que por alguna desconocida razón veía como un paraíso a su alcance. Pero Dios había previsto que el antiguo asesino serbio no entrara en su particular tierra de promisión. Atravesaron media Europa, y durante el viaje consiguió todo tipo de trabajos para sobrevivir. Las niñas crecieron durante los casi tres años que duró su vagabundeo, pero, en Francia, Nikola cayó gravemente enfermo. La familia permaneció en Carcasona durante dos años. Sin embargo, Nikola nunca se recuperó.

Cuando Marja y Jasmina Tesanovic cruzaron la frontera y entraron en España, tenían veinte y quince años, respectivamente. Su padre le había dejado a Marja como herencia un retrato brutal de su verdadera identidad tras la confesión de sus delitos en su lecho de muerte y una inesperada cantidad de dinero que nunca le explicó de dónde la había sacado. Aquella suma no las convertía en millonarias, pero serviría para solucionar sus problemas durante un tiempo.

La vida nómada que habían llevado sirvió a las dos jóvenes para muchas cosas. Para empezar, tenían una asombrosa capacidad para aprender idiomas y para empaparse de toda la información que podía serles de utilidad para su supervivencia. Leían con avidez siempre que podían y ambas estaban dotadas de una inteligencia más que notable.

Marja tuvo los trabajos más variopintos durante aquellos años, procurando siempre que Jasmina estuviera a salvo. Supo que el dinero de su padre servía también para comprar voluntades y allanaba los senderos de la administración en muchas ocasiones, lo que favoreció sus planes para establecerse en España.

Las dos hermanas vivieron en varias ciudades antes de poner rumbo al norte. Los ahorros habían menguado de forma preocupante cuando se establecieron en el barrio, allí donde Diego Bedia la conoció tiempo después.

Jasmina, que tenía ya veintitrés años, trabajaba en un pub sirviendo copas por la noche y fregaba oficinas durante el día. Con lo que ganaba Jasmina y con la nómina de Marja, habían alquilado un piso situado en una planta baja en pleno corazón del barrio norte. Dos de sus ventanas daban a un oscuro patio al que se accedía a través de un callejón. Diego había tratado de convencerlas para que se mudaran los tres a un piso mejor, pero Marja se mostraba muy celosa de su independencia.

—¿Cómo estás, cariño? —La joven serbia besó suavemente a Diego en los labios.

A él le encantaba sentir la piel fresca y limpia de Marja. En el fondo, los dos eran unos exiliados. Ella había huido de su país, y él había escapado del amor cuando sorprendió a su exmujer con su amante en su propia cama. Aunque la dulzura de aquella mujer, a la que sacaba diez años, había conseguido que su corazón volviera a latir con pasión.

—Ha sido un día largo —respondió Diego, dejándose caer junto a ella en el sofá.

—¿Algo nuevo sobre el asesinato de esa chica? —preguntó Marja, aun sabiendo que a Diego no le gustaba hablar de su trabajo.

—No te creerías lo que me ha pasado hoy —contestó Diego pasándose la mano por la rasposa mandíbula—. ¿Tú has leído alguna de las historias de Sherlock Homes? —Al ver la sorpresa que se dibujó en el rostro de Marja, Diego sonrió antes de proseguir—. Pues se han presentado hoy en la comisaría tres tipos que parecían de lo más respetables y resultó que formaban el trío más insólito que se pudiera esperar. Un médico, un escritor y un funcionario municipal que se saben al dedillo todas esas historias del detective, al que parecen considerar como una persona de verdad, de carne y hueso.

—¿Y eso qué tiene que ver con la muerte de esa muchacha?

—Pues ahí está lo bueno —dijo el inspector—, que puede que tenga mucho más que ver de lo que podría imaginarse.

9

E l inspector jefe Tomás Herrera y Diego Bedia tomaron el primer café del día en la comisaría escuchando lo que José Murillo y Santiago Meruelo habían podido averiguar la noche anterior en El Campanario, el garito en el que Ilusión había visto entrar a la desdichada Daniela Obando la última noche en la que se la vio con vida. A pesar de que los dos policías redactarían un informe escrito, el avance que habían ofrecido en aquella mañana gris no era muy alentador.

Para decirlo en pocas palabras, no habían sacado nada en limpio de su visita. El local, explicaron los dos policías, estaba siempre lleno de gente. No es muy grande, pero sí más amplio de lo que a simple vista y desde fuera podía pensarse. Cuenta con un piso inferior y otro superior, donde están los reservados. La clientela es de lo más variada. La gente entra y sale, y nadie había reparado en aquella chica que luego fue encontrada muerta a menos de un kilómetro de allí. La música suele estar alta, la luz es suficientemente tenue como para favorecer el escenario de los diferentes negocios que allí tienen lugar, y todo el mundo parecía tener una sensibilidad especial para detectar a un policía a distancia.

En cuanto a su visita por la sede del partido de Morante, las cosas habían ido bastante mejor. Los voluntarios habían montado una especie de bar en el que se servían cafés y refrescos con el fin de sumar fondos y acercar sus propuestas a los vecinos. Murillo y Morante tomaron más de un café y tuvieron una conversación muy productiva con un hombre bajito que padecía estrabismo y que resultó ser el jefecillo de un grupo de encuestadores contratados por el partido. El hombrecillo era bastante hablador, y no parecía tener buen concepto de Morante. Pero aún le merecía peor opinión el cabeza visible de la organización juvenil del partido, un muchacho grandote con aspecto poco inteligente al que todos llamaban por su apellido, Velarde.

Toño Velarde, les dijo el hombrecillo, era engreído y violento. Mostraba siempre una pose chulesca que, sin embargo, no parecía contrariar a Jaime Morante. Al candidato parecía agradarle aquel joven que no mostraba reparos en decir en voz alta que el problema más urgente que tenía la ciudad era la presencia de inmigrantes infestando algunos de sus barrios.

—¿Creéis que fue el culpable de la agresión a la prostituta uruguaya? —preguntó Diego.

—Puede ser —respondió Murillo—. Podríamos detenerlo y someterlo a una rueda de reconocimiento si la chica se presta a ello.

Diego dudó.

—Si lo hacemos y ella no lo reconoce o no se atreve a denunciarlo, le pondríamos sobre aviso —reflexionó Diego—. Creo que será mejor tenerlo controlado, no vaya a ser culpable de algo más que de aquella agresión.

—Por cierto, está ahí fuera el escritor —dijo Murillo—. Creo que ha traído el ordenador.

—¿Qué habéis averiguado de él y de su hermano? —preguntó Herrera.

—Al parecer, el escritor es uno de los autores de éxito —dijo Meruelo—. En los últimos años ha publicado algunas de las novelas más vendidas. Muchas se han traducido a varios idiomas y lo han convertido en un hombre bastante rico. Está soltero. Mantuvo una relación durante bastantes años con su agente literaria, Clara Estévez, pero rompieron hace unos meses. Ella ha ganado recientemente un premio literario muy importante. Sergio vivía con ella en Madrid, cerca de Las Rozas. No tiene ningún tipo de antecedente. Está limpio, hasta donde sabemos.

—Su hermano es soltero —intervino Murillo—. Trabaja como administrativo en el ayuntamiento, como ya sabéis, y parece un hombre discreto que jamás se mete en líos. Tanto él como su hermano fueron estudiantes brillantes. Tenían un currículo académico extraordinario, pero Marcos tuvo que abandonar los estudios universitarios cuando murió su padre. Durante un tiempo, se encargó del negocio familiar, una zapatería en la calle Anunciación. Unos años después se presentó a una oposición en el ayuntamiento y realizó uno de los exámenes más brillantes que se recuerdan. Vive solo en el piso de la familia. Es el secretario de la Cofradía de la Historia. —Murillo miró a sus superiores antes de añadir—: Ya sabéis, esa asociación cultural que edita libros sobre la ciudad y todo eso.

—¿Y el médico? —preguntó Bedia.

—José Guazo. —Murillo consultó sus notas—. Vive en la avenida de España, es viudo desde hace unos años y no tiene hijos. Ejerce como médico de medicina general. Junto a los doctores Pereiro y Heriberto Rojas, pasa consulta gratuita en ese comedor social del barrio.

—No hay mucho más que añadir —concluyó Murillo—. Ninguno de los tres ha tenido jamás el más mínimo problema con la justicia. Y ninguno de los dos que viven aquí ha salido del país recientemente, de modo que no fueron ellos los que llevaron esa carta a Londres.

Diego pidió a sus dos hombres que salieran e hicieran pasar a Sergio. Instantes después, el escritor entró en el austero despacho del policía.

—Le presento al inspector jefe Tomás Herrera —dijo Diego, a quien sorprendió una vez más la elegancia de Sergio. El escritor se había presentado con un impecable traje negro, aunque diferente del que ya conocía el inspector, y una inmaculada camisa blanca. Ahora que conocía algo más de la vida de Sergio, comprendía que aquel hombre pudiera gastarse un dineral en ropa si le apetecía.

Sergio estrechó la mano huesuda y fuerte de Tomás Herrera y se sintió cohibido ante la mirada penetrante del policía. Era un hombre algo mayor que Diego. El corte de pelo —de color gris— y el aspecto atlético, a pesar de la edad, le hicieron pensar que estaba ante un militar en plena forma.

—Veo que ha traído el ordenador —comentó Diego, mirando el maletín que llevaba el escritor.

—Espero que sean discretos —pidió Sergio—. Toda la información de mi libro está aquí, y también otros documentos importantes para mí.

—No se preocupe, está en buenas manos —lo tranquilizó Tomás Herrera. El inspector le invitó a tomar asiento y se inclinó hacia delante en la silla que había elegido—. Me dice Diego que estaba usted escribiendo una novela sobre Sherlock Holmes, ¿es cierto?

—Algo así —respondió Sergio—. Es una ficción sobre los años perdidos de Holmes. —Miró a Diego antes de añadir—: Como ya le dije a usted, desde el día 4 de mayo de 1891 en que Sherlock cae en las cataratas de Reichenbach mientras lucha contra su adversario más feroz, Moriarty, hasta que reaparece sorprendentemente el día 5 de abril de 1894 en «La aventura de la casa vacía», nadie sabe con certeza dónde estuvo, salvo por las vagas pistas que el mismo Holmes ofreció. Me parecía que era una buena excusa para construir una novela.

—Ya —dijo lacónicamente Herrera. Durante unos instantes pareció estar procesando aquella información mientras se pasaba la mano por la cara, perfectamente rasurada—. De modo que usted estaba en Inglaterra cuando ocurrió la muerte de esa joven.

Sergio no esperaba un comentario así y tardó en reaccionar.

—¿Qué quiere decir?

—Pura rutina —intervino Diego—. Espero que lo comprenda, pero debemos tener toda la información posible.

—He sido yo quien ha venido voluntariamente aquí con la carta que les entregué —protestó Sergio—. Y ahora les traigo mi ordenador personal para que busquen lo que quieran. ¿Qué más quieren de mí?

—No se altere —dijo Herrera.

—¿Que no me altere? —Sergio se retrepó en su asiento—. ¿Cómo quiere que no me altere cuando un desconocido me ha dejado una carta absurda usando un código que aparece en una aventura de Sherlock Holmes y anticipa el asesinato de una mujer, además de retarme a mí? Y, para colmo, usted parece tener dudas de mi versión.

—Le ruego que se tranquilice. —La voz de Tomás Herrera sonó firme y autoritaria—. Supongo que usted puede probar sin problema que estaba en Inglaterra en esa fecha, de modo que no hay por qué elevar el tono.

Sergio dijo que podía probar, naturalmente, que estaba muy lejos del lugar del crimen cuando este tuvo lugar. Su casera podía corroborarlo, así como el pastor de las ovejas que pacían plácidamente junto a su casa, y luego estaban las compras con cargo a su tarjeta de crédito, realizadas en Londres en esos días.

—Y, dígame, ¿cómo iba a argumentar su novela? —Diego parecía verdaderamente interesado en aquel asunto—. Quiero decir, ¿en qué se iba a basar para poder rellenar esos años perdidos de Holmes?

Sergio se relajó al poder entrar en un terreno que le era familiar, aunque supuso que el policía había dado aquel giro a la conversación precisamente para que se sintiera cómodo.

—Bueno, los escritores tenemos que ser capaces de orquestar una trama de ficción sobre un soporte que parezca sólido. —Se subió los caros calcetines negros que lucía bajo el traje y cruzó una pierna sobre la otra—. Como saben, Watson era el cronista de casi todas las aventuras de Holmes. —Los dos policías guardaron silencio, tal vez porque desconocían ese detalle—. El caso es que hay una historia muy interesante que se titula «El problema del puente de Thor» que me dio la idea. Al principio de esa historia Watson dice, por primera y única vez, dónde están ocultos sus archivos, los que contienen todo cuanto sabía de Holmes, desde los casos publicados hasta aquellos que jamás vieron la luz. Asegura que esa información estaba en los depósitos del banco Cox

& Co., en Charing Cross, y dentro de una caja de hojalata estropeada en cuya tapa se leía: «Doctor John H. Watson, antiguo médico del ejército de la India».

—Y usted plantea al lector que ha encontrado esa documentación y ahí se desvela el gran secreto sobre dónde estuvo Holmes en ese tiempo —dijo Diego, que parecía cada vez más entusiasmado con todo aquello.

—Esa es la idea —reconoció Sergio—. Lógicamente, para que tenga verosimilitud, el lector tiene que aceptar que esa caja existió, que hubo una sucursal bancaria situada en esa zona de Londres, y que el azar la ha puesto en mis manos un siglo después.

—Entiendo. —Tomás Herrera miró al escritor de un modo extraño—. ¿Y la gente cree en todas esas historias?

—Es un juego, una ficción —respondió Sergio—. Pero para mucha gente, Holmes fue un personaje real, lo mismo que Watson. ¿No sabe usted que aún hoy en día llegan cartas a nombre de Sherlock Holmes al 221B de Baker Street? ¿Sabía usted que cuando sir Arthur Conan Doyle decidió acabar con su personaje en las cataratas de Reichenbach los lectores se echaron a la calle en manifestaciones? Si no comprende que entre el autor y el lector se establece una relación de complicidad sin la cual es imposible el éxito de la historia, es que no ha leído nunca una novela de aventuras. —Las palabras de Sergio sonaron mucho más duras de lo que había previsto.

—Tal vez esté en lo cierto —replicó Tomás Herrera, sin que se advirtiera en su tono acritud—. Y, dígame, ¿quién conoce la clave para entrar en su ordenador si es que, como usted declaró, estaba apagado? ¿Cómo pudo alguien escribir esa nota que luego recibió y que estaba escrita sobre uno de los papeles que usted mismo había desestimado para su novela?

Se había acabado el territorio conocido. El inspector jefe demostraba que tal vez no era un lector consumado, pero sí un tipo con una excelente memoria, pues parecía conocer perfectamente todo cuanto Sergio había declarado a Diego Bedia el día anterior.

—Ya respondí a esa pregunta. —Sergio miró a Diego.

—Su antigua agente literaria —intervino Bedia. El policía consultó las notas que había tomado en su anterior conversación con Sergio—. Se llama Clara Estévez. Era su pareja hasta hace poco.

—De todas formas —preguntó Herrera—, ¿no podrían haber cogido esos folios suyos y haber escrito la carta en otro ordenador?

—Naturalmente —reconoció Sergio—, pero lo curioso es que guardaron el texto en el disco duro de mi ordenador, como si quien lo hizo quisiera dejar claro que me conocía y que se podía burlar de mí.

—¿Puede haber sido esa mujer? —preguntó Herrera.

A Sergio le molestó que los dos policías hablaran de Clara y de su relación con ella. Sintió como que los dos hombres cotilleaban sobre su vida ignorando que él estaba presente.

—No lo creo —respondió Sergio—. Pero es la única persona, al menos que yo sepa, que conoce la clave de acceso a mi ordenador.

—¡Esto adquiere un giro de lo más interesante! —exclamó Herrera—. ¿Dónde podemos encontrar a la señora Estévez?

A Sergio le pareció extraño de nuevo escuchar el nombre de Clara en boca de aquel policía, y aún más que la llamara «señora».

—No está casada —aclaró—. Nunca nos casamos. Hemos vivido juntos veinte años, pero rompimos no hace mucho.

—¿Cuál fue la razón? Espero que comprenda que debo preguntarle esto —dijo Diego, siempre más afable y comedido que su jefe.

—Lo entiendo. —Sergio comenzó a sentir un calor incómodo sin saber por qué—. Un día descubrí que ella se había marchado y que había entrado en mi ordenador y había copiado una novela que yo tenía muy avanzada. —Sin poder evitarlo, sus ojos se perdieron entre los recuerdos, muy lejos de la comisaría—. Gracias a esa obra, Clara ha recibido hace poco el Premio Otoño de Novela, uno de los más importantes que se conceden en España. A lo mejor lo han visto en las noticias. —Miró a los policías con curiosidad, pero los dos hombres parecían ajenos a las noticias que interesaban en el mundillo de Sergio Olmos.

—De modo que su expareja le robó la idea para un libro y le dejó plantado. —En el tono de Herrera se advertía cierto tono jocoso que no gustó a Sergio ni tampoco a Diego.

—¿Nos puede dar el teléfono de su antigua compañera? —preguntó Diego.

Sergio lo escribió en una hoja de papel, y añadió dos palabras más.

—William Escott. —Diego leyó lo que Sergio había escrito—. ¿Qué significa esto?

—La clave para que puedan acceder a mi ordenador —confesó Sergio.

—¿Tiene algún significado especial? —quiso saber Tomás Herrera.

Sergio miró al policía con desgana. Suponía que había interpretado durante la conversación el papel de tipo desagradable a propósito para que Diego apareciera como el hombre en quien uno puede confiar, de modo que se esforzó por ser amable.

—El famoso detective se llamó, en realidad, William Sherlock Scott Holmes —explicó—. Y, además de su capacidad para la observación y para la deducción, tuvo un talento especial para la interpretación artística. De hecho, en numerosas aventuras consigue engañar a los maleantes empleando diferentes trucos, entre ellos el disfraz. Tenía al menos cinco escondites en Londres que empleaba para disfrazarse según fuera preciso para la resolución de los casos, y eso lo aprendió en sus tiempos de actor.

—¡Holmes, actor! —exclamó Herrera, quien, a pesar de su aspecto brusco, parecía seducido también por aquella historia.

—Ya lo creo —sonrió Sergio. Parecía estar al fin relajado ahora que de nuevo pisaba terreno conocido—, de hecho formó parte de la Compañía Shakesperiana Sasanoff, con la que realizó una gira por Estados Unidos entre 1879 y 1880. Se cuenta que fue un magnífico Casio en *Julio César*, aparte de encarnar a Mefistófeles en *Fausto* y otros papeles notables.

—¿Y qué tiene que ver todo eso con la clave de su ordenador? —quiso saber Diego.

—Durante esa época, su nombre artístico fue William Escott, con «E» —aclaró Sergio—, derivado de su verdadero nombre: William Sherlock Scott Holmes.

Les entregó su ordenador y ellos le prometieron devolvérselo en el plazo de tiempo más breve posible. Después charlaron en un tono más distendido sobre algunos aspectos de la vida de Holmes, sobre los tiempos universitarios del Círculo Sherlock y sobre todos los que lo integraron. Los policías mostraron especial interés en la figura de Jaime Morante, lo que a Sergio le pareció lógico dado que, por lo que su hermano Marcos le había dicho, ahora era un político notable en la ciudad que aspiraba a convertirse en alcalde.

La entrevista se saldó con sendos apretones de manos. Parecía que los dos policías habían despejado las dudas que pudieran haber tenido sobre la versión de Sergio.

—Por cierto, ¿por qué insinuó usted ayer al inspector Bedia que tal vez no habíamos contado todos los detalles del asesinato?

Era evidente que Tomás Herrera tenía la virtud de desarmarlo cuando menos lo esperaba. La pregunta había caído como una losa justo cuando estaba a punto de salir por la puerta del despacho de Diego Bedia.

—Es una bobada —respondió Sergio. Quería marcharse de allí cuanto antes—. Llegué a tener una teoría, pero me parece demasiado delirante.

—¿Más delirante que una carta escrita en un código sacado de una aventura de Sherlock Holmes? —Herrera sonrió.

—Sí, supongo que sí. —Sergio le devolvió la sonrisa.

—¿No la va a compartir con nosotros?

—No, creo que no. —Dudó unos instantes y finalmente añadió—: Salvo que esa mujer llevara encima un peine, un pañuelo blanco y un pedazo de espejo roto.

Los dos policías eran suficientemente veteranos en el oficio como para poder disimular, pero ambos sintieron el comentario de Sergio como un puñetazo en el estómago. A pesar de todo, lo encajaron de un modo impecable, y Diego consiguió responder de una manera convincente.

—Creo que no. No llevaba nada de eso encima.

Sergio los miró atentamente y creyó percibir el aleteo de una duda durante unos segundos, pero no podía estar seguro.

—No saben cuánto me alegro —respondió. Luego saludó con la cabeza a Murillo y a Meruelo, que estaban sentados ante sus mesas, y se dirigió hacia el ascensor. Sintió que el ambiente de la comisaría lo asfixiaba. Si se hubiera girado, habría sorprendido a los dos inspectores de policía totalmente descompuestos.

10

6 de septiembre de 2009

Diego había dormido en casa de Marja. Jasmina trabajó aquella noche en el pub hasta altas horas de la madrugada. Cuando acabó la jornada, se dejó convencer por unos amigos para ir de fiesta a una de esas salas que cierran al amanecer. Antes de llegar a casa desayunó en una cafetería y fue allí donde leyó la noticia: «La policía ocultó información sobre el asesinato de una mujer inmigrante».

El artículo era extenso y parecía muy bien documentado. Lo publicaba uno de los periódicos de mayor tirada a nivel nacional. Jasmina compró un ejemplar. Suponía que Diego aún no se habría enterado de lo que aparecía en el periódico.

Diego estaba en la ducha cuando Jasmina llegó. Marja todavía estaba en la cama, pero despierta.

—Tienes cara de felicidad —bromeó Jasmina.

—Y tú pareces un vampiro, con esas ojeras.

—¿Y Diego?

—En la ducha. —Marja advirtió algo extraño en su hermana—. ¿Qué sucede?

—Mira esto. —Dejó caer el periódico sobre la cama.

Diego entró en la habitación con la toalla alrededor de la cintura. Las dos hermanas le miraron con expresión preocupada. Él las contempló durante unos segundos con atención. Resultaba sorprendente cuánto se parecían las dos, a pesar de no ser hermanas realmente. Su estatura estaba por encima de un metro setenta, tenían el cabello de color rojo y la piel clara. Sin embargo, había diferencias si se observaba con atención. Jasmina era un poco más delgada, y su manera de moverse era menos grácil, más masculina quizá.

—¿Qué sucede? —preguntó Diego.

—Mira lo que publica este periódico.

El inspector de policía leyó el titular y sintió que sus piernas se aflojaban. «La policía ocultó información sobre el asesinato de una mujer inmigrante». El articulista se hacía eco de la rueda de prensa que el comisario Gonzalo Barredo había ofrecido días antes explicando aquellos aspectos del crimen de Daniela Obando que se habían decidido hacer públicos. Entonces se estimó que era mejor no detallar el resto de las heridas que la joven había sufrido para no alarmar aún más a la población, y porque podría ser de interés estudiar el perfil del hombre que era capaz de hacer algo así sin que nadie supiera en qué línea trabajaban. Pero aquel periodista parecía haber accedido a información reservada. Lo sabía todo.

Jack el Destripador ha vuelto, o al menos eso parece. El crimen de Daniela Obando, una joven hondureña que apareció muerta recientemente en un pasaje oscuro de la zona que en la ciudad se conoce popularmente como el Mortuorio, parece obra del célebre asesino que sembró el terror durante el otoño de 1888 en el East End londinense.

La policía ocultó información sobre lo que realmente le sucedió a Daniela Obando. No solo le rebanaron la garganta con dos terribles cortes, sino que su cuerpo sufrió casi exactamente las mismas mutilaciones que padeció Mary Ann Nichols, también llamada Polly Nichols, y que fue la primera víctima (o tal vez la tercera) de Jack el Destripador.

A pesar de que gran parte de los informes sobre los crímenes de Jack desaparecieron de forma enigmática, las informaciones de la prensa de la época y las declaraciones de algunos policías permiten reconstruir el informe forense de lo que le sucedió a Mary Ann Nichols el 31 de agosto (el mismo día en que Daniela fue encontrada muerta) de 1888.

Polly Nichols, una prostituta de cuarenta y cuatro años, apareció ese día asesinada en un callejón de Whitechapel llamado Buck's Row, hoy conocido como Durward Street. Le faltaban cinco dientes y mostraba una laceración en la lengua. En la mandíbula apareció un moratón, tal vez producido por la fuerza con la que el asesino la asió por la espalda para degollarla. Las dos heridas que mostraba en la garganta eran exactamente iguales a las que Daniela Obando tenía en su cuello. Un corte era menos profundo y grande que el otro, que había llegado a seccionar los tejidos hasta llegar casi a las vértebras. Las heridas fueron producidas por un cuchillo u otro tipo de arma blanca de filo largo. La policía dudó entonces sobre si el crimen había tenido lugar en aquel callejón o había sido llevada hasta allí desde la verdadera escena del crimen, dado que no se encontró demasiada sangre, al menos en un primer momento. Más tarde, al levantar el cuerpo de la desdichada, sí se observó la presencia de una mancha de sangre en el suelo.

La policía de la ciudad ocultó algunos detalles del crimen de Daniela Obando que lo hacen aún más atroz y que lo emparientan con el de Polly Nichols. Como esta última, a Daniela le practicaron una salvaje herida en el abdomen. Era muy profunda y atravesaba amplias capas de tejido. Desde la pelvis se había rajado el cuerpo hasta las mamas, y los intestinos se asomaban a través de los labios de la herida. Se habían producido también otros cortes en la zona genital hasta completar la salvaje agresión. El asesino, además, arrancó cinco dientes a Daniela, seguramente para lograr que su cuerpo mutilado se pareciera aún más al de Polly Nichols. Por último, dejó junto al cadáver un sombrero de paja forrado de terciopelo negro. La policía no ha sabido entender ese mensaje del asesino, o si ha sabido lo ha ocultado.

Ese detalle es terriblemente esclarecedor, porque junto al cuerpo de Polly Nichols fue encontrado precisamente un sombrero de paja recubierto de terciopelo negro que la prostituta había mostrado orgullosa horas antes de morir en la pensión de mala muerte en la que había dormido los últimos días de su vida.

La policía deberá aclarar en las próximas horas las razones por las cuales ocultó estos detalles del crimen de Daniela Obando y si tiene alguna pista de quién pudo haber cometido un crimen como este. De momento, el distrito norte de esta ciudad tiene algo más en común con el East End del Londres victoriano: no solo hay prostitutas, patios sucios, callejones oscuros y mafias que se mueven a su antojo; ahora también cuenta con su propio Jack el Destripador.

Diego se dejó caer en la cama. El artículo era demoledor, y lo más inquietante es que toda la información era correcta. ¿Cómo había conseguido Tomás Bullón, el periodista que lo firmaba, aquellos datos? Solo había dos opciones, o bien había logrado que Gregorio Salcedo, el vecino que encontró el cadáver, se lo contara, o había accedido de algún modo al informe forense preliminar. La segunda posibilidad le daba más vértigo que la primera, de modo que prefirió creer que Salcedo había cobrado una buena cantidad de dinero por romper su compromiso de guardar silencio.

¡Jack el Destripador! Pero ¿qué coño decía aquel tipo? Y, por cierto, ¿dónde había oído el nombre de aquel periodista? Había que localizarlo de inmediato.

—¿Es cierto lo que dice el periódico? —preguntó Marja, acariciando la espalda aún desnuda de Diego. Jasmina se disculpó diciendo que estaba agotada y que se iba a dormir.

—Totalmente cierto. —Miró a la joven pelirroja y le besó los labios suavemente.

—¿Y por qué no dijisteis todo lo que sabíais?

—Se pensó que era innecesario dar los detalles más escabrosos —explicó Diego mientras se vestía—. ¿Para qué necesitaba saber la gente que a esa pobre muchacha le habían rajado de ese modo y que los intestinos estaban al aire? Además, tal vez ese comportamiento del criminal nos permitiría encontrarlo más fácilmente.

—¿Qué va a pasar ahora?

—No lo sé —reconoció Diego. Se calzó los zapatos y miró a su novia—. Pero te aseguro que habrá jaleo.

Ajeno por completo a los problemas que se le venían encima a la comisaría de la ciudad, Sergio Olmos aguardaba la llegada de su hermano Marcos y de José Guazo. Era casi la una de la tarde y Sergio suponía que no tardarían en llegar. Iban a comer juntos, y para Marcos los horarios de la comida eran sagrados.

Miró por la ventana. Por fin, un día que parecía sonreír. Entre las nubes asomaba el sol y los prados verdes rezumaban vida. La idea de comer juntos había sido de Guazo. El bueno de Guazo, salvo cuando consideraba que se ofendía a Watson, siempre se había alineado junto a Sergio en los viejos tiempos del Círculo Sherlock, cuando las discusiones podían comenzar por el detalle más nimio. Pero en los últimos años el médico había sido para Sergio una imagen borrosa, un retrato al que el paso del tiempo había deteriorado hasta emborronar sus facciones. Pero resultaba que, por una u otra razón, los últimos días aquel retrato había recuperado su color.

Una semana antes, el recuerdo de su viejo amigo estuvo presente en Sergio mientras caminaba por Paddington, como ya le había sucedido cuando rastreaba Kensington el día antes. Londres mostraba aquella mañana un rostro más sombrío que en los días precedentes. Las nubes aparecían grises y compactas, y la temperatura había bajado notablemente. La gente que iba y venía por las calles, o que se amontonaba en el metro cuando lo tomó Sergio, se había abrigado. También él lo había hecho, pero estaba dispuesto a seguir con el programa que se había propuesto realizar en Londres antes de regresar a su refugio de Sussex. Y aquel era un día especial, porque iba a regresar, una vez más, a Baker Street.

Sin embargo, había decidido ir primero hasta Paddington. Desde allí caminaría hasta Baker Street. John Hamish Watson había vivido en aquella zona después de contraer segundas nupcias, y Sergio quería tomar algunas notas, e incluso tal vez intuir dónde tuvo casa y consulta el doctor.

De haber estado allí, Guazo habría ofrecido mil detalles sobre el inseparable compañero de Holmes, pensó Sergio, pero creía que con lo que él mismo recordaba era suficiente para hilvanar parte de un futuro capítulo de su libro.

En diciembre de 1887 murió la primera esposa del médico, Constance Adams. Las navidades de aquel fatídico mes comenzaron, no obstante, con un nuevo caso para Holmes en el que su compañero estuvo presente. El propio doctor comienza su narración de «El carbunclo azul»* diciendo que acudió a Baker Street dos días después de Navidad con el propósito de transmitir al detective las felicitaciones propias de la época.

Cuando entró en la habitación, Watson encontró a Holmes en bata, tumbado en el sofá y rodeado de periódicos que parecía haber devorado. La conversación que tuvo lugar entre ambos podría considerarse como profética, a tenor de la enigmática nota que le fue entregada en Baker Street poco después.

—Entre las acciones y reacciones de un enjambre humano tan numeroso, cualquier combinación de acontecimientos es posible… —dijo Holmes.

El detective consultor había hecho aquella afirmación a propósito de los cuatro millones de londinenses que se movían de un lado para otro, mientras contemplaba la calle desde la ventana de su salón. Sergio estaba cerca de comprobar hasta qué punto un día como otro cualquiera puede convertirse en extraordinario.

Tras resolver el caso del carbunclo azul, un rubí de increíble belleza que había sido robado, la pareja se vio involucrada en una historia que nunca fue publicada por Watson**, pero no ocurrió lo

---

* Se publicó en *The Strand Magazine* en enero de 1892. Los hechos suceden en diciembre de 1887.

** «Los dos casos del inspector McDonald».

mismo con la siguiente aventura. El doctor tuvo motivos especiales para relatarla de un modo prolijo, pues durante la misma se menciona por vez primera la figura siniestra de James Moriarty, de quien Holmes sospechaba que era el cerebro que coordinaba en la sombra el mundo del crimen de Londres[*].

John Watson conoció a Mary Morstan, su segunda esposa, durante la resolución del problema titulado «El signo de los cuatro», cuyos hechos tuvieron lugar entre martes 18 y el viernes 21 de septiembre de 1888. Era una joven rubia, menuda y delicada que vestía, a decir del doctor, de un modo exquisito. Con ella se estableció en Paddington.

Sergio rememoraba aquellos pasajes literarios sin poder evitar que el recuerdo de José Guazo cruzara por su mente. Nunca nadie había defendido tanto al galeno como aquel estudiante de medicina y miembro del Círculo Sherlock.

En cierta ocasión, precisamente el día en que Marcos Olmos iba a asistir por vez primera a una de las reuniones del círculo tras la muerte de Bada, hubo una disputa a propósito del carácter mujeriego de Watson.

El grupo estaba aguardando la llegada de Marcos, que había dicho a Sergio que iría por su cuenta a la reunión. Los minutos se fueron alargando y el ambiente, sin saber por qué, se espesó. Sigler tuvo entonces la ocurrencia de hacer un comentario que pretendió ser gracioso, pero que desencadenó la tormenta.

—Cuando pienso en el pobre Watson, no puedo comprender cómo han llegado a decir algunos estudiosos que Holmes y él eran homosexuales. ¿Acaso no han advertido cómo babeaba el doctor cada vez que aparecía una dama?

Aquella afirmación fue acogida con risas de asentimiento por todo el mundo, salvo por Guazo.

—No le consiento a usted que hable en ese tono —vociferó.

—¡Por favor, no se ponga así, señor Guazo! ¿No recuerda lo que escribió Watson sobre Mary Morstan en «El signo de los cuatro»?

---

[*] *El valle del terror, op. cit.*

Guazo frunció el ceño.

Al comienzo de la historia, Watson se demora retratando con crudeza a su compañero de piso, puesto que tras la muerte de Constance había regresado a Baker Street. El doctor dibuja a Holmes como un hombre autodestructivo, que considera la existencia un aburrimiento si no sale a su encuentro algún reto intelectual. Su mente, aseguraba, se rebelaba contra el estancamiento, razón por la cual buscaba un plácido asilo en la cocaína disuelta al siete por ciento. Sus dedos, largos y blancos, dice Watson, se movían nerviosos en esos periodos de inactividad.

—A usted lo que le molesta son las críticas que Holmes hace de *Estudio en escarlata* durante esa aventura —dijo aquel lejano día Sergio, para mayor enojo de Guazo.

En efecto, durante las primeras líneas de ese relato el detective se burla, una vez más, del estilo literario de su amigo. Le reprocha que en la publicación de *Estudio en escarlata* haya barnizado de romanticismo un problema que debía haber sido enfocado, según su criterio, de un modo frío y sin emoción, como requería la ciencia en la que él convertía sus investigaciones.

—Bastante desgracia tenía Holmes de ser un desagradecido con el único hombre que lo soportaba y que daba a conocer sus capacidades —replicó Guazo—. Mi indignación no se debe a que se haya citado *El signo de los cuatro* porque en sus páginas Holmes se burle del estilo literario del mejor hombre que jamás se cruzó en su camino. Mi indignación nace del concepto que todos ustedes tienen del doctor.

—¿Quién de ustedes recuerda de qué material era la pipa de Holmes que se menciona en ese relato? —preguntó Víctor Trejo, con el claro propósito de rebajar la tensión.

—De raíz de brezo, naturalmente —respondió de inmediato Sergio.

—Todos ustedes prestan únicamente atención a lo que dice o hace ese vanidoso detective, pero lo más lamentable es que no son capaces de ver quién es su creador.

—¿Otra vez vuelve usted con eso de que Watson creó a Holmes? —intervino Morante.

—Watson tenía bastante con mirar a las mujeres como si fuera un sátiro —dijo Sigler, provocando un coro de risas y un mayor despecho en Guazo—. Fijaos cómo babea al describir a la señorita Mary Morstan. —Carraspeó y leyó las frases del libro que tenía en sus manos—: «Su rostro no tenía facciones regulares ni una complexión hermosa, pero su expresión era dulce y amistosa, y sus grandes ojos azules resultaban particularmente espirituales y atractivos». —Hizo un alto y añadió con una mueca irónica en la boca—: Y ahora llega lo mejor, cuando nos habla de su experiencia con las faldas: «A pesar de que mi experiencia con las mujeres abarcaba muchas naciones y tres continentes distintos, yo jamás había visto un rostro que ofreciera tan claros indicios de un carácter refinado y sensible».

Sigler detuvo la lectura y recorrió con la mirada los rostros de todos los demás. Después, estalló de nuevo la risa, mientras el rostro de Guazo se acaloraba aún más.

—Todos ustedes se creen muy listos —dijo encolerizado—, pero en el fondo no saben más que lo que Holmes hace o dice. Y ustedes —miró a Bada y a Bullón— solo prestan atención a los secundarios, o a los malvados, como hace usted. —Morante inclinó la cabeza en señal de asentimiento—. Pero ¿cuántos han prestado atención a lo que Watson hace o dice? ¿Quién de ustedes, por ejemplo, recuerda qué tipo de bala recibió Watson en Afganistán? Él mismo lo dice unas líneas antes de que se mencione la dichosa pipa de raíz de brezo.

Todos los miembros del Círculo Sherlock enmudecieron. Nadie, ni siquiera Sergio Olmos, sabía la respuesta. Guazo los miró con profundo desprecio, incluso a Sergio. Y entonces se escuchó una voz grave y algo pastosa.

—Fue una bala de *jezail,* una especie de mosquete que usaban los guerrilleros afganos.

Todos se giraron, pero Sergio ya sabía quién era el dueño de aquella voz grave y masculina: Marcos acababa de llegar.

El bullicio urbano estaba cerca de su cenit diario mientras Sergio caminaba despreocupadamente aquel día, que ahora le parecía lejano, por las inmediaciones de la estación de metro de Paddington. De vez en cuando se detenía, observaba los edificios y trazaba imaginarios itinerarios que, pensaba, Watson debía haber realizado por aquella zona, a la que se trasladó tras casarse en el mes de mayo de 1889.

Presuponía que la boda debía de haber tenido lugar en ese mes, dado que durante el mes de abril el doctor había colaborado con Holmes en la resolución de «El misterio de Cooper Beeches»[*], y a lo largo de sus páginas no hay mención alguna a un cambio en el estado civil de Watson. Sin embargo, en el relato siguiente, «El misterio de Boscombe Valley»[**], las circunstancias personales del doctor habían variado.

Para un erudito holmesiano como Sergio Olmos, no era difícil recordar el inicio de aquel relato. Watson no deja lugar a la duda cuando escribe en la empuñadura de su narración: «Estábamos una mañana sentados mi esposa y yo cuando la doncella trajo un telegrama».

Luego era evidente que ya había contraído matrimonio.

Para su sorpresa, era Holmes quien remitía el telegrama anunciando que había sido reclamada su presencia en Boscombe Valley y que tenía pensado partir en tren precisamente desde Paddington, donde vivía Watson, a las once y cuarto. Añadía que nada le complacería más que ser acompañado por su viejo amigo.

Sergio recordaba que aquellas urgencias propias de Holmes siempre habían sido juzgadas por José Guazo como un ejemplo más del egoísmo del detective. A su juicio, evidenciaban la poca consideración que tenía para con su amigo y para con el resto del mundo. Todo parecía tener que girar a su alrededor, solía aña-

---

[*] Apareció en el número de junio de 1902 de la revista *The Strand Magazine*. Los estudiosos creen que los hechos que se narran en ese relato se desarrollan desde el viernes 5 al sábado 20 de abril de 1889.

[**] Boscombe Valley es una zona rural de Hereforshire, al oeste de Inglaterra. El relato se publicó en *The Strand Magazine* en octubre de 1891, pero los sucesos narrados tuvieron lugar en junio de 1889.

dir. Y tal vez no le faltaba algo de razón, porque aquel telegrama solo dejaba media hora de margen al bueno del doctor para convencer a su esposa de que le permitiera marchar (si bien en el relato ella se muestra extrañamente condescendiente, teniendo en cuenta los peligros que siempre rodeaban a Holmes, e incluso propone que un médico amigo atienda a los pacientes de su marido) y vestirse para la ocasión.

¿Dónde pudo haber tenido lugar aquella escena?, se preguntaba Sergio mirando a un lado y a otro, como si la ciudad no hubiera mudado su aspecto mil veces desde hacía más de un siglo. ¿Dónde había estado el hogar de Watson en Paddington?

Semejantes interrogantes, con casi toda seguridad, no se los planteaba ni una sola de las miles de personas que circulaban por las calles adyacentes. La excentricidad era tan notable que lo más razonable hubiera sido pensar que nadie más que Sergio vivía en la ficción de un Londres victoriano que no solo ya no existía, sino que para el mundo cuerdo jamás había existido, puesto que pertenecía a la ficción literaria.

Unos vigorosos golpes en la puerta de su habitación arrastraron a Sergio desde sus recuerdos hasta su presente en aquel hotel. Sin duda, imaginó, era Marcos quien aporreaba de aquel modo la puerta. Y acertó.

—Tienes que leer esto. —Marcos irrumpió en la habitación como un ciclón. A pesar de haber adelgazado del modo en el que lo había hecho, su elevada estatura y su porte hacían de él un hombre espectacular. Un rayo de sol se filtró por la ventana y provocó un gracioso brillo sobre su cabeza afeitada.

Guazo entró en la habitación a continuación. A Sergio le pareció que su piel era aún más traslúcida, y que la huella de la enfermedad que había padecido lo había dejado ciertamente deteriorado. Pensó que tenía que preguntarle a su hermano qué tipo de dolencia había padecido el médico. Pero su atención se desvió de inmediato hacia el titular de una noticia que aparecía en el periódico que su hermano le había dado: «La policía ocultó información sobre el asesinato de una mujer inmigrante».

Levantó la cabeza y miró a su hermano. Marcos lo apremió a leer.

—Fíjate quién lo escribe —dijo Guazo.

Los ojos de Sergio volaron hasta el final del artículo.

—¡Tomás Bullón! —exclamó el escritor—. ¿Cómo es posible?

—Imagínate cómo deben estar en la comisaría. —Marcos miró por la ventana de la habitación. El sol le obligó a entornar los ojos—. Si lo que escribe Tomás es cierto, la cosa va a traer cola.

Los tres amigos comieron juntos en un céntrico restaurante de la ciudad. La comida era magnífica. Siempre había sido así en La Villa. Guazo, no obstante, comió poco, y Marcos tampoco parecía ser el hombre de apetito voraz que Sergio recordaba.

—Los años no pasan en balde —se disculpó el hermano mayor.

Pero la comida no fue el tema central de la conversación. Después de que los tres se pusieran al día sobre lo que había sido de sus vidas en los últimos años en los que el contacto de Sergio con ellos apenas había existido, la conversación derivó una vez más hacia el artículo firmado por Bullón. A pesar de todo, a Sergio no le había pasado inadvertida cierta sensación de incomodidad en Guazo y en su hermano cuando les contó el modo en el que Clara había conseguido la documentación básica para su aclamada y premiada novela. Se prometió que buscaría un momento más adecuado para preguntarle a solas a su hermano sobre el particular.

—Todo esto parece una pesadilla —reconoció Sergio—. Primero, la carta cifrada en la que un loco reta a Holmes a través de mi persona; luego, el asesinato de esa desconocida, y ahora confirmamos nuestra sospecha de que Jack ha regresado.

—Habrá que ir mañana a ver al inspector Bedia —propuso Marcos.

Sergio tuvo una idea.

—¿Aún conserváis alguno de vosotros los dosieres que elaboramos en el círculo sobre los crímenes de Jack?

—Naturalmente —respondió ofendido Marcos—. ¿Tú no?

No. Sergio reconoció que no había guardado aquella información que habían elaborado en sus tiempos de estudiantes, cuando decidieron jugar a especular sobre qué papel había tenido realmente Sherlock Holmes durante los asesinatos que Jack el Destripador cometió en Londres durante el final del verano y el comienzo del otoño de 1888.

La polémica se suscitó gracias a Morante, que fue quien lamentó que Holmes se hubiera inhibido de un modo tan escandaloso durante aquellos crímenes. ¿Cómo fue que no los investigó? ¿Acaso tuvo miedo?

Las discusiones fueron intensas y en ocasiones muy subidas de tono. Unos defendían a Holmes —Sergio, Marcos y Víctor—; otros lo criticaban —Bullón, Morante y Sigler—. El segundo grupo atacaba al primero argumentando que la inacción del detective durante aquellos crímenes demostraba sin el menor género de dudas que Holmes no fue un personaje real. En su opinión, de haber existido, la conducta de Holmes no tenía excusa alguna. Obviamente, aquel ataque en toda regla iba dirigido a Víctor Trejo, que se mantenía firme en su idea de que Holmes fue alguien real. Mientras tanto, Marcos y Sergio, que rebajaban las expectativas de los más apasionados y recordaban que Sherlock era un personaje de ficción, se defendían aduciendo que sir Arthur Conan Doyle lanzó algunas teorías realmente interesantes a propósito de Jack el Destripador después de haber investigado personalmente esos crímenes. Además, los defensores de Holmes recordaban lo ocupado que había estado el genial detective en aquellos meses en los que Jack cometió sus atroces crímenes, pero al mismo tiempo que esgrimían su argumento se daban cuenta de lo poco convincente que resultaba.

En cualquier otra circunstancia, los ataques a Holmes hubieran sido del agrado de Guazo. No obstante, los críticos comenzaron a meter en el mismo saco de la cobardía tanto al detective como a su compañero, lo que obligó a Guazo a situarse en la trinchera opuesta a Bullón, Morante y Sigler.

Era tal el grado de apasionamiento que había alcanzado la disputa que se impusieron la tarea de estudiar con detenimiento cuanto se sabía de los crímenes ocurridos en Whitechapel para después cotejar aquellos sucesos con la propia actividad de Holmes y Watson en esos días.

—Yo creo que también conservo aquellos papeles —afirmó José Guazo.

—Pues no se hable más. —Marcos dio un sorbo a su café—. Mañana iremos a ver al inspector Bedia y le entregaremos una copia, por si le sirve de algo.

11

7 de septiembre de 2009

El barrio estaba consternado. La segunda entrega del reportaje de Tomás Bullón había zarandeado el espíritu de todos sus habitantes, incluso el de los más serenos. Si aquello era cierto, se decían, si aquel periodista no mentía y las circunstancias que rodeaban el crimen de Daniela Obando eran tan parecidas a las del primer brutal asesinato cometido en Londres en 1888 por Jack el Destripador, ¿quién podía decirse a salvo? La policía había ocultado la información, ¿por qué?

En los quioscos de prensa, el periódico que publicaba el artículo de Bullón se había agotado. Se trajeron más ejemplares de otros pueblos, y sobre todo de la capital de la provincia. Los lectores leían con avidez un artículo que provocaba en ellos el terror y el morbo.

Londres. Finales del verano de 1888.

La ciudad era la capital del mundo. Con más de seis millones de habitantes, ninguna metrópoli occidental podía comparársele. Aún resonaban en sus calles los ecos del Jubileo de Oro de la reina Victoria, que había celebrado su quincuagésimo aniversario en el trono el 20 de junio del año anterior. El actor norteamericano Richard Mansfield era aclamado por su extraordinaria representación de *El doctor Jekyll y mister Hyde*, en el Henry Irving Lyceum. Pero aquel esplendor solo alcanzaba a una parte de la ciudad. Quienes vivían en Chelsea, Kensington, Westminster, Fulham y otros distritos semejantes eran los mismos cuyo pecho henchía de orgullo por los logros británicos. Eran ellos quienes frecuentaban el Parlamento, el Museo Británico o la Galería Nacional. Eran las gentes de Trafalgar o de Charing Cross quienes creían vivir en un país invencible.

Pero había otro Londres. Un Londres que, en cierto modo, se parecía al barrio donde apareció muerta Daniela Obando: el East End.

Con alrededor de dos kilómetros cuadrados, seiscientos mil habitantes y miles de prostitutas, tenía en los barrios de Whitechapel y Spitalfields la sala de máquinas de aquel monstruo donde todo era miseria. Eran los barrios adonde llegaban en aluvión los inmigrantes judíos procedentes del este de Europa, y los irlandeses que habían escapado del hambre producida por la crisis de la patata. La sociedad victoriana llamaba a los habitantes de Whitechapel la «gente del cubo de la basura». Existen informaciones de la época que afirman que en Whitechapel estaban localizados por la policía sesenta y dos burdeles, pero había infinidad de casas donde se ejercía la prostitución y que no eran conocidas.

Las calles estaban mal iluminadas con unas débiles farolas de gas que en aquel dédalo de callejones, patios y pasadizos se encontraban, además, muy alejadas unas de otras. Era allí donde algunas mujeres trataban de sobrevivir vendiendo su cuerpo al mejor postor. Pero no eran solo los marineros de paso y los soldados de permiso sus clientes, sino también los mismos caballeros victorianos que, al calor de las chimeneas de sus mansiones, las tildaban de «desgraciadas» y rebajaban la condición de la mujer muy por debajo de la del hombre. Las enfermedades, la desnutrición y el alcoholismo delimitaban la esperanza de vida de aquellas infelices…

Cristina Pardo y María, su compañera de oficina y amiga, estaban igual de consternadas que los demás. O más. Después de todo, ellas habían conocido a Daniela, habían hablado con ella en varias ocasiones en la oficina y le habían conseguido algunos trabajos. Sabían que tenía problemas con el alcohol, pero Daniela no se metía en líos. ¿Quién podría haber cometido un acto como aquel?, se preguntaban.

Cristina intuyó que aquel asesinato no traería nada bueno para el proyecto de la Casa del Pan. Eran muchos los vecinos que no veían con buenos ojos a los inmigrantes y, para colmo, aquel político, Morante, azuzaba los ánimos recordando tiempos pasados donde amplias zonas del distrito estaban ocupadas por praderas bucólicas y no por edificios sucios formando calles estrechas y lóbregas. Les hablaba de un tiempo que ya no existía ni regresaría jamás, pero aquel mensaje parecía estar calando entre los mayores y también entre los jóvenes que, desesperados, sin empleo ni posibilidad de construir una vida propia, veían cómo se marchitaban sus ilusiones mientras los inmigrantes comían la sopa boba en la Casa del Pan.

Baldomero le había contado a Cristina la visita que dos inspectores de policía habían realizado a la parroquia. Uno de ellos era el novio de Marja, el mismo que había escuchado el relato de Ilusión. Después de que Baldomero le hubo explicado el motivo de aquella visita de la policía, Cristina imaginó que no tardarían en pasar por la oficina en busca del listado de inmigrantes que frecuentaban el comedor social y que Baldomero prefirió no entregarles.

En cualquier patio oscuro, dando la espalda a su cliente, aquellas mujeres se dejaban penetrar después de levantar las ropas que solían vestir, que eran todas las que poseían y que llevaban puestas, dado que no tenían una vivienda propia donde dejarlas. Llegado el fin de semana, puesto que el sábado solía ser día de cobro, era más fácil conseguir el dinero para malvivir y volver a emborracharse en el Ten Bells o en cualquiera de los otros pubs de una zona que, desgraciadamente, no tardó en hacerse famosa. Se trataba de un área no demasiado grande, donde la distancia entre los dos puntos más alejados no llegaba a los dos kilómetros, y que tenía por arterias principales Whitechapel Road, Whitechapel High Street y Commercial Street. El centro espiritual de aquel infierno era Christ Church.

Don Luis y Baldomero leyeron el periódico con semblante sombrío. Los dos curas habían discutido muchas veces sobre la conveniencia o no del proyecto del comedor social. Don Luis nunca se había posicionado en público en contra de su joven compañero de parroquia, pero Baldomero intuía que a sus espaldas había pulsado algunos resortes del poder político y eclesiástico para echar el cerrojo a la Casa del Pan. Según Baldomero creía, las reticencias del viejo cura no se debían a motivos raciales, sino a su deseo de evitar una fractura entre los feligreses que resultara irreparable.

La mayor parte de los fieles se había posicionado junto al viejo cura, a quien consideraban un referente espiritual desde hacía tanto tiempo que parecía formar parte de la iglesia de la Anunciación desde su misma construcción. En cierto modo, Baldomero entendía a su compañero. Don Luis había nacido en aquella ciudad, conocía a buena parte de las familias, muchas de las cuales tenían hijos en paro o atravesaban una situación económica de extrema dificultad, pero nunca se atreverían a dejarse ver por sus vecinos acudiendo a un comedor de beneficencia.

La fisura social se había trasladado también a la asociación de vecinos. En la junta directiva había división de opiniones. Al contrario de lo que sucedía en la calle, en la asociación la mayoría apoyaba a Baldomero. Eran hombres y mujeres comprometidos con la lucha por los derechos sociales, pero ahora se encontraban enfrentados con algunos de sus vecinos. Sabían que no eran mala gente; tan solo personas que lo estaban pasando mal, y la miseria es mala consejera. Por otra parte, el incansable aumento de la inmigración y la existencia de algunas bandas organizadas en la zona parecían dar la razón a quienes con más pasión se oponían a los inmigrantes. ¿Por qué encontraban tanto abrigo y apoyo entre los poderes públicos?, se preguntaban. ¿Recibimos los españoles idéntico trato o somos los últimos de la fila?, denunciaban.

Baldomero había encontrado pintadas contra la Casa del Pan en varias ocasiones. Era fácil percibir cómo menguaba la asistencia a sus ceremonias, y no le fue difícil establecer relaciones entre su apoyo a los inmigrantes y el pinchazo que un día sufrieron las cuatro ruedas de su coche. Sin embargo, ¿Cristo hubiera repartido los panes y los peces solo a los españoles?

—Lo que no hubiera hecho es dárselo antes a los inmigrantes que a los españoles, sino a la vez —solía responderle don Luis.

—No cerramos la puerta a los españoles —se defendía Baldomero—. Pueden venir igual que los demás.

—¡Qué poco conoces a tus feligreses! ¿Crees que su orgullo les va a permitir venir a un comedor social y compartir mesa con prostitutas y delincuentes?

—Don Luis, usted sabe perfectamente que no es cierto que todos los que vienen al comedor sean ese tipo de personas.

El viejo sacerdote suspiró y se sumergió en uno de aquellos libros suyos sobre la vieja historia de la ciudad.

Prostitutas, obreros e inmigrantes formaban la fauna humana. El escritor Jack London describió el barrio de este modo terrible: «Era una sucesión de harapos y suciedad, de toda la clase de enfermedades, de úlceras, moraduras, indecencia, monstruosidades y caras bestiales». Algunos grupos políticos, como el Partido Radical, que aspiraba a conseguir por aquel entonces la mayoría de los votos en el East End en las inminentes elecciones municipales, denunciaban el abandono al que se sometía a esa zona deprimida de Londres por parte de las autoridades.

Jaime Morante tomaba un café con Toño Velarde, el gigantón que lideraba los grupos juveniles de su partido. El artículo había conseguido que asomara una sonrisa en su cara, habitualmente vestida con una expresión severa. Las ojeras que se dibujaban bajo sus ojos parecían aquella mañana menos oscuras, y hasta se diría que aquel día había conseguido disimular mejor su calvicie disponiendo estratégicamente los ralos cabellos que con tanto mimo engominaba.

—¡Una puta menos! —filosofó Velarde.

Morante lo miró por encima de su taza de café. No soportaba a aquel grandullón. Observó con desagrado la saliva seca que lucía en las comisuras de la boca y le ofendió el fuerte aroma a colonia barata que exhalaba. Sin embargo, sonrió.

—Si quieres ser político, y lo serás —mintió Morante—, debes medir más las palabras. Las palabras deben servirte para atar tus verdaderos pensamientos al silencio, ¿comprendes?

Velarde movió afirmativamente la cabeza, pero Morante no estaba seguro de que hubiera captado el mensaje. Demasiado sutil para aquel imbécil al que, a pesar de todo, utilizaba en su propio beneficio. Aquel estúpido había sido jugador de fútbol del equipo local hasta hacía un par de años. Su comportamiento en el campo, que cualquiera hubiera tildado de antideportivo, había logrado encandilar a muchos de los que pensaban que el fútbol consistía en un ejercicio irreflexivo cargado de testosterona. Y a eso nadie ganaba a Velarde. Desde su puesto en la defensa maltrataba al balón, era incapaz de tener una relación más allá de unos segundos con el esférico, pero tenía el don de enardecer a la grada jugando al límite. Su leyenda creció hasta el extremo de que a muchos entrenadores les pareció un elemento imprescindible en su esquema, como si Velarde fuera capaz de entender qué era un esquema.

Cuando abandonó el fútbol, muchos de quienes lo adoraron en sus tiempos de gladiador siguieron saludándolo como si fuera una celebridad, y entre los más jóvenes de la ciudad muchos creían haber visto en él un modelo a seguir.

Hasta que Morante le echó el ojo, Velarde había ido de acá para allá haciendo trabajos de lo más variado, además de entrenar a un equipo juvenil de fútbol. Morante había sabido construir a su alrededor un amplio abanico de seguidores de los más diversos ámbitos sociales, y el deporte no podía faltar entre ellos. De modo que un día habló con Toño Velarde y le prometió muchas cosas si él llegaba a la alcaldía. De momento, le dijo, necesitaba a un hombre joven, con raza, que fuera la cabeza visible de su organización entre determinados sectores juveniles. Y Velarde, tal vez cegado por alguna visión en la que él aparecía como primer teniente de alcalde, aceptó.

Aquel fue el territorio elegido por un depredador sin igual al que pronto se conoció como Jack el Destripador. Las heridas de Daniela Obando, las más terribles y silenciadas por la policía, la disposición de su cadáver —con la cabeza mirando al este, los brazos extendidos a lo largo del cuerpo y las manos con las palmas hacia arriba—, el sombrero de paja forrado de terciopelo negro y todo cuanto este periodista ya ha contado a sus lectores hace que ese crimen se parezca sospechosa y terriblemente al primero que todo el mundo atribuye a Jack el Destripador. Ahora bien, ¿será el último? ¿Actuará la policía con más diligencia de lo que lo hizo en 1888...?

Sergio Olmos leyó con creciente preocupación el reportaje de Bullón. No había duda de que sabía cómo conseguir el efecto deseado, pensó. Era sorprendente la facilidad con la que iba mezclando la situación de los habitantes de Whitechapel de finales del siglo XIX con la del barrio norte de su ciudad. ¿En qué se parecían en realidad? No había nada que permitiera sostener la comparación que, de un modo absolutamente sensacionalista, realizaba Bullón. Habían pasado más de cien años. La iluminación era excelente en el barrio; el diseño urbano, aun siendo algo caótico, no era comparable con el siniestro Whitechapel; el número de habitantes del barrio —alrededor de veinticinco mil— era muy inferior y, teóricamente, se trataba de un área más sencilla de controlar. En cuanto a la presencia de prostitutas, no había datos alarmantes que lo diferenciaran de cualquier otro lugar. Nadie en su sano juicio podría pretender asesinar a una mujer en plena calle hoy en día del modo en el que lo hizo Jack. Bullón estaba jugando a un juego tremendamente peligroso, se dijo Sergio, y dejó el artículo a la mitad, justo cuando comenzaba el relato del crimen de Mary Ann Nichols en Buck's Row. Sin embargo, tuvo que reconocer que había un indudable parecido entre el crimen de Daniela Obando y el de Mary Ann. Y eso era algo que él mismo había detectado.

Diego Bedia, en cambio, prestó mucha atención a otra parte de aquel artículo incendiario. Su lectura le reafirmó en la idea de que aquel periodista era un irresponsable que podía poner en pie de guerra a todo un barrio.

Scotland Yard no estaba preparada en 1888 para capturar en poco tiempo a un asesino como aquel. Suponemos que hoy en día la policía sí está capacitada para enfrentarse a un criminal que pretenda emular a Jack. Lo único que los ciudadanos deben pedir es que la investigación no se parezca a la que se llevó a cabo en Londres en aquel tiempo.

Fue sir Robert Peel quien, en 1829, impulsó desde el Ministerio del Interior la creación de un cuerpo de policía para Londres. Debía tratarse de un organismo autónomo y dotado de medios humanos suficientes como para mantener el orden en una metrópoli tan enorme. La ciudad se estructuró en diecisiete divisiones con comisaría propia. Todas ellas estaban bajo la supervisión de una oficina central, cuyas dependencias se instalaron en el número 4 de Whitehall Place, que comunicaba con el solar de un antiguo palacio que los reyes de Escocia habían empleado cuando iban a Londres. Los londinenses conocían aquel paraje como Scotland Yard, y de ahí tomaría su popular nombre la policía metropolitana.

Sin embargo, los ciudadanos de Londres no mostraron la menor simpatía por aquellos hombres uniformados, a pesar de que sus chaquetas, pantalones azules y cascos de acero forrados con piel de conejo no los mostraban como unos militares al uso. Para colmo, su eficacia se veía mermada por la carencia de una verdadera estructura policial, ya que carecía de un cuerpo de detectives. La creación de una humilde oficina de detectives se demoró hasta mediados de la década de los cuarenta del siglo XIX, y hasta 1878, solo diez años antes de la aparición de Jack, no se creó el Departamento de Investigación Criminal.

Los policías que hacían su ronda por las calles de Whitechapel eran unos funcionarios sin demasiada preparación a los que se enviaba a patrullar provistos únicamente de un silbato, una porra y una linterna de ojo de buey a la que en los escritos de la época denominan «lámpara oscura». Aquella lámpara, pesada e incómoda de manejar, apenas conseguía arañar la tupida oscuridad que reinaba en las calles, muy mal iluminadas por farolas de gas. Con aquellos medios y dado el estado del conocimiento científico aplicado a la criminología, es hasta cierto punto disculpable el ridículo que la policía realizó desde el primer crimen de Jack...

Diego cambió de opinión: aquel periodista no era solo un irresponsable incendiario, sino un verdadero hijo de puta que estaba predisponiendo a la gente claramente contra la policía si él y sus hombres no tenían un acierto extraordinario en un tiempo récord. No era difícil leer entre líneas: mientras la policía londinense del siglo pasado carecía de medios, la comisaría local sí disponía de ellos, y la criminología era ahora una ciencia avanzada. Pero lo que aquel cabrón no decía es que, a pesar de todo, podía resultar difícil detener a alguien que parecía tener exquisito cuidado en lo que hacía. Hasta ahora, la policía científica no había encontrado ni una sola huella ni una pista que seguir. No había restos de ADN del posible asesino ni en el cuerpo de Daniela ni en la zona. Lo único que estaba claro era que el portal junto al cual había aparecido el cadáver no era el lugar del crimen; algo que, por lo que estaba leyendo, también se había considerado en 1888, al menos en un primer momento. El asesino que Diego perseguía, como Jack, no había violado a la mujer y había actuado con una pulcritud exquisita. ¿Jack habría sido tan meticuloso, o fueron sus colegas quienes facilitaron sus crímenes a causa de la falta de medios que padecían?

¿Cuánto tiempo habría durado Jack el Destripador en nuestras calles? ¿Se habría movido con la misma impunidad por el distrito norte que por Whitechapel y Spitalfields?

La policía de la época cometió mil errores. No estudiaron el escenario en el que apareció Mary Ann Nichols de un modo profesional y científico. No recogieron muestras de sangre para analizar su estado (algo que podría haber ayudado a establecer la hora del crimen), pero eso era lógico, dado que no sabían diferenciar la sangre humana de la animal, y en Buck's Row y en sus inmediaciones podía haber sangre en cualquier parte procedente del matadero de animales. Pero no solo no recogieron sangre, sino que incluso limpiaron la que había en la acera y que procedía claramente de la propia Mary Ann Nichols. La técnica de las huellas dactilares estaba en pañales, lo que favoreció aún más al asesino. Scotland Yard no creó un departamento específico para el estudio de las huellas dactilares hasta 1901. Y, naturalmente, nada se sabía de las posibilidades del ADN como elemento para detener a un criminal, de manera que no se analizaron convenientemente ni el cuerpo de Mary ni sus ropas. En aquella época se dejaban seducir por teorías tan esperpénticas como las del francés Alphonse Bertillon, un policía francés que popularizó la técnica de la «antropometría». Según su hipótesis, era posible hacer un catálogo de las personas en función de sus rasgos físicos, de manera que, procediendo a la medición de algunas partes del cuerpo y teniendo en cuenta cicatrices, forma de la cabeza y otras variables semejantes, se podía saber si una persona era un criminal o no. Dicho de otro modo, la policía jamás hubiera sospechado de un caballero bien parecido y vestido de forma elegante.

No se tomó la temperatura de la víctima y en los informes no se hizo referencia alguna al *rigor mortis*[*], que puede acelerarse en función de variables externas (temperatura ambiente, masa muscular del fallecido, etc.). No se acordonó el escenario ni se protegió, como era lógico, puesto que, a medida que amanecía, cada vez hubo más personas curioseando por allí. Pudo ocurrir que el propio criminal asistiera divertido a la penosa actuación policial. Tampoco se tomaron fotografías del escenario del crimen y de la víctima, así como de los curiosos que rondaban por allí, lo que tal vez hubiera permitido retratar al mismísimo Jack. En cuanto a los interrogatorios a los vecinos, no se puede decir que fueran exhaustivos…

A medida que el reportaje avanzaba, la irritación de Diego iba creciendo. Aquel estúpido estaba disparando sobre la policía una y otra vez. Parecía insinuar que tal vez sus propios hombres estuvieran cometiendo aquellos errores casi infantiles de los colegas de Scotland Yard. Él disponía de una magnífica colección de fotografías de Daniela y del pasaje donde fue hallada. No hubo curiosos que se acercaran porque se impidió a los vecinos salir de sus casas. Los dos portales del pasaje quedaron acordonados, se instalaron focos que permitieron disponer de una luz excelente en aquellas horas de la madrugada, y se acordó el perímetro reglamentario. Nada se dejó al azar, pero parecía que tampoco el asesino había dejado ningún cabo suelto.

El cuerpo de Mary Ann Nichols fue trasladado al asilo de Whitechapel a bordo de una carretilla de madera. El traslado del cadáver se hizo sin la autorización previa de un juez y sin la supervisión de un forense. La chapuza, como se ve, era espectacular. Por lo que se sabe, el cadáver llegó al improvisado depósito alrededor de las cuatro de la madrugada. El interno

---

[*] El *rigor mortis*, si la temperatura es normal, suele aparecer a las tres o cuatro horas de haber ocurrido la muerte clínica. Un cambio químico en los músculos produce un estado de rigidez en el cuerpo.

que atendía aquel asilo se llamaba Robert Mann, y sin que nadie se lo autorizara, y con la ayuda de otro interno llamado James Hatfield, desnudó a la difunta y procedió a lavar su cuerpo sin la más mínima supervisión policial ni forense. Cuando el juez o *coroner* Wynne Baxter se hizo cargo de la investigación judicial, montó en cólera al conocer lo que habían hecho los dos internos. Allí no había un forense profesional ni un especialista en anatomía ni un fotógrafo que tomara las instantáneas precisas. Y, naturalmente, tampoco hubo policía alguno. Hubiera sido enormemente valioso haber analizado las ropas antes de desnudar el cuerpo sin vida de Polly Nichols, de igual modo que se debería haber sometido a un riguroso estudio para ver si se podía encontrar algún resto del agresor. Las fotografías de las víctimas de Jack son muy pocas y de pésima calidad. En aquellos tiempos se fotografiaba el cadáver después de la autopsia empleándose unas máquinas de madera que solo podían enfocar de frente, motivo por el cual se colocaba el cadáver en posición vertical, manteniéndolo en pie gracias a una pared o dentro del ataúd...

El artículo proseguía recordando cómo Emilly Holland identificó a su amiga; identificación que también corroboró William Nichols, el exmarido de Mary Ann. Luego el articulista se perdía en los detalles del juicio que presidió el *coroner* Wynne E. Baxter y en la conclusión final a la que llegaron: asesinato cometido por persona o personas desconocidas.

12

7 de septiembre de 2009

P ara imaginarse el ambiente que se vivía en la comisaría tal
vez sería apropiado fantasear con la idea de ser los vecinos
de un volcán que se creía extinto desde hacía cientos de años y que
un mal día descubren que está a punto de entrar en erupción. La
tensión de la comisaría que dirigía el comisario Gonzalo Barredo
era similar. Todo el mundo iba y venía, las órdenes circulaban ve-
loces, y los gritos que ocasionalmente se proferían en los despachos se escuchaban con inquietante claridad fuera de ellos.

Sergio, Marcos y José Guazo atravesaron aquel ambiente
espeso con cautela. Sergio no podía dejar de recordar las insinuaciones que el inspector jefe Tomás Herrera había deslizado la última vez que estuvo allí, como si él hubiera tenido algo que ver
con aquel crimen. Aunque mirándolo con frialdad, pensó, era lógico que aquel policía lo estudiara con desconfianza. Después de
todo, la carta que había recibido y entregado a la policía era una
de las principales líneas de investigación, y eso lo situaba en un
primer plano que no le agradaba en absoluto.

La antesala del despacho de Diego Bedia estaba desierta. Ni
Meruelo ni Murillo, los dos cancerberos del inspector, se encontraban allí. Bedia salió a recibirlos mostrando un aire sombrío.

—No tengo mucho tiempo para atenderles. —Su tono era cortante—. Si viene a por su ordenador —añadió, mirando a Sergio—,
aún no lo tengo, pero creo que en un par de días le será devuelto.

—No, no es por eso por lo que venimos. —Sergio trató de sonreír para rebajar la tensión—. Es por otra cosa.

Diego señaló unas sillas y los cuatro tomaron asiento.

—Ustedes dirán.

—El otro día, cuando estuve aquí con usted y con su superior, les pregunté si la mujer asesinada tenía entre sus ropas un peine, un pañuelo blanco y un pedazo de espejo roto. —Sergio miró directamente a los ojos al policía—. Me dijeron que no, pero supongo que, a la vista de lo que dice la prensa, me mintieron también.

Diego se removió en su asiento.

—Si han venido aquí a insultar o a hacer reproches sin fundamento, tal vez me vea en la obligación de recordarles dónde se encuentran y con quién están hablando. —Sus ojos negros echaban chispas—. Tengo suficiente trabajo como para que vengan ustedes con tonterías.

—No lo son —intervino Marcos—. Mi hermano les hizo esa pregunta por algo muy sencillo: Mary Ann Nichols, la primera (o la tercera, según algunos) víctima de Jack el Destripador fue encontrada muerta con todas las ropas que tenía, algo frecuente entre aquellas mujeres que carecían de casa propia, y entre sus pertenencias había un sombrero de paja forrado de terciopelo negro, un peine, un pañuelo blanco y un pedazo de espejo roto.

—Díganos, inspector —añadió Guazo—, ¿tenía esa mujer esos objetos encima?

Diego se pasó la mano por la incipiente perilla que se estaba dejando crecer. Marja se había mostrado encantada con la idea y le gustaba acariciar la rasposa superficie.

—Sí, tenía esas cosas en los bolsillos, pero no les dimos la menor importancia —admitió Diego—. ¿A quién se le iba a ocurrir que estábamos ante un chiflado que se cree Jack el Destripador?

—En realidad, no es exactamente igual a Jack. —Sergio entregó una carpeta al policía—. Tal vez le interese leer esto.

Diego iba a preguntar qué nuevo misterio era aquel, cuando entraron en el despacho Murillo y Meruelo en compañía de un sujeto tripudo, de cara sonrosada y aspecto de hombre poco inteligente. Los dos policías se detuvieron bajo el dintel al ver que Diego tenía compañía, pero el inspector los invitó a entrar. Sin embargo, las sorpresas no habían hecho más que empezar.

—¡Joder! ¡Joder! —exclamó el recién llegado— ¿No te jode? ¡Los hermanos Olmos!

—¿Tomás? ¿Tomás Bullón? —Marcos se levantó y abrazó al desconocido.

Tomás mostraba un aspecto poco aseado, vestía una chaqueta de *tweed* raída en las coderas y una camisa de pequeños cuadros azules que se abombaba escandalosamente en la zona abdominal. El pantalón vaquero le quedaba demasiado justo y parecía que tuviera dificultad para respirar embutido en él.

—¿Se conocen? —preguntó Diego.

—Naturalmente —respondió Guazo—. Tomás formó parte del Círculo Sherlock. —Se levantó y abrazó al periodista.

Diego comprendió entonces por qué razón el nombre de aquel tipo le había resultado familiar cuando leyó el artículo del periódico.

—¡Joder! ¡Joder! —El vocabulario del periodista no parecía muy amplio—. ¡El bueno del matasanos! ¡José Guazo!

El ambiente en el despacho parecía el propio de una fiesta, al menos entre los cuatro antiguos compañeros de aventuras universitarias. Diego Bedia los observó con atención sin poder evitar establecer relaciones. No podía ser casualidad que uno de ellos hubiera recibido aquella carta extravagante en Londres, cifrada según un código que aparecía en las aventuras de Sherlock Holmes, ni que la única persona que conocía la clave de acceso al ordenador en el que se escribió aquella carta fuera la antigua compañera sentimental de Sergio Olmos; una mujer que había tenido relaciones con otros miembros de aquel club de estudiantes al que todos pertenecieron. Y ahora, para colmo, aparecía aquel periodista escribiendo un artículo sensacionalista pero cargado de información veraz. Y, por último, estaba el nada desdeñable dato de que Jaime Morante, que pretendía ser alcalde de la ciudad, hubiera formado parte del mismo círculo y anduviera por ahí dando mítines en los que ponía a caer de un burro a los inmigrantes. Y había un dato más que le habían aportado Murillo y Meruelo en sus investigaciones: resultaba que el mayor de los dos hermanos, Marcos, y el médico, Guazo, formaban parte de la Cofradía de la Historia, de la cual eran también miembros el propio Morante y el cura don Luis, que había sido visto en el barrio donde vivía Daniela Obando la misma noche de su desaparición. Y lo más curioso era que el cura lo había negado.

Diego miró con atención a Marcos y a Guazo y repasó mentalmente el informe que habían elaborado sus hombres. Marcos Olmos era un hombre peculiar. A tenor del informe que tenía sobre él, había abandonado los estudios universitarios para cuidar de su madre y velar por el negocio familiar tras el súbito fallecimiento de su padre. Saneado el negocio, había opositado a una plaza como administrativo en el ayuntamiento y había realizado el examen más espectacular que se recordaba. Nadie entendía el motivo por el cual no había mostrado jamás deseo alguno de mejorar laboralmente. Tras la muerte de su madre, vivía solo en el antiguo piso familiar. Disfrutaba de una posición económica holgada y no se le conocía pareja estable alguna.

En cuanto a Guazo, sabían que era viudo. Su mujer había fallecido en un accidente de tráfico hacía unos años. El matrimonio no tuvo hijos y el médico se entregó en cuerpo y alma a su trabajo. Al parecer, desde hacía unos meses, junto con otros dos médicos, prestaba servicios gratuitos en la parroquia de la Anunciación después de que Baldomero, el cura más joven, lo hubiera ganado para su causa.

—Señores, creo que deberán dejar su emotivo encuentro para más tarde —dijo el inspector—. Me gustaría hablar con el señor Bullón a solas.

El periodista parecía estar encantado de la vida.

—No os preocupéis. —Guiñó un ojo a sus antiguos compañeros universitarios—. Nos vemos más tarde. ¿Sabéis que Morante se presenta para alcalde? —Sin esperar la respuesta de sus amigos, añadió—: ¡Joder! ¡Joder! ¡Esto es increíble! He quedado con Morante para cenar. ¿Os apuntáis?

—Le repito que lo que tengan que hablar sobre su vida privada lo hagan fuera de aquí —intervino Diego.

—Léase esos documentos. —Sergio señaló el dosier que el inspector había dejado sobre su mesa.

Diego los miró con curiosidad. ¿Qué clase de historia sería aquella?

Murillo, Meruelo y Bedia apretaron las tuercas al periodista todo cuanto pudieron, pero resultó ser un hueso más duro de roer de lo que podría suponerse al ver su aspecto. El tipo tenía callos y escamas suficientes. Por lo que sabían de él, a Tomás Bullón lo había dejado su mujer un par de años antes. Tenía una hija menor de edad, y debía pasar una pensión a su exmujer que dejaba muy menguada su economía. Pero un par de libros transgresores sobre los movimientos neonazis y sobre las mafias de la prostitución lo habían aupado en los últimos meses a puestos nobles en las listas de libros más vendidos. Esos éxitos editoriales le habían reportado un dinero que había logrado detener la hemorragia que padecían sus finanzas. Bullón no trabajaba para ningún medio concreto, sino que vendía al mejor postor sus historias. Vivía en Barcelona y tenía ciertos problemas con la bebida, lo que le había puesto en situaciones realmente comprometidas en varias ocasiones.

Bullón se mostró sereno y rocoso durante el interrogatorio.

¿Cómo había obtenido la información que había publicado? ¿Acaso tenía algo que ver con aquel crimen? ¿Por eso sabía los detalles de las heridas que tenía la víctima? Los policías tensaron y aflojaron la soga. Lo presentaron como uno de los principales sospechosos, dada la información que manejaba. Los beneficios que le iba a reportar, sin duda, el haber sido el primer periodista en sacar a la luz aquellos detalles no hacían sino apretar más la cuerda alrededor de su cuello. Tenía un móvil para cometer el crimen, le dijeron. De hecho, todos lo habían visto en la televisión mientras lo entrevistaban en varias cadenas, seguramente después de haber percibido un buen pellizco. Pero ni las amenazas ni las lisonjas parecían afectar a Tomás Bullón lo más mínimo. Dejó a buen recaudo la identidad de su informador, se encastilló en la idea de que había ido a la comisaría en señal de buena voluntad y que podía marcharse de allí cuando le diera la gana. Añadió que esperaba que por el bien de la ciudad dejaran de perder el tiempo con él y salieran a la calle en busca del criminal que se creía Jack el Destripador.

Diego comprendió que no sacarían nada en limpio de aquel hombre de aspecto sucio y desagradable. Después de casi una hora de interrogatorio, lo dejó marchar, pero le pidió a Meruelo que no lo perdiera de vista.

Cuando se quedó solo, reparó en la carpeta que Sergio Olmos le había entregado. Al abrirla, descubrió que contenía un amplio dosier dedicado a los crímenes de Jack el Destripador. Picado por la curiosidad, abrió el capítulo dedicado a la muerte de Mary Ann Nichols.

31 de agosto de 1888. Buck's Row.

Mary Ann (Polly) Nichols nació el 26 de agosto de 1845 (tenía cuarenta y cuatro años en el momento de su muerte) en Shoe Lane. Su padre era Edward Walker, un cerrajero-herrero, y su madre se llamó Carolina. Contrajo matrimonio con William Nichols el 16 de enero de 1864. Parece ser que ofició la ceremonia el vicario Charles Marshall, en Saint Bride's Church.

Fruto de aquel matrimonio nacieron cinco hijos: John Edward, Percy George, Alicia Esther, Eliza Sarah y Harry Alfred.

William y Mary se separaron en 1881 debido a que ella tenía adicción a la bebida y ejercía como prostituta. Él dejó de pasarle la pensión de cinco chelines en 1882. No obstante, el padre de Polly declaró en su momento que la separación se debió a que William había tenido una relación extramatrimonial con una enfermera que cuidaba de Mary Ann durante su último parto, extremo este que William no negó, pero aseguró que no fue el motivo de su separación, sino el hecho de que su esposa ejerciera como prostituta. La última vez que ambos se vieron fue en 1886, con motivo del entierro de uno de sus hijos.

Tras su separación, Mary Ann vivió un tiempo con su padre, pero su afición al alcohol los separó para siempre. Polly mantuvo después una relación con un herrero llamado Thomas Dew, quien también la abandonó alrededor del mes de octubre de 1887. Desde entonces, malvivió en asilos y casas de hospedaje como Lambeth Workhouse, asilo del número 18 de Thrawl Street (Spitalfields), un callejón miserable que unía de este a oeste Commercial Road y Brick Lane. Allí convivió con otra prostituta llamada Emilly Holland.

En mayo de 1888, Mary entró a trabajar como criada en la casa del matrimonio formado por Samuel y Sara Cowdry, en Ingleside, Rose Hill Rd, Wandsworth. Por aquellos días escribió a su padre dándole la buena nueva y mostrándose muy orgullosa de su nuevo empleo. Pero dos meses después los señores la despidieron al descubrir que había robado ropa valorada en tres libras y diez chelines.

El 24 de agosto estuvo en la casa de huéspedes White House, en el 56 de Flower Street, una de las zonas consideradas más peligrosas de la ciudad.

Mary Ann Nichols era una mujer de físico poco agraciado. Medía apenas un metro sesenta, era obesa, tenía los ojos marrones, la tez oscura y el pelo entre marrón y gris debido a las canas. Tenía los dientes decolorados y le faltaban cinco piezas. Presentaba una cicatriz pequeña en la frente desde su infancia.

En la noche del jueves 30 de agosto al viernes 31, el tiempo fue desapacible en Londres. Hubo lluvia, truenos y relámpagos. Jamás se había visto un verano tan terrible como aquel. La oscuridad del cielo se veía tiznada de rojo debido a un incendio que se había declarado en los muelles próximos, en Shadwell.

A las once, Polly Nichols fue vista por Whitechapel Road. A las doce y media regresó al hospedaje del 18 de Thrawl Street, de donde la expulsaron de la cocina alrededor de la una y veinte o dos menos veinte, porque no tenía dinero para pagar. A pesar de ello, pidió que le guardasen una cama y prometió regresar con dinero, al tiempo que se mostró orgullosa de su nuevo sombrero de paja forrado de terciopelo negro.

Al leer aquella referencia al famoso sombrero de paja, Diego no pudo evitar estremecerse. ¿De verdad había un loco en su ciudad que pretendía emular a un asesino en serie de finales del siglo XIX? ¿Hasta dónde sería capaz de llevar su delirio aquel perturbado?

A las dos y media, su amiga Emilly Holland la encontró en la esquina entre Osborn Street y Whitechapel Road. El reloj de la iglesia marcó la hora, razón por la cual después Emilly pudo ofrecer ese valioso dato. Mary estaba borracha y se apoyaba en la pared para sostenerse en pie. Confesó a Emilly que había conseguido tres veces dinero, pero se lo había gastado en bebida. Emilly se ofreció a llevarla al albergue, pero Mary se negó y dijo que iba a buscar dinero de nuevo. La conversación duró alrededor de ocho minutos. Polly se marchó por Whitechapel Road dando tumbos. Fue la última vez que se la vio con vida.

En aquellos días y en aquel barrio terrible, la tarifa de una prostituta oscilaba entre los tres y los cuatro peniques, o incluso era posible comprar sus servicios a cambio de un trozo de pan. Tres peniques era el precio de un vaso de ginebra.

La zona de Spitalfields y Whitechapel se extiende entre Commercial Road y Brick Lane, con la ronda Whitechapel como línea sur, y concurrían en ella los peores albergues y tugurios de Londres. Irónicamente, su epicentro era la iglesia de Cristo, construida en 1729 por sir Nicholas Hawksmoor, uno de los más famosos arquitectos ingleses de su época, y del que se cuentan leyendas que lo vinculan a la masonería o a cultos paganos.

Buck's Row era un callejón empedrado y oscuro en el que había un matadero de caballos. Desde el lugar donde Emilly vio a su amiga hasta aquel callejón la distancia no era mucha. Apenas setecientos metros separaban el recuerdo de Mary Ann viva de su nuevo estado. Buck's Row no era un lugar agradable debido al frecuente olor a sangre y vísceras de animales. Tanto de noche como de día se podían ver matarifes con sus delantales ensangrentados, lo que algunos autores estiman que fue una ventaja para Jack, que pudo pasar desapercibido a pesar de que sus ropas, inevitablemente, debían estar empapadas de sangre. Después del crimen la calle cambió su nombre por el de Durward Street.

Diego se levantó de su sillón y se dirigió a la máquina de café. Murillo y Meruelo habían salido a la calle y de pronto se sintió terriblemente solo. Estuvo tentado de llamar a Marja, pero al final cambió de idea. No quería preocuparla aún más. Volvió a su asiento, tomó un sorbo de café y siguió leyendo.

En el número 22 de Doveton Street, Bethnal Green, vivía por aquel entonces un cochero llamado Charles Cross, quien trabajaba para la firma Pickford's. Los almacenes y cocheras de su empresa estaban en Broad Street, no lejos de Liverpool Street, de manera que cada mañana atravesaba Whitechapel camino de su empleo. Comoquiera que su jornada comenzaba a las cuatro de la mañana, aquel 31 de agosto de 1888 llegó a Buck's Row caminando por Brady Street entre las cuatro menos veinte y las cuatro menos cuarto. Hacía frío a aquella hora y se arrebujaba dentro de su chaquetón mientras se adentraba en el sucio y maloliente callejón. De pronto, un bulto extraño apareció ante sus ojos.

No se había repuesto aún de su sorpresa cuando otro cochero, llamado Robert Paul, entró en Buck's Row procedente también de Brady Street. No hubo necesidad de cruzar muchas palabras. Era evidente lo que tenían ante sus ojos. El cuerpo de una mujer se había cruzado en su camino. Estaba tendida en la acera izquierda, junto a una cuadra. Alguien había levantado su falda y la había dejado allí exhibiendo su intimidad, puesto que no llevaba ropa interior. Cross de inmediato supuso que estaba muerta, pero Paul prefirió agacharse y tocarla para comprobarlo. La desdichada tenía las manos frías y no respiraba.

Los cocheros se dijeron que lo mejor era ir en busca de algún policía. Caminaron por Old Montague y por Brick Lane, y vieron al agente Constable Mizen (número 55 de la División H, de Whitechapel) en el lado oeste del cementerio judío, cerca de Hanbury Street. Los tres regresaron a Buck's Row y, para su sorpresa, descubrieron a dos hombres junto al cadáver. La débil luz de la linterna de Mizen rasgó las tinieblas cuanto pudo, que no era mucho, y descubrieron que los intrusos eran los agentes John Neil (número 97 de la División J) y John Thain (96 de la misma División J), quienes en su ronda se habían tropezado con el cuerpo de Mary Ann. Los dos policías patrullaban en soledad, pero aquel callejón era un punto en el que sus respectivas áreas de vigilancia convergían. Al parecer, Neil había llegado a las cuatro menos cuarto y alumbraba con su lámpara de ojo de buey el cuerpo de la mujer. Lo extraordinario era que la ronda de Neil lo había hecho pasar junto a aquel establo a las tres y cuarto, y entonces no había visto ni oído nada extraño.

Sonó el teléfono y Diego Bedia se sobresaltó. Sintió como si alguien lo agitara y lo sacara de un sueño extraño. Por unos instantes aquel relato lo había transportado a la noche del 31 de agosto de 1888. Le había parecido sentir la fría caricia de la niebla que brotaba del río Támesis, y en su boca se mezcló la saliva con la ceniza procedente de las chimeneas y del incendio de los muelles que se mencionaba en el relato. A Diego incluso le sorprendió que a su alrededor hubiera tanta luz después de haberse transportado a unas calles lóbregas y malolientes.

—Señor, soy Meruelo. —La voz del policía le pareció irreal—. He seguido al periodista y le he visto entrar en el local donde se reúne esa gente de la Cofradía de la Historia. El dueño de la cafetería se llama Antonio Pedraja. —Meruelo pasó las hojas de su bloc de notas y Bedia sonrió ante la meticulosidad de su compañero—. El tipo lleva toda su vida trabajando en cafeterías y parece que ha hecho algo de dinero en los últimos años. Aquí tiene trabajando para él a cuatro personas, y es propietario desde hace tres años. Antes pagaba un alquiler. Por lo que sé, arriba están algunos de los que componen esa cofradía, entre ellos Marcos Olmos y el doctor Guazo, además de otro médico —Meruelo volvió a pasar las hojas de su bloc—, Heriberto Rojas. Y acaba de llegar el político de marras, Morante. ¿Quiere que me quede por aquí?

—Sí, vamos a ver qué hace después Bullón.

—¿Sabe algo de Murillo?

—Aún no, pero espero que averigüe si fue Salcedo el que nos ha traicionado contándole todo lo que sabe al periodista.

Los ojos de Diego se enredaron de nuevo en el segundo artículo que Bullón había dedicado al asunto y se preguntó qué nuevas sorpresas lo aguardaban en los próximos días. Luego, regresó a la lectura del informe.

El cuerpo sin vida de Mary Ann Nichols estaba junto a los establos propiedad del señor Brown, y casi debajo de la ventana de la casa de Emma Green, una viuda que vivía en compañía de sus dos hijos y de su hija. La señora Green declaró no haber escuchado nada anormal aquella noche. Dormía junto con su hija en la parte delantera de la vivienda y se acostó alrededor de las once. Sus dos hijos se habían ido a dormir antes que ella. Otros vecinos de la calle que fueron interrogados declararon también que nada extraño había perturbado su sueño aquella infausta noche.

Sin embargo, lo cierto era que Polly Nichols yacía muerta en la acera. Su cabeza miraba al este. Junto a ella, a su derecha, había quedado el sombrero de paja del que tan orgullosa se había mostrado horas antes en el albergue. Las faldas estaban subidas por encima de sus caderas. Las palmas de las manos se mostraban abiertas, hacia arriba, y los brazos estaban extendidos a lo largo del cuerpo. Los intestinos de la mujer miraban llenos de curiosidad a los dos cocheros y a los tres policías a través de la terrible herida abdominal.

El policía Neil creyó advertir aún cierta temperatura en la víctima, y ordenó a Thain que fuera a casa del doctor Rees Ralph Llewellyn, que vivía en el número 152 de Whitechapel Road. En aquella época, los médicos hacían la función de forenses e incluso tomaban la decisión, que hoy corresponde a un juez previo certificado médico, de trasladar el cadáver. Llewellyn no era un especialista, sino un médico de medicina privada que no formaba parte del grupo de galenos que habitualmente trabajaban para Scotland Yard y que atendían a los agentes en caso de necesidad y acudían a los lugares de los crímenes cobrando por ello una o dos libras por autopsia efectuada. En aquella ocasión se acudió a Llewellyn, simplemente, porque vivía a solo unos trescientos metros de Buck's Row.

Mientras Thain iba en busca del doctor Llewellyn, el agente Mizen fue enviado a por refuerzos a la comisaría de Bethnal Green. Por su parte, el agente Neil inspeccionó la zona. La puerta del establo o almacén junto a la que yacía el cadáver tenía unos dos metros de altura y estaba cerrada. En la acera de enfrente estaba situado el almacén Essex Wharf. Neil llamó a la puerta y salió un hombre llamado Walter Purkins, quien declaró no haber escuchado ruido alguno. Tampoco su mujer ni sus hijos. Se habían acostado alrededor de las once y media.

Para entonces había llegado también el sargento Kirby, que fue el encargado de interrogar a la señora Green, quien vivía en el número 2 de Buck's Row y bajo cuya ventana estaba el cadáver.

Los policías repararon en algunos datos singulares. No se vieron huellas de carro, y les pareció que había poca sangre para el tipo de lesiones que presentaba la mujer. ¿La habían matado allí o la había dejado allí después de asesinarla en otro lugar?, se preguntaron.

Diego interrumpió la lectura. En su caso no había la menor duda de que Daniela Obando había sido asesinada en otro lugar y su cuerpo fue colocado, de un modo que ahora sabía que no era nada casual, en el pasaje donde fue hallada también por un obrero que iba a su trabajo. Había indudables coincidencias, como las heridas que había sufrido la víctima, el día del crimen (31 de agosto), el famoso sombrero de paja (cuya pista se estaba siguiendo tratando de localizar dónde pudo haber sido comprado, aunque de momento no habían tenido éxito en sus pesquisas), la disposición de los brazos a lo largo del cuerpo, la cabeza mirando hacia el este, y sobre todo el sigilo con el que el criminal había trabajado.

El doctor Lewellyn dictaminó que la hora de la muerte se había producido unos treinta minutos antes (sobre las cuatro menos veinte). El cuerpo estaba ya frío cuando él llegó a Buck's Row. En su informe el doctor constató: laceración en la lengua, hematoma en el lado derecho del maxilar inferior (dedujo que tal vez se produjo por un puñetazo o «por la presión del pulgar» del asesino), magulladura circular en la parte izquierda de la cara, y dos cortes en el cuello (una incisión de diez centímetros de largo que comenzaba a dos centímetros y medio por debajo de la mandíbula, bajo la oreja izquierda, y otra que comenzaba también en el lado izquierdo dos centímetros por debajo de la primera y un poco separada de la oreja. Tenía unos veinte centímetros de longitud y atravesó vasos sanguíneos, tejido muscular y cartílago, rozando las vértebras, y finalizó a siete centímetros y medio del lado derecho de la mandíbula).

Realizó una descripción muy vaga de unos cortes abdominales: una incisión irregular en el lado izquierdo del abdomen y tres o cuatro cortes descendentes en el lado derecho, aparte de cortes transversales y pequeños tajos «en las partes pudendas».

Llewellyn llegó a la errónea conclusión de que el asesino era zurdo, imaginando que el ataque se había producido cara a cara con la víctima, de ahí que comenzaran los cortes del cuello de izquierda a derecha. Además, creyó que las heridas mortales habían sido las producidas en el abdomen y que los cortes en el cuello fueron posteriores. Lo pensó porque no observó sangre abundante en el lugar, pero en realidad la mayor parte de la sangre estaba bajo el cuerpo de la víctima, que él no se molestó en mover. Y dictaminó que el arma criminal había sido un cuchillo de hoja larga y muy afilada.

Ahora bien, los datos de la autopsia, practicada al día siguiente (1 de septiembre) han desaparecido, de modo que es muy posible que las informaciones que conocemos no hagan verdadera justicia al horror que los transeúntes que pronto fueron llenando la calle pudieron descubrir.

¿Es casual la desaparición de esos datos? Muchos informes sobre Jack el Destripador se han perdido, al igual que los de otros criminales, pero ¿existe realmente un *rippergate**? ¿Sabía algo Scotland Yard que se quiso ocultar?

Hay muchos autores que coinciden en el hecho de que era frecuente que se perdieran informes sobre los casos, de modo que se llevaron después a los archivos municipales de Kew. Parece ser que los archivos de los funcionarios se destruían de un modo habitual a finales del siglo XIX cuando cumplían sesenta y un años. Y, por otro lado, la central de Scotland Yard fue destruida parcialmente en un bombardeo durante la Segunda Guerra Mundial. Aunque existen otras fuentes de información, y algunos autores proponen que tal vez el doctor se autocensuró para no dar detalles morbosos durante el juicio. Algunos debaten si las heridas tenían algo que ver con las que habían provocado la muerte a otras prostitutas anteriormente.

Existe cierto consenso entre los especialistas a la hora de afirmar que el asesino de Mary Ann Nichols fue el mismo que

---

* Derivado del término inglés *Ripper,* que designa al Destripador.

después acabó con la vida de las siguientes mujeres. Estiman que la herida abdominal por la que se veían los órganos internos de la mujer hubiera sido la puerta de acceso que Jack emplearía para destriparla tras su muerte, llevándose alguno de sus órganos, como hizo en crímenes posteriores. Pero tal vez en el instante en que iba a proceder a realizar su siniestra tarea escuchó unas pisadas que anunciaban que alguien se aproximaba. Sin duda, el cochero Cross aguó su cruenta fiesta, que hasta ese instante había llevado a cabo con una sangre fría estremecedora y una pericia sospechosa.

Obviamente, el doctor Llewellyn se equivocó al imaginar un asesino zurdo que había matado a su víctima cara a cara asestándole una puñalada en el abdomen. Los especialistas se muestran convencidos de que Jack acechaba a sus víctimas o les proponía relaciones sexuales para, en un momento de descuido, atacarlas por la espalda.

Mary Ann llevaba encima en el momento de su muerte todo cuanto poseía en aquel mundo cruel en el que le tocó vivir. Además del sombrero de paja, una chaqueta marrón que contaba con siete botones de latón, un mantón de franela, un vestido de gasa, dos enaguas, medias negras de algodón, leotardos, un corsé marrón, botas de hombre, un peine, un pañuelo y un pedazo de espejo roto.

¡Un peine, un pañuelo y un espejo roto! ¿En qué clase de locura se había dejado atrapar?, pensó Diego. Sergio Olmos había sospechado que aquellas cosas podían haber aparecido en el cadáver de Daniela Obando, pero ¿cómo iban a imaginar en la comisaría que aquello tenía algo que ver con un crimen que había sucedido en 1888 en Londres? ¿Debía sospechar del escritor por haber deducido aquello con tan pocas pistas como eran las heridas en la garganta y el sombrero de paja del que había hablado la prensa hasta entonces? ¿Sergio era muy inteligente o era un claro sospechoso? ¿Habría escrito él mismo la carta que les entregó?

Ojeó el resto del informe sobre el crimen de Polly Nichols y descubrió que no aportaba mucho más a lo que el propio Tomás Bullón había publicado en la segunda entrega de su gran exclusiva. Tan solo se detuvo en la lectura de algunas noticias de prensa de la época que se habían añadido al *dossier* y que aparecían traducidas.

Times de Londres, sábado 1 de septiembre de 1888.

Otro asesinato de la peor especie se cometió en las cercanías de Whitechapel en las primeras horas de la madrugada de ayer. El autor y sus motivos siguen siendo un misterio. A las cuatro menos cuarto, el agente de policía Neil pasó por Buck's Row, en Whitechapel, y encontró un cadáver de mujer tendido sobre la acera. Se detuvo para levantarlo creyendo que estaba ebria, y descubrió que le habían cortado la garganta casi de oreja a oreja. Estaba muerta, aunque el cadáver aún conservaba su calor. Buscó ayuda al momento y envió a alguien a la comisaría y a buscar a un médico. El doctor Llewellyn, cuya consulta está a menos de cien metros del lugar, fue avisado y corrió a la escena del crimen. Hizo un examen rápido del cadáver y descubrió que, además del corte en la garganta, la mujer presentaba horribles heridas en el abdomen.

La policía no tiene ninguna teoría sobre los hechos excepto la de que quizá exista una banda de rufianes en el vecindario, que se dedica a hacer chantaje a estas desafortunadas mujeres y se venga de las que no encuentran dinero para ellos. Sus sospechas se basan en que, en menos de doce meses, otras dos mujeres han sido asesinadas en la zona, presentando heridas similares, y abandonadas en la calle a primera hora de la madrugada.

Otros periódicos de la época, como *Daily News, Daily Telegraph, East London Advertiser, Echo, Evening News* o *Star* publicaron informaciones similares el día 1 de septiembre y siguieron la noticia en ediciones posteriores. Diego imaginó lo que se les vendría a ellos encima si se producía un nuevo crimen en la ciudad. Por el momento, la historia había tenido una repercusión relativamente importante. Era cierto que la denuncia de Bullón sobre los datos omitidos en la rueda de prensa había atraído a algunos medios nacionales, pero pronto amainaría el temporal. El único peligro era Bullón, que parecía haber olfateado una historia fabulosa en aquel crimen. Pero si se cometía un nuevo asesinato, el barrio se llenaría de periodistas y reinaría un clima de histeria realmente peligroso. Por lo que dedujo de la lectura de aquellos recortes de prensa, el asunto de Jack fue un filón para algunos de aquellos periódicos. El resumen de todo lo publicado, en líneas generales, coincidía con el informe que Sergio Olmos le había facilitado. Sin embargo, hubo dos datos que reclamaron su atención. Por un lado, la mención expresa que se hacía en algunos periódicos a Frederick George Abberline*, un inspector de Scotland Yard de cuarenta y cinco años de edad sobre cuyas espaldas recayó la dificultosa tarea de coordinar a todas las fuerzas de seguridad implicadas en el caso. Aquella tarea era casi imposible porque todos recelaban de todos, y eso a pesar del enorme prestigio que Abberline tenía en el cuerpo y del conocimiento que poseía de la zona, dado que había servido anteriormente en Whitechapel como inspector de la policía metropolitana.

El segundo dato que le llamó la atención fue el publicado en el *New York Times* del 1 de septiembre, porque ofrecía una clara discrepancia con todos los demás periódicos, en los que se afirmaba que nadie había escuchado nada sospechoso en la noche del crimen. No obstante, el periódico americano comenzaba su crónica de otro modo bien distinto.

Londres, 31 de agosto.
Un extraño y horrible asesinato tuvo lugar en Whitechapel esta madrugada. La víctima es una mujer que a las tres fue de-

---

* Por ejemplo, en el *Daily News* del 1 de septiembre de 1888 se puede leer: «... El asunto está siendo investigado por inspector detective Abberline, de Scotland Yard, y el inspector Helson, de la División J...».

rribada por un desconocido y atacada con un cuchillo. La mujer intentó escapar y corrió unas cien yardas, varias personas que viven en las casas adyacentes oyeron sus gritos de auxilio. Pero nadie acudió a ayudarla…

¿Qué era aquello? ¿Por qué ningún otro periódico citaba a esos supuestos testigos? ¿Acaso fue una deformación de los hechos propiciada por el corresponsal? Diego sintió nacer en su interior la esperanza. Tal vez, se dijo, pudieran encontrar aún a algún testigo.

Todo lo demás, los errores de la policía de la época, su falta de medios y el modo en que se llevó el asunto por parte de aquellos colegas decimonónicos, ya había sido suficientemente aireado en el artículo de Tomás Bullón y Diego prefirió no leerlo. En cambio, trató de situarse en Buck's Row para compararlo con el pasaje de la calle José María Pereda que tan bien conocía. Al imaginar la escena que se encontraron los dos cocheros y los policías, tan parecida a la que él mismo vivió ante el cadáver de Daniela Obando, sintió un terrible deseo de abrazar a Marja. Tan solo unos cientos de metros separaban la casa de su novia de aquel siniestro callejón.

13

8 de septiembre de 2009

Eran las doce de la mañana y Sergio recorrió con la mirada una vez más el portal junto al cual había aparecido el cadáver de Daniela Obando. Llevaba allí más de media hora tratando de imaginar qué había ocurrido en aquel oscuro lugar nueve días antes. El pasaje conducía desde una amplia plaza hasta la transitada calle José María Pereda. Justo enfrente había una extensa explanada acondicionada como aparcamiento, que era donde tenía estacionado su coche Salcedo, el hombre que encontró el cadáver. A la derecha del pasaje, entrando por José María Pereda, había un club de alterne, pero, por lo que se había publicado, la víctima no tenía nada que ver con el mundo de la prostitución.

Sergio había evitado hasta ese momento mirar cara a cara aquel suceso, pero el artículo publicado por Tomás Bullón y los nuevos datos que habían salido a la luz hacían que ya no pudiera mentirse a sí mismo durante más tiempo: aquello iba en serio. Quienquiera que fuese el autor de la carta que le habían entregado en Baker Street le conocía y le había retado personalmente a descubrirlo. Sin embargo, el asesino debía estar completamente loco para imaginar que la pasión que Sergio tenía por Sherlock Holmes lo capacitaba para deducir del mismo modo que el mítico detective consultor. Sergio tenía una memoria excelente y conocía mil detalles de las aventuras holmesianas que otros lectores olvidan o pasan por alto. Era también un novelista de éxito, pero no tenía las dotes de observación y deducción que, por lo visto, el asesino le presuponía.

No quedaba ni rastro de sangre junto al portal y, aunque se esforzó en imaginarse la escena, no logró sacar ninguna conclusión a propósito de qué pintaba él en todo aquel asunto.

El autor de la enigmática carta en la que retaba a Sergio había elegido para su redacción un juego de palabras, un código cifrado, que se mencionaba en la primera investigación que un joven Sherlock Holmes llevó a cabo en sus años universitarios. En los tiempos de «El Gloria Scott» Holmes tenía veinte años, no conocía a Watson y ni siquiera se había planteado aún ser detective profesional. De todos modos, no parecía que fuera casual que el asesino hubiera elegido aquella aventura, puesto que durante la misma el primer cliente de Holmes, el padre de su amigo Victor Trevor, murió. Y aunque es cierto que no se puede culpar directamente a Sherlock de aquella muerte, sí se le puede reprochar el no advertir el peligro que corría el viejo Trevor. Y más grave fue su error en la aventura «Las cinco semillas de naranja», que parecía haber inspirado al enigmático remitente de su carta para meter dentro del sobre cinco pétalos de violeta. En aquella ocasión Holmes minusvaloró las capacidades de sus adversarios, nada menos que el Ku Klux Klan, cuando le dijo a su cliente, John Openshaw, que podía regresar a su casa con la convicción de que sus enemigos no le causarían daño alguno, al menos de momento. Pero se equivocó trágicamente, y el joven Openshaw fue asesinado.

—Dos errores de Holmes —murmuró Sergio mientras abandonaba el oscuro pasaje.

No había duda alguna de que el autor de las cartas conocía las aventuras holmesianas con cierto detalle. Pero ¿por qué había cambiado las semillas de naranja por pétalos de violeta? Era evidente que el asesino no pretendía retar a Holmes, sino a Sergio.

Durante la siguiente media hora vagabundeó por el barrio norte. Hacía más de diez años que no recorría aquellas calles estrechas donde se amontonaban bloques de viviendas destinados en su día a acoger gran parte del aluvión de mano de obra que había llegado cuatro o cinco décadas antes para trabajar en las entonces boyantes industrias locales. Ahora, el paro y la desesperación se habían instalado en muchas de aquellas viviendas.

A los pocos minutos se dio cuenta de cuánto había cambiado aquel barrio. Ni él ni su familia habían vivido allí, sino en el centro, la zona más comercial. Pero todo el mundo en la ciudad conocía aquel distrito por ser uno de los más antiguos y emblemáticos. La iglesia de la Anunciación era el mojón que lo separaba del centro urbano, de manera que casi todo el mundo conocía aquellas calles. Pero ahora, al mirar a su alrededor, Sergio tuvo dudas. Las calles eran las mismas, y los patios y callejones tortuosos seguían en el mismo lugar, pero la gente que iba y venía en nada se parecía a la de sus recuerdos. Se cruzó con numerosos norteafricanos, con negros de las más diversas procedencias, con orientales y con hombres y mujeres que parecían proceder de todos los países de la Europa del Este. Recordó el artículo de Bullón y sintió vértigo al pensar qué sucedería si alguien relacionaba aquel crimen con una acción de violencia xenófoba.

Sus pies lo condujeron hasta la plaza en la que se alzaba la iglesia de la Anunciación mientras trataba de ordenar las ideas que bullían en su cabeza. Fue entonces cuando vio a los inspectores Diego Bedia y Tomás Herrera. Por un instante, tuvo la tentación de esconderse. No tenía ninguna gana de hablar con ellos, pero ellos ya le habían visto, y tratar de ocultarse resultaría una acción infantil, además de sospechosa.

El inspector jefe Tomás Herrera estaba de un humor terrible. La polvareda que los artículos de Bullón habían levantado era enorme, y ellos, a pesar de que hacían cuanto podían, no tenían nada nuevo. Con lo único que contaban era con aquella extravagante historia sobre Sherlock Holmes. La policía científica no había aportado ningún dato al que agarrarse, y todos parecían estar caminando a ciegas. Tenía confianza en Diego. Sabía que era un policía honrado, intachable y muy meticuloso, pero era difícil caminar sin luz en medio de la oscuridad. La primera línea de investigación que había seguido, la de la violencia de género, se había desvanecido entre sus dedos a las pocas horas de haber iniciado las pesquisas. Daniela era viuda, no tenía pareja alguna y no se dedicaba a la prostitución. Hasta donde sabían, era una mujer discreta, solitaria y silenciosa cuya única debilidad era la bebida, a la que había recurrido para olvidar a su difunto esposo, según les dijo Ilusión, la prostituta uruguaya.

Meruelo y Murillo se habían puesto manos a la obra en dos líneas de investigación que, al menos hasta el momento, no habían resultado más fructíferas. Se trataba de averiguar lo que se cocía alrededor del partido de Morante, y en especial tenían controlado a Velarde, que parecía liderar la sección juvenil de aquel grupo político. La paliza que presuntos simpatizantes de Morante habían propinado a Ilusión la misma noche en la que se vio con vida por última vez a Daniela les había hecho pensar que aquella vía, tal vez, condujera a alguna parte. Pero las esperanzas seguían siendo solo esperanzas.

Y luego estaba aquel cabrón de periodista, al que también tenían controlado. Los artículos que había publicado eran incendiarios, sensacionalistas y amarillos a más no poder, pero había que reconocer que estaban bien documentados. El tipo parecía conocer hasta el último detalle del escenario del crimen. Una visita de Murillo a Salcedo, el hombre que encontró el cadáver aquella madrugada, esclareció el misterio. Murillo lo presionó lo justo, y el hombre se vino abajo. Sí, confesó, había sido él quien suministró los datos al periodista. Pero qué querían que hiciera, explicó, si le puso encima de la mesa un cheque de mil euros.

¿Qué podían hacer ahora? ¿De qué hubiera servido empapelar a Salcedo? La prensa, y en especial Bullón, se les echaría encima, y ya tenían bastante de lo que preocuparse.

Por otra parte, los artículos de Bullón guardaban relación con las insinuaciones que había hecho Sergio Olmos antes incluso de que se publicaran aquellas historias en el periódico. Las heridas del cuerpo de Daniela y los objetos que aparecieron entre sus ropas parecían alentar la delirante hipótesis de un nuevo Jack el Destripador. Y eso, increíblemente, conducía a la misma época en la que se situaba la vida de Sherlock Holmes, el personaje literario estrechamente relacionado con la puñetera carta que Olmos había recibido en Londres.

Al término de la reunión con los miembros de la brigada que investigaba el caso, y que se había prolongado durante más de una hora, todos habían salido desanimados. Tomás Herrera se fue a su despacho y repasó una vez más los informes que tenía sobre la mesa con las diferentes líneas de trabajo que hasta ahora habían seguido y que iba a enviar al juez Alonso. Media hora después fue en busca de Diego. Tenían una visita pendiente a la Oficina de Integración. Estaría bien echarle un vistazo al listado de las personas que desde allí se habían ofrecido a la parroquia para ser tenidos en cuenta como beneficiarios preferentes en el comedor social.

Encontró a Diego pegado al teléfono. Diego le hizo un gesto para que aguardara un instante. Herrera lo miró mientras esperaba a que colgara. Le pareció que Bedia había adelgazado en los últimos días, o tal vez era aquella perilla que se había dejado crecer. De pronto, Diego le pareció uno de esos seductores italianos de grandes ojos negros, muy masculinos y siempre dispuestos a ir detrás de la primera chica que cruzara por delante de su motocicleta. Sin saber por qué, se lo imaginó en Nápoles o en una ciudad costera de Italia contemplando el mar, remangado y sonriente. La idea estuvo a punto de hacer que sonriera, pero logró evitarlo.

—Era Clara Estévez —dijo Diego al colgar el teléfono.

Tomás, que seguía dentro de su particular fantasía, tardó unos segundos en caer en la cuenta de que Clara Estévez era la antigua amante de Sergio Olmos y también su exagente literaria; la misma que, según el escritor, le había robado una novela, la había publicado con su nombre y se había forrado ganando un premio literario. Pero no olvidaba lo más importante para el caso: Clara Estévez era la única persona que, según Sergio, conocía la clave de acceso a su ordenador.

—¿Y qué dice?

—Que no tiene ningún problema en venir y colaborar en lo que pueda —respondió Diego—. Ni siquiera hizo falta que le recordara que podría ser citada por el juez si fuera preciso.

—¿Qué te pareció?

—Sorprendida. Dijo que no tenía ni idea de todo este asunto y que hace tiempo que ella y Sergio Olmos no se ven. Afirma que no sabía que Sergio estuviera en Inglaterra.

—¿Cuándo vendrá?

—Tratará de estar aquí mañana.

Salieron de la comisaría y caminaron hasta la iglesia de la Anunciación. Diego miró hacia el cielo.

—Panza de burra —dijo.

Herrera gruñó y meneó afirmativamente la cabeza. Otro día gris en la recta final del verano más desconcertante que recordaban en la ciudad, y no solo por la climatología.

Una de las ventajas de vivir en una ciudad de poco más de cien mil habitantes era que se podía prescindir del coche muchas veces. Las distancias no eran largas, y a veces era más rápido ir a pie que en un vehículo. Muchas calles eran estrechas, existían graves problemas de aparcamiento y había momentos del día en que se organizaba un pequeño caos en varios puntos de la ciudad al mismo tiempo. Además, desde la comisaría hasta la Oficina de Integración no había más de dos kilómetros de distancia.

Alrededor de la iglesia de la Anunciación había una zona ajardinada donde solían apostarse emigrantes que trapicheaban con droga, buscadores de fortuna y paseantes con sus perros. Los dos policías barrieron la plaza con la mirada, enfocaron con ojos de experto a los camellos y drogadictos, pero pronto todo su interés se centró en un hombre alto, vestido con un impecable traje de color negro y una impoluta camisa blanca. Los dos se dieron cuenta de que Sergio dudó por un instante al verlos. Tal vez, incluso, pensó en fingir que no los había visto, pero le fue imposible.

—¡Caramba, el escritor! —bromeó Tomás Herrera.

—¿Qué hace por aquí? —quiso saber Diego.

Sergio dudó. Podía responder cualquier cosa, pero comenzaba a estar cansado de tener que dar explicaciones por cada paso que daba o sobre las cosas que sabía o intuía. No era culpable de nada y nada tenía que ocultar.

—Si no les importa, preferiría que me tutearan. —Su tono era educado y trató de que pareciera también sereno—. Ya que, supongo, vamos a tener que hablar con frecuencia, sería más cómodo dejar las formalidades.

Los dos policías guardaron silencio y Sergio interpretó que no se oponían a su propuesta.

—He estado dando una vuelta por el barrio —confesó— y he visitado el lugar donde apareció muerta esa mujer.

—¿Ha descubierto algo, Sherlock Holmes?

Sergio se sintió molesto con la nueva pulla de Tomás Herrera, pero trató de no aparentarlo.

—Me temo que no. Además —dijo, fijando su mirada en Herrera—, tienes que saber que no creo tener ningún don especial para la deducción. No soy Holmes. Solo soy un lector apasionado de sus historias y con buena memoria.

—Y también tienes que ser alguien con enemigos muy peligrosos —dijo Diego, empleando el tuteo por vez primera—. ¿Quién te puede odiar tanto como para retarte en un duelo como el que se plantea en la carta que te entregaron?

—No lo sé —admitió Sergio.

—Tal vez te convendría —Tomás Herrera se corrigió—, nos convendría a todos, que hicieras memoria para ver a quién has podido ofender tanto como para que plantee un juego tan macabro como este.

Por primera vez, Sergio sintió que el inspector jefe no se burlaba de él, sino que le hablaba en confianza, como si no dudara de su palabra ni lo viera ya como un sospechoso. Quizás, pensó, lo había juzgado mal.

—¿Puedo preguntar qué hacéis por aquí? —Sergio no sabía si era prudente ir más allá en la recién adquirida camaradería con los dos inspectores—. Espero que no se haya producido un nuevo crimen.

Los dos inspectores lo miraron asombrados.

—¿Por qué preguntas eso? —quiso saber Diego.

—Es 8 de septiembre —recordó Sergio—. El segundo crimen de Jack, el de la prostituta llamada Annie Chapman, tuvo lugar un día como este. No olvidéis que la muerte de Daniela ocurrió el 31 de agosto, el mismo día en que Jack asesinó a Mary Ann Nichols.

Diego lamentó no haber seguido leyendo el resto del voluminoso informe que le habían entregado sobre los crímenes de Jack.

—Pues no —respondió Herrera—. No hay más crímenes, de modo que siento estropear tu fantasía sobre un criminal en serie.

—Ojalá estés en lo cierto —dijo Sergio—. De haber sucedido, el crimen habría tenido lugar de madrugada.

—Evidentemente, esto no es Whitechapel ni estamos en el siglo XIX —aseguró Diego—. Nadie en su sano juicio puede pretender emular a un criminal como aquel en nuestros días. Este barrio no tiene nada que ver con el East End del Londres victoriano ni nosotros somos tan incompetentes como demostraron serlo los policías entonces.

—Tenían menos medios —recordó Sergio.

—Desde luego que sí —concedió Diego—, pero parece que la teoría del asesino en serie inspirado en Jack se desvanece, ¿no?

Sergio debía reconocer que eso era cierto, salvo que el primer asesinato se hubiera cometido el día 31 de agosto por pura casualidad, aunque, sin saber por qué, no lo creía posible.

—¿Y qué os trae por aquí?

—Vamos a la Oficina de Integración que el ayuntamiento tiene en el barrio para atender a los inmigrantes. —Diego miró a Tomás Herrera para ver qué cara había puesto al escuchar la confidencia que acababa de hacer a Sergio. Le pareció que el gesto de su superior no era desaprobatorio, de modo que se atrevió a ir más lejos—. ¿Quieres venir con nosotros?

Tomás Herrera miró a Diego como si no hubiera comprendido bien lo que había dicho, y Sergio se mostró a la par aturdido y agradecido por la confianza que le otorgaba Diego. Y antes de que Herrera pudiera abrir la boca, aceptó acompañar a los dos policías.

Cristina Pardo estaba cansada, no había dormido bien en los últimos días y, cada vez que cerraba los ojos, la imagen de Daniela Obando aparecía en su mente. El día anterior, María había sido la primera en llegar a la oficina y se había encontrado con pintadas en las que se arremetía contra los inmigrantes y también contra ellas. Las llamaban putas y antiespañolas. El ambiente en el barrio se iba enrareciendo cada vez más.

Sin embargo, quien había muerto no era un español, sino una pobre viuda hondureña cuyo marido había fallecido en un accidente laboral cuyo único culpable era su jefe, puesto que sus empleados se veían obligados a trabajar sin las normas de seguridad exigidas en una empresa de trabajos verticales. Y el jefe del difunto esposo de Daniela era español, no inmigrante.

Resultaba extraordinario el modo en el que se interpretaban los acontecimientos: las víctimas eran consideradas culpables. Por lo que ella sabía, la policía no tenía aún prueba alguna que concluyese que aquel crimen era obra de un extranjero.

—¿Conoces a esos?

La pregunta de María sacó a Cristina de sus cavilaciones. Habían entrado tres hombres en la oficina. De inmediato reconoció al inspector Diego Bedia, el novio de Marja. Había hablado con él en la comisaría el día en el que acompañó a Ilusión a declarar sobre lo que había visto la noche en que Daniela desapareció. Los otros dos hombres le resultaban totalmente desconocidos. Uno de ellos tenía el pelo gris cortado al estilo militar, parecía algo mayor que Diego, era alto, de cara angulosa y porte atlético. Pero toda su atención se centró en el tercer hombre. Era más alto que Bedia y un poco menos que el hombre del pelo gris. Vestía de un modo elegante, con traje negro y camisa blanca. Ropa de marca, pensó. Tenía el cabello castaño, un poco largo para el gusto de Cristina. Las entradas hacían que su frente pareciera más amplia.

—Somos los inspectores Bedia y Herrera —dijo el hombre del cabello gris—. ¿Podemos hablar con la persona responsable de la oficina?

María se había adelantado a Cristina y saludó a los recién llegados. Al saber que se trataba de policías, María se mostró menos locuaz que de costumbre, pero aun así Cristina se percató del modo en que su amiga miraba al inspector Herrera. Trató de no enrojecer, como siempre le ocurría en situaciones como aquella.

Sergio se quedó en un prudente segundo plano cuando los dos policías se presentaron. Mientras Herrera saludaba a una joven morena, de amplia sonrisa y caderas generosas, su mirada se posó sobre una chica que estaba sentada en un escritorio al fondo de la sala. Era rubia, media melena, ojos claros y expresión dulce.

A pesar de sus esfuerzos por evitarlo, la cara de Cristina se encendió. Y roja como estaba, sostuvo cuanto pudo la mirada del hombre del traje negro. Cuando comprendió que no le quedaba más remedio que salir al encuentro de los recién llegados, dado que ella era la responsable de la oficina, salió de detrás de su escritorio y trató de parecer lo más serena posible.

—Señor Bedia —dijo, extendiendo la mano en dirección a Diego—, nos conocimos hace unos días en la comisaría, cuando acompañé a Ilusión y a Marja.

Diego la reconoció de inmediato. ¿Quién podría olvidar a aquella chica? Era alta, de cuerpo bien proporcionado y mirada limpia. Marja le había hablado de ella después de su encuentro. Por lo que sabía, sentía su trabajo como una pasión. Aquel puesto parecía irle como anillo al dedo, y se había convertido en uno de los apoyos básicos de Baldomero, el cura joven, para dar vida y sostener el comedor social. Marja le había dicho que había nacido en aquel barrio, que su familia era modesta y que (eso se lo dijo entre risas, por si estaba interesado) Cristina era soltera.

—Claro que la recuerdo. —Diego trató de rehacerse tras mirar a los ojos a la chica, que parecía visiblemente ruborizada.

Le presentó a Tomás Herrera y le explicó el motivo de su visita: que habían hablado unos días antes con el párroco Baldomero a propósito de si Daniela Obando frecuentaba o no el comedor social; que el cura les dijo que sí, que solía ir por allí en ocasiones; que le habían preguntado al sacerdote si solo frecuentaba el comedor la población inmigrante y que Baldomero había explicado que también iban algunos vecinos del barrio que eran españoles, pero que era una minoría; y que les confesó que la Oficina de Integración le había proporcionado un listado de personas que se encontraban en situación de mayor necesidad en el barrio y eran las que, de un modo prioritario, recibían las raciones que se cocinaban en la Casa del Pan.

—Nos preguntábamos —intervino Herrera— si sería posible tener una copia de ese listado. —Al ver el gesto de duda que se dibujó en la cara de Cristina, se apresuró a argumentar su petición—: Tal vez encontremos alguna relación entre Daniela y alguien que figure en esa lista y nos pueda abrir una nueva línea de investigación.

Cristina sabía que no podía negarse a dar esa información, pero lo lógico era que la petición se cursara de un modo oficial a la alcaldía. Mientras buscaba las palabras adecuadas para dar una respuesta que no se malinterpretara como falta de colaboración por su parte, reparó en que el hombre del traje negro se había quedado discretamente apartado y la miraba de soslayo.

—Disculpe, ¿usted también es policía? —Cristina había hecho acopio de todo su valor y miró directamente a los ojos al hombre silencioso. Su mirada verde le gustó.

—¡Oh, no! —Sergio sonrió. Se acercó a Cristina y le ofreció su mano—. No soy policía, me llamo Sergio Olmos. Soy…, bueno, he acompañado a los inspectores por casualidad.

María, que no perdía detalle de nada de cuanto allí ocurría y que parecía haber prestado tanta atención al hombre del cabello gris como el policía a ella, captó las miradas entre el tal Sergio y Cristina, y sonrió satisfecha.

—Verán —Cristina miró a los policías—, no tengo el menor inconveniente en facilitarles ese listado, pero, como comprenderán, debo estar autorizada para ello. Lo idóneo sería que cursaran una petición a la alcaldía y, una vez reciba una resolución que me lo ordene, les facilitaré la documentación que precisen.

—¿Saben ya algo de quién pudo matar a Daniela? —María miró en exclusiva a Tomás Herrera. La predicción de Graciela anunciándole que conocería a un hombre mayor que ella había comenzado a sonar con intensidad en su cabeza.

—Me temo que no podemos decir nada sobre la investigación —respondió el inspector jefe, lanzando una sonrisa bobalicona a María.

—Haremos lo que nos dice —anunció Diego—. Solicitaremos la documentación a la alcaldía.

Los policías saludaron de nuevo a las dos mujeres y Tomás Herrera sonrió ampliamente a María. Sergio estrechó la mano de ambas sin poder evitar preguntarse qué edad tendría Cristina. Los dos se miraron a los ojos durante el apretón de manos.

Raisa odiaba a las prostitutas. Si ella, su marido Serguei y los dos niños habían ido a parar a aquella habitación de alquiler en el corazón de un barrio oscuro y sucio, había sido por mala suerte y porque la vida puede ser muy perra en ocasiones. Su padre había sido un hombre fuerte del Partido Comunista en la antigua Unión Soviética y había favorecido desde los resortes del poder la carrera musical de Raisa y de su joven esposo. Ambos gozaban de prestigio como intérpretes de violín y tenían una vida que parecía inmejorable.

Pero la disolución de la Unión Soviética en los estertores del año 1991 significó el comienzo del fin. Muchos funcionarios del Partido Comunista cayeron en desgracia, y el padre de Raisa fue uno de ellos. Aunque ella se tapó los ojos y los oídos durante buena parte de su infancia y de su juventud porque intuía que conocer bien a su padre podía resultar doloroso, otras personas conocían muy bien qué clase de cabrón había sido Yegor Soloviov, y cuando tuvieron la más mínima ocasión cayeron sobre él y sobre su familia.

Yegor Soloviov fue asesinado una noche cuando regresaba a su casa. Como había enviudado tres años antes, su esposa no tuvo que fingir llorando ante el ataúd de un hombre que había finalizado muchas noches sus borracheras golpeándola mientras la pequeña Raisa se tapaba con las mantas para no escuchar nada.

A pesar de todo, Raisa amaba a su padre, de modo que fue ella quien lloró su muerte y trató de exigir una justicia que nunca llegó. Antes al contrario, ella y su marido comenzaron a ver cómo se les cerraban todas las puertas. Los contratos que tenían firmados se convirtieron en agua de borrajas y los dos músicos decidieron un día abandonar el país.

Su vida con Serguei arrojaba este balance: en el haber estaban sus dos pequeños, de siete y cinco años; en el debe, todo lo demás. Y no es que Serguei fuera un mal marido, pero la vida había sido demasiado injusta con ellos hasta abocarlos a vivir en aquel piso miserable donde se cruzaba con putas de cualquier país.

Raisa odiaba a las putas. Muchas habían elegido vivir así; ella no. Pensó en Serguei. Debería haber regresado ya a casa. Eran más de las doce de la noche, y ella tenía que levantarse en tan solo unas horas para ir a trabajar. Raisa era una de las limpiadoras que tenía contratadas un salón de juego enclavado en el barrio.

Se removió inquieta en la cama. Serguei había perdido pelo, estaba más delgado que cuando lo conoció, pero conservaba aquel don para tocar el violín y para trabajar la madera con un simple cuchillo. Cada vez que una de aquellas mujeres se cruzaba en su camino, Raisa sentía celos. Casi todas eran más jóvenes que ella, que había llegado ya a los cuarenta años, y sus pechos parecían mucho más caídos si los comparaba con las hermosas tetas, turgentes y juveniles, de aquellas sudamericanas que iban y venían por el barrio. Se preguntaba si su marido las miraba cuando ella no estaba delante. Se preguntaba si había mirado también a Daniela, la hondureña que había vivido en el mismo piso que ellos.

Raisa odiaba a las putas.

Yumilca Acosta había tenido aquella tarde un cliente especial, de esos que están de paso por la ciudad, que llaman a los teléfonos que aparecen en la sección de relax de los periódicos y que piden compañía. El tipo pagó el taxi y el servicio, más un suplemento por el desplazamiento de la chica. Total, doscientos euros le había costado la broma al gordito que se había follado. Un tipo casi calvo, pene pequeño, pelo en la espalda y culo más blanco que la leche. Pero al menos había sido educado, incluso había hablado con ella no como si fuera una prostituta, sino como una mujer. Se mostró considerado, aunque pronto evidenció que no era un atleta del sexo. Luego se durmió como un lechoncillo sobre los pechos de Yumilca, a quien el colchón le pareció cómodo y cerró los ojos plácidamente. Cuando los abrió, descubrió que llevaba cuatro horas en aquella habitación, había oscurecido y llovía suavemente. El gordito roncaba sobre su teta izquierda. Lo levantó con cuidado para no despertarlo, y se metió en la ducha. Después, se vistió y se puso unos zapatos de tacones enormes que montaron el suficiente revuelo para que el hombre del pene pequeño se despertara.

El tipo se puso las gafas —usaba unas de pasta negra bastante anticuadas— y se sorprendió al ver que llevaba dos horas con la joven mulata. Le iba a costar una fortuna, pensó.

Yumilca siguió el curso de los pensamientos del cliente con enorme facilidad. Los tenía calados a todos, pensó. De todas formas, aquel hombre la había tratado bien, de modo que no quiso abusar de él.

—No te preocupes por el dinero, mi amor —le acarició la papada—. Ya me pagaste suficiente.

Y se marchó.

A pesar de la lluvia, Yumilca se animó a caminar. Estaba contenta. Había pensado no regresar aquella noche al club. Se metería pronto en la cama, decidió, y dormiría hasta bien entrada la mañana. De modo que cogió su teléfono móvil y llamó a Felisa Campo, la dueña del club en el que trabajaba. Sí, le dijo, había acabado el servicio en el hotel. Le pidió permiso para irse a casa. No se encontraba bien, mintió a su dueña, y Felisa la creyó. Yumilca le dio las gracias y siguió moviendo ostentosamente su trasero de camino a casa.

Media hora más tarde había llegado al barrio. De pronto, tomó la decisión de invitarse a sí misma a un trago. Entró en un garito que conocía y se sorprendió al verlo lleno. Estaba acostumbrada a ir a esos locales a una hora mucho más tardía. Miró el reloj. Eran más de las doce de la noche.

Un tipo mostraba unas tallas hechas en madera a los clientes tratando de vender alguna. Yumilca lo había visto por el barrio alguna vez en compañía de una mujer alta, rubia y con cara avinagrada. Las tallas eran muy buenas, pensó, pero el tipo no parecía tener mucho éxito como vendedor.

Cuando pidió un ron con Coca-Cola, Yumilca Acosta desconocía que aquella sería la última noche en que sería vista con vida.

Sergio había cenado solo en el restaurante del hotel. No había visto a Marcos en toda la tarde porque tenía que cerrar algunos negocios de la zapatería en la capital. Guazo había tomado con él un café y Sergio le contó su visita a la Oficina de Integración con los dos policías, pero no se atrevió a hablarle de Cristina Pardo. El resto de la tarde lo había pasado en la habitación releyendo los informes que años antes había elaborado en el Círculo Sherlock sobre los crímenes de Jack el Destripador. Guazo le había hecho una fotocopia de los suyos y comprobó que algunos datos habían sido actualizados incorporando hipótesis e informaciones que habían salido a la luz en los últimos años.

No había tardado mucho en refrescar su memoria, que, a pesar de que los años iban notándose en tantas cosas, seguía siendo magnífica. Tal vez no estaba tan entrenada como en los tiempos del Círculo Sherlock, pero todavía era excelente.

Desde que se planteó la posibilidad de que algún loco hubiera pretendido emular a Jack en el crimen de Daniela, Sergio había temido la llegada del día 8 de septiembre. Si aquella hipótesis era cierta, en la madrugada de aquel día debía haber aparecido un nuevo cadáver, pero los policías no habían dicho nada de eso, y las televisiones y las emisoras de radio habían desplazado el caso de Daniela hacia el final de sus informativos o, incluso, ni siquiera lo mencionaban ya.

El cuerpo de Daniela había aparecido en la madrugada del día 31 de agosto, el mismo día en que Jack asesinó a Mary Ann Nichols. El segundo asesinato atribuido a Jack tuvo lugar en la madrugada del día 8 de septiembre. Su víctima fue Annie Chapman, pero era evidente que quien cometió el crimen de Daniela no había podido o no se había atrevido a llevar a cabo un nuevo asesinato ahora que la policía había incrementado su presencia en el barrio de forma evidente.

Sergio dio el último sorbo a su café y se dirigió a su habitación. Miró por la ventana y vio que seguía lloviendo. Aquella ciudad cada vez le parecía más inhóspita y fría.

—Señor, han dejado esto para usted. —El recepcionista agitó un sobre.

Sergio quedó atornillado al suelo. El sobre era exactamente igual al que le habían entregado en Baker Street hacía ya un par de semanas.

—Señor, es para usted —insistió el recepcionista.

Sergio se acercó al mostrador conteniendo la respiración. Cogió el sobre como si se tratase de un artefacto que estuviera a punto de explotar.

—¿Quién lo ha dejado?

—No lo sé, señor —confesó el recepcionista—. Entré en la oficina unos minutos y cuando salí alguien lo había dejado encima del mostrador. Como pone a su atención…

Sergio llegó a duras penas hasta el ascensor. Pulsó el número tres y llegó a su habitación. Dejó el sobre encima de la cama y lo miró largo rato sin saber qué hacer. ¿Debía llamar al inspector Bedia antes de abrirlo? Tal vez hubiera alguna huella, algún indicio que sirviera para desenredar el lío en el que alguien lo estaba metiendo. Abrió el mueble bar y estudió su contenido. Echó mano de un botellín de ron, lo abrió y se lo bebió de un trago. Después, rasgó el sobre con cuidado. De su interior cayeron cinco pétalos de violeta. Había también una nota. Sergio la leyó en voz alta:

¿Quién la tendrá?

Debajo de tan lacónico mensaje había un círculo de color rojo.

LAS VIOLETAS DEL CÍRCULO SHERLOCK

PARTE

1

8 de septiembre de 2009

El texto no parecía contener ningún mensaje cifrado. La pregunta era simple. Al leerla, Sergio no tuvo dificultad alguna en recordar «El ritual Musgrave». Pero no sabía qué pensar sobre el significado que tenía en aquel papel. En cambio, no dudaba sobre el motivo que había llevado al autor de aquella broma a poner un círculo de color rojo debajo del texto a modo de firma.

Miró su reloj. Eran las once de la noche. Pensó en llamar a su hermano, pero al final decidió no hacerlo. Marcos parecía cansado. No recordaba en nada al hombre vigoroso y corpulento que Sergio había conocido. Y Guazo aún estaba peor. Al pensar en el médico, Sergio se dio cuenta de que había olvidado de nuevo preguntar qué era lo que le había ocurrido.

La carta y su diabólico contenido lo contemplaban desde la cama. Los cinco pétalos de violeta se habían esparcido sobre la colcha interpretando una inquietante coreografía. Sergio se pasó la mano por el cabello y decidió llamar al inspector Bedia. Buscó la tarjeta que el policía le había dado durante su primera visita a la comisaría y marcó el teléfono móvil.

—¿Sí? —La voz del inspector sonó seca y severa al otro lado del teléfono.

—Soy Sergio Olmos. Ya sé que es tarde —se disculpó—, pero ha ocurrido algo. ¿Podríamos vernos?

Media hora después, Sergio se encontraba con el inspector Bedia en la cafetería de su hotel. El local estaba prácticamente vacío a esas horas y tomaron asiento en la esquina más alejada de la barra.

—Han dejado esto para mí en la recepción del hotel. —Sergio entregó el sobre al policía.

Diego miró el sobre con una extraña expresión en el rostro. Se frotó los ojos y respiró profundamente. Luego sacó de su chaqueta un pañuelo y cogió el sobre con sumo cuidado. Lo abrió y extrajo la carta empleando el pañuelo para evitar dejar huellas en él.

—¿Qué significa? —preguntó después de leer el mensaje.

—Me temo que nada bueno —respondió Sergio.

—¿También tiene que ver con Holmes?

Sergio movió la cabeza afirmativamente y dio un sorbo al café con leche que había pedido.

—Explícate —le pidió Diego.

—En 1879 Holmes acababa de comenzar su carrera como detective. Tenía veinticinco años y vivía en una calle que se encuentra tras el Museo Británico que se llama Montague Street y…

—¿Podrías ir al grano, por favor? —Diego empezaba a temer la erudición de aquellos dos hermanos en lo que a Holmes se refería—. ¿Cómo es posible que tengas en la cabeza tantos datos sobre esas historias?

—Ya te he dicho que tengo una memoria bastante buena. —Sergio se encogió de hombros—. Siempre ha sido así. Pero bueno, para abreviar, te diré que viviendo en aquella calle recibió la visita de un antiguo compañero de universidad llamado Reginald Musgrave. El tipo vivía en la mansión familiar que había heredado, y todo parecía ir bien hasta que se produjo la desaparición de su mayordomo y de una doncella de un modo inexplicable. La policía no había sido capaz de resolver el misterio, lo que naturalmente espoleó a Holmes. El caso es que la desaparición del mayordomo tuvo lugar poco después de que Musgrave lo sorprendiera leyendo un viejo documento familiar. Y ahí está lo que nos interesa.

Sergio tomó un nuevo sorbo de café mientras Diego aguardaba expectante.

—Aquel documento —prosiguió Sergio— databa del siglo XVII y contenía un viejo ritual familiar integrado por preguntas y respuestas aparentemente absurdas, pero Holmes supo interpretarlas correctamente y lo condujeron a localizar la corona de los antiguos reyes de la dinastía Estuardo. La segunda de las preguntas del ritual es la misma que aparece en esa carta. —Sergio miró el sobre que el inspector había dejado junto a su taza de café.

—«¿Quién la tendrá?». —Diego leyó en voz alta la enigmática frase. Luego levantó los ojos y miró a Sergio—. ¿Qué quiere decir?

El escritor negó con la cabeza.

—No tengo ni idea —confesó—. En el ritual de los Musgrave a esa pregunta se respondía diciendo: «El que venga». Pero aquí no sé qué es lo que me quieren decir.

—Veo que el papel es tuyo también. —Diego estaba leyendo la otra cara del folio y en ella se leían párrafos de la novela que Olmos estaba escribiendo en Inglaterra y que había desestimado—. Pero esto no aparecía grabado en tu ordenador.

—No, desde luego que no. Pero es evidente que lo escribieron al mismo tiempo que la otra carta.

—¿Y el círculo rojo?

—Eso está más claro, desgraciadamente. Me temo que tiene que ver con «La aventura del Círculo Rojo»[*] —contestó Sergio.

—¿Y? ¿Qué pasa en esa historia?

—Si no me falla la memoria, es la última que Watson vivió junto a Holmes antes de irse definitivamente de Baker Street. Al poco tiempo, se casó por tercera vez. Pero lo que te interesa saber de ese relato es que en él se menciona la existencia de una sociedad secreta napolitana vinculada a los carbonarios llamada el Círculo Rojo. Aquel grupo de asesinos tenía la costumbre de enviar una

_____

[*] Se publicó en *The Strand Magazine* en marzo de 1911. Los hechos se desarrollan en septiembre de 1902.

nota con un círculo de ese color a sus miembros. En el caso de la aventura de Holmes, el hombre que recibió una convocatoria así, un tipo llamado Gennaro, supo que iba a morir por haber traicionado a la secta.

—¿Tú has pertenecido a algún grupo secreto? —Diego hizo la pregunta preparado para recibir cualquier tipo de respuesta. Ya estaba acostumbrado a las historias más extrañas desde que conocía a Sergio.

El escritor rompió a reír.

—No, en absoluto —dijo—. Jamás he pertenecido a ningún tipo de hermandad salvo... —De pronto se interrumpió.

—Salvo al Círculo Sherlock. —Diego completó la frase y ambos se miraron perplejos.

—Eso es absurdo. Nosotros no teníamos más ritual que el de ingreso.

—¿Y en qué consistía?

—¡Joder! —exclamó Sergio, cayendo en la cuenta de aquel dato—. ¡Recitábamos el ritual de los Musgrave!

—¿Alguien te amenaza como al personaje de esa historia que me has contado? —Diego se rascó la perilla—. Eso no tiene sentido. ¿Qué tendría que ver con el asesinato de la chica del otro día? ¿Qué pinta la teoría de Jack en todo esto?

—No lo sé —reconoció Sergio—. Tal vez no estamos interpretando bien el mensaje. ¿Quién iba a querer asesinarme a mí? Yo no he traicionado ningún juramento.

—Pues no sé si quieren matarte o no, pero es evidente que alguien no te quiere precisamente bien y se está tomando muchas molestias para demostrártelo.

—No lo entiendo. —Sergio estaba desconcertado—. Tal vez mi hermano, que conoce aún mejor que yo las aventuras de Sherlock, lo interprete de otro modo. En cuanto a la hipótesis de un *copycat**, se desvanecería por completo. —Sergio miró a la calle a través del cristal de la ventana de la cafetería. La oscuridad de la

---

* Alguien que imita los crímenes que han cometido algunos asesinos famosos. Es decir, un asesino en serie que imita a otro.

noche no le dio ninguna respuesta, pero algo en su interior le decía que no estaba desentrañando el mensaje—. Pero hay algo que no estamos teniendo en cuenta.

—¿Qué?

—Ya te lo comenté —recordó Sergio—. El crimen anterior tuvo lugar el día 31 de agosto, el mismo que Jack eligió para su primer (o tercer) crimen. Pero el segundo ocurrió un día como hoy, un 8 de septiembre, y hoy no ha pasado nada. En cambio, las heridas que Daniela tenía y los objetos que aparecieron en el escenario del crimen son demasiado similares a los que cuentan los informes y las crónicas de prensa del asesinato de Polly Nichols. ¡Hoy debería haber ocurrido algo!

—Pues no ha ocurrido, te lo aseguro. —Diego alzó las manos—. De acuerdo en que no contamos todos los detalles del crimen de Daniela, pero de ahí a pensar que ahora hemos sido capaces de silenciar un nuevo asesinato hay mucha distancia.

—No, no me malinterpretes —se disculpó Sergio—. No quería decir que hayáis ocultado un crimen. Es solo que no cuadra. —De pronto miró a Diego como si no lo hubiera visto hasta ese instante y preguntó—: ¿Se había producido algún crimen similar al de Daniela antes de que yo apareciera con mi carta?

—No, desde luego que no. ¿A qué viene eso?

—¡No sé qué pensar! —Sergio comenzaba a estar desesperado—. El tipo se cobró la primera víctima con Daniela, como dicen la mayoría de los *ripperólogos*[*], que rechazan que los crímenes anteriores fueran obra de Jack. Y, sin embargo, ahora interrumpe su obra. No mata a ninguna mujer el día indicado y envía este extraño mensaje.

—Oye, no es la primera vez que te escucho decir que hubo crímenes antes del de Mary Ann Nichols —dijo Diego—. Habláis del primer o del tercer crimen de Jack, ¿a qué te refieres?

—¿No has leído el informe que te dejamos?

---

[*] Especialistas en los crímenes de Jack the Ripper (Jack el Destripador).

—Leí solo la parte en la que se habla del crimen de Mary Ann Nichols para compararlo con lo que le sucedió a Daniela —reconoció Diego.

—Verás, no recuerdo los detalles —explicó Sergio—, pero esos los puedes encontrar tú luego en el informe. El caso es que hay investigadores que creen que Jack cometió dos crímenes antes de asesinar a Polly Nichols. En realidad, era frecuente que en las calles de Whitechapel algunas prostitutas sufrieran malos tratos o incluso que fueran asesinadas. Aunque algunos de aquellos crímenes comenzaron a ser relacionados con el de Mary Ann Nichols. En concreto, dos de ellos. Uno fue el de Emma Smith, una prostituta que fue asesinada unos meses antes que Mary Ann, creo que en abril (mira luego el dato exacto en el informe). A Emma le clavaron un objeto puntiagudo que le perforó el peritoneo. Ocurrió en Osborn Street, cerca de donde Mary Ann fue vista con vida por última vez por su amiga prostituta. El otro crimen que algunos atribuyen a Jack fue el de otra prostituta llamada Martha Tabram. La asesinaron en George Yard Buildings a primeros de agosto de aquel año, 1888, solo unas semanas antes que a Mary Ann. A Martha le dieron treinta y nueve puñaladas. Lee el informe —volvió a pedir a Diego—. Lo de Martha no tiene desperdicio.

—De modo que algunos creen que Jack mató a dos prostitutas antes y otros lo niegan —dijo Diego.

—Así es —admitió Sergio—. Por eso te preguntaba si había ocurrido algo así antes del crimen de Daniela.

—No, desde luego que no.

—Pues entonces nuestro hombre se muestra de acuerdo con la mayoría de los especialistas, que creen que el primer crimen fue el de Buck's Row. Para ellos, los asesinatos de Emma Smith y de Martha Tabram no fueron obra de Jack.

Don Luis tropezó con un hombre alto y con barba en la esquina de la Zarzuela con Marqueses de Valdecilla. El tipo parecía ir con prisa, como don Luis. El cura consultó su reloj. Las doce y media de la noche. Demasiado tarde, pensó. Para colmo, comenzó a llover con fuerza. Don Luis no llevaba paraguas y se lamentó por no haber sido más previsor.

Una furgoneta negra pasó junto a él dándole un susto de muerte.

Caminó en dirección a la parroquia tratando de evitar las calles más iluminadas. No le apetecía que le vieran por allí a aquellas horas. Aquellos policías le habían preguntado dónde estuvo la noche en que murió aquella mujer, y eso le había preocupado. Debía andar con más cuidado.

¿Cuánto habían cambiado aquellas calles en los últimos años? Se sorprendió al ver establecimientos donde se vendía comida de varios países diferentes. Parecía que el barrio se hubiera dividido en distintas zonas. El paisanaje variaba de unas calles a otras. En un callejón oscuro adivinó los movimientos apresurados de una pareja copulando de pie. Don Luis miró para otro lado y pidió a Dios que aquellos desvergonzados no le hubieran visto.

Serguei sabía que era muy tarde. Raisa estaría furiosa, y Raisa furiosa era temible. Y cuando no estaba furiosa, también. Había tardado más de lo que había calculado y ahora corría guareciéndose de la lluvia, cada vez más intensa. Trataba de aprovechar los salientes de los balcones para no mojarse. Llevaba una bolsa de deporte negra en la mano que pesaba más de lo deseable.

Al doblar la esquina de Marqueses de Valdecilla con la Zarzuela, tropezó con un hombre corpulento. Vestía con sotana, y eso sorprendió al músico. Si no fuera tan tarde y no temiera los reproches de su esposa, tal vez Serguei hubiera mirado con más atención al sacerdote. Pero, en lugar de hacerlo, aceleró el paso.

Una nueva sorpresa lo aguardaba un puñado de metros más adelante. De entre las sombras de un callejón salió un joven abotonándose el pantalón y una muchacha que anunciaba su profesión con una minifalda minúscula y un soberano escote. La muchacha era rubia, y salía de aquel escondite colocándose aún la falda. Era evidente lo que había pasado. Al alejarse escuchó que la prostituta exclamaba: «¡Dios, mío!». Pero él no se volvió para mirar qué ocurría. Serguei sabía cuánto odiaba Raisa a las prostitutas.

Ilusión había conseguido que el muchacho terminara rápidamente. Resultaba evidente su falta de experiencia, y eso era muy bueno. Poco tiempo, y dinero rápido. Enseguida se libraría de él y estaría lista para un nuevo cliente. Era cierto que le había cobrado poco, pero qué otra cosa podía pedir por un poco de sexo apresurado en un callejón oscuro. Lo hicieron de pie. Ella se puso de espaldas.

Cuando el chico, que no debía de tener más de diecinueve años, estaba a punto de terminar, Ilusión miró hacia la calle débilmente iluminada desde el fondo del callejón y se llevó la primera de las tres sorpresas consecutivas que el destino le había reservado aquella noche.

En primer lugar, se sobresaltó al ver la cara severa y agria del mismo sacerdote que había visto la noche en que Daniela desapareció. El viejo cura miró hacia otro lado cuando vio a la pareja en plenos ejercicios sexuales, pero Ilusión no tuvo ninguna duda de que era el mismo hombre.

El segundo escalofrío la aguardaba minutos después. Salió del callejón colocándose las bragas y la falda en su sitio, cuando de pronto se cruzó en su camino un hombre alto, con barba. Era delgado y llevaba una bolsa negra de deporte.

—¡Dios mío! —exclamó la muchacha.

El joven cliente la miró extrañado, pero ella le tranquilizó. El chico se marchó con paso apresurado e Ilusión se quedó sola preguntándose cómo no había recordado antes a aquel hombre. También lo había visto aquella noche en que se encontró con Daniela, pero había olvidado decírselo a la policía durante su declaración. ¿Debería hacerlo ahora? ¿Y si pensaban que había ocultado aquella información a propósito? Decidió que debía pensarlo con más calma.

Sin embargo, pronto olvidó a aquel hombre. El corazón estuvo a punto de parársele cuando divisó a uno de los tipos que la habían golpeado días antes. Al verlo, Ilusión estuvo a punto de echar a correr, pero descubrió que sus piernas no la obedecían. Se quedó varada en la acera mientras aquel joven con aspecto de matón de barrio la miraba fijamente.

Toño Velarde dio un puntapié a una lata de cerveza y la envió a más de treinta metros de distancia. Aún podría haber jugado un par de años más al fútbol, se dijo. Y tal vez estuviera en lo cierto, porque su nivel técnico no requería mucha más pericia que la que había precisado para chutar la lata.

El trabajo que le había pedido Morante estaba hecho, y bien hecho. Eso era lo que importaba ahora, y no el maldito fútbol. Estaba convencido de que estar junto a Morante le reportaría muchos más beneficios que seguir saliendo en pantalón corto cada domingo a un campo de fútbol. Morante era un hombre severo, firme, pero era un líder en el que se podía confiar. Cuando Morante pedía algo, exigía a quien encargaba el trabajo la máxima celeridad y la mayor profesionalidad posible. Toño Velarde estaba seguro de haber cumplido con creces lo que se le había pedido aquella noche.

La oscuridad y el silencio se habían adueñado del barrio. Velarde vio a una de esas extranjeras saliendo de un callejón en compañía de un chico joven al que le calculó menos de veinte años de edad. Estuvo a punto de ir a por aquella puta, pero se contuvo. A Morante no le interesaba un escándalo, y no quería estropear el trabajo que había hecho. Además, se fijó, era la misma a la que había dado su merecido unos días antes. Cuando Morante fuera alcalde, pensó dibujando una sonrisa torcida, se encargaría de poner en su sitio a aquella chusma.

2

8 de septiembre de 2009

Háblame del círculo. —Diego levantó la mano reclamando la atención del camarero y pidió en voz alta un café cortado—. ¿Quieres tomar algo? —preguntó a Sergio.

Sergio dudó. Al final se decidió por un café con hielo y Diego gritó al camarero el pedido. El reloj estaba a punto de marcar la una de la madrugada y se habían quedado solos en la cafetería.

—¿Qué quieres saber?

—No lo sé —respondió Diego—. Nada en concreto y todo a la vez. Creo que quien está detrás de todo esto es alguien que o pertenecía a vuestro grupo u os conocía a todos muy bien.

Sergio se alegró de que fuera Diego quien pusiera en voz alta aquella sospecha. Él también había llegado a esa conclusión, pero le costaba poner voz a sus pensamientos. Le resultaba especialmente doloroso decir aquello, porque suponía enfrentarse a sombras de su pasado.

—No es preciso ser Sherlock Holmes para sospecharlo —añadió Diego—. Hasta ahora tenemos dos cartas escritas por una persona desconocida en tu propio ordenador y usando tus propios folios. Quienquiera que sea te conoce bien, sabía dónde estabas y parece ser un erudito de las aventuras de Holmes, como tú. Los mensajes tienen que ver con esas historias de detectives, y el asesinato de Daniela fue anticipado en la primera carta. E igualmente en el crimen se simuló uno de los cometidos por Jack el

Destripador, al que parece ser que vosotros dedicasteis tiempo mientras existió el círculo, ¿no es así?

Sergio asintió con la cabeza, luego suspiró profundamente.

—Está bien, ¿qué quieres que te cuente?

—Para empezar, háblame de cómo eran tus relaciones con los demás.

Sergio reflexionó durante unos segundos antes de responder. ¿Sus relaciones con los otros miembros del círculo? Pues, para ser sinceros, no habían sido demasiado buenas, al menos con una parte de ellos. Y ahora, veinticinco años más tarde, debía reconocer que en gran medida eso había sido así por su arrogancia y su soberbia.

—Verás —carraspeó—, no quiero ocultarte que mi carácter me pierde en muchas ocasiones. Reconozco que soy bastante soberbio y distante, y en los tiempos de estudiante creo que lo era aún más. Supongo que la edad, como a Holmes, me ha dulcificado. —Su boca trazó una sonrisa amarga—. Y al final me las han dado todas en el mismo papo, como ya sabes.

Diego sonrió. Suponía que Sergio se refería a la jugada que le había hecho Clara Estévez. Sin poder evitarlo, su pensamiento se desplazó hacia aquella enigmática mujer a la que vería seguramente tan solo dentro de unas horas. Ella había prometido responder a las preguntas que fueran necesarias.

—Como ya has observado —prosiguió Sergio, ajeno a la dirección que habían tomado los pensamientos del policía—, mi hermano y yo tenemos una memoria bastante mejor que la de la media de la gente. En nuestros tiempos de estudiantes eso era una bendición. Apenas teníamos que dedicar unas horas de estudio para memorizar lo que los demás tardaban días en aprender. Teníamos mucho tiempo libre y lo llenábamos leyendo o aprendiendo idiomas. Yo hablo varios bastante bien. —Sergio se interrumpió cuando llegó el camarero con los dos cafés. Esperó a que el camarero se fuera para proseguir—: Esa misma facilidad para memorizar las cosas permitía a mi orgullo engordar más y más. Nadie parecía estar a mi altura, salvo Marcos, cuya capacidad es bastante mayor que la mía. Pero, al contrario que yo, Marcos es un tipo humilde, no le importan más que sus libros y la historia de esta puta ciudad. Yo, en cambio, siempre he sido tremendamente vanidoso.

—¿Quieres decir que no eras muy popular en el círculo?

—No, no es eso —negó Sergio—. Claro que era popular, solo que precisamente por eso tuve serios problemas en alguna ocasión.

—¿Qué tipo de problemas?

—Discusiones, e incluso peleas con algunos otros a los que humillaba burlándome de sus conocimientos sobre Holmes.

—Explícate.

—Está bien, pero tal vez sea tarde para que te cuente todo esto. —Miró de reojo su carísimo reloj.

—No tengo prisa, ¿y tú?

—Ninguna.

Al mirar hacia su pasado con absoluta sinceridad, Sergio comprendió que, con la excepción de su hermano Marcos, todos los miembros del círculo podían haberse sentido ofendidos por su arrogancia en alguna o en muchas ocasiones. Después de tantos años, sin embargo, creía que podía ser algo más benévolo consigo mismo. Le parecía que, aunque seguía siendo un hombre frío y distante, ya no era el muchacho soberbio de aquellos años. Sabía que Watson había escrito en «La aventura de la casa vacía» que los años de ausencia no habían suavizado el carácter de Holmes; pero esa apreciación del doctor no era del todo cierta. Tal vez la manera en que el detective trata a su amigo a partir de entonces es aún más despectiva y un tanto tiránica, pero Holmes había cambiado tras su enigmática desaparición en las cataratas de Reichenbach. Ya no consumía cocaína, y hay historias, como «La aventura de la inquilina del velo»*, en la que una mujer llamada Eugenia Ronder le cuenta la desgracia que padeció cuando un león arrancó un mal día

---

* Publicada en *The Strand Magazine* en febrero de 1927. La acción se desarrolla en octubre de 1896.

la belleza de su rostro para siempre, y Holmes se mostró conmovido y la consoló. Incluso Watson se vio obligado a escribir que pocas veces había visto gestos de humanidad como aquel en su amigo. Y unos años después, cuando el doctor fue tiroteado salvando la vida a Holmes[*], se vio al detective tan afectado que Watson escribió que había comprobado que aquel gran cerebro poseía también un gran corazón.

De modo que algo había cambiado en Holmes tras sus misteriosos años perdidos. Algunos exegetas han dicho que se vio influenciado por el budismo tibetano, y de hecho Sherlock confesó a su compañero tras su sorprendente reaparición que, entre otros lugares, había estado en el Tíbet y se había entrevistado con el Gran Lama en Lhasa.

Pero más allá de que Holmes se hubiera dejado influenciar o no por el budismo, sí parecían advertirse cambios en su carácter. Y si alguien que reconocía que su cerebro había dominado siempre sobre su corazón había podido cambiar, Sergio también creía posible que su viejo orgullo hubiera menguado ahora que se acercaba a los cincuenta años y Clara le había propinado la mayor de las bofetadas que recordaba.

De modo que sí, reconoció al policía, había sido un cabrón estirado cuando trató con los demás en el Círculo Sherlock.

—Cuéntame algo sobre tus relaciones con ellos. Por ejemplo, con Morante. —Diego no había elegido al azar ese nombre. Que Ilusión, la prostituta, hubiera sido agredida por simpatizantes del político, tal vez liderados por Toño Velarde, era algo que tenía presente durante la investigación.

Con Jaime Morante había discutido pocas veces, pero fueron memorables, respondió Sergio. Se necesitaba ser muy impertinente para sacar de sus casillas a Morante, un hombre calculador, frío y tremendamente inteligente. El lenguaje matemático parecía no tener secretos para él, lo mismo que la parte más oscura de las

---

[*] «La aventura de los tres Garrideb», *op. cit.*

historias holmesianas. A Morante le apasionaban precisamente los adversarios que el detective había tenido durante su carrera. Él explicaba esa devoción diciendo que cuanto más afilado era el ingenio del contrincante, con mayor precisión trabajaba la materia gris de Holmes. Morante amaba el modo en que el detective razonaba, en completa soledad, y no haciendo partícipe a nadie de sus deducciones hasta que llegaba el momento preciso. Holmes, como dejó escrito Watson, llevaba al extremo el principio de que el único conspirador seguro es el que conspira solo*. Así era Morante, al menos en los tiempos universitarios en que Sergio lo conoció. Siempre sumido en sus silencios, analizando a los demás a través de aquellos ojos de lagarto escondidos tras sus perennes ojeras.

Por supuesto, el personaje por el que el estudiante de matemáticas tenía mayor simpatía era por Moriarty, el antagonista de Holmes por excelencia. Sin embargo, el incidente que marcó las relaciones entre Sergio y Jaime tuvo que ver con otro de los grandes criminales a los que tuvo que enfrentarse Sherlock: Charles Milverton, quien, en palabras del detective, era «el hombre más malo de Londres».

Aquella tarde en el círculo, Morante había dado una exhibición sobre Milverton, el rey de los chantajistas. La tertulia estaba integrada en aquella ocasión por Bada, Víctor Trejo, Enrique Sigler y Sergio. Ni Guazo ni Tomás Bullón estuvieron presentes cuando Sergio y Morante llegaron a las manos.

Morante había recordado detalles físicos del chantajista Charles Milverton que ni siquiera Sergio había sido capaz de recordar, lo que había producido un extremo placer al matemático. ¿Quién podía acordarse de cuántos años tenía Milverton, un tipo bajo, de cara redonda y gafitas de montura de oro? Al ver que Sergio no recordaba ese dato, Morante esgrimió una sonrisa de triunfo realmente perversa. Entonces, con voz untuosa, dijo que Milverton tenía cincuenta años cuando ocurrieron los hechos narrados en aquella aventura**.

---

* «La aventura del cliente ilustre», *op. cit.*

** «La aventura de Charles Augustus Milverton» se publicó en *The Strand Magazine* en abril de 1904. Los hechos tienen lugar en enero de 1899.

Tanto escoció a Sergio la derrota que reprochó a Morante la que calificó como perversa pasión por los más miserables criminales de las historias de Holmes. No contento con ello, insinuó que tal vez su pasión no era por los criminales, sino por el mal. Y, ya embalado como estaba, se mostró sarcástico al afirmar que si Holmes estuviera allí no habría considerado a Milverton, como afirmó en aquella aventura, el asesino que mayor repulsión le causaba de entre los cincuenta con los que se había tenido que enfrentar. De haber estado con ellos aquella tarde, dijo, el que más repulsión le hubiera generado era Morante, por su enfermiza pasión por lo que hacían los criminales y que él tal vez no se atrevía a llevar a cabo por pura cobardía o por incapacidad intelectual para ello.

A partir de ese instante, los hechos se sucedieron de un modo rápido e imprevisto. La máscara habitual que Morante tenía por expresión se quebró. Fue sustituida por la ira pintada en sus ojos y la rabia en su boca. Saltó de su sillón de un modo tan vigoroso como inesperado y se lanzó a por Sergio Olmos dispuesto a obligarle a comerse su ofensa. Pero Sergio estuvo suficientemente rápido como para evitar la acometida.

Los otros miembros del círculo sujetaron a los dos estudiantes. Morante y Sergio intercambiaron miradas desafiantes. El matemático retó al estudiante de filología diciéndole que, si esperaba vencerle, jamás lo conseguiría. Sergio sabía muy bien de dónde había tomado aquella frase el matemático, de modo que no le sorprendió lo que dijo a continuación el flemático Morante:

—Todo lo que tengo que decir ya ha pasado por su pensamiento.

A los demás aquel diálogo les pareció de lo más críptico.

—Entonces tal vez mi respuesta ya ha pasado por el suyo.

—¿Qué coño queríais deciros de ese modo? —preguntó Diego.

—Reprodujimos una parte del diálogo que el malvado profesor Moriarty mantiene con Holmes en «El problema final» —explicó Sergio—. Moriarty dirigía en la sombra a todos los criminales de

Londres y Holmes se las había arreglado para encontrar una fisura en la intrincada red que el criminal había tejido a su alrededor. Moriarty amenazó a Sherlock, pero este no se inmutó. Luego sufrió varios intentos de asesinato y finalmente tuvo que huir de Londres hasta que la policía cerrara el lazo alrededor de la organización de Moriarty.

—De manera que nuestro candidato a la alcaldía se sentía más identificado con los criminales que con la ley. —Diego resopló.

—Era un juego intelectual, nada más —explicó Sergio—. Cosas de estudiantes que nos creíamos eruditos; o sea, una estupidez propia de jóvenes.

¿Cosas de estudiantes? El inspector Diego Bedia procesó en silencio la información. La masticó con calma y trató de sacar el máximo sabor posible. Al colocar los focos sobre Jaime Morante desde un ángulo tan inédito, Diego advirtió matices inquietantes en el político. ¿Sería posible que una tertulia literaria de antiguos universitarios le jodiera a él la vida?, se preguntó. ¿Era una simple casualidad que tres —en realidad cuatro si se añadía a Marcos Olmos en el lote— de aquellos antiguos estudiantes fueran de la misma ciudad? ¿Qué podía pensar del hecho de que otro más, el periodista, hubiera irrumpido como un elefante en una cacharrería publicando aquellos artículos incendiarios?

—¿Y Bullón? —preguntó Diego—. ¿Cómo te llevabas con Bullón?

—Tomás y Sebastián, quiero decir Bullón y Bada —precisó Sergio—, tenían una pasión diferente a la mía o a la de Morante. Por supuesto que habían leído las historias de Holmes, pero lo suyo, o de eso presumían al menos, eran los personajes secundarios; es decir, aquellos en los que apenas nadie repara. Hasta que yo me incorporé al círculo, creían saberlo todo sobre ellos.

—No me digas más —rio Bedia—, también los humillaste y tuviste con ellos alguna diferencia.

—Todavía me duele el puñetazo que Bada me dio una tarde en una cervecería —bromeó el escritor.

A continuación, rememoró para el policía la famosa pelea de aquella ya lejana tarde de cervezas. Pero confesó que no fue la única disputa seria que mantuvo con ellos. Incluso después del entierro de Bada, Bullón y Sergio se enzarzaron en una discusión en la que, como de costumbre, Sergio salió airoso a costa de ridiculizar al estudiante de periodismo.

Como solía suceder, el alboroto se generó de la manera más inesperada. Sucedió al mencionarse durante una tertulia el nombre de Shinwell Jonson. Aquella tarde el debate había girado a propósito de los espías con los que Holmes contaba en los bajos fondos de Londres. Shinwell, un tipo tosco, grandote, de rostro colorado y aspecto muy poco inteligente, era uno de aquellos informadores. Al mencionar su nombre, todos se situaron mentalmente en «La aventura del cliente ilustre», pues es en esa historia donde se menciona a Jonson.

Aprovechando sus excelentes conocimientos sobre esos personajes aparentemente inservibles, Bullón trató de incrementar su prestigio preguntando a los demás si recordaban el nombre del presidio en el que, según se dice en esa aventura, Shinwell Jonson había cumplido dos condenas.

Aún no se había incorporado al círculo Marcos Olmos. De hecho, fue en aquella reunión, la primera tras dar sepultura a Bada, cuando Víctor Trejo sometió a votación la posibilidad de invitar al mayor de los hermanos Olmos a integrarse en el club. De manera que, al no estar Marcos, solo Sergio podía ser capaz de conservar aquel dato en su extraordinaria memoria. Y, desgraciadamente para Bullón, Sergio dijo el nombre de aquella prisión: Parkhurst. Pero Sergio no estaba satisfecho con anotarse aquel tanto inverosímil y dio un paso más. Refrescó la memoria de los demás mientras caminaba arriba y abajo por el local del círculo dando algunos detalles del contenido de aquella historia, en la que se menciona la existencia de un chantajista de mujeres llamado Adelbert Gruner. Morante aguzó el oído al escuchar el nombre de uno de sus malvados favoritos, un tipo que guardaba fotografías y detalles escabrosos de la vida de algunas mujeres para, posteriormente, chantajearlas. Pero el reto que Sergio lanzó a los contertulios fue totalmente inesperado.

—Puesto que tanto cree saber, señor Bullón, sobre los personajes secundarios, ¿recuerda qué tipo de adorno tenía en su exterior el libro en el que ese chantajista guardaba sus comprometedores informes?

—Era un libro marrón —intervino Morante.

Sergio movió afirmativamente la cabeza.

—Pero ¿y el adorno?

Después de unos instantes en los que la tensión fue creciendo y las miradas de Bullón y Sergio se cruzaban como espadas en un campeonato de esgrima, el futuro periodista reconoció su derrota. No lo sabía, confesó.

—Un escudo de armas grabado en oro —dijo Sergio—. Ese era el adorno de aquel libro.

Guazo y Trejo aplaudieron a Sergio. En los ojos de Bullón, en cambio, había tanto odio que incluso Sergio se asustó.

—Hace tanto tiempo de eso que no recordaba la rabia con la que Tomás me miró aquella noche —confesó Sergio a Diego Bedia.

—Ya veo —respondió lacónico el policía.

Diego comenzaba a pensar que aquella extravagante reunión de estudiantes vestidos de época debió de ser una olla a presión cuyo fuego alimentaba generosamente Sergio. No sabía si era orgullo o estupidez lo que había llevado al entonces presuntuoso Olmos a comportarse de ese modo. Mirándolo ahora, no le parecía tan insultante. Aunque había altivez en su porte, no advertía en él la prepotencia y la petulancia con la que el propio Sergio se estaba describiendo al evocar aquellas disputas.

—En cambio, Guazo parece que siempre estaba de su lado, ¿no? —quiso saber Diego.

—Menos cuando le pisaba el juanete de su querido Watson. —Sergio rio—. Pero sí, la verdad es que me tomó un cariño que yo creo que no merecía. Apenas le hacía caso, y eso que venía casi todos los días al piso que mi hermano y yo compartíamos. Era generoso, nos invitaba a copas las pocas veces que Marcos y yo salíamos. Además, con Marcos hizo una buena amistad. Ya los ve hoy, ¿no? A los dos les apasiona esta ciudad.

—¿A ti no?

—No —respondió Sergio sin dudar—. En absoluto. Cuando era joven, sí. Pero poco a poco me fui distanciando de todo lo que había aquí. No me gusta ese provincianismo decadente que, como decía Antonio Machado, desprecia cuanto ignora.

—¿De modo que con Guazo discutiste sobre Watson?

—¡Ya lo creo! Pero jamás llegamos a las manos. Guazo me apreciaba mucho, y yo a él también, aunque a mí siempre me cuesta expresar esas cosas. Es un tipo entrañable. Yo solía bromear con él como Holmes con su amigo médico. Le provocaba diciéndole que se explicaba tan mal como escribía Watson. Sherlock siempre reprochaba a su amigo su estilo literario y lo calificaba de sensacionalista. Yo lo hacía aposta.

—¿Pero no peleaste con él?

—¿Con Guazo? —Sergio jamás había pensado ni siquiera en enfadarse con una de las pocas personas que lo había soportado en aquellos años—. Naturalmente que no. Guazo es un buen hombre, de veras.

—¿Y los demás?

—Bueno, nos quedan Víctor Trejo y Enrique Sigler.

Diego aguardaba expectante. ¿Cómo torearía Sergio la papeleta de hablar de los dos hombres con los que su expareja había tenido relaciones antes que con él? Además, parecía ser que Clara Estévez había vuelto a caer en manos del primero de esos novios, Sigler.

—Eran muy diferentes. —Sergio miró a la oscuridad a través de la ventana de la cafetería, como si alguien proyectara sobre aquel fondo negro la película de sus recuerdos—. Víctor y Sigler procedían de familias acomodadas, como ya te dije el otro día en la comisaría. Trejo era quien pagaba todo aquello: el local, los trajes y todo lo demás. Casi todos los objetos de la colección sobre

Sherlock eran suyos, salvo algunas fotografías que había hecho Clara.

—Que entonces era su novia, ¿no es así? —Diego contempló con atención el rostro de Sergio y le vio encajar el golpe con elegancia.

—Supongo que quieres saber cómo reaccionó Víctor cuando ella lo dejó para estar conmigo. —No aguardó la respuesta del policía—. Víctor se lo tomó mucho mejor de lo que lo había hecho Sigler cuando él se interpuso entre Enrique y Clara. Seguimos siendo amigos después de que ella lo dejara por mí. En cambio, Sigler huía literalmente cada vez que Clara se dejaba caer por el círculo después de una de nuestras reuniones. Pero, ahora, ya ves…

—Han vuelto.

—Eso parece. —Sergio recordó la fotografía que tenía en el corcho de su casita de Sussex, en la que se veía a Sigler cogiendo por la cintura a Clara.

—¿Te dije que vienen mañana?

—Mañana, ¿quiénes?

—Clara Estévez y Enrique Sigler.

Sergio guardó silencio durante unos segundos. Diego lo respetó.

—¿Les habéis citado? —preguntó Sergio cuando se repuso de la noticia.

—A él, no —precisó Diego—. Solo a ella. Tú nos dijiste que era la única persona, al menos que tú supieras, que conocía la clave de acceso a tu ordenador.

Sergio asintió. Era lógico. Pero ¿y él? ¿Por qué venía?

—En cuanto a él —añadió Diego, como si leyera el pensamiento del escritor—, nos dijo si era posible acompañarla. No vimos inconveniente alguno.

—Al final, el Círculo Sherlock estará casi al completo.

—Eso parece. Nos faltaría Trejo, solamente. ¿Sabes algo de él?

—No, desde hace unos años no sé nada —reconoció Sergio—. Sé que dirigía los negocios familiares: ganado caballar y de lidia, aparte de olivares y cosas así. Ya sabes, gente de dinero. Por lo que pude averiguar, el golpe de fortuna para los Trejo se produjo, irónicamente, durante la desamortización del siglo XIX. La desamortización de los bienes del clero en 1836, y especialmente la desamortización civil, la de la ley Madoz de 1855. Esa ley fue agua bendita para ellos. El gobierno se quedó con los bienes de los curas y con los de los grandes latifundistas, pero no se preocupó de redistribuirlos entre quienes estaban en peor situación económica. En lugar de eso, los vendieron en subasta pública al mejor postor. De modo que lo que al final lograron fue fortalecer aún más la estructura latifundista, porque solo quienes tenían dinero podían acceder a aquellos lotes de tierra. Y la familia de Víctor Trejo consolidó así una posición que, aun hoy en gran medida y a pesar de que la tierra ya no es de su prioridad, todavía mantienen.

—¿Y Sigler? ¿También a él lo humillaste en tus años de chulería erudita?

—Creo que a Víctor y Sigler no —respondió Sergio—. Supongo que debatiríamos mil veces sobre los aspectos más retorcidos de las historias de Holmes, pero ellos jamás se tomaban aquello tan en serio como los demás. A Enrique lo que le seducía de aquellas aventuras era la estética, la atmósfera victoriana. Le hubiera gustado estudiar en el Trinity College de Cambridge, vestir siempre como lo hacíamos en el círculo o coger un coche de punto para ir hasta Charing Cross, ¿comprendes? No conocía con tanto detalle como los demás los relatos que nosotros teníamos por sagrados.

—Comprendo.

—¿Has oído hablar alguna vez de las *selfactinas?*

La pregunta descolocó a Diego. Naturalmente que no había escuchado esa palabra en su vida.

—Pues ahí estaba la clave del comienzo de la fortuna de la familia de Sigler, por parte de su padre —explicó Sergio—. Un día me contó esa historia, y nunca olvidé la palabra de marras, que en realidad fue una especie de versión catalana de las inglesas *self-acting machines,* que se empleaban en el siglo XIX en la industria del algodón. Al parecer, un tatarabuelo, o algo así, de Sigler, fue uno de los primeros en introducir ese tipo de máquinas en Cataluña.

—Pero ese apellido, Sigler, no parece catalán.

—Y no lo es. Sigler es su segundo apellido, el de su madre, una mujer judía que se casó con Antoni Rosell, el padre de Enrique. Sigler sentía devoción por ella. A su padre, en cambio, apenas lo mencionaba. El matrimonio estaba divorciado, pero Enrique era hijo único, de modo que habrá heredado la fortuna paterna y materna.

—¿La madre también era rica?

—Según me contó, lo era bastante más que su padre. —Sergio miró a Diego antes de preguntar—: ¿De verdad no estás cansado?

—No tanto como para que me vaya sin saber el resto. Cuéntame.

—De acuerdo. —Sergio mojó los labios en el café con hielo—. En Cataluña fue tomando forma una industria textil poderosa desde el siglo XIX, y eso a pesar de que le pasaba como a Inglaterra, que ninguna de las dos tenían, en principio, especiales ventajas para ese tipo de industria. Inglaterra, al menos, tenía carbón abundante para las máquinas de vapor y una tremenda demanda que procedía de todo su imperio; Cataluña no. El caso catalán se produjo en gran medida por el proteccionismo del Estado, que hizo que productos extranjeros no pudieran competir con los catalanes, y la especial habilidad de Cataluña para negociar desde tiempos antiguos con Europa y con América. Pero, a pesar de todo, la tecnología de aquella industria siempre iba por detrás de la inglesa, y ahí fue donde aquel lejano tatarabuelo o lo que fuera de Enrique Rosell Sigler demostró ser un lince.

»En Cataluña existía la máquina *bergadana* de hilar, pero Rosell se atrevió a importar de Inglaterra enormes cantidades de unas máquinas de hilar casi totalmente automatizadas, *self-acting machines,* que pronto fueron rebautizadas como *selfactinas.* Naturalmente, los obreros las recibieron de uñas, porque suponían el despido de gran número de ellos. Pero desde mediados del siglo XIX el proceso de automatización de la industria del algodón catalán fue imparable, y los Rosell amasaron una enorme fortuna. A partir de entonces, supieron diversificar las inversiones de forma inteligente y, cuando a la industria textil catalana le llegó la época de las vacas flacas, la familia tenía una sólida posición accionarial en el sector de la banca y en el de la energía eléctrica.

—¿Y la madre de Sigler?

—La familia de Elina Sigler procedía de Estados Unidos, según me explicó Enrique. Judíos askenazis, emigrados de Alemania antes de que Hitler llegara al poder. Controlaban una buena porción de la tarta en el mundo de la banca, y el padre de Enrique la conoció en Nueva York durante un viaje de negocios. Se casaron y él la convenció para venir a vivir a Barcelona. Tuvieron dos hijos, pero la niña que nació antes que Enrique murió ahogada durante un verano en Mallorca. Enrique nunca me explicó los detalles. Ella tenía diecisiete años y Enrique, quince. A partir de entonces, el matrimonio comenzó a distanciarse hasta que, al final, se separaron. Enrique había ido a estudiar a Madrid para huir del ambiente familiar.

—De modo que Trejo y Sigler eran los dos millonarios del grupo.

Diego habló más para sí que para Sergio. Dos gallos en el mismo corral peleando por la misma chica, y resulta que llega un arrogante provinciano cuya familia no tenía más que una zapatería y les birla a la moza. Le costaba admitir que Trejo y Sigler no odiaran a Sergio, aunque no precisamente por humillarlos en los juegos florales sobre Sherlock Holmes.

—En realidad, había un millonario más —le corrigió Sergio—. Bueno, una millonaria: Clara Estévez.

—¿Quieres hablar de ella? Si no te apetece, no importa.

—No, tranquilo. No pasa nada. —Sergio agradeció el buen tacto del policía. Cada vez le caía mejor aquel tipo serio, duro y con pinta de italiano—. A Clara la conocí una noche, después de una de las reuniones del círculo. Cuando Trejo puso en marcha aquella tertulia, concibió el círculo como uno de aquellos clubes ingleses decimonónicos en los que las mujeres no tenían cabida. Se aprobaron unos estatutos que fijaron un número máximo de miembros: siete. Y, por esas razones, Clara no formaba parte del Círculo Sherlock. Pero, en realidad, junto con mi hermano, era la persona que mejor conocía las historias del detective.

—¿No me digas?

Sergio asintió con un movimiento de cabeza.

—Clara es gallega. En aquel tiempo estudiaba bellas artes, además de música y canto, y vivía con su madre, una norteamericana que regentaba una agencia literaria de gran prestigio. Sus padres se habían divorciado, según supe después. Él representaba a una multinacional financiera en Madrid. —Sergio hizo un alto y apuró la última gota del café con hielo—. No te voy a ocultar que gracias a la madre de Clara conseguí abrirme camino en el mundo de la literatura. Es una mujer terrible, te lo aseguro. —Sergio rio—. Todo genio. Parece que hubiera nacido en Sicilia en lugar de Nueva Jersey.

—¿Qué posición tenía Clara en todo ese asunto de Holmes?

—No has leído «Escándalo en Bohemia», ¿verdad?

—No —admitió Diego.

—Sería largo de contar, pero te puede bastar con que te diga que en esa historia se cruza en la vida de Sherlock la única mujer a la que él admiró, y tal vez incluso amó. —Sin poder evitarlo, Sergio sintió como su mirada se empañaba. Trató de controlarse, pero le pareció que Diego había advertido su debilidad—. Aquella mujer, Irene Adler, había nacido en Trenton, la misma ciudad de donde procedía la madre de Clara. Eso había hecho que, desde pequeña, se sintiera atraída por el personaje y también por todo lo que tenía que ver con Holmes. Había ido a Inglaterra varias veces, e incluso algunas fotografías que adornaban el Círculo Sherlock eran suyas. Lo demás, como te dije, era de Víctor. Una colección magnífica, te lo aseguro.

—¿Qué fue lo que pasó en ese relato? —Diego comenzaba a sentirse atrapado por aquellas historias.

—Holmes tenía treinta y tres años cuando conoció a Irene —dijo Sergio, que había vuelto a mirar a la oscuridad de la noche, como si hablara consigo mismo—. Era el mes de mayo de 1887. Ella tenía seis años menos que Holmes. Watson la describe como una mujer de gran belleza, pero al mismo tiempo parece tener celos de ella*. Se esfuerza, desde el principio de la narración, en negar cualquier posible enamoramiento de Holmes con Irene, a la que llamará desde ese momento «la mujer». Decía que Sherlock era incapaz de enamorarse porque todas las emociones eran despreciadas por su inteligencia, pero…

Sergio dejó el final de la frase en el aire y cayó en una especie de ensimismamiento que pareció alejarlo por completo del hotel y de la compañía del inspector Bedia.

—¿Pero? —preguntó Diego.

—Disculpa —Sergio pareció despertar de un estado hipnótico—, creo que se me ha ido el santo al cielo. ¿Qué me has preguntado?

—Decías que Watson creía que Holmes era incapaz de enamorarse, pero…

—¡Ah, sí! Yo no estoy tan seguro, y somos muchos los seguidores de Holmes que creemos que sí se enamoró de Irene. En aquel caso, sacó de un apuro serio a un hombre de una sólida posición social, y la única recompensa que pidió fue una fotografía de Irene que siempre conservó. Y eso que ella lo ridiculizó en aquella aventura empleando uno de los típicos trucos de Sherlock: el disfraz. Pasó ante sus largas narices disfrazada como si fuera un joven delgado vestido con un impermeable y Sherlock no la reconoció. —Sergio miró a los ojos al policía y le dijo—: Léete la historia, merece la pena.

—Lo haré —prometió Diego. Le parecía que en aquella aventura había más cosas que se mezclaban con la vida de Sergio y con la de Clara. De pronto, deseó que la noche pasara cuanto antes para poder conocer a aquella mujer. «La mujer», sonrió para sí.

---

* Watson escribe en «Escándalo en Bohemia» que Irene Adler es «de dudoso y cuestionable recuerdo», *op. cit.*

3

9 de septiembre de 2009

Cuando el inspector Diego Bedia salió del hotel en el que se hospedaba Sergio, eran las dos y media de la madrugada. Respiró profundamente el aire fresco y sintió la lluvia fina como una bendición mientras cubría el trayecto —apenas cincuenta metros— que lo separaba de su Peugeot 207. Abrió las puertas con el mando a distancia y contempló su vehículo con devoción. Le encantaba aquel diseño. No es que el coche fuera gran cosa —1.6 HDI 90 cv—, pero Diego estaba con él como un niño con zapatos nuevos. Hacía años que no se permitía un coche nuevo. Aquel tenía solo tres meses. A Diego no le gustó que se hubiera mojado.

Se sentó al volante y pensó qué hacer. No tenía ganas de conducir hasta su minúsculo apartamento junto a la playa, y desde luego no quería molestar a Marja a aquellas horas. Ella estaría durmiendo, y tal vez Jasmina ya hubiera regresado del pub. Los martes no habría mucho jaleo en el bar, supuso, y la hermana de Marja habría terminado pronto de trabajar.

Finamente, decidió ir a la comisaría. La conversación con Sergio había dado mucho de sí. Ahora tenía una perspectiva más amplia de cómo habían sido las relaciones del escritor con sus amigos universitarios, y la verdad era que Sergio no había salido muy bien parado en aquellos recuerdos que había compartido con él. Cualquiera de los miembros del círculo podía odiar a Sergio, con la excepción tal vez de Guazo. Pero se necesitaba estar muy loco para asesinar a alguien por el mero placer de retar a la persona que odias. Además, ¿por qué matar a aquella mujer hondureña? ¿Qué juego era aquel al que se había visto arrastrado?

Y luego estaba la segunda nota. El nuevo mensaje también guardaba relación con Sherlock Holmes, y quizá con el ritual que los miembros del círculo empleaban en sus ceremonias literarias. Y también estaba la posible amenaza que podía significar el círculo rojo que aparecía en el mensaje; un mensaje que, al contrario que el primero, no había sido guardado en el ordenador del escritor, pero que sí parecía haber sido escrito con él y empleando los folios que el propio Sergio había desestimado para su nueva novela. Diego miró el enigmático sobre que había dejado en el asiento del copiloto de su coche. Se lo entregaría a la policía científica, pero temía que, como sucedió con la anterior carta, no encontraran nada útil para la investigación.

El inspector condujo lentamente por las calles desiertas y aparcó frente a la puerta de entrada de la comisaría. ¿Qué podía tener que ver el nuevo mensaje con el primero? ¿Acaso se anunciaba otro crimen? ¿Y qué pintaban en todo esto las violetas? ¿Por qué violetas?

Después de saludar al personal que estaba de guardia, Diego se dirigió sin demora hasta su despacho, abrió uno de los cajones del escritorio y cogió el informe que Sergio y su hermano le habían entregado sobre los crímenes de Jack el Destripador.

Sergio le había contado que antes del primer crimen, el de Mary Ann Nichols, otras mujeres habían sido asesinadas en el East End de Londres. También le preguntó si antes de la muerte de Daniela Obando había sucedido algo parecido en la ciudad, y él le había respondido que no. Sergio interpretó esa circunstancia como que quien había dado muerte a Daniela se acogía a la tesis mayoritaria de los especialistas en los asesinatos cometidos por Jack de que Mary Ann fue la primera, y no la tercera, de sus víctimas.

Diego buscó las páginas en las que se hablaba de los anteriores asesinatos que algunos atribuían a Jack. Se levantó, fue hasta la máquina de café y sacó uno solo, con azúcar solamente. Después se acomodó en su silla y comenzó a leer:

Si se consulta la prensa de la época, se comprueba con alarma y asombro que existieron numerosos informes en los que se hablaba de mujeres que habían sido encontradas muertas en las calles. Algunas fueron apuñaladas; otras, golpeadas hasta que murieron, y otras encontraron la muerte de cualquier otro modo. Sin embargo, solo algunos de aquellos crímenes lograron pasar a la historia.

La prensa se lanzó a la caza de la noticia desde el primer momento en que se supo cómo había muerto Mary Ann Nichols. Y pronto se establecieron relaciones con al menos un par de crímenes ocurridos en la zona meses antes. También la policía comenzó a investigar en esa dirección.

El 13 de abril de 1888, una prostituta de cuarenta y cinco años llamada Emma Smith regresaba a su casa alrededor de la una y media de la madrugada cuando fue atacada por tres hombres que le robaron y la agredieron con un objeto puntiagudo que le perforó el peritoneo. Su cuerpo quedó tendido en Osborn Street, en Spitalfields. Aún llegó con vida al London Hospital, donde fue atendida, pero no lograron salvar su vida. Ella no pudo describir a sus agresores, y tan solo logró aportar el dato de que eran bastante jóvenes, tal vez de unos diecinueve años de edad. La policía comenzó a sospechar que quizá existiera una banda de maleantes que extorsionaba a las prostitutas. Si ellas no pagaban un canon para ser protegidas, podían quedar expuestas a agresiones como aquella.

En algunos medios policiales se recordó que un año antes, cerca de Commercial Road, se había encontrado el cuerpo mutilado de una mujer que nunca fue identificada y a la que la prensa concedió el apodo de Fairy Fay (Fay la Alegre)...

Diego levantó la vista del informe y se frotó los ojos. Eran casi las tres de la madrugada y se había desvelado por completo.

De pronto imaginó que alguien en el interior de su cabeza estaba proyectando a una enorme velocidad una serie de imágenes que mezclaban a Sherlock Holmes, a Jack el Destripador, a él mismo, al inspector Abberline del que hablaban los informes y a aquellas mujeres desconocidas cuyas vidas habían terminado de forma tan terrible. Pero el rostro de aquellas desdichadas era siempre el mismo: el de Daniela Obando.

Se levantó de su silla y fue hasta el cuarto de baño. Orinó, se lavó las manos y se echó agua en el rostro y en las mejillas. Volvió a su despacho y siguió leyendo.

Se había sostenido en algunos ámbitos policiales que el móvil de aquellos crímenes podía haber sido la coacción y el robo, aunque este último motivo resultaba inverosímil a la luz de las exiguas ganancias de aquellas mujeres. Pero la muerte de Martha Tabram hizo añicos aquellas hipótesis.

El día 7 de agosto de 1888, veintitrés días antes de la muerte de Mary Ann Nichols, Martha Tabram fue encontrada muerta en los edificios George Yard de Spitalfields.

Martha Tabram tenía cuarenta años, era prostituta y padecía alcoholismo, razón por la cual su marido, un embalador llamado Henry Samuel Tabram, la había abandonado. Después, ella estuvo viviendo con un carpintero llamado Henry Turner, pero las casi continuas borracheras de Martha hicieron que también Turner la dejara unas semanas antes de que apareciera muerta.

Sin el apoyo económico de un hombre, Martha se vio obligada a malvivir en un albergue de Dorset Street, cerca de Commercial Street. La última noche de su vida la pasó trabajando, por lo que después se pudo averiguar. Se supo que otra prostituta llamada Mary Ann Connolly, a quien llamaban en el barrio Pearly Poll, la vio alrededor de las once de la noche del día 6 de agosto. A pesar de estar en el mes de agosto, hacía frío en Londres y el día había sido realmente desapacible. La niebla emborronaba aún más el horizonte de Marha, quien solía tener por clientes a militares, para lo cual solía llegar en sus rondas hasta los muelles próximos a la Torre de Londres. Las prostitutas que se ofrecían a los soldados eran aún más baratas que el resto, y era frecuente que fueran poco agraciadas, como era el caso de Martha, y que padecieran graves enfermedades. Pearly Poll era alta, de aspecto hombruno y con un rostro al que la bebida había pintado de rojo. Al parecer, vivía en el albergue Crossingham de Dorset Street, uno de los lugares menos recomendables de Londres, infestado de maleantes. Algunos investigadores sostienen que tal vez esa circunstancia motivó las posteriores reticencias de la prostituta a declarar a la policía lo que sabía...

¿Qué podían tener que ver aquellas historias sórdidas de prostitutas y calles alumbradas por farolas de gas que arrojaban una minúscula claridad ahogada por las nieblas procedentes del río con lo que sucedía en su ciudad? Diego no encontraba un nexo de unión, salvo el hecho de que Daniela, como aquellas desgraciadas, era mujer, y que sus heridas, por lo visto, reproducían las que un desconocido asesino en serie del siglo XIX había producido a Mary Ann Nichols. Pero Daniela no era prostituta, aunque sí era cierto que bebía, igual que Nichols y que Martha Tabram. Sin embargo, ¿era eso motivo suficiente para asesinarla? ¿Y qué tenía que ver Sergio Olmos con todo aquello?

Finalmente, Pearly Poll declaró que aquella noche ella y Martha fueron solicitadas por dos soldados en Whitechapel Road. Afirmó que uno de ellos era un cabo, y que las invitaron a beber en el Blue Anchor. Salieron de allí cuando el local cerró sus puertas, y cada una de las prostitutas se fue con un soldado. Eran las once y cuarenta y cinco cuando Martha se fue con el soldado a George Yard Buildings, un edificio ruinoso próximo a Commercial Street. Mientras los cuatro estuvieron juntos, según Pearly, no hubo discusiones ni violencia alguna.

La policía no creyó demasiado el testimonio de Pearly. Para empezar, resultaba sospechoso que afirmase que había ido con el cabo hasta Angel Court, a más de un kilómetro de distancia de donde estaba Martha. La razón, como algunos autores sostienen, podía ser simple: Angel Court estaba dentro de la City de Londres (The Square Mille o Milla Cuadrada), y la City es un ente autónomo con un cuerpo de policía independiente. Allí, la policía metropolitana que la estaba interrogando no tenía jurisdicción.

A pesar de todo, Scotland Yard llevó a la testigo a la Torre de Londres e hizo desfilar ante la prostituta a los soldados que se encontraban allí con el fin de que pudiera reconocer a los clientes con los que ella y su amiga habían estado la noche del crimen. Pero la mujer no reconoció a ninguno de ellos. Posteriormente, fue trasladada a los cuarteles Wellington, donde los soldados allí acuartelados pasaron ante los ojos enrojecidos de Pearly Poll y, contra todo pronóstico, la prostituta aseguró que dos de aquellos hombres eran los que buscaba la policía. Pero aquellos soldados tenían una coartada impecable. Uno había estado durante la noche del crimen en casa con su mujer, y el otro había llegado al cuartel poco después de las diez.

La razón por la que la testigo mintió se desconoce. Lo que sí se sabe es que en aquella madrugada del 7 de agosto Martha Tabram gritó: «¡Socorro! ¡Me matan!». El grito procedía de la zona donde actualmente está Gunthorpe Street. La portera del edificio, Francis Hewitt, escuchó los gritos con claridad, pero no le concedió demasiada importancia. Después de todo, las peleas entre matrimonios eran frecuentes, y los borrachos, más abundantes aún.

Sin embargo, el cochero Albert Crow, que vivía en George Yard Buildings, regresó a casa tras su trabajo. Eran las tres y media de la mañana. Al subir al rellano de la primera planta del número 37, se encontró con un cuerpo tendido en el suelo. Creyó que se trataba de un borracho, de modo que no se tomó la molestia de acercarse.

Una sorpresa desagradable aguardaba en cambio a John Reeves, un estibador que vivía en el mismo edificio y que salió para su trabajo a las cinco menos diez. Al salir, resbaló con una sustancia que no era sino sangre coagulada. Fue entonces cuando reparó en que yacía allí el cuerpo sin vida de una mujer, que resultó ser Martha Tabram. Alguien la había apuñalado treinta y nueve veces.

Reeves se encontró en la calle con el agente Barnett, y este llamó al doctor T. R. Killeen. La mujer, se comprobó, vestía falda verde, botas de goma, sombrero negro, enaguas marrones y chaqueta. No vieron pisadas ni tampoco el cuchillo con el que se había realizado el salvaje crimen.

El doctor, después de examinar el cadáver con la falta de pericia que se puso en evidencia semanas después en el crimen de Mary Ann Nichols, dedujo que la mujer tenía alrededor de treinta y cinco años, que llevaba muerta unas tres horas y que estaba muy bien nutrida; es decir, que era obesa. Las ropas estaban desordenadas, como si hubiera existido una pelea previa al crimen. Martha no era especialmente agraciada, dijeron.

Las cuchilladas habían atravesado prácticamente todos los órganos vitales, pero no le habían cortado la garganta, razón por la cual la mayoría de los investigadores creen que no fue un crimen cometido por Jack. Aunque otras teorías proponen que los asesinatos anteriores al de Mary Ann sirvieron para que el criminal perfeccionase su técnica y estableciera su propia identidad, su firma...

Diego Bedia reflexionó sobre lo que acababa de leer. Él no era un especialista, no era psiquiatra forense, pero no tardó en ponerse del lado de quienes creían que la muerte de Martha Tabram no había sido obra de Jack el Destripador. Al parecer, dos horas y cuarto después de que Martha se hubiera separado de su amiga, el agente Barreto (número 226 de la División H) de la policía metropolitana había visto a un soldado caminando solo por Wentworth Street, cerca de George Yard Buildings. Le pareció un miembro de la guardia ceremonial, porque llevaba unas bandas blancas alrededor de las gorras. Al policía le dio la impresión de que el soldado no tendría más de veinticinco años y que medía alrededor de un metro y ochenta centímetros. Lucía un bigote oscuro curvado en las puntas, su piel era clara y mostraba un distintivo que acreditaba su buena conducta. El policía le interrogó. Le preguntó qué hacía por allí a aquellas horas, y el soldado respondió que aguardaba a un compañero que se había ido en compañía de una muchacha.

Diego se preguntó si aquel policía no tuvo ante sus propias narices al asesino. Pero también pudo ocurrir que, tras estar con el militar, Martha aún tuviera otro cliente y que ese hombre fuera quien segó su vida de aquel modo brutal.

—¡Treinta y nueve puñaladas! —murmuró Bedia.

Miró su reloj y las agujas le dijeron que eran casi las cuatro de la madrugada. Sin poder evitarlo, Diego sintió que los ojos se le cerraban mientras su mente seguía analizando la información que había leído. ¿Y si el asesino se disfrazó de soldado? No. Diego desestimó esa idea. Jack no había matado a Martha. Jack era un tipo frío, un psicópata metódico, tal vez incluso no desprovisto de conocimientos médicos. Treinta y nueve puñaladas hablaban de una agresión frenética que le parecía impropia de Jack. Además, no le cortó la garganta…

El inspector Diego Bedia se durmió sobre la mesa de su despacho en compañía de Jack the Ripper.

4

9 de septiembre de 2009

El día amaneció triste. Mirando al cielo, la gente hacía conjeturas y pronósticos sobre lo que sucedería. ¿Regresaría la lluvia? ¿El sol sorprendería a todos con alguna sonrisa?

Sin embargo, aquellas personas que se cruzaban en la calle e intercambiaban saludos y comentarios meteorológicos eran quienes no formaban parte de un extravagante y siniestro juego cuyas reglas solo conocía quien lo había concebido. Para muchos de los que, sin saber cómo les había sucedido tal cosa, estaban involucrados en tan singular partida, aquella mañana los sorprendió inmersos en un mar de dudas.

Sergio Olmos despertó sobresaltado. Apenas había dormido tres horas después de que se despidiera del inspector Bedia. Durante buena parte de la noche el contenido de la enigmática nota que había recibido fue el protagonista de sus pensamientos. Le había dado mil vueltas a aquella pregunta: «¿Quién la tendrá?». Pero, más allá de recordar que era uno de los interrogantes que aparecían en «El ritual Musgrave», no conseguía entender qué se le quería preguntar. Por otra parte, tal vez no existiera ninguna relación entre el mensaje y esa aventura de Holmes. Y, sobre todo, ¿qué parentesco podía tener aquella carta con el crimen que lo había llevado de nuevo a su ciudad después de tantos años? ¿Por qué no se había producido un nuevo asesinato en la fecha que él había calculado?

Sergio miró el reloj. Las nueve de la mañana. Su hermano ya estaría trabajando en el ayuntamiento. Dudó si llamarle al teléfono móvil que Marcos le había dado. Al final, decidió contarle lo ocurrido.

Marcos Olmos estaba ante su ordenador pasando a limpio las notas que había tomado durante la última comisión informativa en la que estaba asignado como secretario. Pura rutina. De pronto, sonó su móvil. Era Sergio. Había guardado en la memoria del teléfono el número de su hermano. Sergio le puso al corriente de lo que había sucedido la noche anterior: el sobre que le habían dejado en el hotel, el mensaje que contenía, los nuevos pétalos de violeta y el círculo rojo como firma.

Marcos guardó silencio durante unos segundos. Respiró con calma y trató de hacerse una composición de lugar. Coincidía con su hermano en que era probable que la pregunta del mensaje guardara relación con «El ritual Musgrave», pero tampoco podía estar seguro del todo. Solo era una frase, nada más. Aunque dado que la primera nota los había conducido al relato holmesiano titulado «El Gloria Scott», parecía posible que el autor del nuevo mensaje llamara la atención sobre alguna aventura de Sherlock Holmes. Y eso fue lo que le respondió a su hermano. Además, el círculo rojo parecía despejar cualquier duda al respecto. El círculo le pareció, como a Sergio, una pista evidente que conducía a las historias protagonizadas por el detective.

Quedaron en verse por la tarde, en casa de Marcos.

—Por cierto, ¿cuándo vas a dejar ese hotel y te vienes a casa?

—No sé, déjame que lo piense. Creo que me sentiría raro allí. Y tampoco quiero molestarte.

—¿Cómo me vas a molestar tú?

—Bueno, ya veremos.

Se despidieron emplazándose para la tarde.

—Nos vemos a las cuatro en casa —dijo Marcos.

Tomás Bullón estaba de un humor insoportable. El día 9 de septiembre había amanecido como si tal cosa; un puñetero día más. La teoría del *copycat* que con tanto esmero había pergeñado en sus artículos se apagaba como la llama de una vela. Sin embargo, no era la cera la que se consumía, sino su credibilidad.

En sus provocadores reportajes —que, por cierto, le habían dejado unos suculentos beneficios a los que no estaba dispuesto a renunciar así como así— no se había limitado a informar, sino a especular. Después de haberse anotado el impactante tanto que supuso dejar con el culo al aire a la policía local desvelando detalles del crimen que ellos habían preferido silenciar —sin pensar ni por un instante que tal vez perjudicase seriamente la investigación sacando a la luz la descripción de las heridas que Daniela presentaba en el abdomen—, revistió los hechos con la lúgubre luz del pasado victoriano. Había presentado a un imitador de Jack el Destripador donde todo el mundo había visto simplemente a un asesino. Había anunciado una cadena de crímenes que nadie más había vaticinado, y había soliviantado a buena parte del barrio. Unos se sentían ofendidos porque aquel tipo que nadie conocía, un forastero recién llegado, se atreviera a comparar sus calles con las de un maloliente barrio londinense del siglo XIX; y otros se habían puesto de uñas porque creían que la policía los trataba con la misma indiferencia que había mostrado en Londres para con las gentes humildes.

Había amanecido un día más y Tomás Bullón se encontraba sin el cadáver que había previsto. Si el asesino había matado a Daniela el 31 de agosto imitando a Jack, e incluso se había esforzado en presentar un escenario similar al que la policía metropolitana de Londres se encontró en Buck's Row, lo lógico era que el 8 de septiembre se hubiera descubierto un nuevo cadáver. Pero no había sido así.

También Tomás, como Sergio, se había hecho la misma pregunta: ¿se habían equivocado al creer que había un loco capaz de imitar a Jack el Destripador?

Bullón temía que todo su plan de trabajo se viniera abajo simplemente por el acierto de la policía. Sí, era cierto que aún no habían dado con el asesino, pero no lo era menos que se había incrementado la presencia policial en el barrio. Los coches de la policía patrullaban con más frecuencia por las calles, y tal vez al criminal simplemente le estaba siendo imposible llevar a cabo su plan. Era comprensible, se dijo Bullón. En el Whitechapel victoriano un tipo cuya indumentaria estuviera salpicada de sangre podía pasar desapercibido, puesto que había mataderos y talleres de curtidos de donde salían los operarios llenos de sangre. La policía no tenía entonces medios para diferenciar la sangre de un animal de la de una persona, y apresar a un criminal como aquel era cuestión de tener una suerte increíble. Pero, se lamentó el periodista, quien quisiera hacer algo parecido en estos días lo tendría realmente complicado. Seguramente no duraría en la calle ni un día. Nadie podía pretender matar a una mujer de un modo tan salvaje en plena calle y aspirar a irse de rositas. El tipo tenía que ser muy cauto. Tal vez aguardaba su oportunidad.

Aquella idea tranquilizó a Bullón. Sí, se dijo, quizá no todo estaba aún perdido.

Unos golpes en la puerta de su despacho despertaron a Diego Bedia. Abrió los ojos con dificultad. La claridad de la mañana le hirió profundamente. Tenía la boca seca, la ropa arrugada y un terrible dolor de cuello. Tardó unos cuantos segundos en situarse: estaba en su despacho.

Diego había pasado la noche con Jack el Destripador, aunque en su sueño había mantenido una larga charla con Frederick George Abberline, el inspector de Scotland Yard que intentó, sin éxito, atrapar al escurridizo asesino del East End de Londres.

Los informes que le habían dejado los hermanos Olmos lo presentaban como un policía muy profesional, riguroso, que había ingresado en la policía metropolitana en 1863 y que había obtenido ochenta y cuatro menciones de honor, además de gozar de un merecido reconocimiento por parte de las autoridades. Tenía cuarenta y cinco años en la época en que sucedieron los hechos de Whitechapel.

Abberline solía arreglar relojes, lo que decía mucho de su paciencia y meticulosidad. Sin embargo, nada de eso le sirvió en aquel endiablado caso. ¿Le sucedería lo mismo a Diego?

Diego y Abberline tenían algo en común: no les gustaba ser el centro de atención de nada. De Abberline, por lo que el inspector Bedia había podido saber, no se conservaban fotografías. No parecía que le gustara figurar. De todas formas, sí habían sobrevivido dibujos en algunas revistas de la época en los que se podía contemplar a un hombre fuerte, de pobladas patillas, al que la juventud abandonaba y dejaba tras de sí una evidente caída de cabello.

Durante su sueño, Diego había interrogado a Abberline por su diario. El policía inglés había recopilado en un centenar de páginas recortes de prensa con los datos de aquellos casos que había investigado. Incluso había hecho anotaciones en los márgenes. Se trataba de un cuaderno de tapas negras, según decían todos los investigadores, que dejó a todos sorprendidos cuando Abberline murió en 1929. Nadie se ha explicado jamás adónde fueron a parar las páginas en las que el inspector debería haber dado su versión sobre los hechos de Whitechapel de aquel otoño de 1888. Contra todo pronóstico, los casos recopilados por el inspector daban un salto en el tiempo desde octubre de 1887 hasta marzo de 1891. ¿Por qué no había dejado escrito nada sobre Jack, siendo el caso más famoso de todos los que investigó? ¿Tal vez su orgullo herido por no poder arrestar al criminal le había hecho actuar de esa forma?

En las páginas de su diario Abberline explicaba que algunos de los casos que no mencionaba habían sido obviados porque sabía que a las autoridades no les gustaba que los policías retirados divulgaran aspectos de las investigaciones que habían realizado. Pero eso no disuadió a otros contemporáneos suyos para airear todo lo que creían saber sobre aquellos crímenes, como hicieron Melville Macnagthen o Henry Smith.

En el sueño, Diego dudaba de la explicación de Abberline y le exigía una respuesta que, tal vez, pudiera servirle como luz en medio de la oscuridad que reinaba en su propia investigación. Pero cuando Abberline parecía dispuesto a confesar los motivos de su silencio, alguien llamó a la puerta del despacho de Diego sacándolo de su sueño.

—¡Joder! ¡Estás hecho una mierda! —exclamó la inspectora Beatriz Larrauri—. ¿No me digas que has dormido aquí?

Diego quiso decir que sí, pero solo acertó a emitir un extraño ruido. Luego carraspeó y trató de comprobar si era capaz de hablar. Al escuchar su voz, descubrió que le era posible.

—Me quedé dormido leyendo. —Se frotó los ojos y se metió la camisa arrugada por dentro del pantalón. Después miró el reloj—. ¡Las ocho y media! ¡Joder!

—Oye, ya sé que cuando tienes un caso te obsesionas, pero todo tiene un límite.

Diego inspiró profundamente. No tenía ganas de discutir con su exmujer. Su matrimonio había estado repleto de momentos como aquel.

—¿Qué querías? —preguntó Diego, cambiando de tema.

—Este fin de semana te toca estar con la niña.

¡Ainoa!

Diego lo había olvidado. Se había olvidado hasta de su hija, se reprochó. Aquel puñetero asunto lo estaba volviendo loco.

—Supongo que ese mamón de Estrada estará disfrutando con todo esto, ¿no? —gruñó—. Imagino que él ya tendrá su teoría al respecto e irá fanfarroneando diciendo por ahí que él ya hubiera cogido al asesino.

—Diego, no empecemos —respondió la Bea.

Él levantó las manos y mostró las palmas pidiendo calma a su exmujer. Odiaba a Estrada, el cabrón que se había tirado a su mujer en su propia cama. Odiaba su fanfarronería y sus aires de superioridad solo por el hecho de que lo habían destinado a la Brigada de Homicidios de la capital de la provincia.

—Vale, vale. No he dicho nada —se disculpó.

—Perdón —dijo José Meruelo desde el umbral de la puerta—. Están aquí Clara Estévez y Enrique Sigler.

El inspector jefe Tomás Herrera franqueó el paso a Clara Estévez y a Enrique Sigler. Tras ellos, entró en la sala Diego Bedia.

—Lo primero que nos gustaría saber es si necesitamos que esté un abogado presente —dijo Sigler—. Tal vez hemos sido unos ingenuos viniendo de este modo, sin nada preparado. Pero no tenemos nada que ocultar.

—No, no se trata de un interrogatorio formal —dijo Herrera—. Les agradecemos su colaboración. De momento —recalcó—, solo queremos aclarar algunas cosas.

—Muy bien —dijo Sigler.

—Para empezar —Tomás Herrera miró directamente a los ojos a Sigler—, solo queremos hablar con la señora Estévez, no con usted —las palabras sonaron aún más gélidas de lo que el inspector jefe había calculado—, de modo que le rogaría que guardara silencio.

Sigler se removió en su asiento y estaba a punto de responder, pero Clara puso su mano sobre su brazo derecho y con la mirada le pidió que se contuviera.

Diego había observado con atención a la pareja. Recordaba todo lo que Sergio le había contado. Sigler, en efecto, seguía siendo un hombre atractivo, a pesar del paso del tiempo. El pelo negro se veía manchado de blanco en las sienes y en las patillas, pero eso no le restaba encanto alguno. Los ojos eran verdes, estaba recién afeitado, vestía un traje que Diego supuso que debía de ser bastante caro, y recordó lo que sabía sobre el heredero de aquel hombre que en el siglo XIX tuvo la genial idea de importar las *selfactinas* y modernizar la industria textil catalana.

Y luego estaba ella, Clara. «La mujer».

Nada más verla, Diego la reconoció. La había visto en la televisión, y quizá en algún periódico. Pero era mucho más hermosa al natural. Los ojos eran azules, chispeaban como si siempre rieran. Llevaba el cabello negro corto, lo que le daba un aspecto juvenil a pesar de haber pasado de los cuarenta. La boca era generosa, sonreía con facilidad y parecía extraordinariamente tranquila. De camino a la sala donde todos estaban sentados, Diego había ocupado el último lugar de la fila, de modo que tuvo una perspectiva inolvidable de la espalda de Clara. Y le gustó lo que vio. Realmente, le gustó mucho. Pero se obligó a pensar en Marja, cuyo trasero no tenía nada que envidiar al de Clara Estévez.

—Ustedes dirán. —Clara sonrió.

Tomás Herrera dejó que Diego hiciera un rápido repaso a la situación, silenciando aquellos detalles que estaban bajo el secreto de sumario.

Clara y Sigler escucharon al inspector relatar la increíble historia en la que todos estaban metidos. Sigler se removió incómodo cuando escuchó el nombre de Sergio Olmos, pero guardó silencio. Los ojos sonrientes de Clara parecieron ensombrecerse al llegar a aquella parte del relato en la que aparecía Daniela Obando degollada. Y, después, Diego puso delante de los dos la primera de las notas que Sergio había recibido. De la existencia de la segunda solo estaban al corriente Tomás Herrera y él mismo. Aún no había podido decírselo a Meruelo y a Murillo.

Clara leyó una vez la nota.

—«El Gloria Scott» —dijo.

Enrique Sigler la miró de un modo extraño. Estaba claro que él no había entendido el mensaje o, si lo había comprendido, era un actor magnífico.

—Un mensaje cifrado usando el mismo tipo de clave que aparece en esa aventura de Holmes —añadió la escritora.

Diego recordó que Sergio le había dicho que Clara sabía más de Sherlock que todos los miembros del círculo juntos, exceptuando a Marcos. Clara era muy inteligente, había insistido Sergio.

—¿Cómo es posible que lo haya interpretado tan rápido? —preguntó Tomás Herrera.

—Si no hubiera aparecido el nombre de Holmes en el texto, seguramente ni yo ni nadie hubiera podido descifrar el mensaje tan pronto —reconoció Clara—. Pero la pista de Holmes es tan clara que, para quienes conocemos bien esas aventuras, resulta sencillo de interpretar.

Clara miró a Sigler buscando apoyo.

—Por supuesto —dijo Enrique Sigler, como si él hubiera sido capaz de llegar por sí mismo a aquella conclusión—. Supongo que Sergio les habrá hablado del Círculo Sherlock, ¿no es así?

Diego dijo que sí, que les había hablado de aquella época universitaria, de las relaciones entre Clara y Sigler, del posterior noviazgo de Clara con Víctor Trejo, y de todo lo demás. Diego también sabía, aunque eso no lo dijo, que Sigler era posiblemente quien menos sabía sobre Holmes. Sergio le había explicado que el atractivo de aquellas historias para Sigler residía en la atmósfera victoriana que se respiraba en ellas. De igual modo, le apasionaban las obras de Charles Dickens, de Oscar Wilde o el *Drácula* de Bram Stoker.

—El caso es que la carta ha sido escrita en el ordenador de Sergio Olmos —explicó el inspector jefe Herrera—. Se ha usado un papel que él mismo había desestimado.

Clara dio la vuelta al papel instintivamente y trató de leer lo que Sergio había escrito. ¿Qué demonios hacía él en Sussex? Pero Herrera le arrebató el papel antes de que ella pudiera leer su contenido.

—El señor Olmos —prosiguió Herrera— asegura que siempre cierra el ordenador y lo apaga por completo cuando no está trabajando en él.

—Eso es cierto —corroboró Clara—. Es un poco paranoico con eso de la seguridad.

—Según él, no le faltan motivos para serlo —dijo Diego. De pronto se dio cuenta de su imprudencia. ¿Por qué había tenido que decir eso? ¿Y si no era cierto que Clara hubiera robado una novela a Sergio, tal y como este aseguraba?

Clara lo miró y sus ojos volvieron a sonreír. Luego también su boca se abrió y se escuchó una risa fresca en la sala.

—Bien, y ¿qué quieren saber? —La escritora se volvió hacia Tomás Herrera, obviando el comentario de Diego.

—Por lo que sabemos, es usted la única que conoce la clave de acceso al ordenador de Sergio.

—Pero, bueno, ¿qué insinúa usted? —intervino Sigler—. Clara no tiene nada que ver en todo esto. Llamaremos a nuestros abogados.

—Cálmese, hombre —replicó Herrera sin mirar a Sigler. Toda su atención estaba centrada en Clara—. Lo único que queremos saber es si usted puede probar que no tiene nada que ver con la redacción de esa carta.

—¿Cuándo dice Sergio que se la entregaron?

Diego consultó sus notas.

—El 27 de agosto —dijo.

—Pues puede usted descartarme como sospechosa —bromeó Clara—. Durante los últimos quince días de agosto, Enrique y yo estuvimos de viaje en Italia. Lo podemos demostrar sin ningún problema. Tenemos las facturas del viaje, del hotel, y aparte tenemos testigos.

—Fuimos con un matrimonio amigo nuestro —añadió Sigler.

—¿Me pueden decir los nombres de esos amigos? —preguntó Diego.

Sigler le dijo los nombres y Diego los anotó. Sigler, además, le facilitó los teléfonos de la pareja que les había acompañado por Italia y prometió que les enviarían de inmediato desde Barcelona las facturas del viaje y de los hoteles. Diego Bedia asintió sin decir nada.

—¿Cuándo conoció usted a Sergio? —preguntó Herrera.

—¿A qué viene esa pregunta? —Sigler saltó como un resorte.

Diego recordó que Sergio le dijo que cuando Clara rompió con Sigler e inició una relación con Víctor Trejo, Sigler huía de ella como los vampiros de la luz del sol. Parecía ser un tipo muy celoso, concluyó.

—Seguro que ya se lo habrá contado él, ¿no? —El tono de Clara siempre era igual de sosegado. Su voz tenía un matiz grave que la hacía muy sugerente—. Fue durante los años de universidad, en Madrid.

Clara revivió para los policías algunos detalles que ellos ya conocían por lo que Guazo, Marcos y Sergio Olmos les habían contado. De tanto escuchar la historia, ya creían que aquel maldito Círculo Sherlock formaba parte de sus vidas desde siempre.

—También con usted discutía Sergio a propósito de las aventuras de Holmes.

Clara rio. Aquella mujer era tremendamente atractiva, pensaron los dos policías. Ambos se intercambiaron una mirada que lo decía más claramente que las palabras.

—Claro que sí —dijo Clara—. Bueno, al menos lo intentó.

—¿Qué quiere decir? —quiso saber Diego, que se sentía fascinado escuchando aquella voz sutilmente grave.

Clara les explicó que la primera y última vez que Sergio trató de medir hasta dónde llegaban los conocimientos de Clara sobre las aventuras holmesianas fue cuando hablaron de Violet Hunter.

—¿Y quién diablos es esa mujer? —exclamó Herrera. Empezaba a estar harto de aquella gente, que creía que todo el mundo conocía las dichosas historias del detective.

Clara explicó que en el mes de abril de 1889 Holmes recibió en Baker Street una carta singular firmada por una mujer llamada Violet Hunter. La carta parecía ser una verdadera broma. La mujer consultaba a Holmes si debía aceptar o no un empleo como institutriz. Sherlock creyó, sinceramente, que había tocado fondo. Ya no había verdaderos criminales en Londres, y ahora su oficina se convertía en una agencia que daba consejos a señoritas desorientadas.

Sin embargo, la historia pronto fue adquiriendo un giro cada vez más inquietante. Y, lo que era mejor, Holmes se sintió profundamente impresionado por Violet en cuanto la vio. Tanto fue el interés del detective por la muchacha que Watson creyó que quizá una chispa de amor prendiera con aquella relación. Pero luego se demostró que no fue así.

El empleo que le proponían a la señorita Hunter suponía cumplir algunas exigencias realmente absurdas. Míster Jephro Rucastle poseía una casa de campo en Cooper Beeches, cerca de Winchester, y solicitaba una institutriz para su hijo, pero Violet debía cortarse el pelo tal y como Rucastle exigía, y lucir un vestido de un tono azul eléctrico que, aseguraba, a su esposa le encantaba. El sueldo era más que generoso, pero a Violet aquellas exigencias le parecieron extrañas y fuera de lugar.

—¿Y qué fue lo que ocurrió? —Tomás Herrera parecía haber sido seducido por la historia.

—Eso es lo de menos —intervino Diego—. Dígame por qué discutió con Sergio por primera y última vez a propósito de esa historia.

—Sergio quiso ponerme a prueba y resultó que quien le puso a prueba a él fui yo —confesó Clara.

—¿Ah, sí?

Al parecer, Sergio confió en su magnífica memoria y jugó todas sus cartas tratando de vencer a Clara. ¿Cómo se llamaba la hija de Rucastle que, según él, estaba en Filadelfia? Clara respondió: Alice. ¿En qué hotel se citó Violet con Sherlock? Clara respondió: Hotel Black Swan, en Winchester. ¿Cómo se llamaba el mayordomo de Rucastle? Clara respondió: Toller.

Pero, de pronto, Clara pasó al ataque. ¿Cómo se llamaba el mastín de Rucastle? Sergio respondió: Carlo. ¿Cómo se llamaba la agencia de institutrices adonde Violet fue a pedir empleo? Sergio respondió: Westway's. Pero Westway había sido el fundador de la empresa, y no quien la dirigía en aquel momento. ¿Cómo se llamaba la señorita que la regentaba cuando Violet acudió allí? Y Sergio no respondió. Clara repitió la pregunta. Pero Sergio seguía en silencio. Sergio no sabía que la señora Stoper dirigía aquella agencia para institutrices enclavada en el West End.

Consciente de que se enfrentaba a un adversario temible, Sergio Olmos jamás volvió a poner a prueba a Clara Estévez.

Al escuchar el relato, Diego murmuró:

—«La mujer».

—¿Cómo dice? —preguntó Sigler.

Clara miró al detective y sus ojos rieron. Diego se preguntó si habría escuchado lo que había mascullado.

—Bien, creo que podemos irnos. —Sigler se levantó de su asiento.

—Tal vez nos pongamos en contacto con ustedes en otro momento —deslizó Herrera.

—Pensamos quedarnos unos días aquí —anunció Sigler—. Aprovecharemos para ver a algunos viejos amigos. De todos modos, si nos necesitan tienen nuestros teléfonos.

Diego los vio salir de la sala, pero sus ojos se enredaron por debajo de la espalda de Clara Estévez.

Marcos Olmos y José Guazo llevaban más de media hora tratando de encontrar una solución que les permitiera salir airosos, en la medida en que tal cosa fuera posible, del inminente conflicto que se avecinaba. Sergio estaba a punto de llegar. Faltaban cinco minutos para las cuatro de la tarde, la hora en que los dos hermanos se habían citado para hablar sobre la nueva y enigmática nota que Sergio había recibido en su hotel.

—Debíamos habérselo dicho desde el principio —se lamentó Guazo.

Marcos guardó silencio, pero movió la cabeza afirmativamente. Estaba realmente preocupado. No sabía cómo reaccionaría su hermano ante lo que debían contarle. Guazo, pensó, tenía razón: debían habérselo contado cuando llegó.

—También es mala suerte que ella vaya a aparecer precisamente ahora —comentó Guazo.

—Era de suponer que la policía la llamara —repuso Marcos—. El caso es que Clara está aquí, y además se hospeda en el mismo hotel que Sergio. Espero que no se hayan visto antes de que se lo digamos nosotros.

—¿Y qué hacemos con la cena? Ya sabes que yo tengo cosas que hacer, y cada día me encuentro peor, Marcos. Tú lo sabes tan bien como yo.

—Yo no estoy mucho mejor que tú, José, pero creo que sería de muy mal gusto no ir a la cena con los demás. Espero que Sergio lo entienda.

El timbre del portero automático hizo que los dos amigos enmudecieran.

—Supongo que es él —dijo Marcos.

Marcos Olmos contestó a la llamada. En efecto, era Sergio. Abrió la puerta y aguardó la llegada de su hermano. Tenía pensado insistir para que Sergio abandonara el hotel y se mudara a casa, pero quizá cuando le contasen lo que tenían que decirle él se sintiera demasiado ofendido como para vivir bajo el mismo techo que su hermano.

—Buenas tardes —saludó Sergio—. ¡Hombre, Guazo! —añadió al ver al fondo de la sala al médico. A Sergio le pareció que José Guazo había menguado un poquito más en las últimas horas. Lo miró de arriba abajo y volvió a percibir algo raro en él, algo que no se ajustaba a los recuerdos que tenía del médico, pero siguió sin saber qué era.

Marcos había preparado café y lo sirvió en el salón. Los tres se sentaron alrededor de la vieja mesa familiar. Sergio no tardó en darse cuenta de que algo raro sucedía allí.

—¿Pasa algo? —preguntó.

Marcos carraspeó.

—Verás —Marcos parecía buscar las palabras con sumo cuidado—, tenemos que decirte algo.

—¿Qué sucede? ¿Es por lo de la nota nueva? ¿Sabéis algo?

—No. —Marcos movió la cabeza—. No es por lo de la nota. Se trata de algo que te teníamos que haber contado cuando llegaste, pero no nos atrevimos a decírtelo porque tal vez te enfadarías con nosotros.

Sergio paseó su mirada sobre las únicas dos personas en las que creía poder confiar y sintió un extraño escalofrío. ¿Qué estaba ocurriendo?

—Es Clara. —La voz de Guazo pareció un graznido.

—¿Clara? ¿Qué pasa con Clara? —Sergio enderezó la espalda. Guazo y Marcos advirtieron su incomodidad.

—Está aquí, en la ciudad —explicó Guazo—. La policía la llamó para que explicase dónde había estado cuando te entregaron la primera nota en Londres.

Guazo guardó silencio y miró a Marcos, buscando ayuda.

—Sospechaban de ella —prosiguió el hermano mayor. Se pasó la mano por la cabeza rapada en un gesto que denotaba su nerviosismo—. Ya sabes, ella es la única que conoce la clave de acceso a tu ordenador.

—Ya sé que está aquí. Me lo dijo ayer el inspector Bedia.

Durante unos segundos, los tres sorbieron en silencio el café. Descubrieron que se había enfriado y dejaron las tazas sobre la mesa.

—¿Y eso qué tiene que ver con vosotros? —preguntó Sergio—. ¿Por qué decís que me teníais que haber contado algo cuando llegué, si entonces Clara no estaba aquí?

—Verás. —Marcos carraspeó de nuevo—. Clara nos invitó a ir a la entrega de su premio. Invitó a todos los del Círculo Sherlock.

Sergio miró a su hermano con gesto sombrío. De pronto, comprendió lo ocurrido. A pesar de que se había publicado que Clara había dejado a Sergio, e incluso que este había insinuado que ella le había robado la idea de aquella novela, su hermano y su amigo Guazo habían ido a la fiesta en la que Clara recibió el maldito premio de los cojones. Recordó la fotografía que tenía colocada en el tablero de corcho de su casita de Sussex y reconoció al fin la espalda del hombre que aparecía en la imagen charlando con Bullón: ¡era Guazo!

En aquella fotografía aparecían Clara, muy sonriente, y Enrique Sigler cogiéndola por la cintura. Al fondo se veía a Víctor Trejo mirando la escena con una extraña expresión, tal vez repleta de odio o de celos, y, en otra parte de la fotografía, Bullón, con un vaso de whisky en la mano, hablaba con una persona que estaba de espaldas. Sergio no reconoció a Guazo después de tantos años sin verlo, pero ahora sabía que era él. El único que no aparecía en la instantánea era Marcos.

—¡Joder! —se lamentó Sergio.

—Lo siento —murmuró Marcos—. Pensamos que hubiera sido un desaire no acudir. Después de todo, nosotros no teníamos ningún problema con Clara.

Sergio no respondió. Su hermano tenía razón. Clara y ellos no habían tenido nunca diferencias. Incluso Marcos y Clara habían sido excelentes amigos, y los dos eran conscientes de que nadie sabía más sobre Sherlock que ellos dos. En cuanto a Guazo, nunca tuvo problemas serios con nadie.

—Está bien. —Sergio rompió su silencio—. No pasa nada, lo entiendo.

—Esta noche nos ha invitado a cenar a todos —confesó Guazo—. Pensamos ir, si no te importa.

Sergio se mordió el labio inferior. De modo que iban a cenar todos juntos. En realidad, solo faltaba Víctor Trejo para que el círculo estuviera al completo. Bueno, Víctor y él mismo, que naturalmente no tenía la menor intención de unirse a ellos; además, no le habían invitado.

—Morante y Bullón también van a ir —explicó Marcos.

—Pues que lo paséis bien —replicó Sergio con desdén.

—¿Hablamos de esa nota nueva que has recibido? —preguntó Marcos para tratar de dar un giro a la incómoda situación.

Sergio se levantó de su sillón.

—No, creo que voy a dar un paseo. Y también necesito comprarme algo de ropa. No me traje más que unas camisas y tres trajes. Nos vemos mañana, o cuando sea.

—Sergio, por favor. —Marcos cogió a su hermano por el brazo.

Sergio se zafó de su hermano mayor y se dirigió con paso decidido hacia la puerta. En el salón se escuchó el portazo como un adiós agrio, escrito con mayúsculas y en negrita.

5

Sergio Olmos levantó la vista del voluminoso libro que estaba leyendo. Sobre el escritorio de su habitación de hotel había numerosos folios repletos de notas que había ido tomando a lo largo de las veinticuatro horas que llevaba allí encerrado. Se frotó los ojos con las manos y estiró sus entumecidas extremidades. Miró su reloj y descubrió que eran las cinco de la tarde. Estaba demasiado cansado como para analizar con calma todo aquello, de modo que decidió salir a la calle y hacer lo que el día anterior le había dicho a su hermano, pero luego no hizo: ir de compras.

El día antes había salido de la casa de Marcos cerrando la puerta tras de sí con estrépito. Se había sentido engañado por su hermano y por Guazo, pero veinticuatro horas después no estaba tan seguro de haberles juzgado correctamente. Después de todo, ellos no habían tenido una relación con Clara ni habían sido traicionados por ella ni eran los creadores de una novela que luego Clara había publicado con su nombre. De manera que Marcos y José Guazo no tenían motivo alguno para estar enojados con ella. Sin embargo, a Sergio le dolía que no hubieran sido sinceros con él.

A pesar de haber dicho a su hermano la tarde anterior que iba a comprar ropa, cuando salió a la calle cambió de idea. En lugar de eso, se dirigió a la mejor librería de la ciudad, situada en la misma calle en la que vivía José Guazo. Hacía años que no iba a aquella librería. ¿Lo reconocería Javier, su propietario?

Minutos después, salió de dudas. Javier emergió de la pequeña oficina situada al fondo del local con unas gafas cabalgando sobre el puente de su nariz en inestable equilibrio. Afortunadamente, las lentes estaban aseguradas con un cordón que unía sus patillas.

—¡Sergio Olmos! —gritó Javier—. ¡Menuda sorpresa!

—¡Hola, Javier!

—¿Cuántos años sin verte por aquí? Te has olvidado de los de casa.

—Sabes que no es así —respondió Sergio.

—¿Qué querías?

—¿No tendrás, por casualidad, alguna edición de las aventuras de Sherlock Holmes?

—¿Te interesa alguna en concreto?

—En realidad, quería todas. ¿Tienes alguna edición completa del canon?

—Mmmmm. —Javier dedicó unos segundos a pensar antes de ir hasta el ordenador donde estaban catalogados todos los fondos de la librería. Al cabo de un rato, encontró lo que Sergio buscaba—. Me queda algo, espera.

Javier se perdió durante unos instantes entre las estanterías y al cabo de un rato regresó con un voluminoso tomo que contenía *Todo Sherlock Holmes*.

—¡Perfecto! —Sergio sonrió al leer el nombre del responsable de la edición—. Jesús Urceloy, un auténtico especialista. Justo lo que buscaba.

Después de despedirse del librero, Sergio se fue directo hasta su hotel y se encerró en la habitación. Desconectó su teléfono y trató de aislarse de la idea que lo martilleaba continuamente: el Círculo Sherlock, sin él y sin Trejo, iba a cenar aquella noche invitado por Clara Estévez.

Abrió el frigorífico de la habitación y se sirvió un generoso vaso de ron. Fue el primero de los que apuró a lo largo de la tarde mientras daba vueltas al significado que podía tener la segunda carta que había recibido: «¿Quién la tendrá?».

¿Quién le odiaba tanto como para asesinar a una mujer en aquel juego siniestro? ¿Quién había concebido aquella partida mortal en la que alguien retaba a Holmes en la persona de Sergio?

La primera nota no ofrecía dudas sobre ese reto: «En el Mortuorio aparecerá la primera degollada. Hasta la más pequeña violeta se marchita entre tus manos, Holmes». Se retaba a Holmes, se le enviaba la carta a Baker Street, pero quien la recibía era Sergio, y se había escrito en uno de sus papeles y con su propio ordenador. Para colmo, la muerte anunciada se había producido en su ciudad, y el asesino había imitado el primer crimen de Jack el Destripador.

La segunda carta guardaba relación con «El ritual Musgrave», además de añadir el inquietante círculo rojo. Su conversación con el inspector Diego Bedia había desembocado en la idea de que, si en «La aventura del Círculo Rojo» ese símbolo anticipaba la muerte por traición de quien abandonaba a una oscura hermandad criminal, tal vez el mensaje que Sergio había recibido tenía un sentido similar. Pero a lo largo de su vida Sergio solo había pertenecido al Círculo Sherlock, y no se consideraba un traidor al mismo, dado que lo abandonó cuando Víctor Trejo lo disolvió.

¿Quién lo retaba? ¿Por qué? Él no era Holmes, tan solo un aficionado a sus aventuras que había memorizado innumerables detalles de su contenido, pero nada más.

Había comprado el volumen completo de las aventuras del detective pensando que quizá repasando algunos detalles de las mismas sacaría algo en limpio. De modo que dirigió su energía a repasar los casos que investigó Holmes durante los meses de terror en los que Jack el Destripador reinó en Whitechapel.

Muchas veces, en las reuniones del círculo habían discutido los motivos que pudo tener Holmes para no esforzarse en capturar a Jack. Quienes veían en él un simple personaje de novela, argumentaban que era lógico que su creador, Arthur Conan Doyle, no hubiera intentado que Sherlock arrestara a un asesino que ni siquiera la policía de verdad había logrado encerrar. Pero otros reprochaban rencorosamente la cobardía de Holmes.

Durante aquella tarde y buena parte de la noche, Sergio estuvo dándole vueltas a aquel asunto. Cuando la imagen de Clara cenando con los demás lo asaltaba, el ron borraba la escena de su mente y regresaba al mundo victoriano que tan fascinante le había parecido siempre.

Sentado en el escritorio de la habitación, abrió la copia del informe sobre Jack que Guazo conservaba. Leyó una nota del *Times* del sábado 1 de septiembre de 1888:

> Otro asesinato de la peor especie se cometió en las cercanías de Whitechapel en las primeras horas de la madrugada de ayer. El autor y sus motivos siguen siendo un misterio. A las cuatro menos cuarto, el agente de policía Nelly pasó por Buck's Row, en Whitechapel, y encontró un cadáver de mujer, tendido sobre la acera. Se detuvo para levantarla, creyendo que estaba ebria, y descubrió que le habían cortado la garganta casi de oreja a oreja…

La nota de prensa proseguía dando algunos detalles sobre el asesinato de Mary Ann Nichols. Pero ¿dónde diablos estaba Holmes el 31 de agosto de 1888, cuando se cometió ese crimen?

Lo cierto es que no consta que el detective hiciera ninguna investigación en el momento en que Jack atacó por vez primera, y eso siempre le había parecido a Sergio inquietante, además de molesto, puesto que él siempre había defendido a Holmes en aquellos debates del círculo. A pesar de su benevolencia con Sherlock, los datos fríos eran devastadores: desde el 7 de abril[*] hasta el 12 de septiembre[**], no conocemos con certeza las fechas de las investigaciones de Holmes.

Sergio había tomado notas refrescando su memoria. Entre esas dos fechas, el famoso detective consultor había trabajado en

---

[*] «El rostro amarillo». *The Strand Magazine*, febrero de 1893. Los acontecimientos narrados se produjeron el 7 de abril de 1888.
[**] «El intérprete griego», *op. cit.*

asuntos que luego Watson no publicó. Se tienen referencias indirectas de esas investigaciones a través de los relatos que sí vieron la luz, pero no sabemos con seguridad la fecha en la que Holmes estuvo trabajando en ellos, de manera que tal vez sí podía haberse ocupado de la muerte de Mary Ann Nichols.

En *El sabueso de los Baskerville* se mencionan dos casos que investigó antes de septiembre: «El pequeño asunto de los camafeos del Vaticano» y «El pequeño caso de Wilson». De igual modo, en *El signo de los cuatro* se asegura que por esas fechas Sherlock esclareció «La pequeña complicación doméstica de la señora de Cecil Forrester», «El caso de la mujer más atractiva que Holmes había conocido» y «El caso de la joya de Bishopgate». Pero ¿en qué fechas exactamente ocurrieron esos incidentes?

Más tarde llegaron los demás crímenes de Jack, y Holmes tampoco intervino. Tres de aquellos asesinatos sucedieron en el mes de septiembre. El día 8 de ese mes, Annie Chapman fue asesinada en el número 29 de Hanbury Street. Y en la noche del 30 de septiembre encontraron la muerte Elisabeth Stride y Catherine Eddows. ¿Dónde se había metido Holmes?

Desde el martes 18 hasta el viernes 21 de septiembre, Holmes y Watson se habían visto involucrados en una de sus aventuras más notables: *El signo de los cuatro*. Por aquel entonces, Holmes consumía con frecuencia cocaína disuelta al siete por ciento, y Watson lo presenta al lector como un personaje siniestro, que odia la vida cotidiana si esta no le ofrece un enigma singular en el que sumergirse. De modo que ¿por qué no investigó a Jack el Destripador, sin duda el criminal más sanguinario de la era victoriana? Un hombre como Holmes, que ya por entonces había publicado monografías sobre los diferentes tipos de ceniza de los cigarros, así como sobre las influencias que los diversos trabajos tenían en la forma de las manos de las personas, e incluso una obra sobre las huellas de las pisadas; un hombre como él, pensó Sergio, debía haber sido más hábil que la policía metropolitana.

Además, durante aquel mes de septiembre, Holmes había presentado a Watson a su extraordinario hermano Mycroft, de modo que el detective hubiera contado con la sagacidad de su hermano mayor para resolver aquel crimen. Pero en lugar de ir hasta Whitechapel, se dejó seducir por las brumas de los pantanos de Dartmoor, al oeste de Inglaterra, y aceptó el mítico caso de *El sabueso de los Baskerville*. Sin embargo, Sergio había tratado de defender a su héroe en alguna ocasión recordando que en un primer momento Sherlock no acepta acompañar a sir Henry Baskerville hasta su casa de Devonshire. La excusa que el detective esgrimió, según había anotado Sergio, era la siguiente: «Me es imposible estar ausente de Londres por tiempo indefinido, debido al número de consultas que recibo y las constantes llamadas que me llegan de los distintos distritos».

Tal vez Holmes sí estaba colaborando con Scotland Yard en esas fechas para tratar de arrestar a Jack, solía argumentar Sergio ante los demás contertulios del círculo. Pero incluso a él sus palabras le resultaban poco convincentes, puesto que inmediatamente después de esas líneas, Holmes mencionaba un único caso en el que, teóricamente, estaba trabajando: el de un hombre notable de Londres que estaba siendo chantajeado. Y eso mismo era lo que argumentaban los más críticos con Holmes dentro del círculo, como Morante, Bullón o Bada. Para ellos, Sherlock, simplemente, se inhibió porque no podía hacer otra cosa, dado que jamás existió.

En el fragor de la batalla, Víctor Trejo, que se alineaba junto a Sergio, aún tenía arrestos para decir que era lógico que Holmes no confesara públicamente que estaba trabajando en el caso de Jack. Era un secreto, sostenía. Pero Bada, Bullón y Morante recordaban que Holmes sí que estuvo en los pantanos mientras Watson pensaba que se hallaba en Londres, de modo que no pudo investigar nada en Whitechapel.

Watson y Holmes estuvieron en Dartmoor hasta el sábado 30 de octubre de 1888. Desde esa fecha hasta «El misterio de Copper Beeches», cuyos hechos tienen lugar en abril de 1889, hay un nuevo e irritante vacío que Sergio no podía llenar como quisiera. El 9 de noviembre de 1888, Jack había llevado a cabo su último y más terrible crimen: el brutal asesinato de Mary Jane Kelly. ¿Dónde estuvo Holmes en esa época?

Los casos que resolvió entre una y otra fecha —desde el 30 de octubre de 1888 en que regresan de Dartmoor hasta abril de 1889— no debían de ser demasiado notables cuando Watson no los relató y se limitó a citarlos de pasada: «La atroz conducta del Coronel Upwood», a propósito del escándalo de naipes que tuvo lugar en el Club Incomparable, y «La desdichada madame Montpensier», historia en la que el detective defendió a esa dama de la acusación de asesinato que pendía sobre ella por la muerte de su hijastra. También a finales de aquel año investigó «La tragedia de Abbas Parva». Sin duda, ninguno de esos asuntos llegaba a hacer sombra al enigma de Jack el Destripador.

¿Qué sucedería ahora si alguien pretendiera revivir aquellos momentos retando a Holmes en la persona de Sergio para detenerlo? Era una idea delirante, pensó el escritor. Pero tal vez podía tener mucho sentido para alguien como el asesino que rondaba por la ciudad. En todo caso, como el inspector Bedia había dicho, el criminal era alguien que conocía muy bien a Sergio y que se manejaba con soltura en las aventuras de Sherlock Holmes.

Al salir del hotel se sintió en un mundo irreal. Llevaba veinticuatro horas respirando el ambiente victoriano de la Inglaterra de Holmes, y su ciudad, que tan pocas simpatías despertaba en él, le pareció aún más decadente y desagradable. Todo el encanto de los coches de punto, la almidonada educación con la que un caballero se dirigía a una dama o el falso recato de ella mirando de soslayo al hombre que hacía latir su corazón se desvanecieron de pronto. Al respirar profundamente, Sergio percibió el extraño aroma que impregnaba la ciudad exhalado por las fábricas. Tan solo el cielo, plomizo y amenazando lluvia, le devolvió transitoriamente a su adorado Londres.

Tenía que comprar un paraguas, se dijo. Y un abrigo. Y algunas camisas y un par de trajes. Desde luego, también dos pares de zapatos. Había traído muy poca ropa para una estancia que amenazaba con alargarse mucho más de lo que hubiera deseado. No obstante, dudaba si en la ciudad encontraría el tipo de vestuario que él acostumbraba a lucir.

Caminó por el casco antiguo, la zona más comercial, mirando algunos escaparates mientras daba vueltas a la idea que William Stuart Baring-Gould había manejado y según la cual Holmes sí detuvo a Jack el Destripador. Según el célebre autor de *Sherlock Holmes de Baker Street*, Holmes ideó un plan para capturar a Jack, y tuvo éxito.

Después del crimen de Mary Jane Kelly, el detective se disfrazó de prostituta y recorrió las calles de Whitechapel. Desde luego que no era una prostituta muy atractiva: demasiado alta, demasiado flaca, con una nariz demasiado grande…, y padecía una leve cojera que la obligaba a caminar con un bastón. Pero al salir de una taberna no tardó en advertir que era seguido por un hombre fuerte envuelto en una capa negra y tocado con un sombrero de ala ancha. Una bufanda cubría la parte inferior de su cara, de manera que no había modo de saber quién era. Poco después, el hombre embozado habló con la prostituta y fueron juntos hasta un patio frío y sucio. Allí, el desconocido sacó un chuchillo de carnicero provisto de una hoja de veinte centímetros e intentó asesinar a la mujer. Pero su sorpresa fue mayúscula cuando comprobó que la mujer era en realidad Holmes, y que el bastón en el que se apoyaba se había convertido en un afilado estoque. Holmes y Jack lucharon cuerpo a cuerpo, pero en un momento del lance el asesino sorprendió al detective y este cayó al suelo golpeándose la cabeza contra una piedra. Sherlock estaba a merced del asesino, pero fue en ese momento cuando Watson surgió de entre las sombras y logró evitar la muerte de su amigo.

Scotland Yard nunca dio a conocer el incidente, según la hipótesis de Baring-Gould, debido a que quien se escondía bajo la identidad de Jack era el inspector Athelney Jones.

Sergio miró un nuevo escaparate. Su mente aún seguía atrapada en las primeras horas de la mañana del domingo 11 de noviembre de 1888, cuando supuestamente Holmes atrapó a Jack, pero su cuerpo sintió que alguien tocaba su brazo.

—¡Hola! ¿Cómo estás? —dijo una voz de mujer.

Sergio se giró y se encontró con un primer plano del rostro bellísimo de Cristina Pardo. La chica estaba visiblemente ruborizada, pero aun así sus pecas destacaban en la piel limpia, y los ojos azules resultaban irresistibles.

—¡Hola! —Sergio trató de recordar el nombre de la muchacha, pero no lo logró.

—Cristina —dijo, al ver que él no recordaba su nombre—. Nos conocimos en…

—En la Oficina de Integración de los Inmigrantes. —Sergio se apresuró a completar la frase. Quería demostrar que, aunque no recordaba su nombre, sabía perfectamente dónde la había visto.

Cristina, que se había sentido levemente decepcionada al ver que él no recordaba cómo se llamaba, se sintió complacida cuando Sergio demostró que no había olvidado dónde se conocieron.

—¿Qué haces por aquí?

—Buscar algo de ropa.

—¿Del estilo de esa que llevas, tan elegante? —Cristina sonrió.

—Me gusta, es mi estilo. —Sergio se sintió un estúpido al decir aquello—. ¿Sabes dónde puedo comprar un par de trajes, unas camisas y un abrigo? También me vendrían bien dos pares de zapatos.

—¡Vaya, cuánto dinero piensas gastar!

Él se encogió de hombros.

—Tengo que estar en una hora en la oficina —dijo Cristina—. Tengo una reunión, pero hasta entonces te puedo acompañar, si tú quieres.

Claro que quería. Sergio se sintió a gusto en su ciudad por primera vez desde su llegada. Ni siquiera el cielo gris, opresivo y siniestro, le importó. Comenzaron a caer unas gotas de lluvia.

—Y un paraguas —dijo Sergio—. Creo que también me vendría bien un paraguas.

Dedicaron la siguiente hora a revisar un par de tiendas exclusivas que había en la ciudad. No eran las boutiques que Sergio solía frecuentar, y los trajes no estaban a la altura de los que compraba habitualmente, pero podrían servir para salir del paso mientras tuviera que estar allí. En cambio, encontró un abrigo negro magnífico. Con solo ponérselo, sintió que era suyo.

—¡Vaya! ¡Pareces salido de una novela de vampiros! —se burló Cristina—. ¿No será demasiada ropa negra? —Sin embargo, ella lo miró con una no disimulada admiración. Le gustaba aquel hombre, aunque debía de ser quince años mayor que ella, según había calculado.

¡Una novela de vampiros! Sergio sonrió. No estaba mal, se dijo mirándose al espejo.

Completó su compra con algunas camisas —blancas, naturalmente—, dos pares de zapatos muy caros, y ropa interior, que eligió con cierto pudor.

También compraron un paraguas.

Sergio dejó una propina generosa para que todas aquellas prendas le fueran enviadas a la habitación de su hotel. Solo se llevaron el paraguas, bajo el cual se cobijaron los dos y emprendieron el camino hacia la oficina de Cristina.

—¿Tienes que trabajar por la tarde? —preguntó Sergio.

—A veces sí —explicó Cristina—, pero la reunión no es exactamente de trabajo, auque también. He quedado con uno de los curas del barrio.

—Será mejor que no te moleste.

—No, no, te puedes quedar. —Cristina sintió que había sido demasiado impulsiva en su respuesta. Parecía desesperada ante la posibilidad de que él se marchara. Intentó arreglarlo—. Quiero decir que, si quieres, te puedes quedar.

En la puerta de la oficina aguardaba un hombre joven, vestido de un modo informal, con vaqueros azules, un suéter verde y una camisa de cuadros. Llevaba encima un chaquetón oscuro. El pelo era rubio y lucía una sonrisa un poco infantil.

—Sergio —dijo Cristina—, te presento a Baldomero, uno de los párrocos del barrio.

Sergio miró al cura y el sacerdote hizo lo propio. Se estrecharon la mano. Sergio advirtió que Cristina estaba un poco incómoda, y llegó a pensar que tal vez hubiera algo entre ella y el cura, pero desestimó esa idea.

Entraron en la oficina y Cristina explicó a Sergio en qué consistía el proyecto de la Casa del Pan y los problemas que estaban teniendo para mantenerlo a flote.

—Las subvenciones escasean —dijo Baldomero—, pero el número de personas que acuden al comedor es cada vez mayor. En el barrio hay mucha gente que mira con recelo el proyecto y, aunque en la asociación de vecinos la mayoría apoya la iniciativa por solidaridad, algunos de sus miembros comienzan a hacer ruido.

—Y luego están las elecciones —añadió Cristina.

—¿Qué pasa con las elecciones? —preguntó Sergio.

—Falta poco más de un mes para las elecciones municipales, y tiene muchas posibilidades de ganar un candidato que está usando el tema de los inmigrantes como arma electoral, y ha conseguido meter baza en la asociación de vecinos gracias a uno de sus hombres de confianza, que vive en el barrio y todo el mundo le conoce porque fue un popular jugador de fútbol en la ciudad.

—Se llama Toño Velarde. Es un bruto —completó la descripción Cristina—, un ignorante que anda por ahí metiendo miedo a los inmigrantes y haciéndole la campaña a Morante.

—¿Morante? ¿Jaime Morante? —preguntó Sergio sorprendido.

—¿Le conoces?

Sergio movió la cabeza afirmativamente. Sabía que se iba a presentar a las elecciones, pero desconocía el lado xenófobo del matemático, aunque tampoco le extrañó demasiado.

Sergio se sintió obligado a explicar, al menos de un modo resumido, cómo había conocido a Jaime Morante en la universidad. Luego habló de su hermano Marcos, a quien Baldomero resultó conocer, y de Guazo. Al doctor lo conocían tanto Cristina como el cura, puesto que era uno de los tres médicos que pasaban consulta gratuita a los inmigrantes en la Casa del Pan.

—No lo sabía —reconoció Sergio. Le pareció un bonito detalle, muy propio del generoso Guazo.

Después, la conversación se desvió hacia el crimen del que todo el barrio seguía hablando. Cristina quiso saber por qué había ido en compañía de los inspectores de policía a la oficina días antes, y él trató de resumir el motivo de su estancia en la ciudad. Le pareció que podía confiar en aquella chica y en el sacerdote, y les habló de la nota anónima y del resto. No obstante, prefirió silenciar la noticia de la segunda carta que había recibido para no alarmar a nadie innecesariamente. Aún no sabía si tendría que ver con un nuevo crimen o no.

—Me gustaría pediros discreción —dijo—. Y también que me informéis si averiguáis algo que me pueda ayudar.

—Por cierto —intervino Cristina—, esta mañana pasó por la oficina el inspector Tomás Herrera para recoger la lista de personas que van al comedor social y aquellas que se encuentran en una situación económica extrema. Como Daniela iba a comer allí de vez en cuando, creen que tal vez puedan sacar algo en claro mirando los nombres de los demás.

—¿Te preguntó algo más? —quiso saber Sergio.

—A mí, no —repuso Cristina—. Yo no estaba en la oficina en ese momento. La lista se la dio mi compañera, María.

Cristina sonrió involuntariamente recordando lo que su amiga le había contado. El policía, le dijo, había estado encantadoramente educado. Su pelo corto cano, aquel aspecto cuidado y atlético, su rostro varonil y todo lo demás habían dejado sin palabras a la enamoradiza María. Y el inspector le había insinuado si le acompañaría a cenar un día de estos. Ella, por supuesto, dijo que sí. Él había prometido telefonearla.

Media hora más tarde, Baldomero se disculpó.

—Debo irme, tengo misa en veinte minutos.

Cristina dio un beso en la mejilla al párroco, y Sergio volvió a sentir que había algo especial entre los dos.

Cuando se quedaron solos, se instaló entre ellos un extraño silencio.

—¿De modo que eres escritor? —preguntó Cristina.

—¿Te apetece cenar conmigo esta noche? —La voz de Sergio sonó mucho más segura de lo que él mismo estaba.

Ella dijo que sí.

6

Desde la tarde del día 10 hasta la noche
del día 11 de septiembre de 2009

Felisa Campo encendió un nuevo cigarro. Era el tercero desde que había aparcado cerca de la comisaría sin saber qué hacer. Estaba muy nerviosa, y tenía motivos para ello. Era la primera vez que se veía en una circunstancia así. A un negocio como el suyo no le convenía en absoluto que la mirada de la policía recayera sobre él más de lo necesario. Si a la policía le daba por meter la nariz en sus cosas, posiblemente encontraría algo que seguramente incomodaría a Felisa y además espantaría a los clientes.

Por otro lado, Yumilca Acosta había desaparecido, y ella le tenía un aprecio especial a aquella mulata grande y generosa. Felisa, con cuarenta años a las espaldas, había vivido lo suficiente como para endurecer su corazón tanto como era necesario si pretendía sobrevivir en su oficio, pero aquella dominicana era su debilidad. Sabía que Yumilca ahorraba cuanto podía para enviar dinero a su familia, que seguía cuidando de la niña que Yumilca había traído al mundo cuando apenas era una adolescente.

La mulata le había abierto su corazón en varias ocasiones, y Felisa, que no tenía hijos ni marido ni nada parecido a una familia propia, le había tomado especial cariño. Del mismo modo que no le resultaba en absoluto agradable María, la rumana que, no obstante, era íntima de Yumilca. María era fría y distante, pero había clientes que valoraban mucho aquella piel suya casi traslúcida y su cabello rubio, que le daba un cierto aspecto angelical. A pesar de su escasa simpatía hacia la rumana, Felisa la mantenía en el club porque sabía que era muy buena en su trabajo.

Precisamente, había sido María la que más le había insistido para que acudiera a la policía. Hacía dos días que ninguna de las dos sabía nada de Yumilca, y aquello era impropio de la joven mulata. La última vez que Felisa había hablado con ella fue después de que hiciera un servicio en un hotel de la ciudad. Yumilca la había llamado explicándole que no se encontraba bien y que iba a irse a casa. Desde entonces, no había vuelto a tener noticias suyas.

Felisa exhaló el humo del cigarro rubio por la ventanilla de su coche. Volvió a mirar hacia la comisaría y tomó una decisión. Creía que se lo debía a Yumilca. Salió del coche, cerró la puerta y dio una pequeña carrera hasta la entrada de la comisaría para evitar la lluvia que caía a aquella hora de la tarde. Ya en el umbral, cerró los ojos y contuvo la respiración antes de decidirse a entrar.

Un policía de servicio le salió al paso.

—¿Qué desea?

—Quiero denunciar una desaparición.

Graciela sintió un escalofrío al ver las cartas boca arriba. De nuevo la mirada gélida de la muerte se cruzó en su camino, pero esta vez creía ver algo más en los arcanos. El tarot no le daba nombres ni direcciones, pero Graciela estaba segura de que se iba a cometer otro asesinato, y las cartas le hacían presentir que tenía que ver con la joven rubia que trabajaba en la Oficina de Integración; la amiga de María. Sin embargo, los cartones decían que esa muchacha no iba a ser la víctima.

El crimen de aquella mujer sudamericana, Daniela, había sucedido poco después de que María y su compañera de trabajo fueran a casa de Graciela para consultarle a las cartas qué futuro amoroso las aguardaba. Bueno, recordó Graciela, en realidad, la única que preguntó fue María. La otra chica apenas abrió la boca, y se la veía muy incómoda y nerviosa. Pero sin que Graciela pudiera saber el motivo, las cartas del tarot comenzaron a hacer siniestros anuncios en los que siempre aparecía la muerte relacionada de alguna manera con aquella mujer rubia. ¿Por qué?

Todo aquello era absurdo, se dijo Graciela los primeros días en que le ocurrió eso mientras hacía tiradas de cartas en solitario. ¿Qué tenía que ver aquella muchacha, cuyo nombre no recordaba, con los crímenes? ¿Debía ir a hablar con ella? Pero ¿qué podía decirle sin que pareciera una loca? ¿Y la policía? ¿La escucharía a ella, una tarotista, la policía?

Para colmo, los naipes comenzaban a ofrecer confusas informaciones. Graciela no estaba segura de cómo debía interpretar aquello. Una mujer estaba en peligro, pero no estaba muerta aún. Los cartones, por primera vez en muchos años, confundían a Graciela. Se cruzaban las imágenes de varias personas, de mujeres y de hombres; sobre todo hombres. Pero ¿quiénes eran esos hombres? ¿Qué debía hacer?, se preguntó una vez más.

—Yo no me preocuparía tanto por lo que digan —gruñó Morante—. ¡Mírame a mí! Una parte de la ciudad me odia porque he decidido jugar a un juego en el que algunos creen que solo pueden participar ellos. Y otros me temen, lo cual no te voy a negar que me resulta agradable. —Trazó una sonrisa torcida con la boca antes de dar una palmada en la rodilla de Tomás Bullón—. ¡Así que anímate, joder! ¡Que les den por culo a todos! Además, ¿quién te dice que no puede haber más muertes? —El político rio como si aquello tuviera muchísima gracia.

Toño Velarde estalló en una carcajada epiléptica, como si interpretara la segunda voz en un dueto con su líder político. También Velarde, como el chófer de Morante, había adquirido la costumbre de reír sacando la lengua. En la comisura de su boca había saliva seca, y su rostro estaba congestionado por la risa.

—No te burles, joder —protestó Bullón—. ¿No te das cuenta de que había construido una teoría que ahora se cae a pedazos? Les prometí a los lectores un caso de *copycat*, y ahora resulta que no pasa nada de nada. ¡Ya tenía que haberse cometido otro crimen!

—¿Por qué? —Morante adoptó una expresión severa, la misma que mostraba a sus alumnos durante sus brillantes clases de matemáticas—. ¿Cuáles son los datos del problema? —La pregunta retórica no buscaba la respuesta de Bullón, al que no permitió hablar—. Tu teoría se ha estructurado sobre una base que parece sólida, pero luego has elucubrado por tu cuenta, y eso es peligroso. Veamos: el día 31 de agosto de 1888 nuestro admirado y escurridizo Jack asesina en Buck's Row a Mary Ann Nichols. El día 31 de agosto de este año, alguien tiene la estrambótica idea de matar a una de esas extranjeras aquí mismo. Las heridas que presentan los cadáveres se parecen demasiado como para no establecer relaciones y, por otro lado, están esos detalles que tú aireaste: el sombrero de paja, los intestinos al aire y todo el resto. Hasta ahí todo correcto, ¿no es cierto?

Bullón bebió un trago de whisky y asintió. Se pasó un pañuelo por la frente. Estaba sudoroso.

—De manera que tú llegas a la conclusión de que alguien está imitando a Jack, y te sacas de la manga todos esos artículos muy bien traídos en los que comparas Whitechapel con el barrio norte, algo que, por otra parte, a mí me viene estupendamente. —En la cara de Morante se dibujó una sonrisa torcida—. De modo que te animo a que sigas haciéndolo. Cuanto más irritada esté la gente contra las autoridades y contra los inmigrantes, más pescaremos nosotros, ¿verdad, Toño? —añadió, volviéndose hacia Velarde.

«Un tonto útil», pensó Morante mientras miraba a aquel bruto que reía sacando la lengua. «O, tal vez, dos tontos útiles», se dijo al posar la vista sobre el gordinflón Bullón.

—Los datos son reales, pero tú comienzas a elucubrar, amigo mío, con demasiada alegría. Deduces que, si hay un tipo que mata como Jack y que comete un asesinato el 31 de agosto (el mismo día en que lo hizo Jack por primera vez), deberá volver a matar el 8 de septiembre, fecha en la que el Destripador dio buena cuenta de Annie Chapman. Pero ¿por qué? ¿Qué razón hay para que la pauta se mantenga? ¿En qué se basa el *copycat*? ¿En el modo en el que se cometen los crímenes o en algo, a mi juicio, más anecdótico como es la fecha en que tienen lugar?

Bullón miró a su amigo por encima del vaso que sostenía en alto. Entornó los ojillos y sintió cómo el aire fresco de la esperanza entraba por sus enormes fosas nasales.

—¿Cómo puedes exigir a quienquiera que matara a esa hondureña que cumpla al dedillo el calendario de Jack? —preguntó Morante—. ¡Joder, eso es imposible! La policía ronda el barrio más que las moscas a la miel, y tus artículos precisamente han conseguido ponerles aún más en guardia.

—¿Qué quieres decir? —preguntó Bullón, que seguía con la máxima atención el razonamiento de su amigo.

—Pues que, si hay alguien lo suficientemente loco como para matar a una mujer como si fuera Jack, debe de ser sumamente inteligente, frío y calculador como para no dejar la más mínima pista. No creo que improvise, y no va a ser tan estúpido de jugarse el pellejo el día en el que todo el mundo está pensando que va a actuar, ¿no te parece?

—¿Crees que habrá más crímenes?

Morante se pasó la mano por el mentón. Sus ojeras parecieron acentuarse aún más mientras sopesaba lo que debía contestar. Sus ojos se cruzaron con los de Toño Velarde antes de que se decidiera por una respuesta.

—No tengo ni idea, pero te voy a ser sincero: no serías tú el único que sacaría provecho de la muerte de otra de esas putas inmigrantes en ese barrio.

La cena con Cristina había sido tan especial que, al final de la velada, después de acompañarla hasta el portal de su casa, en pleno distrito norte, Sergio se atrevió a preguntar si le apetecería cenar de nuevo al día siguiente.

Cristina miró a los ojos a aquel hombre alto, que transitaba por la cuarentena y que parecía salido de algún libro de otra época. Debía reconocer que aquel traje negro le sentaba muy bien, y que el abrigo le daba una pincelada gótica inquietante y atractiva. Todo era demasiado negro en su atuendo y, sin embargo, Sergio parecía tener luz propia.

No tardó en decirle que sí, que estaría encantada de volver a cenar con él al día siguiente.

De modo que, aquel viernes desapacible y húmedo, estaban sentados a la mesa de uno de los restaurantes más conocidos de la ciudad. La calidad de la cocina del local era de sobra conocida, pero Sergio no podía saber que aquel había sido exactamente el restaurante en el que Clara y los demás miembros del Círculo Sherlock habían cenado la noche anterior. Y, por lo que enseguida descubrió, Clara había quedado prendada de la cocina del local, razón por la cual había decidido repetir la noche siguiente.

Cuando las miradas de Sergio y de Clara se encontraron, el mundo guardó silencio. Fueron unos segundos densos e infinitamente largos. Sergio dudó sobre lo que debía hacer, pero Clara le tomó la delantera.

Sergio la vio dejar atrás a Enrique Sigler y dirigirse sin vacilar a la mesa que él ocupaba en compañía de Cristina. A pesar de todo cuanto la odiaba, no pudo evitar recordarla desnuda, en su cama. Seguía igual de hermosa que cuando la conoció en sus tiempos universitarios. Tal vez su cuerpo se había ensanchado levemente, pero eso no le restaba ni un ápice de encanto. Estaba radiante.

—Buenas noches, Sergio. —Clara sonrió y miró a Cristina—. Soy su expareja y, como supongo que te contará muchas cosas de mí, quería decirte que no todas serán ciertas.

—¡Clara, por favor! —Sergio se levantó de la silla, visiblemente incómodo.

—No he venido a armar una escena —repuso Clara—, tan solo a saludarte, y a ti también, quienquiera que seas. —Miró a Cristina unos segundos y luego dedicó de nuevo toda su atención a Sergio—. Y también quiero decirte que no tengo nada que ver con la nota de la que me ha hablado la policía.

—Pero tú eres la única que conoce la clave de acceso a mi ordenador —protestó Sergio.

—Ya sé que la conozco, pero no puedo garantizar que tú no se la hayas dicho a alguien más —replicó Clara.

—Yo no se la he dicho a nadie. Solo confié en ti, y ya he visto el resultado.

—Como ya te dije —Clara miró a Cristina de nuevo—, no todo lo que te cuente es cierto. De todos modos —dijo a Sergio—, Enrique y yo estuvimos en Italia los últimos quince días de agosto, así que me puedes borrar de tu lista de sospechosos.

Clara se dio la vuelta y se dirigió hacia Sigler, quien saludó con un movimiento de cabeza a Sergio. De pronto, Clara se detuvo, se volvió hacia la mesa de su expareja y dijo:

—Nos iremos en un par de días. Por cierto, espero que te sintieras pagado con la fotografía.

Sus ojos sonrieron. Estaba verdaderamente bella, pensó Sergio.

7

Sábado, 12 de septiembre de 2009

Durante más de cuarenta años Socorro Sisniega se había levantado a desayunar con su esposo, Damián, antes de que él se fuera a trabajar. Incluso lo había hecho en las mañanas de invierno más crudas, cuando él debía acudir al relevo de las seis de la mañana en la fábrica. Después, lo despedía con un beso en el umbral de la casa de su humilde piso en la calle de Marqueses de Valdecilla.

Mientras los tres hijos del matrimonio fueron pequeños, Socorro regresaba a la cama tras despedir a su marido y remoloneaba entre las sábanas durante hora y media. Una hora más tarde, se levantaba y comenzaba a adelantar trabajo antes de que los tres pequeños —dos niñas y un niño— saltaran de la cama y comenzara el gran jaleo: supervisar el baño, el desayuno, el vestido, los útiles para el colegio…

Los años pasaron con extraordinaria rapidez. Casi todo cambió alrededor de Socorro, salvo su amor por Damián. Los niños se hicieron mayores, se casaron y se fueron de la ciudad. Damián y ella envejecieron juntos, pero la salud de él se había visto deteriorada mucho más de lo que los dos hubieran deseado. Socorro, en cambio, conservaba aquel cuerpo delgado y fibroso, aunque las carnes habían caído y estaba surcado por mil arrugas, que había enamorado a Damián hacía muchos años.

Socorro Sisniega mantenía la costumbre de madrugar. Era cierto que ya no se levantaba a las cinco de la mañana, pero nunca se la encontraría en la cama después de las seis. Damián le reñía por aquel hábito que consideraba absurdo.

—¿Se puede saber qué tienes que hacer tú a esas horas? —gruñía el viejo.

Pero ella no le hacía caso. Le gustaba el silencio del amanecer. Tomaba el café y regaba las plantas del patio trasero, un espacio con suelo de hormigón de unos cuarenta metros cuadrados tapiado con bloques y al que se accedía desde la calle por una puerta de metal. La vivienda de Socorro y Damián estaba en la planta baja del número 11 de aquella calle. Se trataba de un edificio que incluía los números 5, 7 y 9, además del 11.

En el portal de Damián y Socorro vivían doce familias. En cada uno de los cinco pisos, a los que se debía añadir el bajo en el que habitaban ellos, había dos puertas. Las dos viviendas del bajo tenían el patio al alcance de la mano, puesto que algunas de sus ventanas miraban hacia allí y estaban cerca del suelo.

Aquel sábado, Socorro abrió una de las ventanas que miraban al patio. El agua de la lluvia repiqueteaba en los cristales, de modo que se había ahorrado el trabajo de regar las plantas. Pero, a pesar de todo, le gustaba respirar el aire frío del amanecer.

Su patio estaba oscuro. Pero aún lo estaban más los patios contiguos, que se extendían a lo largo de toda la parte trasera del bloque de viviendas. El suyo se hallaba más cerca de una farola que iluminaba los callejones próximos. Lejos estaba Socorro de imaginar que aquella maldita luz cambiaría los últimos años de su vida de un modo irreparable. Lo que vio bajo la luz mortecina de la farola heló su sangre.

Minutos más tarde, el amanecer de aquella zona del barrio se vio transformado radicalmente. La zona comprendida entre la calle Marqueses de Valdecilla con la calle Juan de Herrera habían quedado acordonada. Los policías parecían brotar de un modo instantáneo por todas partes. Se estaba tomando declaración a todos los vecinos de la zona. Uno de aquellos hombres no tardó en llevar la voz cantante.

—¿Quién la encontró? —preguntó Diego Bedia a uno de los agentes.

—Se llama Socorro Sisniega —respondió el policía—. Vive en uno de los dos pisos de la planta baja. Tiene setenta y nueve años. Con ella solo vive su marido, Damián, que tiene un año más que ella.

Diego asintió mientras contemplaba aquella escena dantesca y los primeros efectivos de la policía científica comenzaban a hacer su trabajo. El inspector Bedia, que no acostumbraba a rezar, lo hizo en aquella ocasión ansiando que apareciera alguna pista que condujera hasta el loco que había llevado a cabo la barbaridad que estaba contemplando.

Junto a una de las paredes del patio, cerca de la ventana de Socorro Sisniega, el cadáver de una mujer mostraba al mundo la obra de un demente. El cuerpo había sido cubierto cuando llegó Diego. Al contemplar aquel horror estuvo a punto de vomitar.

Se trataba de una mujer alta y robusta, mulata, a la que alguien había cortado el cuello de forma salvaje. Sus ojos sin vida miraban hacia el lado derecho, las piernas estaban separadas. La mano izquierda estaba colocada sobre el pecho izquierdo, mientras que el brazo derecho se hallaba extendido. Sobre el hombro izquierdo se había dispuesto de un modo macabro parte del abdomen y de los intestinos. La cara de la desdichada estaba abotargada, y entre los dientes asomaba la lengua. Parecía que la hubieran asfixiado antes de cortarle el cuello.

En la garganta le habían practicado un tajo tan violento que la cabeza apenas se sostenía unida al cuerpo. Daba la impresión de que, incluso después de haberla cortado de ese modo, el asesino había intentado separarla aún más.

—¡Joder, qué horror! —exclamó una voz detrás de Diego.

El inspector jefe Tomás Herrera acababa de llegar. El minúsculo patio ya había sido tomado por los técnicos de la policía científica. Solo Herrera y Diego Bedia se encontraban en ese momento junto al cadáver. La lluvia había cesado.

—Mira esto. —Diego señaló un grupo de objetos que se encontraban a los pies del cadáver.

—¿Qué coño significa?

—No lo sé —reconoció Diego. De pronto, tuvo una intuición—. No me extrañaría que tuviera que ver con los crímenes de Jack.

—¡No me jodas! —exclamó Herrera.

La mirada de los dos policías se dirigió de nuevo a los pies de la mujer asesinada. Junto a ellos, ejecutando una caprichosa coreografía, había un trozo de tela muy fina —parecida a la muselina—, un peine y un sobre. Después de que la policía científica tomara innumerables fotografías del escenario y de la disposición de aquellos objetos, descubrieron que dentro del sobre había dos aspirinas normales y corrientes. En el sobre, escrito en tinta azul, se leía: «Sussex Regiment». Además, en letras rojas: «London Aug. 23, 1888». Al dorso, aparecía escrita una letra «M», un «2», y las letras «Sp».

—Si la hubieran matado aquí, debería haber mucha sangre —dijo Herrera—. Alguien la trajo hasta aquí ya muerta, rompió el candado de la puerta de entrada —añadió, señalando con la mirada la puerta que daba acceso al patio— y la dejó aquí tirada.

Diego no dijo nada. Una mezcla de irritación y náusea se había apoderado de él. Le habían arruinado el sábado que pensaba disfrutar en compañía de su hija Ainoa. Afortunadamente, Marja libraba aquel fin de semana en el hotel y había dormido en casa de Diego. Marja se había quedado con la niña.

El juez Ricardo Alonso llegó minutos más tarde. Tomás Herrera fue a su encuentro y le puso al corriente de lo sucedido. El juez estaba visiblemente molesto. La investigación de la muerte de Daniela Obando seguía estancada. No había pruebas que permitieran seguir ninguna línea de investigación fiable, y Tomás Herrera no se atrevía a considerar como algo serio aquella historia del *copycat*. El médico forense se unió a ellos y dio cuenta de las primeras averiguaciones, que resultaron ser escalofriantes.

—A falta de que la autopsia revele más información, a esa mujer le han sacado parte de los intestinos por una herida tremenda practicada en el abdomen con un cuchillo u otro tipo de instrumento cortante de unos quince centímetros de longitud. A la vista del aspecto de los labios de la herida, yo diría que es un arma extremadamente afilada. —El doctor carraspeó antes de proseguir. A pesar de su experiencia, se le veía incómodo y tal vez un poco asustado—. Los intestinos fueron colocados sobre el hombro izquierdo de la mujer, no sé por qué razón. Y, aunque me gustaría estar más seguro, yo diría que le han extraído algunos órganos.

—¿Cómo ha dicho? —El juez había palidecido.

Diego Bedia dejó al doctor explicando que prefería hacer la autopsia para dar más detalles. Una vez fuera del patio, salió a la calle Marqueses de Valdecilla y respiró profundamente. Había infinidad de curiosos que se habían agolpado allí, mientras que, desde las ventanas situadas sobre el patio en el que había aparecido la mujer, se asomaban los vecinos como quien contempla desde un palco una representación teatral.

Diego enfocó la mirada y vio a Murillo, que se abría paso entre los curiosos.

—El hijo de puta del periodista está hablando con la testigo —anunció el policía.

—¿Qué?

Diego corrió hacia el portal número 11 y entró en casa de Socorro Sisniega como un ciclón. La mujer estaba sentada en la cocina en bata y camisón. Era delgada y estaba despeinada. Junto a ella, de pie, había un hombre que parecía mucho mayor. Debía de ser el marido, pensó Diego. Pero pronto solo tuvo ojos para Tomás Bullón, que estaba de espaldas, con la grabadora encendida y hablando despreocupadamente con Socorro. Diego se preguntó cómo diablos había llegado tan pronto. ¿Cómo se había enterado él del crimen?

—¿Qué coño está usted haciendo aquí? —dijo con brusquedad el policía.

Bullón se giró y lo contempló con un gesto torcido, pero parecía evidente que le divertía aquella situación.

—Mi trabajo —respondió—. Hago mi trabajo.

—¿Cómo es que ha llegado usted tan pronto? —preguntó Diego—. Es el único periodista que está aquí.

—Será que soy el que más trabaja, o el más listo —contestó Bullón con descaro.

Diego se volvió hacia Murillo y le hizo una seña.

—Haga el favor de sacar a este hombre de aquí.

Bullón alzó las manos y mostró las palmas.

—Calma, calma —dijo—. Salgo por mi propio pie. Después de todo —rio, mirando a Diego—, ya tengo todo lo que necesito. Esta vez no podrán ocultar nada a la prensa.

Diego apretó los dientes y se contuvo. Aquel cabrón se había aprovechado de la ingenuidad de los dos ancianos. Murillo se dio el placer de sacar a empellones con sus enormes brazos de culturista al obeso periodista.

—Tenga cuidado con lo que publica —gritó Diego.

—¿Me está amenazando? —replicó desde el portal Bullón—. Esta vez ha buscado un escenario similar —gritó aún más fuerte—. ¡Un nuevo Hanbury Street!

Murillo miró a Diego desconcertado.

—¿Qué ha querido decir? —preguntó a su superior.

—No lo sé —reconoció Diego—, pero me parece que va a tener que ver con toda esa historia de Jack el Destripador.

Socorro y Damián asistían a aquella conversación sin comprender nada de lo que aquellos dos hombres decían. En los ojos de la anciana solo tenía cabida la dantesca escena que el destino le había reservado cuando no le faltaba demasiado para doblar la última esquina de la vida.

—Creo que hay algo que debes saber —dijo Murillo.

Diego aguardó en silencio.

—La víctima responde a la descripción que teníamos de una mujer desaparecida desde hace tres días.

—¿Qué?

—Una mujer llamada —Murillo consultó su cuaderno y pasó un par de hojas— Felisa Campo, que regenta un… —Murillo vio que Socorro y Damián lo miraban y decidió no decir club de putas— bar de alterne, denunció hace un par de días la desaparición de una de sus... empleadas.

Diego guardó silencio durante unos segundos, los necesarios para que una idea fuera madurando en su cabeza.

—¿Cuándo desapareció esa mujer?

—El martes, día 8, hizo una visita a... —Murillo advirtió que los ancianos seguían pendientes de sus palabras—, fue a un hotel para un trabajo. Cuando salió, llamó a su jefa y le dijo que se encontraba cansada. Pidió permiso para no ir a trabajar aquella noche, y ya no se la ha vuelto a ver. —Murillo hizo una pausa antes de añadir—: Hasta hoy.

Diego miró con dulzura a los dos ancianos

—Mi compañero les va a tomar declaración, ¿de acuerdo? No tengan miedo. —Luego se volvió hacia Murillo—: Busca a esa mujer, Felisa, para ver si reconoce el cuerpo. ¿Y Meruelo?

—Está en el quinto piso —explicó Murillo—. Él empieza desde arriba hacia abajo, y yo hablo con los vecinos de abajo hacia arriba.

—Dile a Tomás que me voy a la comisaría —dijo Diego.

—¿Qué pasa?

—Nada, pero quiero saber qué pasó en Hanbury Street.

8

Sábado, 12 de septiembre de 2009

Diego entró en su despacho sin aliento. Lo dominaba un deseo irrefrenable por leer el informe sobre los crímenes de Jack que los hermanos Olmos y Guazo, el médico, le habían entregado. Pero al mismo tiempo tenía miedo a lo que pudiera encontrar en él.

Se sentó frente a su mesa y abrió el cajón donde guardaba el informe. Se reprochó a sí mismo haber leído solo lo que le sucedió a Mary Ann Nichols. Con manos temblorosas, buscó el segundo capítulo del dosier. El título le heló la sangre en las venas:

Patio trasero del n.º 29 de Hanbury Street. 8 de septiembre de 1888.

Diego echó una mirada apresurada a las primeras líneas del informe y descubrió que Hanbury Street era una de las calles de Whitechapel, el escenario de las correrías de Jack. En el patio trasero del número 29 de aquella calle fue encontrada muerta Eliza Annie Smith (Chapman, tras su matrimonio) el día 8 de septiembre de 1888.

Diego respiró profundamente y miró al techo del despacho. Luego cerró los ojos durante unos segundos, tratando de almacenar suficiente valor en su corazón para seguir leyendo.

La infortunada mujer era conocida como Dark* Annie. Había nacido en 1841, de modo que tenía cuarenta y siete años cuando fue asesinada en aquel patio, al que se podía acceder entrando por el portal de Hanbury Street. Un par de peldaños permitían bajar desde el portal hasta el patio, que tenía unos quince pies** por cada lado. Frente a las escaleras, había un cobertizo y a la derecha, una especie de armario.

El cuerpo de Annie fue encontrado en una posición que, tal y como había sospechado Diego, era exactamente la misma que la de la mujer que él mismo acababa de ver muerta. Por encima de la cabeza de Annie se encontraron manchas de sangre, posiblemente producidas por salpicaduras cuando su asesino le cortó la garganta. Diego leyó también que tres días después una niña del vecindario descubrió nuevas manchas de sangre en el patio adyacente al número 25 de Hanbury Street, a tan solo dos patios de distancia de donde se suponía que había sido asesinada Annie. Se trataba de sangre seca.

En el informe había una nota a pie de página realizada a mano recientemente por el doctor José Guazo. Diego lo supo porque Guazo había puesto su nombre a continuación de la nota. En ella, el médico recogía un dato aportado por la escritora Patricia Cornwell***, que señalaba que el trazo de sangre tenía una longitud de entre metro cincuenta y metro ochenta.

La policía concluyó que el asesino había huido saltando la valla, pero iba tan cubierto de sangre que fue dejando un rastro a su paso. Se supuso que se quitó el abrigo y, para limpiarse, lo sacudió contra la pared trasera de la casa número 25. También se encontró un papel arrugado y manchado de sangre, y la policía imaginó que el asesino lo había usado para eliminar sangre de sus manos. Lamentablemente para los policías, y felizmente para el criminal, los medios científicos de Scotland Yard eran muy limi-

---

* La Morena.

** Aproximadamente, cuatro metros y medio.

*** Patricia Cornwell, *Retrato de un asesino. Jack el Destripador, caso cerrado*, Ediciones B, Barcelona, 2004.

tados como para sacar algo en claro de aquellas pistas que Diego veía como decisivas.

Jack, proseguía diciendo el informe, debía de haber llegado por aquellos patios traseros hasta el lugar del crimen. Y de igual modo salió de allí sin que, increíblemente, nadie lo hubiera visto. Sin duda, sus huellas dactilares debían de estar por todos los lados, pero la policía no tenía medios para estudiarlas.

Tras leer aquellas primeras líneas sobre la muerte de Annie Chapman, Diego comprendió lo que Tomás Bullón había querido decir: el asesino que estaba actuando en el barrio norte no se había limitado esta vez a buscar un callejón oscuro, como si fuera Buck's Row, sino que se tomó la molestia de encontrar un patio trasero que tuviera un cierto parecido con el de Hanbury Street. Accedió a él rompiendo el candado de la puerta y salió sin ser visto por nadie tras construir un escenario similar al que Scotland Yard se encontró en el asesinato de Dark Annie.

Pero lo más increíble es que ni en 1888 ni tampoco ahora haya un solo testigo. El informe era desalentador:

El inmueble estaba habitado por varias familias que alquilaban a la señora Richardson unas habitaciones de unos treinta metros cuadrados.

—Ático: John Davis con su mujer y sus tres hijos (miran hacia la puerta principal), Sarah Cox (mira hacia el patio), una anciana.

—Segunda planta: hacia la puerta principal: el matrimonio Thompson y una hija adoptada. Hacia el patio: las hermanas Copsey, que trabajaban en una fábrica de cigarros.

—Primera planta: la señora Richardson y su nieto de catorce años. Hacia el patio: el señor Walker y su hijo, un impedido psíquico.

—Planta baja: la señora Annie Harriet Hardiman y su hijo de dieciséis años. Vivían en la parte delantera. La parte trasera se había habilitado como cocina.

La secuencia aproximada de los hechos, según las diferentes investigaciones, pudiera ser la siguiente:

• Cinco menos cuarto: John Richardson, el hijo de la señora Richardson, que no vivía en el inmueble, iba de camino al mercado de Spitalfields. Había habido un robo de herramientas días antes y entró en el patio para ver si todo estaba en orden. No vio nada extraño. El delantal de cuero que sabía que era de la familia seguía en el mismo lugar donde lo habían dejado, junto a un grifo y una cuba de agua. Se detuvo porque algo en su bota lo molestaba. Se sentó y descubrió que era una protuberancia de cuero. La arrancó. Algunos informes dicen que lo hizo con un cuchillo de cocina de unos doce centímetros de largo. Estuvo sentado durante unos minutos en el umbral de acceso al patio, justo al lado de donde después apareció el cadáver de Annie. Pasado ese tiempo, Richardson se marchó. No vio ni oyó nada extraño.

• Cinco y media. Elisabeth Long dice haber visto a esa hora a Annie Chapman hablando con un hombre que no era mucho más alto que ella junto al 29 de Hanbury Street. Estaba segura de la hora porque escuchó el reloj de la Black Eagle Brewery, en Brick Lane. El hombre estaba de espaldas y lo describió como corpulento, cuarentón, vestido con un abrigo oscuro y una gorra de cazador de color marrón. No le pareció un trabajador. Por su aspecto, juzgó que era extranjero. Long dijo que escuchó al hombre preguntar a Annie: «¿Lo harás?». A lo que ella respondió: «Sí». Luego Long se alejó hacia Spitalfields y no oyó nada más.

• Albert Cadosch. Su testimonio fue tan esclarecedor como dudoso. Algunas fuentes, como el *Daily News* del 10 de septiembre de 1888, afirman que entró en el patio del número 27, separado solo del 29 por una frágil valla de madera cuyas tablas estaban deterioradas y existían huecos entre ellas, a las cinco y veinte. Otras fuentes dicen que a las cinco y media Cadosch aseguró haber escuchado un grito de mujer diciendo: «¡No!», y luego un golpe en la valla. Sin embargo, pensó que tal vez era una disputa doméstica.

¿Qué hacía Cadosch en el patio? *The Times* indicaba que el hombre se estaba recuperando de una enfermedad y no se encontraba bien. Había salido al patio porque iba al servicio, que estaba situado allí. Tal vez, se ha especulado, una vez dentro del retrete no escuchó la agresión que se producía al otro lado de la valla. Pero ¿cómo no vio el cuerpo tendido de Annie a través de los agujeros que tenía la empalizada? Se ha respondido que quizá desde el ángulo en el que él estaba no se veía, e incluso que su precaria salud y el hecho de que, a pesar de todo, tuviera que ir a trabajar (era carpintero) hicieran que no fuese aquella disputa su máxima prioridad en aquel momento, y ello a pesar de que la altura de la valla oscilaba solo entre un metro cincuenta y cinco y uno setenta de altura. No obstante, si realmente era aquella hora, ¿cómo es que Elisabeth Long pudo ver a Annie Chapman a las cinco y media en la parte exterior del edificio con el desconocido?

Otros testimonios retrasan la presencia de Cadosch en el patio hasta más tarde de las cinco y media.

Por otra parte, ¿no es extraño que Elisabeth Long fuera capaz de retener tantos detalles de la escena de Annie con su acompañante? Es cierto que el alba rompió aquel día a las cuatro cincuenta y uno y el sol salió a las cinco y veinticinco, pero ¿no es extraordinario que Long reconociera de inmediato a Chapman? Por otra parte, ¿no resulta extraña la precisión con la que los testigos afirmaban la hora en la ocurrieron aquellos hechos?

• Cinco cincuenta y cinco. John Davis, inquilino del ático del edificio, salió para ir al mercado y se encontró el cadáver de Annie tendido en el patio, entre la valla que separaba los patios 29 y 27 y los escalones que daban acceso al patio. En esos escalones había estado sentado Richardson una hora antes y allí no había cuerpo alguno, según declaró. La cabeza de Annie apuntaba al edificio. De inmediato, se dio aviso a la policía, personándose el agente Joseph Chadler, de la comisaría de Commercial Street.

La inquilina que vivía en la planta baja, la más próxima al patio, Harriet Hardiman, aseguró no haber escuchado nada durante toda la noche. Solo a las seis de la mañana notó un alboroto en el patio y envió a su hijo para ver qué sucedía. Él fue quien le contó que había aparecido una mujer muerta.

Diego estaba desconcertado. Según el informe, aquellas viviendas eran una especie de colmenas repletas de inquilinos que entraban y salían constantemente. ¿Cómo pudo ocurrir que nadie viera al asesino? Además, si los hechos ocurrieron de este modo, no concordaría el relato de Cadosch con el de Elisabeth Long. Aunque parecía ser que algunas fuentes proponían que tal vez Cadosch entró en el patio más tarde, o que Long equivocó la hora. Quizá, sostenían, en realidad, Long vio a Annie y a su asesino antes de entrar en el patio. Una vez allí, Cadosch escuchó el grito de la mujer justo cuando era asesinada. El golpe que oyó contra las vallas sería el producido por el cuerpo de Annie al caer sin vida.

De todos modos, pensó Diego, más allá de las diferencias horarias de quince minutos arriba o abajo, resultaba inexplicable que un asesino actuase a sangre fría cuando ya había amanecido en un patio repleto de vecinos que se iban levantando en un día de mercado, como era el sábado.

De pronto, Diego tuvo una idea. Era la segunda de interés que se le había ocurrido aquella mañana. Anotó la ocurrencia en su cuaderno, junto al dato que le había proporcionado Murillo a propósito de la desaparición de una prostituta tres días antes.

Durante unos segundos, contuvo la respiración. Finalmente, exhaló el aire y se dejó envolver por aquella historia lejana que ahora parecía ser la suya propia.

Davis, recordó el inspector Bedia, encontró el cuerpo de Annie Chapman a las cinco cincuenta y cinco. De modo que se habría despertado al menos diez minutos antes. De ser así, el asesino procedió a realizar su macabro trabajo en unos diez minutos a plena luz del día y logró salir del patio, absolutamente ensangrentado, sin llamar la atención de nadie. Y había llevado a cabo un trabajo de disección minucioso.

Todo aquello no tenía ningún sentido, lo mismo que lo sucedido aquella mañana en el patio trasero de la calle Marqueses de Valdecilla. La policía había interrogado a todos los vecinos y nadie había escuchado nada especialmente llamativo. ¿Cómo era posible?

Media hora después de que Davis encontrara el cuerpo de Annie, llegó al 29 de Hanbury Street George Bagster Phillips, médico forense. Tras su primer examen declaró que la mujer llevaba muerta dos horas, lo que suponía que había sido asesinada alrededor de las cuatro y media. Aquel dato, pensó Diego, echaba por tierra todas las declaraciones de los testigos. Era imposible que el crimen se hubiera cometido a esa hora, porque entonces los ruidos que escuchó Cadosch no habrían tenido nada que ver con el crimen. Y hubiera sido imposible que Elisabeth Long viera a Annie a las cinco y media, como declaró. La única explicación sería que Cadosch y Long mentían o habían equivocado las horas, pero Long había sido muy precisa al decir que había escuchado el reloj de la Black Eagle Brewery, en Brick Lane.

Diego comprendió el desconcierto de sus colegas ingleses. A la luz de la declaración del forense, todas las sospechas recayeron sobre Richardson, puesto que había estado en el patio a las cinco menos cuarto. Parecía imposible que no hubiera visto el cuerpo, dado que estaba tirado en el suelo a medio metro de donde él se sentó para arreglar su bota. La policía, por indicación del inspector Abberline, interrogó severamente al testigo, pero no encontró contradicción alguna con sus declaraciones anteriores.

En el informe se recogían las opiniones de algunos investigadores que se preguntaban si tal vez, como la puerta de acceso al patio se abría hacia el exterior y a la izquierda de Richardson, la propia puerta le impidió ver el cuerpo de la mujer en la oscuridad. Pero a Diego le pareció bastante inverosímil esa teoría. La otra opción era que el forense Bagster hubiera equivocado su diagnóstico. ¿Pudo haberse enfriado el cuerpo lo suficiente como para que Bagster se equivocara teniendo en cuenta que la temperatura mínima de aquel día fue de 8,6º C y la máxima que se alcanzó fue de 15,5º C?, se preguntaban los miembros del círculo en el informe. A Diego también eso le parecía difícil de admitir.

Sus dedos recorrieron las líneas del dosier buscando un dato. ¿Cuáles eran las posesiones que se encontraron junto al cadáver de Annie Chapman? Sin poder evitarlo, sus dedos temblaban temiendo hallar la respuesta. Y, finalmente, la encontró.

Annie llevaba encima todas sus posesiones, como solían hacer las prostitutas de la época. A saber: una falda negra, un chaquetón o abrigo negro, dos enaguas, un delantal, medias de lana, botas, una bufanda negra y debajo un pañuelo, una especie de faltriquera bajo la falda atada a la cintura con una cuerda, calcetines a rayas rojas y blancas, y tres anillos de bronce que habían desaparecido. Y, a sus pies, alguien había colocado un peine pequeño, un trozo de muselina y un sobre con dos píldoras.

Diego supo de inmediato qué estaba escrito en aquel sobre: «Sussex Regiment», en tinta azul, y en rojo: «London Aug. 23, 1888». Por la parte de atrás, una letra «M», y debajo un «2» y las letras «Sp». Como si fuera una dirección postal de Spitalfields.

Diego Bedia miró su reloj. Eran las ocho de la mañana. Pensó en llamar a Marja, pero temió despertar a Ainoa. Después estuvo valorando otra idea y luego marcó un número de teléfono.

—Sergio —dijo—, soy Diego Bedia. Creo que debemos hablar.

—¿Qué sucede? —preguntó un somnoliento Sergio.

—Otro crimen —respondió Diego—. Igual que en Hanbury Street.

9

Sábado, 12 de septiembre de 2009

F ue una mañana de sábado repleta de sorpresas y sobresaltos.
A Diego Bedia lo había sacado de la cama una llamada de
la comisaría anunciándole la aparición del cadáver de una mujer
en un patio trasero de la calle Marqueses de Valdecilla y Pelayo.
Lo despertaron alrededor de las seis y media de la madrugada,
pero la noticia lo espabiló de inmediato.

Sergio Olmos tuvo dos sorpresas. Para empezar, despertó
en compañía de Cristina Pardo. La segunda cena consecutiva había acabado como ninguno de los dos sospechó cuando eligieron
el menú. Sergio estaba despierto mirando al techo de la habitación
intentando escudriñar en él qué debía hacer con su vida ahora que
se había cruzado en ella con la chica rubia que dormía a su lado.
Fue entonces cuando sonó su teléfono móvil y el inspector Bedia
le dio la primera de las sorpresas desagradables del día.

—¿Qué sucede? —preguntó un somnoliento Sergio.

—Otro crimen —respondió Diego—. Igual que en Hanbury
Street.

El inspector le dijo que pasaría por el hotel de Sergio en media hora. ¿Podían tomar un café?, le había preguntado. Sergio dijo que sí.

Cuando se disponía a salir de su despacho, Diego se encontró con Murillo y con Meruelo. Los dos policías mostraban un
aspecto sombrío.

—¿Qué sucede?

—El juez Alonso está reunido con el comisario —dijo Murillo—. No me gusta nada.

—¿Y Herrera? —quiso saber Diego.

—Está con ellos.

Aquello no tenía buena pinta, pensó Diego. Luego miró a Meruelo, cuyo semblante, habitualmente inexpresivo, parecía el de alguien que hubiera perdido a un familiar.

—¿Y a ti qué te pasa?

—Nada, cosas mías —gruñó el policía.

Diego y Murillo se miraron. Murillo se encogió de hombros.

—Voy a salir —anunció Diego.

—¿Y si preguntan por ti?

—No me habéis visto —dijo. Luego sacó su teléfono móvil del bolsillo y se lo dio a Meruelo—. Déjalo sobre mi mesa. Me lo acabo de olvidar.

Después salió a toda prisa de la comisaría. Imaginaba lo que se estaba cociendo en aquella reunión, y no tenía ganas de saber el resultado. Al menos, no de momento.

Cristina se despertó al escuchar a Sergio hablando por teléfono.

—¿Quién era?

—El inspector Bedia. Han encontrado a otra mujer muerta.

De un modo instintivo, Sergio abrazó a Cristina. Ella puso su boca cerca de sus labios. Se miraron a los ojos y se besaron apasionadamente.

—Será mejor que nos vistamos —dijo—. El inspector estará aquí en media hora. Quiere hablar conmigo.

Después de una ducha rápida, los dos bajaron a la cafetería del hotel. Y allí aguardaba a Sergio la segunda desagradable sorpresa de aquel día que parecía iba a resultar inolvidable. Al fondo de la cafetería, sentados alrededor de una mesa con un impecable mantel blanco, Enrique Sigler y Clara Estévez tomaban el primer café de la mañana.

Las miradas de los cuatro se cruzaron. Cristina no pudo evitar enrojecer, como siempre le sucedía en los momentos más inoportunos. Pensó que Clara no tendría dificultad alguna en sumar dos y dos al ver que estaba en compañía de Sergio a una hora tan temprana y en su hotel.

Sigler apenas levantó la cabeza del periódico que estaba leyendo. Los ojos de Clara sonrieron. Llevaba un vestido que Sergio no conocía. Era negro, precioso. El azul de la mirada de Clara lo desconcertó una vez más.

—Al final, estáis todos aquí —dijo Cristina mientras se sentaban a la mesa—. Quiero decir, los del Círculo Sherlock.

—Falta Víctor Trejo —contestó Sergio, que se había sentado de espaldas a Clara de un modo deliberado—. Pero sí, estamos casi todos. Y eso es lo raro.

—¿Qué quieres decir?

—Piénsalo con calma —dijo, bajando la voz y echándose adelante sobre la mesa. Cogió las manos de Cristina entre las suyas—, el que está matando a esas mujeres conoce las historias de Holmes que a nosotros nos apasionaban. Está retándome, como si él fuera Jack el Destripador y yo Sherlock. Es alguien que me conoce muy bien.

—Estoy de acuerdo contigo —dijo Diego Bedia.

Ninguno de los dos había visto llegar al inspector. Diego detuvo su mirada en las manos entrelazadas de Cristina y Sergio, y sintió una punzada de celos. Sin embargo, de inmediato se cruzó en su memoria la imagen de Marja durante la noche, su cabello pelirrojo sobre la almohada, sus manos acariciando su espalda...

—¿Puedo sentarme? —preguntó el policía.

Sergio colocó una silla junto a la suya.

—¡Vaya! —exclamó Diego—. ¡Medio Círculo Sherlock en el mismo hotel! —dijo mientras saludaba con la cabeza a Clara Estévez y a Sigler—. Espero que todos tengáis una buena coartada para explicar dónde estuvisteis esta noche.

—Mira, si estás insinuando que tengo algo que ver con ese crimen del que me hablaste antes, pierdes el tiempo —dijo Sergio, sin disimular su enfado—. Y, como supongo que ya habrás hecho tus propias deducciones, te diré que Cristina y yo cenamos juntos y hemos pasado la noche más juntos aún que cuando cenamos.

Cristina enrojeció, pero corroboró lo que Sergio acababa de decir volviendo a coger la mano del escritor entre las suyas y asintiendo con la cabeza.

Diego dibujó una sonrisa forzada.

—No sospecho de ti —confesó—, pero estoy de acuerdo contigo en que quien está detrás de todo esto es alguien que te conoce muy bien.

—¿Alguien del círculo?

—Alguien que conoce bien las aventuras de Holmes y los crímenes de Jack —respondió el inspector—. Pero eso no basta. Hay algo personal que le ha llevado a tomarse todas esas molestias: las notas escritas en tu ordenador, burlándose de ti incluso en tu propio retiro, asesinando a esas mujeres en tu ciudad natal… Está claro que no pretende presentarte como un sospechoso. Da por hecho que nadie puede sospechar de ti. Lo que quiere es burlarse de Sergio y de Sherlock Holmes.

—¿Quién puede odiarte tanto? —preguntó Cristina.

Sergio y Diego miraron instintivamente hacia la mesa de Clara.

—Sigler no creo que te tenga mucho aprecio —dijo Diego mientras hacía un gesto al camarero y pedía un café con leche—. Me has dicho que es bastante celoso y que, cuando Clara mantuvo una relación con Víctor Trejo, se sintió despechado. Luego está la propia Clara —añadió, mirando a la bella escritora—. Tú vas por ahí diciendo que te ha robado una novela con la que ha ganado un premio suculento, y aparte es la única que, según tú, conoce la clave de acceso a tu ordenador.

—Oye, te agradecería que no dijeras eso de que voy por ahí acusando a Clara como si yo fuera un imbécil o un mentiroso.

Diego alzó la mano pidiendo disculpas.

—Después están los otros, a los que ridiculizaste en aquellos años del círculo con prepotencia gracias a tu memoria.

—¿Morante y Bullón?

Diego asintió.

—A Morante, además, le viene muy bien este barullo en el barrio —prosiguió Diego—. Los crímenes están alterando la vida allí, y la gente está cada vez más en contra de los inmigrantes, un sector al que Morante no muestra ninguna simpatía en sus mítines. Por otro lado, es un tipo calculador, frío, y especializado en los adversarios de Holmes.

—¿Y Bullón?

—Bullón es un oportunista. Toda esta historia le está haciendo ganar un buen dinero, de modo que le interesa que haya más crímenes. Se apresuró a montar toda esa intriga sobre Jack, y hoy resulta que me lo he encontrado en la escena del crimen. Estaba allí cuando yo llegué.

—¿Cómo se enteró?

—No lo sé —confesó Diego—. Lo malo es que sí he comprobado que cuando se produjo el primer asesinato estaba en Barcelona. No pudo ser el que cometiera aquel crimen. —El policía hizo hincapié al decir *aquel*.

—¿Quieres decir...?

—Que, como ya te he dicho, necesita más asesinatos para vender sus artículos. Y, además, su teoría del *copycat* se había debilitado mucho cuando pasó el día 8 de septiembre y no se produjo ningún crimen. Ahora, en cambio, el asesino se ha esmerado hasta límites increíbles para emular a Jack.

—¿Qué ha pasado? —quiso saber Cristina.

—Ahora os lo cuento. —Diego dio un sorbo al café—. Aún nos quedan Guazo y tu hermano.

La afirmación cogió a Sergio totalmente desprevenido.

—¡Imposible! —exclamó.

—Para serte sincero, eso mismo pienso yo —reconoció Diego—. Pero he hecho que los sigan a todos de un modo discreto.

—¿Has hecho qué?

—Todos estáis bajo vigilancia, aunque veo que no me he enterado de todo lo que ocurría. —Sonrió al ver las manos de la pareja aún entrelazadas.

Instintivamente, Cristina soltó la mano de Sergio.

—Tu hermano y Guazo estuvieron ayer en la Cofradía de la Historia hasta las diez de la noche. Marcos acompañó a Guazo a su casa, y luego fue dando un paseo hasta la suya. Después, ya no volvió a salir.

—Marcos y Guazo son los únicos que me han ayudado en todo este lío. —Sergio miraba al policía desconcertado.

—Mi deber es sospechar de todo el mundo —replicó Diego Bedia—. Me dijeron que Morante estuvo en la sede de su partido hasta las nueve de la noche. Después fue a la reunión de la Cofradía de la Historia. De allí salió poco después que tu hermano y que Guazo. Bullón estuvo en un club de putas y luego se fue al hotel donde se hospeda. Y esos dos —dijo, mirando a Clara y a Sigler— cenaron juntos en el mismo restaurante que vosotros. Abandonaron el local más tarde y vinieron directamente al hotel. Pensaban marcharse mañana. —Diego hizo una pausa—. Y solo nos queda Víctor Trejo.

—Pero no está aquí.

—No, que sepamos —matizó Diego—. He hecho mis averiguaciones. Trejo se marchó de viaje hace un mes a Inglaterra para cerrar unos negocios. Después regresó y se ha tomado unas vacaciones. Nos dijeron que estaba en París y que luego tenía pensado volar a Lanzarote. Estamos intentando encontrarlo. En su oficina nadie tiene la dirección de los hoteles donde pensaba alojarse, y no ha llevado teléfono móvil. Parece que es un tipo bastante excéntrico. Le gusta desconectarse de todo cuando está descansando.

Sergio sonrió. Sabía mejor que nadie que Víctor era un tipo realmente singular. Solo a alguien como él se le podía ocurrir dar vida a algo tan estrambótico como el Círculo Sherlock. Gracias a la fortuna de su padre, aquella vieja librería de Madrid se transformó en un salón victoriano. Suya era la colección de objetos de Sherlock, suyas las fotografías y suyo el dinero con el que se pagaba al sastre que confeccionaba los trajes de época que todos ellos lucían en aquellas reuniones.

Víctor, como Holmes, era uno de los hombres más desordenados que Sergio había conocido. El detective guardaba su tabaco en unas babuchas persas, almacenaba puros en el cubo de carbón y disparaba con su pistola cartuchos Boxer desde la butaca perforando con los impactos la pared de sus habitaciones con un patriótico «V. R.». Trejo, por su parte, olvidaba los libros en cualquier bar, pero salvaba sus exámenes gracias a su portentosa inteligencia. Amaba el boxeo solo porque Holmes había sido un púgil extraordinario, y de entre todos los miembros del círculo era el único que sostenía con vehemencia que el detective había sido un hombre de carne y hueso, no un invento literario. Incluso había hecho suya una teoría que había leído en alguna parte según la cual en el cementerio parisino de Père-Lachaise había una tumba de mármol negro en la que solo se leían dos iniciales grabadas: «S. H.». Para él, aquella era la tumba de Holmes, quien, como todo el mundo sabe, tenía parientes franceses.

—¿Dices que Víctor ha ido a París? —preguntó Sergio al recordar aquella teoría de la tumba de Holmes.

—Eso parece, y también a Inglaterra, precisamente en la época en la que tú recibiste la primera carta —respondió Bedia—. ¿Por qué lo preguntas?

—Por nada. Bueno, cuéntame eso de un nuevo Hanbury Street.

Diego apuró la taza de café, se limpió los labios con una servilleta de papel y dedicó los siguientes diez minutos a narrar todo lo que había sucedido aquella mañana en un patio trasero del barrio norte.

A medida que el relato avanzaba, Cristina se iba encontrando cada vez peor. Su malestar alcanzó el clímax cuando Diego dijo que creían que la mujer asesinada era una prostituta que había desaparecido hacía cuatro días y que se llamaba Yumilca Acosta.

—¿Se encuentra bien? —preguntó Diego.

—Sí, no se preocupe. —Cristina esta vez estaba pálida como el mantel de la mesa—. Es solo que conozco a esa chica.

—¿De veras?

Cristina asintió. Había hablado con ella en alguna ocasión y sabía que de vez en cuando iba a la Casa del Pan.

—Igual que Daniela —murmuró Diego. Luego miró a Sergio—. Hay algo más. ¿Recuerdas la segunda nota? «¿Quién la tendrá?».

Sergio se dio cuenta de inmediato de por dónde iban los pensamientos del policía.

—¿Crees que esa chica fue secuestrada hace cuatro días y después fue asesinada dejándola en ese patio como si fuera el número 29 de Hanbury Street? —Sergio comprendió que aquello podía tener sentido—. De modo que la nota estaba dando pistas, pero no la entendimos.

—Eso creo —admitió Diego—. Pero hay más. La última vez que alguien vio con vida a la primera víctima, Daniela, fue varios días antes de que la encontráramos muerta.

—¿Quieres decir que alguien secuestra a esas mujeres y luego las mata?

—Eso es mucho más creíble que pensar que alguien es capaz de asesinar a una mujer en plena calle hoy en día y no ser visto por nadie. Y aún más difícil de admitir si el barrio está siendo patrullado como nunca hasta ahora. Además, las evidencias son claras: ninguna de esas mujeres fue asesinada donde la encontramos.

—El tipo no puede recrear los asesinatos de Jack —murmuró Sergio—. Esto no es Londres ni el barrio es Whitechapel en el siglo XIX.

—Sin embargo, reta a Holmes —añadió Diego, mirando a Sergio.

—He repasado los casos en los que Sherlock trabajó durante los meses en los que Jack actuó en Whitechapel y Spitalfields —confesó Sergio—. Está claro que, si hay alguien tan loco como para reprochar a Holmes que no investigara a Jack, tiene base para ello. Sherlock dispuso de ocasiones sobradas para dedicar tiempo a la muerte de aquellas mujeres. Si Sherlock hubiera sido alguien de carne hueso, claro.

—Pero entre vosotros —recordó el inspector— sí había algunos que lo veían así, ¿no? Por ejemplo, Trejo. Y luego estaban los que reprochaban a Holmes que no metiera sus narices en aquellos crímenes, como Bada, Morante y Bullón.

Sergio asintió. Él, recordó, siempre había estado más cerca de Trejo que de los otros.

—Volviendo a nuestro asesino, he leído el informe sobre lo ocurrido en Hanbury Street —dijo Diego—. Creo que nos equivocamos al pensar que el crimen iba a ocurrir el día 8 de septiembre. Ya ves, la han asesinado hoy, día 12, pero las heridas del cadáver se parecen demasiado a las que sufrió Annie Chapman como para no tenerlo en cuenta. —Por deferencia a Cristina, prefirió no comentar que el médico forense temía que le hubieran extirpado algunos órganos.

Sergio sacó un calendario de su cartera. Era el día 12 de septiembre, sábado. De pronto, palideció. Comprendió de inmediato lo que Diego quería decir. ¡Cómo había sido tan estúpido!

—En el primer crimen eligió exactamente la misma fecha que la muerte de Mary Ann Nichols, pero en el segundo lo que ha hecho, supongo que para despistarnos a todos, es tomar como referencia el día de la semana en que Jack mató a Annie Chapman. El día clave no era el 8, sino el segundo sábado del mes, exactamente igual que en 1888.

Diego miró a Sergio con una mezcla de admiración y miedo.

—Quienquiera que sea es tremendamente inteligente —murmuró el inspector—. Aún no sé qué resultados obtendrá la policía científica, pero temo que tampoco encontremos nada de interés. El tipo sabía que el barrio está controlado por la policía. Tenemos agentes de paisano que rondan los garitos, los bares de alterne y sitios así. Se patrulla el barrio más que nunca y, sin embargo, nadie ha visto nada extraño. Tiene una suerte loca.

—Como Jack —dijo Sergio—. Lo de Hanbury Street fue inexplicable. En aquellos patios siempre había gente, casi a cualquier hora. Y se supone que Jack mató a Annie cuando casi todo el mundo se estaba levantando o incluso saliendo de su casa. Era un día de mercado.

—Si lo que declaró aquella mujer —Diego hizo memoria—, Elisabeth Long, era cierto; es decir, que vio a Annie Chapman hablando con un hombre junto al 29 de Hanbury Street a las cinco y media, y el vecino que la encontró muerta se despertó a las seis menos cuarto y desayunó con su esposa, eso quiere decir que Jack trabajó a gran velocidad y con mucha suerte de no ser visto.

—Imaginemos que logró amordazarla, o incluso asfixiarla, como dicen algunos investigadores, poco después de que Elisabeth Long la viera. Logró llevarla al patio, le cortó la garganta y comenzó a destriparla poco después. Ya habría luces en las casas, estaba amaneciendo, y por las ventanas tenía que estar escuchando a los vecinos. No pudo tener más de diez minutos para... —Sergio se interrumpió, miró a Cristina y volvió a coger la mano de la joven.

—... para abrir su abdomen, extraer el útero, parte de la vagina y dos terceras partes de la vejiga. —Diego miró a Cristina—. Lo siento —se disculpó por haber completado el relato que Sergio había dejado inconcluso—, pero mañana supongo que ese periodista, Bullón, contará estos detalles y otros aún más macabros. —A continuación, se volvió hacia Sergio—: Y los cortes fueron precisos, de un auténtico experto.

—¡Dios mío! —exclamó Cristina—. ¿También a esa chica, a Yumilca, le han hecho eso?

—No lo sabemos —confesó Diego—. Aún no tenemos el informe forense.

—Como habrás leído en el dosier que te entregamos —recordó Sergio—, uno de los grandes debates que hay sobre Jack es si realmente tenía o no conocimientos de anatomía. Algunos creen imposible que pudiera actuar con tanta rapidez, sometido a la tensión de verse sorprendido en cualquier momento y trabajando a oscuras o con muy poca luz, si no sabía exactamente qué órganos buscaba y cómo llegar a ellos.

—Pero he visto en vuestro informe que Guazo había anotado algunas conclusiones de una escritora que niega que Jack tuviera conocimientos médicos.

—Patricia Cornwell —dijo Sergio—. Para ella, el asesino fue el pintor Walter Sickert, pero solo es una hipótesis más. A su juicio, no hacen falta demasiados conocimientos para destripar a una persona y encontrar el útero o los ovarios. Dice que por aquellos años la *Anatomía de Gray** era ya muy popular, y que cualquiera podía tener acceso a esa obra y adquirir unos conocimientos básicos de anatomía. Pero a mí no me convence. No todo el mundo tenía a su alcance la posibilidad de leer una obra así, e incluso con esos conocimientos había que estar muy acostumbrado a trabajar bajo una fuerte tensión para abrir un cuerpo en plena calle y casi a oscuras, y acertar a sacar esos órganos.

—¿Crees que fue un médico? —preguntó Diego.

—No tengo ni idea —reconoció Sergio—. Pero era alguien que manejaba el cuchillo de un modo muy profesional.

---

* Obra del anatomista inglés Henry Gray, publicada en Gran Bretaña en 1858.

10

E l barrio se había convertido en plató de televisión. Las primeras noticias del nuevo asesinato las había dado en exclusiva Tomás Bullón. Era el único que había conseguido las declaraciones de Socorro Sisniega, la anciana que había encontrado el cadáver de la mujer, cuya identidad aún no había trascendido.

Bullón se había encargado de que el circo mediático tuviera mil pistas, y él iba pavoneándose de un micrófono a otro, de un set de televisión a otro, como una verdadera estrella. ¿Cómo se las había arreglado para llegar tan pronto al lugar de los hechos?, le preguntaban sus colegas. Él se negaba a revelar las fuentes que le habían permitido obtener aquella primicia. Y, mientras tanto, las fotografías del cadáver que había tomado desde la ventana de Socorro Sisniega se subastaban a precios desorbitados entre las agencias y los periódicos.

Desde primera hora de la mañana, los vecinos se habían concentrado cada vez en mayor número en las inmediaciones del patio. La policía impedía el paso, y al mismo tiempo tomaba fotografías y grababa discretamente en vídeo a todo el mundo. Existía la posibilidad de que el asesino estuviera entre el vecindario recreándose con todo aquello.

Para desgracia de la policía, y para mayor regocijo de Bullón, el vecindario ya no miraba con mal gesto al periodista que en sus artículos había comparado el barrio con los más oscuros rincones del Londres victoriano. Antes al contrario, se comenzaron a escuchar gritos contra la policía, acusándola de ineficaz. Y, cuando los representantes políticos municipales se acercaron a la zona, fueron increpados e insultados por muchos de los asistentes.

Entre los presentes estaba Jorge Peñas, el presidente de la asociación de vecinos. Peñas era un hombre de mediana estatura, con una amplia calva, nariz prominente, y muy vinculado a la parroquia del barrio. Se trataba de uno de esos hombres entregados a la causa vecinal por vocación, plenamente identificado con el proyecto de integración que pretendía llevar a cabo el párroco Baldomero. Pero aquellos acontecimientos lo estaban poniendo en una situación extremadamente difícil. A duras penas había conseguido controlar a la junta directiva de la asociación que presidía, donde una mayoría de sus miembros planteaban la posibilidad de convocar una manifestación exigiendo seguridad en el barrio. Viendo el enorme revuelo que se había organizado, con cadenas de televisión nacionales y con toda aquella gente yendo y viniendo, Peñas pensó que le iba a resultar extremadamente difícil mantener bajo control al vecindario.

De pronto, uno de aquellos periodistas lo reconoció.

—¿Qué piensa la asociación de vecinos de estos crímenes? ¿Se sienten seguros?

El hombre que le preguntaba era grueso, vestía una americana de *tweed* sobada y vieja, y no se había afeitado.

—Soy Tomás Bullón —se presentó—, periodista.

—Prefiero no hacer declaraciones —dijo Peñas.

—Pero la asociación de vecinos tendrá algo que decir, ¿no es así? —insistió Bullón.

Peñas trató de zafarse del acoso de aquel hombre, pero el diálogo que mantenían pronto fue advertido por algunos periodistas más y, antes de que pudiera evitarlo, varias cámaras fotográficas dispararon contra él sin piedad. Algunas cámaras de televisión corrieron hacia su posición, mientras él trataba de espantarlos con sus manos.

—No tengo nada que decir —aseguraba. Pero su voz se veía silenciada por las preguntas de los periodistas.

—¿Es cierto que van a organizar patrullas de vecinos en el barrio? —preguntó Bullón.

Bullón no había oído a nadie decir tal cosa, pero, dijese lo que dijese Peñas, él tenía claro lo que iba a escribir aquella tarde.

—No hemos decidido nada de eso —contestó Peñas, que en su avance a ciegas estuvo a punto de caer al suelo tras enredarse con el cable de uno de los focos de alguna de las televisiones.

—Pero no niega que eso sea posible —dijo maliciosamente Bullón, y retiró su grabadora de delante de la boca de Peñas, sin esperar su respuesta.

El presidente de la asociación de vecinos negó aquel extremo, pero nadie le escuchó.

Las primeras noticias del nuevo asesinato se dieron a conocer en los programas de radio en aquella mañana del sábado. Pero Ilusión no se enteró de nada de lo ocurrido hasta casi las once de la mañana.

Cuando escuchó la noticia, se quedó petrificada. Muy cerca del patio donde había aparecido aquella mujer había estado ella la noche anterior con aquel jovencito que le dejó un dinero fácil y rápido. Era el segundo crimen y la segunda vez que veía al cura y al hombre alto con barba por la calle bien entrada la noche. Además, recordó al muchacho con pinta de matón que la había mirado a los ojos aterrorizándola.

¿Quién sería la mujer asesinada?, se preguntó. Esperaba no conocerla. Pero eso no consolaba a Ilusión. Debía ir a la policía, pensó, y decir que había visto al hombre de la barba; que la noche en que desapareció Daniela también lo había visto por la zona, pero olvidó mencionarlo, y que también había visto por allí a aquel bruto que la había apaleado días antes.

Sergio acompañó a Cristina hasta su casa. Dieron un largo paseo desde el hotel hasta el barrio después de despedirse del inspector Bedia, por el que Sergio comenzaba a tener un aprecio sincero. Le parecía un hombre honesto en el que se podía confiar. Lamentaba que se hubiera visto envuelto en semejante embrollo, porque era evidente que quien estaba asesinando a aquellas mujeres se lo iba a poner muy difícil a la policía.

Cristina y Sergio caminaron un buen trecho en silencio, unidos de la mano. Ninguno de los dos sabía bien cómo enfocar aquella relación. Sergio le había dicho que no quería hacerle daño. No podía ni quería prometerle nada. Ella tampoco sabía si estaba preparada para una aventura como aquella. No se trataba de la edad —quince años no le parecía una diferencia insalvable—, sino lo que suponía estar junto a un hombre famoso, que no quería echar raíces en ningún lugar concreto, y menos aún en la ciudad donde ella trabajaba.

De pronto, Cristina rompió el silencio.

—¿Crees que el asesino de esas mujeres es uno de tus amigos? —preguntó cuando llegaron a la iglesia de la Anunciación, muy cerca de donde estaba la oficina en la que ella trabajaba.

—No lo sé —confesó Sergio—. Me cuesta creerlo. De todos modos, como decía Holmes, si eliminamos lo imposible, lo que queda, por improbable que parezca, tiene que ser la verdad.

—¿Quién puede odiarte tanto como para matar a unas mujeres solo para probar que no puedes descubrirlo?

—Supongo que hubo un tiempo en el que cualquiera de los del círculo estaría resentido conmigo —reconoció Sergio—. De joven aún era más prepotente que ahora. —Sonrió. Ella le dio un golpe con la cadera y se echó a reír—. Pero me parece imposible que tantos años después alguien sea capaz de algo así.

—¿Qué habría hecho Holmes en tu caso? —quiso saber Cristina.

Sergio se detuvo. Aquella pregunta tenía enjundia. Hasta ahora no se le había ocurrido pensar como lo hubiera hecho Holmes, sencillamente porque él no tenía las facultades de observación y deducción del detective. Sin embargo, quienquiera que fuera el asesino, parecía querer jugar a aquel juego.

Antes de que Sergio pudiera responder, una mujer bajita y rellena corrió hacia ellos. Sergio no la había visto en su vida.

—¡Gracias a Dios que te encuentro! —exclamó la desconocida al ver a Cristina—. No sabía si los sábados trabajabais o no, pero fui hasta tu oficina.

Cristina se había quedado sin habla. Graciela, la echadora de cartas, era, sin duda, la persona que menos esperaba encontrar aquella mañana.

—Sergio —dijo Cristina, cuando logró reponerse de la sorpresa—, te presento a Graciela. Graciela es una experta en tarot —explicó.

Solo fueron precisos un par de minutos para que Sergio se pusiera al día sobre quién era aquella mujer rechoncha y pequeñita que lucía una coleta pasada de moda. Cristina le explicó que había acompañado a su amiga María un día a la consulta de Graciela. La tarotista, por su parte, miró con curiosidad a Sergio. En las cartas creía haber visto a varios hombres involucrados en aquellos crímenes. Alguno vestía de negro, como Sergio. El problema residía en que no sabía si aquellos hombres eran policías o el mismísimo asesino. Tal vez, se tranquilizó, Sergio formara parte de las escenas que había creído ver simplemente por ser amigo de Cristina.

—¿Qué querías? —preguntó Cristina a Graciela.

Ella miró a Sergio con recelo antes de responder. Cristina, no obstante, la animó a hablar.

La tarotista explicó a la pareja lo que las cartas le habían anunciado, y cómo esas visiones comenzaron después de la visita de Cristina a su casa. Después de escuchar a Graciela, Sergio cerró los ojos y respiró profundamente.

—¿Qué sucede? —preguntó Cristina.

—Es increíble —dijo Sergio—. Todo esto parece una pesadilla.

—¿A qué te refieres?

—¿Alguna de las dos sabéis quién fue James Lees?

Diego Bedia llegó a la comisaría bastante después del mediodía. Imaginaba que el inspector jefe Tomás Herrera le tendría reservada una buena bronca, pero eso hubiera sido una bendición en comparación con lo que realmente le aguardaba.

Tuvo mucha suerte en llegar a su despacho sin tropezarse con nadie de los que estaban involucrados en aquella investigación. Se sentó ante su mesa y miró el teléfono móvil, que había *olvidado* deliberadamente. Comprobó que Tomás Herrera le había llamado cinco veces, y que Santiago Murillo lo había hecho en tres ocasiones y además le había dejado un mensaje en el buzón de voz. Estaba a punto de escuchar el mensaje cuando Murillo entró en su despacho.

—¿Has escuchado lo que te dije en el mensaje?

—No, acabo de llegar —respondió Diego—. ¿Qué pasa?

Pero Murillo no tuvo tiempo de responder, porque en ese momento aparecieron el comisario Gonzalo Barredo y el inspector jefe Herrera. Junto a ellos, se presentaron dos hombres más. Al ver a uno de ellos, a Diego se le revolvieron las tripas. Miró a Murillo y el policía le devolvió una mirada cómplice. Diego comprendió de inmediato lo que Murillo había querido decirle.

Los siguientes minutos fueron tremendamente desagradables para Diego Bedia. El comisario Barredo le dirigió unas durísimas palabras por lo que consideró una actitud irresponsable al haberse ausentado de la comisaría sin dar explicaciones sobre adónde iba, aparte de olvidar su teléfono móvil. La monserga giró después hacia la ineficacia de la investigación que se estaba llevando a cabo sobre los crímenes de aquellas mujeres, sobre la situación insostenible que se vivía en el barrio, sobre el monumental enfado del juez Alonso y sobre el triste papel que la comisaría estaba jugando en aquel maldito asunto. De manera que el juez había exigido la llegada de personal especialmente cualificado —aquellas palabras escocieron a Diego aún más—, y desde la comisaría provincial se había enviado a los inspectores de la Brigada de Homicidios Gustavo Estrada e Higinio Palacios.

Tomás Herrera miró a Diego y, sin que el comisario ni los demás lo advirtieran, le hizo un gesto pidiéndole calma y silencio. Diego supuso que el horno no estaba para bollos, y el comisario Barredo desconocía la relación que Gustavo Estrada mantenía con la exmujer de Diego. Por tanto, pensó Bedia, no debía ver fantasmas en aquella decisión del comisario. En cambio, estaba seguro de que Estrada había movido todos los resortes posibles para que le asignaran aquel caso. Diego lo vio sonreír con aquella cara de hipócrita y supuso que Estrada estaría encantado de detener al asesino y ridiculizarle a él.

Diego sintió la enorme mano de Murillo sobre su hombro. El gesto era claro: debía mantener la calma.

Explicada la situación, y exigiendo estar permanentemente al tanto de la investigación, el comisario dejó a solas al inspector jefe Tomás Herrera, quien a pesar de todo seguía al frente del caso, a Diego, a Murillo, y a los recién llegados Gustavo Estrada e Higinio Palacios.

Estrada era un tipo delgado, de piel olivácea, ojos grises y pose chulesca. Uno de esos tipos de pelo engominado y mirada prepotente. Diego, al mirarlo, volvió a tener la misma impresión de siempre: no sabía qué era lo que tanto atraía a su exmujer en aquel tipo, salvo que fuera un amante extraordinario. Diego, en ese campo, se consideraba dentro de la media, y, con el paso de los años, tal vez un poco por debajo de esa marca.

Higinio Palacios lucía un bigote espeso, tenía algo de sobrepeso, y Diego le calculó unos cincuenta años de edad. Parecía un hombre sencillo, un profesional atento a todo lo que se decía, y le recordó a Meruelo por ser bastante callado. Por cierto, pensó Diego, ¿dónde coño estaba José Meruelo?

Como si hubiera escuchado sus pensamientos, el taciturno Meruelo entró en la sala poco después. Traía una copia de los informes que hasta ese momento se habían redactado sobre la muerte de Daniela Obando, así como toda la información recopilada durante aquella mañana en el lugar del crimen.

Meruelo dio una copia de los informes a Estrada y a Palacios. Ambos se sumergieron durante unos minutos en la lectura de los mismos. Palacios no alzó la mirada ni una sola vez mientras los leía; Estrada, en cambio, miraba de vez en cuando a Diego y sonreía con desgana.

Cuando concluyó su lectura, Estrada miró a los cuatro policías que tenía delante y exclamó:

—¡Jack el Destripador! ¡Sherlock Holmes! —De pronto rompió a reír—. ¿Esto es todo lo que tenéis?

—¿Y qué coño sabes tú de todo esto, si no has hecho más que aterrizar como un puto paracaidista? —le espetó Diego.

—A veces, el que llega en segundo lugar es el que se lleva el gato al agua —repuso Estrada.

La pulla tenía un clarísimo doble significado para Diego, y Tomás Herrera y Murillo también captaron el doble sentido. Diego se levantó como un resorte. Estrada hizo lo mismo, mientras Higinio Palacios miraba la escena absolutamente desconcertado. Estaba claro que desconocía la relación que Estrada mantenía con la exmujer de Diego.

Tomás Herrera se interpuso entre los dos inspectores y recordó que era él quien estaba al mando de aquella investigación. Miró a Estrada a los ojos y le anunció que no toleraría la más mínima fricción en el grupo. Exigió a Diego la misma profesionalidad, y a continuación hizo un repaso de todo lo que había sucedido en las últimas semanas para completar la información que Estrada y Palacios tenían sobre aquellos asesinatos.

No se había cumplido media hora desde el comienzo de la reunión cuando un agente llamó a la puerta de la sala donde estaban reunidos.

—Disculpen —dijo el agente—. Una mujer asegura tener información sobre el asesinato de esta mañana.

Los policías se levantaron a la vez, como si respondieran a una orden, e hicieron entrar a la mujer. Al verla, todos, salvo Estrada y Palacios, reconocieron a Ilusión, la prostituta uruguaya con la que habían hablado tras la muerte de Daniela Obando.

Ilusión no lucía aquella mañana sus mejores galas. Vestía un chándal, unas zapatillas de deporte y un chaquetón. Estaba sin maquillar, y sus ojos aparecían aún algo hinchados, como si acababa de despertar.

—Me he enterado de la muerte de esa mujer —dijo.

Tomás Herrera pidió a Murillo que fuera a por un café para la joven. El policía lo trajo instantes después y se lo dio a la prostituta. Ella alzó los ojos y esbozó algo parecido a una sonrisa.

—Yo estuve anoche muy cerca de ese patio —explicó, tras dar un sorbo al café—. La otra vez, cuando estuve aquí, les dije que había visto a ese sacerdote viejo por el barrio, y anoche lo volví a ver.

Diego y Herrera intercambiaron una mirada cómplice. Los dos habían hablado con don Luis tras el primer asesinato, pero el cura había negado haber estado en el barrio durante la noche en la que Daniela fue vista con vida por última vez. Y ahora resultaba que de nuevo lo habían visto no lejos del escenario del crimen.

—Pero la otra vez olvidé decirles que vi también a otro hombre —prosiguió Ilusión—. Un hombre alto, delgado, con barba. Vive en el mismo piso en el que vivía Daniela. —La prostituta hizo un alto y suspiró—. Anoche también lo volví a ver. Llevaba una bolsa de deporte negra.

Diego, Meruelo y Murillo recordaron de inmediato al hombre ruso, Serguei, a quien habían interrogado tras el primer crimen.

—Lo recuerdo —dijo Diego—. Le interrogamos, y también a su mujer.

—Una tía enorme —dijo Meruelo—, que parecía odiar a las putas. —De pronto, miró a Ilusión y comprendió que había metido la pata—. Disculpe —murmuró, mirando a la uruguaya.

—También vi a uno de los que me apaleó la noche en que desapareció Daniela —dijo Ilusión, obviando el desafortunado comentario de Meruelo—. Andaba por allí con carteles de ese político que se presenta para alcalde.

—¿Cómo es ese hombre? —preguntó Herrera.

—Es joven —explicó Ilusión—, alto, fuerte, y mete miedo.

—¡Velarde! —exclamó Murillo.

Estrada se incorporó de pronto.

—¿No estamos tardando en interrogar a esa gente? —preguntó mientras se ajustaba el cinturón—. Yo me encargo del tipo que apalea a las mujeres —añadió—. Palacios vendrá conmigo. Los demás id a por el cura y a por el ruso.

Palacios se levantó de su asiento y decidió acompañar a Estrada, que ya estaba abriendo la puerta cuando se escuchó la voz de Tomás Herrera.

—Las órdenes las doy yo —dijo de un modo seco y claro—. Yo coordino este grupo y yo asignaré lo que vamos a hacer cada uno.

Diego miró a Estrada y sonrió. Estrada se envaró aún más.

—Diego —dijo Herrera—, vete con Murillo a ver a Morante. Que os diga dónde encontrar a Velarde.

Tomás Herrera no tenía especial interés en que Diego fuera en busca de Toño Velarde, pero le pareció que era una buena manera de poner a Estrada en su sitio. Estrada iría a donde él, Tomás, lo enviara, no a donde se le antojara.

—Meruelo —añadió Herrera—, acompaña a Estrada y a Palacios al piso donde viven los rusos.

—No hace falta que vaya Meruelo —protestó Estrada—. No olvide que he nacido en esta ciudad. Conozco el barrio de sobra. Por eso me han asignado a este caso. —Y añadió—: Por eso y por mi experiencia en homicidios.

—Sí, ya sé que usted sabe muchas cosas —dijo Herrera sin inmutarse—, pero se da la circunstancia de que las órdenes las doy yo.

Estrada y Herrera cruzaron sus miradas durante unos segundos. Gustavo Estrada estaba mordiéndose la lengua. ¿Qué coño le iban a enseñar a él aquellos patanes? Sin embargo, no quería enemistarse con el inspector jefe. Su objetivo debía ser atrapar al asesino, colgarse la medalla y humillar aún más a Diego Bedia.

Cuando se quedó solo, Tomás Herrera miró por la ventana. Se preguntó si podría controlar aquella situación. Aquel tipo, Estrada, le parecía un engreído y un cabrón, pero lo habían enviado desde arriba y no podía hacer nada. En cuanto a Diego... Herrera pensó que un hombre bueno no merecía más castigo del que ya tenía.

Después, cerró la puerta tras de sí y comenzó a darle vueltas a lo que debía preguntar a don Luis.

No. Dijeron las dos mujeres. Ninguna había oído hablar nunca de James Lees.

—Robert James Lees fue un famoso médium de la época en la que Jack cometió sus crímenes —explicó Sergio. Entornó los ojos y comprendió que Graciela no sabía de lo que estaba hablando en realidad—. Me refiero a Jack el Destripador —aclaró a la vidente—. Después del segundo crimen, el de Annie Chapman, que tanto se parece al que se ha cometido en ese patio esta mañana, James Lees dijo haber visto en sueños al asesino. Incluso aseguró que su visión estaba escrita en un cuaderno junto a la cabecera de su cama cuando despertó al día siguiente, y sostuvo que él no lo había escrito.

»Semanas después, mientras viajaba a bordo de un autobús camino de Nothing Hill Gate, tuvo la convicción de que un hombre que se iba a apear del autobús en aquel momento era Jack el Destripador. Lees saltó del vehículo y siguió al hombre hasta una lujosa casa del West End. Al parecer, era la casa de un famoso médico. Algunas fuentes[*] aseguran que la policía arrestó a ese médico y lo internaron en un manicomio, e incluso se aseguró que las autoridades zanjaron el asunto fingiendo el entierro del doctor dando sepultura a un ataúd vacío. Otras versiones proponen algo más inquietante. —Sergio bajó la voz—. Se dijo que existió una conspiración en la que estaba involucrada la casa real británica. Aquel médico, dicen algunos, era sir William Withey Gull, que vivía en Park Lane, y el inspector Abberline, encargado de la investigación de Jack, fue a interrogarlo a su casa en compañía de James Lees. La esposa del médico reaccionó violentamente ante

---

[*] Referencia aportada por Tom Cullen en su obra *Otoño de terror*, Londres, 1965.

aquella visita y los echó. Otros dicen que el propio médico respondió a sus preguntas y se declaró culpable de los crímenes para exculpar al verdadero asesino, su paciente, el príncipe Albert Victor, duque de Clarence, el hijo mayor del príncipe de Gales y, por tanto, segundo en la línea sucesoria al trono inglés.

Las dos mujeres se quedaron sin habla.

—Creo que deberíamos hablar otra vez con el inspector Bedia —concluyó Sergio, mirando a Cristina.

El escritor marcó el número del teléfono móvil de Diego, pero estaba apagado o fuera de cobertura en aquellos momentos.

11

YUMILCA ACOSTA, LA NUEVA ANNIE CHAPMAN.
LOS VECINOS ORGANIZAN PATRULLAS DE VIGILANCIA

El domingo 13 de septiembre comenzó con aquel titular a toda página y una escalofriante fotografía en la que se podía ver el enorme tajo que presentaba la garganta de Yumilca Acosta y sus intestinos sobre el hombro izquierdo. Tomás Bullón se había anotado un nuevo y espectacular tanto.

El obeso periodista leía con avidez la primera edición de uno de los periódicos más importantes del país, al que había vendido su gran exclusiva. No solo tenía las fotografías que nadie había conseguido; no solo era el único periodista que había entrevistado a Socorro Sisniega, la anciana que había descubierto el cadáver en aquel patio trasero, sino que además ofrecía el nombre de la muerta, algo que aún la policía no había dado a conocer.

Yumilca Acosta, decía el artículo de Bullón, era una mulata dominicana de veintitrés años de edad que trabajaba en un prostíbulo de las afueras de la ciudad, pero que vivía en el «Nuevo Whitechapel», nombre con el que se identificaba al barrio norte en los artículos de Bullón.

—¿Cómo coño se ha enterado del nombre de esa mujer? —Tomás Herrera estaba lívido.

A media tarde del día anterior, Felisa Campo, la dueña del club en el que trabajaba Yumilca, había identificado el cadáver de la muchacha. La había acompañado durante la identificación una joven delgada, de piel extremadamente blanca, que se llamaba María. María era rumana, y se declaró como la mejor amiga de Yumilca. Las dos mujeres se vinieron abajo al ver el estado en el que se encontraba el cuerpo de la mulata.

—Tenía una hija en su país —informó Felisa entre lágrimas e hipos.

Tomás Herrera volvió a leer el periódico. Era evidente que Bullón tenía un soplón en la comisaría, se dijo. Eso explicaba que hubiera podido llegar tan pronto a la escena del crimen.

Pero si aquello era preocupante, aún podía serlo más el dato que el artículo anticipaba: los vecinos habían decidido organizarse en patrullas ciudadanas para dar caza al asesino de inmigrantes.

Tomás Herrera había telefoneado al presidente de la asociación de vecinos, Jorge Peñas. Le pareció un hombre sincero y cabal. Peñas le juró por la memoria de su madre que la asociación de vecinos jamás se había planteado aquella medida; que aquel periodista le preguntó si pensaban hacer algo así y que, antes de que pudiera decir que no, Bullón apartó la grabadora.

—El problema —explicó Peñas— es que ahora algunos de los miembros de la asociación han leído el artículo y piensan que no sería mala idea hacer algo así.

El reportaje de Bullón mostraba aquella supuesta decisión vecinal como un ejemplo más de cuánto se parecía aquella historia a la sucedida en Londres en 1888, pues allí, ante la ineficacia de la policía metropolitana, un civil llamado George Lusk dirigió el comité de vigilancia de Whitechapel.

—¡Hijo de puta! —bramó Tomás Herrera.

Marcos Olmos había madrugado aquel domingo. A pesar de que ya no era el hombre robusto de antaño, aún seguía conservando las viejas costumbres, como la de levantarse de la cama temprano.

Ya en la calle, compró el periódico. Uno de los diarios de mayor tirada a nivel nacional recogía un amplio reportaje firmado por Tomás Bullón. Si los datos que manejaba eran correctos, la mujer que había sido encontrada muerta en el patio trasero del número 11 de Marqueses de Valdecilla se llamaba Yumilca Acosta. Yumilca era dominicana, y Bullón la calificaba como la nueva Annie Chapman. Marcos leyó con atención lo que había escrito su amigo:

> Yumilca es la segunda víctima del nuevo Jack el Destripador. En su segundo crimen, el asesino del barrio norte no se ha limitado a imitar a Jack en la selección de su víctima —una prostituta— y en las terribles heridas que le ha infligido, sino que se ha esmerado aún más que la primera vez para recrear el escenario del crimen. A Annie Chapman la hallaron muerta en un patio trasero muy similar al lugar donde fue encontrada Yumilca.
>
> Annie Chapman se llamaba realmente Eliza Annie Smith. Adoptó el apellido Chapman tras su matrimonio. En los ambientes en los que se movía en Whitechapel la apodaban la Morena (Dark Annie). Había nacido en 1841, de modo que tenía cuarenta y siete años cuando fue encontrada muerta. Su padre había sido George Smith, y su madre Ruth Chapman.
>
> Se casó el 1 de mayo de 1869 con John Chapman, un cochero al servicio de un caballero en Clewer, cerca de Windsor, aunque a ella le gustaba presentarlo como veterinario y pensionista del ejército. Vivieron durante un tiempo en el número 29 de Montpellier, Brompton. Tuvieron tres hijos: Emily Ruth, que murió de meningitis a los doce años de edad, Annie Georgina, de la que se sabe que vivió y se educó en Francia, y John, que estaba impedido y fue recluido en una residencia.

Annie y John Chapman se habían separado en 1884 o 1885. Parece ser que ambos bebían. De hecho, él murió el día de Navidad de 1886 de cirrosis. A partir de aquel momento, Annie se quedó sin la pensión de diez chelines que John le pasaba.

Annie vivió a partir de entonces con algunos hombres, y en especial tuvo relación con un albañil llamado Edward Stanley, a quien al parecer había conocido en Windsor y que vivía en Osborn Street. Stanley, a veces, le pagaba la habitación en la casa de inquilinos donde ella se hospedaba en sus últimos días. Los fines de semana solían pasarlos juntos.

Annie no era una belleza. Medía un metro y cicuenta y cinco centímetros, tenía la tez pálida, el cabello marrón oscuro rizado, los ojos azules, era gruesa, le faltaban dos dientes (algunas fuentes dicen que de la mandíbula inferior; otras aseguran que eran los incisivos superiores). Tenía la nariz gruesa y estaba enferma de sífilis y tuberculosis. De hecho, Annie se estaba muriendo cuando Jack acabó con su vida de forma tan terrible…

Marcos Olmos pensó que su amigo Bullón seguía jugando con fuego escribiendo aquellos artículos provocadores e incendiarios. Pero lo que resultaba indudable era el éxito que estaban teniendo sus crónicas. Los periódicos desaparecían de los quioscos de prensa. Las ediciones se agotaban y la ciudad se había convertido en un filón para los medios de comunicación de todo el país. Pero Bullón parecía llevar la delantera a todos sus colegas. A pesar de su aspecto torpe y desaliñado, Marcos tenía que reconocer que su amigo había demostrado tener buen olfato periodístico. Sin embargo, se preguntaba cómo era posible que Bullón fuera el único periodista que conocía el nombre de la segunda mujer asesinada. La policía aún no lo había hecho público.

En ese momento, sonó su teléfono móvil. La pantalla luminosa le dijo que era su hermano Sergio quien llamaba.

Annie no era una prostituta al uso. Hacía labores de ganchillo y también flores de papel, que solía vender en el mercado de Stratford. Quienes la conocían dijeron de ella que era trabajadora e inteligente, pero su dependencia del alcohol ahogaba todas sus virtudes.

Había vivido en casas de mala muerte donde se alquilaban habitaciones, pero los últimos días los había pasado en uno de esos establecimientos llamado Crossingham's, situado en el número 35 de Dorset Street. Desde esa misma calle se accedía a Miller's Court, donde murió Mary Jane Kelly, la que se considera última víctima de Jack el Destripador. Autoras como Patricia Cornwell aseguran que había unas cinco mil camas en antros como aquel en el Londres que asistía impactado a la puesta en escena de *Doctor Jekill y míster Hyde* en el Lyceum.

La calle Dorset iba de oeste a este entre Commercial y Chrispin Street, a un paso de Christ Church, la iglesia de Spitalfields. A pesar de que era una calle pequeña, tenía tres bares: el Britannia, que hacía esquina con Commercial Street, The Horn of Plenty (El Cuerno de la Abundancia), en la esquina con Chrispin Street, y el Blue Coat Boy, en el centro de la calle. Se podría definir a la calle Dorset como un gigantesco prostíbulo. Aquella minúscula calle era un enjambre de sótanos, madrigueras donde se ocultaban todo tipo de maleantes, y el hogar de rateros y confidentes policiales.

Cuatro días antes de ser encontrada muerta, Annie la Morena había tenido un altercado con Eliza Cooper en la cocina de la pensión. Eliza le pidió que le devolviera un trozo de jabón que le había prestado, y Annie, enfadada, le arrojó medio penique para que comprara otro. Entonces comenzó una pelea en la que Annie dio una bofetada a Eliza y esta le propinó un puñetazo en el ojo y otro en el pecho. El moratón del ojo era visible aún en la víspera de su muerte.

El día de su muerte estuvo en Crossingham's. El encargado del establecimiento se llamaba Timothy Donovan, y le pidió si podía quedarse en la cocina, a lo que él respondió afirmativamente. Annie dijo que pasaría la tarde en el mercado, pero luego fue vista por Amelia Palmer y esta declaró que Annie le había dicho que se encontraba mal para estar en el mercado. Palmer supuso que tal vez iría a visitar a unos parientes en Vauxhall...

Don Luis leía con avidez el periódico. Sus dedos todavía temblaban al pasar las páginas en las que Tomás Bullón narraba las últimas horas de vida de aquella prostituta, Annie Chapman. El sacerdote aún estaba bajo la impresión que le había causado el haber sido conducido la tarde anterior a la comisaría. El inspector jefe Tomás Herrera había sido escrupulosamente educado, pero también firme.

Tomás Herrera sorprendió a don Luis en la sacristía de la iglesia de la Anunciación la tarde anterior. Se había reservado para sí la tarea de interrogar al párroco después de haber enviado a los demás en busca de Toño Velarde y de aquel ruso, Serguei, del que les había hablado Ilusión, la prostituta uruguaya.

Don Luis tuvo un mal presentimiento al ver a Tomás Herrera. El policía lo saludó con cortesía, pero no se anduvo por las ramas. Le dijo a don Luis que tenían la declaración de una testigo que afirmaba que había estado cerca del lugar donde apareció muerta Yumilca Acosta. Le preguntó qué hacía él a horas tan tardías por el barrio. Don Luis tomó asiento en una vieja silla de madera. El policía insistió: también había sido visto la noche en la que desapareció Daniela Obando, aunque él lo había negado cuando fue interrogado por vez primera. Herrera estaba visiblemente irritado y exigía una respuesta. Don Luis, sin embargo, guardó silencio.

Tras unos tensos minutos, Tomás Herrera pidió amablemente a don Luis que lo acompañara a la comisaría. Le querían hacer unas preguntas, le dijo. Allí, Ilusión lo volvió a reconocer, pero don Luis no lo supo, porque los separaba un cristal que impedía que el cura viera a la uruguaya.

El comisario Barredo en persona se sentó junto al párroco y exigió una respuesta clara y contundente. Finalmente, don Luis tuvo que explicarles lo que hacía por el barrio a esas horas.

—Visitaba a algunos enfermos y llevaba limosnas a algunas familias necesitadas —explicó.

¿Por qué a esas horas? ¿Por qué a escondidas?, quisieron saber los policías.

—Porque muchos de mis parroquianos odian a los inmigrantes —confesó—, y aunque creo que ese comedor social que ha puesto en marcha Baldomero es un error, porque no hace más que echar leña al fuego, procuro ayudar a esos desgraciados sin que aquellos que van a misa cuando yo oficio me vean. Temo que todo el mundo deje de ir a la iglesia si ven que yo también me ocupo de los inmigrantes.

Don Luis dio las direcciones de las casas que había visitado la noche del crimen. La policía comprobó que no mentía, y lo dejaron marchar.

Horas antes de su muerte, a la una y media, Annie Chapman fue vista en la cocina de Crossingham's comiendo una patata cocida y bebiendo cerveza. Donovan, el encargado, le reprochó que tuviera dinero para beber y no para pagarse una cama. Ella le pidió que le fiase, y él se negó. Annie dijo que regresaría con dinero y que le reservase una cama para aquella noche.

A continuación, Annie salió a la calle borracha y, según parece, giró por la primera a la derecha, Little Paternoster Row, para entrar en Brushfield Street, una calle que desemboca en Commercial Street. Cruzó la calle y dobló la esquina junto a la iglesia de Spitalfields. En aquella madrugada terrible, en la que el termómetro marcaba 10º C, Annie vestía todas sus pertenencias: una falda negra, un chaquetón o abrigo negro, dos enaguas, un delantal, medias de lana, botas, una bufanda negra y debajo un pañuelo, tres anillos de latón, un pequeño peine, un trozo de muselina gruesa y un sobre con dos píldoras. En el sobre se leía Sussex Regiment, en tinta azul, y en rojo: London Aug. 23, 1888. Por la parte de atrás, había escrita una «M», debajo un «2» y las letras «Sp». Como si fuera una dirección postal de Spitalfields. Un testigo afirmó que Annie Chapman, mientras estaba sentada junto al fuego en el albergue de Donovan, había cogido aquel pedazo de sobre de la chimenea, envolviendo en él unas píldoras, las mismas que le habían entregado en la enfermería para aliviar el dolor de su vientre vacío…

Sergio leyó por encima el resto del artículo. Bullón se explayaba sobre cómo fueron las últimas horas de Annie Chapman: las declaraciones de Elisabeth Long, que dijo haberla visto en compañía de un hombre junto al número 29 de Hanbury Street, y todo lo demás. Conocía aquellos detalles de memoria.

Sergio se había pasado media noche dándole vueltas a lo que Graciela, la echadora de cartas, había dicho a Cristina el día anterior. La mujer veía a Cristina relacionada con aquellos asesinatos, hasta el punto de que había temido que la siguiente víctima fuera ella. Aunque Sergio creía que había otra explicación: Cristina conocía a las dos mujeres asesinadas. Había tenido más relación con Daniela que con Yumilca, pero ambas habían pasado en algún momento por la Oficina de Integración y las dos, una de un modo más frecuente que la otra, comían en la Casa del Pan.

Cristina le había preguntado la tarde anterior qué hubiera hecho Sherlock Holmes en una situación como aquella, pero a Sergio solo se le ocurrían las respuestas que ofrecían las novelas. Holmes podía pasarse horas, e incluso días completos, sentado frente a la chimenea de Baker Street con los ojos entornados, aparentemente ajeno al mundo en el que vivía, mientras trataba de descifrar la clave de alguno de sus casos. Solía decir que el más vulgar de los crímenes era, con frecuencia, el más misterioso, porque no ofrece rasgos especiales de los que se puedan sacar deducciones. A pesar de todo, Sergio debía reconocer que aquel no era precisamente un crimen vulgar. Holmes, supuso, habría sacado mil deducciones ya, pero él no lo lograba.

Si alguien podía llegar a pensar como Sherlock, ese era su hermano Marcos. De modo que decidió tragarse su orgullo herido después de que Marcos y Guazo hubieran cenado con Clara Estévez y los demás —aparte de haberle ocultado que habían ido a la entrega del premio que ella recibió—, y marcó su número de teléfono.

El médico forense que practicó la autopsia a Annie Chapman se llamaba George Bagster Phillips. Al contrario que Llewellyn, médico responsable de la autopsia de Mary Ann Nichols, declaró que se había producido primero el corte en la garganta y después el del estómago. Antes de degollarla, Jack la había estrangulado o, al menos, dejado inconsciente. Su lengua asomaba entre los dientes en la cara abotargada. Había marcas de sangre en la valla del patio y seis marcas de sangre más en la pared, a medio metro de la cabeza de Annie. A sus pies, como dispuestos en un extraño orden, había un trozo grueso de muselina, un peine y el sobre roto con las dos píldoras. Los anillos de latón habían desaparecido y los dedos presentaban abrasiones producidas al haber sido sacados a la fuerza. La ropa no estaba desgarrada, la chaqueta estaba abotonada. El arma empleada en el corte de la garganta y en el estómago era la misma, según Bagster. Se trataría de un cuchillo de unos veinte centímetros de longitud. Podía ser un instrumento quirúrgico o el cuchillo de un matarife. No parecía que pudiera haberlo hecho el cuchillo de un zapatero o de un artesano del cuero.

Bagster afirmó que el asesino debía tener ciertas nociones de anatomía, y luego insistió en ello tras la autopsia. A continuación, colocaron a Annie en la misma carretilla en que habían llevado a Polly Nichols y fue conducida al depósito de cadáveres de Whitechapel.

A falta de conocer los detalles de la autopsia de Yumilca Acosta, no sería de extrañar que sus heridas fueran prácticamente las mismas que padeció el cuerpo de Annie. Las fotografías que ilustran este reportaje muestran claramente el corte en la garganta, la herida del abdomen, los intestinos colocados sobre el hombro izquierdo y la disposición de unos objetos a los pies de Yumilca muy similares a los que fueron hallados a los pies de Annie. Seguramente, a Yumilca le habrán robado los mismos órganos que a la prostituta de Whitechapel...

Aquel periodista sabía demasiado, se dijo Gustavo Estrada. Alguien le estaba soplando datos desde dentro de la comisaría. Estaba seguro. Y nada le hubiera gustado más que descubrir que ese soplón era Diego Bedia. Después de todo, por lo que había leído en aquellos informes delirantes sobre el Círculo Sherlock, Jack el Destripador y las demás cuestiones, Diego parecía haber establecido una relación de confianza con el escritor, Sergio Olmos, quien a su vez conocía desde hacía años al periodista.

Estrada creía haber descubierto al asesino después de haber interrogado concienzudamente al músico ruso. A falta de algunos detalles, estaba convencido de tener el caso cerrado, pero le parecía que probar que Diego estaba filtrando detalles de la investigación sería un broche de lujo para todo aquel asunto.

José Guazo se encontraba tremendamente cansado. Cuando Marcos Olmos le llamó aquella mañana invitándole a reunirse con él y con Sergio, tuvo que decir que no podía. Los esfuerzos de aquellos días estaban minando su marchita salud más deprisa de lo que le gustaría admitir. Por primera vez, dudó si tendría fuerzas para ver el final de todo aquel asunto.

Marcos le preguntó si había leído el periódico. Guazo le dijo que sí. De hecho, tenía delante el artículo de Bullón:

> El cadáver de Annie fue llevado al depósito de la calle Old Montague. El patio de Hanbury Street, como el de la calle Marqueses de Valdecilla, se había llenado de curiosos. Los vendedores de prensa gritaban la noticia, y días más tarde los vecinos del inmueble comenzaron a cobrar a quienes querían entrar a ver el patio. A los pocos días, el 10 de octubre, entre las cartas que la policía recibió supuestamente enviadas por Jack el Destripador, hubo una en la que se leía: «¿Ha visto al "demonio"? Si no es así, pague un penique y entre».

En Whitechapel Road los ánimos estaban encendidos. No tardaron en circular unos versos sobre los crímenes que la gente comenzó a cantar en las tabernas. Al mismo tiempo, comenzaron a propagarse todo tipo de rumores, como el que puso en circulación la señora Fiddymount, esposa del dueño del local Príncipe Alberto. Aseguró que en la mañana del crimen, estando ella tras el mostrador, entró un hombre que vestía una levita oscura, sin chaleco, y un sombrero marrón hundido hasta los ojos. Pidió media pinta de cerveza, que apuró de un solo trago, y al coger la pinta la señora Fiddymount se fijó en las manchas de sangre que tenía aquel hombre en su mano derecha. También tenía sangre seca en los dedos, y su camisa estaba rota. Cuando el hombre se marchó, la mujer ordenó a un tal Joseph Taylor que siguiera al desconocido: un tipo delgado, de entre cuarenta y cincuenta años, con bigote, metro setenta y cinco de altura y mirada penetrante.

Aquella historia fue manoseada tantas veces que en una de sus últimas versiones había sido la mismísima Annie Chapman quien había entrado en aquel bar.

Sin embargo, nada de eso ha ocurrido en el crimen de Yumilca Acosta. Ningún vecino vio nada extraño. Solamente el ruido del motor de algún vehículo que arrancaba, nada especial en la siniestra madrugada…

Una fuerte arcada obligó a Guazo a dejar el periódico. Llegó al servicio justo a tiempo para vomitar.

Cristina Pardo apenas había dormido aquella noche. Los últimos días habían trastocado su vida por completo. Había conocido a un hombre singular, interesante, vanidoso, pero que la hacía sentir bien. No había pensado en acostarse con Sergio la segunda noche que salieron a cenar, pero al final eso había ocurrido, y había sido magnífico. Cristina no quería admitirlo, pero se estaba enamorando de Sergio y no le importaba la diferencia de edad que había entre ellos ni tampoco el hecho de que él le hubiera advertido que jamás se quedaría a vivir en aquella ciudad.

Después, estaban aquellos crímenes y lo que Graciela les había contado. Las cartas del tarot, aseguró, relacionaban a Cristina con aquellas muertes.

Cristina había bajado a la calle a comprar la prensa a primera hora de la mañana. Se encontraba sentada a la mesa de la cocina de su modesto piso tomando café y leyendo la prosa agresiva de Tomás Bullón:

En la morgue, se produjeron errores de procedimiento imperdonables, como en el caso de Nichols. Cuando el doctor Bagster llegó al depósito cinco horas después de que se hubiera llevado allí el cadáver de Annie Chapman, se encontró con que lo habían lavado y desnudado sin permiso de la policía. Indignado, hizo llamar al encargado, Robert Mann, quien respondió que las autoridades del asilo habían permitido a dos enfermeras, llamadas Mary Elisabeth Simonds y Frances Wrigth, realizar ese trabajo.

Lógicamente, aquella imprudencia provocó sin duda que se perdieran pistas notables, pero nada bueno se podía esperar de aquel cobertizo miserable que hacía las veces de morgue. La popular escritora Patricia Cornwell ha anotado alguno de los múltiples errores que cometió la policía y que, esperemos, no se cometan en el caso de Yumilca Acosta. Entre los errores que Cornwell denuncia en el examen de Bagster se encuentra la idea del doctor de que la fallecida no había bebido alcohol en las horas previas a su muerte. La autora indica que el hecho de que no tuviera fluidos en el estómago no quiere decir que estuviera sobria. En aquella época no se analizaban los fluidos corporales (sangre, orina y humor vítreo) para detectar drogas o alcohol.

Nunca sabremos con certeza si acertó el médico al decir que la muerte se había producido dos horas antes, contradiciendo el testimonio de algunos supuestos testigos. En lo que sí acertó fue al considerar que el asesino era diestro, dado que los cortes en el cuello iban de izquierda a derecha y eran más profundos en la izquierda, el punto de inicio del corte.

Cornwell niega que a Chapman la asfixiaran antes de seccionarle el cuello. Para ella, la muerte fue causada por la hemorragia masiva producida con esos cortes. A su juicio, si la hubieran asfixiado previamente, o la hubieran dejado al menos inconsciente, se advertirían hematomas en el cuello que, dice, no eran visibles en ese caso. Chapman incluso llevaba alrededor del cuello un pañuelo que hubiera dejado marcas en caso de estrangulamiento.

A Annie Chapman la enterraron con el mayor secretismo posible en la mañana del día 14 de septiembre. A las siete de la mañana, sin que nadie lo supiera, un coche fúnebre se presentó en la morgue de Whitechapel, en la calle Montague. Llevaron el cuerpo al cementerio de Manor Park, situado a diez kilómetros al nordeste de donde había muerto. La tumba ya no existe. Según se lee en el *Daily Telegraph* del día 15 de septiembre, en el ataúd de olmo negro se leía: «Annie Chapman, muerta el 8 de septiembre de 1888, a los cuarenta y siete años de edad».

Cristina Pardo miró por la ventana. Había salido tímidamente el sol.

12

Domingo, 13 de septiembre de 2009

E l alba encontró a Diego Bedia en su pequeño piso de la playa con los ojos enrojecidos. Apenas había dormido. La noche la había pasado en compañía de psicópatas y asesinos en serie, o más bien leyendo información sobre esas subespecies humanas que le había facilitado un buen amigo criminalista de Madrid.

El día anterior había sido tremendamente largo, y en muchos aspectos muy desagradable. Para empezar, la irrupción de Estrada en el caso resultaba desestabilizadora. A nadie en la comisaría le resultaba atractivo que desde la capital de la provincia los considerasen incapaces de atrapar al asesino que estaba sembrando el terror en el barrio norte, pero tampoco era infrecuente que se enviaran refuerzos para determinados casos. El problema para Diego residía en la identidad de esos refuerzos. Higinio Palacios era un tipo tranquilo, que sabía cuál era su puesto. Su discreción contrastaba violentamente con la arrogancia de Estrada, que exhibía de continuo su condición de experto en homicidios. Aunque Diego no podía estar seguro, suponía que Estrada había movido todos los hilos posibles para que lo destinaran a aquel caso. Era una forma más de amargarle la vida.

El resto del día había ido aún peor. Diego encontró a Toño Velarde y lo condujo a la comisaría. Lo interrogaron sobre su presencia en la zona donde horas más tarde se encontró el cadáver de

Yumilca, pero Velarde tenía una magnífica coartada: podía probar que aquella noche había estado coordinando la pegada de carteles del candidato a la alcaldía Jaime Morante. Media docena de jóvenes que participaron en aquella pegada de carteles declararon sin titubeos que Velarde estuvo con ellos durante aquella noche. Cuando acabaron de pegar los carteles, se fueron de juerga y se acostaron al amanecer. El propio Morante llamó por teléfono al comisario y habló a favor de su simpatizante. El resultado fue que a Toño Velarde lo dejaron en libertad horas más tarde, a pesar de que algunos de los miembros del equipo que investigaba el caso, en especial Murillo, lo veían como uno de los principales sospechosos. Después de todo, aquel bruto había dado muestras suficientes de ser un racista convencido, y el alboroto que reinaba en el barrio podía vernirle muy bien a Morante en las elecciones.

Estrada, por su parte, llegó poco después junto con Higinio Palacios y Meruelo. Traían detenido al músico ruso. Al parecer, Yumilca había sido vista en un bar próximo a su casa la noche en la que se la vio por última vez. En aquel bar había estado esa noche Serguei intentando vender algunas de las figuras que tallaba con su cuchillo. El dueño del bar recordaba claramente que el ruso había hablado con Yumilca ofreciéndole su mercancía, pero ella lo había rechazado.

Estrada estaba exultante. Se jactaba de haber encontrado al asesino en su primera incursión en el barrio; una zona que, según alardeó, conocía a la perfección. Junto al ruso, los inspectores traían a remolque a una mujer alta, impresionante. Era Raisa, la esposa de Serguei. Ella gritaba e insultaba a los policías. Aseguraba que su marido no tenía nada que ver con la muerte de aquellas putas. Por su parte, Estrada, exhibiendo una sonrisa burlona, mostró a todos algunos de los cuchillos con los que Serguei trabajaba la madera.

—Los chicos de la policía científica tienen trabajo —dijo.

Diego no estaba seguro de que aquel hombre fuera el asesino que buscaban, pero tampoco podía negarlo. No quería darle el gusto a Estrada de mantener con él una discusión en público.

A media tarde, pidió permiso a Tomás Herrera para irse a casa. Herrera le comentó en privado lo que don Luis le había explicado a propósito de por qué estaba en el barrio a aquellas horas de la noche. Los policías intercambiaron una mirada cómplice tras contemplar al ruso, que parecía haberse venido abajo. Tomás y Diego no parecían estar seguros de nada, al contrario que Estrada, el gran triunfador de la jornada.

De camino a su casa, Diego Bedia telefoneó al doctor en criminología Ramón Alvarado, un buen amigo. Le explicó el lío en el que estaban metidos y solicitó su ayuda. ¿Podía enviarle por *mail* información sobre los asesinos en serie? El doctor Alvarado le prometió que tendría la información que pedía en media hora.

Ramón Alvarado no se retrasó ni un minuto. Un cuarto de hora después de que Diego hubiera hablado con él, el doctor envió un correo electrónico con dos informes adjuntos. Aquellos informes habían sido la compañía de Diego durante toda la noche.

Después de aquella lectura, Diego había refrescado algunos conceptos olvidados y había aprendido otros.

Para empezar, el concepto «asesino en serie» *(serial killer* o *psychokiller)* era algo muy manido en Estados Unidos, donde existe la tasa más alta de este fenómeno. En España también se han dado casos, pero de un modo más puntual. Se podía hablar de un asesino en serie si el individuo comete tres o más asesinatos, con un paréntesis entre cada uno de ellos.

Los motivos que pueden conducir a una persona hasta ese extremo de violencia, según los expertos, pueden ser variados. Hay asesinos «visionarios» (que creen actuar al dictado de determinadas órdenes o voces que los guían, ya sean fuerzas del bien o fuerzas del mal); hay asesinos «controladores» (aquellos a quienes satisface especialmente dominar a su víctima); los hay «misioneros» (que se muestran convencidos de ser mesías libertadores de los hombres con sus actos), y los hay «hedonistas» (amantes de emociones intensas, muchas veces relacionadas con el sexo).

Diego descubrió en aquellos informes que el asesino en serie se puede clasificar también en función del territorio de caza en el que actúa. Hay algunos que se circunscriben a lugares concretos; otros se centran en su ciudad o en la región en la que viven, y otros son viajeros. Algunos son «merodeadores», otros son «pescadores» (matan aprovechando una ocasión inesperada)

La psicosis puede ser la causa que genere ese comportamiento. El psicótico, tal vez un visionario, no planea en modo alguno su crimen. Simplemente, actúa en el instante en el que cree que Dios, Satán o quien sea le ordena que lo haga. No selecciona a su víctima, improvisa demasiado, y es muy probable que deje claras pistas que conduzcan a la policía a su detención.

Las cosas se complican si el asesino en serie es un psicópata. Podía ocurrir que durante su infancia el futuro asesino hubiera vivido hechos traumáticos, tal vez abusos sexuales o verse inmerso en un contexto familiar de alcoholismo o malos tratos. Todo ello puede provocar un rechazo del individuo al mundo que lo rodea. De igual modo, no es infrecuente que en sus primeros años de vida el sujeto muestre una especial predilección por la violencia, torturando a animales que tuviera a su alcance. En todo caso, lo más frecuente es que su carrera delictiva comience en su adolescencia, bien realizando hurtos u otros actos que pudieran conducirlo a centros de reclusión.

Cuando alcanza la mayoría de edad, comienza a fantasear con imágenes que le resultan seductoras. Es frecuente que esas fantasías tengan que ver con el sexo, pero Diego sabía que ni Daniela ni Yumilca habían sido violadas. Y tampoco estaba claro que Jack hubiera consumado el acto sexual con sus víctimas, si bien parecía haber algo claramente sexual en su comportamiento al extraer órganos como el útero.

Los psicópatas son seres crueles, con una gran capacidad para manipular a los demás, carentes de sentimientos, hedonistas, que desprecian la vida ajena. Saben perfectamente lo que están haciendo, pero toman las decisiones de un modo frío y no tienen remordimiento alguno.

Este tipo, pensó Diego, parecía ajustarse al asesino que él perseguía. Se trataba de alguien calculador, organizado, que elige a su víctima meticulosamente, tal vez las sigue durante días y conoce sus hábitos. Lo más inquietante, según decía el informe, es que ese tipo de asesinos no tienen aspecto de serlo, de manera que se ganan fácilmente la confianza de la víctima, que no sospecha de ellos hasta que es demasiado tarde. Además, disfrutan con la tortura, de modo que procuran conservar con vida su pieza de caza todo el tiempo posible.

Había más cosas preocupantes para Diego entre las características de ese tipo de asesino en serie: son extremadamente cuidadosos, pulen los detalles en cada uno de los crímenes, lo que hace que resulten muy difíciles de apresar. Su único gran defecto es el narcisismo que padecen. Se sienten tan superiores, tienen tanto afán de notoriedad, que sufren al ver que nadie reconoce por la calle al gran artista que ellos creen ser. Es frecuente que se lleven «trofeos» de sus víctimas. Jack y su imitador coleccionaban vísceras de las mujeres asesinadas.

Diego leyó con atención lo que el doctor Alvarado le escribió a propósito del asesino en serie denominado *copycat:* aquel que imita a un famoso asesino en serie de otra época. No se debe confundir con aquellos imitadores inmediatos, los que conviven en el tiempo con un asesino concreto, que realizan algún crimen con el propósito de desviar la atención de la policía hacia ellos y favorecer al auténtico asesino en serie. El *copycat* actúa bastante tiempo después del criminal al que desea emular, pero siempre sentirá la frustración de no conseguir alcanzar las cimas que pisó su héroe, porque, en realidad, no es como él ni tiene los mismos estímulos.

Desde el mismo momento en el que un asesino actúa, está dejando rastros de su personalidad. No importa que, como sucedía en el caso que Diego investigaba, el sujeto sea lo suficientemente inteligente como para no dejar huellas ni rastros de ADN que permitan localizarlo de inmediato. El mero hecho de elegir un arma blanca como instrumento, seleccionar a inmigrantes como víctimas u optar por aquel barrio en concreto para actuar debería servir para dibujar un perfil con el que empezar a trabajar.

Uno de los mayores expertos mundiales en la perfilación criminal de este tipo de asesinos es un exagente del FBI llamado Robert K. Ressler, pieza básica en su día de la Unidad de Ciencias de la Conducta. La perfilación criminal pretende elaborar un mapa de la mente del asesino, de manera que la policía, pensando como lo hace el criminal, pueda anticiparse a su siguiente movimiento.

Diego pudo descubrir en la información remitida por su amigo Alvarado que en el caso de Jack el Destripador se han hecho algunos intentos para trazar su perfil basándose preferentemente en las numerosas cartas —más de doscientas— que Scotland Yard recibió durante el otoño del terror de 1888. El problema reside en saber si verdaderamente Jack era el autor de las mismas o no. Ese extremo dificultaba enormemente poder realizar un perfil de su personalidad.

El asesino al que Diego se enfrentaba había dado muestras suficientes de frialdad, de capacidad para calcular los riesgos y salir airoso. Sabía que no podía actuar como Jack, porque el mundo había cambiado y las técnicas policiales eran infinitamente mejores que las que Scotland Yard pudo poner en práctica en aquellas calles del Londres victoriano pésimamente iluminadas por farolas de gas. Jack actuaba rápido, en la calle. El asesino de Diego parecía hacerse con la víctima días antes —«¿Quién la tendrá?», había escrito en su segunda nota—. Jack no empleaba narcóticos para adormecer a sus víctimas, según las informaciones que Diego tenía, pero tal vez el hombre al que él buscaba sí lo hiciera. Sin embargo, en el cuerpo de Daniela no se había encontrado resto alguno de droga. Habría que esperar al informe forense para saber si Yumilca tampoco había consumido algún tipo de sustancia de esas características.

El *modus operandi* del asesino incluye la propia selección de las víctimas. Jack había decidido acabar con prostitutas, pero el asesino que Diego buscaba no parecía tener esa preferencia. Yumilca sí era prostituta, pero Daniela no. Lo que ambas tenían en común era ser inmigrantes. Diego subrayó con trazo grueso ese dato.

Jack mató a sus víctimas en un radio de acción muy pequeño. La distancia entre los dos escenarios más alejados apenas superaba el kilómetro y medio, y en algunos casos solo unos cientos de metros separaban un crimen de otro. Era tremendamente organizado. Nadie lo vio abandonar el lugar del crimen totalmente ensangrentado como debía estar; nadie advirtió que se llevaba órganos humanos sangrantes; calculó extraordinariamente bien el tiempo que tenía entre cada ronda policial y conocía la zona a la perfección, lo que facilitaba su huida.

Hasta ahora, recordó Diego, el asesino del barrio norte había actuado en dos lugares separados entre sí por poco más de trescientos metros, como Jack.

Nunca estuvo claro si Jack mató a sus víctimas en la calle o las dejó en los escenarios tras haber acabado con su vida en otra parte. En el caso de Annie Chapman, se dijo que el patio de Hanbury Street había sido el lugar donde se cometió el crimen, pero parecía imposible haberlo llevado a cabo allí, en medio de un vecindario que se despertaba y cuando ya estaba amaneciendo. Por su parte, el asesino del barrio norte había matado a las dos mujeres en alguna parte y luego había dibujado un escenario similar al que Scotland Yard encontró en los dos primeros crímenes de Jack. Se trataba de una puesta en escena impecable: el peine, el sombrero, los intestinos sobre el hombro izquierdo, el sobre con las pastillas y el resto. El inspector Bedia concluyó que había que ser muy audaz para detenerse a colocar todas esas cosas cuando tu corazón debe ir a mil por hora ante el temor de ser descubierto.

En cuanto a la «firma» de sus crímenes, algunos asesinos en serie deciden «crear» algo que sirva para reconocer sus obras. Se dice que Richard Trenton Chase introducía en la boca de sus víctimas excrementos de animales, y que el Asesino de la Baraja firmaba sus asesinatos dejando naipes junto al cadáver. En el caso de Jack y del asesino que quitaba el sueño a Diego, la «firma» era la evisceración de las víctimas.

Mientras leía aquellos informes, Diego tuvo una duda. ¿Por qué estaba pensando en un hombre en lugar de una mujer? Los datos, al menos en Estados Unidos, invitaban a pensar eso. En ese país, el noventa y ocho por ciento de los asesinos en serie son hombres; en el resto del mundo, ese porcentaje se rebaja hasta el setenta y seis por ciento. ¿Y si fuera una mujer?

Pero el contenido de la documentación que tenía entre sus manos le hizo desestimar esa posibilidad. Las mujeres que se convierten en asesinas en serie suelen cometer sus crímenes sin desplazarse del lugar en el que viven. El hombre, en cambio, se desplaza más habitualmente. La mujer actúa por razones económicas, principalmente. No es normal que lo haga por motivos sexuales, y tampoco parece un comportamiento propio de una mujer el empleo del cuchillo como arma. Las asesinas en serie suelen utilizar venenos.

A las mujeres asesinas en serie se las suele catalogar en dos grupos: «viudas negras» (suelen matar a sus esposos o familiares empleando venenos y con fines económicos) y «ángeles de la muerte» (esos casos se producen en hospitales o residencias, donde esas mujeres sienten que ostentan un poder extraordinario que les permite decidir sobre la vida y la muerte de aquellos que están a su alcance). Desde luego que hay también ocasiones en las que aparecen «depredadoras sexuales» y otros componentes distintos, pero son menos frecuentes.

Diego levantó finalmente la vista de aquellos documentos creyendo tener claras algunas cosas: buscaba a un hombre muy inteligente, calculador y conocedor del territorio en el que se movía. Se trataba de un asesino organizado, que parecía mostrar aversión por las mujeres inmigrantes del barrio. Secuestraba a las mujeres y las asesinaba en alguna parte. Después, dejaba el cadáver imitando el escenario de los crímenes de Jack. Y, naturalmente, profanaba sus cuerpos igual que lo había hecho el Destripador.

A todo eso había que añadir que se trataba de alguien que conocía a Sergio Olmos, y que lo odiaba. Y después de haber dibujado aquel retrato robot en su mente, estuvo aún más convencido de que el músico ruso, Serguei, no era el hombre que buscaban. Pero Estrada estaba convencido de lo contrario, y lo peor era que el comisario Barredo parecía estar de acuerdo.

Era casi mediodía cuando Diego terminó su particular perfil del asesino y llegó a la estremecedora conclusión de que, si el imbécil de Estrada se salía con la suya y encerraban a Serguei, la policía bajaría la guardia y dejaría vía libre al verdadero asesino.

Diego miró su reloj. Decidió llamar a Marja y proponerle un plan para la comida del domingo.

—¡Hola, cariño! —dijo a Marja—. ¿Te apetece que invite a comer con nosotros a Sergio y a Cristina? Podemos ir a ese restaurante pequeñito de la playa.

Marja dijo que sí con una condición: que también fuera con ellos su hermana, Jasmina.

Sergio aceptó gustoso. Jasmina era encantadora.

Sin embargo, el número de invitados a la comida familiar iba a aumentar. Cuando Sergio recibió la llamada de Diego invitándole a él y a Cristina, Sergio se excusó. Había prometido comer con su hermano Marcos, explicó. Diego, después de pensar durante unos segundos, decidió que podía ser una magnífica ocasión de hablar con Marcos con más calma.

—Dile que venga con nosotros —dijo—. Creo que puede ser de mucha ayuda.

La comida resultó ser todo un éxito. Por primera vez en muchos días, Marja vio sonreír a Diego. Era evidente que la presencia de su hija lo transformaba, y desgraciadamente había perdido la mitad de aquel fin de semana que podía disfrutar de ella por culpa del nuevo crimen.

Marcos se ganó la sonrisa de Ainoa a las primeras de cambio. Incluso Sergio se sorprendió de la buena mano que su hermano tenía para con los niños. Jamás lo hubiera sospechado. Había que ver a un hombre tan alto poniéndose a la altura de la niña, dejándose perseguir por ella y ofreciendo su reluciente calva para que Ainoa la tocara.

Marja y Jasmina conocían a Cristina por su trabajo en la Oficina de Integración, pero no habían tenido ocasión de hablar con más calma fuera de ese ámbito. Las tres estuvieron cómodas y hablaron de los temas más variados. Cristina conoció con más detalle lo dura que había sido la vida de las dos muchachas y se estremeció con el resumen que ellas le hicieron de la biografía de su difunto padre.

Cuando Marcos no jugaba con Ainoa, se incorporaba a la conversación que mantenían Sergio y Diego desde que llegaron los postres. El tema central era el artículo de Bullón. Diego estaba perplejo.

—No entiendo cómo pudo llegar al escenario tan rápido ni dónde averiguó el nombre de esa muchacha, Yumilca, antes de que nosotros lo diéramos a conocer —les dijo.

—Espero que no te molestes —intervino Marcos—, pero parece que tenéis algún tipo de filtración en la comisaría.

Diego respiró profundamente y asintió.

Sergio puso a Diego al corriente del extraño encuentro que había tenido en compañía de Cristina el día anterior con una echadora de cartas.

—Se llama Graciela —explicó Cristina.

—Bueno, pues resulta que esa mujer nos contó algo extraordinario.

Sergio necesitó cinco minutos para resumir las sensaciones que Graciela había tenido mirando los arcanos del tarot, y la relación que había establecido entre esas muertes y Cristina. Después le explicó al inspector Bedia quién había sido Robert James Lees y el papel que había jugado en la trama de Jack, según algunos autores.

—La teoría de que Jack era en realidad el médico de la reina, sir William Withey Gull, no parece muy sólida —comentó Marcos—. Fue Stephen Knight* el que la popularizó. Aseguraba que el duque de Clarence, Albert Victor, se había enamorado de una prostituta llamada Annie Elizabeth Crook. —Marcos había logrado captar la atención de todos, incluidas las mujeres sentadas a la mesa—. El amor acabó en una boda secreta, e incluso tuvieron una hija, bautizada como Alice Margaret Crook. La reina Victoria,

---

* *Jack the Ripper: The final solution*, Londres, 1976.

cuando se enteró, ordenó encerrar en un manicomio a Annie, y allí permaneció hasta su muerte. Pero habían quedado cabos sueltos, según esa teoría. Resultaba que cinco amigas de Annie, también prostitutas, conocían su secreto. E incluso tuvieron la ocurrencia de chantajear a la Corona para no divulgar lo que sabían. Entonces, el primer ministro, que era masón, puso el asunto en manos de su logia, de la que también formaba parte Gull, y comenzaron a asesinar a las incómodas testigos. El cochero real, John Netley, llevaba a Gull hasta las calles de Whitechapel para que realizara su siniestro trabajo mientras parte de Scotland Yard, también perteneciente a la masonería, miraba para otro lado.

Nadie respiraba en aquella mesa cuando Marcos finalizó su relato.

—La teoría falla —dijo Sergio—, porque Gull, que contaba setenta y un años cuando Jack cometió sus crímenes, tenía limitadas sus facultades debido a una apoplejía que había sufrido.

—¿Y la mujer, Annie? —preguntó Jasmina.

—Nunca se tuvo noticia de alguien llamado así que hubiera sido internada en un manicomio —respondió Marcos, sonriendo a Jasmina.

—Pero eso no sería raro —contestó Marja—. La propia casa real se cuidaría de que jamás se supiera nada de ella.

—¿Y qué fue de la niña? —quiso saber Cristina.

—Algunos dicen que fue llevada a Irlanda por Mary Jane Kelly, la última víctima de Jack y testigo de la boda de la prostituta con el príncipe, antes de que ella misma fuera asesinada —aclaró Sergio—. De todos modos —añadió, mirando a Diego—, sí hay algo de interés en lo que dijo esa mujer, Graciela. Creo que la relación de Cristina en todo este asunto se debe a que las dos mujeres asesinadas han hablado con ella en su oficina y las dos iban a comer a ese comedor social.

—La Casa del Pan —añadió Cristina.

Diego guardó silencio. También Tomás Herrera y él habían advertido que las dos mujeres estaban en la lista que se les había facilitado en la Oficina de Integración.

Tras unos minutos en los que cada uno se dedicó a terminar su postre, el inspector compartió con los dos hermanos los datos que el doctor Alvarado le había facilitado. Repasaron juntos los detalles que tenían que ver con Jack y aquellos que se ajustaban al retrato del asesino que buscaban. Los dos hermanos conocían mejor que el inspector las hazañas de Jack y le facilitaron algunas ideas que él no había tenido en cuenta.

—Imagina los escenarios de Jack —dijo Sergio—. Tenía que haber sangre por todos lados. El corte en la tráquea de las víctimas debía provocar una cascada de sangre. Y, aunque Jack estuviera detrás de la mujer que degollaba, a la fuerza debía mancharse, y más cuando la destripaba en el suelo. De modo que, si las mataba en aquellos callejones, debía abandonar el lugar manchado de sangre.

—Y luego está el asunto de las vísceras —añadió Marcos—. ¿Cómo las transportaba? ¿Las envolvía en papel, simplemente? ¿Sabías que hasta la reina Victoria se interesó por ese detalle?

—¿Adónde queréis ir a parar? —preguntó Diego intrigado.

—La conclusión es clara —dijo Marcos—: o vivía en el barrio o tenía un escondite por allí cerca. De otro modo, es imposible que nadie lo viera.

—Hay una teoría —dijo Sergio— que dio a conocer un tipo de la Universidad de Liverpool...

—David Canter —apuntó la infalible memoria de Marcos—. La «hipótesis del círculo».

—Eso es —tomó el relevo Sergio—. Canter desarrolló un programa informático... —Miró a su hermano de nuevo en busca de ayuda.

—El programa Dragnet —apuntó Marcos.

—Bien —prosiguió Sergio—, la idea es que un asesino de ese tipo actúa en una zona ajustándose a una motivación personal, de manera que pretendía averiguar la residencia del asesino teniendo en cuenta los lugares en los que comete sus crímenes.

—No te sigo —reconoció Diego.

—Coges un mapa de la zona en la que actúa el asesino —explicó Marcos. Cogió varios vasos y convirtió la mesa en un improvisado mapa— y señalas los lugares en los que ha cometido los crímenes. —Dispuso cinco vasos sobre la mesa, el mismo número de asesinatos atribuidos generalmente a Jack—. Luego, trazas un círculo sobre el mapa tomando como diámetro los dos escenarios más alejados entre sí, pero dejando dentro del círculo el resto de los puntos donde actuó. —Hizo un círculo imaginario uniendo los dos vasos más alejados.

—Si la teoría es correcta —intervino Sergio—, el asesino vive dentro de ese círculo, y muy posiblemente cerca de su centro.

—O lo que es lo mismo, en el caso de Jack —añadió Marcos—, los lugares más alejados entre sí fueron Buck's Row, donde se encontró el cuerpo sin vida de Mary Ann Nichols, y Mitre Square, donde asesinó a Catherine Eddowes. Y, si no recuerdo mal —sonrió burlonamente, seguro como estaba de su memoria—, el centro de ese círculo nos llevaría a Whitechapel Road, no lejos de George Yard Buildings, donde Martha Tabram recibió una enorme cantidad de puñaladas.

—Pero no todo el mundo cree que a Tabram la asesinara Jack —recordó Diego.

—Eso es cierto —reconoció Marcos—. Tampoco yo lo creo, pero te doy ese dato por si te sirve de algo.

—Sin embargo, nosotros solo tenemos dos escenarios —dijo Diego.

—Espero que encontréis al asesino antes de contar con más puntos para tener que trazar un círculo —respondió Marcos.

—Según vosotros, entonces, el asesino vive en el barrio.

—A mí no se me ocurre nada mejor, de momento —admitió Sergio—. Cristina me dice que tal vez deberíamos pensar como lo haría Holmes, pero creo que es Marcos el que mejor lo puede hacer.

Marcos rio, halagado por el cumplido.

—Bueno, lo único que creo que debemos hacer es seguir la recomendación de Holmes: «No hay nada tan importante como los detalles triviales»[*].

---

[*] «El hombre del labio retorcido», *op. cit.*

13

14 de septiembre de 2009

E l nombre del día aquel lunes fue Leather Apron*. Y eso tenía mucho mérito, porque muy pocos sabían hasta entonces quién demonios era ese sujeto. Pero los pocos que habían oído hablar de él conocían su historia con bastante detalle.

Curiosamente, quien debiera estar más interesado en saber todo lo que tuviera que ver con la intriga del Delantal de Cuero —que no era otro que el músico y escultor ruso Serguei— era quien menos la conocía. Pero eso a Tomás Bullón le traía sin cuidado. Lo que Bullón tenía entre manos era otra extraordinaria historia que vender. Una historia que había comenzado a escribir echando mano de un viejísimo titular de la prensa londinense.

El día 5 de septiembre de 1888, el diario *Star* abría la información sobre los crímenes que habían tenido lugar en el East End de este modo: «Leather Apron. El único nombre vinculado con los asesinatos de Whitechapel. Un silencioso terror de medianoche».

A continuación, con aquel estilo suyo provocador y amarillo, Bullón recordaba los días en los que, tras los primeros crímenes de Jack, los detectives de Scotland Yard dirigidos por Abberline se mostraron totalmente desconcertados. La gente les reprochaba que no actuaran de inmediato contra un individuo que

---

* Delantal de Cuero.

sembraba el terror entre las mujeres de la calle y al que apodaban de ese modo: Delantal de Cuero.

La prensa lo calificaba de salvaje y sanguinario. Tenía atemorizadas a las prostitutas de la zona. Los periódicos afirmaban que iba armado con un cuchillo que manejaba con extraordinaria destreza, y los agentes recogieron aquí y allá declaraciones de prostitutas con las cuales construyeron un retrato robot del supuesto asesino. Se trataba de un hombre de entre treinta y ocho y cuarenta años, lucía bigote, medía metro setenta de altura, era fuerte y siempre llevaba un delantal de cuero.

Comoquiera que el primer crimen, el de Polly Nicholls, tuvo lugar en Buck's Row, donde había un matadero y era un lugar lógicamente frecuentado por matarifes, el término Delantal de Cuero comenzó a ser considerado como apodo del asesino. El doctor Lewellyn, que practicó la autopsia a la primera víctima, había declarado que el arma empleada en aquel crimen podía ser un cuchillo de los empleados por los matarifes, o también por los zapateros. El *Daily Telegraph* vio en aquel hombre al verdadero culpable de lo que sucedía en Whitechapel, y la policía necesitaba imperiosamente realizar algún arresto que acallara al vecindario.

Finalmente, el 7 de septiembre encerraron a John Pizer, un judío polaco que remendaba botas y que, si se daba crédito a los comentarios que circulaban, se comportaba de un modo violento con las mujeres, además de extorsionar a las prostitutas. Pero, al cabo de veinticuatro horas, la policía lo dejó libre porque no halló nada que permitiera inculparlo.

Cuando Annie Chapman fue asesinada, la policía encontró en el patio trasero un delantal de cuero que parecía haber sido lavado recientemente. Aquello volvió a desatar las alarmas. La policía efectuó un buen número de arrestos, casi de un modo indiscriminado, tratando de apaciguar los ánimos. Naturalmente, entre los arrestados estaba de nuevo John Pizer.

A las nueve de la mañana del día siguiente al de la muerte de Annie Chapman, el sargento de detectives William Thicke, de la

División H, llegó a la calle Mulberry. En el número 22 vivía Pizer en compañía de su madrastra, de setenta años de edad, y de un hermano suyo llamado Gabriel. El sargento lo detuvo sin contemplaciones, tal y como *The Times* y otros periódicos de la época recogieron. Pizer, de treinta y tres años, volvía a estar en el ojo del huracán. *Tenía que ser* Jack el Destripador, para que Scotland Yard y el barrio durmieran tranquilos.

El problema residía en que, simplemente, Pizer no era Jack.

A pesar de los esfuerzos de la prensa, como por ejemplo el *East London Observer,* de mostrar al público una descripción siniestra del zapatero —cabeza enjuta y de piel atenazada que resultaba desagradable de mirar, según ese periódico, porque tenía mechones de cabello de treinta centímetros de longitud, labios finos, sonrisa sardónica, fiero bigote y mirada terrible—, Pizer tenía una magnífica coartada.

El zapatero judío compareció en el juicio por la muerte de Annie Chapman que dirigió el juez Wynne E. Baxter. Pizer declaró haber llegado a su casa el día del crimen a las once de la noche, y no volvió a salir del número 22 de la calle Mulberry. Y podía demostrarlo. También tuvo coartada para la noche en que murió Polly Nichols, puesto que estuvo en una pensión llamada The Round House, en la ronda Holloway.

Una vez realizadas las comprobaciones oportunas, Pizer fue puesto en libertad y la policía hizo el ridículo una vez más en su investigación en Whitechapel.

Tras aquella larga introducción, Tomás Bullón exhibía en su artículo el as que guardaba en la manga. El mismo as que provocó la ira de Gustavo Estrada:

La policía ha detenido a su particular Delantal de Cuero. Se trata de un músico de origen ruso que talla figuras en madera con un cuchillo. El sospechoso, llamado Serguei Vorobiov, vive en el mismo piso de alquiler que la primera víctima, Daniela Obando...

El inspector Gustavo Estrada entró en el despacho del comisario Barredo rumiando su ira. También el comisario había leído la noticia.

—¿Cómo se explica esto? —preguntó Estrada. Respiraba agitadamente y en sus ojos latía la cólera—. ¿Quién se ha ido de la lengua?

—No lo sé —confesó el comisario—. Pero le juro que lo averiguaré.

Gonzalo Barredo ordenó que se presentara el inspector jefe Tomás Herrera.

—Quiero saber qué es lo que está ocurriendo —exigió el comisario cuando Herrera entró en el despacho. El comisario lanzó sobre la mesa el artículo de Bullón.

—No es la primera vez que sucede algo así desde que estoy aquí —intervino Estrada—. Ese periodista fue el primero en llegar al lugar del crimen el otro día; después, publicó el nombre de la víctima antes de que nosotros lo diéramos a conocer, y ahora… esto.

El comisario miró con dureza a Estrada.

—Le ruego que guarde silencio hasta que yo le diga lo contrario —le espetó. A continuación, se volvió hacia Herrera—: ¿Y bien?

—No lo sé, señor —reconoció el inspector jefe—. Pero es evidente que alguien está filtrando datos a ese periodista.

—Pues quiero que lo averigüe cuanto antes.

Estrada estuvo a punto de abrir la boca y mencionar el nombre de Diego Bedia, pero en el último instante sus ojos se toparon con la mirada acerada de Tomás Herrera y no se atrevió.

Herrera, en cambio, sí dijo algo:

—Señor comisario, esa información nos pone en una situación tremendamente difícil.

—Explíquese —exigió Barredo.

—Si ese ruso no es el culpable de los crímenes, la prensa y el barrio entero se van a echar aún más contra nosotros.

—Hemos encontrado en el piso una bolsa de deporte negra con varios cuchillos que pueden haber servido para cometer esos crímenes —estalló Estrada.

El comisario alzó una mano y traspasó con la mirada a Estrada.

—Esperemos que la policía científica pueda encontrar pruebas que demuestren que estamos en lo cierto —contestó Barredo.

—Eso espero yo también —respondió Herrera—. Pero lo único que tenemos son esos cuchillos y el hecho de que ese hombre aparece entre los curiosos que se agolparon en la zona durante la grabación de vídeo que se hizo en el patio donde apareció la segunda víctima.

—Muy significativo, ¿no cree? —dijo Estrada, sin poder contenerse—. Ese tipo de criminales suele recrear sus crímenes en su mente volviendo al escenario donde cometió su hazaña, y disfruta viendo el desconcierto de la policía.

Esta vez el comisario no mandó callar a Estrada. Era evidente que le parecía que aquel engreído inspector había hecho más en un día que sus hombres durante varias semanas.

—Pero Serguei Vorobiov no se ha declarado culpable —recordó Tomás Herrera—. No podremos detenerlo mucho más tiempo sin pruebas.

—¿Me va a explicar cómo tengo que hacer mi trabajo, inspector? —contestó el comisario.

Estrada sonrió burlonamente. Estaba claro que había logrado poner de su parte al comisario y aislar así a Diego, que seguía aferrado a aquellas teorías absurdas sobre Sherlock Holmes. Ahora solo le restaba demostrar que era Diego quien filtraba la información al tal Sergio Olmos, y este, a su vez, a ese periodista amigo suyo. Por tanto, se imponía una charla con el señor Olmos, concluyó Estrada.

Clara Estévez y Enrique Sigler se habían marchado a primera hora de la mañana. Sergio los había visto desde su ventana tomar un taxi en la puerta del hotel. Nada les impedía regresar a Barcelona, donde suponía que vivirían, y sonrió maliciosamente al pensar en el siguiente proyecto literario de Clara. ¿Sería ella capaz de inventar una buena historia por sí sola sin robarle la idea a otro autor?

Cuando el taxi se los llevó, Sergio no pudo evitar que su corazón volviera a encogerse. Aunque la presencia de Clara le dolía, eso era mejor que no verla. Y aquellos días, aunque hubiera sido de un modo fugaz, al menos había vuelto a contemplar aquella sonrisa en sus ojos. En cambio, él tenía a Cristina a su lado. Cristina era deliciosa, más joven que Clara y no menos guapa que ella. Cristina tenía todo lo que cualquier hombre pudiera desear: inteligente, con sentido del humor, era cálida, hospitalaria, y con un cuerpo que parecía recién esculpido. Si algún defecto tenía Cristina era no ser Clara.

De pronto, Sergio comprendió que amaba a las dos mujeres, pero de un modo diferente. Sin embargo, solo una de ellas lo amaba a él, y esa era Cristina.

¿Tendrían Clara y Sigler algo que ver con aquellos crímenes?, se preguntó. Parecía imposible. Los dos dijeron tener una excusa sólida. El viaje a Italia que habían realizado alejaba a ambos de Londres, donde Sergio había recibido la carta anunciando el primer crimen, y también los convertía en inocentes de la muerte de Daniela, dado que se suponía que acababan de regresar de Italia el día 30 de agosto. Daniela apareció sin vida al día siguiente, y no parecía probable que Clara y Sigler hubieran tenido tiempo de planificar todo aquello. Al menos, no solos.

«Al menos, no solos», repitió en silencio Sergio. Y recordó la segunda nota, la del círculo rojo. ¡Un círculo rojo!, como en aquella aventura de Sherlock Holmes. ¿Quién le quería pasar factura por haber incumplido las normas de la única sociedad a la que él había pertenecido en su vida? Pero, se dijo, ¿qué normas son las que yo he roto?

La llamada de teléfono lo sobresaltó.

—¿Sergio Olmos? —preguntó una voz desconocida.

—Soy yo.

—Soy el inspector Gustavo Estrada —se presentó el desconocido—. Me gustaría hacerle unas preguntas. ¿Sería tan amable de acercarse por la comisaría?

Sergio dudó sobre lo que debía responder. Aquel tipo debía ser el cabrón que le había robado la mujer a Diego Bedia, pensó. ¿Qué quería de él ahora? Según Diego, Estrada estaba totalmente convencido de haber atrapado al auténtico asesino, un músico ruso.

—Puedo estar allí en media hora —contestó Sergio finalmente.

—Le espero —dijo Estrada antes de colgar.

Veinticinco minutos después, Sergio entró en una sala de la comisaría donde lo aguardaban dos hombres. Uno se presentó como Gustavo Estrada. Sergio lo contempló con detenimiento: alto, delgado, ojos grises tal vez demasiado juntos, fibroso, cabello engominado, de sonrisa demasiado fácil y aliño indumentario excesivamente juvenil para un hombre al que Sergio situó en la frontera de los cuarenta años.

El otro hombre era grueso, provisto de un poderoso bigote negro, chaqueta con corte pasado de moda y restos de caspa sobre los hombros. El tipo leía en silencio un informe y apenas movió la cabeza para saludar a Sergio.

—Gustavo Estrada —se presentó el inspector, apretando con fuerza la mano de Sergio—. Y este es el inspector Higinio Palacios —añadió, señalando al hombre del bigote.

Sergio hizo un gesto afirmativo con la cabeza y tomó asiento en la silla que le indicó Estrada.

—Tenía ganas de conocerle —dijo el inspector Estrada—. He leído tanto sobre usted en estos informes —comentó, señalando varios documentos que tenía junto a él.

Sergio guardó silencio. No sabía muy bien hacia dónde iba a conducir aquel preámbulo sospechosamente amable.

—Asi que el Círculo Sherlock —dijo Estrada, tras mirar unos segundos los famosos informes que obraban en su poder. Luego alzó la vista, y Sergio tuvo la certeza de que, en efecto, los ojos estaban demasiado juntos en aquella cara delgada y perfectamente rasurada—. Cuénteme todo eso de Sherlock Holmes.

—¿Qué quiere decir? —Sergio se había quedado atónito. Se preguntaba si aquel policía le estaba gastando una broma o es que era un auténtico imbécil—. ¿Quiere que le hable de Sherlock Holmes como personaje literario o como una de las claves de ese asunto de los asesinatos?

Estrada lo miró con cara divertida. Parecía que se lo estaba pasando estupendamente. Palacios, en cambio, tomaba notitas.

—Empecemos por esas cartas que dice que le han enviado —dijo al fin Estrada—. La primera, según parece —volvió a mirar uno de los informes—, se la entregó a usted un joven desconocido en Londres; nada menos que en Baker Street. —El inspector miró a su colega sonriendo y buscando su complicidad. Palacios rio con desgana.

—¿Acaso no se lo cree? ¿Pone en duda mi declaración? —Sergio comenzaba a estar molesto con aquel tipo.

—No se acalore —se disculpó Estrada—, solo quiero que me cuente qué hacía usted por Londres y todo lo demás.

«Todo lo demás». Sergio comprendía ahora la desesperación que debía sufrir Diego Bedia. Estrada era un prepotente, un estúpido que se creía inteligente. Sergio recordó a su admirado Sherlock y murmuró:

—*Il n'y a pas de sots si incommodes que ceux qui ont de l'esprit*[*].

Al fin, Sergio tomó la decisión de contarle «todo lo demás». Y así comenzó una clase magistral sobre Sherlock Holmes y sus sesenta aventuras publicadas. Durante casi cuarenta y cinco minutos hizo una exhibición de su prodigiosa memoria, enlazando todos los acontecimientos holmesianos que guardaban relación con los dos crímenes que habían tenido lugar en la ciudad, así como con su época de universitario.

Cuando terminó su discurso, el cuaderno de notas de Palacios estaba repleto de datos, y Estrada lo miraba de un modo extraño. Sergio no sabía si realmente había comprendido algo o nada de

---

[*] «No hay ningún tonto tan molesto como el que tiene algo de ingenio» (cita de *Les Maximes*, de François de la Rochefoucauld, obra que figuraba en la biblioteca de Sherlock Holmes). La cita aparece en *El signo de los cuatro, op. cit.*

todo aquello. La primera pregunta del policía le inclinó a pensar que no había entendido nada.

—Y, dígame —Estrada carraspeó—, si usted pretendía escribir una novela sobre Sherlock Holmes y eso lo condujo a Londres, ¿por qué realizó usted viajes a Yorkshire, a Oxford y a Cambridge, según dicen estos informes? ¿Qué se le había perdido a usted allí?

Sergio contó hasta diez antes de responder. No tenía ninguna obligación de estar allí. No era culpable de nada. Había acudido a la cita sin abogado y sin la sospecha de que se vería obligado a pasar buena parte de la tarde encerrado con aquel policía fanfarrón. Podía, simplemente, levantarse e irse, pero decidió darse una satisfacción y dictó una nueva clase magistral sobre Holmes que, en resumen, aportó al cuaderno de Higinio Palacios las siguientes informaciones:

Es cierto que el futuro detective jamás había sido un hombre que cultivase las relaciones sociales. Sin embargo, entre 1872 y 1877 William Sherlock Scott Holmes estudió en Oxford y Cambridge. No siguió una carrera determinada, sino que picoteó en diversas asignaturas que le parecieron imprescindibles para el porvenir que se había trazado a sí mismo. Ciencia, botánica, matemáticas, filosofía, música y musicología se alternaron con la práctica del ajedrez, el remo o la esgrima y el boxeo, disciplina en la que ganó merecida fama.

La capacidad para leer mucho y del género más diverso la había adquirido el joven Holmes de muy niño. El futuro detective nació el día 6 de enero de 1854 en North Riding, Yorkshire.

Eso explicaba los viajes de Sergio a esas zonas de Inglaterra. Días antes de hospedarse en un hotel próximo a Green Park, Sergio Olmos había visitado los lugares que su biografiado conoció en su más tierna infancia.

En aquellas tierras, Sergio sintió que el espíritu de su admirado Holmes tomaba asiento en sus entrañas. No tuvo que esforzarse para imaginar a Violet Sherrinford paseando de la mano con el pequeño Sherlock bajo la atenta y complacida mirada de Siger

Holmes, el esposo de ella y padre del niño. Violet era la tercera hija de sir Edward Sherrinford, mientras que Siger Holmes era un militar retirado.

Siger Holmes y Violet se casaron en St. Sidwell, Exeter, el 7 de mayo de 1844. De aquel matrimonio nacieron tres hijos: Sherrinford (en 1845), Mycroft (en 1847) y William Sherlock Scott (en 1854).

Durante sus paseos por la campiña de Yorkshire, Sergio Olmos creyó descubrir cuál pudo ser la propiedad familiar de los Holmes. Se trataría de una explotación agrícola notable, capaz de proporcionar a la familia rentas suficientes como para que sus hijos recibieran una esmerada educación e incluso poder viajar con frecuencia por Europa, como así hicieron.

Cuando la familia regresó a Inglaterra, Holmes estuvo en un internado. Pero en 1865 una grave enfermedad le obligó a abandonar sus estudios. Durante los meses que la dolencia lo postró, el niño de once años se lanzó a la aventura de leer, y lo hizo de manera voraz y, en apariencia, desordenada.

A decir de los autores que habían tratado de reconstruir la vida de Holmes, el joven había estudiado durante un breve período de tiempo en la escuela de Yorkshire como alumno externo, pero un nuevo viaje a Francia, cuando tenía catorce años, interrumpió otra vez su carrera académica. Vivió entonces en Pau, donde los estudios de alemán, francés y ciencia variada reclamaron una vez más su atención, sin que ello significase en modo alguno que dejara de ejercitarse en las artes marciales y la esgrima.

Cuando la familia regresó definitivamente a Inglaterra en 1872, se contrató a un reputado profesor universitario para que impartiera clases particulares de matemáticas al muchacho. Holmes jamás olvidaría a aquel hombre, y sus vidas se cruzarían de un modo dramático tiempo después. El profesor tenía delgada la cara, era alto y mostraba una manera de hablar tan solemne que Holmes llegó a decir de él años después que podía haber sido un gran predicador[*]. Todo el mundo aseguraba que

---

[*] *El valle del terror, op. cit.*

era un genio. Había escrito un ensayo muy valorado titulado *La dinámica del asteroide*. Aquel profesor se llamaba James Moriarty.

Tras recorrer Yorkshire, Sergio había viajado a Oxford. ¿Por qué Oxford? La razón era simple: si en verdad quería recoger toda la información posible sobre aquel hombre, no podía obviar sus años universitarios.

En efecto, su biografiado estuvo afincado en el campus oxoniano durante un tiempo, en concreto en el afamado Christ Church College. La química, una de las pasiones del futuro detective consultor, la botánica y las matemáticas ocuparon especialmente su tiempo en aquellos años.

Recorriendo los venerables senderos del saber de Oxford tras las huellas de Holmes, Sergio se sintió tentado de imaginar, como lo había hecho el holmesiólogo Baring-Gould, que tal vez Sherlock recibiera clases de matemáticas de quien entonces ocupaba plaza de profesor de esa asignatura en el mismo colegio universitario: Charles Lutwidge Dodgson.

Naturalmente, pensó, si pretendía añadir ese posible encuentro en la novela que iba a escribir, debería aclarar al lector quién era el hombre oculto tras ese nombre de profesor universitario sin brillo. En realidad, Dodgson había firmado en 1865 uno de los libros más extraordinarios de todos los tiempos, algo aparentemente alejado de la frialdad calculada de las matemáticas. Y es que Dodgson no era otro que Lewis Carroll, el *rabino* de otro *golem* literario incomparable: Alicia, la más famosa de todas las niñas que un día llegaron al País de las Maravillas.

¿Por qué no? ¿Quién podía impedir que él, Sergio, hiciera coincidir en la misma aula al alumno Holmes y al profesor Carroll? ¿Quién de los dos era de carne y hueso? ¿No sería el ser de ficción Carroll, pues nadie podría creer a estas alturas que Alicia no hubiera existido? Perfectamente podría pensarse que fue Alicia la que trajo a la vida a Carroll y luego lo hizo inmortal.

Tras su paso por Oxford, Sergio, como Holmes, viajó a Cambridge. Su propósito era experimentar en carne propia lo que su personaje debió de sentir cuando en 1874 ingresó en el prestigioso Gonville & Caius College. Y precisamente fue allí, en Cambridge, donde el único amigo con el que el huraño Holmes mantenía cierto trato le puso en la pista de la que sería en el futuro su profesión.

—Precisamente —puntualizó Sergio—, eso sucede en la aventura titulada «El Gloria Scott», la misma que de algún modo da comienzo a la historia que estamos viviendo nosotros.

Y ahí finalizó el relato de Sergio. Palacios tomaba las últimas notas mientras Estrada miraba al escritor con los ojos entornados, pretendiendo dar muestras de la inteligencia envidiable con la que creía estar dotado.

El silencio se fue espesando lentamente durante los siguientes segundos, hasta que fue Estrada quien lo rompió.

—Ya —dijo.

Sergio comprendió que Estrada no tenía ni la menor idea de lo que le había querido decir al citar «El Gloria Scott». Tanto cacarear de los informes, y resultaba que aquel engreído engominado no había prestado atención al modo en que se había encriptado el mensaje de la primera carta.

—La primera carta que usted recibió tenía un mensaje que se había disimulado igual que uno que aparece en esa historia, ¿no es así? —dijo Higinio Palacios.

«Al fin, un soplo de aire fresco», pensó Sergio.

—Así es —respondió, volviéndose hacia Palacios.

Ante la sorpresa del propio Higinio Palacios y de Sergio, Estrada rompió a reír. Tenía una risa desagradable, de hiena. Y, cuando quedó satisfecho de tanta risa, tuvo la ocurrencia de hablar.

—¿Y usted pretende que yo me crea todo ese cuento? ¿Me va a decir que alguien sale de su pasado para escribir una carta siguiendo no sé qué código de novela barata y luego se dedica a asesinar mujeres imitando a Jack el Destripador? ¿Tan importante se cree usted como para que alguien se tome esas molestias solo para ridiculizar su inteligencia?

—*Wir sind gewohnt, dass die Menschen verhöhnen, was sie nicht verstehen*[*] —respondió Sergio.

—¿Qué ha dicho? —preguntó irritado Estrada. Le molestaba esa gente que habla idiomas para darse importancia.

—¡Cuánta razón tenía Goethe! —respondió Sergio, citando a Holmes con sus mismas palabras.

—Le advierto que...

La amenaza de Estrada quedó silenciada por el portazo que Diego Bedia acababa de dar al entrar en la sala.

—¿Qué coño está pasando aquí? —preguntó.

Estrada recompuso el gesto y carraspeó.

—Estamos repasando algunos detalles de la historia del señor Olmos —dijo—, a quien yo no tenía el placer de conocer. Me estaba contando cosas muy interesantes sobre Sherlock Holmes y todo lo demás.

«Y todo lo demás». Otra vez, pensó Sergio.

—Ya solo falta que me diga quién le está pasando información sobre la investigación —añadió Estrada, mirando alternativamente a Diego y a Sergio—. La información que luego ese amigo suyo periodista saca en los periódicos.

—¿Pero de qué habla? —preguntó Sergio asombrado.

Diego sí creyó comprender por dónde caminaba la retorcida mente de Estrada.

—Eres un estúpido engreído —le dijo. Luego miró a Palacios—. Y usted es un buen policía, pero espero que no se deje contaminar por el veneno de este tipo.

—Inspector Bedia —Estrada escupió sus palabras. Se había puesto de pie y estaba rígido como un tablón—, lamento que no sepa diferenciar la vida privada de la profesional.

—¡Qué hijo de puta eres, Estrada! —contestó Diego.

Sergio se preparó para la batalla. Estaba convencido de que los dos policías iban a dirimir sus diferencias con los puños, pero

---

[*] «Estamos habituados a que los hombres hagan burla de lo que no entienden» (cita tomada de *Fausto*, de Goethe, y que Holmes utiliza en *El signo de los cuatro*, *op. cit.*

la irrupción del inspector jefe Tomás Herrera logró reconducir la situación.

La reunión se saldó sin heridos, pero el equipo que Herrera pretendía coordinar se había fragmentado definitivamente. Incluso él rezó porque Serguei Vorobiov fuera el asesino que buscaban. Prefería que Estrada se colgara una medalla a tener a su propio Delantal de Cuero.

LAS VIOLETAS DEL CÍRCULO SHERLOCK

PARTE

1

José Guazo parecía más frágil que de costumbre. Removió el café con la cucharilla y miró con expresión ausente a su amigo Sergio y al inspector Diego Bedia. En ese momento, el policía estaba confesando al escritor su preocupación por el giro que habían dado los acontecimientos después de que Gustavo Estrada hubiera detenido a Serguei, el músico ruso.

—Estrada y Palacios están investigando a la mujer de ese músico —explicó—. Se llama Raisa, y han descubierto que había mantenido algunas discusiones con Daniela Obando, la primera víctima. Además, parece ser que odia a las prostitutas. Estrada cree que Raisa está involucrada en los crímenes.

Sergio movió la cabeza.

—No me parece que sean asesinatos cometidos por una mujer —contestó.

—A mí tampoco me lo parece —intervino Guazo—. Fíjese en la segunda víctima. Era fuerte y alta. No es fácil someter a una mujer así. Por otro lado, para realizar esa evisceración se necesita fuerza y una manera de ser que no me parece propia de una mujer.

—Esa mujer, Raisa —explicó Bedia—, es bastante alta y fuerte. Una auténtica atleta.

Sergio guardó silencio. Durante unos instantes estuvo dándole vueltas a una idea. Después se volvió hacia su amigo Guazo.

—¿Jill the Ripper? —preguntó al médico.

Guazo se encogió de hombros.

—¿Qué significa eso? —quiso saber el inspector.

—Digamos que Jill es la versión femenina de Jack —contestó Sergio—. No es la primera vez que se plantea la posibilidad de que Jack hubiera sido en realidad una mujer. El propio Abberline llegó a sopesar esa perspectiva después de las declaraciones de Caroline Maxwell, una vecina de la última víctima de Jack, Mary Jane Kelly.

—A Mary Kelly la asesinaron entre las tres y media y las cuatro de la madrugada, según el análisis forense —intervino Guazo—, pero Caroline Maxwell dijo haberla visto con vida a la mañana siguiente.

—¿Cómo es posible? —preguntó Diego.

—Pues porque tal vez la había asesinado una mujer que luego se puso las ropas de Mary Kelly —contestó Sergio—. Y así comenzó a circular la tesis de una mujer como asesina de esas prostitutas. Se pensó en que quizá fuera una partera. Nadie sospecharía de una partera cuyas ropas estuvieran ensangrentadas, porque eso formaba parte de su oficio; las mujeres confiarían en ella, porque todo el mundo estaba buscando a un hombre, y su profesión le concedía ciertos conocimientos anatómicos que explicarían su destreza en las evisceraciones. Incluso podía estar cerca del cadáver cuando llegara la policía y nadie sospecharía de ella. El escritor William Stewart escribió sobre esa posibilidad*. Decía que el famoso sombrero de Mary Ann Nichols podía ser el regalo de una partera. A Chapman tal vez la mató temiendo que supiera quién era la asesina, y supuso que guardaría en la bolsa que Annie llevaba oculta entre sus ropas alguna prueba inculpatoria. Tras matarla, vació el contenido de la bolsa y luego distribuyó sus pertenencias por el suelo para desviar la atención de la policía. Además, tal vez robó los anillos de latón que Chapman había lucido en sus dedos.

—Según esa idea, Kelly estaba embarazada y deseaba abortar —dijo Guazo tomando el relevo en el relato—. Por eso se en-

---

* *Jack el Destripador: una nueva teoría*, 1939.

contraron luego sus ropas dobladas cuidadosamente en la habitación. La asesina se llevó puesto después su chal, y eso confundió a Caroline Maxwell. La asesina mataba a las mujeres en un lugar privado y luego las dejaba en la calle.

—¿Creéis posible esa teoría? —preguntó Diego.

—No lo sé —respondió Sergio—. En el caso de Kelly, también pudo haber sido asesinada por una amante femenina, puesto que tenía tendencias lesbianas. Pero también hay una solución intermedia, y eso sí tiene que ver con Sherlock Holmes. —Sergio hizo un alto, como si estuviera valorando en silencio aquella posibilidad antes de compartirla con los demás—. Arthur Conan Doyle perteneció a un curioso club, el Club de los Crímenes. El club estaba integrado por profesionales liberales que trataban de resolver los delitos más diversos. Pues bien, en 1892, Conan Doyle visitó el Black Museum[*], prestando especial atención a una fotografía del escenario del crimen de Mary Kelly, y también a alguna de las cartas que se supone que Jack envió a la policía. Más tarde, examinó el escenario de los crímenes, y llegó a la conclusión de que Jack se disfrazaba de mujer para huir de aquellos callejones y patios sin que nadie sospechara de él. Incluso el hijo de Doyle, Adrian, se lo confesó por carta a Tom Cullen, uno de los mejores especialistas en los crímenes de Jack[**].

¿Realmente podía ser Raisa la asesina? ¿O tal vez se disfrazaría de mujer el criminal que Diego Bedia perseguía? ¿O era quizá otra mujer de la que ninguno había sospechado hasta entonces la verdadera culpable?

---

[*] El museo de objetos empleados por asesinos famosos que estaba en el edificio de la policía metropolitana de Londres. En 1948 se abrió al público, y en la década de 1980 se trasladó al edificio de New Scotland Yard.

[**] Adrian Conan Doyle escribió a Tom Cullen en 1962: «Como ya han pasado más de treinta años, no es fácil dar las opiniones que le merecía (a su padre) el caso del Destripador. De todos modos, creo que no le parecía imposible que aquel hombre tuviera conocimientos rudimentarios de cirugía y que probablemente se disfrazase de mujer para abordar a sus víctimas sin levantar sospechas». Cita extraída de *Arthur Conan Doyle, detective. Los crímenes reales que investigó el creador de Sherlock Holmes*, obra de Peter Costello, Alba Editorial, Barcelona, 2008.

Diego estaba realmente desesperado. A pesar de lo que Gustavo Estrada pudiera creer, deseaba que realmente hubieran encontrado al auténtico asesino. No le importaba que su crédito como inspector se viera deteriorado después de que Estrada hubiera capturado al criminal en apenas veinticuatro horas mientras él llevaba semanas dando palos de ciego. Lo que realmente le quitaba el sueño a Diego era que la teoría del músico ruso fuera errónea, y que cuando quisieran reaccionar fuera demasiado tarde y se hubiera cometido un nuevo crimen.

La cafetería en la que estaban sentados era un local céntrico, muy próximo al piso en el que Guazo vivía, y alejado del maldito barrio que tantos quebraderos de cabeza estaba provocando al inspector.

Aquellos encuentros con Sergio se habían convertido casi en una necesidad para Diego. Creía haber encontrado a un amigo en el escritor, además de una buena fuente de información sobre aquel asunto. Los tres aguardaban a Marcos, que había comprometido su presencia en aquella tertulia vespertina.

A través de la cristalera de la cafetería se veían volar las hojas de los árboles. El otoño se anunciaba con ráfagas de viento que arrancaban a jirones el poco calor que aquel extraño verano había dejado. Abriéndose paso entre aquellos golpes de viento, hizo su aparición Marcos Olmos unos minutos más tarde. Su imponente figura destacó entre los clientes que estaban apostados en la barra del local.

Marcos se sentó a la mesa y pidió un café con leche. Los demás no tardaron en ponerle al corriente de los derroteros por los que había circulado la conversación hasta ese momento. Al cabo de un rato, Diego rompió el silencio.

—¿De veras creéis que las notas que recibió Sergio tienen que ver con Sherlock Holmes?

—Sin la menor duda —respondió Marcos de inmediato—. ¿A qué viene eso ahora?

—A que no sé ya qué pensar —contestó Diego—. Estrada está convencido de tener al culpable, y a lo mejor está en lo cierto.

Después de todo, cumpliría en buena medida aquella teoría sobre que el asesino debía vivir en la zona donde actúa, o sea, la tesis del círculo y todo aquello.

—Eso es cierto —intervino Guazo—. Y parece reforzar esa idea el hecho de que ese hombre es diestro en el manejo del cuchillo, pero ¿dónde cometió los asesinatos? No parece que la policía haya encontrado nada en el piso donde vive que lo demuestre, ¿no es así? Al menos la prensa no lo ha recogido.

—De momento, no. Los cuchillos encontrados no tienen restos de la sangre de las víctimas —reconoció Diego—. Simplemente, los emplea para tallar las figuras de madera que luego vende.

—Las notas que me han enviado nos conducen claramente a Sherlock Holmes —aseguró Sergio—. Ese ruso no me conoce de nada, de modo que cómo se las iba a arreglar para que me entregaran una carta en Baker Street anunciándome el primer crimen. ¿Y qué me dices del mensaje cifrado siguiendo la pauta de «El Gloria Scott»?

—El autor de las cartas conoce a mi hermano y sabe bien cómo comenzaban las aventuras de Holmes —añadió Marcos—. Era frecuente que los casos empezaran o incluyeran mensajes cifrados o cartas enigmáticas. No solo sucede en «El Gloria Scott» o en «El ritual Musgrave» —recordó el mayor de los hermanos Olmos, dando una muestra de su portentosa memoria—. Por ejemplo, en «Los hacendados de Reigate» se produce un asesinato y se descubre que el muerto sujetaba entre sus dedos índice y pulgar un trozo de papel con un texto aparentemente indescifrable[*]. Se trataba de la esquina de una hoja de papel. El resto de la hoja donde estaba escrito el mensaje había desaparecido. Pero esa minúscula pista fue suficiente para que Holmes descubriera lo que había ocurrido.

—Y, en *El valle del terror* —apuntó Sergio—, Porlock, un agente que Holmes tiene infiltrado en la organización de Moriarty,

---

[*] El texto decía: «Doce menos cuarto / tendrá algo / tal».

le envía un mensaje en clave empleando un código. Sherlock, tras una brillante deducción, acertó al pensar que los números y las letras que aparecían en el mensaje conducían a las páginas del *Almanaque Whitaker*, y así descifró la información.

—Eso por no hablar de la clara alusión a «Las cinco semillas de naranja» y a «La aventura del Círculo Rojo» que contienen las cartas que Sergio ha recibido —apuntó Guazo.

—Y no son los únicos misterios a los que Sherlock se enfrentó en los que había un código secreto que conducía a la verdad. —Marcos estaba en su salsa—. No olvidéis «La aventura de los monigotes»*. —Marcos dedujo por la expresión de incredulidad de Diego que el inspector no tenía ni idea de lo que le estaba hablando—. La clave en esa historia era un dibujo con una serie de monigotes que parecía que bailaban. Cualquiera hubiera pensado que se trataba del dibujo de un niño, pero las cartas con los dibujos de los monigotes se fueron sucediendo durante toda la aventura, hasta que Holmes comprendió que los dibujos ocultaban un mensaje. El monigote más repetido, dedujo, representaba a la letra E, la más corriente en el alfabeto inglés. Luego, con mayor dificultad, fue identificando las letras que simbolizaban los demás dibujos.

—A pesar de que Holmes suele burlarse de Auguste Dupin, está claro que Arthur Conan Doyle debe a Edgar Allan Poe mucho más de lo que quiere admitir —reflexionó Sergio.

—¿Auguste Dupin? —preguntó Diego.

—Tiene usted que leer más novelas de misterio —bromeó Guazo—. Dupin fue un detective que protagonizó algunas de las historias escritas por Edgar Allan Poe.

—Por ejemplo, la historia de los monigotes está en deuda con «El escarabajo de oro» —comentó Marcos Olmos.

Diego miró a los tres hombres con atención. Uno era un médico viudo con una precaria salud; otro, un funcionario solterón y casi cincuentón, y el tercero, un escritor de éxito. El paso de los años había ajado sus caras, se había llevado parte de sus ca-

---

* Publicado en *The Strand Magazine* en diciembre de 1903. Los hechos narrados tienen lugar en el verano de 1898.

bellos y les había dejado el legado de unas arrugas indelebles. Pero un rincón de sus mentes seguía siendo tan ingenuo como en su adolescencia. Aquellas aventuras de Sherlock Holmes formaban parte de su vida de un modo tan extraordinario que a Diego le pareció que aquel trío había escapado de alguna de aquellas páginas que Arthur Conan Doyle escribió. La duda que tenía el inspector era saber hasta qué punto él y aquellos tres hombres no estaban siendo monigotes en manos de un asesino implacable y calculador.

Tomás Bullón necesitaba un milagro. O, más bien, otro milagro. Ahora bien, ¿cuántos milagros puede el destino llegar a poner en el camino de una persona a lo largo de su vida? Bullón temía que haber encontrado el filón periodístico que suponían aquellos crímenes hubiera completado su personal cupo de milagros. Lo más probable, dedujo, era que a lo largo de su vida cada persona tenga derecho a un milagro, o tal vez a dos, salvo que se sea un perfecto sinvergüenza, como le sucedía a él.

Teniendo en cuenta aquellas oscuras previsiones que él mismo trazaba, Tomás había comenzado a valorar la posibilidad de ayudarse un poco a sí mismo, dada la improbable colaboración divina en lo que estaba tramando.

Sí, naturalmente, reconocía que lo que estaba urdiendo no era un milagro, sino una rastrera estrategia para seguir vendiendo artículos. Claro que resultaba deleznable enriquecerse gracias a la muerte del prójimo, pero él tenía un estómago a prueba de bomba, algo imprescindible para triunfar en su profesión.

Los últimos días habían aupado de nuevo a Tomás a la cresta de la ola. Las tertulias televisivas se lo disputaban; los periódicos subastaban sus artículos, e incluso le habían deslizado el proyecto de dar forma a un guion para una película. Y eso por no hablar de un suculento adelanto que una editorial le había ofrecido por un libro cuando todo aquello hubiera acabado.

Era, sin duda, el hombre de moda. Había sido el único periodista que tuvo la intuición de que el primero de aquellos crímenes era sospechosamente parecido al de Mary Ann Nichols, asesinada por Jack el Destripador. Y después, sin que nadie supiera cómo, había sido el primer periodista en llegar a la escena del segundo crimen. Bullón tenía las únicas fotografías del cadáver y la única entrevista a la persona que encontró el cuerpo. Además, había sido él quien reveló el nombre de la segunda víctima antes de que la policía lo diera a conocer y había escrito sobre la detención de Serguei Vorobiov antes que ningún colega.

Sin embargo, las noticias se consumen con gran rapidez. A Bullón le parecían bengalas que producían mucha luz en el momento en que se daban a conocer, pero luego la llama se extinguía rápidamente. El lector, el oyente, el espectador, pronto era seducido por otra bengala diferente, por otra noticia. Y Bullón necesitaba con urgencia una nueva bengala. No importaba qué mano la prendiera.

2

16 de septiembre de 2009

S erguei Vorobiov había pasado las peores horas de su vida. Le habían puesto un abogado de oficio, y este le había aconsejado que no dijera ni una sola palabra si él no estaba presente. La policía no tenía prueba alguna que lo incriminara. Los cuchillos con los que tallaba aquellas figuras de madera no contenían rastros de sangre. Pero Serguei había sido visto hablando con la segunda de las mujeres asesinadas. Algunos clientes del bar en el que Yumilca fue vista con vida por última vez juraron que el ruso se había acercado a la mulata para ofrecerle aquellas tallas de madera, y ella lo rechazó. Por otra parte, vivía en el mismo piso que la primera mujer degollada, y el inspector Gustavo Estrada interpretaba que no podía ser fruto de la casualidad que Serguei hubiera estado en contacto con las dos mujeres muertas y que además fuera un virtuoso con el cuchillo.

Estrada había descubierto algunas cosas más, y todas le parecían sumamente interesantes. Para empezar, resultaba que la mujer del ruso, Raisa, pertenecía a una familia que durante el régimen comunista había gozado de una envidiable posición. Los dos eran violinistas, pero Raisa también había sido nadadora y atleta. Tenía una estatura superior a la de muchos hombres y una musculatura considerable. La natación había ensanchado su espalda y sus brazos eran poderosos. Incluso ella, pensó el inspector, podía haber matado a aquellas mujeres.

Palacios y Estrada habían interrogado a Raisa tratando de llevarla al límite de su paciencia. ¿Por qué había discutido con Daniela Obando? ¿Cuál era la causa de su odio hacia las prostitutas?

Los dos policías veían cómo la ira iba prendiendo en los ojos de aquella mujer alta y rubia, pero no lograban que ella diera un paso en falso.

Más tarde presionaron a Serguei. Su mujer estaba siendo investigada como cómplice de aquellos crímenes, le decían. Sabían que Raisa odiaba a las prostitutas, añadían, y suponían que fue ella quien le incitó a matar a las dos sudamericanas. ¿Por qué no confesaba? ¿Qué destino aguardaba a sus dos hijos si sus padres terminaban en la cárcel?

Serguei creía que iba a volverse loco. Los dos policías no podían sospechar que en la mente del músico se había encendido una luz minúscula que estaba a punto de provocar una fractura en su corazón. Él sabía algo que los dos inspectores de policía desconocían.

Los locutorios eran el cordón umbilical que unía a los inmigrantes con sus familias, con su país, con sus raíces. En el barrio norte había al menos una decena de locutorios a los que cada día acudían multitud de mujeres y hombres en busca de la palabra amable de sus padres o con la esperanza de escuchar la sonrisa de sus hijos, si es que los habían dejado atrás en su busca de una vida mejor.

Martina Enescu y Aminata Ndiaye se habían cruzado en infinidad de ocasiones en uno de aquellos locales, situado a tiro de piedra de la iglesia de la Anunciación. Una era rumana; la otra, senegalesa. Martina era delgada, rubia y de piel clara como la nieve; Aminata era gruesa, con piel de ébano y cabello como el tizón. Pero las dos tenían algo en común: una profunda soledad.

Martina apenas había cumplido los veinte años. Había llegado a la ciudad después de escapar de las garras de un grupo de traficantes de mujeres. Había ejercido la prostitución en Sevilla y en

Córdoba, hasta que un día una redada policial en el club de alterne terminó a tiros. La confusión fue enorme. Dos policías resultaron heridos y tres mafiosos encontraron la muerte. El resto de la banda de traficantes de mujeres logró huir, mientras que las prostitutas fueron arrestadas, salvo Martina, que logró saltar por una ventana del local y permaneció oculta dentro de un contenedor de basura hasta que todo hubo acabado.

Martina no se atrevió a salir del contenedor, a pesar de estar enterrada entre basura, hasta doce horas después de que todo pareciera en calma. Finalmente, levantó la tapa del contenedor con precaución y comprobó que no había nadie. A continuación, salió de su escondite dando gracias al cielo por tener aquel cuerpo suyo pequeño, delgado y grácil. Y por primera vez en su vida recordó con agrado las infinitas horas que, siendo niña, había dedicado a la gimnasia artística. Su cuerpo flexible le había salvado la vida, pensó.

Entró en el club de carretera por la misma ventana por la que había logrado escapar. Una vez dentro, se movió con cautela. Temía que los demás miembros de la banda hubieran regresado. Martina paseó su mirada azul por los muebles destrozados, descubrió los agujeros que las balas habían practicado en las paredes, y reunió ánimos suficientes para subir al piso de arriba.

Suponía que no tenía mucho tiempo y no quería arriesgarse a que la volvieran a capturar, de modo que se duchó apresuradamente y se cambió de ropa. No tuvo remordimientos en coger las mejores prendas de cada una de las chicas con las que había compartido un infierno que se había prolongado durante tres años. Muchas de ellas, como Martina, habían llegado a España con dieciséis o diecisiete años de edad.

Después de vestirse, entró en la habitación que el jefe del prostíbulo usaba como oficina. Forzó los cajones buscando algo de dinero, y la suerte volvió a estar de su lado: encontró dos mil quinientos euros.

Martina Enescu procuró pasar desapercibida hasta que entró en el primer pueblo que apareció en su camino. Allí, cogió un taxi que la condujo hasta la estación de autobuses de Córdoba. Pero no se sintió verdaderamente a salvo hasta que compró un billete con rumbo al destino más lejano posible.

El resto de su historia hasta llegar a la ciudad en la que ahora vivía no tenía demasiado interés. Había sido prostituta ocasional cuando necesitaba dinero, pero también había estado como camarera en algún bar. Desde hacía unos meses, trabajaba a media jornada en aquel locutorio al que Aminata Ndiaye acudía casi a diario.

Aminata Ndiaye había llegado a España cinco años antes, siguiendo la estela de su marido Mamadou. Mamadou había encontrado un trabajo como albañil en aquella ciudad del norte de España. Con los papeles en regla y el dinero suficiente para alquilar un viejo piso en la zona más oscura del barrio, se animó a traer a su esposa desde su país.

Cuando ella llegó, Mamadou tenía reservada una gran sorpresa: había comprado un coche de segunda mano que tenía diez años y una enorme cantidad de kilómetros a las espaldas, pero la pintura y la chapa parecían impecables. Mamadou abrió la puerta del coche para que Aminata subiera con el mismo orgullo que lo hubiera hecho si la invitase a subir a una limusina en Beverly Hills.

Los siguientes dos años fueron maravillosos. Mamadou se había ganado con justicia fama de excelente trabajador. Era un hombre alto, delgado y fibroso, de pocas palabras pero muy buenos actos. Nunca enfermaba, jamás llegaba tarde a su trabajo, y nunca se le escuchó protestar si había que estirar la jornada algo más de lo debido sin cobrar un solo euro por ello.

El mayor problema para Aminata era la soledad. Cuando su esposo estaba trabajando, ella se quedaba sola en casa. Anhelaba tener hijos. Tenía veintitrés años y le parecía que se estaba haciendo vieja demasiado rápido. Su marido le decía que no se preocupase, que los niños aparecerían cuando llegara el momento. Pero, después de dos años, Aminata seguía sintiéndose demasiado sola en el piso.

El matrimonio solía reunirse con otros senegaleses los fines de semana. Organizaban algunas cenas o salían a pasear juntos, pero Aminata no se sentía cómoda en la ciudad, salvo cuando compartía su tiempo con Mamadou.

En ocasiones, él solía llevarla de excursión en su asmático coche. Y en una de aquellas excursiones cambió la vida de Aminata. Sucedió el mismo día en que Mamadou perdió la suya.

Mamadou conducía muy bien. De hecho, era tan prudente que en ocasiones algún que otro conductor le recriminaba su parsimonia haciendo sonar el claxon. Pero Mamadou no se alteraba y seguía cumpliendo con severidad el código de circulación.

Aquel día regresaban de la capital de la provincia. Habían paseado por la playa y por el centro de la ciudad casi toda la tarde. Eran las siete de la tarde de aquel día de invierno cuando Mamadou arrancó su coche y enfiló rumbo a su casa. Por el camino un conductor comenzó a increparle poniendo las luces largas y haciendo sonar su claxon. Mamadou estaba adelantando a un camión, y el conductor impaciente quería pasar con urgencia. Al parecer, el viejo coche del albañil senegalés truncaba sus planes. Mamadou alzó su mano y pidió disculpas, aunque no tenía motivo para hacerlo. Sin embargo, aquel gesto fue interpretado por el conductor que manejaba un BMW X-5 como un insulto.

Ante el estupor de Mamadou, el hombre que conducía el BMW aceleró bruscamente y colisionó contra el viejo Seat del senegalés enviándolo contra la mediana. El vehículo de Mamadou dio una vuelta de campana; y luego, otra. Antes de morir, el albañil miró a su esposa y murmuró una disculpa por no haberle dado un hijo.

Al pequeño patio trasero se accedía a través del pasaje que definían el bloque de viviendas de los números 5, 7, 9 y 11, y el formado por el número 13 de la calle Marqueses de Valdecilla. Al contrario que el resto de los patios del inmueble, el elegido por el asesino para dejar el cuerpo sin vida de Yumilca estaba cerrado. Unos tabiques de bloques de hormigón lo aislaban del exterior, y a él se accedía a través de una verja de metal provista de un nuevo candado; el viejo lo había destruido el criminal para llevar a cabo su audaz plan.

Eso fue lo primero que pensó Sergio al pasear su mirada por aquel patio que medía algo más de cuarenta metros cuadrados: el asesino al que la policía buscaba era extraordinariamente intrépido. Su acción había sido temeraria, puesto que a aquel patio se asomaban numerosas ventanas del vecindario. Cualquiera podía haberlo sorprendido, y sin embargo, como si el destino se hubiera aliado para favorecer los planes del escurridizo criminal, nadie había visto nada.

Además de su osadía, Sergio tuvo que reconocer otra virtud a su misterioso oponente: era alguien ingenioso. No resultaba sencillo encontrar un patio trasero cuyo aspecto tuviera un mínimo parecido con el del número 29 de Hanbury Street, donde fue encontrado el cadáver de Annie Chapman, pero al menos el hombre que había desafiado a Sergio Olmos se había esforzado en buscar un escenario interesante. Sergio recordaba las fotografías de aquel patio trasero londinense que había visto en innumerables ocasiones. Desde el inmueble se accedía al patio bajando tres pequeños escalones. El patio estaba separado del edificio por una puerta de madera que se abría empujándola hacia fuera. La puerta giraba hacia la izquierda, de manera que tocaba la empalizada de madera que separaba el patio del número 29 con el colindante.

Al contrario de lo que sucedía en Hanbury Street, desde el número 11 de Marqueses de Valdecilla no se podía acceder directamente al patio, pero sin duda tenía un cierto parecido con el de Hanbury Street, y servía a la perfección a los intereses del asesino.

Habían pasado cinco días desde que Yumilca apareció tirada en el suelo, degollada y destripada. Sergio cerró los ojos intentando imaginar lo que allí había sucedido, pero no pudo. Estaba tan a oscuras como la policía, aunque el inspector Gustavo Estrada creyera que había arrestado al culpable.

Por lo que Sergio sabía, la policía no había encontrado allí ni un trozo de papel ni una pintada en la pared con mensaje alguno del asesino. El criminal no daba crédito a algunos rumores que se difundieron después de la muerte de Annie Chapman, según los cuales Jack había escrito en la pared del patio —otras versiones decían que en un trozo de papel—: «Cinco; quince más y entonces me entrego...»[*].

Sergio miró al suelo, sucio y mojado por la lluvia. De pronto, sintió un escalofrío. Si Serguei no era el culpable, cada día que pasaba jugaba a favor del verdadero asesino. Sergio temía que la siguiente jugada fuera tan precisa y temeraria como las anteriores. De ser así, todos estaban muy cerca de vivir una noche de verdadero terror.

En ese momento, alguien tocó la espalda del escritor. Sergio se volvió como impulsado por un resorte y se encontró cara a cara con dos hombres que lo miraban de un modo nada amable. Uno de ellos era alto, de unos sesenta años, con amplia barriga, pelo canoso y aspecto poco inteligente. Su acompañante era más joven, bastante más bajo y provisto de unos ojos negros nerviosos.

—¿Quién coño es usted? —preguntó el más alto. Su voz tenía el tono ronco del experto bebedor.

—Me llamo Sergio Olmos, soy escritor.

—¿Escritor? —volvió a preguntar el desconocido—. ¿Escritor de qué? ¿Qué busca aquí?

Sergio farfulló una respuesta apresurada. Deslizó incluso la información de que era amigo del inspector Diego Bedia, pero aquello pareció provocar la ira de los dos desconocidos.

—La policía ha dejado el barrio a su suerte —afirmó el hombre más bajo—. Al final, seremos nosotros, los vecinos, los que demos caza a ese hijo puta que mata a las mujeres.

Sergio comprendió de pronto lo que sucedía. Los dos hombres formaban parte de las patrullas ciudadanas que se habían constituido desde hacía un par de días en el barrio. A pesar de que el presidente de la asociación de vecinos se había opuesto a esa medida, no había podido evitar que los comités de vigilancia se pusieran en marcha.

---

[*] El periódico *Times* del 10 de septiembre de 1888 aseguró que corría el rumor de que Jack había escrito ese mensaje en la pared del patio. El *Daily Telegraph* sostuvo que ese texto apareció en un trozo de papel tirado en el suelo del patio de Hanbury Street.

Afortunadamente para Sergio, los dos hombres dieron por buena la historia que les contó y lo dejaron marchar sin mayores incidentes.

Mientras se alejaba de allí sin volver la vista atrás, Sergio Olmos no pudo evitar recordar que el día 10 de septiembre se constituyó el comité de vigilancia de Whitechapel. Un grupo de vecinos, encabezado por el contratista de obras George Lusk, crearon un comité de vigilancia ante la ineficaz actuación de Scotland Yard. Lusk, incluso, escribió a la reina Victoria solicitando su mediación, pero no obtuvo respuesta alguna.

La presencia de policías de paisano coexistiendo con vigilantes del barrio provocó situaciones verdaderamente cómicas. En cierto modo, pensó Sergio, no muy diferentes de la que él mismo había vivido minutos antes. Los policías que el inspector Abberline había enviado a las calles de Whitechapel vestidos de paisano fueron espiados por los miembros del comité de vigilancia, dado que no conocían a aquellos intrusos y temían que alguno de ellos fuera Jack.

Pero ni unos ni otros fueron capaces de evitar la noche más sangrienta de la historia de Jack. Sergio tembló al pensar que ahora volviera a repetirse aquella pesadilla.

Baldomero Herrera parecía abatido. Todos sus intentos por fortalecer económicamente el proyecto de comedor social y la campaña de integración social que lo acompañaba habían fracasado. El ayuntamiento tenía las manos atadas hasta que se celebraran las inminentes elecciones, de modo que la jornada electoral del día 27 de septiembre iba a ser decisiva por muchos motivos. Pero, además, la iniciativa privada se había enfriado debido al enrarecido clima social que vivía el barrio.

—La muerte de esas mujeres, en lugar de suponer un estímulo para ayudar a los inmigrantes, ha supuesto todo lo contrario —se lamentó el joven cura—. Nadie se atreve a apoyarnos porque temen herir la sensibilidad de todos los que se oponen a la Casa del Pan. Los bancos no quieren problemas con sus ahorradores; la Cámara de Comercio no sabe qué posición tienen exactamente sus asociados y medio barrio mira con recelo al otro medio.

—Tal vez, cuando se celebren las elecciones, el panorama mejore —dijo Cristina.

La joven puso su mano sobre el hombro de Baldomero. El cura la miró con tristeza y cogió la mano de Cristina entre las suyas. Durante unos instantes, sus miradas tejieron un tapiz de extraña naturaleza, haciendo que el corazón de Cristina palpitase más deprisa. Pero la muchacha no tardó en percibir que el galope de su corazón no alcanzaba la inquietante velocidad de antaño, cuando se encontraba a solas con el joven párroco. ¿Qué había ocurrido? ¿Adónde habían ido las mariposas que solían revolotear en su estómago?

—¿Sabes por qué me hice sacerdote? —preguntó inesperadamente Baldomero.

Ella lo miró asombrada. A pesar de la confianza con la que se trataban desde hacía mucho tiempo, Cristina jamás se había atrevido a formular aquella pregunta, y desde luego que no había sido por falta de ganas.

—Nunca conocí a mis padres —confesó el cura. Su voz sonó extrañamente neutra—. Alguien me dejó junto a la puerta del convento de Santa Clara de Briviesca, en Burgos. Toda mi vida transcurrió entre religiosas y religiosos. Mi corazón no conoce otra cosa —dijo Baldomero, mirando al fondo de los ojos de Cristina.

Cristina no pudo evitar enrojecer hasta el tuétano. ¿Aquello era una declaración de amor? ¿O era una disculpa por no amarla?

—¿No buscaste a tus verdaderos padres?

—No. —El sacerdote, que por primera vez desde que Cristina lo conocía no dibujaba una sonrisa en su rostro, negó con la cabeza—. Mi familia está en la Iglesia —añadió de un modo solemne y grave—. No me interesan las mujeres —su voz se endureció de tal modo, que Cristina no reconoció en aquel hombre al amigo con el que compartía la lucha social—, y menos la que me trajo al mundo. —El cura tenía la mirada extraviada y parecía ver más allá del rostro de la muchacha—. Mi único deseo es que todos aquellos que están sin familia entre nosotros no se sientan solos por el hecho de vivir lejos de su patria.

El corazón de Cristina cesó de galopar. Por un momento, la muchacha pensó que dejaría de latir para siempre.

Raisa odiaba a las prostitutas. Serguei lo sabía. Lo sabía desde hacía muchos años.

Cuando el padre de Raisa gozaba de una envidiable posición política en el gobierno soviético, su matrimonio se vio continuamente amenazado por sus infidelidades. Raisa era hija única, y había vivido entre algodones durante toda la vida. Practicó atletismo y natación, y tuvo a su alcance una exquisita educación musical. Jamás sospechó que su madre vivió en un infierno durante todos aquellos años que ella empleó en convertirse en una señorita.

El día en que Raisa cumplió dieciocho años fue el peor de su vida. Raisa se lo confesó a su marido cuando llevaban varios años casados. Por aquel entonces, ni siquiera vivían en la Unión Soviética. Para Serguei, el mundo que había conocido murió al salir de su patria; para Raisa, aquel mundo había recibido sepultura precisamente el día de su ya lejano decimoctavo cumpleaños.

Raisa adoraba a su madre, pero su padre era su dios. Ningún hombre podía ser mejor que él. Todo en él era perfecto, hasta que dejó de serlo.

La fiesta de cumpleaños estaba prevista para las siete de la tarde. La madre de Raisa había ido de compras a la ciudad, y su padre cometió la mayor de las torpezas de su larga vida como adúltero. ¿Qué se sentiría acostándose con dos putas en la misma cama en la que dormía con su esposa cada noche? Aquella pregunta estaba taladrándole el cerebro desde hacía tanto tiempo que decidió comprobarlo.

Recordó que la fiesta de cumpleaños de su hija estaba fijada para las siete de la tarde y que su mujer no regresaría hasta las cinco y media, según había anunciado. De modo que de tres a cinco podía experimentar lo que tanto anhelaba.

Raisa estaba tan nerviosa aquel día que decidió regresar a casa mucho antes de lo previsto. ¡Tenía tantas cosas que hacer antes de la fiesta!

Cuando entró en el lujoso piso del centro de Moscú en el que vivía no escuchó nada extraño. Todo parecía en calma. De todas formas, le sorprendió que la chaqueta del traje de su padre estuviera tirada sobre un sillón. Se acercó para recogerla y colgarla como es debido. Y fue entonces cuando sucedieron dos cosas extraordinarias.

Para empezar, de uno de los bolsillos de la chaqueta de su padre cayó al suelo una pistola. Fue el primer encuentro de Raisa con un arma en su corta vida.

El segundo suceso extraordinario fueron las risitas que escuchó de pronto. Al principio, le pareció imposible. Debía de haber oído mal, pensó. ¿Qué mujeres podían estar riendo en la habitación de sus padres? Sin embargo, las risas arreciaron.

Raisa asió con fuerza la pistola y se acercó con cautela a la habitación de donde procedían las misteriosas risas. Sus manos temblaban, temía encontrarse con ladrones, y la pistola parecía pesar más y más con cada paso que daba.

Cuando abrió la puerta de la alcoba, sus ojos tardaron varios segundos en comprender lo que estaba viendo. Había dos mujeres, pero también estaba su padre. Los tres estaban desnudos, y las dos mujeres estaban…

Raisa creyó escuchar a su padre gritar. A continuación fue cuando sonaron los disparos.

Cuando Raisa abrió los ojos descubrió que la sangre de las prostitutas es tan roja como la de las demás mujeres. Las dos estaban muertas. Luego soltó la pistola mientras veía a su padre desnudo dando unos gritos que ella no conseguía oír.

El resto no tuvo demasiada historia. Una hora después, especialistas del partido habían dejado la habitación sin la menor huella de lo ocurrido. Cuando la madre de Raisa llegó a casa, su marido la recibió con un cálido beso. A las siete de la tarde, Raisa sopló las dieciocho velas de su pastel de cumpleaños, porque había decidido que dos putas no iban a arruinarle aquella fiesta.

Serguei recordó aquella historia en las dependencias de la comisaría. Sabía que la policía estaba investigando a su esposa, lo mismo que a él. Después, repasó con cuidado lo sucedido durante los días en que tuvieron lugar aquellos asesinatos en el barrio. Su esposa salía de madrugada a trabajar, pero el músico comenzó a temer que hubiera hecho algo más en aquellas horas en las que la ciudad dormía. Minutos más tarde llamó a un policía.

—Quiero declarar —anunció—. Yo maté a esas mujeres.

3

17 de septiembre de 2009

La confesión de Serguei Vorobiov catapultó a Gustavo Estrada hasta la euforia. ¡Él tenía razón! El músico ruso se había confesado autor de los dos crímenes, cambiando por completo su declaración anterior, según la cual nunca había puesto la mano encima a aquellas mujeres.

El comisario Gonzalo Barredo aparecía satisfecho ante sus hombres. Todo parecía sencillo. Tan solo había que ir cerrando los cabos sueltos y enviar al juez las pruebas necesarias, pero eso era lo de menos ahora que ya contaban con la confesión de Serguei.

El inspector jefe Tomás Herrera no lucía la misma sonrisa que su superior. Por supuesto que había respirado tranquilo al conocer la confesión del detenido, pero lentamente fue ganando peso en su corazón cierto desasosiego. De momento, lo único que tenían era la palabra del ruso, pero no habían encontrado el arma homicida ni tampoco eran capaces de construir un relato coherente y capaz de resistir el más mínimo análisis lógico a partir de la supuesta confesión de aquel hombre.

Herrera compartía sus dudas con Diego Bedia. En la reunión estaban presentes también Murillo y Meruelo.

—El informe de la autopsia es tan desconcertante como el primero —dijo Herrera—. No hay huellas ni rastro alguno de ADN. A esa mujer no la violaron, y tampoco hay restos que permitan demostrar que hubiera consumido drogas durante sus últimas horas de vida.

—Las heridas —añadió Diego, releyendo nuevamente el informe forense— son muy similares, casi idénticas, a las que sufrió Annie Chapman. El asesino se llevó el útero, una parte de la vagina y de la vejiga. Los cortes eran bastante precisos, como si quien los practicó supiera muy bien lo que hacía. ¿Por qué pusieron sobre su hombro izquierdo los intestinos? ¿Qué razón tenía ese músico para colocar en el suelo el sobre con las pastillas y todo lo demás? Además, de momento no ha podido explicar los motivos que tuvo para hacerlo ni dónde mató a esas mujeres. Estamos igual que antes.

—Exactamente igual, no —intervino Meruelo.

Todos se volvieron hacia Meruelo. No era frecuente que opinase en público.

—Quiero decir que ahora se puede tirar del hilo del ruso hasta ver adónde conduce —explicó el policía—. Si él lo hizo, lo sabremos si es capaz de explicar cómo secuestró a esas mujeres y confiesa en qué lugar las mataba. Y, si no lo hizo, tendrá que aclarar por qué se ha confesado culpable de unos crímenes que no cometió. Algo es algo, ¿no?

—Hay algo más —añadió Herrera—. Alguien está filtrando a ese periodista datos de la investigación. Quiero saber si me puedo fiar de vosotros.

Bedia, Meruelo y Murillo se miraron antes de asentir. Ninguno de ellos se había ido de la lengua, afirmaron.

El doctor Heriberto Rojas estaba exultante aquella tarde. Él había redactado buena parte de los textos del libro que la Cofradía de la Historia presentaría en sociedad la tarde del sábado, día 26. A falta de nueve días para la cita, el libro sobre la vida del profesor Jaime Morante estaba prácticamente listo.

Un día antes de las elecciones, la cofradía tenía pensado irrumpir en la vida social de la ciudad en un acto claramente político, aunque sutilmente camuflado como reunión social y cultural. Horas antes de que se llegara al domingo electoral, se presentaría aquella biografía ilustrada de uno de los ciudadanos más insignes de la ciudad y miembro fundador de la Cofradía de la Historia. En la obra, por supuesto, no se hacía mención alguna a la faceta política del renombrado profesor de matemáticas. El índice se componía de capítulos dedicados a la historia local vistos a través de los ojos del propio Morante: fotografías del barrio en el que nació en los años en que él era niño; imágenes del colegio donde cursó estudios; retratos de los profesores y alumnos que compartieron aula en el instituto con Morante...

Cualquiera que tuviera la misma edad que el homenajeado podía verse reflejado de algún modo en aquel libro. Las fotografías mostraban la evolución de la ciudad, y los textos que Rojas había redactado eran magníficos retratos costumbristas. Naturalmente, eran pocos los párrafos donde no se citara el apellido Morante, y en una de cada dos páginas aparecía la foto del candidato a la alcaldía.

La cofradía en pleno se había reunido para ver la prueba de imprenta. Junto a don Luis, el sacerdote, se habían sentado José Guazo y Marcos Olmos. Este último estaba visiblemente incómodo. No había participado en la elaboración del libro, y, cuando se votó en su día destinar buena parte del presupuesto de aquella hermandad para sufragar esa obra, el mayor de los hermanos Olmos se había opuesto. Sin embargo, su opinión fue ampliamente derrotada. Guazo no estuvo presente aquel día. Su precaria salud se lo impidió. Pero el abogado Santiago Bárcenas dio su voto afirmativo de un modo entusiasta, al igual que el doctor Rojas. Naturalmente, Antonio Pedraja, dueño de la cafetería, se mostró tan servil como todos esperaban de él y dijo que sí, que por supuesto estaba a favor del proyecto. La opinión de Manuel Labrador, el empresario constructor cuyos fondos sufragaban buena parte de la campaña electoral de Morante, era conocida de antemano. Morante, al menos, tuvo la decencia de no estar presente en la votación.

Marcos seguía revolviéndose inquieto en su asiento cuando el abogado Bárcenas dio cuenta de los detalles del acto, claramente propagandístico, que se había preparado para la ocasión.

Los salones de uno de los hoteles más prestigiosos de la ciudad acogerían la presentación a la prensa del libro a mediodía del sábado, para que los periódicos tuvieran tiempo suficiente de recoger el acto en las páginas de sus ediciones dominicales, coincidiendo con la jornada electoral. Por la noche, una multitudinaria cena serviría para que el vecino Jaime Morante recibiera el aplauso unánime de todo el mundo.

En la cena no faltarían algunos de los profesores que le dieron clase durante su infancia y juventud. Naturalmente, lo acompañarían viejos compañeros de estudio, incluidos todos los que formaron parte del Círculo Sherlock durante los años universitarios. Todos habían confirmado su presencia, salvo Sergio Olmos, a quien su hermano le había puesto en antecedentes sobre el verdadero significado del acto, aparte de anunciarle que Clara Estévez y los demás sí se hallarían presentes. Asociaciones empresariales, comerciales, vecinales, deportivas y culturales estarían representadas entre los más de doscientos comensales previstos.

—Lo dicho —recordó Bárcenas—, hay que mover los hilos para que la noche del día 26 sea inolvidable.

Y lo sería.

A última hora de la tarde, Serguei Vorobiov aún no había respondido a las cuestiones que los inspectores Gustavo Estrada e Higinio Palacios consideraban esenciales: ¿dónde estaba el arma homicida?, ¿dónde asesinó a aquellas mujeres?, ¿dónde estaban los órganos del cuerpo de Yumilca Acosta que habían desaparecido?, ¿por qué había imitado en sus acciones a Jack el Destripador?, ¿qué relación había entre él y el escritor Sergio Olmos?

Serguei había escuchado aquellas preguntas cientos de veces desde que se confesó autor de los crímenes. Algunas de las cuestiones le parecían lógicas, y de hecho trató de responderlas del único modo en que le era posible: inventando la respuesta. Pero había otras, como las cuestiones relacionadas con Jack el Destripador o con un hombre llamado Sergio Olmos, que le resultaban totalmente desconcertantes. Sobre ellas, ni siquiera se le ocurría mentir.

El cuchillo empleado lo había arrojado al río, dijo. A las mujeres les dio muerte en un patio interior bastante oscuro al que se accedía desde la calle Casimiro Saiz. Y los órganos de Yumilca siguieron la misma suerte que el cuchillo: el fondo del río. Sobre Jack el Destripador y sobre Sergio Olmos, no hubo forma de que dijera absolutamente nada.

Estrada era un hombre paciente, pero también muy inteligente. Había algo que Serguei estaba ocultando. El cuchillo y los órganos de Yumilca Acosta podían haber terminado en el río, pero, después de explorar concienzudamente el patio donde el músico dijo haber dado muerte a las mujeres, se convenció de que mentía. La policía científica no fue capaz de encontrar ni una sola gota de sangre. Además, hubiera sido imposible que nadie viera a Serguei conducir hasta allí a las mujeres y asesinarlas. Eso por no hablar de la arriesgada maniobra que suponía sacar los cadáveres de allí y llevarlos hasta los escenarios donde aparecieron más tarde. Las numerosas ventanas que daban a aquel patio podían haber servido para que cualquier testigo inoportuno viera sus maniobras. Por otra parte, la policía estaba segura de que el criminal secuestraba a sus víctimas varios días antes de darles muerte, y las explicaciones de Serguei no cuadraban con esa idea.

Serguei encubría a alguien, concluyó el policía.

Y entonces fue cuando llegó Tomás Bullón a la comisaría.

A las siete de la tarde, Bullón se presentó en la comisaría, sudoroso y agitado. Exigió hablar con el inspector que estuviera al mando de la investigación. Mencionó los nombres de Tomás Herrera y Diego Bedia.

Durante diez minutos, el periodista aguardó como una fiera enjaulada, en una sala de espera amueblada de un modo austero: unos asientos de plástico, una mesa con revistas muy antiguas y unos carteles animando a los ciudadanos a incorporarse a las Fuerzas y Cuerpos de Seguridad como única decoración.

Finalmente, fue conducido a presencia de Herrera y Bedia.

—He creído que deberían ver esto —dijo Bullón, sacando de un bolsillo interior de su gastada chaqueta de *tweed* un papel cuidadosamente doblado.

El inspector jefe Tomás Herrera alargó la mano y cogió el papel. Lo desdobló y lo leyó con interés. Después, su rostro se vistió de escepticismo, arqueó una ceja y miró fijamente a Bullón al tiempo que pasaba el papel a Diego Bedia.

—¿Qué significa esto? —preguntó Herrera al periodista.

El inspector estaba harto de las continuas intromisiones de Bullón en la investigación de aquellos crímenes. Sus artículos, sensacionalistas y provocadores, habían predispuesto a los vecinos del barrio norte contra la policía, además de favorecer una evidente corriente de opinión racista. Bullón le había hecho el juego al candidato Morante, que se había encargado de recordar los tiempos felices en los que la vida en la ciudad estaba desprovista de inmigrantes de oscura biografía llegados desde países remotos.

—No lo sé —respondió Bullón—. Alguien lo ha metido por debajo de la puerta de la habitación de mi hotel.

—Se está usted metiendo en un lío —le advirtió Herrera—. No sé si tiene cartas para jugar esta partida.

Bullón sostuvo la mirada de Herrera imperturbable. Tragó saliva y afirmó de nuevo su inocencia. No tenía nada que ver con aquella carta, juró.

Diego Bedia volvió a leer el texto. Estaba escrito en un ordenador e impreso en tinta roja:

Querido Jefe:
Sigo oyendo que la policía me ha cogido, pero no me fijarán tan pronto. Me he reído cuando van de listos y hablan de estar en la pista correcta. Esa broma sobre Delantal de Cuero me dio auténticos retortijones. Voy en serio con las prostitutas y no voy

a parar de rajarlas hasta que me quede lleno. El último traba-
jo fue inmenso. No le di a la dama ni tiempo para chillar. Cómo
pueden atraparme ahora. Amo mi obra y quiero empezar otra
vez. En el siguiente trabajo voy a cortar las orejas de la dama
y las enviaré a los oficiales de policía solo por diversión. Mantén
esta carta guardada hasta que haga algún trabajo más, enton-
ces sácala directamente. Mi cuchillo es tan bonito y afilado que
quiero volver al trabajo enseguida si tengo oportunidad. Bue-
na suerte.

Sinceramente suyo,

El nuevo Jack el Destripador

—¿Cuándo encontró esta carta? —preguntó Diego.

—Hace menos de media hora —respondió Bullón—. Inmediatamente después de leerla, vine corriendo hasta aquí.

—¿Qué juego es este? —murmuró Herrera.

El inspector jefe estaba totalmente desconcertado. Nunca
había tenido demasiada fe en la teoría de Estrada a propósito de
la autoría de aquellas muertes, pero cuando Serguei confesó ser el
asesino, una débil esperanza prendió en su corazón. Tal vez Estrada tenía razón y aquella pesadilla había tocado a su fin. Pero
aquella carta demostraba que no era así.

—Es una copia —dijo Bullón.

—¿Qué quiere decir? —Bedia formuló la pregunta a escasos
centímetros de la cara del periodista.

—El que la ha escrito ha copiado casi íntegramente una de
las cartas que Jack envió a la policía.

4

18 de septiembre de 2009

U n nuevo artículo de Tomás Bullón catapultó al día siguiente los crímenes del barrio norte al primer plano de
la actualidad. El periodista narraba a cinco columnas la extraordinaria aventura en la que se había visto involucrado el día anterior, cuando un desconocido deslizó bajo la puerta de la habitación
de su hotel una carta escrita en tinta roja. En la empuñadura del
artículo se leía un gigantesco titular:

QUERIDO JEFE
EL NUEVO JACK SE BURLA DE LA POLICÍA EN UNA CARTA

Tomás Bullón había dado lo mejor de sí mismo en el artículo. Después de emplear varias líneas para dar cuenta de la entrevista que había mantenido la tarde anterior con los inspectores
Herrera y Bedia, a pesar de que estos le habían rogado la máxima
discreción, Bullón ponía en situación al lector.

El 25 de septiembre de 1888 el máximo responsable de la
policía londinense, Charles Warren, recibió una carta autoincul-
patoria de un desconocido que decía ser matarife de caballos y se
declaraba autor de los asesinatos de Mary Ann Nichols y Annie
Chapman. En el lugar donde debía figurar el nombre del misterioso escritor, aparecía el dibujo de un ataúd. Ni su dirección ni
su identidad quedaban claras.

La misiva estaba fechada el día anterior. En la dirección se había escrito: «Al servicio de su magestad la reina» (las faltas de ortografía fueron una constante en muchas de las cartas recibidas a partir de entonces). El matasellos era: «London S. E.».

Nadie tomó en serio aquella carta, y nadie podía sospechar que sería la primera de las más de doscientas misivas escritas por todo tipo de personas. Algunas de ellas parecían obra de analfabetos; otras, de personas con formación, y posiblemente alguna se debió a la pluma del auténtico asesino. Pero ¿cuál de aquellas cartas era obra de Jack?

Diego Bedia apretó los dientes al leer el artículo de aquel indeseable. Le habían pedido colaboración y que no divulgara aquella carta hasta que estuvieran seguros de que podía conducir a alguna parte. Si era obra de un desaprensivo, podía incitar a otros a hacer lo mismo y perjudicar seriamente la investigación. Y, si realmente la había escrito el verdadero culpable, Bullón siempre tendría en su manga el as de haber sido el hombre que alertó a la policía.

Sin embargo, aquel mezquino periodista había decidido ir en busca del dinero fácil. Decía Bullón en su artículo:

Los más reputados especialistas en Jack el Destripador consideran muy probable que tres, o tal vez cuatro, de aquellas misivas fueran escritas por el auténtico asesino. La primera de esas cartas que se suelen considerar como escritas por el mítico criminal ha sido precisamente la que el nuevo Jack el Destripador ha copiado, aunque no en su integridad, para burlarse de la policía. Esa carta fue la que este periodista se encontró en su habitación ayer.

El 27 de septiembre de 1888, tras el asesinato de Annie Chapman, la Agencia Central de Noticias, fundada en 1870 por William Saunders y que recogía los reportajes que los periodistas enviaban por telégrafo desde todos los lugares del mundo al

Reino Unido, recibió la primera de esas cartas escrita por la mano de Jack.

La Agencia Central de Noticias estaba emplazada en el número 5 de New Bridge Street, y aquel día 27 se convirtió en el eje de la información sobre Jack. La carta estaba escrita en tinta roja (la que yo mismo recibí ayer se había escrito en un ordenador y se imprimió usando color rojo). El autor había utilizado un sello de un penique de color lila, y llevaba un matasellos en el que se leía: «London E. C. 3-SP2788-P».

La carta, conocida desde entonces por los especialistas como «*Dear Boss* (Querido Jefe)», era exactamente igual a la que el nuevo Jack ha copiado. Solo se ha saltado algunos renglones en los que el Jack de 1888 hacía referencia a la tinta roja empleada en la redacción del texto y se carcajeaba por la ineptitud de la policía...

Marcos Olmos leía aturdido el artículo de Bullón. En los últimos minutos había pasado de la indignación a la ira. Estaba convencido de que Tomás Bullón era un irresponsable al divulgar aquella historia. Pero lo que más le preocupaba era no tener la menor idea de quién podía haber escrito semejante texto.

El artículo proseguía así:

La carta fue reenviada desde la Agencia Central de Noticias a la policía el día 29 de septiembre junto a una nota que nadie firmó. Algunos especialistas proponen que tal vez fuera Thomas John Bulling, un periodista que trabajaba en la agencia, el autor de la nota que acompañaba a la carta. En ella se decía que la carta, que había sido firmada por alguien que se autodenominaba Jack the Ripper, debía ser una simple broma.

En el texto en inglés aparecen varios americanismos *(boss, fix me, quit)*, por lo que comenzó a circular la idea de que tal vez el asesino fuera un americano. Aunque también se ha puesto de manifiesto que durante el juicio por la muerte de Annie Chapman, el juez Baxter, que instruía el sumario, aseguró que un conocido suyo que trabajaba en el Museo de Patología había recibido la oferta de un americano que estaba dispuesto a pagar veinte libras por especímenes de los órganos que faltaban en el cadáver de Chapman. Y, como esa información había sido dada a conocer por la prensa el día 26, el misterioso Jack pudo incluir ese dato en la carta. No importaba que estuviera fechada por él el día 25, puesto que la pudo enviar el día 27, cuando la prensa ya había dado a conocer la información del engimático caballero americano. Jack, por tanto, pudo emplear los americanismos para confundir aún más a la policía…

Contra todo pronóstico, Gustavo Estrada seguía mostrándose eufórico. La inesperada aparición de aquella carta, que en principio parecía lesionar irremediablemente su teoría de que Serguei Vorobiov era el asesino de aquellas mujeres, lo había tranquilizado. Para él, era evidente que Serguei no conocía todos los detalles de los crímenes, por la sencilla razón de que estaba encubriendo a otra persona, que debía ser la que había ejecutado a las dos mujeres inmigrantes. Y esa persona tenía que ser, sin duda, la que había escrito aquella carta.

Estrada leyó con atención el resto del artículo:

Aún no sabemos si la policía logrará encontrar alguna huella en la carta que yo mismo les entregué ayer. Tal vez la policía científica tenga más éxito en su estudio que el que ha tenido cuando analizó los escenarios de los dos crímenes. Hasta ahora, el asesino se ha mostrado audaz y muy escrupuloso. No ha cometido ningún error. No ha dejado huellas ni rastros de ADN que conduzcan a su detención, a pesar de que la policía haya encarcelado al músico Serguei Vorobiov, a quien suponemos deberán dejar en libertad en las próximas horas, porque resulta evidente que no ha podido escribir esa carta.

El autor de la misma firma el texto como «el Nuevo Jack el Destripador». De ese modo, hace pública su deuda con el mítico criminal victoriano, quien precisamente acuñó ese sobrenombre en la carta enviada a la Agencia Central de Noticias. En ella se empleó por primera vez un apodo que pasaría a la historia. Sin duda, la elección del nombre comercial por parte del asesino fue todo un acierto…

Lo más terrible de aquella carta, aparte de su propia existencia, era el anuncio que contenía. Los lectores del periódico estaban demasiado fascinados con la historia como para comprender el horror que aquellas letras rojas anticipaban. Pero a Sergio no se le había pasado por alto.

La detención del músico ruso no le había hecho bajar la guardia, al contrario que a la policía. Aquel hombre no podía ser el asesino que buscaban. Sergio no lo conocía de nada, de modo que dedujo que no podía ser el autor de los enigmáticos mensajes que él había recibido. Había algo personal en aquellas notas anónimas, y eso no podía olvidarlo. Por otra parte, ¿acaso Serguei Vorobiov era un especialista en Sherlock Holmes?

No. Para Sergio era evidente que aquel hombre no era el criminal. El auténtico Jack estaba en la calle, y había anunciado su próximo movimiento, exactamente igual que lo hizo el primer Destripador en 1888. La carta que Tomás Bullón había reproducido no dejaba lugar a dudas: «En el siguiente trabajo voy a cortar las orejas de la dama y las enviaré a los oficiales de policía solo por diversión».

Pero ¿cuándo tendría lugar el siguiente movimiento de Jack? Por primera vez, Sergio creía que era posible anticiparse al asesino. Por primera vez, Sherlock Holmes parecía intuir por dónde discurría la mente de aquel criminal.

Sergio se reunió con el inspector Diego Bedia una hora más tarde.

La cafetería del hotel donde Sergio seguía residiendo, a pesar de las invitaciones que su hermano le había hecho para que fuera a vivir con él mientras permaneciera en la ciudad, estaba muy animada. Aquella misma mañana había llegado un autobús cargado de turistas franceses, los cuales parecían haber sido seducidos de inmediato por el inquietante ambiente que se respiraba en la ciudad. Muchos de ellos comentaban los recientes acontecimientos, sobre los cuales su guía e intérprete les había facilitado información suficiente como para fantasear y jugar, tal vez, a detectives.

Diego se abrió paso entre el grupo de turistas y buscó con la mirada a Sergio, que había tenido la precaución de acomodarse en el rincón más alejado de todo aquel bullicio. Sergio observó a Diego. Parecía cansado, la perilla que se había dejado crecer le daba un aspecto aún más italiano, aunque Sergio no sabía qué era lo que le hacía pensar eso.

Los dos hombres se saludaron. Diego se quitó un gabán verde oscuro. Estaba empapado. En la calle llovía con fuerza.

—Supongo que has leído el artículo de Bullón —dijo Sergio.

Diego dijo que sí. Luego se frotó las manos con fuerza. Tenía frío.

—¿Leíste en el informe que te dimos lo que sucedió después de que Jack enviara la carta conocida como «Querido Jefe»? —preguntó Sergio.

—Cuando leí el artículo de Bullón releí esa parte del informe —respondió Diego—. Jack envió esa carta el día antes del doble asesinato.

Sergio había tenido la precaución de bajar de su habitación la copia del documento sobre los crímenes de Jack que le habían entregado a Diego Bedia.

—Fíjate —dijo, señalando una de aquellas páginas—, el día 1 de octubre de 1888 la Agencia Central de Noticias recibió una postal manchada con lo que parecía sangre y firmada de nuevo por Jack the Ripper. La ortografía de esa postal se parecía mucho a la empleada en la carta «Querido Jefe». Y no solo eso, sino que decía algunas cosas que llevan a pensar que los dos textos eran obra de la misma persona.

Sergio dio la vuelta a la página para que Diego leyera con más comodidad el texto de aquella postal:

No estaba bromeando, querido viejo Jefe, cuando le di el pronóstico, oirás sobre la obra de Saucy Jack mañana doble evento esta vez número uno gritó un poco no pude acabarlo del tirón. No tuve tiempo de conseguir las orejas para la policía. Gracias por mantener la última carta retenida mientras vuelvo al trabajo de nuevo.

—El tipo, que firma de nuevo como Jack the Ripper, aunque en el texto bromea denominándose Jack el Fresco, sabía algunas cosas que la policía no había divulgado —comentó Sergio—. Por un lado, habla de la amenaza de cortar las orejas a la siguiente víctima; en segundo lugar, comenta que se ha producido un «doble evento» y que no pudo terminar su trabajo con la primera de las víctimas. Además, el estilo de la redacción, que deja mucho que desear, emparienta los dos textos.

—Esos detalles solo los podía saber quien hubiera cometido el doble asesinato que ocurrió en la noche del día 30 de septiembre —añadió Diego—. Si la postal se recibió el día 1 de octubre, era evidente que la prensa aún no había dado a conocer los pormenores de lo ocurrido esa noche.

—Exacto. Y mucho menos que a la primera de las dos mujeres que fueron asesinadas, Elisabeth Stride, solo le cortaron la garganta, pero no la degollaron, porque, parece ser, el asesino estuvo a punto de ser sorprendido y tuvo que huir.

—Pero unos minutos más tarde asesinó a una segunda prostituta.

—Catherine Eddowes —añadió Sergio—. Y a ella, entre otras muchas atrocidades, le cortó parte de la oreja derecha.

—¿Qué es lo que estás pensando? —preguntó Diego.

—El Jack victoriano envió la primera carta antes de cometer el doble asesinato —razonó Sergio—. Y el hombre al que ahora buscáis acaba de enviar una carta que es copia casi literal de aquella misiva. Y también anuncia el siguiente crimen.

—Hasta ahí estoy de acuerdo contigo —concedió Diego—. No creo que el músico ruso tenga nada que ver en todo este asunto, aunque todavía no sé por qué razón se ha declarado culpable, pero, si tú estás en lo cierto y el asesino pretende cometer un nuevo asesinato tras enviar esa carta, seguimos tan a ciegas como antes. ¿Qué podemos hacer?

Sergio entornó los ojos, miró a su alrededor y bajó la voz.

—Tal vez no estamos tan a ciegas. He estado dándole vueltas al modo en que se han producido esos crímenes. —Sergio tosió y se aclaró la voz con un trago de agua—. Daniela Obando fue asesinada el día 31 de agosto, exactamente la misma fecha en que Mary Ann Nichols encontró la muerte. De modo que nuestro Jack cometió el primer crimen el mismo día del mes que su admirado Destripador. Pero el 31 de agosto cayó en lunes, no en viernes, como sucedió en 1888. Es decir, que en esa ocasión nuestro hombre se guio por el día del mes, no por el día de la semana. Y, sin embargo, la última vez que a Daniela se la vio con vida fue el jueves 27 de agosto.

Diego escuchaba con atención a Sergio y anotaba en un cuaderno las conclusiones a las que había llegado el escritor. Hizo un gesto afirmativo con la cabeza y animó a Sergio a continuar.

—El asesinato de Yumilca, en cambio, no ocurrió el día 8 de septiembre, que fue cuando Annie Chapman encontró la muerte, sino el día 12. Eso, naturalmente, arruinaba nuestros cálculos. Nuestro Jack, aparentemente, había roto la pauta que había seguido en su primera actuación. —Sergio tomó otro sorbo de agua—. Pero es posible que mirásemos sin ver. Holmes dijo en una ocasión que él no veía más que lo que veían otros, pero que se había adiestrado para fijarse en lo que veía[*]. He tratado de poner en práctica su técnica. —Sergio sonrió—. Como ya te dije, en el segundo crimen el nuevo Jack no se guio por el día del mes, sino por el día de la semana. El asesinato de Chapman ocurrió, en efecto,

---

[*] Cita tomada de «La aventura del soldado de la piel descolorida», publicada inicialmente en la revista *Liberty Magazine,* en su número de 1926. Los hechos tienen lugar desde el miércoles 7 al lunes 12 de enero de 1903. Es una de las dos aventuras del canon holmesiano narrada por el propio detective.

el día 8 de septiembre, que era el segundo sábado de aquel mes. Y la muerte de Yumilca ocurrió el día 12, porque era el segundo sábado del mes.

—Eso nos lleva... —Diego imaginó las consecuencias que podía tener aquella deducción, si era correcta.

—Nos lleva a tratar de predecir el siguiente movimiento de nuestro Jack —afirmó Sergio—. Aunque tenemos un problema —reconoció—. La noche del doble asesinato de 1888 ocurrió, como sabemos, el día 30 de septiembre. Fue el último domingo de aquel mes. Nuestro problema reside en que no sabemos si ahora nuestro hombre seguirá la pauta del día del mes o del día de la semana. Y eso nos sitúa ante dos fechas claves: la madrugada del día 27...

—¡El día de las elecciones municipales! —exclamó Diego, consciente del terremoto que se avecinaba.

—Eso es —confirmó Sergio—. Puede ser el día 27, que es el último domingo del mes, como sucedió en 1888. O bien puede ocurrir el día 30, que es miércoles.

—De todos modos —comentó Diego—, es un problema menor. Deberíamos estar alerta en la noche del día 26 al 27 y, si luego no pasa nada, nos centraríamos en el día 30. Pero...

—Pero...

La mirada de los dos amigos se encontró. Ambos habían llegado a la misma conclusión.

—Pero si elige el día 27, la repercusión de los crímenes será mucho mayor y, además —Diego empezaba a vislumbrar algo que le producía escalofríos—, es posible que la noticia de dos nuevos crímenes sirva para dar un vuelco al resultado electoral.

—Hay algún candidato al que es posible que le venga muy bien que se agiten los ánimos en el barrio precisamente ese día —añadió Sergio.

—Alguien que te conoce perfectamente; alguien para quien las aventuras de Sherlock Holmes no tienen secretos.

—¡Jaime Morante! —dijo Sergio.

5

19 de septiembre de 2009

Diego comió aquel día en compañía de Marja y de Jasmina en el piso que ambas compartían. Sentirse en el corazón de aquel barrio, sabiendo que en alguna parte un loco peligroso posiblemente estuviera perfilando los detalles de un doble asesinato en aquellas calles, hizo que el inspector apenas probara la comida.

—No puedes estar pensando continuamente en eso —dijo Jasmina, tratando de animar al novio de su hermana.

Diego levantó la vista del plato y miró a la joven. Le dedicó una sonrisa triste y admiró una vez más la belleza de Jasmina. Parecía imposible que ella y Marja tuvieran tan extraordinario parecido a pesar de no ser hermanas de leche.

—¡Cómo no voy a estar dándole vueltas a esos crímenes! —se lamentó Diego—. Estoy seguro de que dos mujeres van a ser asesinadas en breve, y en la comisaría nadie me escucha.

Marja puso sus manos sobre las de Diego.

Aquella misma mañana Diego había explicado al inspector jefe Tomás Herrera el contenido de la conversación que había mantenido con Sergio Olmos y las conclusiones a las que ambos habían llegado. Herrera guardó silencio durante varios minutos. Estuvo sopesando aquella teoría con calma y seguramente evaluando los costes que podía tener el plantearla ante el comisario Gonzalo Barredo. Herrera sabía que Barredo se había dejado seducir por el inspector Estrada.

En la carta que Bullón había entregado en la comisaría no se había encontrado la más mínima prueba que condujera hasta su autor —solo habían aparecido las huellas del propio periodista, y eso era lógico, dado que cuando abrió el sobre desconocía su contenido y tocó la carta sin la menor precaución—. A pesar de todo, el texto de aquel inesperado mensaje no había desbaratado la teoría de Estrada, según la cual el arresto de Serguei Vorobiov era el primer paso para esclarecer el misterio de los crímenes del barrio norte.

Estrada había convencido al comisario de que Serguei estaba implicado en los asesinatos, pero que la mano que había escrito la carta era la misma que había empuñado el cuchillo con el que habían destripado a aquellas mujeres. Serguei colaboró en los crímenes, aseguró Estrada, y ahora encubría la verdadera identidad de su cómplice. Ese era el camino a seguir, según su criterio. Y esa era la línea de trabajo que había aceptado el comisario Gonzalo Barredo.

De modo que Tomás Herrera, después de analizar la información que Diego le había proporcionado, dudó sobre lo que debía hacer. Herrera, como Diego, estaba convencido de que el ruso no tenía nada que ver con los asesinatos, pero tampoco sabía el motivo por el cual se había declarado culpable de algo que no había hecho. En cuanto a la hipótesis de Diego, le parecía perfectamente posible. El hombre al que perseguían conocía a Sergio Olmos, y lo conocía bastante bien. Se había tomado la molestia de entregarle una carta en Baker Street, poniendo en marcha un juego siniestro en el que las piezas se movían siguiendo unas complicadas reglas que guardaban relación con las aventuras de Sherlock Holmes y con los crímenes de Jack el Destripador. Serguei Vorobiov no había oído hablar de Sergio Olmos en su vida. No podía ser el cerebro que hubiera urdido aquella pesadilla.

Sin embargo, Herrera estaba seguro de que el comisario no iba a estar dispuesto a escuchar ni una sola palabra más sobre Holmes, Watson y Jack el Destripador. Durante semanas, aquella línea de investigación había resultado estéril.

Herrera miró a Diego, y volvió a ver en él a un policía honesto e inteligente. Estaba seguro de que en esta ocasión el inspector Bedia llevaba razón, de modo que, a pesar de que sabía que iban a ser derrotados, decidió pedir una reunión con Gonzalo Barredo.

En la reunión, aparte del propio comisario, Tomás Herrera y Diego Bedia, estuvieron presentes los grandes héroes del momento: los inspectores Gustavo Estrada e Higinio Palacios.

El comisario estaba visiblemente a disgusto. No tenía ninguna gana de escuchar teorías fantasiosas, propias de una novela negra, pero por respeto a sus hombres permitió que Diego expusiera su teoría.

—¿Solo hablasteis de eso ayer tú y ese escritor? —dijo Estrada cuando Diego terminó su exposición.

—¿Qué quieres decir? —preguntó Diego asombrado.

—Estuvisteis reunidos durante casi dos horas, ¿no es cierto? —repuso Estrada, mirando con malicia a Diego. Después, se volvió hacia el comisario—: Dos horas de charla es mucho tiempo, ¿no cree, comisario? Se puede hablar incluso de lo que no se debe.

—Pero ¿qué coño dices? —Diego dio rienda suelta a su enfado—. ¿Me has estado siguiendo?

—Lo que digo —contestó Estrada imperturbable— es que durante esta investigación el periodista Tomás Bullón ha escrito en sus artículos datos que solo podían salir de esta comisaría. Y todos sabemos que ese escritor amigo suyo, Olmos, conoce a Bullón desde hace años.

—¿Crees que soy yo quien le ha pasado la información a Bullón? —Diego estaba fuera de sí—. Eres un hijo de puta.

El comisario Gonzalo Barredo tuvo que intervenir y ordenó silencio a gritos. El inspector jefe Tomás Herrera supo en ese mismo instante que habían perdido la batalla.

El comisario sentenció el asunto. Todos los esfuerzos de la comisaría debían dedicarse a esclarecer el misterio que rodeaba a la declaración de culpabilidad del músico Serguei Vorobiov. ¿Por qué se había declarado culpable? ¿A quién amparaba con su declaración?

En cuanto a la teoría de Diego, no quería oír hablar de aquellas fantasías de detectives de novela nunca más. Herrera seguiría al frente del caso, pero la línea de investigación era la que allí se había decidido.

Diego recordó que la carta que se había recibido era una copia de una de las misivas que supuestamente escribió Jack el Destripador en 1888. Y las heridas de aquellas mujeres eran prácticamente las mismas que Jack infligió a sus víctimas. ¿Tampoco eso se iba a tener en cuenta?

—Puede ser que nuestro asesino intente confundirnos —propuso Estrada—. Las teorías de ese periodista le han puesto en bandeja la posibilidad de escribir esa carta para desviar nuestra atención hacia teorías fantásticas, muy vendibles en la prensa.

—¿Y qué dice tu hermano de esa teoría tuya de los días del mes y los días de la semana? —preguntó Guazo.

El doctor estaba sentado en un sillón de cuero negro. Era su favorito, le había contado a Sergio. Había sido el único mueble del piso que él había comprado sin pedir opinión a su difunta esposa.

—Se lo he explicado por teléfono —contestó Sergio—. Marcos me confesó que hacía varios días que estaba dándole vueltas a esa misma idea. Para él no hay duda alguna; el asesino intentará cometer el doble asesinato en la madrugada del día 27, que es el último domingo del mes.

Los ojos azules de Guazo se entrecerraron dejando escapar un brillo intenso. Era cierto que no estaba en forma, y que poco recordaba en aquella figura desgarbada al robusto muchacho que Sergio conoció en la universidad, pero resultaba evidente que la excitación que le producía aquella aventura estaba siendo la mejor medicina para él. Aquella tarde tenía un aspecto bastante mejor que días atrás, según el peritaje de Sergio.

—Es posible —admitió el doctor—. Si es capaz de cometer esos crímenes el día de las elecciones, la repercusión será tremenda.

—Y las consecuencias políticas, tal vez, definitivas —añadió Sergio.

José Guazo recibió el comentario de su amigo con sorpresa e incredulidad.

—¿De veras crees que Morante puede estar detrás de esas muertes?

—No lo sé —reconoció Sergio—. Pero con toda probabilidad se beneficiaría políticamente si hay más ruido en el barrio. Los vecinos han formado patrullas de vigilancia, y empieza a calar la idea que Morante ha convertido en el eje de sus mítines de que el mundo era mucho más sencillo y feliz en los viejos tiempos, cuando el barrio no contaba con inmigrantes de otros países.

—No veo a Morante capaz de cometer esos asesinatos —aseguró Guazo.

Un incómodo silencio se instaló entre los dos amigos. Sergio paseó su mirada por el salón. Los muebles eran caros, pero de un estilo demasiado clásico para su gusto. La afición por la lectura de Guazo se reflejaba en la imponente biblioteca, cuidadosamente ordenada. Todo el salón destilaba orden y limpieza. Junto al sillón que ocupaba Guazo había una pequeña mesita auxiliar sobre la cual se podía admirar el retrato de Guazo y una mujer de grandes ojos negros y pelo ensortijado.

—¿Era tu esposa? —preguntó Sergio.

Guazo asintió.

—Se llamaba Lola. —Los ojos de Guazo se humedecieron.

Sergio miró con afecto a su amigo. Marcos le había contado que, después del accidente que costó la vida a su mujer, Guazo cayó en una profunda depresión.

—¿No has pensado en volver a casarte?

—No soy tan mujeriego como Watson —bromeó el doctor.

—No, pero yo solía provocarte en la universidad diciendo que te parecías mucho a él, porque, aunque tus ideas eran limitadas, eran sumamente pertinaces —dijo Sergio parafraseando a Holmes[*].

---

[*] La cita está tomada de «La aventura del soldado de la piel descolorida», *op. cit.*

—Veo que tu memoria sigue entrenada. —Guazo sonrió de mala gana. Era evidente que el comentario no le había agradado.

Sergio no pareció darse cuenta de lo inoportuno de su observación. Y, sin poder evitarlo, como sucedía en los viejos tiempos del Círculo Sherlock, se lanzó a polemizar con su amigo.

—¿Ya has resuelto el misterio de las dos balas de fusil *jezail*? —Sergio apuró el contenido de la copa de coñac que le había servido Guazo.

El rostro del médico se ensombreció.

—¿Aún sigues con eso?

—Estuviste a punto de darme un puñetazo un día por burlarme de Watson y de los disparos que dijo haber recibido, ¿recuerdas?

Naturalmente que Guazo lo recordaba. Nunca había odiado tanto a Holmes como aquella tarde en que pareció encarnarse en la persona de Sergio.

Todo sucedió a partir de un comentario que alguno de los miembros del círculo había hecho a propósito de algún detalle de *El signo de los cuatro*. A continuación, Sigler afeó la conducta de Holmes de entregarse a la cocaína, aunque fuera disuelta al siete por ciento, tal y como se narra en las primeras líneas de ese relato. Guazo opinó en voz alta que en aquella introducción Watson había retratado el alma de Sherlock como jamás lo hizo en las demás aventuras: un hombre pesimista, oscuro, autodestructivo, incapaz de vivir una vida que no lo retara con problemas aparentemente irresolubles. Frente a él, añadió Guazo, aparecía la mirada amable de un buen hombre. Watson era entrañable, amigo fiel y un excelente escritor, a pesar de que Holmes tildara su estilo de sensacionalista. Y, sobre todo, el doctor era humilde, lo que contrastaba violentamente con la altanería y la vanidad de Holmes.

Sergio se sintió aludido por aquellas críticas a su héroe y contraatacó. Para empezar, se mostró por completo de acuerdo con Holmes cuando aseguró que Watson no era luminoso, y que su única utilidad era ser un conductor lumínico para Sherlock[*]; es decir, que la torpeza congénita del doctor estimulaba el ingenio del detective. A continuación, ignorando el rostro descompuesto por la ira que exhibía Guazo, tildó de mentiroso a Watson echando mano de un detalle aparentemente desconcertante que el doctor menciona en esa historia. Al comienzo de la aventura, Watson hace referencia al dolor que sufría aún en su pierna como consecuencia del disparo de un fusil *jezail*, un tipo de arma muy empleado en Afganistán, en cuya guerra él había participado[**].

Un lector cualquiera no habría reparado en que aquel detalle que solo podía ser o un error o una mentira, puesto que en *Estudio en escarlata*, la primera aventura que los dos compañeros compartieron, y la primera que Watson escribió para el gran público, el doctor afirmaba que había sido herido en Afganistán en un hombro[***]. Pero Sergio Olmos y el resto de miembros del Círculo Sherlock no eran lectores comunes. Para ellos, cada detalle era sumamente valioso. Cada frase era una gota de néctar que había que saborear con calma.

Sergio sabía que había encontrado un punto débil en la defensa que Guazo hacía de su admirado doctor Watson. ¿Cuántas balas había recibido el médico? Los hechos narrados en *El signo de los cuatro* tenían lugar en septiembre de 1888, precisamente cuando Jack el Destripador sembraba de horror Whitechapel.

La discusión entre Olmos y Guazo fue ganando en intensidad, y a punto estuvo de terminar en pelea. Y ahora, veinticinco años después, Sergio bromeó de nuevo con las balas que parecían perseguir a Watson.

---

[*] La referencia está tomada de *El sabueso de los Baskerville*: «Puede que usted (Watson) no sea luminoso, pero es un conductor lumínico. Hay hombres que, sin estar dotados de genio, poseen una destacada capacidad de estimularlo en otras personas».

[**] La cita que se menciona dice así: «Sin embargo, no hice ningún comentario y me quedé sentado, cuidando mi pierna herida. Una bala de *jezail* la había atravesado tiempo atrás».

[***] La cita dice así: «Fui herido allí por una bala explosiva, que me destrozó el hueso, rozando la arteria subclavia».

—Supongo que no es necesario que te recuerde que hay estudiosos que aseguran que Watson recibió un segundo balazo, tal vez a finales de abril o a comienzos de mayo de 1888 —argumentó Guazo, empleando un tono áspero—. Puede que sucediera cuando Holmes investigó «El pequeño asunto de los camafeos del Vaticano».

—Pura especulación —replicó Sergio—. Nadie sabe lo que ocurrió en esa historia, porque solamente se menciona de pasada en *El sabueso de los Baskerville*.

—Pero es muy probable —insistió Guazo.

—¿De veras? —se burló Sergio—. ¿Te parece creíble que le hirieran en las dos ocasiones con un fusil *jezail*? En Afganistán, resulta admisible, pero no lo creo probable en Europa.

Guazo apretó los dientes. No tenía mejor argumento que el silencio.

Sergio, ajeno a la humillación que nuevamente había infligido a su amigo, miró distraídamente una caja de cartón amarilla que estaba junto a un calendario de mesa. Cogió el calendario y se abstrajo mirando los días que faltaban para que llegara la fecha en la que temía que se produjeran nuevos asesinatos.

—¿De modo que crees que nuestro hombre lo intentará el día 27? —preguntó, desplazando la mirada desde el calendario hasta los ojos azules de José Guazo.

6

Días 23 y 24 de septiembre de 2009

Martina Enescu estaba impaciente. Después de todo un día trabajando, lo que ansiaba era cerrar el locutorio, tomar una copa en cualquier parte y meterse en la cama. Había sido un día agotador, triste y sucio. No muy distinto de los demás de su vida.

Pero a Martina aún le quedaban diez minutos de jornada laboral, a pesar de que a esas horas solo había una clienta en el locutorio. Martina la miró de soslayo: negra, gruesa, con cabello rizado y oscuro como un tizón. Sin saber por qué, Martina creyó percibir una sombra de tristeza en aquella mujer.

Aminata Ndiaye apuraba sus últimas monedas y sus últimos minutos hablando con su familia. Estaba incómoda, porque había advertido la impaciencia en la mirada de la joven que regentaba el locutorio. Se trataba de una chica delgada, que parecía una adolescente. Aminata calculó que no tendría más de dieciocho años. La muchacha tenía la piel extremadamente blanca, y era rubia. En los ojos de aquella joven, Aminata creyó ver odio y miedo.

Martina tamborileó nerviosa con un bolígrafo sobre el mostrador. Volvió a mirar sin rubor el reloj que presidía el local y comenzó a hacer los preparativos diarios para echar el cerrojo al locutorio. Esa era una táctica infalible. Los clientes más perezosos, como aquella mujer de color, solían acortar sus conversaciones y se marchaban con viento fresco cuando ella iniciaba aquel ritual

463

que procuraba que fuera lo más ruidoso posible. Martina sabía que había un punto de crueldad en su actitud, porque aquellas gentes, como ella, estaban muy lejos de su patria, y tal vez su único consuelo era poder compartir unos minutos de conversación con los suyos después de un maldito día más en España. Martina lo comprendía, pero ¿quién la comprendía a ella?

Aminata se despidió de los suyos más apresuradamente de lo que hubiera deseado. La chica rubia la había puesto nerviosa. Resultaba evidente que la presencia de Aminata entorpecía los planes de la joven.

Cuando estaba a punto de cruzar la puerta y dejarse zarandear de nuevo por aquel viento incómodo que se había adueñado de la ciudad en los últimos días, Aminata se volvió y miró a la muchacha rubia a los ojos.

—Lamento haber retrasado tu hora de salida —se disculpó.

Martina respiró aliviada cuando la oronda negrita acabó su conversación y caminó con paso decidido hacia la puerta. Pero, de pronto, vio que aquella desconocida se detenía, se giraba y posaba sobre ella sus enormes ojos negros. Después, la escuchó decir:

—Lamento haber retrasado tu hora de salida.

Martina estaba tan sorprendida que se quedó muda. No estaba acostumbrada a que nadie la tratara con amabilidad, y aún menos los clientes del locutorio. Contempló a la mujer durante unos segundos. Al final, se vio obligada a decir algo.

—No te preocupes —dijo. Luego, trató de sonreír, pero no supo hacerlo bien.

Las dos mujeres se miraron una vez más. Aminata tenía un pie en la calle y otro en el locutorio. Martina tenía ambos pies dentro del local.

—Me llamo Aminata Ndiaye —dijo la mujer negra, ofreciendo su mano.

Martina dudó antes de estrechar aquella mano negra con su pequeña mano blanca.

—Martina Enescu —se presentó.

—Bueno, debo irme —dijo Aminata.

—Está bien —repuso Martina.

La joven rumana miró a la mujer negra mientras cruzaba la calle. Sintió remordimientos. Le parecía que no había sido amable con ella. Aminata era la primera persona que le regalaba una sonrisa y una disculpa a la vez en toda su vida. Además, ¿no sería más divertido tomar una copa charlando con otra persona?

—Aminata —gritó Martina—. Espera.

Una furgoneta negra aparcó junto al locoturio. Sus ruedas chapotearon en un charco y a punto estuvieron de salpicar a Martina.

—¿Te puedo invitar a tomar una copa? —preguntó la joven rumana a la senegalesa.

La lista contenía setecientos cincuenta y ocho nombres. Diego los había leído todos tantas veces que incluso había logrado memorizar un buen número de ellos. Algunos eran especialmente exóticos, y por eso le habían llamado la atención. Setecientos cincuenta y ocho desconocidos. Gentes procedentes de casi todos los continentes a los que la vida había arrastrado por distintos arroyos hasta desembocar en aquella ciudad en busca de un futuro mejor que su presente, e infinitamente más bondadoso que su pasado. Hombres y mujeres que llegaron con las manos repletas de esperanza y los bolsillos vacíos. Hijos de distintos dioses a quienes la vida no tardó en demostrar que las ilusiones no llenarían los estómagos de sus hijos, y por eso se los veía acudir con más frecuencia que la que ellos mismos desearían a la Casa del Pan.

Pero no todos aquellos nombres tenían el mismo interés para el inspector Diego Bedia. Las conversaciones con Sergio Olmos y sus propias conclusiones le habían hecho subrayar con un grueso rotulador rojo ciento veinticinco de aquellos nombres. Correspondían a las mujeres que, según los datos que constaban en la Oficina de Integración municipal, no tenían familia en la ciudad.

Diego y el inspector jefe Tomás Herrera habían visitado la oficina a cuyo frente estaba Cristina Pardo en horas de trabajo, y eso se había convertido en algo ciertamente temerario. El comisario había dejado claro que todas las fuerzas debían orientarse en seguir la línea de investigación que el inspector Estrada había trazado. Él era ahora la luz que guiaba a la comisaría. A pesar de todo, ni Diego ni Herrera estaban dispuestos a permanecer de brazos cruzados a la espera de un nuevo crimen que, estaban seguros, podía producirse en cualquier momento.

Aquella visita a la Oficina de Integración había tenido un doble atractivo para el inspector jefe Herrera. A Diego no le pasó desapercibida la sonrisa que Tomás y María, la compañera de Cristina, se dedicaron. Ni tampoco la cortesía excesiva con la que Tomás hablaba a aquella muchacha.

El segundo atractivo de la visita era meramente profesional. Los dos se sentían más útiles indagando sobre los nombres de aquellas mujeres que escuchando las teorías de Estrada, quien había decidido invertir todo su tiempo en seguir la pista a las actividades de Raisa, la esposa del músico ruso. Diego, por si fuera poco, tenía que soportar los cuchicheos y las risitas que se dedicaban Estrada y su exmujer. Verlos juntos en la comisaría estaba agotando su paciencia.

—Ciento veinticinco son demasiadas —comentó Tomás Herrera, sacando a Diego de sus pensamientos.

—Lo sé —admitió Diego—. Y no tengo ni idea de por dónde empezar.

Por la ventana del salón del piso de Diego se colaba el murmullo de las olas del mar. Diego Bedia había convertido su casa en su segundo despacho. Trabajaban en el caso siguiendo su propia teoría fuera del horario de servicio. Además de Tomás Herrera, los inseparables Meruelo y Murillo ponían toda su atención en los nombres de aquellas ciento veinticinco mujeres.

—Ya sé que son muchas —repitió Diego—, pero tal vez podamos reducir el número. —A continuación dio una orden a Meruelo—: José, compara este listado con el que tenemos de la Casa del Pan.

Diego había llegado a un par de conclusiones. La primera era que el asesino atacaba a mujeres que vivían solas, de manera que nadie las echaba de menos hasta días después de su desaparición. Y, en segundo lugar, intuía que la Casa del Pan era un lugar frecuentado por las posibles víctimas, dado que tanto Daniela Obando como Yumilca Acosta solían ir a comer allí. En su opinión, aquello no podía ser una mera casualidad.

—Sesenta y tres —dijo Meruelo tras contar minuciosamente—. Sesenta y tres de las ciento veinticinco mujeres que están en la lista de la oficina por encontrarse en situación económica extrema suelen ir a comer a la Casa del Pan.

Sesenta y tres era un cifra importante, pero menor que ciento veinticinco.

—Habrá que hacer una visita al cura más joven —comentó Herrera.

Diego cogió la nueva lista, metió las llaves del piso en el bolsillo derecho de su pantalón y se puso la americana. Los demás lo siguieron.

Media hora más tarde, aparcaba su Peugeot junto a una furgoneta negra que estaba estacionada a unos doscientos metros de la iglesia de la Anunciación. Los cuatro policías bajaron del vehículo y se dirigieron hacia el comedor social.

Eran las nueve de la noche, y el local estaba repleto de comensales. La actividad de los voluntarios era febril. Los policías preguntaron a unos muchachos que llenaban de sopa humeante algunos platos dónde podían encontrar al padre Baldomero. Uno de los jóvenes apenas les hizo caso y siguió con su tarea; el otro hizo un gesto con la cabeza y apuntó con su barbilla hacia una puerta situada en la parte trasera del mostrador donde estaba el menú de aquella noche.

Murillo golpeó la puerta con los nudillos y entró a continuación como si fuera una avanzadilla de la ley. Al entrar en la habitación —un despacho de poco más de diez metros cuadrados—, los policías se sorprendieron al encontrar a Cristina Pardo con el sacerdote. Sin embargo, a juzgar por el rostro de la pareja, no fueron los policías los más desconcertados.

—¡Tres policías a estas horas! —exclamó Baldomero, mirando su reloj.

El cura trataba de mostrar serenidad, pero Diego no tuvo dificultad alguna en advertir que el joven párroco estaba muy incómodo. ¿Tal vez porque lo habían encontrado charlando con Cristina? La muchacha, por su parte, se había ruborizado. ¿Había algo entre aquellos dos?

—¡Tres policías no, cuatro! —precisó Herrera.

—Yo solo veo tres. —Cristina dejó escapar una tímida sonrisa.

Diego y Herrera se giraron y vieron que Meruelo no estaba con ellos.

—¿Y Meruelo? —preguntó Diego a Santiago Murillo.

—Se quedó fuera, hablando por teléfono.

Meruelo entró de inmediato, como si le hubieran dado el pie en una obra de teatro y le correspondiera decir su frase. Diego lo miró durante unos instantes. De pronto, se adueñó de él una sensación de malestar. Mientras se esforzaba por enterrarla, escuchó la voz de Tomás Herrera.

—¿Conocéis a estas mujeres? —preguntó, exhibiendo la lista de las sesenta y tres desconocidas. Al ver la expresión de Cristina, el inspector jefe se corrigió—: Quiero decir: ¿si tienen algo en común aparte de frecuentar el comedor social? Ya sé que usted sí las conoce —añadió, dirigiéndose a Cristina.

Baldomero y Cristina Pardo leyeron los nombres de las mujeres en silencio, pero no conseguían establecer relaciones entre ellas. Sabían que algunas ejercían la prostitución, pero otras no. Entre ellas, había representación de varios países. Las había de todas las edades. Algunas eran viudas; otras, solteras.

—Salvo que de vez en cuando suelen venir a comer aquí, no veo que tengan nada en común —respondió Baldomero.

La voz del cura parecía brotar de un manantial sereno, pero tanto Tomás como Diego se dieron cuenta de que estaba tenso. ¿Habrían interrumpido algo al entrar en el despacho?

—¿Y entre estas mujeres y Daniela y Yumilca? —preguntó Diego.

—Salvo que todas son extranjeras, que viven solas y que venían por aquí ocasionalmente, no veo ninguna relación —respondió Baldomero.

La respuesta del sacerdote fue desalentadora. Tampoco Cristina pudo aportar ninguna información más de la que ya conocían. Pero Diego sospechaba que existía algún nexo que unía a Daniela Obando y a Yumilca Acosta entre sí, y tal vez con algunas de las sesenta y una mujeres restantes de aquella lista. Pero ¿cuál era ese hilo invisible?

El jueves 24 de septiembre podía haber sido un día cualquiera. Las gentes del barrio se sentían más seguras ahora que sabían que aquel músico ruso que tallaba figuras de madera era el asesino que todo el mundo buscaba. El inspector Estrada y su inseparable Higinio Palacios redoblaban sus esfuerzos para completar la investigación que habían puesto en marcha a propósito de la esposa del músico, Raisa. El comisario Gonzalo Barredo se había afeitado sin sobresaltos y había tomado el primer café de la mañana saboreándolo como le gustaba hacer, y Diego Bedia seguía mirando de reojo a la Bea, su exmujer. Ella, por su parte, sonreía y besaba furtivamente a Estrada en cualquier pasillo de la comisaría.

No obstante, Tomás Bullón no estaba dispuesto a que la monotonía se instalara en el corazón de todos los que se hallaban implicados en aquel caso. Por eso había tecleado la noche anterior el titular que iba a convertir aquel jueves en un día verdaderamente indigesto.

LA POLICÍA TEME UN INMINENTE DOBLE ASESINATO.
DISCREPANCIAS EN LA BRIGADA DE HOMICIDIOS

La cuenta corriente de Bullón engordaría aún más. El periódico al que estaba vendiendo sus artículos tendría que pagar algo más si quería conocer lo mismo que Bullón sabía. Y resultó que sí, que el rotativo estaba dispuesto a pagar el precio. Por esa razón eran sus páginas las más buscadas aquella mañana.

La Brigada de Homicidios que investiga los crímenes del nuevo Jack el Destripador está dividida. Mientras el inspector Gustavo Estrada cree haber encontrado en el músico Serguei Vorobiov al culpable, o a uno de los culpables, de los crímenes, el inspector Diego Bedia sigue una pista diferente.

La teoría de Estrada es que Vorobiov cuenta con un cómplice, a quien está encubriendo. Ese cómplice sería el autor de la carta que yo mismo recibí hace unos días en mi hotel y que era copia de una de las misivas atribuidas a Jack el Destripador.

El inspector Bedia, en cambio, sospecha que el verdadero criminal está en libertad, y que Serguei Vorobiov nada tiene que ver con este caso. El asesino, según la conclusión de Bedia, actuará en los próximos días emulando al Destripador. Para ello, el nuevo Jack se enfrentará a un reto casi imposible: asesinar a dos mujeres en una misma noche.

Pero ¿cuándo sucederá?

En el Londres de 1888, Jack llevó a cabo su sangrienta proeza la noche del 30 de septiembre. En apenas una hora, aquel asesino que jamás fue arrestado dio muerte a dos mujeres: Elisabeth Stride y Catherine Eddowes...

Diego había tenido que sentarse al ver aquel titular. Aún estaba tratando de serenarse cuando Tomás Herrera entró como un ciclón en su despacho.

—El comisario quiere vernos —anunció—. Creo que estamos jodidos.

—Muy jodidos —murmuró Diego.

Murillo y Meruelo no estaban en sus mesas, por lo que Diego dedujo que también ellos iban a sufrir la cólera del comisario. De pronto, Bedia vio algo que le llamó la atención.

—Adelántate un momento —pidió a Herrera. Al ver la cara de incredulidad del inspector jefe, añadió—: No te preocupes. Ahora voy. He olvidado el teléfono móvil.

—Vale, pero date prisa.

Cuando Herrera se marchó, Diego se precipitó hacia la mesa de José Meruelo. El policía sí había olvidado realmente su teléfono móvil. Diego miró las últimas llamadas. Buscó el teléfono al que Meruelo había llamado a la hora en que los cuatro estaban a punto de entrar en la Casa del Pan. A continuación, lo anotó en un papel y lo guardó en el bolsillo del pantalón.

Dos minutos más tarde se exponía a la cólera del comisario.

Elisabeth Stride, o Liz la Larga, la primera de las dos mujeres que Jack asesinó la noche del 30 de septiembre de 1888, era una mentirosa compulsiva. Le encantaba inventarse un pasado romántico en el que ella aparecía como una heroína a la que la vida, posteriormente, había maltratado.

Era sueca. Había nacido el 27 de noviembre de 1843 cerca de Goteborg. De modo que tenía cuarenta y cuatro años cuando encontró la muerte de un modo brutal. Sus padres, Gustav Ericsson y Beatta Calsdotter, jamás pudieron sospechar que aquella hija suya, de piel blanca, muy alta y delgada, terminaría degollada en un callejón oscuro de Withechapel llamado Dutfield's Yard.

Liz Stride llegó a Inglaterra con veinte años de edad, a pesar de que le gustaba inventarse historias que contaba en las tabernas y en las que aseguraba que formó parte del pasaje del crucero Princesa Alice, que se hundió el 3 de septiembre de 1878. En aquel accidente perdieron la vida setecientas personas. Liz afirmaba que entre aquellos desdichados se encontraban su marido, John Stride, y sus dos hijos. Añadía que ella salvó la vida trepando por una soga cuando el buque se hundía y que, mientras escalaba, un hombre que la precedía le propinó una patada que le saltó todos los dientes inferiores.

Lo cierto es que entre los fallecidos en aquel accidente no hubo nadie llamado John Stride, y entre los pasajeros tampoco figuraba ninguna Elisabeth Stride. Sin embargo, eso no le impidió insistir ante las autoridades para que le dieran la indemnización que se había concedido a otras familias afectadas por aquel desastre. Por supuesto, jamás recibió un solo penique.

Cuando se le practicó la autopsia, se confirmó que, en efecto, le faltaba buena parte de la dentadura inferior, pero no había señal que permitiera afirmar que la había perdido por una patada brutal.

Liz había trabajado como doncella para una familia que residía en Hyde Park, pero dejó su empleo cuando tenía veintiséis años para contraer matrimonio con John Stride, de quien adoptó el apellido. Se sabe que el día 24 de octubre de 1884, cuatro años antes de que Liz muriera, un hombre que respondía a esa identidad falleció en una casa de misericordia. Bien pudiera ser su marido; aquel que ella enterró en el mar en sus relatos de taberna.

Liz Stride era una magnífica actriz. Cuando la policía la detenía, solía interpretar su papel de mujer embrujada cayendo de bruces al suelo y haciendo todo tipo de aspavientos. Y, a pesar de que lo negaba, bebía con frecuencia y mucho.

En los últimos años, Liz había compartido la cama con un irlandés que trabajaba como estibador y que se llamaba Michael Kidney. Ambos se habían establecido en Devonshire Street, pero luego se mudaron al número 33 de Dorset Street, en pleno corazón del territorio de Jack el Destripador.

No obstante, y sin que se haya podido aclarar el motivo, Elisabeth Stride no vivía con su compañero en los días previos a su muerte. Según parece, se estableció en una pensión de Flower and Dean Street que regentaba Elisabeth Tanner.

Tanner era viuda, y declaró posteriormente que había compartido una copa con Liz la noche previa a su muerte. Las dos mujeres se encontraron en el pub Queen's Head. La sueca le había confesado que había reñido con Kidney y que había roto con él, aunque el estibador negó ese extremo posteriormente.

¿Era Stride una prostituta?

Sí, pero solo ocasionalmente. Y tal vez acompañó a un cliente aquella noche a la calle Berner (actualmente, Henriques Street), en las inmediaciones de Commercial Road. En el número 40 de aquella calle existía en los tiempos de Liz Stride un club socialista llamado International Working Men's Club. En él se daban cita obreros de procedencia judía preferentemente, llegados de Europa central.

Al lado de ese club había un callejón que desembocaba en un patio al que daba una puerta del propio club. Ese callejón se llamaba Dutfield's Yard. Allí encontró la muerte Liz Stride.

A la una de la madrugada, un vendedor de bisutería llamado Louis Diemschutz entró con su carro por Berner Street. Louis era el encargado del club y vivía allí con su mujer. El poni que tiraba del carro debió hacer suficiente ruido para alertar al asesino, que en ese mismo instante acababa de degollar a Liz Stride.

Louis se la encontró en el suelo, tumbada sobre el costado izquierdo, en medio del pasaje. La cara de la sueca miraba hacia el muro derecho, y tenía un profundo corte en la garganta que había seccionado su tráquea y la arteria carótida izquierda…

Jaime Morante leía el periódico con una sonrisa en los labios. No podía ocultar su satisfacción. Le debía una a Bullón. Aquel artículo era aún mejor que los anteriores. Ahora todo el barrio estaría en vilo. La prensa anunciaba que dos mujeres iban a ser asesinadas en cualquier momento.

Las matemáticas no tenían secretos para Morante, aunque se veía obligado a reconocer que los datos que arrojaban las encuestas nunca podían tenerse por veraces al cien por cien. De todos modos, y aun considerando esos márgenes de error, todos los sondeos electorales lo situaban a un paso de la alcaldía. Los estudios que había encargado no dejaban lugar a la duda: el centro de la ciudad lo tenía ganado, superando inesperadamente a la derecha tradicional; y en los barrios lograba el apoyo suficiente como para no verse superado por la izquierda. Pero el distrito norte seguía envuelto en la incertidumbre. Era el más populoso, y el problema de la inmigración era clave. Si jugaba bien las cartas, ganaría.

Morante murmuró unas palabras que tuvieron la virtud de relajar su gesto severo.

—«Esperaba vencerme y yo le digo que nunca lo hará».

Mitre Square es una pequeña plaza de forma rectangular situada junto a la calle del mismo nombre. El enclave pertenece a la City londinense, a unos diez minutos de Tower Bridge. Por vez primera y única, Jack se salió de su hábitat habitual.

Una hora después de que los planes que había trazado para Liz Stride se vieran frustrados por la irrupción de Louis Diemschutz, una mujer apareció asesinada en esa plaza. Jack, no había duda, se había superado a sí mismo.

Resultaba imposible comprender cómo pudo escapar de Berner Street sin ser visto y cómo le fue posible encontrar a otra mujer en tan poco espacio de tiempo, convencerla de que lo acompañara a un lugar discreto, degollarla y producir en su cuerpo las terribles mutilaciones que presentaba. He ahí un problema que prometo al lector que analizaré con calma en próximos artículos.

Permítame ahora que les presente a Catherine Eddowes, la triste protagonista del segundo acto de aquella noche sangrienta, y el motivo por el cual el inspector Diego Bedia teme un doble asesinato en esta ciudad.

Eddowes había nacido el 14 de abril de 1842 en Graisley Green, Wolverhampton. No era una mujer especialmente atractiva. Era baja, delgada, tenía el cabello castaño y los ojos del color del chocolate. Dicen que lucía un tatuaje en su brazo izquierdo. Representaba las letras T y C. Comoquiera que Eddowes tuvo una relación durante un tiempo con un hombre llamado Thomas Conway, algunos investigadores han concluido que Catherine se había hecho tatuar las iniciales de su hombre. Sin embargo, se sabe que él le pegaba, algo que parece entorpecer seriamente esa hipótesis del tatuaje hecho por amor.

Catherine fue bautizada así en honor a su madre. Su padre, George, trabajaba en la industria del metal. La futura víctima de Jack tenía dos hermanas, Elisabeth y Eliza. Y los investigadores parecen ponerse de acuerdo en que tuvo una cierta educación académica obtenida en la escuela de caridad femenina llamada Saint John's, de Potter Fields.

Fruto de su relación con Thomas Conway, Catherine dio a luz a tres hijos. La relación, que debió comenzar en 1861, concluyó en 1880. Poco después inició una aventura amorosa con John Kelly que se prolongó hasta su muerte. Ambos vivían en el número 55 de Flower & Dean Street, curiosamente la misma calle en la que estaba la pensión de la señora Tanner en la que se hospedaba Liz Stride cuando fue asesinada.

Catherine y su esposo vendían baratijas. A veces, ella limpiaba casas, e incluso ambos trabajaban como temporeros en el campo. De hecho, habían regresado a Londres el jueves (el doble asesinato se cometió en la madrugada del domingo) tras trabajar en el campo, en Kent.

Hay algo que sí parece oportuno subrayar: al igual que Liz Stride, Catherine no durmió la noche previa a su muerte con su compañero. Stride se había mudado a la pensión de la señora Tanner días antes, y Catherine, sin que se sepa bien la razón, durmió en un asilo para pobres.

Kelly sostuvo siempre que su compañera no se prostituía. Sí reconoció, en cambio, que tenía problemas con el alcohol. La propia Catherine demostró claramente su adicción cuando el sábado 29, a las ocho, montó un escándalo en Aldgate High Street imitando el sonido de un camión de bomberos. Estaba completamente borracha solo unas horas antes de encontrar la muerte. No obstante, estuvo a punto de salvar su vida.

El agente Louis Robinson la detuvo y, con la ayuda de otro agente llamado George Simmons, la trasladó a la comisaría de Bishopgate. Allí permaneció varias horas, pero, desgraciadamente para ella, la dejaron en libertad justo a tiempo para Jack el Destripador.

Su siguiente aparición en escena fue en Mitre Square tendida de espaldas, con la cabeza ladeada hacia la izquierda, degollada de un modo brutal. Los especialistas estiman que Jack debía de estar especialmente irritado después de que sus planes con Stride se hubieran frustrado. De ese modo tratan de explicar su salvaje comportamiento con Catherine.

En esta ocasión no se limitó a extraer los intestinos de su víctima y dejarlos sobre el hombro, sino que sacó otras vísceras de la mujer y las colocó bajo la axila. Tenía cortes brutales en las mejillas y en los párpados. Le había cortado también parte de la nariz y de la oreja, tal vez con el propósito de cumplir la promesa que Jack había expresado por carta a la policía.

Cuando encontraron a Catherine, su cuerpo aún estaba caliente…

Jorge Peñas, el presidente de la asociación de vecinos del barrio, no pudo seguir leyendo. Levantó los ojos del periódico y miró a su esposa mientras ella hacía el desayuno a los niños. Él tenía planeado llevarlos al colegio aprovechando que aquel jueves su turno en la fábrica comenzaba a las dos de la tarde. Peñas disfrutaba los días en los que podía llevar a los niños a clase. Era un paseo de poco más de trescientos metros, pero para él significaba mucho.

No se dio cuenta de que le temblaba el pulso hasta que cogió la taza del café e intentó dar un sorbo. Se lo había advertido su esposa:

—Se te va a quedar frío.

Le había pedido que dejara el periódico para más tarde, pero se había sentido tan fascinado por la historia que contaba aquel periodista que no hizo caso de la recomendación de su mujer.

Siempre había creído que Jack el Destripador asesinó a prostitutas, pero ahora resultaba que no todas aquellas mujeres ejercían esa profesión habitualmente. Ahí estaba el caso de Catherine

Eddowes, se dijo Peñas, que vendía baratijas e incluso era jornalera en el campo en ocasiones.

Sin poder evitarlo, pensó en las dos mujeres que habían sido asesinadas en su barrio. La primera, según parecía, no era prostituta; la segunda, en cambio, sí. ¿Qué tenían en común? ¿Simplemente ser inmigrantes? ¿O el motivo era ser mujeres? ¿Quién podía saber qué lógica guiaba la mano que empuñaba el cuchillo que las degolló?

En el mismo instante en el que Jorge Peñas y Jaime Morante leían el artículo firmado por Tomás Bullón, el comisario Gonzalo Barredo mantenía la reunión más tensa que se recordaba en la historia de la comisaría. Diego Bedia y Tomás Herrera recibieron en silencio la monumental catilinaria que les dedicó su superior. Ambos sabían que Barredo tenía motivos para ello, pero les resultaba insoportable ver la sonrisa de suficiencia en el rostro de Estrada, quien, además, tenía guardada una bala en la recámara.

El comisario gritó su disgusto porque se habían desobedecido sus órdenes y exigió que se averiguara quién estaba filtrando la información a la prensa. Cuando Barredo terminó su regañina, nadie se atrevió siquiera a respirar. Fue un silencio denso y tan insoportable que, cuando Estrada decidió romperlo, incluso Diego lo agradeció.

—Creo que ya sé por qué el ruso se ha declarado culpable —anunció.

7

25 de septiembre de 2009

A primera hora de la mañana, Raisa Vorobiov fue detenida en el piso en el que vivía la familia. La mujer gritó desesperada al ver el llanto en los ojos de sus hijos y ofreció toda la resistencia que pudo, que se resumió en una patada en la entrepierna a Higinio Palacios y un soberbio gancho de derecha que se estrelló en el ojo izquierdo del inspector Estrada. Finalmente, dos agentes la redujeron y se la llevaron. A los niños los metieron en otro coche patrulla.

La zona más sensible del cuerpo del inspector Palacios conoció los momentos más dolorosos de su vida, pero lentamente el tormento fue amainando. Si quedó alguna huella del puntapié, solo él lo supo. En cambio, el tremendo moratón que lucía en su ojo izquierdo el inspector Estrada iba a provocar más de una burla en la comisaría, y eso a pesar de haberse convertido en el héroe que, por fin, había arrestado a la asesina que buscaban.

Las indagaciones de los últimos días habían puesto a Estrada tras una pista inesperada. Había sido tan minucioso que volvió a interrogar a todas las personas a las que se había investigado desde el primer día. Hizo que Gregorio Salcedo, el vecino que encontró el cadáver de Daniela Obando, repitiera punto por punto su declaración. Después, exigió un nuevo esfuerzo a la anciana Socorro Sisniega para que recordara el momento en el que descubrió en el patio trasero de la manzana de viviendas en la que vivía el cuerpo sin vida de Yumilca Acosta. Más tarde, interrogó a los vecinos, a los taxistas que estaban de servicio aquellas noches, revisó de nuevo las cámaras de seguridad de las oficinas bancarias y también interrogó a los operarios de la limpieza que madrugaban para comenzar su actividad. Y precisamente dos de esos hombres hicieron un comentario que resultó trascendental.

Uno de aquellos operarios ya había sido interrogado en su momento, y declaró entonces lo mismo que le dijo a Estrada. No había visto a ningún hombre rondando las calles donde aparecieron los cadáveres. Sí, reconoció, algún vehículo había pasado mientras iba de camino a su trabajo. Pero no había visto a ningún hombre, tan solo se había cruzado con una mujer la noche del primer crimen.

—Era una noche de tormenta —recordó—. Llovía a cántaros. Me suelo cruzar con esa mujer con frecuencia los fines de semana —añadió.

En la noche en que fue asesinada Yumilca, otro operario de la limpieza había visto a una mujer alta y rubia, arrebujada bajo un chaquetón negro, caminando apresuradamente por la acera de una calle colindante al lugar del crimen. Pero, como todo el mundo buscaba a un hombre, no le dio importancia alguna a aquella mujer.

Raisa Vorobiov limpiaba los fines de semana los salones de una sala de bingo que existía en el barrio, a unos quinientos metros de donde vivía. Su trabajo la obligaba a madrugar para que, por la mañana, todo estuviera impecable. La parroquia del local era abundante en las noches del viernes, del sábado y del domingo. Raisa limpiaba durante la madrugada del sábado, del domingo y del lunes.

Estrada miró el calendario. Comprobó que el crimen de Daniela tuvo lugar en la madrugada del lunes; el de Yumilca, cuando estaba a punto de amanecer el sábado. La descripción que los dos operarios le dieron lo condujo directamente hasta Raisa. Y entonces supo la razón por la cual Serguei Vorobiov se había declarado culpable: sabía que la verdadera asesina era su esposa. Indagaciones posteriores le convencieron de que estaba en lo cierto. Raisa había discutido en ocasiones con Daniela Obando, con quien compartían piso, y se mostraba especialmente belicosa con las prostitutas del barrio.

Cuando le apretaron las clavijas a Serguei diciéndole que su esposa había sido detenida y que los niños iban a necesitar un padre para no terminar en manos de las instituciones públicas, el músico se vino abajo. Entre lágrimas, declaró que él no había hecho nada, y que no sabía si su esposa tenía algo que ver con aquellas muertes, pero temía que así fuera.

—¿Por qué temía usted tal cosa? —preguntó Higinio Palacios.

Los labios de Serguei temblaban. No sabía si debía contar aquella historia o no, pero pensó en sus hijos. Sus hijos lo eran todo para él. De manera que acabó por contar la vieja historia de la joven Raisa disparando a las dos prostitutas con las que su padre engañaba a su madre.

—Ella odia a las prostitutas —gritó—. ¿Lo entienden? Por eso pensé que tal vez ella... —Rompió a llorar.

De modo que una Raisa de diecisiete años —no alcanzó la mayoría de edad hasta unas horas más tarde— había matado a dos prostitutas en Moscú con la pistola de su padre, un pez gordo del Partido Comunista. El cerebro de Estrada procesó los datos. Aquella mujer odiaba a las mujeres que se dedicaban a la prostitución, y ahora sabía el motivo. Aun así, en todos los interrogatorios Raisa negó las acusaciones que se vertían contra ella.

El inspector Estrada convenció al comisario Barredo de que todo estaba controlado. El misterio se había aclarado y era cuestión de tiempo que la rusa cantara, además de tocar el violín. Estrada rio su propia ocurrencia.

Sergio había pasado toda la noche estudiando el doble crimen de Jack el Destripador la noche del 30 de septiembre de 1888. Los hechos planteaban tal cúmulo de preguntas que en los viejos tiempos del Círculo Sherlock se habían establecido acalorados debates entre sus miembros a propósito de los diferentes agujeros negros que el relato oficial mostraba.

Si sus cálculos eran correctos, Sergio temía que dos días más tarde algo parecido pudiera ocurrir en el barrio norte, y se había propuesto evitarlo, si era posible.

Repasó una vez más las últimas horas de la vida de Elisabeth Stride.

Entre las diez y las once horas del día 29 de septiembre, Liz estuvo en la cocina de su pensión charlando con una amiga, Catherine Lane. Antes de marcharse, dejó en custodia a Lane un trozo de terciopelo verde. Después, salió a la calle. El guardia de la pensión, Thomas Bates, declaró posteriormente que la sueca parecía contenta.

Como era costumbre entre aquellas pobres mujeres, Liz llevaba puesta aquella noche toda la ropa que poseía: dos enaguas, una camiseta blanca, medias de algodón blancas, un corpiño negro, una falda y una chaqueta del mismo color, y un pañuelo de colores anudado al cuello.

A las doce menos cuarto, William Marshall, un obrero que vivía en Dorset Street, la vio besarse con un hombre cuya cara no pudo ver porque se encontraba de espaldas. El tipo vestía un abrigo corto de color negro, sus pantalones eran oscuros y lucía una gorra de marinero. Según declaró posteriormente Marshall, el desconocido, que estaba afeitado, le dijo a Liz: «Dirás cualquier cosa menos tus oraciones». Liz rio la ocurrencia de su acompañante.

A las doce treinta y cinco de la noche, Liz aún estaba viva. Así lo confirmó el agente número 452 de la División H, William Smith, que solía pasear en su ronda por Dorset Street. El agente se mostró muy seguro de que la mujer que había visto en compañía de un hombre a esa hora era Liz Stride. Cuando le mostraron el cadáver, no tuvo la menor duda. Aseguró que el desconocido que acompañaba a la sueca tenía alrededor de veintiocho años, vestía un abrigo negro, pantalones oscuros y gorra de cazador. Su altura rondaba el metro setenta y tres, añadió el agente. Le pareció un hombre respetable y advirtió que llevaba un paquete de unos cuarenta centímetros por veinte de ancho envuelto en papel de periódico.

A la mañana siguiente el sargento detective White obtuvo un dato que luego resultó desconcertante y sirvió para aliñar una de las leyendas que han circulado alrededor de los crímenes de Jack. El sargento interrogó a Matthew Packer, dueño de un puesto de fruta y verdura en el número 44 de la Berner Street. Packer afirmó que la noche anterior había visto a Liz Stride en compañía de un hombre robusto, de mediana edad, vestido con un sombrero de ala ancha y ropa oscura. El sujeto medía alrededor de un metro setenta y entró en su tienda alrededor de las doce menos cuarto, la misma hora en la que William Marshall afirmó haber visto a Liz besarse con un hombre.

De creer el relato de Packer, el acompañante de la sueca preguntó por el precio de las uvas, a lo que el comerciante respondió que las negras costaban seis peniques, mientras que las verdes solo valían cuatro. El desconocido, según la declaración de Packer publicada en *Evening News* el 4 de octubre, compró media libra de uvas negras. A Packer le pareció un oficinista, y aseguró que su voz era ronca.

Si Packer no mintió, Liz y su acompañante permanecieron alrededor de media hora junto al escaparate de la tienda de frutas, hasta que finalmente se encaminaron hacia el patio donde estaba el club de los obreros socialistas. Según calculó Packer, serían las doce y cuarto cuando los perdió de vista.

De admitir la declaración de Packer, veinte minutos después sería cuando el agente Smith la vio con un hombre que llevaba una gorra de cazador y un misterioso paquete envuelto en papel de periódico. La gorra de cazador no coincidía con el sombrero de ala ancha del que habló Packer. Sin embargo, el supuesto racimo de uvas que tal vez Jack compró a Packer se convirtió en una leyenda.

Según algunos investigadores, un racimo de uvas apareció junto al cadáver de Liz. *The Times* publicó que el racimo estaba en la mano derecha de la mujer, pero algunos investigadores, como Patricia Cornwell, aseguran que lo que tenía en su mano era un ramillete de culantrillos. Por su parte, la señora Rosenfield, que vivía en el número 14 de Berner Street, afirmó, según el escritor Tom Cullen, haber visto a la mañana siguiente un racimo de uvas tirado en el suelo en el mismo lugar donde fue encontrada Elisabeth Stride; un hecho que corroboró su hermana, Eva Harstein.

Sergio leía los datos que tenía sobre la muerte de Elisabeth Stride fascinado y sobrecogido a la vez. Conocía la historia de memoria, pero cuanto más la repasaba, más lagunas advertía en el relato. ¿Cómo era posible que a las doce treinta y cinco el agente William Smith la viera con vida, más allá del romántico detalle del racimo de uvas, y que veinticinco minutos después apareciera degollada sin que nadie viera al asesino?

Además, había otras declaraciones que ajustaban aún más los tiempos en los que todo ocurrió:

A la una menos cuarto, Israel Schwartz tuvo un encuentro que le heló la sangre. Al día siguiente narró en la comisaría de Leman Street lo que había visto aquella noche. Afirmó que vio a Liz Stride desde la esquina de Commercial Road con Berner Street. Estaba con un hombre a la entrada del patio donde se encuentra el club obrero. El hombre la empujó para que entrara en el oscuro patio, pero ella se resistió. Cuando Israel estaba a punto de intervenir, advirtió que había otro hombre en la acera de enfrente. El segundo hombre encendió una pipa y miró en dirección a Israel desde la oscuridad. El que golpeaba a Liz llamó al de la pipa.

—Lipski —dijo.

Israel vio que el hombre de la pipa se dirigía hacia él y se alejó de allí, pero su perseguidor lo siguió durante un trecho. En la comisaría, Israel aseguró que aquel hombre era fuerte, ancho de hombros, medía alrededor de un metro sesenta y cinco centímetros, tenía bigote, pelo castaño, y vestía abrigo negro y sombrero.

De manera que Liz aún estaba viva a la una menos cuarto, pensó Sergio.

Los interrogatorios que la policía realizó al día siguiente ajustaron aún más la franja horaria en que se cometió el crimen. Un impresor socialista llamado William West, vecino del número 40 de Berner Street, afirmó haber permanecido en la reunión del club hasta las doce y media. En ese momento, dijo, en el patio no había nadie. A la una menos cuarto pasó por allí Morris Eagle, también miembro del club, y no vio nada extraño. Y lo mismo dijo Joseph Lave.

Pero cuando el reloj de la iglesia de Santa María de Whitechapel anunció la una de la madrugada, Liz Stride estaba muerta. Lo sabemos porque justo en ese momento su cadáver espantó al poni que tiraba del carro donde Louis Diemschutz llevaba sus mercancías.

Louis regresaba a su casa después de que aquella noche fría, oscura y lluviosa se hubiera saldado para él de la peor manera posible. Había colocado su tenderete lleno de bisutería junto al Cristal Palace a la espera de que, tras el espectáculo, los espectadores compraran algo. Pero la lluvia los espantó.

Por esa razón, Louis decidió recoger su tenderete y regresar a casa. El club solía estar abierto los sábados hasta bien entrada la noche. El programa consistía en una conferencia y su posterior debate —aquella noche versó sobre los motivos por los cuales los judíos debían ser socialistas—, y a continuación había espectáculos musicales.

El club estaba situado en uno de los costados del patio de Berner Street. Al otro lado se dibujaba una fila de casitas en las que vivían sastres y cigarreros, los cuales declararon no haber escuchado nada extraño aquella noche. Pero tal vez fueron las canciones que sonaban en el club lo que impidió que oyeran los gritos de Liz Stride.

Posiblemente, el traqueteo del carrito hizo que Jack tuviera que interrumpir su tarea. O al menos eso piensa la mayoría de los investigadores. Louis, al ver el cuerpo, entró en el club y pidió ayuda. Después se avisó a la policía. Se impidió salir a nadie del club hasta las cinco de la madrugada. Todos los presentes fueron interrogados y se examinaron sus ropas y manos en busca de restos de sangre, pero no se encontró nada sospechoso. El asesino había huido, increíblemente, sin ser visto por nadie. O tal vez sí, porque Cornwell menciona en su investigación que una mujer que vivía en el número 36 de Berner Street declaró haber visto a un hombre joven caminando a paso ligero en dirección a Commercial Road. Afirmó que, gracias a la luz que salía de las ventanas del club obrero, advirtió que el desconocido llevaba una cartera Gladstone, frecuentemente usada en la época por los médicos.

Sea como fuere, Jack huyó. Tras él quedaba el cuerpo sin vida de Liz: desangrada, con la tráquea seccionada, el sombrero de crepé negro abandonado y desorientado, con un racimo de uvas (o un ramillete de culantrillos) en la mano derecha, un paquetito de caramelos en la mano izquierda, el abrigo y el vestido desabrochados, y en los bolsillos restos de su humilde vida (dos pañuelos, un dedal de latón y una madeja de hilo negro).

Sergio levantó la vista del informe mientras dos lágrimas solitarias recorrían sus pómulos.

A las cinco de la tarde el inspector Diego Bedia recibió un recado: un hombre preguntaba por él. Cuando le dijeron el nombre del desconocido, Diego dio un respingo.

Instantes después un hombre alto, bien parecido, de cabello rubio ensortijado en el que se advertían también algunas canas, entró en su despacho.

—Víctor Trejo —se presentó el recién llegado—. Tengo entendido que han estado intentando localizarme en los últimos días.

—Así es —respondió Diego, que aún no se había repuesto de la sorprendente aparición del único miembro del Círculo Sherlock al que aún no conocía—. Resulta verdaderamente difícil hablar con usted. —Diego ofreció un asiento a aquel hombre que vestía un impecable traje azul marengo y adornaba los puños de su camisa con unos gruesos gemelos de oro. Todo en su atuendo parecía impecable: corbata perfectamente anudada, brillantes zapatos italianos, envidiable bronceado y sonrisa salida de un anuncio de dentífrico.

—El dinero no sirve para otra cosa que para ser el dueño de tu tiempo —comentó Trejo mientras tomaba asiento atendiendo a la invitación del inspector—. Me gusta viajar sin dar explicaciones a nadie de adónde voy y cuándo tengo intención de regresar.

—Un poco imprudente, tal vez —apuntó Diego.

—El dinero también sirve para ser todo lo excéntrico e imprudente que se le antoje a uno —sentenció Trejo muy serio.

A pesar de los sucesivos comentarios sobre su imponente fortuna, no había en su tono nada que permitiera concluir que Diego se encontraba ante un presuntuoso hijo de papá. Víctor Trejo no daba esa impresión. Antes al contrario, se podía advertir cierto regusto amargo en sus palabras, como si realmente se viera obligado a soportar la pesada carga de una fortuna que le traía por completo sin cuidado.

—¿Qué quería de mí? —quiso saber el acaudalado andaluz.

Diego necesitó un cuarto de hora para poner a Trejo al corriente de los acontecimientos de las últimas semanas. Y, a juzgar por la expresión que se dibujó en su rostro, el excéntrico latifundista parecía estar recibiendo las primeras noticias sobre todo aquello. O tal vez era un magnífico actor.

Cuando el inspector terminó su relato, Víctor Trejo guardó silencio durante un minuto. Parecía estar reflexionando profundamente sobre lo que acababa de escuchar.

—Creo poder demostrar que yo me encontraba fuera de España en el momento en que sucedieron esos crímenes —dijo con voz firme cuando decidió romper su silencio—. Lo digo por si abrigaban alguna sospecha sobre mí. —Sonrió, mirando a los ojos al inspector—. Por lo demás, debo reconocer que estoy totalmente sorprendido por lo que me ha contado. Hace bastante tiempo que no veo a Sergio Olmos, y ahora resulta que está involucrado en una historia singular. —Guardó silencio de nuevo, como si repasara una vez más todo lo que Diego le había contado—. Con los demás miembros del círculo, coincidí en la entrega del premio que obtuvo Clara —comentó—. Lo único que puedo decirle es que lamento haberme incorporado tan tarde a esta aventura, pero tal vez llego en el mejor momento.

—¿Qué quiere decir?

—A juzgar por todo lo que me ha dicho, debo confesarle que me sucede lo mismo que a Sergio: no creo que ese matrimonio ruso del que me ha hablado sea culpable de esos crímenes.

—¿Y eso por qué? —preguntó Diego con gran interés mientras estudiaba el gesto tranquilo y desenfadado de Trejo.

—Para empezar, hay que conocer mucho a Sergio para lanzarle un reto así —afirmó—. Sergio es muy inteligente, posee una memoria excepcional para muchas cosas, especialmente para todo lo que tiene que ver con Holmes. Pero al mismo tiempo es soberbio, petulante, frío y distante. Un hombre que no se deja querer, en definitiva. —El tono de Víctor seguía siendo sereno, a pesar de la dura descripción que acababa de hacer de Sergio Olmos—. Y no crea que no aprecio a Sergio —añadió Trejo, como si hubiera adivinado por dónde iban los pensamientos del inspector Bedia—, pero es que su carácter es ese.

—Parece que no le tiene usted mucho aprecio —comentó Diego.

—Todo lo contrario —repuso Trejo—. Él y yo estábamos muy unidos en los tiempos del círculo. De hecho, fui yo quien lo invitó a incorporarse a la tertulia, pero es que Sergio es así, como yo le he dicho. Y quien le ha enviado esas cartas lo conoce bien, sabe que es un apasionado de Holmes y trata de humillarlo en su propio terreno; de hecho, el autor de las cartas se tomó la molestia de buscarle en Inglaterra y escribir los mensajes en el propio ordenador de Sergio, según me ha comentado usted. Hay algo personal en todo esto —aseguró, entornando los ojos—; algo muy personal, y terrible.

—De modo que usted cree que el asesino está aún en libertad.

—Sin la menor duda —respondió Trejo—. Esos rusos no conocen a Sergio y, por tanto, no tienen nada personal contra él. Además... —De pronto Trejo se quedó callado, como si hubiera tenido una revelación.

—¿Sí?

—Nada —respondió Víctor, negando con la cabeza. Sin embargo, un viejo recuerdo había alumbrado su mente fugazmente, como un relámpago siniestro—. En todo caso, el asesino conoce demasiado bien las hazañas de Jack el Destripador, y ya habrá oído usted algo sobre las disputas que tuvimos en el círculo a propósito de los motivos por los cuales Holmes no se involucró nunca en aquel asunto.

—Algo sé al respecto —reconoció Diego. Al mirar a aquel hombre, de porte distinguido, el inspector se preguntó cómo era posible que aquella gente se hubiera apasionado de aquel modo por unas aventuras detectivescas.

—En fin. —Trejo se levantó de pronto de su asiento—. Creo que no puedo serle de más utilidad.

—¿Se puede saber por qué se ha presentado usted aquí en este momento? —Diego cayó en la cuenta de que aquella pregunta debía haber sido la primera que debió formular a tan extraordinario personaje.

—Jaime Morante me ha invitado a un acto que tendrá lugar mañana por la noche —dijo Trejo—. Por lo que sé, nos ha invitado a todos los del círculo. Supongo que en su gran noche quiere restregarnos por la cara su éxito, como si a mí me interesaran lo más mínimo él y su carrera de politiquillo.

—Entonces, ¿por qué ha venido?

—Como ya le dije, inspector, el dinero te permite ser todo lo extravagante que quieras. —Trejo guiñó un ojo maliciosamente y añadió—: Además, creo que me voy a divertir en ese homenaje. Morante siempre me ha parecido un patético engreído, y luego tengo algún interés personal en ver a ciertos miembros del círculo.

Diego supuso que Trejo se refería a Enrique Sigler y a Clara Estévez, pero no se atrevió a ahondar en esa parte de la hermandad holmesiana.

—Y, por otro lado —añadió Trejo, sonriendo—, tal vez este fin de semana den ustedes caza al nuevo Jack, y eso no me lo puedo perder.

La oscuridad se había adueñado de las calles. La lluvia salpicaba con su melancolía la ventana de la habitación de Sergio. El escritor miraba sin ver más allá del cristal permitiendo que la sombra de las gotas de lluvia moteara con lunares ficticios su rostro. Tenía los ojos enrojecidos, el cabello revuelto y la camisa por fuera del pantalón.

Sergio había pasado las últimas horas de la tarde en compañía del fantasma de Catherine Eddowes, intentando sonsacarle qué ocurrió en Mitre Square, aquella plaza de forma rectangular en la que ella encontró la muerte. Sergio seguía encontrando tan inexplicable aquel crimen como se lo había parecido siempre. En los tiempos en los que el Círculo Sherlock se esforzó por conocer al detalle los asesinatos cometidos por Jack, habían tenido lugar discusiones acaloradas sobre cómo se las había arreglado el Destripador para asesinar en menos de una hora a dos mujeres en dos puntos separados por un kilómetro y medio de distancia. Veinticinco años después, Sergio buscaba aún una respuesta en las sombras de la tarde.

Catherine había sido detenida por escándalo público y llevada a la comisaría de Bishopgate alrededor de las ocho de aquel terrible sábado 26 de septiembre de 1888. Una hora y media más tarde, el agente George Hutt se hizo cargo de su vigilancia. Tres horas después, la propia Catherine exigió al policía que la dejara en libertad, pero él respondió que lo haría cuando pudiera valerse por sí misma.

Los datos que Sergio conocía indicaban que a la una menos cinco el sargento Byfield la dejó marchar. Pero antes sucedió algo inquietante, puesto que, al ser interrogada sobre cuál era su nombre, Catherine mintió y dijo llamarse Mary Ann Kelly, aparte de dar una dirección falsa (número 6 de Fashion Street). El dato resulta estremecedor, puesto que Mary Kelly sería la quinta, y teóricamente última, víctima de Jack. ¿Fue una mera casualidad que ella empleara ese nombre? Cinco minutos después de que Eddowes saliera a la calle, Liz Stride era asesinada en Dutfield's Yard.

Ya en la calle, Catherine caminó hacia Aldgate High Street y luego hacia Duke Street. Precisamente en esa calle fue vista media hora después por un vigilante de comercio de cigarrillos llamado Joseph Lawende. El testigo declaró a la policía que Catherine charlaba en ese momento con un hombre que se encontraba de espaldas. El acompañante de Catherine tenía alrededor de treinta años de edad, piel clara, bigote rubio, con aspecto de marinero y vestido con un abrigo de color salpimienta. Algunas informaciones añadían el dato de que el sujeto llevaba un pañuelo rojo alrededor del cuello.

Lawende no pudo escuchar la conversación que mantenía la pareja, pero parecían estar pasándolo bien. Junto a Lawende, otros dos testigos corroboraron ese dato: el carnicero Joseph Levy y un distribuidor de muebles llamado Henry Harris.

Catherine estaba viva a la una y treinta y cinco, mientras que Jack había asesinado a Liz Stride treinta y cinco minutos antes, y ahí aparecía uno de los grandes enigmas de aquella noche.

Sergio se había preguntado toda su vida cómo se las ingenió Jack, puesto que desde Berner Street, donde mató a Liz, hasta Mitre Square la distancia rondaba los mil metros. Para cubrir esa distancia, a pesar de que Jack dio muestras suficientes de conocer los atajos y los callejones de la zona, un hombre necesitaría entre diez y quince minutos. Pero desde que se encuentra el cuerpo sin vida de Stride hasta que aparece el cadáver de Eddowes solo transcurren cincuenta minutos y, dado que hemos dicho que Jack necesitó entre diez y quince minutos para ir hasta Mitre Square, su margen de maniobra se estrecha enormemente.

Sergio había hecho sus propios cálculos. Si se tenían en cuenta esas circunstancias, el asesino solo dispuso de entre treinta y cinco y cuarenta minutos para conocer a su nueva víctima, conseguir su confianza, y asesinarla y mutilarla de un modo salvaje. Pero ese plazo mermaba aún más si se tenía en cuenta que el agente Edward Watkins, con placa 881, patrullaba aquella zona y empleaba quince minutos en hacer su ronda.

Jack tuvo que asesinar a Catherine entre la una treinta y cinco y las dos menos cuarto. El agente de policía pasó por Mitre Square a la una y media y no vio nada extraño. Quince minutos después, sin embargo, encontró el cadáver de Catherine.

Sergio se sirvió un generoso trago de ron antes de repasar una vez más el plano de Mitre Square que había dibujado de forma tosca en la parte posterior de uno de los folios que comprendía el informe que el Círculo Sherlock había elaborado sobre Jack.

Mitre Square no parecía el lugar más adecuado para cometer un asesinato como el que llevó a cabo Jack. Alrededor de la plaza bullía la vida durante el día y, aunque al anochecer no estaba bien iluminada, era lugar de tránsito permanente. Mitre Square tenía tres accesos, de modo que el Destripador podía ser sorprendido en cualquier momento. Una entrada a la plaza se abría desde Mitre Street; un callejón llamado Church posibilitaba el acceso desde Duke Street, y otro pasaje permitía llegar a Mitre Square desde Saint James's Place.

En la zona oeste de la plaza, dibujando la esquina con Mitre Square, estaba el almacén de Walter Williams & Co. Junto a ese edificio, vivía un agente de policía llamado Richard Pearce; más adelante, había una vieja casa deshabitada. En la zona norte se encontraba un almacén que contaba con un vigilante llamado George Morris. Morris había sido policía, pero ya estaba retirado y hacía las funciones de vigilante en el almacén Kearl & Tonge. Las crónicas aseguran que en el momento del asesinato estaba barriendo el almacén, por lo que resulta desconcertante que no escuchara nada.

Entre aquel almacén y otro de los mismos propietarios se abría el pasaje que conducía hasta Saint James's Place. Ese segundo almacén y otro local que pertenecía a la firma Horner & Son delimitaban el pasaje que permitía el acceso a la plaza desde Duke Street.

En la zona sureste de Mitre Square existía un patio y un acceso cerrado mediante una valla a través del cual se llegaba a unas casas. De igual modo, la parte de atrás de las viviendas que miraban a Mitre Street daban a la plaza donde Jack cometió el asesinato. En esas casas solo vivía el señor Taylor, un orfebre. Justo en esa zona de la plaza encontraron muerta a Catherine.

De modo que el escenario que Jack tenía a su disposición era extraordinariamente peligroso para sus intereses. Es cierto que la plaza no estaba bien iluminada, pero era un lugar muy frecuentado, incluso por la noche, y al que se podía acceder por tres sitios distintos. Además, un policía hacía la ronda y un vigilante barría en el almacén vecino. A aquellas horas de la noche Mitre Square estaba absolutamente en silencio, de manera que resulta inexplicable que nadie oyera nada y nadie viera huir al asesino.

Jack el Destripador actuó de un modo absolutamente temerario para cometer el crimen más espeluznante de cuantos había realizado hasta entonces. ¿Por qué destrozó el cuerpo de Catherine Eddowes del modo en que lo hizo? ¿Tal vez estaba especialmente irritado por no haber podido terminar lo que había empezado con Elisabeth Stride?

Existía otra teoría que Sergio conocía tras haberla leído en una obra del investigador Tom Cullen: Catherine conocía la identidad de Jack el Destripador y tal vez pretendió chantajearlo. Por ese motivo, según señalaba Cullen, ella y su compañero Kelly regresaron a Londres el jueves 27 de septiembre abandonando el trabajo en el campo que estaban realizando.

Catherine se despidió de Kelly a las dos de la tarde de aquel sábado 26 de septiembre dispuesta a entrevistarse con Jack y a tratar de sacarle dinero. Tal vez Eddowes habló con Jack y se citaron a esa hora de la noche en Mitre Square, y eso explicaría la enorme fortuna que tuvo Jack para encontrar a dos mujeres a las que asesinar en menos de una hora. Sin embargo, es solo una teoría.

Lo único cierto es que alrededor de las dos menos cuarto el agente Edward Watkins alumbró con su asmática linterna el cuerpo destripado de Catherine. Espantado, pidió ayuda a gritos al vigilante Morris. Después, hizo sonar su silbato frenéticamente hasta que atrajo la atención de los agentes James Harvey y James Thomas Holland. De inmediato, llamaron al doctor forense Gordon Brown.

Pero ¿por dónde había huido Jack? ¡Dos asesinatos en menos de una hora y a más de un kilómetro de distancia! ¿Era un hombre o un demonio?, se preguntó una vez más Sergio. Después, apuró el vaso de ron que dormía en su mano izquierda y permitió que sus ojos volvieran a mirar más allá de la ventana azotada por la lluvia, como si en el fondo oscuro de aquella tarde se ocultara la respuesta que podía impedir que dos mujeres inocentes fueran asesinadas en tan solo unas horas.

De pronto, un ruido procedente de la puerta de su habitación lo sacó de su ensimismamiento. Sergio se acercó con cautela. Alguien había deslizado por debajo de la puerta un sobre que a cualquiera le habría parecido convencional, pero a Sergio le pareció siniestro.

Los segundos que tardó en reponerse de la impresión, recoger el sobre del suelo y precipitarse al pasillo del hotel fueron claves para permitir la huida de quien había dejado una nueva nota a Sergio Olmos. El escritor, a pesar de todo, corrió hacia el vestíbulo del hotel con la esperanza de descubrir al misterioso emisario. Por desgracia, el *hall* estaba invadido por los turistas franceses de la tercera edad que llevaban instalados allí varios días. Sergio trató de abrirse paso entre las decenas de ancianos, pero los franceses dificultaron tanto su carrera que cuando salió a la calle lo único que pudo conseguir fue dejarse empapar por la lluvia.

De regreso a su habitación, Sergio se secó el cabello empapado con una toalla y se quitó la ropa. Se abrigó con el albornoz que el hotel ofrecía a sus clientes y con manos temblorosas abrió el sobre. No le sorprendió que cinco pétalos de violetas cayeran sobre la cama y apenas parpadeó cuando leyó en voz alta el mensaje:

¿Qué daremos por ellas?
Todo lo que poseemos.

Un círculo rojo servía de firma al billete.

ℰ

26 de septiembre de 2009

¿Qué daremos por ellas?
Todo lo que poseemos.

El inspector Bedia leyó el mensaje que alguien había deslizado por debajo de la puerta de la habitación de Sergio en el hotel que se había convertido en su hogar. Eran las ocho de la mañana. Una niebla algodonosa se alzaba, perezosa, en los montes que rodeaban la ciudad y cubría por completo el río que la atravesaba. Un persistente sirimiri empapaba las calles. La cafetería del hotel había sido tomada por los turistas franceses, de modo que Sergio se había hecho subir el desayuno a su habitación y había pedido un café con leche para el inspector.

—¿De nuevo Sherlock Holmes? —preguntó Diego Bedia.

—Otra vez «El ritual Musgrave» y «La aventura del Círculo Rojo» —respondió Sergio—. Pero la pregunta no es exactamente igual a la del ritual —precisó—. En el relato de Doyle se formula en singular: «¿Qué daremos por ella?». En cambio —señaló con la barbilla el papel que Diego tenía entre sus manos—, ahí aparece en plural.

Diego no tardó en comprender lo que el escritor quería decir.

—¡Joder! —maldijo—. ¡Tiene a dos mujeres!

—Va a cumplir la amenaza —dijo Sergio mientras se dejaba caer en un sillón de los dos que amueblaban su habitación—. Un doble asesinato, como hizo Jack.

—En la comisaría no tenemos ninguna denuncia de mujeres desaparecidas —recordó Diego.

—Todavía no tenéis esa denuncia —matizó Sergio—. Como ya sabemos, va a por mujeres que viven solas, que no tienen familia. No sabemos cuánto hace que están en su poder, pero si son prostitutas o algo parecido puede que nadie las eche de menos durante un par de días o tres.

Diego asintió en silencio.

—Lo que ya está claro —añadió Sergio— es que esos rusos no tienen nada que ver en todo esto.

—El problema será hacérselo ver al comisario —comentó Diego—. Él y Estrada han vendido a la prensa la resolución del caso con una imprudencia temeraria, y ahora no creo que estén dispuestos a dar marcha atrás por esta carta. El comisario no quiere ni oír hablar de Sherlock Holmes.

—Pues me temo que dos mujeres inocentes van a morir esta noche si no eres capaz de hacerles ver el error que están cometiendo.

Diego guardó silencio mientras releía el mensaje. Al dar la vuelta al papel, leyó algunas de las líneas de la novela que Sergio había empezado.

—¿Esto lo habías escrito tú? —preguntó al escritor.

—Sí —respondió Sergio—. Es otro de los folios que había desechado. Es evidente que escribió todos los mensajes el mismo día y en mi ordenador. Un plan meticuloso.

—Un reto personal dirigido a ti —añadió Diego señalando el círculo rojo que servía de firma al enigmático mensaje—. Un reproche, una acusación de traición, como en esa historia que me contaste sobre el círculo rojo.

—Yo no he traicionado a nadie —dijo Sergio.

—El que te ha retado no parece estar de acuerdo contigo en eso —replicó Diego—. Y los pétalos de violeta ¿qué significado tienen?

—No lo sé —reconoció Sergio—. En la historia de «Las cinco semillas de naranja», las semillas anticipaban los asesinatos cuando eran enviadas. Supongo que aquí la idea es la misma. Nos anuncia que habrá cinco muertes, tantas como se atribuyen a Jack el Destripador.

—Sí, pero ¿por qué usa pétalos de violeta y no semillas de naranja?

Media hora más tarde, Diego Bedia mostraba al comisario Gonzalo Barredo la nueva carta que alguien había enviado a Sergio. Al mismo tiempo, y con el apoyo del inspector jefe Tomás Herrera, empleó toda su capacidad de persuasión para hacer comprender al comisario que la pista del matrimonio ruso no conducía a ninguna parte. Ellos no podían haber escrito aquella carta, y todo conducía de nuevo al Círculo Sherlock.

—¡No me diga! —replicó con sorna el comisario—. Si usted está en lo cierto y los rusos no son culpables de nada, ¿por qué el marido se declaró autor de esos crímenes? ¿No cree que lo hizo para intentar proteger a su mujer?

—No sé por qué ese hombre se ha declarado culpable —reconoció Diego—. Pero de lo que sí estoy seguro es de que miente. Serguei Vorobiov no es nuestro Jack.

—¡Nuestro Jack! —El comisario estalló en una carcajada. Su cara, escrupulosamente rasurada y de piel sonsorada, se tornó carmesí—. ¿Ha oído, Estrada? ¡Nuestro Jack!

Sentado en una silla al fondo del despacho del comisario, el inspector Estrada coreó con una risa de hiena las carcajadas del comisario.

—Por favor, Herrera —el comisario posó sus ojos saltones en la figura marcial del inspector jefe—, ¿usted también me viene con esas historias de Holmes y Jack el Destripador?

—Lo único que puedo decir —respondió Tomás Herrera, aclarándose la voz— es que estoy de acuerdo con el inspector Bedia. Los rusos no han podido escribir esta carta, y la experiencia nos dice que antes de los otros dos asesinatos alguien envió a Sergio Olmos unos mensajes similares, que tienen que ver con las aventuras de Sherlock Holmes. —Herrera hizo una pausa y tomó aire. Sabía que estaba alineándose definitivamente contra Estrada, el nuevo ojo derecho del comisario; el mismo que tenía su ojo izquierdo amoratado—. En cuanto a Jack el Destripador, creo que tenemos suficientes datos que demuestran que el criminal pretende emular los asesinatos que se produjeron en Londres en 1888 y, si estamos en lo cierto, tal vez esta misma noche dos mujeres sean asesinadas. Si eso es así, creo que usted y esta comisaría no van a quedar en muy buen lugar.

El comisario lanzó una iracunda mirada a Tomás Herrera. Tragó saliva y todos vieron como la nuez de Barredo subía y bajaba en medio del silencio que reinaba en el despacho. Segundos más tarde, el comisario dio a conocer su decisión.

—Mire usted, Herrera —dijo en un tono calculadamente teatral—, ni me gusta ni tolero que ningún policía que esté bajo mis órdenes haga las insinuaciones que usted ha hecho. —Levantó la mano exigiendo a Herrera silencio al ver que el inspector pretendía decir algo en su favor—. Si el inspector Estrada le ha dado a usted cien vueltas en este asunto, no es culpa mía, sino de su ineficacia. En cuanto a esta carta —el comisario miró con indiferencia el papel y los cinco pétalos de violeta—, bien puede haber sido escrita por los rusos, como las otras tres, puesto que, como Bedia nos ha dicho, todas debieron ser escritas al mismo tiempo. Los rusos pueden tener un cómplice a quien habrían encargado entregar la tercera carta que ya tenían preparada para desviar la atención.

—Con todos los respetos, señor comisario —dijo Diego—, ¿para qué iban a querer desviar la atención los rusos si el marido ya se ha declarado culpable?

—Precisamente, para que nos surjan las dudas —intervino Estrada—. Pero debo decirles que hay algo que ustedes desconocen y que el comisario y yo sabemos. —Una sonrisa de zorro se fue abriendo paso en el rostro enjuto de Estrada. Miró al comisario con complicidad y, al ver que Gonzalo Barredo asentía dándole permiso para proseguir, carraspeó—: Ya sabemos por qué

Serguei Vorobiov se declaró culpable. Confesó esta misma madrugada cuando le hicimos ver el negro futuro que tenían por delante sus dos hijos ahora que su mujer también había sido detenida.

Estrada contempló visiblemente divertido a Diego Bedia y a Tomás Herrera, que parecían dos estatuas de sal. Diego miró al amante de su exmujer sintiendo que las fuerzas le abandonaban. ¿Acaso era posible una humillación mayor que la de que el hombre que te ha puesto los cuernos con tu mujer te avasalle también en tu propio trabajo y delante de tu jefe?

—Cuando Raisa estaba a punto de cumplir dieciocho años —dijo Estrada—, asesinó en Moscú a dos prostitutas que estaban acostándose con su padre. Les disparó con una pistola de su padre, que era un alto cargo del Partido Comunista. El propio partido se encargó de que jamás se encontrara a las mujeres asesinadas ni hubiera investigación alguna. Desde entonces, Raisa odia a las prostitutas. Serguei lo sabía y cuando oyó las noticias de esos dos crímenes temió que Raisa fuera la asesina. Ella madruga para ir a limpiar en ese local del bingo, como ya sabemos, y Serguei no podía estar seguro de lo que ella hacía a esas horas de la madrugada en la calle. Él se encargaba de vestir y dar el desayuno a sus hijos. —Estrada sacó del bolsillo una cajetilla de tabaco y utilizó un mechero amarillo para encenderlo. Dio una profunda calada y expulsó el aire de un modo voluptuoso. Estaba disfrutando con la cara pálida que exhibía Diego Bedia—. Serguei tuvo mala suerte al ser visto por esa prostituta uruguaya la noche en que la primera víctima desapareció, y para colmo volvieron a verlo en el bar donde la segunda víctima estuvo bebiendo la última noche en que se la vio con vida. La mala fortuna hizo que se cruzara en nuestro camino y que lo detuviéramos. Fue entonces cuando decidió declararse culpable ante el temor de que investigáramos a su mujer.

Cuando terminó su discurso, Gustavo Estrada contempló su obra. Herrera y Bedia parecían dos guiñapos. Estaban abatidos, pálidos, y sus teorías sobre Sherlock Holmes y todo lo demás parecían infantiles. Sin embargo…

Diego Bedia no estaba dispuesto a rendirse aún.

—Muy bien —admitió—. Raisa Vorobiov asesinó a esas mujeres, como tú dices. —De pronto su voz sonó firme, y miró a Estrada a los ojos—. Pero si ellos escribieron esas cartas, como usted, señor, sostiene —lanzó una mirada retadora al comisario—, ¿qué interés tiene esa rusa en Sergio Olmos? ¿Cómo es que sabe tanto sobre Sherlock Holmes? ¿Cómo fueron capaces de acceder a su ordenador? ¿Se ha comprobado si viajaron a Inglaterra el 27 de agosto en que Olmos recibió la primera carta? —Diego hizo un alto y tomó aire antes de proseguir—: Porque lo que ni usted ni usted —paseó la vista desde el comisario hasta Estrada— pueden negar es que esas cartas sí tienen que ver con las aventuras del detective. Y, por último, ¿dónde se van a esconder ustedes mañana si esta noche dos mujeres son asesinadas en las calles de ese barrio?

Diego no esperó la respuesta del comisario ni de Estrada. Se levantó de la silla que ocupaba y salió del despacho dando unas enormes zancadas. A su espalda dejaba un campo desolado, propio de una batalla napoleónica. Lo que no estaba claro aún era la identidad de los cadáveres tendidos sobre ese campo: ¿eran los del comisario Barredo y del inspector Estrada o eran el suyo y el de Herrera?

Diego cerró la puerta de su despacho dando un portazo. Se dejó caer sobre la silla de su escritorio y ocultó el rostro entre sus grandes manos. ¿Acaso se había vuelto loco? ¿Se había dejado llevar por los celos? ¿Qué medidas tomaría contra él el comisario?

Miró una fotografía de su hija Ainoa que presidía su mesa de trabajo. Sonrió a la pequeña, como si ella lo pudiese ver. Luego levantó la vista y se dejó atrapar por el reflejo que arrojaba un armario con puertas de cristal que había a la derecha de su mesa. Contempló la imagen de un hombre de complexión fuerte, con barba de varios días más espesa en la perilla, moreno y de aspecto marcadamente latino.

—¡Joder, Bedia! —dijo a la imagen de sí mismo que le miraba desde el cristal—. ¡En qué lío te has metido!

Después sacó las llaves del coche, que tenía en el bolsillo derecho del pantalón, y reparó en un papel que había olvidado. En el papel había un número de teléfono, el mismo que figuraba en el teléfono móvil de José Meruelo. El número al que Meruelo había telefoneado la noche en que fueron a hacer unas preguntas al cura Baldomero.

Diego marcó el número de teléfono y aguardó la respuesta. Al cabo de diez segundos, una voz que el inspector Bedia reconoció de inmediato se escuchó al otro lado del teléfono.

—¿Dígame? —dijo Tomás Bullón, a quien parecía evidente que aquella llamada lo había despertado.

Diego colgó el teléfono. Ya sabía quién había proporcionado la información del caso a aquel periodista, pero decidió hablar con Meruelo más tarde. A continuación, tomó una decisión. Solo tenía una oportunidad de salir indemne de aquel jaleo, y era encontrar al verdadero asesino. Y tal vez la última ocasión se presentaría aquella noche.

Tomás Herrera entró en el minúsculo despacho de Diego Bedia. Traía cara de muy pocos amigos.

—Estamos jodidos los dos —dijo nada más entrar.

—Perdí los nervios —se disculpó Diego—. Lo siento. Te he metido en un lío.

—No te preocupes. Lo único que hiciste fue adelantarte a lo que yo mismo iba a hacer —repuso el inspector jefe—. Le echaste cojones, pero es posible que ahora nos los corten a los dos. —Sonrió.

—Salvo que cojamos nosotros mismos a ese hijo de puta que está matando a las mujeres —argumentó Diego, que parecía haber experimentado una súbita metamorfosis. Estaba pletórico.

—¿Qué pretendes?

—Establecer un operativo por nuestra cuenta esta noche —respondió Diego—. Tú, Murillo y yo.

—¿De veras crees que ese tipo actuará esta noche?

—Estoy convencido —aseguró Diego—. El doble asesinato que Jack cometió en 1888 ocurrió en la madrugada del último domingo de septiembre. Mañana es el último domingo de septiembre, y esta noche es la cena homenaje a Morante.

—¿Insinúas que está mezclado en todo esto?

—No lo sé, pero lo que sí sabemos es que un escándalo en el barrio el mismo día de las elecciones le vendría muy bien. Además, ¿no te parece curioso que todos los miembros del Círculo Sherlock hayan coincidido aquí este fin de semana?

—Muy bien —concedió Tomás al cabo de unos segundos—. ¿Y qué propones? Nosotros tres no podremos abarcar el barrio entero, y el comisario no solo no nos concederá un solo hombre, sino que nos empapelará si se entera de lo que pretendes hacer.

—No se lo diremos —repuso Diego—. Haremos lo que podamos.

—¿Y Meruelo?

—A Meruelo mejor lo dejamos fuera de esto.

—¿Por qué?

—Te lo explicaré en otro momento —respondió evasivamente. Diego no quería perjudicar a Meruelo sin antes haber aclarado con él los motivos que lo habían llevado a convertirse en informador de Bullón.

Sergio Olmos había necesitado poco más de diez minutos para reclutar para su causa a su hermano Marcos y a José Guazo. Diego Bedia le había telefoneado para explicarle cuál era la posición del comisario Barredo. Ahora sabía que aquella noche la policía no establecería ninguna vigilancia especial en la zona, porque estaban convencidos de haber detenido a la asesina, Raisa Vorobiov, a pesar de que ella aún no había confesado.

—La nota no deja lugar a dudas —dijo Marcos—. Ha modificado la pregunta de «El ritual Musgrave» porque se refiere a las dos mujeres que debe tener en su poder. En eso estoy de acuerdo contigo, Sergio. Pero ¿cómo vamos a vigilar nosotros tres un barrio de veinte mil personas y lleno de patios y callejones oscuros?

—No lo sé —reconoció Sergio—. Pero tenemos que intentarlo.

—Nosotros habíamos comprometido nuestra presencia en la cena de Morante —recordó Guazo—. Van a estar todos los demás —añadió—. ¿Tú no vas a ir, Sergio?

—No —respondió el pequeño de los hermanos Olmos—. Morante es un mal bicho, un racista y un cabrón. Lo ha sido toda la vida. Si queréis ir a la cena, allá vosotros. Ya me he enterado de que ha venido hasta Víctor Trejo. Me llamó hace un rato y he quedado para comer con él. ¿Le disteis mi teléfono vosotros?

—Fui yo —admitió Guazo—. Espero que no te haya molestado.

—No, no pasa nada. Me apetece ver a Trejo. En cuanto a lo de la cena, no creo que sea obstáculo el que asistáis, porque los crímenes tendrán lugar de madrugada. Si ese hijo de puta quiere parecerse en todo a Jack, deberá salir de la cueva cuando ya sea domingo.

—Muy bien —dijo Marcos, sacando del bolsillo de su americana un cuaderno de notas y un bolígrafo—. Hagamos un plano del barrio.

El distrito norte se extendía hasta las afueras de la ciudad a través de la arteria principal que lo atravesaba y lo unía con el centro urbano: la calle José María Pereda. El límite sur fue establecido por los tres amigos en la confluencia de esa calle con Garnica, frente a la iglesia de la Anunciación. La distancia entre ambos extremos rondaría los tres kilómetros. Por el este, fijaron el límite en la calle Ruano, mientras que la frontera al oeste la trazaba la línea de ferrocarril. Calcularon que la distancia rondaba los dos kilómetros.

—Los cadáveres de las dos mujeres se encontraron en la zona más antigua del barrio, al este de la calle José María Pereda —señaló Marcos sobre el plano rústico que había dibujado—. Tal vez debamos centrarnos en esa zona y olvidarnos de las calles que hay al oeste de José María Pereda. Jack asesinó a sus víctimas en un radio de acción bastante pequeño.

Sergio Olmos movió la cabeza. No estaba convencido de que aquella fuera una buena idea, pero su hermano tenía razón: debían acotar la zona en la medida en que pudieran. Había que apostar. Finalmente, accedió.

—El primer cuerpo apareció aquí. —Marcos señaló el pasaje que conducía a la calle José María Pereda en el que se descubrió el cadáver de Daniela Obando—. Y el segundo, aquí —apuntó al patio trasero de la calle Marqueses de Valdecilla—. Solo hay unos trescientos metros de distancia.

—Desde Buck's Row hasta Hanbury Street la distancia era mayor —apuntó Guazo, recordando los lugares en los que Jack asesinó a Mary Ann Nichols y a Annie Chapman—. Pero no mucho más. Tal vez ochocientos metros en línea recta.

—De acuerdo —concedió Sergio—. Vosotros asistiréis a la cena, si os da la gana. Pero a las doce de la noche nos encontramos en la Casa del Pan.

—Podríamos pedir ayuda al cura joven, a Baldomero —propuso Marcos.

—No me parece buena idea —respondió Sergio. El sacerdote no le caía simpático, pero tal vez aquella impresión era producto de los celos que sentía cuando le veía hablar con tanta familiaridad con Cristina—. Personalmente, no me fío de nadie, salvo de vosotros dos.

—¿No me digas que sospechas también del cura? —Los ojos azules de Guazo se dilataron por la sorpresa.

Sergio miró al médico y sintió lástima al ver lo que quedaba del muchacho robusto que había conocido en los tiempos del Círculo Sherlock. Parecía que alguien había usurpado el cuerpo del apasionado defensor de John Hamish Watson. Sergio se volvió a preguntar qué era lo que encontraba extraño en el aspecto de su amigo. Las gafas que usaba eran similares a las que recordaba, los gestos, las expresiones y la forma de hablar y de andar eran las mismas. Sin embargo…

—¿Os parece bien si yo cubro estas calles? —dijo Marcos, sacando a su hermano de sus pensamientos y señalando una zona amplia que iba desde el lugar donde apareció Daniela Obando hasta el extremo este de la calle donde se encontró el cadáver de Yumilca Acosta.

—De acuerdo —respondió Guazo—. Yo me situaré desde esa zona hasta la iglesia de la Anunciación, y Sergio puede estar en las calles centrales del barrio.

Los tres estuvieron de acuerdo en el reparto de tareas, pero abandonaron la reunión, que había tenido por escenario el hotel de Sergio, con la certeza de que serían incapaces de ofrecer la más mínima resistencia ante un asesino que se había mostrado tan audaz como meticuloso. Vigilar un barrio que contaba con más de veinte mil habitantes y cuyo diseño urbanístico era caótico, repleto de patios interiores y callejones, era una misión imposible de acometer por tan solo tres personas.

No obstante, los tres amigos desconocían que tres policías habían tenido la misma idea que ellos.

9

26 de septiembre de 2009

El acostumbrado artículo de Tomás Bullón había sobrecogido a todos los vecinos del barrio aquella mañana. Algunos hombres, al leerlo, trataban de tranquilizar a sus mujeres argumentando que la prensa siempre exagera, y que seguramente el columnista había adornado los hechos añadiendo datos falsos, producto de su propia imaginación. Aun así, Bullón no había falseado nada. Todo lo que su artículo recogía a propósito del modo en que encontraron la muerte Elisabeth Stride y Catherine Eddowes era cierto.

Aquel día lluvioso, triste y melancólico se abrigó con la sombra del miedo desde el mismo momento en que los quioscos de prensa comenzaron a vender el diario del día. Las historias de Bullón, como las viejas narraciones de sir Arthur Conan Doyle, se habían convertido en una novela por entregas. Todo el mundo hablaba de aquellos crímenes, y unos y otros opinaban sobre el autor de los relatos. Para unos, Bullón era un oportunista que había encontrado en los sucesos recientes un filón que no estaba dispuesto a dejar, aunque para ello tuviera que retorcer los hechos para que cuadraran en sus sensacionalistas narraciones. Para empezar, recordaban, comparar su barrio con Whitechapel en el siglo XIX era un insulto a la inteligencia. Pero, para otros, el periodista era poco menos que un héroe, que ofrecía a la gente del pueblo los datos que las autoridades, y sobre todo la policía, querían silenciar.

La policía había ofrecido una multitudinaria rueda de prensa en la que el comisario Gonzalo Barredo se mostró comedido, pero sin ocultar su orgullo por haber atrapado a la culpable de aquellos delitos, una mujer rusa llamada Raisa Vorobiov. Pero Bullón había sacado a relucir en sus artículos la existencia de discrepancias en el seno de la policía a propósito de la autoría de esos crímenes.

Toda la ciudad, y en especial en el barrio norte, leía los artículos del famoso reportero con una mezcla de curiosidad y temor. ¿Y si el asesino seguía en la calle? ¿Sería capaz de cometer un doble asesinato? Si la policía se equivocaba, ¿quién libraría a los vecinos de aquel demonio?

Jorge Peñas, el presidente de la asociación de vecinos, no trabajaba aquel sábado. A primera hora ya había adquirido su periódico y prefirió leer el contenido en una cafetería en lugar de hacerlo en su casa. Su esposa, Merche, estaba aterrada. Últimamente, Merche apenas salía de su casa por temor a encontrar la muerte prendida del filo de un cuchillo a la vuelta de cualquier esquina. Peñas no quería alarmarla aún más, de modo que pidió un café y un zumo de naranja, y se sentó en una mesa apartada del bullicio de la barra.

Liz Stride apareció en aquel patio de Dutfield's Yard tirada en el suelo, sobre su costado izquierdo, y con los ojos mirando sin ver el muro derecho. Su mano derecha estaba manchada de sangre, lo que el doctor George B. Phillips consideró como un dato singular, puesto que no tenía herida alguna y apareció reposando plácidamente sobre el pecho. Sin embargo, algunos investigadores, como Patricia Cornwell, afirman que las manchas de sangre en la mano se debieron a que Liz, al sentir que había sido degollada, puso su mano sobre la herida de un modo instintivo.

Una vez más, la interpretación forense fue errónea, puesto que a Elisabeth no la atacaron de frente y no la tiraron al suelo antes de degollarla, como supuso el doctor Phillips. Si así hubiera sido, ella posiblemente hubiera luchado, seguramente hubiera gritado pidiendo auxilio, pero nadie escuchó grito alguno. Lo más probable es que Jack, como acostumbraba, la atacara por la espalda.

En lo que sí parece haber cierto consenso, al menos entre quienes creen que a Liz también la asesinó Jack, es en creer que el Destripador fue interrumpido por el vendedor de baratijas Louis Diemschutz y su carro. La inoportuna aparición de Louis hizo que Jack no pudiera terminar su sangriento trabajo. A Liz no le cortaron el abdomen dejando a la intemperie sus tripas, como le ocurrió a Mary Ann Nichols; y tampoco fue mutilada del modo brutal en que lo fue Annie Chapman, a la que habían sacado los intestinos para dejarlos junto a su hombro. A Liz, simplemente, le cortaron el cuello: una incisión trazada de izquierda a derecha. El surco mortal se inició alrededor de seis centímetros por debajo de la mandíbula y mantuvo su rumbo penetrando unos dos centímetros por dentro de la carne de Liz hasta desgarrar vasos sanguíneos, músculos y tejidos. La carótida izquierda fue cortada como si hubiera sido la cinta de la inauguración de una obra pública. El puñal de Jack dejó de roturar el cuello de Stride cinco centímetros por debajo de la mandíbula derecha.

Liz murió desangrada. Algunos doctores dijeron que, antes de rajarle el cuello, Jack la había asfixiado con el pañuelo que lucía alrededor de la garganta, pero tampoco está claro que así ocurriera. Algunos investigadores echan de menos sangre salpicando las paredes si le cortó el cuello estando ella de pie; otros proponen que tal vez Liz estaba de espaldas pero agachada, ofreciéndose a su cliente, de modo que la sangre empapó la pechera de su vestido.

Pero ¿qué arma utilizó Jack?

Ese enigma pareció resolverse de pronto al día siguiente, cuando Thomas Coran, que trabajaba como empleado en un almacén de cocos, encontró junto al número 252 de Whitechapel Road un cuchillo de algo más de veinticinco centímetros de largo. Se trataba de una especie de daga que tenía uno de los lados de la hoja afilada. Estaba manchado de sangre seca, y alrededor del mango había un pañuelo doblado.

Coran no tocó el arma. Llamó a la policía, y luego el cuchillo fue examinado por los doctores Phillips y Frederick Blackwell, los cuales desestimaron que aquella fuera el arma empleada para matar a Liz Stride. Según su peritaje, se trataba de un cuchillo demasiado romo para haber cortado el cuello de la viuda sueca de aquella manera.

El hecho de que Liz no sufriera las mismas mutilaciones que las víctimas anteriores ha llevado a algunos ripperólogos a negar que Stride hubiera sido asesinada por Jack. Para ellos, la teoría de que Jack fue interrumpido en su labor no es suficiente como para explicar lo ocurrido.

Lo verdaderamente cierto es que Michael Kidney, el hombre con quien Liz compartía su vida en aquella época, reconoció al día siguiente el cuerpo de la sueca. La impresión fue tan fuerte que el irlandés se derrumbó. No había visto a Liz desde el martes 25 de septiembre, aseguró, y culpó al alcohol de las disputas que ambos habían mantenido y los habían separado.

A Elizabeth le dieron santa sepultura el sábado, 6 de octubre, en el cementerio de East London Co. Ltd, Plaistow, Londres, E13. Tumba 15509, plaza 37…

Jorge Peñas sintió que se le revolvían las tripas, y no era por culpa del café que había tomado. El café era excelente, lo mismo que el zumo de naranja que apuró de un solo trago. Simplemente, no podía soportar la imagen que se le había metido en la cabeza: en lugar de a Liz Stride, Peñas veía a su esposa tirada en el suelo, degollada en cualquier callejón.

Peñas contuvo una arcada y, cuando se sintió con fuerzas suficientes como para levantarse de la mesa sin llamar la atención, abonó la cuenta dejando el dinero sobre el mismo platito en el que el camarero le había traído la nota. Después, salió a la calle dejando el periódico junto a la taza de café vacía.

El padre Baldomero había dicho misa a las doce de la mañana de aquel sábado. Cristina lo vio salir minutos después por la puerta de la sacristía. Ella no había ido a misa; de hecho, nunca iba, y eso a pesar de que Baldomero le recriminaba su actitud medio en broma, medio en serio.

La joven gritó el nombre del sacerdote y agitó la mano. Iba vestida con unos pantalones vaqueros oscuros, un chaquetón de color azul marino que resaltaba aún más el cielo de su mirada y llevaba el cabello rubio recogido. Cristina se protegía de la lluvia con un paraguas de color verde.

Baldomero corrió hacia ella tratando de escapar de los proyectiles de agua que caían del cielo. Cuando llegó hasta Cristina, buscó amparo bajo el paraguas. Los dos se sintieron demasiado cerca uno del otro. Cristina sonrió nerviosa, mientras que Baldomero hizo un comentario sobre el mal tiempo visiblemente azorado.

—¿Tienes tiempo para un café? —preguntó el joven cura.

Ella dijo que sí.

En la puerta de la cafetería estuvieron a punto de chocar con Jorge Peñas. Los tres se conocían, y Baldomero simpatizaba con el dirigente vecinal. Sabía que era un buen hombre a quien todo aquel asunto de los asesinatos le estaba poniendo en una difícil situación en el barrio. Peñas siempre había estado a favor de la integración de los inmigrantes y era un fiel colaborador de Baldomero en su proyecto de la Casa del Pan.

Peñas ni siquiera reparó en la pareja. Baldomero y Cristina lo vieron alejarse corriendo bajo los balcones, tratando de encontrar burladero ante la lluvia.

La barra de la cafetería estaba repleta de clientes. Cristina señaló una mesa vacía sobre la cual alguien había abandonado un periódico. La pareja se sentó y descubrió que el anterior lector de aquel diario había dejado abiertas las páginas mostrando el artículo que Tomás Bullón había firmado aquel día.

El doctor Gordon Brown fue el responsable de la autopsia que se practicó a Catherine Eddowes en el City Mortuary en la tarde de aquel día 30 de septiembre. Las heridas que presentaba su cuerpo habían impresionado a los médicos cuando la examinaron en la fría y oscura plaza Mitre. Un corte de diecisiete centímetros en su garganta había sido, sin duda, la causa de la muerte de Catherine. El arma se había llevado por delante tejido muscular, había roto la laringe y seccionado las estructuras profundas hasta llegar al hueso. El corte arrancaba unos tres centímetros por debajo de la oreja izquierda, cuyo lóbulo seccionó, y avanzaba impasible ante la vida que segaba a su paso hasta llegar a un punto situado siete centímetros por debajo del lóbulo de la oreja derecha.

La arteria carótida había sido dañada, y también la vena yugular interna había resultado desagarrada como consecuencia de la acción criminal producida por un cuchillo extremadamente afilado y puntiagudo; la misma arma se había empleado en las brutales agresiones posteriores que sufrió Catherine…

—¡Dios mío! —murmuró Cristina, al tiempo que apartaba de su vista el periódico.

El padre Baldomero, en cambio, siguió leyendo. Una extraña fascinación parecía haberse apoderado de sus ojos. A medida que avanzaba en su lectura, la expresión de su rostro varió, hasta el extremo de que Cristina no lo reconoció. ¿Era ira o miedo, lo que se dibujaba en la cara de su amigo?

La hemorragia producida por aquel corte fue mortal. Catherine debió de fallecer de inmediato, pero su cuerpo iba a ser profanado hasta extremos que hasta aquel momento Jack no había alcanzado.

El Destripador mutiló salvajemente el rostro de su víctima. El párpado inferior derecho presentaba un corte de más de medio centímetro, mientras que el párpado superior ofrecía un tétrico aspecto como consecuencia de otro corte.

Jack parecía odiar el rostro de Catherine. Su cuchillo atravesó el puente de la nariz de la prostituta, alcanzó el hueso y prosiguió desgarrando la carne hasta llegar a la mejilla derecha. A su paso, el rostro de Catherine se abrió ofreciendo un aspecto inédito.

De un tajo profundo y oblicuo, Jack cercenó casi por completo la punta de la nariz. Después, acuchilló el labio superior de su víctima hasta besar con el filo de su arma la encía superior de los incisivos. Un trocito de la aleta de la nariz salió despedido como consecuencia de los ataques de Jack, quien, no contento aún con la obra realizada, se entretuvo en rasgar las mejillas.

Pero Jack aún no había firmado su obra.

Hundió su cuchillo en el abdomen de Catherine. Un terrible corte recorría el cuerpo de la mujer desde el pubis hasta los huesos del pecho. Como consecuencia de aquella acción, el hígado resultó rasgado. Varios cortes más tuvieron el espantoso resultado de destripar a Catherine. Las puñaladas se sucedieron: en el bajo vientre, en la ingle izquierda, en el muslo…

La mujer estaba muerta, de modo que la sangre no debió de manchar demasiado a Jack, que pareció divertirse durante unos segundos mientras sacaba los intestinos de Catherine y los desenrollaba. A continuación, colocó los intestinos en el hombro derecho de la mujer. Luego, cortó parte del colon. Según algunos autores, colocó sesenta centímetros de ese órgano entre el brazo derecho y el tronco; el *Daily Telegraph*, en cambio, señaló que ese segmento del colon fue enrollado e introducido en la herida del lado derecho del cuello. Brown propuso que, tal vez, la disposición de los intestinos sobre el hombro de la víctima, igual que en el caso de Annie Chapman, pudiera responder a algún tipo de ritual masónico. Algunos investigadores, no obstante, creen que el criminal actuó de ese modo simplemente para ver mejor en el interior del cuerpo de su víctima.

Lo cierto es que, tras herir nuevamente el hígado y el páncreas y desprender el bazo, Jack se tomó la molestia de extirpar el riñón izquierdo de Catherine. En su informe, el doctor Brown se asombró de la destreza del Destripador y señaló que parecía como si el autor de aquella barbaridad conociese la posición exacta del riñón antes de proceder a realizar los cortes. De este modo, la hipótesis de que Jack fuera alguien con conocimientos anatómicos volvía al primer plano de la actualidad.

Autores como Sam Flynn se unen a la idea de Patricia Cornwell de negar que Jack tuviera conocimientos médicos. En su opinión, los cortes que la víctima presentaba en el rostro (más de nueve) habían sido realizados al azar y eran el resultado de la acción desenfrenada de un loco. Jack acuchilló los ojos de Catherine en un intento desesperado de cerrárselos. Sin embargo, otros autores creen advertir algún mensaje intencionado en los dos cortes en forma de «V» invertida, apuntando hacia los ojos, que presentaban las mejillas.

El asesino rasgó la membrana que recubre el útero y seccionó la matriz. Pero la vagina estaba intacta. Flynn, por su parte, minimiza la supuesta destreza quirúrgica de Jack y sostiene que la extracción del riñón izquierdo y del útero no fue tan precisa como se ha dicho. Si Jack hubiera sido tan virtuoso, asegura Flynn, no hubiera precisado tantos cortes para extraer un par de órganos.

Durante la autopsia estuvieron presentes los doctores George Phillips y William Sedgwick Saunders, los cuales tampoco eran favorables a la idea de que Jack fuera un ilustrado con conocimientos quirúrgicos.

El doctor Brown, por su parte, concluyó que las heridas habían sido producidas por un cuchillo puntiagudo, pues de otro modo sería difícil ejecutar los cortes que se advertían en el rostro de Catherine, pero el filo del arma no debía ser inferior a los quince centímetros, pues al menos se precisaba esa medida en el arma para acometer los destrozos producidos en la zona abdominal.

El corte de la garganta fue tan profundo y brutal que la víctima no pudo gritar, y mucho menos pelear por defender su vida. Jack realizó el resto de su macabra obra cuando el cuerpo sin vida de Catherine estaba en el suelo. Y, a pesar de la escasa luz que había en la plaza, demostró gran pericia en su trabajo, además de una enorme sangre fría. La plaza tenía tres accesos diferentes, de manera que podía ser sorprendido en cualquier instante, y aun así empleó no menos de cinco minutos en hacer los cortes del rostro, según los cálculos que el doctor Brown ofreció en su informe...

—¿Crees que alguien puede ser capaz de hacer algo así aquí? —dijo Cristina con un hilo de voz mientras miraba a los ojos a Baldomero.

El joven párroco la miró de un modo extraño. Resultaba evidente que la lectura del artículo le había causado una fuerte impresión. Baldomero cerró los ojos y suspiró antes de responder.

—¡Dios quiera que no, Cristina! —exclamó mientras colocaba entre sus manos la mano derecha de la muchacha—. ¡Dios quiera que no!

Testigo silencioso de los deseos del párroco fueron las últimas frases con las que Bullón había decidido concluir su sensacionalista y alarmante artículo. Se trataba de la lista de las pertenencias que Catherine Eddowes llevaba encima en el momento de su muerte, según *The Times:*

Llevaba un abrigo negro con cuello de imitación de piel y tres grandes botones de metal. Su vestido era de un verde oscuro, con margaritas y lirios dorados. También llevaba una blusa blanca, una falda de estameña y unas enaguas de alpaca verde, camisa blanca y medias de color marrón remendadas en los talones con hilo blanco. Un gorrito de paja negra, adornado con cuentas del mismo color y unas cintitas de terciopelo verde y negro.

Calzaba un par de botas de hombre, y lucía también un delantal blanco y viejo, aparte de un trozo de bufanda alrededor del cuello. También se halló en su poder un trozo de cuerda, un pañuelo barato blanco con el reborde rojo, una cajita de cerillas con algodón, un monedero de tela blanca que contenía una navajita con mango de hueso blanco, muy romo, dos pipas cortas de barro, un paquete de cigarrillos… y, en un bolsillo, cinco pastillas de jabón, una cajita de hojalata con té y azúcar, los restos de unos prismáticos, un pañuelo triangular y, en otro bolso muy grande, se le encontró un peine, un mitón colorado y un ovillo de hilo…

Pero un demonio se había llevado lo más precioso de Catherine Eddowes: su vida.

10

26 de septiembre de 2009

A Víctor Trejo la ciudad de sus antiguos compañeros de universidad le parecía triste, melancólica y decadente. La parte más antigua se diría que había sido pintada con colores decimonónicos. Trejo no se la podía imaginar sin aquella envoltura de lluvia fina o una niebla algodonosa que nacía en el río. A él, que tanto amaba los relatos de Charles Dickens o de Robert Louis Stevenson, algunos rincones de aquella ciudad le parecían escenarios salidos de las páginas de aquellos escritores a quienes veneraba.

Eran casi las dos de la tarde. Víctor sacó de un bolsillo de la americana de su impecable traje gris un papel doblado. Lo abrió y leyó una vez más el nombre y la dirección del restaurante en el que se había citado con Sergio Olmos. La lluvia arreciaba.

Víctor Trejo aún necesitó cinco minutos más para llegar a su destino. El restaurante resultó ser un local acogedor, con vidrieras, maderas nobles, suelos de gres de gran calidad, cubertería excelente y un menú, según pudo comprobar minutos más tarde, de exquisita calidad.

Sentado ante una mesa situada al fondo del restaurante, Víctor descubrió a su viejo amigo. Sergio alzó la mano derecha y lo saludó efusivamente. Al verlo, Trejo no pudo evitar buscar en aquel hombre alto, con entradas, pero cuyo cabello era ligeramente largo, al joven de extraordinaria memoria que conoció en la universidad. Hasta que le presentaron a Marcos Olmos, Trejo jamás había hablado con nadie que supiera más sobre Sherlock Holmes que aquel hombre. Aunque el paso del tiempo se había cobrado sus deudas. Sergio seguía siendo alto, pero en su cara había arrugas que Víctor no conocía, y en sus ojos verdes le pareció advertir una honda preocupación. Instantes después, los dos amigos se fundieron en un abrazo.

Sergio había llegado al restaurante diez minutos antes de la hora convenida. Hacía un par de años que no veía a Trejo. La última imagen suya que tenía era la de un hombre despechado que miraba con una mezcla de ironía y desprecio a Enrique Sigler y a Clara Estévez en la fiesta en la que ella recibió el Premio Otoño de Novela. Sergio había mirado cientos de veces aquella fotografía del periódico que había colocado en el tablón de corcho de su refugio de Sussex: la sonrisa encantadora de Clara, el brazo de Sigler alrededor de la cintura de ella, el vaso de whisky en la mano temblorosa de Bullón, los hombros caídos del hombre que aparecía de espaldas —cuya identidad había descubierto días atrás, cuando Guazo le dijo que había asistido a aquella fiesta— y la mirada maliciosa que Trejo dedicaba a la pareja que ocupaba el primer plano de la fotografía.

En ese momento, Sergio lo vio entrar en el restaurante. Vestía un elegante traje gris, y el cabello rubio y ondulado le recordó al muchacho que conoció en la universidad. Casi parecía el mismo joven que empleaba la fortuna familiar en pagar a un viejo sastre para que cortara y cosiera trajes decimonónicos para los miembros del Círculo Sherlock.

Sergio alzó su mano derecha y llamó a Víctor. Cuando lo tuvo a su alcance, se fundió con él en un abrazo.

Los siguientes diez minutos los consumieron riendo, eligiendo el menú y observándose de reojo. Los dos amigos habían cambiado, pero cualquier observador entrenado no tendría dificultad alguna en advertir que bajo el disfraz de cuarentones seguían ocultándose los dos jóvenes de mirada apasionada que se encontraron veinticinco años atrás. Ambos seguían manteniendo intacta aquella ingenuidad que los llevó a devorar las sesenta aventuras publicadas sobre Sherlock Holmes y a hacer de aquel personaje de ficción su mejor amigo.

—¿Aún crees que está enterrado en el cementerio Père-Lachaise? —preguntó Sergio mientras llenaba la copa de su amigo con un vino blanco que habían elegido para acompañar el pescado.

Víctor levantó la copa llena de vino, aspiró el aroma que exhalaba y cerró los ojos. Después, brindó con Sergio, se llevó la copa a los labios y cató el caldo, frío y seco, antes de responder.

—He estado en París, Sergio, y he visto la tumba. Es de mármol negro, con las letras S. H. grabadas sobre la lápida.

—Pero eso no prueba nada —replicó Sergio—. Su necrológica jamás fue publicada ni en *The Times* ni en ninguna parte.

—¿Y desde cuándo lo que los demás creen que es la realidad ha detenido nuestra imaginación? —Víctor sonrió. Después, su semblante se oscureció—. La policía me ha interrogado —comentó—. Parece ser que me han estado buscando en las últimas semanas, pero he estado de viaje y no me gusta que nadie sepa adónde voy y a qué me dedico.

—De modo que ya sabes lo que está ocurriendo —dijo Sergio.

—Me parece una locura —reconoció Trejo—. Pero no te quepa duda alguna de que esos rusos que tienen encerrados no tienen nada que ver con ese asunto. El asesino te ha retado a ti, Sergio. Te odia por alguna razón. Es alguien que te conoce bien, que domina las historias de Holmes, y que parece demostrar un excelente conocimiento sobre los crímenes de Jack.

—Parece que te estás describiendo a ti mismo —respondió Sergio, mirando a su amigo a los ojos.

—Perfectamente puedo ser yo —admitió Trejo—. No creo que haya tantos holmesianos entregados a la causa como yo, y desde luego que tengo motivos para odiarte —añadió en un tono neutro—. Tú me arrebataste a Clara, y además me derrotaste muchas veces en nuestros debates en el círculo.

Sergio no supo qué responder. A su memoria vino de pronto una agria discusión que se produjo en el Círculo Sherlock un día que ahora le parecía tan lejano que se diría irreal. Víctor cometió aquella vez el error de confundir el nombramiento de Sherlock como caballero —honor que rechazó inexplicablemente[*]— con la concesión de la Legión de Honor de la República francesa —distinción que sí aceptó Holmes[**]—. Fue Sergio quien, con su habitual falta de tacto y exhibiendo su imponente memoria, dejó en evidencia al fundador del Círculo Sherlock.

—Sin embargo —añadió Trejo—, a pesar de que tengo motivos de sobra para odiarte, no fui yo quien tuvo la idea de elaborar aquel dosier sobre Jack, ¿recuerdas?

—Fue Morante —contestó Sergio con un hilo de voz. Hasta ese momento no había reparado en aquel detalle.

—Ya lo creo que fue Morante, el muy cabrón —bromeó Trejo—. Siempre estaba más cerca de los enemigos de Holmes que del lado de la ley. Y ahora, mírale, candidato a la alcaldía.

—¿Vas a ir a la cena? —quiso saber Sergio.

—¿Tú no irás?

—Yo no voy a ir a rendir pleitesía a ese engreído —confesó Sergio.

—¿Seguro que no vas solamente por eso?

—Si te refieres a Clara y a Sigler —respondió Sergio, adivinando por dónde iban los pensamientos de su amigo—, te diré que ya los he visto un par de veces hace unos días. Creo que ya estoy inmunizado al mal que supone verlos juntos. Estuvieron aquí declarando también por esos crímenes.

—¿Y eso por qué?

---

[*] Ese dato se señala en «La aventura de los tres Garrideb», *op. cit.*

[**] Tenemos noticia de esa concesión en «La aventura de las gafas de oro», que se desarrolla desde el miércoles 14 al jueves 15 de noviembre de 1894. Esta historia se publicó originariamente en *The Strand Magazine* en julio de 1904.

—Bueno, los mensajes que he recibido fueron escritos en mi ordenador, y solo ella sabía la clave de acceso.

Víctor Trejo guardó silencio durante unos segundos, para preguntar después:

—¿Estás seguro de eso?

—¿Qué quieres decir?

—No lo sé, pero no me imagino a Clara degollando y destripando a unas mujeres.

—¿Y a Sigler?

—Cosas más extrañas se han visto —admitió Trejo—. Incluso yo, tal vez, podría hacerlo si con eso derrotara al mismísimo Sherlock Holmes —añadió, mirando a Sergio y metiéndose en la boca un buen trozo de merluza rellena de marisco.

—Tú siempre creíste que la Corona inglesa estaba implicada en el asunto de Jack, ¿verdad?

Trejo asintió mientras masticaba el pescado.

—¿Y aún lo crees? —preguntó Sergio—. ¿Crees que hubo una conspiración?

—Para empezar —respondió Víctor mientras se limpiaba los labios con la servilleta—, siempre me pareció sospechoso que se perdieran tantos documentos de los informes que Scotland Yard tenía sobre los crímenes de Whitechapel.

—Bueno, el traslado de la sede de la policía y los bombardeos sobre Londres en la Segunda Guerra Mundial...

—Sí, sí, ya conozco esa historia. —Víctor interrumpió el razonamiento de su amigo—. Eso es lo que dicen muchos autores, y que muchos documentos se destruían de un modo sistemático sesenta y un años después de los hechos que relataban. Pero ¿qué me dices del diario de Abberline? ¿Por qué no hay ni una sola mención al caso de Jack y sí a otros que él investigó?

—Él mismo asegura que a sus superiores no les gustaba que los policías retirados contaran lo que sabían sobre determinados casos para no dar ideas a posibles criminales, y a las autoridades no les hacía ninguna gracia que escribieran sobre investigaciones que no se hicieron públicas —contraatacó Sergio.

—Eso es una estupidez —repuso Víctor Trejo—. ¿Hubo algún caso con mayor publicidad que el de Jack? Por favor, si se escribió sobre aquellos crímenes en medio mundo. Y, además, ¿por qué sí escribió Abberline en su diario sobre otras de sus investigaciones?

—¿De modo que, según tú, todo apunta a la Corona británica?

—Mira, el propio Frederick Abberline llegó a creer que el asesino era un médico, aunque luego varió su posición apuntando hacia aquel barbero cirujano de origen polaco, George Chapman. —Trejo vació la copa de vino blanco y chasqueó la lengua—. Y otros miembros de Scotland Yard pensaron en un médico a la vista del estado de los cadáveres. Sir Charles Warren, el mayor Henry Smith y algún otro hicieron declaraciones en ese sentido.

—¿De verdad crees que ese médico fue el doctor de la familia real, William Gull?

—No me extrañaría —respondió Trejo—. Sí, ya sé que tenía setenta y un años y había sufrido una apoplejía —añadió, alzando una mano al ver que Sergio iba a responderle—. Déjame acabar. Yo no sé si el duque de Clarence, el nieto de la reina, se había casado con aquella prostituta de la que todos hablan, Annie Elizabeth Crook, y si habían tenido una hija. Pero me resulta significativo que Jack asesinara a cinco prostitutas y luego desapareciera sin dejar el menor rastro. Y también me parece sospechoso que nadie viera nada, que la policía actuara de un modo tan extravagante en ocasiones y que muchos de aquellos hombres estuvieran vinculados a la masonería.

—Creo que hay investigaciones recientes que desmontan esa idea —recordó Sergio.

—¡¿No me digas?! —Víctor sonrió—. ¿Y alguno de esos sesudos investigadores ha descubierto por fin quién era Jack? —Trejo se sirvió más vino mientras dejaba que sus palabras hicieran efecto en Sergio—. Me temo que no. ¿Por qué esas prostitutas, Sergio? ¿Por qué Jack no las asesinó y las arrojó al Támesis cargadas de piedras? Si lo hubiera hecho, nadie las habría echado de menos y él hubiera corrido menos riesgos para seguir matando impunemente. De todas formas, no lo hizo. En lugar de eso, las mutiló de un modo terrible, tal vez ritual, y las dejó en la vía pública para que todo el mundo las viera.

—Pero un anciano como Gull no podría…

—¿No podría matarlas? ¿Quién sabe? ¿Acaso era el único médico de Inglaterra al que la Corona podía recurrir en una cuestión de Estado?

—Sin embargo, aquellos crímenes parecían obra de un loco, y las cuchilladas no exigían especiales conocimientos médicos.

—No estoy de acuerdo —respondió Trejo—. ¿Serías capaz de abrir un cuerpo humano y encontrar un riñón entre todas las vísceras cuando encima trabajas contra el reloj, sometido a una enorme tensión y sin apenas luz?

Sergio guardó silencio. No podía responder afirmativamente. Miró a su viejo amigo y por un instante pensó si no estaría ante el hombre que lo estaba desafiando. Víctor sabía tanto de Holmes como el que más y conocía bien los crímenes de Jack. Tenía dinero, contactos, y era capaz de urdir una trama como aquella simplemente por pura diversión.

Ajeno al rumbo que habían tomado los pensamientos de Sergio, Víctor estaba dándole vueltas a la misma idea que había cruzado por su mente cuando se entrevistó con el inspector Diego Bedia. Había sido un chispazo fugaz, apenas una pavesa escapada de un fuego que había ardido veinticinco años antes. Después miró a Sergio. Sabía que él rechazaba la vieja teoría de la conspiración masónica en los asesinatos de Jack. Al final, esbozó una sonrisa y dijo:

—Recuerda lo que dijo Sherlock: «Cuando un médico se tuerce, es peor que cualquier criminal»*.

El salón del hotel estaba repleto de comensales. Jaime Morante no había dejado nada al azar. En lugares preferentes había sentado a

---

* Holmes dice esa frase a propósito del doctor Grimesby Roylott en la aventura «La banda de lunares», *op. cit.*

representantes del comercio y de la banca local, a gentes de la cultura, a deportistas destacados, a hombres y mujeres del movimiento vecinal, y a todos los que integraban la lista electoral que él encabezaba.

Pese a todo, hubiera sido demasiado burdo trasladar al primer plano de la cámara el evidente sentido electoral que tenía aquella pantomima, que se celebraba el día antes de los comicios municipales. Por ese motivo, la mesa presidencial estaba ocupada por los miembros de la Cofradía de la Historia. El lugar de honor le correspondía al doctor Heriberto Rojas, que figuraba como autor en la portada del libro en el que se repasaba la vida de Morante. A su derecha, estaba el homenajeado; a su izquierda, el abogado Santiago Bárcenas, cuya papada se movía arriba y abajo visiblemente satisfecho por estar en el centro de la galaxia social de la ciudad. En el resto de la mesa presidencial se podía ver a Manuel Labrador, el constructor; a Antonio Pedraja, el dueño de la cafetería en la que se reunía la cofradía y para quien aquel acto de gusto provinciano significaba el cenit de su ascenso social, y don Luis, el viejo párroco de la Anunciación.

José Guazo y Marcos Olmos, a pesar de pertenecer a la cofradía, habían optado por ocupar la mesa que Morante había reservado para sus viejos colegas del Círculo Sherlock. Era una mesa redonda en la que se miraban con recelo Enrique Sigler y Víctor Trejo. Junto a Sigler estaba una Clara Estévez espectacular. Vestía un traje negro de Versace que dejaba al descubierto sus hombros. En los labios llevaba prendida aquella sonrisa suya, eterna, y en sus pupilas chispeaba la felicidad. A continuación de Clara estaba sentado Marcos, cuyas ojeras aparecían más pronunciadas a causa de la luz que reinaba en el salón, y su cabeza rapada relucía como si fuera una piedra preciosa. Guazo estaba junto a él, y su aspecto frágil y enfermizo parecía haberse acentuado aquella noche. Finalmente, el último lugar de aquella mesa había correspondido a Tomás Bullón, quien, contra su propia costumbre, aún no estaba borracho a esas horas de la noche.

—Esta noche va a ser histórica —dijo Bullón, dando un codazo cómplice a Guazo.

El doctor miró al periodista de soslayo sin saber muy bien qué había querido decir. En el momento en que Guazo decidió abrir la boca para que Bullón le explicara qué tenía en la cabeza, se escuchó el tintineo de un cuchillo contra una copa.

—Señoras, señores —dijo Heriberto Rojas, solicitando la atención de los comensales—. Estamos esta noche tan especial aquí para rendir un homenaje a una parte de la historia de esta ciudad; la historia de un barrio, de un pueblo, reflejada en las imágenes de los alumnos de su colegio, inmortalizadas en los cambios que han sufrido sus calles y en los logros que han alcanzado sus gentes. —El doctor Rojas se aclaró la voz—. Mi trabajo en el libro que esta noche les presentamos no ha sido sencillo. Podían ser muchas las personas en las que pudiéramos encontrar el ejemplo de esos cambios que ha conocido esa zona de nuestra ciudad en los últimos cuarenta años, pero finalmente tomé una decisión. ¿Y si la biografía de uno de sus vecinos sirviera como hilo conductor a los cambios que se han producido en el pueblo?, me dije. Y de inmediato decidí que esa era una excelente idea, y al mismo tiempo un nombre vino a mis labios: Jaime Morante.

Aplausos. Murmullos de asentimiento. El ruido que producen al arrastrarse favores futuros que ahora pagaban peaje con su pleitesía a quien creían sería el futuro alcalde.

—De modo que aquí estamos hoy —prosiguió Heriberto Rojas, después de permitir que los gritos de entusiasmo rociaran la sala—, dispuestos a rendir el homenaje que se merece nuestro paisano, el insigne profesor Jaime Morante.

Aplausos atronadores. Gritos entusiastas. Unas ráfagas de música regional.

A continuación, se sirvió la cena. La esperada intervención del homenajeado, y previsiblemente futuro alcalde, se pospondría hábilmente hasta los postres. Eran las diez de la noche de aquel sábado que, a decir de Bullón, sería histórico. Lástima que Guazo hubiera olvidado preguntar al periodista sobre los motivos que tenía para juzgar de ese modo el inminente porvenir.

—¿Por qué no ha venido Sergio? —preguntó el periodista mientras masticaba ostentosamente una enorme porción de solomillo.

Los demás se miraron unos a otros sin saber bien qué responder. Marcos se sintió obligado a decir algo.

—Bueno, ya le conocéis —dijo—. Morante nunca fue objeto de su devoción.

—Nadie es objeto de devoción de tu hermano —repuso Sigler—. Siempre nos trató a todos como si fuéramos imbéciles.

—Eso no es justo —dijo Trejo, pero sin demasiada convicción—. Es cierto que su pasión por Holmes le llevaba a comportarse a veces de un modo desconsiderado, pero siempre fue un buen amigo.

—¿Ah, sí? —intervino Bullón—. ¿También lo fue cuando se quedó con tu novia?

Trejo apretó los dientes y cerró sus puños con fuerza alrededor de la servilleta. Bullón era un patán y un estúpido.

—Habláis de mí como si yo no estuviera aquí —dijo Clara—. ¿Qué te hace pensar que fue Sergio quien me arrebató de los brazos de Víctor? ¿Acaso os creéis que estáis en el círculo, y que yo no estoy presente? —Clara estaba realmente arrebatadora ahora que la ira había encendido su rostro—. Escucha una cosa, Bullón —dijo, mirando el rostro colorado del periodista—, y que os sirva de una puñetera vez a todos —añadió mirando a Trejo y a Sigler—: yo estoy con quien me da la gana.

Marcos dibujó una sonrisa divertida. «La mujer», pensó mientras intercambiaba una mirada cómplice con Guazo. Marcos Olmos recordó el final de la memorable carta que Irene Norton (de soltera Adler) escribió a Holmes el día en el que lo burló como nadie lo había logrado durante la aventura «Escándalo en Bohemia»: «Dejo una fotografía que tal vez le interese poseer. Y quedo, querido señor Sherlock Holmes, suya afectísima».

En aquella mesa había dos hombres locamente enamorados de Clara y, en alguna parte del barrio norte, un tercer hombre enamorado se preparaba entre las sombras para tratar de desenmascarar al asesino que había retado a Sherlock Holmes en su persona.

Después de aquella tormenta, el resto de la cena transcurrió en la mesa del Círculo Sherlock con una tensa calma, pero sin sobrepasar los límites de la urbanidad y la cortesía. Entre plato y plato los comensales recordaron algunos momentos pasados en la librería de viejo que Víctor Trejo había convertido en sede de las tertulias.

—Aún la conservo —dijo. Aquel anuncio sorprendió a todos—. Está todo exactamente igual que entonces. De vez en cuando me escapo a Madrid y en lugar de dormir en un hotel me instalo allí varios días.

La cena sirvió también para que Bullón alardease de su extraordinario olfato periodístico exhibido durante los sucesos de los que todo el mundo hablaba. Y Marcos se vio en el aprieto de dar explicaciones sobre su decisión de raparse el cabello al cero. En cuanto a Guazo, todos habían hecho comentarios discretos en privado sobre su evidente declive físico, pero solo Bullón tuvo el mal gusto de preguntarle en público a qué se debía que tuviera aquella pinta.

Guazo lo miró con indiferencia. Y luego paseó la mirada por los rostros de los demás comensales.

—Digamos que soy el soldado de la piel descolorida[*], pero más fatigado aún —respondió, pintando una sonrisa amarga en su boca.

En ese momento se sirvieron los postres, y llegó el instante que todos esperaban. El doctor Heriberto Rojas hizo una seña solo perceptible para el hombre que debía ejecutar la orden. De pronto, comenzó a sonar una música solemne, las luces de la sala disminuyeron su intensidad y un invisible foco decargó un chorro de luz exclusivamente sobre la figura alta y desgarbada de Jaime Morante.

El profesor y candidato a la alcaldía se levantó de su asiento con estudiada parsimonia. Sus acostumbradas ojeras habían sido

---

[*] José Guazo hace una broma aludiendo a «La aventura del soldado de la piel descolorida», *op. cit.*

maquilladas hábilmente, y sus cada vez más escasos cabellos se habían peinado hacia atrás con brillantina. Su habitual mirada fría, que le concedía cierto aspecto de reptil, había sido sustituida de un modo inexplicable por una expresión cálida, falsamente acogedora. Y, finalmente, se escuchó su voz susurrante y untuosa.

—Todo lo que tengo que decir ya ha pasado por su pensamiento —dijo Morante en el comienzo de su discurso.

Los miembros de la mesa destinada al Círculo Sherlock se miraron entre sí. Todos conocían esa frase. No dejaba de ser significativo que el homenajeado hubiera elegido precisamente las palabras que James Moriarty dijo a Holmes en la aventura titulada «El problema final».

—Y todo lo que tengo que decir lo han visto ustedes en mis actos y, si Dios quiere, lo verán en mi trabajo diario al frente de la alcaldía de esta ciudad —añadió Morante, haciendo una estudiada pausa.

La sala prorrumpió en una cerradísima ovación. Se escucharon gritos desde las filas políticas de Morante exigiendo de inmediato la alcaldía para su líder.

El homenajeado alzó sus manos como si fuera un Mesías y solicitó silencio.

—El libro que mi estimado amigo el doctor Rojas ha coordinado —continuó, dedicando una mirada al médico extremeño, el cual asintió visiblemente emocionado— retrata perfectamente los cambios que mi pueblo ha conocido estos años, y también los míos propios. Sin embargo, el avance, el progreso, no se detiene. Aún podemos cambiar más, y yo quiero estar a la cabeza de ese cambio. Quiero ser el motor de ese cambio. Un cambio que, a pesar de todo, no puede olvidar el pasado. No quiero olvidar el pasado de esta ciudad, porque ese pasado es nuestra raíz, la misma que ahora parece desdibujarse. El aroma y el color de nuestra ciudad se confunden y se diluyen entre costumbres y colores de piel que no son los nuestros.

Un espeso silencio se adueñó del local. Morante estaba pulsando las teclas que hacían sonar la sinfonía de su ambiguo discurso político, sustentado únicamente por la llamada visceral a las costumbres y a un pasado local que jamás regresaría.

—Algunos me han acusado de racista —dijo Morante de un modo solemne—. Pero no lo soy. Solo soy un hijo de esta ciudad. Y un hijo ama a su madre por encima de todas las cosas. Y, como hijo, defiendo a mi madre y a su pasado sin que me tiemble el pulso.

Los aplausos estallaron de un modo tímido hasta convertirse en una atronadora ovación. El público se había puesto en pie, y los miembros del Círculo Sherlock, anonadados, se vieron en la obligación de imitar a los doscientos comensales. De modo que, levantados ante sus sillas, aplaudieron de un modo comedido. Pero la sangre de todos ellos se heló al escuchar las palabras finales del discurso de Morante.

—A quienes esperen verme un día en el banquillo de los acusados por defender a mi ciudad, les digo que nunca me verán. Si esperaban vencerme, yo les digo que nunca lo harán. Y, si cuentan con la suficiente inteligencia como para acarrearme la destrucción, estén seguros que yo no me quedaré atrás. —Morante paseó su mirada por la sala y dejó que sus palabras hicieran el efecto deseado.

Entonces estalló el griterío. Se escucharon propuestas de llevar directamente al candidato Morante a la casa consistorial aquella misma noche. No les parecía necesario celebrar elecciones, puesto que aquel hombre superaba ampliamente a sus adversarios políticos en garra, en inteligencia y especialmente en amor a aquella ciudad.

Nadie reparó en que Morante dedicó su última mirada durante el discurso a la mesa donde estaban acomodados los miembros del Círculo Sherlock. Solo ellos sabían que aquellas últimas palabras las había pronunciado James Moriarty anunciando a Holmes que lo mataría si intentaba detenerlo.

Eran las doce de la noche cuando Graciela se despertó sobresaltada y empapada en sudor. Había tenido un mal sueño. Un sueño en el que se veía a sí misma echando las cartas en un lugar que le resultaba vagamente familiar. Estaba rodeada de hombres y mujeres que comían en silencio. Los comensales parecían proceder de diferentes países, y ninguno le prestaba la menor atención. Todos sorbían la sopa que degustaban como si ella y sus cartas fueran invisibles.

Por su parte, los arcanos miraban indiferentes a Graciela anunciando la muerte de dos de aquellas personas. De pronto, Graciela reconoció el lugar en el que se encontraba durante el sueño: la Casa del Pan. La imagen del sueño se desvaneció y fue sustituida por otra en la que dos cuchillos cayeron sin piedad sobre el cuerpo de dos mujeres. Entonces, Graciela se despertó.

¿Qué podía hacer? ¿Qué debía hacer?

Pasaban diez minutos de la medianoche cuando Graciela salió a la calle. Llovía intensamente y hacía frío.

11

26 de septiembre de 2009

Llegáis tarde —dijo Sergio.

Hacía veinte minutos que se había superado la medianoche. Su hermano Marcos y José Guazo se refugiaban de la intensa lluvia bajo sendos paraguas negros. A pesar de todo, sus zapatos estaban empapados cuando llegaron a las puertas de la Casa del Pan.

—Lo siento —se disculpó Marcos—. La cena se alargó más de lo que esperábamos.

—¿Ya con Morante como alcalde? —preguntó Sergio con ironía—. ¿O al final ha tenido la decencia de esperar a que se celebren las elecciones?

—Deberías haberlo visto —respondió Guazo—. Tenía organizados a los suyos para que lo aclamaran. Me pareció vergonzoso. Parecía un césar que ha olvidado que es mortal.

—Sí, pero incluso nosotros nos pusimos en pie y aplaudimos —se lamentó Marcos.

—¿Qué otra cosa podíamos hacer? —replicó Guazo.

—Por ejemplo, no haber ido a esa pantomima —repuso Sergio secamente.

Los tres amigos se quedaron callados. Tal vez Sergio tenía razón, pensaron Marcos y Guazo. Tal vez no deberían haberse prestado a formar parte de aquella burda representación. Después de todo, ninguno de los dos había querido involucrarse en el libro editado por la Cofradía de la Historia.

—Dejemos eso ahora —dijo Sergio, mirando al cielo oscuro. Una cortina de agua caía delante de sus narices—. Nos repartiremos como habíamos planeado, ¿de acuerdo?

Cuando estaban a punto de separarse, el trío entrevió bajo el chaparrón la figura de una mujer de baja estatura que se acercaba hasta el lugar que ellos ocupaban. La desconocida se detuvo al ver a los tres hombres. Parecía indecisa, o tal vez atemorizada.

Graciela se preguntaba si no estaría cometiendo una estupidez. ¿Qué hacía ella a esas horas caminando a solas bajo aquella lluvia por unas calles en las que reinaba un demonio que asesinaba a mujeres? Además, ¿qué podía hacer ella? Ni siquiera había visto la cara del asesino en sus sueños ni tampoco los arcanos le habían revelado su identidad. Sin embargo, dos mujeres estaban a punto de morir, si es que no habían sido asesinadas ya, y se sentía en la obligación de hacer algo.

La única referencia clara que sus sueños le habían proporcionado era la Casa del Pan. Dos de las mujeres que comían allí eran acuchilladas. Eso era todo lo que sabía. ¿Debía llamar a la policía? ¿Quién la iba a creer?, se dijo. De modo que se le ocurrió que quizá pudiera avisar al cura que dirigía el comedor social.

No vio a los tres hombres hasta que estuvo a menos de cincuenta metros de ellos. Graciela se detuvo como si se hubiera convertido en estatua de sal. ¿Y si aquellos hombres eran los asesinos? Cuando estaba a punto de correr, la echadora de cartas escuchó una voz a sus espaldas.

—Graciela —gritó Sergio.

El escritor había reconocido en aquella figura menuda y semioculta por un enorme paraguas a la tarotista que le presentó Cristina Pardo. Sergio se felicitó por su excelente memoria al recordar el nombre de la mujer.

Graciela se detuvo al escuchar su nombre. Sergio cruzó la calle desafiando a la lluvia, que descargaba sin piedad su artillería más pesada.

—¡Hola! —saludó—. Soy Sergio Olmos, el amigo de Cristina Pardo, de la Oficina de Integración.

Graciela dudó durante unos segundos. Trató de hacer memoria, y pronto recordó a aquel hombre alto, de mirada verde y cabello ligeramente largo, aunque con entradas. Sergio invitó a la mujer a ir hasta la puerta de la Casa del Pan. Allí estarían protegidos de la lluvia.

Graciela miró con recelo a los dos desconocidos que aguardaban cobijados en la puerta.

—Son mi hermano Marcos y un buen amigo, el doctor Guazo —explicó Sergio—. No debe temer nada.

Graciela accedió a acompañar a Sergio. Instantes después, Olmos presentó a la mujer a sus dos compañeros. Por su parte, ya más tranquila, Graciela explicó a los tres hombres qué hacía ella por allí a esas horas. Los tres escucharon con atención a la mujer.

—Precisamente estamos aquí para tratar de impedir que eso ocurra —explicó Sergio. A continuación miró a Marcos—. Y creo que estamos perdiendo el tiempo, ¿no os parece?

Eran casi las doce y media de la noche cuando Marcos y Guazo se dirigieron a las zonas que previamente habían determinado como áreas de vigilancia. Sergio se quedó en compañía de Graciela.

—De modo que en su sueño se vio en este comedor —dijo, señalando al local que tenía a su espalda.

—Así es —contestó Graciela—. Dos mujeres que estaban comiendo en él van a ser asesinadas.

Sergio permitió que su mirada se perdiera contemplando las gotas de lluvia que se deslizaban por el paraguas de Graciela mientras le daba vueltas una vez más a una idea ya manoseada: existía alguna relación entre las mujeres asesinadas, más allá de que todas ellas, en un momento u otro, hubieran frecuentado la Casa del Pan. Sin embargo, no alcanzaba a descubrir qué hilo invisible las unía entre sí.

Adolfo Abad había bebido algo más de la cuenta aquella noche. En realidad, para que la descripción de su estado se ajustara con mayor precisión al aspecto que tenía en ese instante, habría que decir que Adolfo Abad estaba bastante borracho cuando aparcó su Seat Ibiza de segunda mano junto a las vías del ferrocarril, en la calle Alcalde del Río. Había sido un verdadero milagro que no hubiera sufrido un accidente en aquel estado. Sus compañeros de estudios deberían haber sido más severos con él. Resultaba inexplicable que lo hubieran dejado conducir en aquellas condiciones después de la cena en la que habían celebrado que Abad hubiera aprobado unas oposiciones de funcionario del gobierno regional.

Adolfo Abad tenía veintiséis años, estaba soltero, evidenciaba un claro sobrepeso y había perdido más cabello del que a él le gustaba reconocer.

Se apeó del coche y miró su reloj. Tardó bastante en enfocar la mirada. La una menos cinco. Llovía cada vez más fuerte. Tal vez la lluvia aclarase algo su mente. Adolfo deseó con todas sus fuerzas que sus padres, con quienes vivía, estuvieran ya dormidos y no lo vieran llegar en semejante estado.

La calle donde Adolfo había aparcado su coche confluía con la calle Ansar, donde estaba el domicilio familiar. A un paso de su portal se encontraba la sede del sindicato Comisiones Obreras. El entorno de la calle había experimentado unas recientes y notables mejoras: zonas peatonales, bancos anclados sobre un pavimento bermejo…

Adolfo intentó correr para evitar mojarse más de lo necesario, pero el esfuerzo estuvo a punto de hacerle vomitar. Decidió entonces avanzar pegado a la pared hasta doblar la esquina de la calle Alcalde del Río. Aquella zona estaba poco iluminada, y sentir la pared a su derecha le concedía cierta seguridad. Caminó con paso titubeante algo más de veinte metros y, al doblar la esquina, fue cuando la vio.

«Salida de coches», se leía en la puerta del garaje. A los pies de aquel portón, en un pequeño recodo oscuro que formaba el edificio en el que vivía su familia, había una mujer tendida en el suelo. Adolfo se frotó los ojos para convencerse de que aquello no era producto de la portentosa borrachera que llevaba. Se acercó a la mujer tendida en el suelo y entonces trastabilló. Un sudor frío recorrió la espalda de Adolfo Abad al descubrir que aquella mujer, rubia, delgada y de piel clara, tenía la garganta seccionada por un terrible corte.

—¡Joder! —exclamó.

Sentado en el suelo mojado, y dejándose empapar por la lluvia, buscó su teléfono móvil y llamó a la policía.

Sergio trataba de explicar a Graciela que lo más sensato era que se marchara a su casa. Al día siguiente, le prometió, hablaría con el inspector Diego Bedia, uno de los policías que investigaba aquel caso, y le contaría lo de sus sueños.

Graciela refunfuñó. Sentía que debía hacer algo, argumentó, y marcharse a casa no le parecía un comportamiento especialmente valeroso. Sergio trataba de buscar algún argumento con el que rebatir el ímpetu heroico de Graciela, cuando vio que un coche se acercaba a gran velocidad. Cuando estuvo más cerca, comprobó que se trataba de un Peugeot 207. Creyó ver a tres hombres en su interior. El vehículo frenó bruscamente, y los tres desconocidos salieron del interior y comenzaron a correr en dirección a Sergio.

Cuando estaban a unos metros de distancia, unos y otros se miraron sorprendidos.

El conductor del vehículo no era otro que el inspector Diego Bedia, y sus acompañantes eran el inspector jefe Tomás Herrera y Santiago Murillo.

—¿Se puede saber qué haces tú aquí? —preguntó Diego mientras paseaba su mirada desde Sergio hasta Graciela.

De un modo atropellado, Olmos explicó a los policías el motivo de su presencia en el barrio y luego ofreció a Graciela la posibilidad de contar su historia.

—Tú y tu hermano estáis locos —bramó Tomás Herrera—. ¿Os creéis que vivís en una historia de detectives? ¡Esto es real, coño!

—Ya sé que es real —respondió Sergio, mirando a los ojos de Herrera—. Es a mí a quien envían esas cartas.

Herrera iba a replicar cuando todos escucharon el ruido familiar de las sirenas de la policía. Faltaba un minuto para la una de la madrugada.

La mujer estaba tendida sobre el lado izquierdo, con los ojos abiertos, aunque inútiles, orientados hacia el muro. Vestía un pantalón vaquero y una camisa azul. Le habían desabrochado los botones. En la mano izquierda llevaba algo. ¿Qué era? Luego supieron que se trataba de un paquete de caramelos. ¿Y en la derecha? ¿Qué significaba aquel racimo de uvas?

Sería mucho después cuando advirtieron que en los bolsillos del pantalón había una madeja de hilo negro y un dedal de latón.

Apenas habían transcurrido cinco minutos desde que los primeros agentes llegaron al lugar donde Adolfo Abad había tenido tan trágico encuentro, cuando el Peugeot de Diego Bedia se detuvo salpicando agua de los charcos. Llovía aún con más intensidad.

Sergio había acompañado a Diego y a los otros policías. Al ver a la mujer degollada, ahogó un grito de rabia. Diego se acercó hasta Adolfo, a quien los efectos de la borrachera parecían haber abandonado. Sin embargo, no conseguía hablar con claridad, esta vez debido a los nervios que atenazaban su lengua.

Sí, dijo, la encontró al doblar la esquina. No, no había visto a nadie. Cuando él llegó, ella ya estaba allí, degollada. ¿La había tocado? No, claro que no. Había visto suficientes películas para saber que no debía hacerlo.

Mientras respondía a las preguntas, Adolfo observaba la feria que se estaba organizando a su alrededor. Cada vez llegaban más policías. Se había acordonado el lugar. Alguien había puesto unos focos. Había tipos que, como si fueran perros, parecían olfatear la zona. Habían llamado al juez, escuchó Adolfo. Sentía que todo le daba vueltas, y entonces llegó un hombre alto, fuerte, con grandes manos, perilla y patillas largas. Sin saber por qué, Adolfo pensó que era italiano. «¿La mafia? ¿Qué coño estaba pasando allí? ¿Quién era exactamente ese tipo?». Las preguntas brotaron en su mente sorteando los últimos vapores de la borrachera.

—¿La encontró usted? —preguntó Diego al testigo.

«De modo que no es un mafioso, sino un policía», se dijo Adolfo. Y volvió a repetir todo lo que sabía, que no era mucho. Alguien hizo una fotografía. Y luego otra. De pronto, Adolfo escuchó gritos.

—¿Quién ha dejado llegar hasta aquí a ese hombre? —gritó el inspector Tomás Herrera.

Bullón, haciendo caso omiso a la mirada asesina que le dirigió el policía, hizo varias fotografías más.

Diego se preguntó cómo se las había arreglado Bullón para llegar tan pronto. Meruelo no sabía nada de aquel operativo, de manera que esta vez no había sido el policía quien le avisó. Diego se prometió a sí mismo que al día siguiente hablaría con Meruelo. En ese momento, Diego sintió que alguien le agarraba del brazo.

—Estamos perdiendo el tiempo aquí —dijo Sergio—. No podemos hacer nada por esa mujer, pero va a haber otro crimen. Un doble asesinato, recuerda.

—¿Qué propones?

—He llamado a mi hermano —dijo Sergio—. Y también a Guazo.

Un hombre alto llegó corriendo bajo la lluvia. Era Marcos Olmos.

—¿Qué ha pasado? —preguntó.

—Degollada, solamente degollada —respondió Sergio—. Igual que Liz Stride. Mirad el paquete de caramelos, el racimo de uvas y todo lo demás.

—Sobre el racimo de uvas no hay acuerdo entre los investigadores —comentó Marcos.

—¿Y eso qué importa ahora? —dijo Bedia—. ¿Dónde puede cometer el siguiente crimen?

—Más cerca del centro de la ciudad —dijo Marcos—. Mitre Square, donde asesinó a Catherine Eddowes, estaba en la City.

Diego, Sergio y Marcos Olmos montaron en el Peugeot del inspector.

José Guazo vio la llamada perdida de Sergio. También él había escuchado las sirenas de los coches patrulla.

—Sergio —dijo cuando el pequeño de los dos hermanos Olmos descolgó el teléfono—, soy Guazo. ¿Qué ha pasado?

—Una mujer ha aparecido degollada cerca de las vías —explicó Sergio—. Nos equivocamos al pensar que no actuaría al otro lado de la calle José María Pereda.

—¿Dónde estáis ahora?

—Vamos en el coche del inspector Bedia —respondió el escritor—. Marcos y yo creemos que dejará a la segunda mujer no lejos de la iglesia de la Anunciación.

—Yo estoy muy cerca. Nos vemos en unos minutos.

—Guazo va camino de la iglesia —dijo Sergio a Diego y a su hermano.

El Peugeot se detuvo en medio de una lluvia infernal frente al pórtico de entrada de la iglesia de la Anunciación.

—¿Qué hacemos? —preguntó Marcos.

—Vosotros no haréis nada sin que yo os lo diga —dijo Diego Bedia mientras desenfundaba su pistola—. Herrera, Murillo y varios agentes están a punto de llegar. Quedaos en el coche mientras yo rodeo la iglesia.

—Ni lo sueñes —replicó Sergio—. Voy a encontrar a ese hijo de puta, te guste a ti o no.

Antes de que Diego fuera capaz de responder, los dos hermanos Olmos corrían desafiando a la lluvia en dirección a la iglesia. Diego farfulló una maldición. Luego vio que los dos hermanos se separaban. Sergio rodeó la iglesia por el lado izquierdo del pórtico de entrada y se dirigió hacia la zona ajardinada aneja que estaba delimitada por una especie de claustro al aire libre. Marcos, por su parte, se adentró en las calles peatonales que conducían al centro urbano.

Diego miró su reloj. Suponía que Herrera y los demás estaban a punto de llegar. Lo más prudente era esperar a que vinieran todos, pero tal vez perdería un tiempo precioso. Estaba a punto de echar a correr detrás de Sergio cuando vio que un hombre se acercaba cobijado bajo un paraguas.

—Inspector —dijo José Guazo—, soy Guazo. ¿Dónde están los demás?

—¿Ha visto a alguien? —preguntó Diego, alzando la voz. El ruido de la lluvia era ensordecedor.

—He venido desde la calle en la que asesinaron a la segunda mujer y no me he cruzado con nadie, salvo algunos coches —respondió el doctor.

Diego miró su reloj. Las dos menos diez de la madrugada. La noche era infernal. No le extrañó que apenas se vieran peatones en las calles. Los artículos de Bullón habían contribuido a meter el miedo en el cuerpo a todo el vencindario.

De pronto, en medio del tapiz que formaba el vehemente aguacero, vieron emerger a Sergio Olmos. El escritor hacía gestos con sus brazos reclamando la atención de Bedia y de Guazo. Ambos corrieron hacia Sergio y, cuando estuvieron lo suficientemente cerca de él, vieron horrorizados su rostro desencajado y pálido. El velo de terror que había en sus ojos anunció antes que sus palabras su dramático descubrimiento.

Frente a la zona ajardinada situada al norte de la iglesia, se abría una calle peatonal y una pequeña plaza en cuyo centro se alzaba un caserón de piedra de tres plantas más un sótano que en los últimos años había tenido los más variados destinos, desde ser un centro cívico para los vecinos de la zona hasta servir de sede al Juzgado número 6 de Primera Instancia e Instrucción. El edificio estaba rodeado por una zona ajardinada. Aquella plaza, junto a todo el entorno de la iglesia, se podía considerar el mojón que separaba al distrito norte del centro urbano.

En un rincón de aquella zona ajardinada el inspector Diego Bedia descubrió la causa del terror que se había adueñado de los ojos de Sergio Olmos. Junto a una pequeña construcción que imaginó que era un transformador eléctrico y bajo la atenta mirada de una soberbia conífera, descubrió el cadáver de una mujer, o más bien lo que quedaba de ella.

El cuerpo estaba tumbado sobre la espalda, con la cabeza levemente ladeada hacia la izquierda. Las palmas de ambas manos miraban hacia el cielo que, inmisericorde, seguía arrojando lluvia. Vestía una falda y una blusa. La falda estaba subida por encima del abdomen. La pierna derecha, doblada. Alguien la había degollado. La desconocida mostraba diversos cortes en los párpados y en las mejillas, y su abdomen ofrecía su contenido de forma obscena. Varias vísceras aparecían fuera del cuerpo. Sobre el hombro derecho, el mismísimo demonio había colocado parte de los intestinos de aquella mujer.

La víctima era una mujer de color, gruesa y robusta. Diego se obligó a a mirarla de nuevo a la cara. La habían acuchillado con extrema violencia el rostro. El puente de la nariz mostraba un tajo brutal que llegaba hasta la mandíbula izquierda. El hueso de la cara, al descubierto, miraba al inspector exigiendo justicia. Un demente le había cortado la punta de la nariz y se había llevado por delante el lóbulo de la oreja izquierda. Los párpados mostraban heridas de arma blanca, y lo mismo sucedía en las mejillas, en el abdomen y en el muslo derecho.

Diego Bedia contuvo el vómito y logró reunir fuerzas para solicitar refuerzos. Antes de colgar el teléfono advirtió el brillo de un dedal de cobre muy cerca del dedo anular de la víctima. Al girarse descubrió detrás de él a Sergio Olmos, sobre cuyas mejillas se mezclaban las gotas de lluvia y las lágrimas.

—No he podido impedirlo —se lamentó Sergio—. No he sabido cómo hacerlo.

LAS VIOLETAS DEL CÍRCULO SHERLOCK

PARTE

1

27 de septiembre de 2009

L a lluvia había amainado. La madrugada, fría y sangrienta, asistió imperturbable a la llegada de más policías al lugar del segundo asesinato. Mientras el inspector jefe Tomás Herrera se había quedado al frente de la investigación en la calle Ansar, Diego Bedia había logrado hacerse con las riendas de lo que sucedía en aquella pequeña plaza a la que, como en Mitre Square, se podía acceder desde más de una calle. En este caso, desde General Ceballos y Juan XXIII.

Cuando el comisario Gonzalo Barredo llegó, la zona estaba acordonada y el dispositivo habitual se había puesto en marcha. El comisario barrió con la mirada el escenario del crimen y luego posó sus ojos enrojecidos e hinchados sobre Diego Bedia.

—Cuénteme lo que sabe —pidió con voz ronca.

Diego relató todo lo que había sucedido aquella noche, sin omitir ni un solo detalle. No importaba que hubiera desobedecido las órdenes del comisario montando aquel ridículo operativo integrado solo por tres personas para tratar de cubrir un área de más de veinte mil habitantes. ¿Qué le podía reprochar Barredo? ¿Acaso le podía recriminar por haber sido mucho más intuitivo que él?

—¿Y Herrera? —preguntó el comisario.

—En el otro escenario —respondió lacónico Diego.

Pero lo mejor para Diego Bedia estaba por llegar. Sucedió alrededor de veinte minutos después de la llegada del comisario.

Eran las tres de la mañana cuando llegó el inspector Gustavo Estrada. Tenía el pelo revuelto, estaba sin afeitar y llevaba la ropa arrugada. «¿Estaría en la cama con Bea cuando lo han despertado?», se preguntó Diego. Siguiendo los pasos de Estrada hizo su aparición el silencioso Higinio Palacios. Caminaba con parsimonia y no pudo evitar que se le escapara un enorme bostezo.

—Usted y yo tenemos que hablar —dijo el comisario a Estrada a modo de saludo.

—No lo entiendo —fue lo único que acertó a decir Estrada.

—Pues está muy claro —gruñó el comisario—. Sus puñeteros rusos no han destripado a esta mujer ni han degollado a la otra.

Diego contempló la escena sin el menor disimulo. Una sonrisa se dibujó en su cara.

—A cada gorrín le llega su San Martín —dijo Murillo, mirando a Estrada por encima del hombro de Diego.

Diego se volvió y cruzó una mirada cómplice con aquel policía musculoso y noble.

—Diego, ¿por qué no ha venido Meruelo esta noche con nosotros? —preguntó Murillo.

—Confía en mí —respondió Bedia—. Ya te lo explicaré.

Diego recordó que tenía una conversación pendiente con Meruelo. Estaba seguro de que había sido él quien había filtrado a Bullón datos de la investigación. ¿Por qué lo había hecho?, se preguntó. Sin embargo, pensó mirando al periodista que estaba hablando en ese momento con Sergio y con Marcos Olmos, ¿cómo se las había ingeniado esta vez para llegar el primero?

—¿Qué haces tú aquí a estas horas? —preguntó Sergio a Bullón.

—Mi trabajo —respondió el periodista.

—¿No te fuiste con los demás después de la cena? —quiso saber Marcos.

—¿Bromeas? —dijo Bullón mientras se sonaba la nariz con un pañuelo verde que parecía bastante sucio—. Hoy es el último domingo de septiembre. Estaba convencido de que hoy iba a ser una noche histórica. Ya lo dije en la cena.

En ese momento, Guazo se unió a los tres amigos. Había llegado a tiempo de escuchar las palabras de Bullón.

—Eso es cierto —comentó el doctor—. Lo dijiste, pero ¿cómo llegaste a esa conclusión?

—Supongo que igual que vosotros tres —replicó Bullón—. El nuevo Jack juega con los días del mes y con los días de la semana. Si conseguía matar a alguna mujer esta noche tendría más repercusión que si lo hacía el próximo miércoles, que es el día 30, el día del mes del doble suceso en 1888. Si se inclinaba por el último domingo de septiembre, como así ha sido, su hazaña competirá como primera noticia del día con las elecciones municipales.

—Y, de paso, favorecerá a Morante —comentó Sergio, mirando al periodista a los ojos.

—¿Qué insinúas? —preguntó el orondo reportero.

Sergio iba a responder cuando los cuatro amigos advirtieron un revuelo entre los policías.

—¿Qué pasa ahora? —preguntó Marcos.

Los cuatro se dirigieron hacia la calle Juan XXIII.

El lugar en el que había aparecido la segunda víctima aquella noche estaba situado junto a un viejo hospital que había pertenecido a la Cruz Roja años antes. Posteriormente, había servido de centro de acogida a inmigrantes. Algo había reclamado la atención de los policías cerca de aquel viejo hospital.

Mientras corrían en aquella dirección, Sergio no pudo evitar recordar que también en los sucesos de Whitechapel un viejo hospital jugó un papel destacado. En el London Hospital estaba ingresado en los días en los que Jack cometió sus crímenes Joseph Carey Merrick, el llamado Hombre Elefante. Merrick padecía una extraña y cruel enfermedad que había deformado su cabeza hasta alcanzar un perímetro de noventa y dos centímetros, al tiempo que el rostro se veía desfigurado por enormes pliegues de piel, y su brazo derecho también se inflamó hasta el punto de quedar inutilizado.

Cuando tenía veintidós años, un hombre sin escrúpulos llamado Tom Norman comenzó a exhibir a Merrick en Whitechapel Road presentándolo con el sobrenombre de Hombre Elefante. En aquel barracón fue donde lo descubrió el doctor Frederick Treves, cirujano del London Hospital. Gracias a él, fue trasladado a una de las habitaciones del centro médico y se diagnosticó su enfermedad: elefantiasis.

La historia de Merrick causó conmoción popular. A pesar de que era un hombre impedido, su inteligencia era extraordinaria, y no menor era su sensibilidad. Pero cuando comenzaron a producirse los crímenes, algunos creyeron que Merrick era Jack; que salía cada noche, como si eso le fuera posible, vestido con una capa y una capucha negra para matar a las mujeres porque ellas lo rechazaban por su aspecto.

Por supuesto, aquella teoría era absurda. Merrick falleció el día 11 de abril de 1890, con solo veintisiete años de edad. Merrick, debido al peso de su cabeza, se veía obligado a dormir sentado, pero parece que aquella noche, conscientemente, decidió tumbarse a dormir en la cama, sabiendo que el enorme peso de su cabeza produciría una obstrucción de la tráquea.

Sergio y sus amigos se detuvieron al llegar al lugar donde varios policías, entre ellos Diego Bedia, parecían examinar una pared del hospital con mucha atención. Sergio se abrió paso entre los policías, pero, cuando vio lo que había reclamado el interés de aquellos hombres, se le heló la sangre en las venas.

«RACHE».

—¿Qué coño significa *Rache*? —preguntó en voz alta el comisario Barredo mirando a Estrada.

El interpelado se encogió de hombros. Nadie tenía la menor idea de qué significaba aquella palabra, pero era evidente que estaba escrita en la pared con sangre. A falta de que la policía científica confirmara el dato, entre los policías comenzó a circular la hipótesis de que podía ser sangre de la mujer que habían encontrado destripada.

—Es una palabra alemana. Significa «venganza».

Los policías se volvieron y miraron a Sergio Olmos, que era quien había pronunciado aquellas palabras.

—¿Han encontrado algún resto de ropa de la mujer empapada en sangre? —preguntó Bullón.

—¿A qué viene eso? —quiso saber Estrada—. ¿Quién ha avisado a esta gente? ¿Qué hacen aquí?

—Supongo que hacen su trabajo —respondió Diego, mirando a Estrada. Bedia se sintió complacido al ver que en los ojos del amante de su exmujer brillaba la rabia—. Simplemente están demostrando ser más listos que buena parte de la policía —añadió, sin dejar de mirar a Estrada a la cara.

—Explíquense —exigió el comisario.

Antes de que Sergio pudiera responder, un coche se detuvo cerca del lugar del crimen. El comisario reconoció al juez Alonso y toda su atención se centró en el recién llegado, olvidando la información que Sergio Olmos había proporcionado.

—¿Podemos ir a un lugar tranquilo? —preguntó Sergio a Diego.

El inspector miró al juez y luego a la siniestra pintada que estaba siendo fotografiada por la policía científica. Escuchó al comisario dar las oportunas explicaciones al juez. Tomás Herrera le había informado de que ya se había procedido al levantamiento del primer cadáver. La policía científica estaba haciendo su trabajo. Mientras tanto, Estrada se acercó al juez para informarle sobre el hallazgo de la pintada.

—Se trata de una palabra alemana —escuchó decir a Estrada, que sacaba pecho como si en realidad tuviera alguna idea de qué significaba aquel sangriento mensaje—; significa «venganza».

El juez miró a Estrada y asintió. A Diego no le cupo ninguna duda de que Estrada, que había llegado en último lugar, trataría de recuperar el favor del comisario y del propio juez del modo que fuera. De pronto, se sintió fuera de lugar y tremendamente irritado.

—¿Podemos ir a un lugar tranquilo? —preguntó de nuevo Sergio.

Los ojos de Diego fueron del escritor al grupillo que se había formado alrededor del juez y al que, pavoneándose como un gallo, Estrada intentaba explicar lo que no sabía.

—¿Adónde vamos? —dijo finalmente el inspector a Sergio.

Si hasta ese momento Diego Bedia había estado convencido de que la solución a aquel enigma estaba dentro de la cabeza de Sergio Olmos, aunque él todavía no la había encontrado, aquella noche esa certeza había alcanzado su máxima expresión. Volvió a sentir la misma sensación que había experimentado en varias ocasiones desde que investigaba aquel caso: se veía a sí mismo como una pieza de un extraño juego, o quizá como el personaje de ficción de una novela que alguien estaba escribiendo embozado entre las sombras.

—Mi casa no está lejos —propuso Marcos.

Todos aceptaron la invitación.

Quince minutos más tarde Marcos, Sergio, José Guazo y los policías Diego Bedia y Santiago Murillo se encontraban en el viejo piso de la familia Olmos, en una de las calles peatonales del centro de la ciudad. Marcos se ofreció a preparar café. Eran las cuatro y media de la mañana.

—El día 30 de septiembre de 1888, cuando se produjo el doble crimen —explicó Sergio—, el agente de la policía metropolitana Alfred Long encontró una extraña pintada a las tres de la mañana cuando patrullaba por Goulston Street.

—¿No me digas que alguien había escrito con sangre esa palabra alemana? —preguntó Diego con escepticismo.

—No —respondió Marcos, que llegaba cargado con una bandeja repleta de cafés—. La pintada no se había escrito con sangre, sino con tiza blanca sobre los ladrillos negros en la entrada de los números 108-119 de los edificios Wentworth Model.

—Discúlpame —dijo Diego irritado—. Todo eso es fascinante, sin duda, pero ¿qué tiene que ver con lo que hemos visto antes? Acepté venir con vosotros porque creo que todo este maldito asunto se resolverá más rapidamente si conozco lo que sabéis sobre Holmes y Jack, pero ya estoy harto de tantas historias. Ahí fuera hay un loco que ha asesinado a cuatro mujeres, y en mi propia comisaría hay gente que está tratando de arruinar mi reputación. Si pierdo el tiempo con vosotros y con vuestras aventuras de detectives, me voy a cavar mi propia fosa, de modo que dime de una puñetera vez qué tiene que ver esa pintada de tiza con lo que hemos visto antes escrito con sangre.

—*Rache* —dijo Sergio—. Nuestro asesino sigue haciendo guiños a Sherlock Holmes. Si quieres encontrar a ese hijo de puta, debes conocer lo que nosotros sabemos, como acabas de decir, de modo que escucha un momento. —Miró a Diego y esperó a que el inspector asintiera con la cabeza. Solo entonces Sergio prosiguió—: Para empezar, nuestro hombre se ha atrevido a emular a Jack dejándonos dos cadáveres cuyas heridas se asemejan extraordinariamente a las que mostraban los cuerpos de Liz Stride y Catherine Eddowes, e incluso dejó junto a sus cuerpos objetos personales similares a los que ellas llevaban en el momento de su muerte. Después, riza el rizo haciendo una pintada, igual que Jack, pero no con tiza, sino con sangre. Y escribe algo que tú, Diego, no comprendes, pero nosotros —sus ojos fueron de Marcos a Guazo— entendemos perfectamente.

—*Estudio en escarlata* —dijo Guazo—. En esa aventura, la primera que Watson comparte con Holmes, se produjo un asesinato en el número 3 de los jardines de Lauriston. El escenario era una de las cuatro casas aisladas de la calle. Dos de ellas estaban habitadas; las otras no. En una de las paredes apareció escrita con sangre esa palabra alemana.

—De modo que el criminal recrea los asesinatos de Jack, pero añade un detalle de su propia cosecha para recordar a quién reta exactamente —reflexionó Diego.

—Me reta a mí, o a Holmes —admitió Sergio—. Y debo reconocer que está ganando por goleada.

—Cuatro a cero —dijo Murillo sin poder evitarlo. Todas las miradas se volvieron hacia él—. Lo siento, discúlpenme.

—La pintada decía: «The Juwes are / The men That / Will not / be Blamed / for nothing». —Sergio guardó silencio a la espera de la reacción de Diego, pero pronto comprendió que el inglés no era precisamente el idioma que mejor dominaba el policía—. Se ha solido traducir como: «Los judíos son los hombres que no serán culpados de nada».

—¿Qué quiere decir con eso de que «se ha solido traducir»? —preguntó Murillo—. ¿Es que se puede traducir de otra forma?

—Algo así —repuso Guazo—. Esa pintada dio mucho de que hablar. Ha habido grandes debates sobre dónde apareció exactamente, sobre por qué Jack escribió *juwes,* y no *jews,* que es como se escribe «judíos» en inglés, y, sobre todo, ¿por qué se ordenó borrar por parte de la policía?

—¿Ordenaron borrar una prueba? —Diego no daba crédito a lo que escuchaba.

—Así es —tomó de nuevo la palabra Sergio—. Pero vamos por partes. —A continuación, se dirigió a su hermano—. Marcos, ¿podrías traerme la copia del informe sobre Jack?

Marcos salió del salón y regresó instantes después. Dio a su hermano una copia del dosier que ya resultaba tan familiar para el inspector Bedia.

—Veamos —dijo Sergio mientras buscaba una página en concreto—. En efecto, aquí lo tenemos. Sobre dónde estaba exactamente, hay algunas opiniones contradictorias. El superintendente Thomas Arnold declaró lo siguiente. —Sergio se aclaró la voz y leyó—: «Me llamaron la atención unas pintadas en la pared de la entrada de unas viviendas en el número 108 de la calle Goulston en Whitechapel que consistían en las siguientes palabras: "Los judíos no son (la palabra "no" había sido borrada) los hombres que no serán culpados por nada", (…) dado el lugar en el que estaba, habría sido borrada por los hombros de las personas que pasaran al entrar y salir del edificio».

—Parece que estaba en el interior de ese portal y a la altura de los hombros, ¿no? —comentó Murillo.

—Se podría decir que sí —admitió Sergio—, pero el comisario jefe sir Charles Warren, que llegó a ese lugar a las cinco y media de la mañana, dejó escrito después lo siguiente —volvió a leer—: «La escritura estaba en la jamba del arco abierto o entrada, visible para cualquiera de la calle».

—¿En qué quedamos? —preguntó Murillo—. ¿La pintada estaba en el interior y podía ser borrada por los hombros de cualquiera que pasara o estaba en la jamba y era visible para todo el mundo desde la calle?

—Pero ese es solo el enigma menor —anticipó Marcos con una media sonrisa—. Tiene más enjundia lo de la traducción.

—Ya lo creo —admitió Sergio mientras repasaba el informe que tenía entre sus manos—. Veamos: el detective Daniel Halse, de la policía de la City, copió el mensaje escrito en la pared y aseguró que parecía «aparentemente recién hecho» y «de unas tres líneas de escritura, con letra de alguien que ha ido a la escuela». Explicó que le pareció que debía ser reciente porque «por el número de personas que vivían en la casa de vecinos, creía que habría sido borrado si hubiese llevado más tiempo». Halse se mostró contrario a que fuera borrado.

—Pero, si la pintada la había hecho alguien que había ido a la escuela, como dijo ese agente, ¿por qué no escribió correctamente la palabra «judíos»? —preguntó de nuevo Murillo, que parecía fascinado con aquel asunto.

—Precisamente ahí está el problema, y es lo que ha suscitado agrias polémicas —respondió Guazo.

—Fijaos lo que publicó el *Times* el lunes 15 de octubre —dijo Sergio—: «En referencia a la escritura en la pared de una casa de la calle Goulston, hemos sido requeridos por sir Charles Warren para declarar que le han llamado la atención las alusiones de varios diarios mencionando que en el dialecto judío la palabra "judíos" se deletrea *Juwes*, él ha investigado el tema y ha averiguado que no es cierto. Ha comprobado que el equivalente en la jerga judeo-alemana *(yiddish)* es *ideen*. No ha sido probado que haya ningún dialecto o lenguaje en el que la palabra "judío" *(Jews)* se escriba *Juwes*».

—Y, entonces, ¿qué significa esa palabra? —quiso saber Murillo.

—Para algunos autores —respondió Marcos—, es una clara alusión a los Juwes, los discípulos que asesinaron a Hiram Abif, el constructor del templo de Salomón y figura simbólica de la masonería.

—¿Queréis decir que hubo una especie de confabulación masónica? —Diego Bedia rio—. Perdonad que me ría, pero me parece de lo más estrafalario.

—Bueno, es difícil pronunciarse sobre eso —reconoció Marcos—. Además, nada prueba que Jack escribiera aquella pintada, y parece también extraño que llevara encima una tiza precisamente para perder el tiempo en escribir algo tan confuso.

—Pero sí apareció allí mismo un trozo del delantal de Catherine Eddowes manchado de sangre —recordó Guazo—. Y ese trozo de tela no estaba allí cuando el agente Long había pasado por el lugar en su anterior ronda, según él mismo declaró.

—Pero la pintada tal vez estaba allí antes de que Jack arrojara el trozo del delantal —argumentó Murillo.

—Es posible —admitió Sergio—, pero si la pintada no tenía ningún interés, ¿por qué razón la policía la borró?

—¿Y por qué borró la policía aquella pintada? —Diego estaba totalmente desconcertado. Le parecía imposible que un policía profesional tomara una decisión así.

—Existen todo tipo de especulaciones —respondió Marcos Olmos—. Para empezar, este caso puso de manifiesto la terrible descoordinación entre los cuerpos de policía de la City y la policía metropolitana. El mayor Henry Smith estimaba que el asesinato había tenido lugar dentro de la City, bajo su jurisdicción, de modo que ordenó al inspector James Mac Williams y a dos detectives, Halse y Hunt, que fueran a la calle Goulston. Cuando llegaron, resultó que ya había hecho acto de presencia sir Charles Warren, responsable de la policía metropolitana. Y, al ver que Warren tenía la intención de borrar la pintada, se produjo una fuerte discusión.

—Algunos dijeron que Warren borró el mensaje con su propia mano —añadió Guazo—, y eso a pesar de que varios policías le sugirieron que no lo hiciera, o que al menos borrara solamente la palabra *Juwes*, si lo que temía, como así argumentó Warren, era un levantamiento antisemita por parte de la población del barrio.

—Escuchad lo que Warren escribió en su informe —dijo Sergio, señalando el dosier que manejaba—: «Tuvo lugar una discusión sobre si la escritura podría cubrirse o si se podría dejar parte de ella durante una hora hasta que pudiera ser fotografiada, pero una vez valorado el estado de nerviosismo de la población de Londres en general en aquel momento en que se había promovido un fuerte sentimiento contra los judíos, y el hecho de que en poco tiempo habría una gran concurrencia de gente en las calles, y al tener ante mí el informe de que, de ser dejada allí, era probable que la casa fuera destruida (en lo que, a partir de mi propia observación, yo estaba completamente de acuerdo), consideré preferible borrar la escritura en su totalidad, tras haber sacado una copia de la que adjunto un duplicado».

—Pero el mayor Smith siempre sostuvo que Warren había cometido un error imperdonable —recordó Marcos—, de manera que no toda la policía parecía estar implicada en aquel asunto, si es que realmente se trataba de una conspiración.

—Una pregunta —intervino Diego—. Cuando el agente Long encontró la pintada y el trozo de delantal en aquel portal, ¿no interrogó a los vecinos del inmueble?

—El propio Long declaró que no lo hizo —respondió Sergio—. Escuchad lo que dijo: «No interrogué a los vecinos. Había seis o siete escaleras. Las registré todas, pero no encontré huellas ni manchas de sangre».

—Parece increíble que no se le ocurriera hacerlo —comentó Murillo—. ¿Y si Jack estaba escondido allí?

—Hay un detalle que puede resultar valioso, y empiezo a pensar que también lo es para vuestra investigación. —Sergio cerró el informe y reclinó su cuerpo hacia delante—. Vamos a ver: según Long, a las dos y veinte, cuando hizo su ronda por ese lugar, allí no había ni delantal ni pintada. Y es bastante curioso que no lo viera si, como dijo el mayor Smith, a Catherine le habían cortado medio delantal, de modo que era una pieza de tela suficientemente grande como para que el policía no la viera en su ronda.

—Puede que Jack envolviera en esa tela los órganos que se había llevado —apuntó Guazo—. Tal vez solo tiró parte de ese trozo de tela.

—Es posible —admitió Sergio, pero volvió su mirada hacia Diego, como si solo hablara para él—. Pero el problema sigue siendo parecido. Fuera el trozo de tela más grande o más pequeño, el agente Long no lo ve cuando pasa por allí a las dos y veinte. Solo lo advierte a las tres de la madrugada. Pero a Catherine la habían asesinado una hora antes, y la pregunta que se me ocurre puede ser trascendente: ¿dónde estuvo Jack durante esa hora? No es posible que se encontrara en el escenario del crimen, porque la zona estaba infestada de policías, y desde Mitre Square hasta Goulston Street hay una distancia aproximada de quinientos metros. Para llegar allí, tuvo que atravesar varias calles, y debía estar manchado de sangre. Sin embargo, desaparece como si fuera invisible y una hora más tarde, deja un trozo del delantal en ese punto de la calle Goulston y hace la famosa pintada.

—¡Se escondió! —exclamó Diego. De pronto había comprendido adónde quería ir a parar Sergio Olmos—. ¡Tenía una guarida en la zona!

—Y creo que nuestro Jack también —añadió Sergio.

2

F élix Prieto había dormido mal aquella noche. Félix trabajaba como cocinero en un restaurante que gozaba de un merecido prestigio en la zona. Tenía veintisiete años, estaba casado desde hacía dos, y su esposa le había dado una feliz noticia un par de semanas antes: ¡estaba embarazada!

Desde que supo la buena nueva, Félix Prieto trabajaba aún con más entusiasmo. Se dejaba el alma en cada plato y contaba las semanas que lo separaban de su sueño de ser padre. Aunque aquella noche, después una jornada agotadora en el restaurante y cuando estaba a punto de llegar a su casa, el futuro maravilloso que se dibujaba ante él estuvo a punto de esfumarse. Fue tal el susto que Félix tardó mucho tiempo en coger el sueño.

Félix Prieto vivía en la calle Juan XXIII, a unos pasos del viejo hospital que minutos más tarde asistiría a la masiva llegada de efectivos de la policía. Cuando Félix regresaba del trabajo, bien entrada la madrugada, todo estaba en silencio en la calle. Había aparcado su coche, un Renault Clio de color gris, a dos manzanas de distancia de su portal y caminaba por la acera amparándose de la intensa lluvia bajo un paraguas. El aguacero era tan fuerte que de un modo inconsciente Félix, que era un joven de mediana estatura, avanzaba ligeramente encorvado, procurando esconderse bajo el paraguas.

El motor de un vehículo rugió en ese momento, pero el paraguas impidió que el cocinero viera a la furgoneta que se le venía encima hasta que la tuvo a solo unos metros de distancia. La luz de los focos lo cegó. Se quedó clavado en la acera, incapaz de moverse. Los segundos que lo separaban de una muerte segura los consumió pensando en su esposa embarazada y en el hijo que jamás conocería. Pero, en el último instante, la furgoneta negra que lo iba a embestir cambió su trayectoria y abandonó la acera para incorporarse a la calzada.

Félix Prieto sintió que el corazón le latía a una enorme velocidad. Sus manos se habían aflojado por el miedo y el paraguas rodaba por la acera arrastrado por el viento. La lluvia empapaba al cocinero mientras aquella furgoneta de color negro doblaba la esquina más próxima al hospital a una enorme velocidad.

Minutos después, con las manos temblorosas, Félix consiguió abrir la puerta de su piso, se quitó la ropa empapada y se metió en la cama procurando no despertar a su esposa.

Los colegios electorales abrieron sus puertas con normalidad en aquella mañana gris y húmeda. Sin embargo, la ciudad estaba convulsionada por los sucesos ocurridos de madrugada. A pesar de que los periódicos no habían podido incluir en sus páginas la escalofriante historia de las dos mujeres que habían aparecido degolladas —una de ellas, incluso, destripada—, pronto la noticia recorrió como la pólvora toda la ciudad.

Desde primeras horas de la mañana los escenarios de ambos crímenes estaban repletos de curiosos. La policía había realizado innumerables fotografías e incluso se había filmado a todos los que se arremolinaban en los alrededores con la esperanza de que, tal vez, el asesino se hubiera acercado para disfrutar del efecto que su obra producía en los demás.

El candidato Morante se tomó el primer café de la mañana solo y en la cafetería de costumbre. Había enviado a Toño Velarde al distrito norte para pulsar la opinión de los vecinos. En el barrio se mezclaba la indignación por los errores policiales —se había asegurado que el matrimonio ruso era culpable de aquellos crímenes y los vecinos que habían organizado patrullas de vigilancia habían bajado la guardia y tomaron la decisión de disolver ese sistema de control— y el miedo irracional.

—La gente cree que es el mismísimo demonio el que está asesinando a esas mujeres —le había asegurado Velarde.

Mientras saboreaba su café, Morante trataba de evaluar cuál sería el resultado de aquel cóctel explosivo en las urnas.

En la comisaría reinaba una actividad febril aquel domingo. A pesar de que tenía el día libre, José Meruelo se había presentado a trabajar después de que le hubiera llegado la noticia de los dos crímenes perpetrados aquella noche.

Le pareció extraño que Murillo y Diego Bedia no estuvieran en su puesto, pero no tardó mucho en comprender que había ocurrido algo que él no sabía. Alguien le contó que el inspector jefe Tomás Herrera, Diego Bedia y Santiago Murillo habían montado una especie de dispositivo de vigilancia aquella noche sin el conocimiento del comisario Barredo. Meruelo sintió un escalofrío al conocer ese dato. ¿Por qué no le habían dicho nada a él?

Instantes después asistió a la llegada de Murillo y de Bedia. Los dos presentaban un aspecto lamentable. Tenían la ropa empapada, los zapatos sucios y estaban sin afeitar. En los ojos de ambos se adivinaba una noche en vela.

—Meruelo, ¿puedes pasar a mi despacho? —dijo Diego.

El policía, tan silencioso como siempre, se limitó a asentir levemente con la cabeza.

—Aún no lo sabe nadie —dijo Diego sin mayores preámbulos—. He esperado a que tú me dieras una explicación.

—¿Qué quieres decir? —preguntó Meruelo, visiblemente nervioso.

—Meruelo, ¡no me jodas! —Diego dio un violento golpe sobre su mesa con una de sus enormes manos—. Le has estado pasando información a ese periodista. He visto en tu teléfono móvil que le llamabas con frecuencia. ¡Joder! Al menos podías demostrar más inteligencia y borrar las llamadas que haces.

Meruelo sintió que sus piernas temblaban. ¿Qué podía decir? Negarlo era absurdo. Respetaba a Diego Bedia más que a ningún otro policía con el que hubiera trabajado.

—Ya sabes lo que mi hijo significa para mí —dijo Meruelo con voz temblorosa—. No me perdería ni un partido suyo y dejaría que me cortaran una mano si fuera necesario para salvar uno solo de sus cabellos.

—¿A qué viene eso, Meruelo? —Diego fijó su mirada en aquel policía intachable hasta la fecha.

—Ligamento cruzado anterior —respondió Meruelo—. Tengo miedo de que, si no lo opera uno de los mejores especialistas, no vuelva a jugar al fútbol.

—Bullón te ha pagado bien —dijo Diego—. ¿Es eso lo que me quieres decir?

—Lo suficiente para que lo opere uno de los mejores especialistas del país —reconoció Meruelo—. Lo siento mucho.

El inspector Diego Bedia se sintió de pronto tremendamente cansado. No había dormido en toda la noche y la tensión a la que se había visto sometido estaba pasándole factura.

—¿Qué vas a hacer? —preguntó Meruelo.

En ese momento, Murillo interrumpió la conversación.

—Perdonad —dijo Murillo—. Diego, el comisario te llama.

—Que Murillo te ponga al día de todo —dijo Diego—. Empezad investigando si alguien del Círculo Sherlock tiene algún piso de su propiedad o alquilado en el barrio norte.

Diego entró en el despacho del comisario Barredo sin saber muy bien qué podía esperar. Descubrió que había sido el último en llegar. Ya estaban allí el propio comisario, el inspector jefe Tomás Herrera, Estrada e Higinio Palacios. Reinaba un silencio espeso. El rostro de todos los presentes delataba la enorme tensión a la que estaban sometidos.

—Supongo que se dan cuenta de la situación en la que estamos —dijo el comisario, rompiendo el incómodo silencio—. A lo largo de la mañana, periodistas de media España van a caer sobre la ciudad como una plaga de langostas, y ¿qué se encontrarán? Pues con dos nuevos cadáveres, uno de ellos destripado y con cortes brutales en el rostro, y a unos policías que habían anunciado *urbi et orbi* que los culpables de las dos muertes anteriores eran dos violinistas rusos.

Estrada se enderezó en su asiento y abrió la boca para decir algo, pero la mirada que el comisario le lanzó le hizo hundirse de nuevo en la silla.

—Y ahora resulta que los rusos van a quedar en libertad, porque el marido se había inculpado de esos crímenes temiendo que los hubiera cometido su esposa —gritó Barredo—, la cual tampoco ha matado a nadie. Y eso que uno de los mejores especialistas en homicidios de la provincia —añadió, mirando directamente a Estrada— me había asegurado que no tenía ninguna duda de que el caso estaba resuelto.

El comisario se levantó de su despacho y caminó por la sala unos segundos con la mirada perdida. Nadie se atrevía siquiera a respirar. Barredo, finalmente, se detuvo ante la ventana y miró hacia la calle.

—Esta noche he descubierto, además, que tres de mis hombres desoían mis órdenes y jugaban a héroes en ese puñetero barrio convencidos de que forman parte de una conspiración salida de un folletín detectivesco. —El comisario se giró y observó el efecto que sus palabras habían tenido en Tomás Herrera y en Diego Bedia.

Barredo regresó a su sillón y se dejó caer pesadamente en él.

—Lo más extraordinario de todo esto es que, a pesar de ello, la hipótesis más descabellada es la que más visos tiene de ser la auténtica —añadió—. De modo que, a partir de ahora, Estrada y Palacios cumplirán estrictamente las órdenes que Tomás Herrera les dé. Buscamos a un nuevo Jack el Destripador, de eso ya no le puede caber la menor duda a nadie. Y quiero tener sobre mi mesa todo lo que usted, Bedia, sepa sobre ese Círculo Sherlock.

—Lo tendrá en media hora —prometió Diego, que vio cómo se removía en su asiento Estrada.

—Sin embargo, señor… —comenzó a decir Estrada.

El comisario levantó la mano ordenándole que guardara silencio. Después, hizo un gesto para que lo dejaran solo.

A pesar de que había dormido poco y mal, Félix Prieto se levantó a las nueve de la mañana. Su esposa, Olga, estaba haciendo el desayuno. La cocina olía a café y a tostadas. Él la abrazó y la besó en el cuello con suavidad. Le gustaba el olor de su mujer recién levantada. Después, deslizó sus manos por el interior de la bata, pero ella se escabulló riéndose.

—Has visto el jaleo que hay ahí abajo —dijo Olga, señalando con una tostada más allá de la ventana.

Félix se asomó y vio a un grupo de gente que formaba un corrillo frente a un muro próximo al viejo hospital.

—La policía va y viene —comentó Olga—. No sé qué habrá pasado.

De pronto, Félix sintió un escalofrío y recordó la furgoneta negra que estuvo a punto de atropellarlo cerca de donde estaban aquellos curiosos.

—Anoche, cuando volvía a casa, me ocurrió algo extraño —dijo a su esposa.

Sergio Olmos había llegado a su hotel hacía un par de horas. Marcos estaba tremendamente cansado y, poco después de que Bedia y Murillo se fueran del piso, anunció que se iba a acostar. Guazo, por su parte, estaba extenuado. Aquella noche parecía haberlo dejado en los huesos. Al mirarlo, Sergio tuvo la impresión de estar junto a un extraño. Salvo los ojos azules y las gafas de montura dorada, apenas quedaba rastro en aquel hombre del joven estudiante de medicina que conoció veinticinco años antes.

Sergio acompañó a Guazo hasta su casa y después caminó entre la niebla de la mañana hasta su hotel. Se quitó el traje negro, que estaba sucio y húmedo, y se dio una larga ducha caliente. Después, se dejó caer en la cama. Quería dormir, pero no podía.

Las siguientes dos horas las empleó en mirar al techo y repasar cada dato que recordaba de todo lo que había vivido en aquellas últimas semanas: mensajes anónimos sacados de una novela de Sherlock Holmes, un nuevo Jack el Destripador, el Círculo Sherlock al completo en su ciudad, cuatro mujeres asesinadas... Esperaba que la pista que le había dado al inspector Bedia condujera a alguna parte. ¿Sería posible que alguno de los sospechosos tuviera un piso en el barrio donde se habían cometido los crímenes? ¿Tenía el nuevo Jack un escondite en el nuevo Whitechapel?

A las once de la mañana, Sergio comprendió que no podría dormir. Telefoneó a Cristina y le preguntó si le apetecería comer con él.

Félix Prieto se presentó en la comisaría poco después de las once de la mañana. Tenía cierta información que tal vez tuviera que ver con los crímenes que se habían cometido aquella noche, dijo al policía que salió a recibirlo en la misma puerta de entrada.

Cinco minutos después, el cocinero se encontró ante un hombre alto, moreno, de aspecto marcadamente latino, con manos grandes y perilla. Le pareció que el policía estaba cansado. Su rostro sin afeitar y sus ojos enrojecidos delataban que había pasado la noche en vela.

—Inspector Diego Bedia —se presentó el policía.

Félix sintió el fuerte apretón de manos del policía. Le gustaba la gente que saluda de ese modo.

—Este es el inspector jefe Tomás Herrera —añadió Bedia.

Félix no había reparado en aquel hombre, que estaba sentado al otro lado del despacho. Era algo mayor que el policía de las manos grandes. Era delgado, alto, llevaba el cabello gris cortado al modo militar y parecía estar en muy buena forma física. Félix lo saludó con un movimiento de cabeza.

—De modo que anoche vio usted algo extraño cerca del hospital —dijo Diego Bedia.

El cocinero necesitó solo unos minutos para hablarles de su terrible encuentro con una furgoneta negra.

—No, lo siento —dijo al final de su exposición—. No pude ver la matrícula. Llovía a mares, y bastante tuve con salvar la vida.

—Entiendo —dijo Bedia.

Cuando Félix Prieto abandonó la comisaría, Tomás Herrera y Diego se dieron el placer de ordenar por primera vez algo a Gustavo Estrada.

—Se trata de una furgoneta de la marca Citroën de color negro —le dijeron—. Tal vez alguien del Círculo Sherlock la haya comprado o alquilado en los últimos días.

Estrada se sintió humillado con aquel encargo, pero se mordió la lengua. El destino, pensó, es muy caprichoso, y él aún no había dicho su última palabra en aquel maldito asunto.

Sergio y Cristina hicieron el amor durante buena parte de la tarde. Se habían quedado profundamente dormidos cuando Diego Bedia llamó al teléfono de la joven.

Cristina cogió el teléfono y tardó unos segundos en darse cuenta de que estaba en la cama con Sergio. El escritor dormía profundamente. Eran las siete de la tarde.

—¿Sí?

—¡Hola, Cristina! —dijo Bedia al otro lado del teléfono—. Soy Diego, el novio de Marja.

—Te he reconocido a la primera. —Cristina sonrió.

—Verás, me preguntaba si podría pedirte algo.

—¿De qué se trata?

—He pensado que, como no tenemos aún ninguna idea sobre la identidad de las dos mujeres que han matado esta noche, y como tú conocías a las otras dos, tal vez pudieras reconocerlas.

Cristina guardó silencio y suspiró profundamente. A su izquierda, Sergio se removió bajó las sábanas.

—¿Sigues ahí? —preguntó Diego.

—Sí, sí —contestó Cristina—. ¿Cuándo quieres que vaya?

—¿Podrías dentro de una hora?

Sergio acompañó a Cristina hasta el Centro Anatómico Forense.

—Tengo que advertirte que la segunda mujer está destrozada —anunció Diego.

Cristina asintió, pero cuando tuvo delante el cadáver estuvo a punto de derrumbarse. ¿Quién podía haber hecho algo así?

El final del día se saldó con dos noticias. En primer lugar, las mujeres muertas tenían nombre. La joven delgada, de piel clara y cabello rubio a la que habían degollado y cuyo cuerpo había sido colocado de un modo estudiado en la esquina entre las calles Alcalde del Río y Ansar se llamaba Martina Enescu. Tenía veinte años, era rumana y trabajaba a tiempo parcial en un locutorio situado no lejos de la Casa del Pan, en donde, de vez en cuando, comía.

La mujer cuyas heridas eran más terribles y había corrido una suerte similar a Catherine Eddowes se llamaba Aminata Ndiaye, una senegalesa que también acostumbraba a frecuentar la Casa del Pan.

La segunda gran noticia del día se produjo hora y media después del cierre de los colegios electorales: Jaime Morante había perdido las elecciones. Dos ediles lo separaban de alcanzar la alcaldía. Las expectativas que tenía en el distrito norte no se habían cumplido. Precisamente, había sido allí donde había perdido los comicios.

3

Los asesinatos de Martina Enescu y de Aminata Ndiaye acapararon las portadas de los periódicos del día siguiente. Ni siquiera las elecciones y sus apretados resultados lograron competir con la información que, a cuatro columnas, recogía todos los detalles de los sucesos ocurridos en la ciudad.

El nuevo Jack el Destripador sembraba el terror en el barrio y provocaba la ira entre los vecinos, que culpaban a la policía de todo lo ocurrido.

Pero, a pesar de que las ediciones de todos los rotativos llevaban a la portada lo sucedido, el diario al que Tomás Bullón vendía sus reportajes había conseguido hacerse con la mayor parte del pastel de las ventas, y es que Bullón no había defraudado a nadie en su entrega diaria. Lo que Bullón publicaba aún no lo sabía la policía ni nadie: ¡el periodista había recibido una nueva carta supuestamente escrita por el asesino!

Clara Estévez y Enrique Sigler desayunaban en el comedor de su hotel, el mismo en el que estaba hospedado desde hacía semanas Sergio Olmos, y leían atónitos la crónica de Bullón. Ambos habían sido interrogados por la policía la tarde anterior. El inspector Diego Bedia y un policía alto y tan fuerte que parecía un atleta de halterofilia les exigieron un detallado relato de cómo había transcurrido la cena de homenaje a Jaime Morante, y de lo que ambos habían hecho después de terminar ese acto.

Ambos se habían mostrado tranquilos en su declaración. No tenían nada que ocultar. Tomaron un taxi a la puerta del hotel donde tuvo lugar el provinciano homenaje a Morante, puesto que llovía intensamente, y fueron hasta el hotel. Conservaban el tique del taxi, de modo que la policía podía encontrar al taxista y confrontar su relato. Habían llegado al hotel alrededor de las doce y media de la noche.

Clara y Sigler tenían previsto abandonar aquella ciudad decadente y triste esa misma mañana. Nada los retenía allí. Sin embargo, no pudieron ocultar un escalofrío al leer la crónica que Bullón había firmado:

DOBLE ASESINATO DEL NUEVO JACK.
EL ASESINO ESCRIBE UNA SEGUNDA CARTA

El lunes había amanecido brumoso y poco hospitalario. Pero no llovía, algo que hizo que el ánimo de Víctor Trejo mejorara. También él, como Clara y Sigler, tenía previsto marcharse por la tarde. Tenía reserva para un vuelo que lo llevaría a Madrid, y desde ahí proseguiría el viaje en el tren de Alta Velocidad Española hacia Sevilla. Pero, antes, quería despedirse de los hermanos Olmos y de Guazo.

Trejo compró el periódico en un pequeño quiosco en la plaza Mayor. El impacto de las fotografías de la portada le hizo tambalearse. Cuando logró reponerse, preguntó al quiosquero dónde podía encontrar una cafetería, y el hombre apuntó con el dedo hacia la izquierda del puesto de prensa. Víctor caminó por una amplia acera unos cincuenta metros y encontró una cafetería con cierto sabor decimonónico situada en una esquina, junto a una calle peatonal.

Una vez dentro, buscó la mesa más alejada de la barra y pidió un café con leche y un zumo de naranja. Solo entonces se permitió leer lo que Bullón había escrito:

Poco antes de entregar esta crónica, he recibido una carta similar en sus formas y en sus expresiones a la que días antes proporcioné a la policía. Alguien la había deslizado por debajo de la puerta de mi habitación. Esta misma mañana se la entregaré a la policía. La carta dice así:

No estaba bromeando, querido viejo Jefe, cuando le di el pronóstico, oirás sobre la obra de Saucy Jack mañana doble evento esta vez número uno gritó un poco no pude acabarlo de un tirón. No tuve tiempo de conseguir las orejas para la policía.
Jack el Destripador

El texto, con la excepción de algunas frases finales que el autor no ha querido añadir, es una copia exacta de una postal que recibió la Agencia Central de Noticias de Londres el lunes 1 de octubre de 1888. Carecía de fecha, pero estaba sellada ese mismo día en el London East.

La prensa de la época se hizo eco de la existencia de esa postal. El periódico *Star* publicó lo siguiente:

Un bromista que firmaba como Jack el Destripador escribió a la Agencia Central de Noticias la semana pasada, amenazando con una elaborada ligereza que en breve iba a comenzar las operaciones de nuevo en Whitechapel. Dijo que cortaría las orejas de la mujer para enviarlas a la policía. Esta mañana la misma agencia recibió una postal manchada aparentemente con sangre sucia. Estaba escrita con tinta roja.

¿Estamos ante una broma? Esa pregunta se planteó en 1888. De todas formas, personalmente no creo que sea así. La carta anterior que alguien me envió era similar a la que los investigadores conocen como «Querido Jefe». Y creo muy probable que, al contrario que otras decenas de cartas que la policía recibió en aquellos años, fuera obra del auténtico asesino.

Como el lector recordará, aquella carta fue escrita antes del doble asesinato que Jack cometió el 30 de septiembre, y a mí me enviaron esa copia antes del doble crimen que ha tenido lugar en la ciudad hace solo unas horas. En la primera carta, Jack anticipó a la policía que le iba a cortar las orejas a las mujeres. Y, desde luego, una oreja de Catherine Eddowes fue mutilada, al igual que le sucedió hace unas horas a una de las dos mujeres asesinadas.

En la postal del día 1 de octubre, Jack señaló algo que solo el verdadero asesino podía conocer: que la primera víctima había gritado un poco y que no pudo completar su trabajo. Y, en efecto, Liz Stride solo fue degollada, pero no eviscerada. Exactamente igual que le ha ocurrido a Martina Enescu en la esquina entre las calles Ansar y Alcalde del Río...

Víctor Trejo separó la mirada del periódico. ¿Cómo era posible que Bullón fuera tan imbécil? ¿Cómo había podido tener la ocurrencia de publicar el contenido de esa carta que decía haber recibido antes de entregársela a la policía?

Sergio Olmos y Cristina habían dormido juntos aquella noche. Pero apenas las primeras luces del día se filtraron por la ventana, se ducharon, se vistieron y salieron a la calle. También ellos compraron el periódico. Sergio quería saber qué había escrito Bullón, el único periodista que estuvo en el lugar de ambos asesinatos minutos después de que se encontraran los cadáveres.

Cuando leyó la crónica de Bullón, Sergio sintió un enorme malestar. Lentamente, una idea fue abriéndose paso en su mente mientras Cristina devoraba el resto del artículo:

El 2 de octubre el *East Anglian Daily Times* publicó:

SE RECIBIÓ UNA POSTAL MANCHADA DE SANGRE

La Agencia Central de Noticias recibió ayer una postal que llevaba el sello de «Londres E». La dirección y el texto estaban escritos en rojo e indudablemente por la misma persona que envió la asombrosa carta ya publicada y que se recibió unos días antes. Como en la misiva anterior, esta también hace referencia a horribles tragedias en el este de Londres, de hecho, es una continuación de la primera carta... La postal estaba manchada por ambos lados de sangre, que evidentemente ha sido impresa por el pulgar o el índice del escritor, para distorsionar la superficie arrugada de la piel... No se debe asumir necesariamente que ha sido obra del asesino; la idea que se nos ocurre de un modo natural es que todo el asunto es una broma. Pero, al mismo tiempo, la escritura de una carta previa inmediatamente anterior a que se cometieran los dos asesinatos fue una coincidencia tan singular que parece razonable suponer que el villano frío y calculador que es responsable de los crímenes ha elegido convertir el correo en un medio a través del cual transmitir a la prensa su diabólico y despiadado humor.

Y así ocurrió. Tal y como anticipaba el articulista, las cartas comenzaron a ser una pesadilla para la policía. En aquellos tiempos, la ciencia de las huellas dactilares no estaba desarrollada lo suficiente. No se tomaban las huellas a los detenidos, de modo que no se podía rastrear al autor de la carta. El texto que yo he recibido carece de manchas de sangre y, seguramente, tampoco habrá en él huellas, como ocurrió con la primera carta.

Algo que, sin embargo, nadie podrá arrebatar al autor de aquellos dos textos fue el mérito de acuñar un nombre artístico extraordinario para el asesino: Jack the Ripper.

Desde aquel momento, su nombre fue sinónimo del mal. Un verdadero demonio se movía por Whitechapel con la misma asombrosa rapidez con la que ahora parece hacerlo su imitador en el distrito norte de esta ciudad.

La noche del 30 de septiembre, en la madrugada del último domingo de aquel mes, Jack pareció ser invisible. Entre las doce cuarenta y seis y las doce cincuenta y seis asesinó a Liz Stride en un callejón oscuro situado junto a Berner Street y a las puertas de un centro obrero. Estuvo a punto de ser sorprendido, pero logró escapar sin ser detenido. Sin que sepamos el motivo, decidió ir a Mitre Square. Si tardó poco más de quince minutos en cubrir ese trayecto, tuvo apenas treinta y dos minutos para encontrar a otra mujer, convencerla para ir a un lugar más sombrío, degollarla y mutilar su rostro, y luego extirpar determinados órganos.

La otra noche, a unos pasos de donde tal vez se encuentre usted ahora, lector, alguien fue capaz de dejar a una mujer degollada en la calle Ansar, y a pesar de la llegada de la policía cuando fue descubierto el cadáver de Martina Enescu, y corriendo un riesgo extraordinario, logró dejar el cuerpo de Aminata Ndiaye brutalmente mutilado a poco más de un kilómetro de distancia.

Y todo ocurrió, como en 1888, el último domingo del mes, aunque no coincidió en esta ocasión con el día 30…

Diego Bedia leía el artículo de Bullón con el rostro crispado por la ira. Aquel hijo de puta había sido capaz de publicar una segunda carta sin entregársela primero a la policía, y para colmo concluía el artículo de un modo irresponsable, atizando aún más los ánimos de los vecinos:

El juez de instrucción Samuel Frederick Langham dictó sentencia el día 4 de octubre de 1888 sobre el caso de Eddowes: «Homicidio premeditado por persona desconocida».

Lo mismo que se había dicho en los casos anteriores. Las gentes del East End salieron a la calle exigiendo seguridad y respuestas, y entre las clases acomodadas comenzó a extenderse el temor y la inquietud: ¿qué sucedería si todo acababa en una revuelta?

Por las noches, Whitechapel y Spitalfields eran lugares fantasmas. Nadie se atrevía a transitar por allí por miedo al cuchillo de Jack. Los policías se mostraban incapaces de atraparlo, a pesar de que tomaban precauciones infantiles como usar botas con suela de goma para no hacer ruido durante sus rondas. Sin embargo, eso no evitó que el martes 2 de octubre, dos días después del doble crimen, apareciera el torso de una mujer en los cimientos de la nueva sede de Scotland Yard en Embankment.

A pesar de que algunos autores crean que fue también víctima de Jack, la mayoría de los especialistas lo niegan. De igual modo que no creen que Jack tuviera nada que ver con la aparición de un brazo de mujer el día 11 de septiembre.

Sucedió que una mujer llamada señora Potter denunció que su hija Emma, una muchacha de diecisiete años que padecía cierto retraso, llevaba desaparecida varios días. La noticia de la aparición de aquel brazo hizo que la señora Potter temiera lo peor, pero Emma apareció sana y salva más tarde.

Aquel brazo amputado que había aparecido atado a una cadena en la orilla del Támesis, junto al puente ferroviario de Grosvenor, en Pimlico, no parecía haber sido cercenado por Jack. Aun así, el clima de terror era tal que todo lo que oliera a sangre en Londres comenzó a ser atribuido al enigmático criminal.

¿Sucederá lo mismo ahora? ¿La policía logrará algún día que la gente del barrio norte pueda dormir en paz?...

Tomás Bullón demostró su sangre fría presentándose a media mañana en la comisaría. Estaba sin afeitar, con el pelo enmarañado, la corbata mal anudada y vestía la raída americana de *tweed*. Costaba imaginarse que fuera uno de los hombres del día.

Cuando lo vio, Diego tuvo que hacer verdaderos esfuerzos para controlarse.

—¿Sabe usted que podemos empapelarlo por obstaculizar una investigación oficial? —le espetó.

—Eh, eh —dijo Bullón, alzando las manos—, que yo no he obstaculizado nada. —Sacó de la americana un papel doblado y se lo entregó al inspector—. Aquí está la carta.

—Debería haberla entregado antes de publicar su contenido —gruñó Diego.

—No veo por qué —respondió tranquilamente el periodista—. Los lectores tienen el derecho a saber qué sucede. No creo que el hecho de que ustedes conozcan esta carta antes o después signifique gran cosa. El otro mensaje que recibí se lo entregué a ustedes antes que al periódico, y en cambio tenemos ahora dos muertas más.

—Es usted un hijo de puta —estalló Diego.

—Debería tener más cuidado con lo que dice a un ciudadano que ha venido aquí libremente a colaborar con ustedes —repuso Bullón.

Diego estaba a punto de perder los nervios, cuando escuchó el sonido de su teléfono móvil. Miró la pantalla y comprobó que se trataba de Sergio Olmos.

—¿Sí? —preguntó.

—Hola, Diego —respondió Sergio—. ¿Has leído el artículo de Bullón?

—Precisamente le tengo a él delante ahora mismo.

—¿Podríamos vernos en unos minutos?

—¿Qué sucede?

—Creo que sé quién ha escrito esas cartas que Bullón ha publicado.

—¿Cuánto tardarás en llegar?

—Dame diez minutos —respondió Sergio—. Y sería bueno que no dejaras que Bullón se marchara.

Sergio Olmos entró en el despacho de Diego doce minutos después de haber hablado con él por teléfono. Al inspector no le pareció extraño que lo acompañara Cristina Pardo. Parecía que la relación entre ambos iba en serio, y sintió una débil punzada de celos. La chica le parecía bastante atractiva. De inmediato, se sintió mal al descubrir por dónde circulaban sus pensamientos y lamentó no estar pasando más tiempo con Marja desde que comenzó todo aquel enredo.

Tomás Bullón se quedó con la boca abierta cuando vio entrar a Sergio en el despacho.

—¡Hombre, Sergio! —exclamó. Se levantó y extendió su mano regordeta hacia el recién llegado—. ¿Qué te trae por aquí? Te echamos de menos en el homenaje a Morante.

El periodista perító con la mirada la espalda y el trasero de Cristina sin disimulo alguno, y se sacó un pañuelo arrugado del bolsillo de su americana para pasárselo por la frente. Después, poniendo toda su atención en el culo de Cristina, lanzó un bufido. Sergio lo fulminó con la mirada.

—Me alegro de que aún estés aquí —dijo Sergio, subiéndose los calcetines negros. Los zapatos italianos espejeaban, como era costumbre en él, y el traje Hugo Boss se ajustaba a él como un guante—. Creo que te va a interesar lo que tengo que comentarle al inspector.

—¿No me digas? ¿Puedo grabarlo? —bromeó Bullón.

—Eso deberás preguntárselo al inspector, ¿no crees? —Sergio sonrió.

—Bien, ¿qué es lo que sucede? —preguntó Diego.

—Verás —respondió Sergio—, hace un rato estaba leyendo el reportaje que ha escrito mi amigo Bullón —miró al periodista de reojo y lo vio sonreír muy orgulloso— y se me han venido a la cabeza ciertos recuerdos.

Bullón frunció el entrecejo. ¿Adónde quería ir a parar Sergio?

—Como ya te he contado en alguna ocasión —prosiguió el escritor, haciendo caso omiso al cambio de expresión de Bullón—, en el Círculo Sherlock tuvimos debates bastante serios sobre los crímenes de Jack. Morante, que siempre estaba fascinado por los criminales a los que se enfrentaba Holmes, era un apasionado de Jack. Fue él quien más nos animó a recopilar aquel informe sobre los crímenes, ¿recuerdas, Tomás? —Sergio se volvió hacia el periodista, pero no aguardó su respuesta—. Pero algunos de nosotros defendíamos a Holmes de aquellos que lo criticaban por no haber investigado los crímenes de Whitechapel. El bueno de Tomás había convertido en su héroe a otro personaje de aquella historia en el que muy pocos reparan.

Diego Bedia advirtió que el periodista empalidecía. Fuera lo que fuera lo que Sergio tenía en mente, era indudable que había dado en el centro de la diana.

—Me refiero a Thomas J. Bulling. ¿Lo recuerdas, Tomás? —Sergio miró de nuevo al periodista, pero tampoco aguardó su respuesta—. Tomás mostró simpatía de inmediato por Bulling porque era periodista y porque el nombre de ambos era muy parecido. Aquello tenía su gracia, y todavía tenía más el hecho de que Bulling fuera un periodista de la Agencia Central de Noticias, donde se recibieron algunas de las famosas cartas atribuidas a Jack.

Diego Bedia entornó los ojos. Empezaba a ver hacia dónde conducía el razonamiento de Sergio.

—El caso es que algunos policías que participaron en la investigación sobre los crímenes de Jack, como el inspector jefe de detectives John George Littlechild, se mostraron convencidos de que había sido el propio Bulling el que había escrito aquellas cartas. Y otros han apuntado a su jefe, el director de la agencia, John Morre.

—Eso son estupideces —gruñó Bullón—. Es cierto que siempre me pareció que los periodistas habían jugado muy bien sus cartas en aquel asunto. Pero jamás se ha podido probar que la carta «Querido Jefe» y la postal manchada de sangre las escribiera Bulling. —Bullón tenía la boca seca y se pasó el pañuelo arrugado por la comisura de los labios—. Casi todo el mundo cree auténticas esas cartas.

—Yo no he dicho que las hubiera escrito Bulling, y no niego que pudieran ser obra de Jack —replicó Sergio sin alzar la voz—. Lo que quería decir es que tú tenías a Bulling por un ejemplo, y esta mañana recordé lo que dijiste en una de aquellas reuniones: que, si un día tuvieras entre manos una noticia como la de Jack, no dudarías en echar más leña al fuego enviándote cartas como aquella que Bulling dijo recibir y de la que dio cuenta a la policía. —Sergio miró a Diego y dijo—: ¿Me permites el dosier que te dejamos sobre Jack? Gracias —añadió cuando el inspector puso en sus manos los documentos. Después, buscó con parsimonia una página—. Escucha, Diego, lo que escribió Bulling al comisario jefe Williamson:

> *Estimado señor Williamson:*
> *A las nueve menos cinco de esta noche recibí la siguiente carta, cuyo sobre incluyo y por el cual podrá ver que es la misma caligrafía que las anteriores comunicaciones...*

Sergio leyó el contenido de una de aquellas misivas supuestamente escritas por Jack el Destripador. Cuando concluyó la lectura, todos guardaron silencio durante unos segundos, hasta que Diego lo rompió mirando a los ojos a Bullón.

—Se lo voy a preguntar solo una vez: ¿ha escrito usted esas cartas?

Bullón se pasó el pañuelo por la frente sudorosa y se retrepó en su asiento.

—Todo eso no prueba nada —farfulló—. Puras conjeturas propias de Holmes.

—¡Joder, Tomás! —exclamó Sergio—. ¿No te das cuenta de que te estás metiendo en un lío enorme? Si has escrito esas cartas, dilo ahora. ¿O debemos pensar también que fuiste tú el que escribió las notas en las que me anunciaban los crímenes? ¿Quieres que tu hija te vea en los periódicos convertido en sospechoso de asesinato?

—¡Alto, alto! —gritó Bullón—. Yo no tengo nada que ver con esas muertes.

La mención de su hija había logrado el efecto que Sergio pretendía.

—Pues está usted a un paso de que yo empiece a pensar lo contrario —dijo Bedia—. Eso por no hablar de que sé que usted ha sobornado a un policía de esta comisaría para tener acceso a información privilegiada del caso.

Bullón acusó el golpe. No esperaba que Meruelo hubiera confesado. Suponía que el policía tenía mucho que perder si admitía esa falta.

—Diego —dijo Sergio, mirando al inspector—, si Tomás admite aquí y ahora que ha escrito esas cartas, ¿qué le sucederá?

Diego reflexionó unos segundos. Si aquel imbécil había pretendido confundir a la policía, no podía quedar sin castigo. Pero tampoco estaba dispuesto a que Meruelo se viera salpicado por culpa de aquel irresponsable. Meruelo debería devolver el dinero que Bullón le había pagado, y no tenía intención de contárselo a nadie. Si Bullón guardaba silencio, tal vez todos saldrían beneficiados. Además, aquel desgraciado tenía una hija, como Diego, y la pobre niña no tenía la culpa de que su padre fuera estúpido. Si podía, le ahorraría la vergüenza de ver a su padre abriendo los informativos de todas las televisiones como principal sospechoso de haber matado a cuatro mujeres.

—Escribió usted esas cartas, ¿sí o no?

Tomás Bullón se derrumbó y dijo que sí, que él había escrito aquellas cartas porque el fuego de la noticia se alimenta con madera. Y él, Bullón, necesitaba más madera.

4

30 de septiembre de 2009

El inspector jefe Tomás Herrera ojeó los informes forenses una vez más y luego paseó su mirada gris por su despacho. Los inspectores Bedia, Estrada y Palacios lo miraban expectantes.

—Nada de nada —dijo Herrera—. Como las otras veces. Ni una huella ni un resto de ADN. Ese tipo no comete errores. No mantuvo relaciones sexuales con las víctimas, las asesinó en otro lugar diferente al sitio en el que las dejó y no había rastro alguno de drogas en los cuerpos. Las dos fueron degolladas y murieron como consecuencia de los cortes producidos en la garganta por un arma blanca extraordinariamente afilada.

La voz del inspector sonó fatigada mientras daba cuenta del terrible estado que presentaba el cadáver de Aminata Ndiaye. Su rostro estaba desfigurado, les dijo. Presentaba macabros cortes en los párpados y en las mejillas. Sobre estas últimas, el filo del arma había dibujado una especie de letra «V» invertida. Los intestinos habían sido colocados sobre el hombro derecho de la mujer. La aurícula derecha le había sido seccionada, lo mismo que el lóbulo de la oreja y la punta de la nariz. El asesino había acuchillado sin piedad el abdomen, y en su orgía de sangre habían resultado heridos el hígado y el páncreas. Al parecer, se había llevado el riñón izquierdo. También faltaba parte del útero.

La relación de heridas parecía no tener fin, pero los miembros del equipo de investigación ya habían oído lo más importante: se encontraban tan a ciegas como al principio.

—Las heridas son prácticamente idénticas a las que sufrió Catherine Eddowes —comentó Diego—. También entonces Jack se llevó el riñón izquierdo y el útero.

—Ese miserable está completamente loco —dijo entre dientes el inspector Palacios.

Higinio Palacios tenía a todo el mundo tan acostumbrado a no decir nada si no se le preguntaba algo expresamente que todas las miradas se volvieron hacia él. Bajo el espeso bigote negro, su cara estaba roja de ira.

—Estrada, ¿qué hay de la furgoneta? —preguntó Herrera.

El inspector Estrada estaba reclinado sobre el respaldo de la silla en una posición chulesca. Había escuchado el resumen del informe forense con desgana y procuraba que todos se dieran cuenta de ello. Se sentía incómodo en una comisaría que no era la suya y no soportaba que aquellos pueblerinos le vinieran a explicar a él cómo tenía que hacer su trabajo. Era cuestión de tiempo, se consolaba, que pudiera invertir el orden de las cosas y dejar a cada uno de ellos en su lugar. Mientras tanto, se conformaba con besar en público a la inspectora Larrauri, y procuraba que los besos durasen más si Diego Bedia estaba cerca.

—Nada nuevo —respondió con gesto aburrido—. Ninguno de los miembros del famoso Círculo Sherlock tiene un vehículo así a su nombre. —Hizo un alto para rascarse la entrepierna y luego prosiguió con su informe—: Hemos investigado también a gente vinculada con ese político —consultó sus notas—, el tal Morante. Tampoco parece que nadie de su entorno tenga una furgoneta de la marca Citroën.

—¿Y la parroquia? —preguntó Herrera.

—Ninguno de los dos curas tiene un vehículo así, ni tampoco el comedor social. —La entrepierna de Estrada volvió a reclamar su atención, y el inspector le dedicó unos segundos rascándose de forma ostentosa—. Por otra parte, he comprobado también si alguien de la Cofradía de la Historia es dueño de una furgoneta de esa marca, pero no ha habido suerte. También hemos preguntado en los negocios de alquiler de vehículos de toda la provincia, pero ni siquiera tienen una de esa marca.

—¿Y el piso? —preguntó el inspector jefe.

—Meruelo y Murillo han investigado esa pista hasta donde les ha sido posible —respondió Diego—. Ninguno de los posibles sospechosos tiene un piso a su nombre en esa zona, ni tampoco lo han alquilado. Sí sabemos que Toño Velarde, uno de los hombres de confianza de Jaime Morante, vive en el barrio. De todos modos, seguimos trabajando en esa idea.

—Ningún criminal puede evitar dejar huellas en sus asesinatos —dijo Herrera—. Ni siquiera los más inteligentes, como el que perseguimos. La mera forma de matar ya es un indicio. Estoy seguro de que cometerá un error.

—El problema es saber cuándo —replicó Estrada—. Estamos ante un psicópata que no tiene el menor respeto por la vida humana. Un tipo cruel, manipulador y extraordinariamente cuidadoso. Alguien así puede matar ininterrumpidamente si no se relaja.

—Pero no pretende matar ininterrumpidamente —recordó Bedia—. Está imitando a Jack el Destripador, y todo esto no es más que una especie de juego de rol siniestro con el que ha desafiado a Sergio Olmos, a quien, por alguna razón que desconocemos, odia profundamente y lo considera una representación de Sherlock Holmes, al que también parece menospreciar. Para entender a nuestro hombre, creo que debemos conocer mejor a Jack.

Diego insistió en la importancia que, en su opinión, tenía la idea que Sergio Olmos le había dado sobre que tal vez el asesino, como quizá ocurrió con Jack, tuviera un escondite en la zona. Y volvió a recordar los trabajos del profesor de psicología de la Universidad de Liverpool, David Canter, una de las máximas autoridades mundiales en la técnica del perfil geográfico de los asesinos en serie. Según la experiencia de Canter, los lugares donde se cometen los crímenes están relacionados con el domicilio del asesino, o bien con una especie de refugio en el que se esconde. Jack y su admirador debían pertenecer, según esa idea, a la categoría denominada como «merodeadores»; tipos que rastreaban la zona más próxima a su refugio en busca de sus víctimas. La teoría del círculo decía que, uniendo los puntos más alejados en los que se habían cometido los crímenes mediante un círculo, era muy probable que el asesino viviera dentro de esa área urbana, tal vez incluso en su centro.

Ni Jack ni el hombre que lo imitaba era asesinos «viajeros». El inspector de policía Kim Rossmo, especialista en el análisis del comportamiento de los asesinos, también está de acuerdo con la idea de que, a medida que aumenta la distancia de los desplazamientos para cometer los asesinatos, el número de crímenes mengua. Los asesinos en serie se muestran más seguros cerca de su refugio, aunque no tan cerca como para que sean reconocidos de inmediato.

—Sin embargo, las prostitutas de Londres no parecieron temer a Jack a pesar de que sabían que alguien estaba asesinando a las mujeres —recordó Palacios—. Todas se fueron con él, como si fuera un cliente más.

—Lo que demuestra la extraordinaria inteligencia de Jack —respondió Diego—. Debía de ser un hombre joven, de entre unos veinte y cuarenta años, de complexión normal, pero suficientemente fuerte como para inmovilizar a sus víctimas. Ellas no recelaron del hombre con el que se habían ido porque nada en él lo hacía diferente. Probablemente vestía de un modo discreto, o incluso elegante. No debía de tener defectos físicos por los cuales pudiera ser recordado. Actuaba los fines de semana, tal vez porque estaba casado y no podía ir a Whitechapel siempre que quería, o quizá porque su trabajo entre semana se lo impedía. —Diego tomó aire y se pasó la mano por la perilla—. Era atrevido, temerario. En cada crimen se superó a sí mismo mutilando más y más a sus víctimas. No le importó trabajar en la calle, en plazas o en patios donde podía ser fácilmente sorprendido. Se creía invencible.

—¿Cuántos crímenes cometió Jack? —preguntó Palacios.

—Algunos investigadores le atribuyen siete, otros incluso más, pero generalmente se cree que mató a cinco mujeres —respondió Diego—. La policía no encontró ninguna pista que los condujera hasta él, pero en aquella época no se disponía de los medios actuales. No obstante, hay que reconocer que Jack era lo que los agentes del FBI John Douglas y Roy Hazelwood denominan un «asesino organizado». Sus escenarios aparecían extrañamente preparados: los objetos personales de Annie Chapman colocados de una manera peculiar a sus pies, los intestinos de Catherine Eddowes sobre el hombro derecho, y todo lo demás.

—Todo eso está muy bien —dijo Estrada con una media sonrisa en la boca—, pero nosotros no pretendemos encerrar a Jack el Destripador, sino a un hijo de puta que está tocándonos los cojones ahora mismo.

—Una aportación muy enriquecedora —dijo con ironía Diego sin mirar a Estrada—, pero a pesar de que te parezca una pérdida de tiempo recordar lo que hizo Jack, el hombre al que perseguimos trata de imitarlo en todo lo posible. Es cierto que no mata a sus víctimas en la calle, porque hoy sería prácticamente imposible lograrlo sin ser visto, pero se las ingenia para secuestrarlas, retenerlas durante un tiempo y dejar sus cadáveres mutilados donde le parece mejor. Y hay algo de todo lo que hemos dicho que nos debería preocupar.

Diego guardó silencio y observó el efecto de sus palabras en los demás policías.

—¿A qué te refieres? —preguntó Estrada.

—Hemos dicho que los investigadores que trabajan en el análisis del perfil geográfico del asesino tienen muy en cuenta dónde se cometen los asesinatos, y que es posible que nuestro hombre tenga un refugio en la zona. Sabemos también que se desplaza en una furgoneta de color negro de la marca Citroën, pero no sabemos cómo se gana la confianza de sus víctimas, teniendo en cuenta que, como sucedía en Londres en 1888, las mujeres del barrio, especialmente las extranjeras, están informadas de cuáles son las víctimas preferidas del criminal. —Diego hizo un alto antes de añadir—: Creo que existe una relación entre las cuatro mujeres asesinadas, y no me refiero solamente al hecho de que frecuentaran más o menos el comedor social.

—¿No me digas que tú también crees que las putas que asesinó Jack se conocían entre sí y sabían que el nieto de la reina de Inglaterra se había casado con otra puta y tenían una hija? —Estrada soltó una carcajada obscena—. Eso lo vi yo en una película de Johnny Depp.

—No me refiero ahora a lo que pasó en 1888 —respondió Diego sin mirar a Estrada—. Os digo que hay algo que se nos escapa. Creo que hay un hilo invisible que las unía.

José Meruelo y Santiago Murillo habían recorrido buena parte del barrio norte visitando los pisos en alquiler, los que se habían alquilado recientemente, y habían hablado con las agencias inmobiliarias de toda la ciudad. Cuando comenzaron la investigación, lo hicieron llenos de optimismo. Al menos, se dijeron, tenían un cabo del cual tirar. La idea de que el hombre al que buscaban tuviera un refugio en el barrio parecía razonable. Eso le había permitido moverse con relativa facilidad, además de responder a la pregunta de cuál era el lugar en el que asesinaba a sus víctimas.

Cuando se recibió la información de que una furgoneta Citroën de color negro había sido vista en las inmediaciones del lugar donde fue hallada muerta Aminata Ndiaye, la hipótesis de que el asesino vivía cerca de allí se vio reforzada. Se pensó que empleaba el vehículo para transportar los cadáveres y llevarlos hasta el mismo lugar en el que los dejaba.

Pero con el paso de las horas el entusiasmo de los dos policías fue decreciendo. Ninguno de los posibles sospechosos era propietario de piso alguno en el barrio, y el hecho de que se tratara de un distrito de más de veinte mil habitantes con pisos subarrendados y habitados en muchas ocasiones por inmigrantes sin papeles no facilitaba las cosas.

Meruelo le había confesado a su compañero la conversación que había mantenido con Diego a propósito de Bullón. Murillo lo había mirado con una mezcla de incredulidad y recelo.

—No me lo puedo creer —dijo el atlético policía—. Pero ¿cómo se te ocurrió hacer algo así? ¡Te pueden empapelar!

Meruelo le explicó lo que le había ocurrido a su hijo. Daría su vida por él, explicó.

—Pero no está en peligro de muerte, coño —respondió enojado Murillo—. Es solo por el maldito fútbol.

—No lo entiendes —se defendió Meruelo—. El fútbol es su vida.

—¿Qué va a hacer Diego?

—Lo ha arreglado con Bullón —confesó Meruelo—. Le he devuelto el dinero que me pagó por las informaciones.

—¿Y tu hijo?

—Diego me va a prestar el dinero para la operación del chaval —contestó Meruelo avergonzado.

—¡Joder, Meruelo! ¡Pero si Diego anda pelado desde lo de su divorcio!

—Ha insistido. Y yo me he comprometido a devolvérselo en el plazo de un año. No me va a cobrar intereses.

—Diego es un tío cojonudo y… —Murillo interrumpió para siempre aquella frase. Miró por encima del hombro de Meruelo y entornó los ojos.

Meruelo siguió la mirada de su compañero y descubrió de inmediato qué era lo que había llamado la atención de su amigo.

—¿No es aquel Peñas, el presidente de la asociación de vecinos? —dijo Meruelo.

Desde luego que era Jorge Peñas, pero apenas lo parecía. El hombre corría como si lo persiguiera el mismísimo diablo. En la mano llevaba una bolsa de plástico.

—¿Y para qué coño puede querer alguien el riñón izquierdo de esa negra? —dijo Estrada, sonándose estruendosamente la nariz.

Tomás Herrera evitó responder al comentario evidentemente racista del inspector. Durante aquellos días, Estrada había dado suficientes muestras de desprecio hacia los inmigrantes, e incluso había hecho bromas de mal gusto sobre el sexo y la procedencia de las víctimas del asesino que buscaban.

Diego estaba a punto de responder al comentario de Estrada, cuando la respuesta llamó a la puerta.

—Perdone, señor —dijo Murillo, dirigiéndose a Tomás Herrera—, pero creo que deberían ver esto cuanto antes.

Murillo mostró una bolsa de plástico de color verde y abrió la puerta del despacho lo suficiente como para que todos vieran el rostro paralizado por el terror que mostraba Jorge Peñas, a quien conocían por ser el presidente de la asociación vecinal del barrio.

—Pasen —dijo Tomás Herrera—. ¿Qué trae ahí?

—¡Es horrible! —farfulló Peñas, que parecía haber envejecido diez años de pronto—. ¡Horrible!

El hombre se dejó caer pesadamente en la silla que le cedió Higinio Palacios. Diego le trajo un vaso de agua, y Peñas lo apuró llevándoselo a los labios con manos temblorosas.

—Lo dejaron en la puerta de mi casa —dijo—. Llamaron al timbre, pero cuando salí no había nadie. Yo vivo en un segundo piso, ¿saben? Y no tenemos ascensor. Escuché los pasos apresurados de alguien que bajaba las escaleras, pero no lo vi. Perdí demasiado tiempo mirando la caja. Debía haberlo seguido. ¡Dios mío!

Los inspectores miraron intrigados la bolsa de plástico que Murillo había colocado sobre la mesa de Tomás Herrera.

—La bolsa es mía —explicó Peñas—. Lo que dejaron en mi puerta es la caja de cartón.

Tomás Herrera sacó del interior de la bolsa de plástico una caja de cartón de color amarillo. Se trataba de una caja de unos veinte centímetros por cada lado.

—¡Dios mío! —exclamó Herrera al ver lo que contenía la caja.

—Creo que esto responde a tu pregunta —añadió Diego, mirando de reojo a Estrada.

—También dejaron esta carta —dijo Peñas, mostrando un papel doblado.

Estrada arrebató la carta a Peñas antes de que Tomás Herrera pudiera evitarlo. Estrada había sacado de alguna parte unos guantes de látex, y leyó con avidez el mensaje. La incredulidad se pintó en su rostro. La segunda lectura la hizo en voz alta:

Desde el infierno, señor Peñas. Le envío la mitad del riñón que extraje de una mujer y guardé para usted lotra parte la freí y me la comí estaba muy buena. Puedo mandarle el cuchillo lleno de sangre con el que lo saqué solo si se espera un poco.
(Firmado) Atrápeme cuando pueda, señor Peñas

—¿Qué clase de carta es esa? ¿*Lotra parte la freí?* —preguntó Herrera—. Ese cabrón no sabe escribir.

—Ya lo creo que sabe —contestó Diego—. Esperad un momento.

Diego dejó a todos con la boca abierta y salió precipitadamente del despacho de Herrera. Los demás se quedaron mirándose con incredulidad. Mientras tanto, en el fondo de la caja amarilla dormitaba un riñón humano.

Habían pasado tres días desde que las esperanzas que Jaime Morante tenía de ser el nuevo alcalde de la ciudad se habían evaporado. Desde entonces, no se había dejado ver, no había hecho declaraciones a los medios de comunicación, y nadie sabía qué planes tenía trazados.

La Cofradía de la Historia se encontraba casi al completo, con la excepción de José Guazo, en el mismo momento en el que en la comisaría se debatía sobre el siniestro presente que le había sido remitido a Jorge Peñas.

—Lo que debes pensar es que tienes una posición de fuerza que nadie podrá soslayar en la nueva Corporación —dijo Heriberto Rojas a Morante. Palmeó la espalda del candidato derrotado con afecto y luego cruzó una mirada cómplice con los demás.

El parecido de Rojas con Albert Einstein era aún más intenso aquel día: los ojos grandes; el cabello, blanco y despeinado; el mostacho cubriendo la boca, y los músculos de la cara flojos y caídos.

Morante tenía la cabeza hundida en el pecho. Aquella posición dejaba a la vista su galopante calvicie. Era la viva estampa del fracaso. Resultaba evidente que había acusado el golpe electoral mucho más de lo que estaría dispuesto a reconocer. Y, hasta cierto punto, era lógico. Morante era un hombre de éxito, brillante. La fortuna lo había acompañado como si fuera su sombra, y las expectativas que ofrecían las encuestas electorales no podían ser más halagüeñas. La tendencia del voto a su favor en el barrio norte parecía fuera de toda duda después de los asesinatos de aquellas mujeres. Su mensaje calculadamente ambiguo para no ser tildado de racista se suponía que estaba calando entre los vecinos. Se trataba de recuperar la vieja esencia de la ciudad, un mundo perdido en el que no ocurrían asesinatos como aquellos y donde no había dificultad alguna en encontrar un puesto de trabajo, porque, entre otras cosas, no había que competir con inmigrantes para lograrlo.

Pero la realidad del escrutinio demostró que todos los planes tan minuciosamente trabajados habían fracasado. Y ahí estaba ahora el candidato, rodeado por sus incondicionales de la cofradía, que trataban inútilmente de dibujar un horizonte luminoso que, todos lo sabían, en realidad no existía.

Heriberto Rojas, Santiago Bárcenas, Manuel Labrador, Marcos Olmos, Antonio Pedraja y don Luis, el viejo cura, contemplaban la caricatura de sí mismo en la que se había convertido el arrogante Jaime Morante.

Al fin, el político levantó la cabeza y miró a los cofrades con expresión ausente.

—Hay cuatro mujeres muertas, y ni siquiera eso ha cambiado el voto en ese maldito barrio —dijo Morante con voz quebrada.

Los cofrades se miraron en silencio.

Diego Bedia regresó al despacho de Tomás Herrera solo unos segundos más tarde. Traía en sus manos un dosier y pasaba sus páginas con rapidez, como si buscara algo que hubiera leído y no supiera exactamente dónde.

—¡Aquí está! —exclamó, dando un golpe con la mano en la página que buscaba—. El martes, 16 de octubre de 1888, el señor George Lusk, presidente del comité de vigilancia de Whitechapel, recibió un paquete por correo. Era una caja de cartón que contenía parte de un riñón humano. Al paquete lo acompañaba una carta.

Diego leyó en voz alta el artículo publicado por el *Times* el 19 de octubre de aquel año, en el que se reproducía la carta que Lusk había recibido y que estaba repleta de faltas de ortografía:

> *Desde el infierno, señor Lusk. Le envío la mitad de riñó que cogí de una mujer, lo guarduve para usted, lotra parte la freí y me la comí; estaba muy buena. Puedo mandarle el cuchillo lleno de sangre con el que lo saqué solo si se spera un poco.*
> *(Firmado) Atrapáme cuando pueda, señor Lusk*

Según el periódico, Lusk se tomó a broma el mensaje, pero decidió ponerlo en conocimiento del comité de vigilancia que se había organizado en el barrio. Finalmente, se recurrió al peritaje de un médico para saber si, en efecto, aquello era parte de un riñón humano. Inicialmente, Lusk consultó a su médico de cabecera, el doctor Aarons. Más tarde, los restos del riñón fueron examinados por los doctores Wiles y Reed, quienes concluyeron que se trataba de un riñón humano que había sido conservado en vino. Luego, la víscera fue llevada al Museo de Patología de Londres, llegando así a manos del doctor Thomas Horrocks Openshaw.

Para Openshaw no había duda alguna de que se trataba del riñón izquierdo de un ser humano.

—Escuchad esto —prosiguió «leyendo» Diego—. Parece ser que los informes que la policía redactó sobre este asunto se perdieron en el transcurso de los bombardeos que sufrió Londres durante la Segunda Guerra Mundial, pero al parecer se ha conservado al menos el que redactó el jefe del Departamento de Detectives, un tal James McWilliam, y que está fechado el 27 de octubre de 1888. El informe añade algunos datos más. —Diego tosió y se aclaró la garganta—: «Entonces el señor Lusk llevó el riñón y la carta a la comisaría de la calle Leman. El riñón fue remitido a esta oficina y la carta, a Scotland Yard. El inspector jefe Swanson me entregó la carta el día 20 del presente mes, yo la fotografié y se la devolví el día 24. El riñón ha sido examinado por el doctor Gordon Brown, quien opina que es humano. Se están realizando todos los esfuerzos posibles para rastrear al remitente, pero no es deseable que se dé publicidad a la opinión del doctor, ni de las acciones que en consecuencia se están llevando a cabo. Podría resultar al final que se tratase del acto de un estudiante de medicina, que no tendría dificultad en obtener el órgano en cuestión».

—Esa posibilidad que se menciona en el informe es factible, pero no me parece probable —opinó Higinio Palacios—. ¿De dónde ha sacado esa documentación? —preguntó a Bedia.

—Es una fotocopia de un dosier que los miembros del Círculo Sherlock comenzaron a elaborar hace más de veinte años, cuando estaban en la universidad —respondió Diego—. Algunos de ellos, como el doctor Guazo, han ido añadiendo datos estos años a medida que se publicaban nuevas investigaciones sobre los asesinatos de Jack.

—¡Otra vez volvemos al círculo! —exclamó Estrada.

—A pesar de lo que usted opine —dijo Herrera, mirando a Estrada—, hemos perdido un tiempo valioso estos días. Quien está detrás de la muerte de esas mujeres es alguien próximo a ese círculo, que conoce muy bien a Sergio Olmos y lo odia.

—Escuchad lo que dice aquí —intervino Diego, sin dejar que Estrada tuviera tiempo de replicar al inspector jefe—: «Algunos autores aseguran que el riñón de Catherine Eddowes que estaba en su cuerpo cuando se practicó su autopsia estaba afectado por el Mal de Bright, y el trozo del riñón que enviaron a Lusk padecía idéntica enfermedad. Por eso se terminó por concluir que, en efecto, aquel riñón era de Eddowes».

—De modo que nuestro hombre ha hecho con el riñón de Aminata Ndiaye lo mismo que Jack —recordó Herrera, dejándose caer en su silla.

—Los forenses determinarán si este riñón es el que faltaba en el cadáver de Aminata, pero me temo que será así —dijo Diego—. Y la carta que ha recibido Peñas es prácticamente una copia de la que se adjuntó con el paquete que enviaron a Lusk, que también era un dirigente vecinal. Las faltas de ortografía son simplemente una copia del texto que escribió Jack.

—Pura conjetura —se mofó Estrada—. ¿Quién sabe si aquella carta la escribió Jack o no?

—Los especialistas en esos crímenes —respondió Diego, sin mirar a Estrada— parecen estar de acuerdo en que esa carta, a la que denominan «From Hell»*, tiene todos los visos de ser auténtica. Y eso que su autor no utilizó el nombre artístico que se había concedido a sí mismo. Los periódicos *Echo, Daily Telegraph, Evening News* y *Times* publicaron el contenido de la carta. Es más, el día 29 de octubre el propio doctor Openshaw recibió una nota —prosiguió diciendo Diego sin levantar la vista del informe—: «Viejo Jefe tenías razón era el riñón izquierdo iba a operar otra vez cerca de tu hospital tal y como iba a manejar mi cuchillo a lo largo de sus sanas gargantas entonces cuerpos de polis estropearon el juego pero creo que estaré en el juego muy pronto y te enviaré otro poco de interiores. Jack the Ripper. O ha visto usted el diablo con su microscopio y su escalpelo mientras examinaba el riñón con un portaobjetos cascado».

—¿Qué forma de escribir es esa? —insistió Herrera, a quien la manera tan peculiar que Jack tenía de redactar sus cartas lo tenía intrigado.

—Según el informe —contestó Diego—, los errores fonéticos de esta carta se parecen a los cometidos en la anterior, aunque son distintos.

—¿Y nadie vio al hombre que entregó el paquete? —quiso saber Palacios.

---

* «Desde el infierno». La carta se denomina así porque Jack comienza de ese modo el mensaje.

—Al contrario de lo que ha sucedido con Peñas —señaló Diego, leyendo de nuevo el informe que tenía en sus manos—, es posible que hubiera un testigo, una tal Emily Marsh, que trabajaba como dependienta en el negocio de venta de cuero que tenía su padre en el número 218 de Jubilee Street. Según declaró, el día 15, un hombre alto y vestido como un cura entró en la tienda y le preguntó la dirección de George Lusk. La muchacha se puso bastante nerviosa y dijo al desconocido que le preguntara al doctor Aarons, que era el tesorero del comité de vigilancia. Pero el hombre insistió y pidió a Emily que anotara en un papel la dirección de Lusk. Finalmente, ella escribió: «1 de Alderney Road». Pero el tipo no se llevó el papel, sino que memorizó la dirección.

—¿Y la chica no avisó a nadie? —preguntó Palacios.

—Sí —contestó Diego—. Según dice aquí —explicó, mirando al documento que manejaba—, Emily le pidió al chico de los recados de la tienda, John Cormack, que siguiera al desconocido, pero el muchacho lo perdió de vista. Sin embargo, el padre de Emily, el señor Marsh, se lo encontró por el camino.

—¿No hay descripción de aquel hombre? —insistió Palacios.

—El *Daily Telegraph* publicó lo siguiente, según la declaración de Emily. —Diego leyó en voz alta—: «El extraño es un hombre de unos cuarenta y cinco años, seis pies de altura y complexión flaca. Llevaba un sombrero blando de felpa, calado sobre la frente, alzacuellos y un abrigo negro muy largo con un collar clerical parcialmente vuelto hacia arriba. Cara chupada y barba oscura y mostacho. El hombre habló con un acento que recordaba al de los irlandeses».

—¡Una perfecta idiotez! —exclamó Estrada, que había guardado un despectivo silencio durante varios minutos—. ¿Quién puede demostrar que aquel hombre tuviera algo que ver con el paquete que mandaron a Lusk? ¿Qué clase de pista es esa, cuando el tipo podía estar disfrazado de cura, de militar o de lo que le diera la real gana? Y lo que es más importante: ¿qué coño nos importa a nosotros cuatro? ¡Estamos sentados aquí dándole vueltas a unos crímenes que ocurrieron en Londres en 1888! ¡Por Dios! ¿Estamos locos? ¡Hay alguien matando a gente en esta ciudad! ¡Un asesino de verdad, no un psicópata que está muerto y enterrado, fuera quien fuera y se disfrazase o no de cura!

—En eso estamos todos de acuerdo —replicó Diego—, pero ya ni siquiera tú, el adalid de la teoría de los músicos rusos asesinos, puede ignorar que el hombre al que buscamos sigue casi paso a paso lo que hizo Jack. Conocer los pasos de Jack nos acercará más al hombre que buscamos que encerrar a más violinistas, ¿no crees?

La pulla de Diego hizo su efecto, y Estrada se levantó de su asiento con fuego en la mirada. El inspector jefe Herrera golpeó la mesa con furia.

—¡Señores, no voy a permitir más enfrentamientos personales entre ustedes! —bramó—. Si no son capaces de dejar a un lado sus diferencias, solicitaré al comisario que sean separados de este caso.

Herrera ordenó que se pusiera a disposición de Estrada y de Palacios una copia del dosier sobre Jack. El Destripador había asesinado a cinco mujeres, según parecía opinar la mayoría de los estudiosos. El reto de la comisaría era evitar el quinto crimen del loco que imitaba en pleno siglo XXI al criminal decimonónico.

5

30 de septiembre de 2009

Aquella noche iba a resultar trascendental para la resolución del mayor enigma que la ciudad había conocido a lo largo de su historia, pero Diego Bedia no podía saberlo cuando aguardaba a Tomás Bullón en una céntrica cafetería.

Diego consultó una vez más su reloj. Eran las nueve. Tamborileó con los dedos sobre la mesa ante la cual estaba sentado. Tenía prisa, y sin embargo el periodista se retrasaba. Tenía una cita para cenar con Sergio y con Cristina en un restaurante situado en el mismo edificio en el que Diego vivía, en el pueblo costero donde se había instalado tras su divorcio.

Diego aún debía recoger a Marja en el piso en el que ella vivía, de manera que el tiempo se le estaba escapando de entre los dedos. No obstante, necesitaba hacerle un par de preguntas a Bullón.

A las nueve y diez Tomás Bullón irrumpió en la cafetería. A Diego no le sorprendió que el atuendo del periodista consistiera una vez más en un pantalón vaquero a punto de explotar alrededor de su cintura, una camisa arrugada, una corbata cuyo color no era en absoluto el más adecuado y la familiar americana de *tweed*.

—Llega tarde —le espetó el inspector sin siquiera saludarlo.

—Tenía que enviar mi crónica —se disculpó Bullón—. Lo siento.

—¿Tiene algo que decirme? —preguntó Diego.

—Creía que era usted el que quería preguntarme algo —repuso el periodista mientras se rascaba la barba de tres días—. ¿Qué quiere que le cuente?

Diego cerró los ojos y respiró profundamente. Sabía que no debía hablarle a Bullón del paquete que Jorge Peñas había recibido si no quería arriesgarse a que el periodista divulgara la noticia antes de que los forenses hubieran hecho su trabajo para cotejar si aquel riñón pertenecía o no a Aminata Ndiaye. Sin embargo, decidió arriesgar.

—¿Tiene usted algo que ver con esto? —preguntó Diego poniendo delante de los ojos de Bullón una copia de la carta que acompañaba a la caja de cartón amarilla en la que Peñas había recibido el riñón.

Tomás Bullón leyó apresuradamente el texto. Sus pupilas se dilataron de inmediato. Era evidente que había comprendido adónde quería ir a parar el inspector.

—Le juro que yo no he escrito esa carta —aseguró Bullón.

Diego lo miró con desconfianza.

—Le prometí que no volvería a cometer una estudipez así —recordó Bullón—. Lo hice un par de veces porque necesitaba crear una noticia, nada más. Pero yo no he matado a nadie, y jamás se me ocurriría escribir algo así.

Diego seguía en silencio, estudiando al personaje que tenía delante. Los periodistas nunca le habían parecido gente de fiar, y a Bullón le creía menos que a ninguno. De todos modos, aquel hombre, a pesar de su aspecto, no era tonto. Diego había recabado información sobre él. Sabía que se había jugado la vida en determinados ambientes —narcotraficantes, redes de prostitución e incluso movimientos neonazis— para escribir sus artículos y algunos libros que, por lo que sabía, le habían reportado importantes beneficios.

Aunque jamás lo hubiera confesado, el inspector Bedia tenía una débil simpatía por aquel hombre desde que supo que estaba divorciado y que tenía una hija de la edad de Ainoa.

—Si me está mintiendo, haré que se arrepienta —dijo Diego, arrastrando las palabras. Miró a los ojos del periodista y trató de rastrear en lo más profundo si podía confiar en la palabra de aquel hombre.

—Le juro por mi hija que yo no he escrito esa carta.

—¿Tiene idea de quién puede haberlo hecho? ¿Quién cree usted que está detrás de todo esto?

Bullón se removió inquieto en su asiento. Por supuesto que él se había formulado en los últimos días aquellas mismas preguntas y naturalmente que tenía su propia opinión sobre esos crímenes. Pero carecía de pruebas. Y, aunque supiera algo, primero publicaría lo que había descubierto. Si ponía en manos de la policía lo que averiguara, posiblemente le obligarían a retrasar su reportaje, y no estaba dispuesto a correr ese riesgo.

Bullón estaba seguro de que el asesino de aquellas mujeres conocía muy bien el Círculo Sherlock. Y luego estaba aquella conversación durante la fiesta en la que Clara recibió el Premio Otoño de Novela. Aún no había logrado encajar todas las piezas, pero Bullón llevaba dándole vueltas al asunto durante varios días. Sin embargo, no fue eso lo que respondió al inspector Bedia.

—No, no sé quién ha podido escribir algo así. —Bullón miró alrededor. La cafetería estaba casi vacía. Bajó la voz y, casi en un susurro, preguntó—: ¿La carta llegó con un paquete en el que estaba envuelto un pedazo de riñón?

Diego lo miró con severidad.

—Buenas noches —dijo—. Por su propio bien, espero que no me haya mentido esta vez.

Tomás Bullón vio marcharse al policía. ¿Quién podría haber recibido una carta como aquella? Si Jack estuviera vivo, ¿a quién enviaría un riñón? Si lo descubría, Bullón sabía que tendría una exclusiva extraordinaria.

Diego recogió a Marja en su piso diez minutos después de dejar a Bullón.

—Lo siento —dijo mientras besaba a la muchacha en los labios—. ¡Estás preciosa!

Ella sonrió. Pero era cierto: Marja estaba radiante. Llevaba el cabello pelirrojo recogido en la nuca y vestía un sencillo, pero a la vez elegante, traje azul.

—No deberías llevar a alguien como yo a tu lado —comentó Diego, arqueando las cejas y mostrando su atuendo nada sofisticado: pantalón vaquero, camisa a rayas y americana negra.

—Te equivocas —se burló Marja—. Cuanto más feo aparezcas, más resplandeceré yo.

El trayecto hasta el restaurante lo consumieron charlando sobre las cosas más variadas —el trabajo de Marja, la historia de un pretendiente que le había salido a su hermana Jasmina, y cosas por el estilo—, pero ninguno mencionó los asesinatos ni el curso que seguía la investigación. Marja suponía que Diego y Sergio hablarían sobre ese tema más tarde, de modo que no preguntó nada al respecto.

Marja ya se había acostumbrado a que Diego conversara con Sergio sobre aquellos crímenes. Sabía que su novio confiaba plenamente en el escritor, y que parecía que esa relación de complicidad era correspondida por Sergio. Por otra parte, parecía lógico que ambos hablaran del caso, dado que Sergio había recibido las cartas en las que se anunciaban los asesinatos y era quien había puesto a disposición de Diego datos relevantes que habían permitido construir una línea de investigación.

Cuando llegaron al restaurante —un local limpio, de grandes ventanales desde los cuales se contemplaba una pequeña playa y, más allá, el puerto donde atracaban los pesqueros del pueblo—, Sergio y Cristina los aguardaban.

Fue una cena sencilla, a base de ensalada y pescado, regada con vino blanco. A pesar de las ganas que los dos hombres tenían de sacar a relucir el asunto de la investigación policial —especialmente Diego, que conocía el escalofriante dato del riñón enviado en una caja de cartón—, los dos procuraron no mencionarlo hasta que fueron servidos los postres. Tanto Marja como Cristina se habían mostrado especialmente contentas, y los hombres no quisieron romper la magia de la velada.

Marja se llevó a la boca la cuchara y probó el flan de queso que había pedido. Después miró a Diego y luego a Sergio.

—¿No nos vas a contar nada nuevo sobre la investigación? —Sonrió con picardía.

Diego apuró el contenido de la copa de vino que tenía en la mano. Chasqueó la lengua y dudó sobre cómo enfocar el asunto.

—Lo cierto —dijo finalmente— es que hoy ha ocurrido algo verdaderamente notable, y horrible.

Tanto Marja como Cristina lo miraron expectantes. Sergio, por su parte, se dio cuenta de que sus dedos se movían nerviosos y jugueteaban por su cuenta con unas migas de pan.

Diego necesitó apenas cinco minutos para contar lo que había sucedido: el macabro paquete que había recibido Jorge Peñas, cómo Meruelo y Murillo se habían tropezado con el dirigente vecinal en plena calle, la llegada del paquete a la comisaría, el descubrimiento del riñón, el contenido de la carta que lo acompañaba y las reflexiones que habían hecho los inspectores a propósito del mensaje que Jack envió en 1888 a George Lusk.

Cuando dejó de hablar, tanto las dos mujeres como Sergio parecían hechizados. Marja y Cristina estaban más pálidas que de costumbre. El episodio del riñón había sido especialmente desagradable. Pero el asombro de Sergio se había producido por otro motivo.

—¿Qué sucede? —preguntó Diego al escritor.

—¿Cómo dices que era la caja?

—De cartón y de color amarillo —respondió Diego—. Más o menos, así de grande. —Con la mano, señaló una altura aproximada a los veinte centímetros.

—¡Dios mío! —exclamó Sergio—. ¿Cómo he podido estar tan ciego? «La caja de cartón».

—¿Qué ocurre? —preguntó Diego.

Sergio Olmos estaba pálido como un cadáver y le temblaban los labios.

—Cariño, ¿qué sucede? —le preguntó Cristina, cogiendo la mano derecha de Sergio entre las suyas.

Sin embargo, Sergio parecía no escuchar nada ni ver otra cosa que algo que parecía estar más allá de la cristalera del restaurante; algo que solo él era capaz de ver.

De repente, se levantó de la mesa.

—Disculpadme, debo llamar a Víctor Trejo —dijo.

6

Tomás Herrera se había acostado media hora antes de que sonara su teléfono móvil. Se frotó los ojos y miró el reloj. Las doce y cuarto. «¿Quién demonios llama a estas horas?». Se dio la vuelta en la cama y volvió a experimentar aquella terrible sensación de vacío que había dejado en el lecho la muerte de su esposa. Cuando cogió el teléfono, comprobó asombrado que era Diego Bedia quien lo llamaba.

Herrera tardó unos segundos en comprender lo que el inspector Bedia le estaba contando. «El riñón. La caja de cartón. Jack. Holmes». Pero, finalmente, logró encajar todas las piezas del apresurado informe de Diego.

—¡Joder! —exclamó—. ¿Cómo es posible?

Diego le dijo que estaba de camino y que se encontrarían en la dirección que le había dado. Después de colgar el teléfono, Herrera se quedó mirando la mitad de la cama en la que siempre dormía su esposa. Él nunca se acostaba en ese lado y aún no se sentía con fuerzas para que otra mujer durmiera allí. Sin poder evitarlo, la imagen de María, la amiga de Cristina Pardo, apareció en su mente como si se tratara de una diapositiva que una mano invisible hubiera proyectado. De pronto, el ensalmo se quebró, y Herrera tomó una decisión que más tarde habría de lamentar.

Buscó en la agenda de su teléfono un número. «No quiero más conflictos en este asunto. Que venga él también».

—¿Estrada? —dijo Herrera cuando el inspector Gustavo Estrada respondió a la llamada.

—¿Qué sucede?

Herrera colocó su teléfono móvil sujeto entre su hombro derecho y la oreja mientras se ponía los pantalones. Solo necesitó un par de minutos para resumir la situación. Cuando estaba a punto de colgar escuchó la voz de una mujer susurrando junto a Estrada. «La Bea. El muy hijo de puta está con ella».

—Nos vemos allí en quince minutos —dijo Herrera.

Gustavo Estrada saltó de la cama de la inspectora Beatriz Larrauri con sorprendente agilidad.

—Era Herrera —le dijo—. Lo tenemos.

—¿A quién?

Estrada había hecho sus propios cálculos. El domicilio de Beatriz Larrauri, o sea, el viejo piso de Diego, estaba mucho más cerca del lugar donde habían sido citados que el de Tomás Herrera. En cuanto a Diego, parecía ser que venía de camino. «Si me doy prisa, les daré una lección».

Con la rapidez de un ilusionista que cambia su indumentaria en un segundo, Estrada había salido de la cama de Beatriz y adoptado la forma de un inspector de policía. Comprobó su pistola y desde el umbral de la puerta respondió a la pregunta de su amante.

—Al asesino —dijo—. Tenemos al asesino.

Estrada miró su reloj. Las doce y veinticinco. Ni rastro de Diego Bedia ni de Herrera. La carrera bajo la lluvia había merecido la pena. Sus zapatos chapotearon en un *sprint* final hasta llegar al portal. Sin dudarlo, pulsó el timbre.

Durante unos interminables segundos, solo se escuchó la lluvia cayendo con fuerza sobre los coches aparcados junto a la acera. De pronto, Estrada vio los focos de un vehículo y temió lo peor.

Afortunadamente para él, no era el coche de Diego. Miró a un lado y a otro de la calle. Herrera se retrasaba. Supuso que estaría organizando un dispositivo en toda regla.

Estrada volvió a pulsar el timbre y se pasó la mano por el cabello empapado. Estaba a punto de llamar a cualquier otro vecino del inmueble cuando escuchó la voz que tanto anhelaba oír.

—¿Quién es?

—Policía —dijo—. Le ruego que abra la puerta.

Y la puerta se abrió.

Estrada no aguardó al ascensor. Demasiado arriesgado. Tal vez llegaran los demás. De modo que subió las escaleras corriendo.

Al final de su carrera se encontró la puerta del piso abierta. Se asomó con recelo y, por primera y única vez en toda la noche, se preguntó si no estaría cometiendo una terrible equivocación entrando solo en aquella casa.

—¡Policía! —gritó.

—Adelante —respondió una voz en tono amable—. Pase al salón.

Estrada avanzó con cuidado. El cañón de su arma hendía el aire como una proa hiere la espuma del mar. El pasillo del piso era bastante largo y estaba a oscuras. Al fondo, la luz dorada de una lámpara anunciaba el salón.

—De modo que es usted el héroe que me ha descubierto.

El doctor José Guazo estaba sentado plácidamente en un sillón. Tenía sobre las piernas una lujosa edición de las aventuras de Sherlock Holmes. Vestía un batín oscuro que cubría su impecable camisa blanca y un chaleco gris.

—Debo reconocer que no le esperaba a usted —dijo Guazo—. Para serle sincero, por lo que he escuchado, no me parece usted demasiado brillante. ¿No fue idea suya encerrar a los violinistas rusos? —Guazo soltó una risita débil que terminó en un estruendoso ataque de tos—. Creo que nunca se lo agradeceré lo suficiente. Sin su colaboración, hubiera resultado difícil matar a las dos últimas mujeres.

—Está usted loco. —Estrada no quitaba ojo a Guazo—. Levántese con cuidado y mantenga las manos donde yo pueda verlas.

—¿Y Sergio? ¿Qué ha sido del gran Sherlock Holmes? —Guazo sonrió—. Sabe, me resulta gracioso que sea Estrada y no Holmes quien se lleve el gato al agua. ¡El inspector Estrada! ¡Todo un héroe!

—Dese la vuelta —dijo Estrada.

—No se preocupe, inspector. —Guazo se había puesto en pie y dejó el libro que leía con sumo cuidado sobre una mesita auxiliar—. No me voy a fugar. Pero, dígame, ¿cómo me ha descubierto?

Estrada sentía que el sudor caía por su espalda. Sus nervios estaban tensos, y lanzaba miradas preocupadas hacia la puerta del piso. En cualquier momento, Herrera y los demás aparecerían. Debía actuar con rapidez. De camino al domicilio de Guazo, había telefoneado a Tomás Bullón. Quería un primer plano poniéndole las esposas al nuevo Jack el Destripador.

—Disculpe, inspector. —Guazo reclamó la atención de Estrada—. Le pregunté que cómo me había descubierto.

Aquel tipo estaba loco, pensó Estrada. ¿Qué juego era aquel? ¿Por qué le hacía gracia que fuera él, Estrada, y no Holmes quien lo detuviera? No entendía nada.

—La caja amarilla —dijo Estrada. Herrera le había dicho no sé qué de una historia de Sherlock Holmes y una caja amarilla.

—¡Sergio! ¡Sergio vio la caja en mi casa! —exclamó Guazo, dándose un golpe en la frente—. Debí suponerlo.

De pronto, Guazo comenzó a moverse por el salón ignorando por completo a Estrada y al cañón de su arma. Estrada lo miró asombrado. El doctor parecía absorto en sus propios pensamientos.

—No hay nada tan importante como los detalles triviales —murmuró.

—¿Qué ha dicho?

—Usted es un patán —respondió Guazo con el mismo tono amable que había empleado hasta ese instante—. El mayor patán de esta historia tenía que apellidarse Estrada. —Sonrió—. Debo reconocer que ha estado usted perfecto en su papel de policía imbécil. Pero el mérito, por lo que veo, ha sido de Sergio Olmos. Solo él sabe que no hay nada tan importante como los detalles triviales*.

En ese momento, irrumpió en el piso con gran estrépito Tomás Bullón con una cámara de fotos.

—¡Aquí! ¡Aquí! —le gritó Estrada.

Fue entonces cuando Guazo hizo un gesto que provocó el desastre que sobrevino a continuación. Se llevó una mano al interior de su batín diciendo:

—Deberían darle esto a Sergio.

—¡Cuidado! —gritó Bullón, quien interpretó que Guazo pretendía sacar una pistola de su chaleco.

Estrada se giró alarmado por el grito del periodista y disparó al doctor Guazo. La primera bala se alojó en el hombro derecho del médico; la segunda perforó su pulmón.

Apenas un minuto después entraron en el piso el inspector jefe Tomás Herrera, Diego Bedia y cuatro agentes más. La escena quedó inmortalizada por la cámara fotográfica de Bullón.

Guazo yacía en un charco de sangre y mostraba una extraña expresión que mezclaba el dolor con una sonrisa amarga. La caída había dejado al descubierto un nuevo secreto del doctor: lucía un peluquín. Guazo estaba calvo por completo.

Nadie encontró un arma entre sus ropas ni en ninguna parte. Lo que el doctor quiso sacar de su bolsillo antes de recibir los disparos del inspector Estrada era un pequeño papel en el que nadie reparó. El papel había ido a parar debajo del sillón de lectura del médico.

---

* Sherlock Holmes dice esa misma frase en «El hombre del labio retorcido», *op. cit.*

7

Del 2 al 7 de octubre de 2009

Después de tantas semanas repletas de interrogantes, en los primeros días del mes de octubre, al fin, arribaron las respuestas.

José Guazo no pudo ser interrogado hasta pasados varios días. Su estado era crítico. La bala había atravesado el pulmón, pero además el examen médico aportó otras noticias inquietantes: Guazo se moría. El disparo de Estrada no había hecho más que acelerar el proceso. Guazo tenía un cáncer incurable. El historial médico había revelado que la enfermedad había brotado inicialmente en la próstata, pero, a pesar del tratamiento, se había extendido por varios órganos del cuerpo. La quimioterapia había provocado la caída del cabello, y desde entonces Guazo llevaba aquel peluquín que perdió tras recibir los disparos.

Cuando Sergio Olmos conoció la noticia del estado de salud de su amigo, sintió que le flaqueaban las piernas. Su hermano Marcos le confesó que sabía que Guazo padecía esa enfermedad, pero desconocía que estuviera en un estado tan avanzado y crítico. ¿Por qué no le había dicho nada a Sergio? No había querido preocuparle, explicó Marcos. Ya tenía problemas suficientes con aquellas cartas anónimas que había recibido y con los crímenes.

Sergio comprendió de pronto por qué cuando miraba a Guazo veía algo extraño en él. ¡El peluquín! ¡Eso era lo que hacía que el aspecto de su viejo amigo le pareciera extraño! Su estampa más demacrada y su pérdida de peso, consecuencia de su enfermedad, Sergio las había atribuido al paso del tiempo. También él había envejecido, y su hermano Marcos parecía una sombra de lo que fue, a pesar de que seguía siendo un hombre alto y de aspecto notable. Pero ahora ya no era tan robusto, y el tono amarillento de su piel lo envejecía más.

También el inspector Diego Bedia obtuvo las respuestas que andaba buscando.

Para empezar, Sergio le explicó el razonamiento que lo había llevado aquella noche en la que cenaban en compañía de Cristina y Marja a la conclusión de que el hombre al que buscaban era su amigo Guazo.

—Cuando me dijiste que el riñón que Jorge Peñas había recibido estaba dentro de una caja amarilla, tuve una intuición —dijo Sergio—. Recordé una frase de Holmes: «No veo más de lo que otros ven, pero me he adiestrado en fijarme en lo que veo»*. —Sergio miró a Diego a los ojos y añadió—: Yo había visto una caja de cartón como la que me describiste en cierta ocasión en casa de Guazo. Y de pronto dos ideas se cruzaron en mi mente. En primer lugar, una de las aventuras de Holmes titulada «La caja de cartón» comienza precisamente con el envío de una caja amarilla a la señora Susan Cushing. Cuando Susan abre la caja, descubre con horror que contiene dos orejas humanas recién cortadas. Entonces comprendí que Guazo tenía algo que ver en todo aquello. Guazo conoce las aventuras de Holmes lo suficiente como para hacer el guiño de introducir la sutil novedad, respecto a lo que Jack hizo en 1888, de enviar el riñón en una caja amarilla, como la de la aventura de Sherlock.

—¿Y la segunda idea? —preguntó Diego—. Dijiste que dos ideas se cruzaron por tu mente.

—Sí, desde luego —asintió Sergio—. La segunda reafirmó mis sospechas. Por eso os dije que tenía que llamar a Víctor Trejo.

---

* La frase pertenece a «La aventura del soldado de la piel descolorida», *op. cit.*

Verás, después de que vosotros interrogarais a Trejo, yo comí con él. Hablamos de todo y sin tapujos. Afeó mi comportamiento petulante y engreído en los años del círculo, me reprochó que le hubiera arrebatado a Clara y me abrió los ojos: todos los miembros del círculo tenían motivos para odiarme.

—¿Eso fue todo? ¿Fue así como pensaste que Guazo podía ser el asesino?

—Hubiera podido ser suficiente si lo añadía al recuerdo de la caja amarilla, pero Trejo me dijo algo que yo desconocía —respondió Sergio—. Como ya te he contado, Trejo siempre había creído que la familia real británica estaba involucrada en los asesinatos que Jack cometió. Para él, la teoría de la conspiración para evitar el escándalo que supondría que se conociera que el duque de Clarence, el nieto de la reina Victoria, había tenido relaciones, o tal vez incluso se había casado, con una prostituta llamada Annie Elizabeth Crook, era suficiente motivo para el asesinato. Jack, según Trejo, era sir William Gull, el médico de la reina. Gull mató a todas las prostitutas amigas de Annie porque ellas sabían que el duque de Clarence había tenido una hija con Annie llamada Alice.

—¿Y eso qué tiene que ver con Guazo? —se impacientó Diego.

—Verás —Sergio levantó la mano pidiendo calma a su amigo—, lo que Trejo me confesó es que una noche él y Guazo estuvieron hasta muy tarde en el círculo hablando de todo esto. Guazo también creía posible que Gull hubiera cometido aquellos crímenes, a pesar de que el médico real tenía setenta y un años en 1888 y había sufrido una apoplejía. El caso es que la tertulia entre ambos se prolongó mientras daban buena cuenta de un par de botellas de whisky, y la lengua de Guazo se fue soltando cada vez más. Habló entonces con odio de Sherlock Holmes, a quien reprochaba el modo en el que trataba a Watson, a quien José tenía por un héroe. —Sergio miró a Diego y leyó la impaciencia una vez más en su mirada, de modo que fue al grano—. Entonces fue cuando Guazo se levantó de su asiento y alzando su copa aseguró que él sería capaz de cometer aquellos mismos crímenes, y que ni Holmes ni el mismísimo Dios serían capaces de detenerlo si se lo proponía. —Sergio hizo un alto y tomó aire—. Han pasado veinticinco años, pero Trejo me confesó que la mirada de Guazo le hizo estremecer. A pesar de que ambos estaban borrachos, nunca olvidó los ojos de José cuando dijo aquellas palabras. Además, terminó su discurso con una frase que Trejo me repitió y que fue la que hizo que lo llamara de inmediato la otra noche: «Cuando un médico se tuerce, es peor que cualquier criminal». —Olmos miró a Diego y comprendió que el policía no sabía de qué le estaba hablando—. Es una frase que Holmes dice en la aventura titulada «La banda de lunares».

El inspector Bedia guardó silencio durante unos instantes. Con el ceño fruncido, parecía estar procesando la información que el escritor le había facilitado.

—Lo que no podía imaginar era el modo en el que Guazo había logrado acceder a mi ordenador —reconoció Sergio—. Y, según vuestros datos, tampoco había abandonado el país en esas fechas.

—Los médicos permitieron que lo interrogáramos por vez primera ayer —comentó Diego—. No autorizaron más que algunas preguntas, porque está realmente mal, pero al menos pudimos aclarar algunas cosas y, entre ellas, lo que me acabas de preguntar. —Diego se interrumpió. Parecía dudar sobre el modo en el que debía plantear la cuestión, o qué palabras eran las más oportunas para lo que quería decir. Finalmente, tomó una decisión—. Verás, Sergio, no sé cómo tengo que llamar a Clara Estévez. Quiero decir que si me tengo que referir a ella como tu exmujer, tu exnovia o qué.

—¡Clara! ¿Qué tiene que ver ella con Guazo? —Sergio estaba realmente sorprendido.

—Directamente, no —dijo Diego alzando las manos—, pero fue ella quien se fue de la lengua, o más bien fue el alcohol el que se la aflojó en la fiesta en la que le entregaron ese premio literario. Al parecer, a última hora de la noche había bebido más de la cuenta. Alguien sacó a relucir tu nombre, y ella comenzó a decir de todo, y muy poco bueno, sobre ti. Según Guazo confesó, se burló de tu pasión por Holmes, y fue entonces cuando mencionó que la clave de acceso a tu ordenador era *William Escott.*

Sergio se levantó de su asiento y caminó por el despacho de Diego Bedia dando tumbos, como si fuera un boxeador a punto de caer a la lona como consecuencia de un tremendo gancho de izquierda. Con la cabeza hundida en el pecho, parecía buscar en el suelo la respuesta al motivo por el cual se había equivocado tantas veces en la vida. Su arrogancia le había llevado a aquella encrucijada en la que se encontraba. Uno de sus mejores amigos, al que, sin embargo, había humillado siempre que había podido en los viejos tiempos de universidad, lo había retado y había matado simplemente por el placer de burlarse de él. Y el amor de su vida había vendido su confianza en una noche de borrachera en la que celebraba la obtención de un premio literario que había conseguido con una novela que Sergio siempre había dicho que era suya, aunque en el fondo de su corazón sabía que no era así.

—La novela de Clara —dijo de pronto a Diego—, la novela con la que ella ganó el premio no me la robó exactamente.

El inspector lo miró atónito. Sergio siempre había declarado que él tenía aquella novela prácticamente terminada, que Clara la robó, pero que no podía probarlo.

—Realmente la idea fue de Clara —confesó—. Es cierto que ella apenas aportó la génesis de la historia, y que luego fui yo quien la escribió casi por completo, pero ella leía cada capítulo y lo corregía. Los personajes principales los había imaginado ella, y Clara fue quien dio las pinceladas de color básicas. Lo justo hubiera sido que la firmáramos los dos, pero yo me había negado. Le dije que ella jamás había escrito nada, y que los lectores me eran fieles a mí. Mi firma era la que vendía, y su trabajo como agente era favorecer la mejor venta posible.

—Pero ella no aceptó. —Diego comprendió el drama.

Sergio finalizó su paseo por el despacho dejándose caer de nuevo en la silla que había ocupado.

—Así fue —confesó.

—En aquella fiesta sucedió algo más —dijo Diego, tratando de cambiar de asunto—; algo que resultó decisivo para los planes de Guazo. Es algo que tanto el doctor como Tomás Bullón han confesado.

—¿A qué te refieres?

—Según parece, Guazo conocía bien el trabajo periodístico de Bullón. Ya sabes, reportajes sobre bajos fondos, libros sobre narcotraficantes, prostitución, y demás. El caso es que, en un momento de la fiesta, Guazo le pidió a Bullón que le presentara a alguien que fuera capaz de falsificar un pasaporte o un documento de identidad.

—¿Y qué respondió Bullón?

—Pues se quedó de una pieza —contestó Diego—. Pero Guazo le aclaró que no era para él, sino para alguien a quien había tratado en cierta ocasión, un emigrante que se encontraba sin papeles.

—Y Bullón le puso en contacto con un falsificador.

Diego asintió.

—Lo que Bullón nunca vio fue la fotografía que se puso en aquel pasaporte.

—Y así fue como Guazo llegó a Inglaterra, aunque vosotros creíais que no había salido del país en esas fechas —dijo Sergio—. Supongo que Clara sabía que yo estaba en Sussex, porque en la agencia literaria estaban al corriente de mi proyecto, de modo que no tuvo problemas en encontrarme y usar mi ordenador. Pero —Sergio arqueó las cejas— ¿y las violetas? ¿Por qué envió violetas en las cartas?

—Eso aún no lo sabemos —confesó Diego—. De eso no dice nada en el diario.

—¡¿El diario?! —Sergio miró con sorpresa al inspector—. ¿Qué diario?

—Encontramos un diario cuando realizamos el registro de su piso —explicó Diego—. Por lo visto, tu amigo quería emular a Watson también en escribir, y no lo hace mal.

El diario del doctor José Guazo Vega aclaraba muchas de las preguntas que los policías no podían formularle dado su crítico estado de salud. A lo largo de más de trescientas páginas, Guazo daba muestras de una excelente cultura, un profundo conocimiento de las aventuras de Sherlock Holmes y una afilada inteligencia. Gracias a aquel diario, Diego Bedia empezó a conocer mejor al hombre que, hasta aquel momento, había tenido en vilo a la policía.

En las primeras páginas del libro, Diego descubrió la profunda huella que Dolores Carmona —Lola, como Guazo la llamaba familiarmente— había dejado en el alma del médico.

Lola Carmona había nacido dos años más tarde que José Guazo en el hospital que la Cruz Roja tenía por aquel entonces en el barrio norte. Apenas a unas manzanas de distancia del hospital se encontraba el domicilio de sus padres, Severino Carmona y Concha García.

Severino, un hombre bajo y tripudo, siempre tuvo alma de emprendedor. Se estableció en el barrio con apenas veintisiete años y recién casado. Concha, su esposa, le dio todo el amor que pudo, aunque siempre se sintió culpable por haber parido tan solo a una hija.

Ultramarinos Carmona. Así bautizó Severino el pequeño negocio que habría de servir para dar de comer a su familia a lo largo de toda la vida. Se trataba de un pequeño colmado que, con el paso del tiempo, resultó ser una referencia para cientos de vecinos de la zona. Todo se podía encontrar allí, desde leche hasta el periódico; desde fruta hasta productos de limpieza.

Ultramarinos Carmona estaba situado en la calle Leonardo Torres, justo debajo del primer piso en el que vivía la familia. En los años setenta, cuando Lola tenía quince años, sus padres compraron dos bajos comerciales anejos. El más pequeño de los dos locales sirvió para ampliar el negocio; el segundo, Severino lo convirtió en garaje.

José Guazo conoció a Lola en el instituto. Lola era una muchacha de cabello negro, corto, y unos profundos ojos azabache.

Tenía la boca grande, generosa, y cierto aire melancólico que cautivó al futuro doctor. Su noviazgo se compuso de paseos dominicales, largas sesiones de cine, miradas sobre la mesa de un café en días de lluvia y apresurados besos en algún portal.

La marcha de José Guazo a Madrid pudo haber significado el final del romance, pero, contra todo pronóstico, ambos lucharon a brazo partido por construir un amor por correo. Las cartas iban y venían de Madrid a casa de Lola, y de Ultramarinos Carmona a la capital: besos de papel, lágrimas que emborronaban la tinta del bolígrafo, promesas de futuro...

Lola cursó estudios de graduado social, y Guazo se hizo médico. Las horas, los días, los meses que mediaron entre ambos acontecimientos y su matrimonio apenas se esbozaban en el diario del doctor. En el siguiente capítulo, Lola y José estaban casados y él se había instalado como médico de familia en la ciudad en la que nació.

No tuvieron hijos. Eso ya lo sabía el inspector Bedia. Lo que desconocía es que la madre de Lola, Concha, había muerto diez años antes y que Severino estaba ingresado en una residencia de ancianos de la ciudad, víctima de una demencia senil que le había hecho olvidar no solo a su difunta esposa, sino también a Ultramarinos Carmona. Cuando su hija Lola falleció como consecuencia de un accidente de tráfico, Severino no pudo llorar, porque desconocía que un día había tenido una hija.

Cuando Concha murió y su padre comenzó a dar síntomas evidentes de su enfermedad, Lola le planteó a su esposo su deseo de mantener abiertas las puertas de la tienda de ultramarinos. Sabía que era un reto difícil, porque las grandes superficies comerciales habían herido de muerte al pequeño comercio local, pero quería intentarlo. No necesitaban el dinero, pero Lola sentía que tenía un deber que cumplir.

Hasta el día en que Lola falleció, Ultramarinos Carmona mantuvo abiertas sus puertas. La clientela había disminuido, y ya no estaba allí su padre para envolver las ventas con la sonrisa que regalaba a todo el mundo, pero al menos el negocio no daba pérdidas. Habían contratado a un matrimonio joven que se encargaba de todo. Los empleados solían ir a comprar la fruta o el pescado empleando una furgoneta Citroën de color negro que Severino había adquirido pocas semanas antes de que la enfermedad que ahora lo tenía postrado se declarase con toda su crueldad.

Cuando Lola falleció, Guazo se sintió sin fuerzas para mantener abierto aquel negocio. Nada tenía interés para él en la vida. Solo la lectura recurrente de las aventuras de Holmes y Watson lograba animarlo, además de las tertulias en la Cofradía de la Historia, a las que su amigo Marcos Olmos le había arrastrado con el propósito de evitar que se hundiera en las arenas movedizas de la melancolía.

Cuando Guazo elaboró su particular venganza contra Sherlock Holmes y contra Sergio, el piso de la calle Leonardo Torres jugó un papel esencial, lo mismo que la furgoneta negra marca Citroën.

Diego Bedia interrumpió la lectura del diario cuando leyó aquellas páginas. El recuerdo de la teoría del círculo acuñada por David Canter cruzó por su memoria. Sergio y Marcos Olmos le habían hablado de la hipótesis de Canter, un especialista en el estudio de la mente criminal de la Universidad de Liverpool. Según ese estudio, si se señalan en un mapa los puntos en los que un asesino en serie ha cometido sus crímenes y se traza a continuación un círculo que tenga por diámetro la distancia entre los dos escenarios más alejados entre sí pero que incluya en su interior los demás lugares donde se cometieron los crímenes, resultará un área en cuyo interior estará la guarida del asesino.

El inspector Bedia buscó un mapa del distrito norte y señaló con dos puntos rojos los lugares más lejanos entre sí en los que habían aparecido los cadáveres de las mujeres asesinadas por Guazo. Lo hizo simplemente por curiosidad, casi por pura diversión. El lugar donde había aparecido la primera víctima, Daniela Obando, en el pasaje donde se ubicaban los números 42 y 44 de la calle José María Pereda, y la pequeña plaza junto a la calle General Ceballos en el que fue hallado el cuerpo de Aminata Ndiaye cumplían el requisito de ser los más distantes de los cuatro escenarios. Diego trazó el círculo correspondiente y comprobó que el piso de la familia Carmona en la calle Leonardo Torres estaba en pleno centro del círculo.

Cuando la policía investigó a los miembros del Círculo Sherlock, se dijo que ninguno de ellos tenía propiedades en la zona, ni tampoco era dueño de ninguna furgoneta de color negro como la que el cocinero Félix Prieto vio huir a gran velocidad del último de los escenarios. La razón era simple: no habían investigado las propiedades de la familia de Lola. El piso, el garaje y todo lo demás seguía a nombre de Severino Carmona, a pesar de su grave enfermedad. Diego hubo de reconocer que ni Murillo ni Estrada habían estado muy finos al obviar esa posibilidad.

Sin embargo, a pesar de no ser el dueño, Guazo tenía llaves tanto de la furgoneta como del resto de las propiedades. Y el registro policial respondió a numerosas cuestiones pendientes. El propio diario del médico dedicaba un buen número de páginas a explicar las medidas que había tomado para poder llevar a cabo su macabro plan con garantías.

Desde el garaje se accedía, a través de una escalera, al piso de los Carmona. En el domicilio, Guazo había efectuado obras que habían logrado aislar por completo dos habitaciones. Cada una de ellas había sido meticulosamente forrada de plástico en cada uno de los secuestros que llevó a cabo. Las mujeres eran trasladadas allí después de que Guazo les suministrara Rohipnol, una droga del grupo de las benzodiacepinas que se comercializan en la actualidad y a las que un médico podía tener acceso sin llamar la atención.

El Rohipnol actúa como depresor del sistema nervioso, es insípido e incoloro, de modo que las mujeres aceptaban la copa a la que el doctor las invitaba sin sospechar nada, ni tampoco detectaban ningún sabor extraño en el líquido que tomaban. En poco más de veinte minutos, las víctimas estaban a merced de Guazo, que las introducía en la furgoneta. Una vez en el vehículo, el médico entraba en el garaje de los Carmona y, a través de la escalera, accedía al piso de sus suegros. Los efectos del Rohipnol se prolongaban alrededor de diez o doce horas, de modo que cuando las mujeres despertaban se encontraban en una habitación herméticamente sellada cuya puerta estaba disimulada, y en la que las paredes estaban forradas de plástico.

El Rohipnol resulta indetectable a las treinta y seis horas de haber sido consumido, de manera que cuando los cuerpos de las víctimas aparecían en los lugares a los que Guazo las llevaba en la furgoneta Citroën, tras haberlas asesinado y eviscerado según su plan, la droga no aparecía en los cuerpos tras practicar la autopsia.

Diego Bedia recordó unas palabras que escuchó a un prestigioso psiquiatra forense. Según aquel médico, un sujeto lo suficientemente inteligente y perverso podría matar a una serie de personas si es precavido y no deja restos de ADN. Empleando guantes, plásticos y otras coberturas, puede matar ininterrumpidamente si no es sorprendido por algún testigo o comete el error de relajarse por creerse invulnerable.

Cuando Sergio Olmos escuchó esa parte del relato que aparecía en el diario de Guazo, descubrió por fin el hilo que unía a las víctimas entre sí. Había dedicado muchas horas a reflexionar sobre aquella posibilidad, y no lograba explicarse el motivo por el cual aquellas mujeres, a pesar de que sabían que otras habían sido asesinadas en los últimos días, se confiaban ante el asesino. La razón era simple: lo conocían y no temían mal alguno por su parte. Y era lógico, porque todas ellas eran pacientes del doctor Guazo en la Casa del Pan.

El doctor Guazo, como Heriberto Rojas y otro colega suyo, se había ofrecido voluntariamente a colaborar con el párroco Baldomero en su proyecto social. A diferencia de los otros dos médicos, Guazo lo había hecho para dar forma a su terrible proyecto.

—Tu amigo resultó ser tan perverso como inteligente y minucioso —dijo Diego a Sergio.

Sergio asintió en silencio mientras trataba de reconstruir los hechos ocurridos en la noche del doble asesinato.

—No fue tan difícil como parece —dijo Diego, que parecía haber leído el pensamiento del escritor—. Tú y tu hermano dividisteis la zona en tres partes. Ninguno imaginó que el asesino podía actuar al otro lado de la calle José María Pereda porque los crímenes siempre se habían producido en la zona este. Guazo había asesinado ya a las dos mujeres y sus cuerpos estaban en la furgoneta. Le fue sencillo dejar el cadáver de Martina Enescu en la calle Ansar. Estaba oscuro, llovía mucho y nadie vigilaba aquella zona.

—Debí haber recordado que a Liz Stride la mataron junto a un centro obrero —se lamentó Sergio.

—Sin duda —admitió Diego—, el hecho de que allí cerca se encuentre la sede de Comisiones Obreras resultó irresistible para Guazo. Y, mientras todos nosotros nos concentramos junto al cuerpo de Martina Enescu, él tuvo tiempo de colocar el segundo cadáver a algo más de un kilómetro de distancia. A pesar de que el cocinero, Félix Prieto, vio la furgoneta cuando abandonaba el lugar a gran velocidad, Guazo no fue visto.

—Luego entró en el garaje —Sergio completó la secuencia— y ocultó el vehículo. Minutos después, apareció cerca de la iglesia, donde estábamos nosotros.

—Antes se quitó el mono aislante que empleaba —aclaró Diego—. En el registro hemos encontrado un buen lote de ellos. Cada vez que llevaba a cabo un asesinato los plásticos que forraban la habitación, los guantes, el mono y el resto de las cosas eran quemados por Guazo y sustituidos nuevamente.

—Parece increíble que no cometiera errores y que fuera capaz de urdir algo así —dijo Sergio.

—Ni ADN, ni pruebas, ni nada. Tal vez menospreciaste la inteligencia de tu amigo y su sangre fría —dijo Diego. En el tono de su voz Sergio creyó percibir cierto reproche—. Y, por cierto —añadió—, escribe realmente bien. —Diego entregó una copia del diario a Sergio Olmos—. Devuélvemelo mañana —le pidió, antes de despedirse del escritor.

8

7 de octubre de 2009

S ergio Olmos no se atrevió a abrir el diario de José Guazo
hasta que se sintió solo y a salvo en la habitación del hotel
que se había convertido en su hogar en las últimas semanas. Pero,
antes de comenzar la lectura, miró el escrito con temor. Lo que
Sergio temía encontrar allí era un retrato inédito de sí mismo; la
percepción que alguien ajeno a nosotros tiene de nuestra manera
de ser. Aquellas páginas, sospechaba, podían convertirse en un
espejo tan mágico como maldito; el haz de luz que alumbra los
rincones de nuestra intimidad que nunca ofrecemos a los demás
y cuyo acceso vedamos incluso a nosotros mismos.

¿Por qué Guazo había urdido una trama tan siniestra y
cruel? ¿Tanto odiaba a Sergio como para no dudar en asesinar
a cuatro mujeres inocentes?

El escritor sintió frías las manos, las frotó intensamente y aca-
lló el deseo que sentía desde hacía varios minutos de llamar a Marcos. Necesitaba más que nunca el apoyo de su hermano mayor,
siempre incondicional aliado. Pero temía que lo que encerraban
aquellas páginas fuera demasiado desagradable como para com-
partirlo con Marcos.

Finalmente, Sergio inspiró profundamente y abrió el diario.
Pasó por alto las páginas en las que Guazo ofrecía detalles que
solo el asesino podía saber sobre los crímenes. A Sergio no le importaba ya el modo en el que el doctor abusó de la confianza de

cuatro de sus pacientes ni la manera en la que administró el Rohipnol a aquellas desdichadas. Atrás dejó el pormenorizado relato de cada uno de los crímenes —Sergio, no obstante, sintió un escalofrío al comprobar la frialdad con la que su amigo detallaba el momento en el que entraba en la habitación que había convertido en cárcel para sus prisioneras y segaba sus vidas de un tajo antes de proceder a profanar sus cuerpos de un modo animal—. Lo que Sergio buscaba lo encontró casi al principio del diario:

> En el año 1878 me gradué como doctor en medicina por la Universidad de Londres, y a continuación pasé a Netley con objeto de cumplir el curso que es obligado para ser médico cirujano del ejército. Una vez realizados todos esos estudios, fui a su debido tiempo agregado, en calidad de médico cirujano ayudante, al Quinto de Fusileros de Northumberland. Este regimiento se hallaba en aquel entonces de guarnición en la India, y, antes de que yo pudiera incorporarme al mismo, estalló la segunda guerra de Afganistán...

Así comenzaba el doctor José Guazo su relato. En las siguientes páginas, recordaba que aquellos renglones habían sido escritos por el doctor John Hamish Watson en *Estudio en escarlata*. También mencionaba el hecho de que Watson recibió una bala explosiva en la batalla de Maiwand. El impacto destrozó el hueso, recordaba, y rozó la arteria subclavia, razón por la cual fue hospitalizado y, más tarde, pensionado y enviado de regreso a Inglaterra.

Aquella introducción servía a Guazo para recordar que su admirado médico no era ningún estúpido, como tantas veces Sherlock Holmes parecía mostrarlo. Se trataba de un médico, de un profesional con una sólida formación académica; un ávido lector y un escritor notable, a pesar de las constantes pullas que el detective con quien vivió le dedicaba de continuo por su estilo narrativo.

Watson era, decía José Guazo, un hombre sensible. Le gustaban las mujeres, pero ¿acaso era eso un delito? ¿Debía ser considerado como demérito el ser capaz de amar y dejarse amar? ¿Cómo se atrevía a juzgarlo un hombre como Holmes, frío, inhóspito, autodestructivo, insensible hasta rozar la crueldad, entregado en brazos de la morfina y la cocaína, y que despreciaba todas las ideas que no fueran producto de su indudable perspicacia?

Aun así, durante sesenta aventuras, en opinión de Guazo, Holmes martirizó a Watson:

«No creo ser más torpe que cualquier hijo de vecino y, sin embargo, siempre que trataba con Sherlock Holmes me sentía agobiado por mi propia estupidez»[*].

«Usted no es más que un médico general, con una experiencia limitada y un historial académico mediocre», «¿Voy a tener que demostrarle su propia ignorancia?»[**].

«No cabe duda de que soy estúpido, pero tengo que confesar que soy incapaz de seguirle»[***].

«Puede que usted no sea luminoso, pero es un conductor lumínico. Hay hombres que, sin estar dotados de genio, poseen una destacada capacidad de estimularlo en otras personas»[****].

«Si repasa usted esas narraciones con las que lleva tanto tiempo atormentando al sufrido público»[*****].

«Este caso no es para usted, Watson; es mental, no físico»[******].

«Holmes casi nunca mostraba reconocimiento a quien le proporcionaba una información»[*******].

«Las ideas de mi amigo Watson, aunque limitadas, son sumamente pertinaces»[********].

---

[*] Frase escrita por Watson en «La liga de los hombres pelirrojos», aventura publicada en *The Strand Magazine* en agosto de 1891.

[**] Holmes a Watson en «La aventura del detective moribundo», *op. cit.*

[***] Watson en «El carbunclo azul», *op. cit.*

[****] Holmes a Watson en *El sabueso de los Baskerville*, *op. cit.*

[*****] Holmes a Watson en «La aventura de Wisteria Lodge», *op. cit.*

[******] Holmes a Watson en «La aventura de los tres estudiantes», publicada en *The Strand Magazine* en junio de 1904.

[*******] Watson sobre Holmes en «El vampiro de Sussex», *op. cit.*

[********] «La aventura del soldado de la piel descolorida», *op. cit*

Guazo afirmaba en su diario que podría añadir decenas de frases tan humillantes como las que había citado como prueba de cargo contra el señor Holmes. Afirmaba que en las aventuras del detective hay innumerables ejemplos del maltrato psicológico al que sometió a un hombre que salvó su vida en al menos un par de ocasiones, pero creía que podía resultar suficiente y de impagable valor recuperar las propias reflexiones que Watson realiza en los primeros renglones de «La aventura del hombre que se arrastraba»:

En aquella última etapa, las relaciones entre nosotros dos eran muy curiosas. Él era hombre de costumbres, costumbres muy concretas y arraigadas, y yo me había convertido en una de ellas. Como institución, yo era comparable al violín, el tabaco de picadura, la vieja pipa negra, los álbumes de recortes y otras tal vez menos disculpables. Cuando tenía un caso que exigiera actividad y necesitaba un compañero en cuyo temple pudiera tener cierta confianza, mi función era obvia. Pero, aparte de todo esto, también le servía para otros fines. Yo era como la piedra de afilar en la que aguzaba su inteligencia. Le estimulaba. Le gustaba pensar en voz alta en mi presencia. No se puede decir que sus comentarios fueran dirigidos a mí —muchos de ellos igual podrían haber ido dirigidos al mueble de su cama—. (…) Si yo le irritaba con la metódica lentitud de mi pensamiento, la irritación servía precisamente para que sus llameantes intuiciones e impresiones cobraran más brillo, fuerza y rapidez[*].

Un violín, una piedra de afilar, una costumbre…, eso era Watson para Holmes; un tipo capaz de afirmar que era solo un cerebro, y que el resto de su cuerpo era un simple apéndice[**].
El diario de Guazo era implacable con Sergio Olmos:

---

[*] «La aventura del hombre que se arrastraba», publicada en *The Strand Magazine* en marzo de 1923.

[**] Frase de Holmes en «La aventura de la piedra de Mazarino», publicada en *The Strand Magazine* en octubre de 1921.

Hace veinticinco años, conocí en la Universidad Complutense de Madrid a alguien igual a Holmes. Se trataba de un hombre con una asombrosa memoria, aparte de ser un experto conocedor de las sesenta aventuras que protagonizó el famoso detective consultor. Ese hombre se llamaba Sergio Olmos, y lo admiré tanto desde el primer día en que lo conocí como él me ignoró.

Es cierto que discutí con él muchas veces. Lo hice siempre que me sentí obligado a salvar el honor del doctor John Watson, a quien Sergio Olmos pretendía, como tantos otros, relegar a las sombras de las bambalinas para que la única luz cenital alumbrara el ingenio de Holmes. Y es cierto, no lo oculto, que me sentí sumamente feliz cuando conocí a su hermano Marcos, pues era el hermano mayor aún más inteligente, más rápido de memoria y mucho más conocedor del canon holmesiano que el hermano pequeño. Además, Marcos era un hombre amable, hospitalario y pausado en el hablar y en el enjuiciar. Sin embargo, seguí profesando una extraña e incurable devoción por Sergio.

Todos mis intentos de aproximación a su corazón fueron ignorados por el hermano menor. Yo quería ser un amigo de verdad, pero Sergio no permitía que nadie lo fuera. Apenas se interesó por mis sentimientos, por mis problemas o por mis estudios durante el tiempo en el que ambos fuimos miembros del Círculo Sherlock, una hermandad literaria a la que también se incorporó, para satisfacción de todos sus integrantes, Marcos Olmos. Todos nos sentimos cautivados por Marcos, quien no tardó en demostrar su superioridad holmesiana respecto a Sergio.

El paso de los años no mejoró nuestra relación. Creo que Sergio Olmos ni siquiera sabe a qué especialidad médica me dedico. Y, naturalmente, no tuvo la delicadeza de enviar ni siquiera un correo electrónico cuando falleció mi esposa, Lola.

Cuando ella murió, mi mundo comenzó a tambalearse. Ese mundo pasó a ser para mí algo lejano, que apenas atisbaba a través de la triste niebla que se posó en mi mirada. Tanto era el dolor que cuando recibí la noticia de que padecía cáncer experimenté un gran alivio. Cada vez veía más cerca el momento de regresar a los brazos de mi amada esposa.

El mundo me parecía cruel e injusto. Lola ya no estaba en él, mientras que la ciudad, en especial el barrio norte en el que ella había nacido y vivido, se llenaba de putas llegadas de medio mundo. En la consulta gratuita que prestaba para la parroquia del barrio las veía a diario. Se quejaban por algún catarro, por una simple gripe o por cualquier enfermedad pasajera mientras la carne de Lola se pudría en la tumba.

Pero el destino me tenía reservado un capricho.

Un día decidí vengar a Watson. Un día me harté del doctor House y me propuse desagraviar al doctor James Wilson, y satisfacer de una vez por todas a Robert Chase, a Allison Cameron y a Eric Foreman[*]. ¿Por qué aquellas mujeres vivían y mi esposa estaba muerta?

De pronto, recordé una conversación que tuve muchos años antes con uno de los miembros del Círculo Sherlock llamado Víctor Trejo. Aquel día, mientras bebíamos sin medida, le dije que yo mismo podía emular los crímenes que Jack el Destripador había llevado a cabo en Londres en 1888. Le aseguré que, con las debidas precauciones, dados los avances técnicos con los que ahora contaba la policía, ni siquiera el mismísimo Holmes podría detenerme.

Lentamente, la idea fue fraguando en mi interior. Sentía que podía hacerlo, pero me faltaba algún ingrediente esencial para completar mi venganza.

Un día recibí la invitación de Clara Estévez para la fiesta en la que recibiría el galardón por haber obtenido el Premio Otoño de Novela. En aquellos días, el tratamiento de quimioterapia había minado mi salud y pensé en disculparme y no ir a la

---

[*] El doctor Gregory House, personaje protagonista de la serie televisiva *House,* está inspirado en Sherlock Holmes. Wilson, Chase, Cameron y Foreman son doctores con los que House trabaja y a quienes somete a la dictadura de su difícil carácter.

fiesta. A pesar de todo, mi amigo Marcos Olmos insistió en que fuéramos los dos.

Resulta gracioso pensar que, si Marcos no hubiera sido tan buen amigo como siempre, yo no habría tenido la posibilidad de completar mi plan, pues fue en esa fiesta donde, de un modo casual, me enteré de la clave que permite el acceso al ordenador de Sergio Olmos. Y también en aquella fiesta Tomás Bullón, miembro en su día del Círculo Sherlock, me facilitó un contacto para poder falsificar un pasaporte.

El resto fue sencillo, como enseguida descubrirá el lector…

El diario de José Guazo cayó de las manos de Sergio. El pequeño de los dos hermanos Olmos tardó unos segundos en descubrir que estaba llorando. El retrato que temía encontrar en aquellas páginas había sido más cruel de lo que esperaba.

A pesar de que habían transcurrido ya cinco días desde que se hizo pública la detención del doctor José Guazo como responsable de los crímenes que habían aterrorizado a los vecinos en las últimas semanas, la ciudad no lograba sacudirse de encima la conmoción que la noticia había producido.

José Guazo era un hombre respetado en la comunidad. De él se conocía no solo su faceta como médico, sino también como miembro ilustre de la Cofradía de la Historia. Aquel grupo de notables gozaba de un reconocido prestigio social, y a ello se unía la labor social que Guazo había llevado a cabo en la Casa del Pan ofreciendo sus servicios médicos a los inmigrantes de forma gratuita.

—Aún no me lo puedo creer —dijo Heriberto Rojas. El doctor parecía realmente consternado—. Creía conocerlo bien —añadió, negando con la cabeza.

—Esta ciudad es una caja de sorpresas —aseguró el abogado Santiago Bárcenas—, y no todas son agradables.

—Lo que hay aquí es mucho desagradecido y mucho hijo de puta —bramó Labrador, el empresario de la construcción—.

Guazo ha cometido esos crímenes, de acuerdo, pero ahora parece que todo el mundo lo juzga como si fuera un monstruo, olvidando lo que hizo por muchos de nosotros siendo médico.

—En eso tiene usted razón —terció Pedraja, el dueño de la cafetería en la que los cofrades tenían su sede—. Ahí está el caso del señor Morante —dijo, mirando al profesor de matemáticas—, el mejor alcalde que podíamos haber tenido, y la gente le dio la espalda.

Jaime Morante no levantó la mirada del periódico del día. Por toda respuesta, emitió un gruñido. No quería volver a hablar de su fracaso electoral, y Pedraja demostraba una vez más su estupidez mencionando lo que Morante consideraba ya un incidente del pasado. El candidato derrotado se sumergió en la lectura del último artículo firmado por Bullón titulado: «Una sinfonía de horror inacabada».

La sorprendente detención del prestigioso médico José Guazo como autor de los cuatro asesinatos cometidos en la ciudad evitó que la sangrienta sinfonía que el doctor estaba componiendo en las calles pudiera concluirse.

Guazo pretendía emular a Jack el Destripador, a quien los estudiosos atribuyen al menos cinco asesinatos —no faltan autores que creen que mató al menos a dos mujeres más—, de modo que José Guazo no pudo concluir su obra. Y precisamente la última víctima de Jack está rodeada de un halo de misterio y romanticismo que la ha convertido en la más famosa de todas las mujeres que descubrieron que el final de sus días limitaba con el filo del arma de Jack.

Mary Jeannett Kelly, así se llamó la última mujer a la que Jack quitó la vida. Mary Jean Kelly era conocida en Whitechapel por varias razones: en primer lugar, porque era especialmente bella; y, en segundo lugar, porque tenía un fuerte carácter que hacía que no permitiera competencia en la zona en la que ella trabajaba. Como una loba, marcaba su territorio en las inmediaciones del pub Ten Bells, en Commercial Road.

Dark Mary, como la conocían en el barrio, no era como las otras prostitutas. Era joven —veinticinco años en el momento en que fue asesinada—, rubia, bella y elegante. Dicen que incluso sabía leer, algo insólito entre las de su clase en Whitechapel. Sus ojos eran azules y su tez, blanca. Era alta y fuerte, y solo se parecía a las demás prostitutas del barrio en que adoraba la ginebra.

Había nacido en Limerick, aunque no está claro si el acontecimiento sucedió en la misma ciudad o en la región que lleva ese nombre. La mayor parte de la información que se tiene de ella procede de las declaraciones que tras el asesinato realizó el hombre con quien compartió los últimos meses de su vida, Joseph Barnett. Se ha dicho que Mary tenía siete hermanos y una hermana, y que su padre, John Kelly, trabajó en una fábrica de fundición de hierro en Carmarthenshire, adonde la familia se trasladó cuando Mary era una niña.

Quienes han pretendido reconstruir su vida aseguran que Mary se casó a la temprana edad de dieciséis años con un hombre llamado Collier Davis. Sin embargo, la muerte de su esposo en una mina arrojó a Mary a la más absoluta miseria. Se trasladó a Cardiff y comenzó a ejercer la prostitución.

Se han construido románticas historias que aseguran que trabajó en una mansión de Cleveland Street, o que fue prostituta de lujo en el West End, e incluso que mantuvo una relación con un caballero que la llevó a vivir a París. De todas formas, no hay pruebas que permitan sostener esas historias.

Lo que parece seguro es que Mary Kelly se afincó en Whitechapel y prosiguió su carrera como prostituta. También parece seguro que vivió con varios hombres antes de conocer a Barnett el 8 de abril de 1887. Desde entonces, Mary vivió con él una tormentosa relación llena de amor y discusiones.

La última víctima de Jack se instaló junto a Barnett en Miller's Court, una especie de patio interior al que se accedía desde Dorset Street a través de un pasadizo que tenía forma de arco. Se trataba de una habitación que pasaría a la historia el 9 de noviembre de 1888. Tenía alrededor de nueve metros cuadrados y estaba a nivel del suelo. De hecho, desde una de las dos ventanas que tenía se podía abrir la puerta de entrada. El mobiliario era escaso: una cama, una mesita de noche, una mesa, una silla, un pequeño armario con vajilla, una chimenea y una reproducción del cuadro titulado *La viuda del pescador*.

A Barnett le molestaba profundamente que Mary diera cobijo en la habitación a algunas de sus amigas prostitutas. Tal vez como consecuencia de una de aquellas discusiones, el cristal de la ventana más próxima a la puerta de entrada se había roto. Una amiga de Mary que trabajaba como lavandera llamada Maria Harvey solía dormir allí un par de días a la semana. Barnett abandonó a Mary al encontrársela allí, y los días 5 y 6 de noviembre Maria durmió con Mary Jean Kelly...

—Una sinfonía de horror incabada —murmuró Morante, una sonrisa torcida se dibujó en su cara—. Este Bullón es un artista.

9

9 de octubre de 2009

Sergio Olmos había leído el diario de Guazo durante buena parte de la noche. Aquellas páginas amargas le habían desvelado tanto de la personalidad de su amigo como de sí mismo. El terrible retrato que Guazo había dibujado de Sherlock Holmes y de Sergio había tomado asiento en el sillón de aquella habitación de hotel y el escritor lo contemplaba atónito. Con cada renglón, con cada página, como si la maldición de la obra de Basil Hallward[*] hubiera caído sobre él, la imagen de Sergio reflejada en el diario de Guazo se había tornado más y más aterradora.

El alba descubrió al escritor bañado en sudor. Se sentía culpable de la muerte de aquellas mujeres, y no solo por no haber sido capaz de descubrir la identidad de su asesino mucho antes, sino por haber incitado a Guazo a cometer aquella monstruosidad. Si no hubiera sido tan distante con Guazo; si prestara tanta atención a los sentimientos de las personas como la que dedicaba a los de sus personajes de novela, tal vez todo aquello no hubiera ocurrido jamás.

Al mirar hacia atrás, Sergio descubrió que carecía de amigos. No tenía nadie en quien confiar, salvo en su hermano Marcos. Solamente Marcos podía ser considerado una baliza emo-

---

[*] Basil Hallward fue el artista que pintó a Dorian Gray en la obra de Oscar Wilde *El retrato de Dorian Gray*. Mientras Gray permanecía joven eternamente, su retrato envejecía y en su rostro se reflejaban las perversiones en las que Gray incurría.

cional. No había otro hombro en el que llorar, si llorar era imprescindible.

El diario de Guazo había retratado tan bien los sentimientos de los miembros del Círculo Sherlock hacia Sergio que este supo que jamás encontraría en ellos a un amigo, si un día lo necesitaba. En cuanto a Clara, era evidente que la había perdido para siempre. Todas sus relaciones estaban destinadas al fracaso. Su frialdad, su falta de pasión, arrojaban agua en cualquier hoguera.

Aquella mañana, Sergio tomó dos decisiones. En ambas, lo sabía, primó su cobardía. En primer lugar, se despediría por la mañana del inspector Diego Bedia, a quien comenzaba a tomar cierto cariño. Lo mejor, como siempre había hecho en su vida cuando algo así ocurría, era huir.

Por la tarde abrazaría a Marcos antes de despedirse. Aunque era cierto que le preocupaba el claro derrumbe de su hermano mayor, a quien veía cada vez con la tez más apergaminada y hundido por los crímenes de Guazo, era mejor alejarse para no sufrir. Lo invitaría a ir a Sussex, se dijo, a pesar de que sabía perfectamente que Marcos jamás salía de aquella ciudad a la que tanto amaba.

Dejaría para la noche el último acto de cobardía del día.

A las nueve de la mañana, Sergio se acomodó por última vez en la cafetería del hotel. Siempre que podía, elegía la misma mesa, al fondo del local, junto a la pared. Se hizo traer café con leche, tostadas y zumo de naranja. También pidió el periódico. Desde el interior de aquellas páginas, Tomás Bullón desayunó con él:

Dorset Street era una calle temible, tal vez la más peligrosa de Londres. Los delincuentes encontraban allí un auténtico asilo político, porque ni siquiera la policía osaba adentrarse en ella sin temor. Sin embargo, Mary Kelly se movía por Dorset y por sus tabernas como pez en el agua, y ello a pesar de que los crímenes de Jack la habían hecho estremecer. No en vano, Annie Chapman había vivido en Dorset Street, y Hanbury Street, donde Annie fue asesinada, estaba a solo doscientos metros de la habitación que Mary ocupaba en Miller's Court.

El jueves, día 8 de noviembre, Maria Harvey estuvo por la tarde con Mary Jean Kelly. Al parecer, la lavandera preguntó a su amiga si podía dejar allí ropa sucia —una enagua blanca de niña, un gorro negro, un abrigo del mismo color, dos camisas de hombre y la papeleta de empeño de un chal gris.

La City de Londres, ajena a las miserias de Whitechapel, seguía su imperturbable vida. Aquel día, los ciudadanos respetables de la famosa Milla Cuadrada se preparaban para el desfile triunfal del día siguiente, cuando el recién elegido lord mayor —un cargo cuyos orígenes se remotan a la Edad Media y cuya jurisdicción se agota en los límites de la City— saludaría al vecindario. En aquella ocasión, el cargo había recaído en la persona de James Whitehead.

Aquella noche, Barnett no estuvo con Mary. Aseguró que se fue a dormir a las ocho, la misma hora en la que se acostó Julia Van Turney, vecina de Mary que vivía en el número 1 de Miller's Court. Entre esa hora y las doce menos cuarto, nadie sabe con certeza dónde estuvo Mary Kelly, si bien algunas versiones aseguran que se la vio bebiendo en el pub Britannia en compañía de una mujer llamada Elisabeth Foster. Otros afirman que fue vista junto a un hombre de aspecto respetable y poblado bigote oscuro en ese mismo establecimiento.

A partir de ese instante, muy pocas cosas están claras, a pesar de los testimonios que se escucharon días más tarde en el juicio.

Mary Ann Cox vivía en el número 5 de Miller's Court, uno de los cubículos que alquilaba el casero de Mary, John McCarthy, un tipo que era dueño de una tienda en Dorset Street. Ann Cox iba de camino a su casa cuando vio a Mary a las doce menos cuarto. Salía del Britannia junto a un hombre tocado con un sombrero hongo. Se trataba de un individuo bajo y corpulento, de rostro enrojecido, un bigote generoso y de unos treinta y cinco años. Mary Ann Cox era viuda y vivía sola. Saludó a la pareja y los vio entrar en la habitación de Mary Jean. La joven le dijo a la viuda que estuviera atenta, porque tenía pensado cantar una canción.

Minutos después, en efecto, la señora Cox escuchó la voz de Mary. La muchacha cantaba *A violet from mother's grave**. Cuando estaba serena, Mary cantaba bien, pero cuando se emborrachaba solía ser ciertamente escandalosa, y eso sucedió aquella noche. Por eso, a las doce y media, Catherine Picket, vecina de Mary, le dijo a su marido que fuera a llamarle la atención. Aquellos gritos, más que cánticos, eran insoportables.

La señora Cox había vuelto a salir a la calle, y regresó a la una. Pudo ver que en la habitación de Mary, que estaba al nivel del suelo, había luz, e incluso ella seguía cantando. La razón por la que una mujer viuda salía y entraba con frecuencia a esas horas de la noche es simple: también ella era prostituta...

Sergio sonrió con aquel apunte de Tomás Bullón. Era preciso aclararle al lector qué hacía una viuda saliendo y entrando de su casa de continuo en plena noche victoriana, cuando apenas las farolas de gas alumbraban la cara de los escasos viandantes. Incluso a Sergio, que conocía la historia tan bien como Bullón, le pareció que el periodista había logrado construir un inteligente y excitante resumen de las últimas horas de Mary Kelly. Sergio supuso que Bullón intentaría sacar hasta la última gota de beneficios de los crímenes que Guazo había cometido, y una buena manera era estirar la historia recordando el último crimen de Jack.

El café se le había quedado frío, lo cual decía bastante a favor de la prosa de Bullón. Miró el reloj. Eran las nueve y treinta y uno. Aún faltaba una hora para su cita con el inspector Diego Bedia, a quien había telefoneado a primera hora con el propósito de despedirse de él. De modo que Sergio se concedió el deseo de seguir leyendo a Bullón:

---

* *Una violeta para la tumba de mi madre.*

George Hutchinson había heredado de sus tiempos como vigilante nocturno la costumbre de dormir poco y pasear mucho, pero aquella madrugada del 9 de noviembre estaba en la calle simplemente porque lo habían desahuciado. Alrededor de las dos, Hutchinson vio a un hombre elegante bajo un farol de gas cerca de Commercial Street y, casi de inmediato, vio a Mary Kelly que venía por Dorset Street. Hutchinson conocía bien a Mary, y en más de una ocasión la había invitado a una copa. Por un instante, tal vez Hutchinson pensó que aquella era su noche de suerte y que tal vez Mary sería generosa con él. Pero resultó que la muchacha le pidió prestados seis peniques para poder pagar el alquiler de su habitación. Imagino que Hutchinson comprendió que su noche de suerte aún estaba por llegar. Le explicó a Mary que no tenía un penique. Eran dos almas en medio de la miseria.

Mary se despidió. Tenía que trabajar, y Hutchinson la vio detenerse junto al hombre que estaba bajo una farola. Unas solas palabras fueron suficientes para que ella riese y Hutchinson los viera partir con la mano del hombre alrededor de la cintura de la bella prostituta.

Nunca sabremos si fueron los celos los que hicieron que George Hutchinson siguiera a la pareja, pero lo cierto es que gracias a su testimonio sabemos que ambos se dirigieron a Miller's Court, y que Mary lamentó en voz alta haber perdido su pañuelo, a lo que el desconocido respondió sacando de alguna parte un pañuelo rojo y haciendo unos pases propios de un torero.

Si creemos a Hutchinson, el hombre con quien Mary entró en su habitación aquella madrugada tenía la piel clara, bigote, cejas pobladas, cabello oscuro y unos treinta y cinco años de edad. El desconocido vestía un abrigo negro adornado de astracán, cuello blanco, corbata negra, botines oscuros, guantes de seda en su mano derecha y un pequeño paquete en la mano izquierda. Medía alrededor de un metro setenta y cinco. A esa descripción, Hutchinson añadió el detalle de que el hombre llevaba un reloj de oro con cadena, de la cual colgaba un sello con una piedra roja.

En definitiva, la descripción correspondía a un hombre de aquellos que aplaudiría de cerca al nuevo lord mayor al día siguiente, más que a un miserable vecino de Whitechapel. Sin embargo, y aunque parezca increíble, Hutchinson no sería llamado a declarar, y eso que se mantuvo firme en todos los interrogatorios a los que fue sometido por la policía.

Habría que interrogar a Hutchinson sobre los motivos que le llevaron a vigilar la casa de Mary hasta las tres, pero el caso es que así fue. Según su declaración, ni Mary ni su acompañante salieron de la habitación antes de esa hora. En ese momento, comenzó a llover con fuerza y decidió marcharse.

La popular viuda Cox regresó a esa hora a casa. En su declaración afirmó que la luz de la habitación de Mary estaba apagada en ese instante. Una hora más tarde, Elisabeth Prater, que vivía en el número 20, encima de Mary, fue despertada por su gato Diddles. Fue entonces cuando escuchó un grito: «¡Ay! ¡Asesinato!». Otra testigo, Sarah Lewis, dijo haber escuchado el mismo grito.

Mary Jean Kelly jamás fue vista con vida, ¿o tal vez sí?…

Sergio esbozó una sonrisa. No había duda de que Bullón era un truhan, pero sabía cómo mantener la atención del lector. Miró su reloj. Debía apresurarse si quería llegar a tiempo a su cita con el inspector Bedia.

Sergio se presentó en la comisaría vestido con un elegante traje Hugo Boss de color negro, como acostumbraba. Su inmaculada camisa blanca y sus relucientes y carísimos zapatos contrastaban con la humilde americana y la camisa a rayas que formaba el aliño indumentario de Diego Bedia. El sueldo de un inspector de policía no daba para más, y las cosas se complicaban de un modo extraordinario si además había que pasar una compensación económica porque Ainoa era menor de edad y vivía con su madre tras el divorcio de Diego y Beatriz.

—De modo que el escritor abandona la ciudad. —Diego recibió a Sergio con un poderoso apretón de manos—. Al final, no hemos podido detenerte —bromeó.

—Holmes siempre fue más listo que Scotland Yard —replicó Sergio—. Siempre se salía con la suya.

Por un instante, los dos hombres se miraron a los ojos en silencio, como si en lo más profundo de la mirada del contrario pudieran ver reproducidas en un cinematógrafo mágico las imágenes de todo lo que habían vivido en las últimas semanas. En la calle, como una promesa de tiempos venturosos, lucía al fin el sol.

—¿Has leído el artículo de Bullón? —preguntó Diego, intentando evitar que la emoción le jugara una mala pasada. Al contrario que Sergio, él sí era un hombre sentimental y le costaba muy poco tomar afecto a las personas que creía amigas—. Me parece que va a explotar el filón hasta donde pueda.

—Eso parece. —Sergio sonrió, agradeciendo que Diego cambiara de tema porque, contra su costumbre, también él se había emocionado—. Gracias a Dios, todo lo que escribe ahora es solo historia lejana.

—Mmm —murmuró Diego—. ¿De modo que a la última víctima la asesinó en la habitación en la que ella vivía?

—Así fue —contestó Sergio—. En la muerte de Mary Kelly rompió con su rutina habitual. Al contrario que a las demás mujeres, a Mary no la asesinó en la calle, si es que a las demás las mató exactamente donde fueron encontradas. A pesar de todo, hay similitudes con los demás crímenes en cuanto a la elección de la víctima: una prostituta con problemas de alcoholismo. Pero, en contraste con las otras, Mary era joven, muy guapa y estaba embarazada.

—¿Embarazada? —Diego no había leído eso en el dosier que le habían entregado los miembros del Círculo Sherlock.

—Eso sostienen algunos investigadores —repuso Sergio—. Dicen que estaba de tres meses. Además —añadió—, no la atacó por la espalda, como al resto, y con ella se ensañó más que con ninguna.

Diego meneó la cabeza.

—¿Crees que Guazo hubiera llegado hasta ese extremo?

—Yo ya soy capaz de creer cualquier cosa —admitió Sergio—. Jamás hubiera imaginado que José pudiera matar a nadie, y ya ves lo que ha ocurrido.

—¿Qué dice tu hermano?

—Está aún más consternado que yo —respondió Sergio—. Voy a comer con él cuando salga de trabajar. Quiero despedirme de él con calma.

—¿Y Cristina?

Sergio se mordió el labio inferior. Diego había pulsado una tecla dolorosa.

—Hablaré con ella esta noche —se limitó a responder el escritor—. ¿Y qué pasa con Estrada? —preguntó para cambiar de tema—. ¿Por qué disparó si Guazo estaba desarmado?

—Él asegura que Guazo hizo un gesto sospechoso. Parece ser que se metió la mano en la bata que vestía y creyó que iba a sacar una pistola. Tu amigo Bullón —añadió con sorna— ha corroborado esa historia. También él vio el gesto de Guazo y asegura que dijo: «Deberían darle esto a Sergio».

—¿Y qué era? —preguntó Sergio asombrado.

—Nada. En realidad, nada. No tenía armas ni nada parecido.

—Y Guazo ¿qué dice?

—Nada —respondió Diego—. Está aislado y custodiado por la policía en el hospital. Sigue muy grave y apenas ha hablado. Ha confesado que empleó un cuchillo de veinticinco centímetros de hoja y tremendamente afilado para cortar la garganta de las mujeres, y las mutilaciones las hizo con escalpelos quirúrgicos. Nos dijo dónde encontrar las armas en su casa y, en efecto, aparecieron donde afirmó que estaban. Pero del episodio del disparo, no ha dicho nada. No sabemos qué quiso decir ni por qué hizo aquel gesto extraño. En cuanto a Estrada, pues se ha metido en un buen lío y ahora tendrá que aclarar por qué disparó a un hombre desarmado. Pero creo que el testimonio de Bullón será clave.

—Al final, Estrada se ha cubierto de gloria, ¿no?

Diego soltó una carcajada sin el menor disimulo.

—Más o menos —dijo cuando la risa se lo permitió—. Querer ser un héroe tiene su precio, supongo.

—En fin, Diego, debo irme. —Sergio extendió la mano hacia el policía.

El inspector miró al escritor e, ignorando la mano tendida, lo abrazó efusivamente.

—Fue un placer conocerte —confesó.

Sergio, tan poco acostumbrado a expresar sus sentimientos, se vio sorprendido. Sin embargo, terminó por devolver el abrazo a aquel policía entrañable de aspecto tan italiano.

Sergio y Marcos comieron en silencio. Sergio miró a su hermano mayor disimuladamente varias veces. Las arrugas que flanqueaban las comisuras de la boca se habían hecho más profundas, el tono de su piel parecía cada vez más amarillento, y las tensiones de los últimos días habían roturado profundos surcos en su frente. En su cabeza rapada se reflejaba ocasionalmente el sol de otoño filtrándose por la ventana del restaurante.

Solo la llegada de los cafés cambió la decoración de aquella comida de despedida. Marcos no había sido capaz de reprochar a su hermano que volviera a dejarlo solo. Sabía que Sergio aborrecía aquella ciudad tanto como él la amaba. No podía culpar a su hermano pequeño por no sentirse cómodo dentro de la piel de un hombre provinciano. Sí en cambio había algo que no podía comprender.

—¿Y a Cristina? ¿También a ella la vas a poder olvidar? —preguntó por encima de la taza de café.

—Eso no es asunto tuyo, Marcos —respondió visiblemente enojado Sergio.

—Creo que dejas atrás a una mujer maravillosa.

—¿Lo dices por experiencia propia? —Sergio lamentó haber contestado de ese modo—. Lo siento —dijo—, discúlpame.

—No importa.

—¿Has leído el artículo de Bullón? —Sergio echó mano del mismo recurso que había empleado Diego por la mañana.

—Sí, claro —respondió Marcos. De inmediato, en sus ojos apareció el brillo del interés por los enigmas—. Sigo pensando que hay cosas que no encajaban en aquella historia.

—¿Lo de los testigos que vieron a Mary por la mañana?

—Claro —dijo Marcos visiblemente entusiasmado. El asunto, era evidente, le devolvía la salud—. Veamos, a pesar de que los informes médicos sitúan el asesinato de Mary en la madrugada del día 9, resulta que Carolina Maxwell, que conocía perfectamente a Mary Kelly, aseguró en el juicio que la había visto con vida a las ocho de la mañana de ese día. —Marcos dio un nuevo sorbo al café—. Maxwell describió incluso con detalle la ropa que llevaba Mary. Además, dijo que la acompañaba un hombre.

—Y luego está el testimonio de Maurice Lewis —añadió Sergio, que se había dado cuenta de que el truco de provocar la memoria de su hermano era infalible para animarlo—, el sastre que vivía en Dorset Street, que aseguró que vio en la noche del crimen a Mary y a Barnett bebiendo cerveza en el pub El Cuerno de la Abundancia.

—Y añadió que la vio con vida a las diez de la mañana —apuntó Marcos—. Pero la policía no le hizo caso ni tampoco llamaron a declarar a George Hutchinson, que la había visto entrar en la habitación con aquel tipo que llevaba un pañuelo rojo.

—¿Y qué me dices del fuego? —recordó Sergio—. Dicen que la chimenea de la habitación de Mary estaba encendida. ¿Para qué lo hizo Jack si eso podía llamar la atención de cualquiera que pasara por allí? ¿Y por qué atrancó la puerta de entrada, si eso le impediría huir con rapidez si lo sorprendían?

—Por otra parte, si Mary estaba embarazada, ¿por qué ese dato no se menciona en los informes médicos? —Marcos entornó los ojos, tratando de encontrar la respuesta a aquellas dudas—. En fin —dijo al cabo de unos segundos—, supongo que si Jack ha pasado a la historia no es solo por matar a unas mujeres, sino porque su nombre ha quedado para siempre como sinónimo de terror, como Drácula. Y los mitos siempre guardan enigmas sin respuesta.

Sergio escuchó a su hermano embelesado. Nunca había escuchado una definición así de Jack el Destripador, emparentándolo con el mito de Drácula. La idea le pareció magnífica y muy literaria. Pero el brillo que había prendido en los ojos de Marcos ya se había esfumado.

El segundo abrazo del día fue para Sergio más doloroso, pero los dos hermanos lograron evitar que las lágrimas arrasaran sus ojos.

Cuando la vio entrar en el restaurante, el reproche que su hermano le había hecho por la tarde le pareció a Sergio incluso insuficiente. Cristina vestía unos sencillos pantalones vaqueros azules, un jersey beis y una chaqueta de cuero negro. Prendida de su mirada azul, Sergio vio una mezcla de tristeza y temor.

La cena fue aún más triste que la comida que había compartido con su hermano. Cristina apenas probó los platos, y la botella de vino italiano quedó prácticamente intacta. Ninguno quiso postre.

—Cristina —dijo Sergio casi en un susurro—, yo me ahogaría si tuviera que vivir aquí.

—Yo no te lo he pedido —respondió la muchacha. Sus palabras se acompañaron de una mirada fría.

—¿Vendrías conmigo?

—¿Cómo podría hacerlo si no me lo has pedido?

Sergio guardó silencio y se mordió la lengua. ¿Realmente estaba dispuesto a pedirle eso a Cristina? Antes de que pudiera responderse con sinceridad, la joven dijo algo que tuvo en Sergio un efecto similar a la bala que Estrada disparó al pulmón de José Guazo:

—Es por Clara, ¿verdad? ¿No la has olvidado?

¡Clara! Los ojos pícaros y sonrientes de Clara Estévez sobrevolaron la mesa que ocupaban.

—No —respondió Sergio—. Ella no tiene nada que ver.

Pero ¿realmente era así? ¿Había olvidado a Clara?

Cristina no quiso acompañar a Sergio a su hotel y, cuando él la acompañó hasta su domicilio, tampoco permitió que Sergio subiera a su piso.

Se despidieron en el portal, en el mismo barrio donde habían ocurrido los crímenes que habían convertido a la ciudad en noticia de apertura de los telediarios nacionales. Ahora, en aquella noche agradable de octubre, todo aquello parecía irreal. Lo único real en ese momento era el temblor de los labios de Cristina, el espejo empapado de sus ojos azules, y la palabra que salió de su boca y se clavó en el corazón de Sergio como una daga:

—Adiós.

10

L entamente, la bruma iba trepando por los acantilados de tiza engullendo a su paso las playas y las praderas. Las ovejas que pastaban frente a la ventana de la casa que Sergio había alquilado pronto desaparecerían de su vista, y los prados verdes se untaban de una melancólica humedad.

Los dedos de Sergio se deslizaban con extraordinaria rapidez por el teclado de su ordenador. Al fin había encontrado el camino, y la historia fluía con suavidad. Sin embargo, no le había resultado nada fácil.

Tras regresar a su monacal retiro, allí donde se suponía que la muerte sorprendió a Sherlock Holmes, Sergio había vagado por las praderas y los acantilados durante varios días sin un rumbo fijo, y sin más compañía que las ovejas y el pastor que velaba por ellas. Pero, a pesar de su soledad, en más ocasiones de las que hubiera deseado se había sentido en compañía de una mujer. Pero ¿quién era su acompañante?

A veces, cuando miraba hacia su derecha convencido de la presencia de aquella mujer, Sergio creía descubrir los ojos risueños de Clara; pero, otras veces, eran la mirada azul y la piel limpia de Cristina las que lo sorprendían.

Durante aquellos primeros y dolorosos días en los que Guazo y los cadáveres de las cuatro mujeres asesinadas por él aparecían en sus sueños, Sergio no fue capaz de escribir ni una sola línea. Su novela no estaba en un punto muerto; simplemente, no acababa de nacer.

Pero el destino aguardaba tras la más inesperada esquina para cambiar las cosas. Y sucedió cinco días después del regreso de Sergio a Sussex. Ocurrió la mañana en que tomó la decisión de viajar a Londres y pasar un día completo en la capital.

El mediodía lo sorprendió vagando sin rumbo por Oxford Street. Después, tomó Duke Street y luego Wigmore Street. Al cabo de unos minutos, se encontró, sin haberlo previsto, en Queen Anne Street. No salió de su ensimismamiento hasta ese momento. Hasta ese instante, había estado rumiando los reproches que su hermano Marcos le había hecho por no comprometerse con Cristina. Se preguntaba si realmente no quería vivir en la ciudad en la que nació o simplemente no podía olvidar a Clara. ¿Qué quería hacer con su vida exactamente? El piso en el que había vivido con Clara estaba a nombre de ella; él carecía de una casa propia. ¿Dónde deseaba vivir? ¿Desde dónde quería reconstruir su vida?

De pronto, el cartel de una casa en alquiler en Queen Anne Street atrajo su atención. Se trataba de un inmueble de ladrillo visto rojo, de tres alturas, al que se accedía a través de unas escaleras de un color blanco inmaculado. Era una construcción antigua, más que centenaria, y la imaginación de Sergio comenzó a desbordarse. ¿No había sido en esa calle donde John Watson tuvo su domicilio tras casarse por tercera vez?

Dejándose llevar por un repentino impulso, Sergio marcó el número de teléfono que aparecía en el letrero del anuncio y, sin detenerse a pensar en lo que hacía, concertó una cita con el agente inmobiliario para aquella misma tarde.

La casa resultó ser tan espléndida y maravillosa como cara. El piso inferior constaba de un pequeño recibidor; una cocina amueblada en tonos claros; un salón amplio, luminoso y provisto de una extraordinaria chimenea. Las ventanas eran enormes, con grandes cristaleras que miraban a la calle. También había un pequeño aseo.

En el segundo piso estaban las habitaciones. Una de ellas contaba con un vestidor y un lujoso cuarto de baño. Pero lo mejor del inmueble estaba aún más arriba, en la planta bajo cubierta. Allí aguardaba a Sergio la pieza que había de enamorarlo irremediablemente: un gigantesco estudio de más de sesenta metros cuadrados totalmente diáfano. La luz entraba a raudales por la ventana orientada hacia Queen Anne Street y, además, un impactante ventanal se abría en el techo ofreciendo una perspectiva insólita del cielo gris de Londres.

El precio del alquiler, naturalmente, era alto. Sergio era consciente de que aquella zona de la ciudad, entre Marylebone y Regent's Park, era una de las más exclusivas del centro de Londres. ¿Podía permitírselo? Se respondió que sí y cerró el trato. Se trasladaría allí a comienzos del próximo mes. La casa estaba totalmente amueblada, de modo que no tendría necesidad de comprar ningún mueble. Asimismo, tendría tiempo de negociar los términos de la extinción de su actual contrato de alquiler en Sussex. Londres, se dijo, era un magnífico lugar para vivir.

Totalmente entusiasmado, Sergio paseó por aquel impresionante estudio situado en la planta bajo cubierta. Escuchó decir al agente inmobiliario que aquella casa tenía ciento cincuenta años de historia y, para sorpresa suya, el tipo mencionó el insólito dato de que en aquella misma calle, tal vez en aquella misma casa, había vivido el doctor Watson.

—Ya sabe, el compañero de Sherlock Holmes —añadió el vendedor, un hombre alto, de expresión severa y labios finos que vestía un traje de corte anticuado.

Sergio se volvió hacia el agente inmobiliario al escuchar aquel dato, pero toda su atención había sido atraída por una pequeña puerta situada en una de las esquinas del estudio.

—¿Qué hay allí? —preguntó.

—¡Oh! —exclamó el vendedor—. Se trata de un pequeño trastero.

La madera del suelo crujió cuando Sergio se acercó hasta la pequeña puerta. El techo, que era abuhardillado, le obligó a agacharse para acceder al trastero. Abrió la puerta y se encontró con una pieza de no más de seis metros cuadrados que, contra lo que había pensado, estaba inmaculadamente limpia. El suelo era también de madera, y al mirarlo fue cuando se produjo el parto de la nueva novela de Sergio Olmos.

—¡Me lo quedo! —dijo.

El agente inmobiliario sonrió con regocijo y se frotó sus manos regordetas.

Nada más poner el pie en la pequeña casita de Sussex, Sergio comenzó a hilvanar su particular biografía novelada de Sherlock Holmes. El modo en que podía iniciar su nueva aventura literaria se lo había proporcionado el trastero de la que sería su nueva casa. La historia había comenzado a construirse sobre los siguientes pilares:

El 4 de octubre de 1902, John Hamish Watson contrajo matrimonio por tercera vez. Sergio no había podido evitar acordarse de José Guazo al pensar en el amigo de Holmes. Y también lo había tenido muy presente cuando optó por elegir como esposa del doctor a Grace Dunbar, a quien Watson conoció durante «La aventura del puente de Thor», en detrimento de las otras dos candidatas que los holmesianos han barajado: lady Violet de Merville y lady Frances Carfax.

Si W. S. Baring-Gould está en lo cierto en su obra *Sherlock Holmes de Baker Street,* Watson falleció, posiblemente en Queen Anne Street, el miércoles 24 de junio de 1929. Lo que Sergio Olmos iba a añadir en su novela era algo trascendental.

Watson había mostrado en muchas de sus narraciones una verdadera obsesión por salvaguardar el buen nombre de algunos de los clientes de Holmes, razón por la cual no había publicado esas historias. En otros casos, la discreción se debía a razones políticas, o a que la aventura carecía de interés literario. Pero el doctor conservaba todos aquellos documentos en una caja de hojalata en la que aparecía su nombre. Aquella caja, según él mismo dice en «La aventura del puente de Thor», estaba depositada en la sucursal bancaria Cox & Cox, en Charing Cross. Pues bien, Sergio proponía al lector un juego: ¿y si Watson ocultó también entre sus papeles la información capaz de desvelar dónde pasó Holmes los años que sus biógrafos consideran perdidos?

El temor que Watson sentía por que aquellos secretos cayeran en manos de desaprensivos se fue incrementando con la edad, según la tesis de Sergio. Y, pocos días antes de su muerte, ordenó que le trajeran su preciado archivo desde el banco hasta su casa. En el trastero del estudio de su vivienda en Queen Anne Street, el médico había preparado un magnífico escondite para su archivo bajo el suelo de madera. Tan bien se había realizado el trabajo que resultaría imposible localizarlo, y el doctor lo tendría a mano en caso de necesidad.

El juego literario proseguía sobre la base de que, casi cien años después, el destino había hecho que Sergio Olmos alquilase la misma casa en la que Watson había vivido. Y la casualidad había hecho el resto: Sergio había encontrado los archivos de John Watson.

A partir de aquella idea, la historia había comenzado a fluir con rapidez. Y fue entonces cuando sonó el teléfono de Sergio. Eran las cinco de la tarde y la niebla había devorado finalmente a las ovejas que pastaban frente a su casa.

11

Sergio no llegó a tiempo para el funeral, pero sí se pudo sumar al minúsculo cortejo fúnebre que acompañó al difunto doctor José Guazo hasta su última morada.

Cuando el día anterior su hermano Marcos le comunicó que Guazo había fallecido en el hospital, Sergio intentó por todos los medios encontrar un vuelo que le permitiera estar todo el tiempo posible con Marcos, cuya voz había transmitido todo el dolor que sentía, y con su difunto amigo. Sin embargo, los horarios de los vuelos se lo impidieron.

Durante el viaje, Sergio trató de evocar los momentos más felices que había pasado en compañía de Guazo, pero tuvo que admitir que no eran muchos, o al menos él no los recordaba. En su diario, el doctor había retratado con escrupulosa exactitud cuál había sido el comportamiento de Sergio hacia él. Lo más terrible, se dijo, era que realmente Guazo lo había querido de verdad.

Eran las cinco de la tarde. El viento hería con su frialdad y las hojas de los árboles volaban sin rumbo. Aquel día de otoño agonizaba con rapidez.

Cuando Sergio vio a su hermano al salir de la iglesia, se estremeció. Marcos estaba demacrado y su piel tenía un tono anormalmente amarillento. Los ojos del hermano mayor estaban enrojecidos y, a pesar de estar envuelto en un grueso abrigo azul marino un tanto pasado de moda, parecía tiritar.

La extraordinaria conversión del doctor Guazo en el nuevo Jack el Destripador no había sido olvidada ni perdonada en la ciudad. Apenas un puñado de personas le dio el último adiós al médico, pero Sergio se sorprendió por la fidelidad que le mostraron todos los miembros del Círculo Sherlock. Allí estaba Víctor Trejo, tan elegante que podía competir sin dificultad con el propio Sergio. También vio a Tomás Bullón, desaliñado y con barba de varios días, y a Jaime Morante, a quien acompañaba Toño Velarde. Sergio los saludó con un movimiento de cabeza, y en especial a Morante, porque había demostrado valentía acudiendo al funeral de un hombre al que toda la ciudad había crucificado. Para un político, aquel gesto podía ser perjudicial.

Luego, Sergio vio a Clara del brazo de Enrique Sigler. Ella estaba tan deslumbrante como de costumbre; a Sigler ni siquiera lo miró.

Además del Círculo Sherlock, no faltaron a la triste cita algunos de los integrantes de la Cofradía de la Historia. Para empezar, don Luis, el viejo sacerdote, había oficiado la ceremonia, y también asistió Heriberto Rojas, el otro médico del grupo. No acudieron, en cambio, ni Santiago Bárcenas ni Manuel Labrador. Pedraja, el dueño de la cafetería donde se reunían, se había colocado junto a Morante.

Junto a todos ellos, Sergio descubrió a los inspectores Tomás Herrera y Diego Bedia. Al ver a este último una sonrisa afloró en sus labios. Tal vez, se dijo, había encontrado en el policía a un amigo, y, mirando al resto del círculo, Sergio pensó que quizá era su único amigo.

Cuando acabó la ceremonia, Sergio se acercó a Tomás Bullón. Había algo que solo el periodista le podía contar; algo que no había podido preguntarle después de la detención de Guazo.

—Tomás —Sergio tocó el hombro derecho de Bullón—, te quería preguntar algo.

—Mmmm.

—¿Qué pasó cuando Estrada detuvo a Guazo? ¿Por qué le disparó?

—¿A qué viene eso ahora? —Bullón miró a Sergio como si fuera un perfecto desconocido—. Ya se lo dije a la policía mil veces. Estrada me había dado el soplo para que le hiciera una foto en pleno acto heroico, y cuando llegué me encontré a los dos en el salón de Guazo. De pronto, Guazo metió la mano en el interior de la bata, y yo le grité a Estrada. Supongo que los dos pensamos que Guazo iba armado, y Estrada disparó.

—Pero José no llevaba ninguna pistola.

—No, pero hizo un gesto extraño. Dijo algo sobre ti; que deberían darte no sé qué, o algo parecido. Oye —dijo Bullón con un brillo pícaro en los ojos—, ¿sabes que me han ofrecido un adelanto cojonudo para escribir un libro sobre todo esto? ¡Te voy a hacer la competencia! —añadió en medio de una sonora carcajada que pareció un sacrilegio en medio del camposanto.

Todos se volvieron hacia Bullón, a quien no pareció molestarle ser el centro de todas las miradas. Sergio, en cambio, no sabía dónde meterse. Cuando Bullón se alejó, Sergio escuchó una voz familiar a su espalda.

—Ya sabes que Tomás no es muy diplomático.

Sergio cerró los ojos, como si aquellas palabras le hubieran provocado un dolor insoportable. Luego, se giró para ver un primer plano de los ojos de Clara.

—Hola, Clara. —Sergio la contempló con la misma reverencia con que se admira a una porcelana china. Se alegró de que Sigler estuviera hablando con Morante y los demás—. Estás preciosa.

—Gracias —respondió ella con una sonrisa—. Y tú tan elegante como siempre. De negro y blanco.

—Eso no puede sorprenderte —respondió Sergio, y luego miró la tumba de Guazo—. En cambio a mí no me deja de sorprender que siempre me traicionen los más próximos. —Sus ojos viajaron desde la tumba del médico hasta el rostro de Clara.

—Yo no te traicioné exactamente —respondió Clara con brusquedad.

Sergio no respondió. En realidad, ya no estaba seguro de nada de lo que había ocurrido entre ellos.

—Pienses lo que pienses —dijo Clara—, nunca podremos olvidarnos. Ni siquiera Holmes pudo olvidar a Irene.

Sergio la vio alejarse en dirección a Sigler mientras él saboreaba el gusto amargo de aquel vaticinio. Desde luego que Holmes, incluso habiendo sido burlado por Irene Adler, nunca la olvidó. De hecho, algunos estudiosos de su vida sostienen que se encontró con ella en Montenegro en 1891, durante los enigmáticos años perdidos del detective. Por aquel entonces, ella había regresado a los escenarios y actuaba en la ópera de Cetinje, capital entonces de aquel país. Se representaba *Rigoletto* y, en la tercera noche de actuación, Irene recibió un billete de un admirador que decía haber vivido en Baker Street.

Según esa teoría, ambos iniciaron una relación amorosa que tuvo como fruto un niño al que ella dio a luz en marzo de 1892 en Nueva Jersey.

—Clara, espera —gritó Sergio. Ella se volvió—. Mi nueva dirección —le dijo Sergio al tiempo que le entregaba un papel en el que había anotado el número de Queen Anne Street—. Me mudo allí el mes próximo. Tal vez un día vayas por Londres.

—¡Londres! —exclamó Clara—. ¡Vaya! —Sonrió y guardó el papel en su bolso. Después, se encaminó en dirección a Sigler y a los demás sin volver la vista atrás.

En ese momento, Sergio vio que el inspector Bedia se acercaba hacia él.

—Me alegro de verte —dijo el policía estrechando con fuerza la mano derecha de Olmos.

—Yo también.

—Oye, andamos con un poco de prisa —dijo, mirando a Tomás Herrera, quien a su vez saludó a Sergio con un movimiento de cabeza—, pero me gustaría charlar contigo. ¿Hasta cuándo estarás? ¿Podemos cenar juntos esta noche?

—Bueno, me quedaré un par de días. —Sergio miró a su hermano, que se acercaba a ellos, y bajó la voz—: Estoy preocupado por Marcos, esto le ha afectado mucho.

—¿Por qué no os venís los dos a cenar hoy con Marja y conmigo?

—De acuerdo.

—¿Te parece bien a las nueve en mi casa?

Sergio asintió.

—¿Ella vendrá? —preguntó casi en un susurro Diego.

Sergio miró a Clara, pero Diego le corrigió.

—Me refiero a Cristina.

—No lo sé. No la he llamado.

—Entiendo.

El inspector se despidió de los dos hermanos. Sergio lo vio dirigirse hacia la salida del camposanto en compañía de Tomás Herrera.

—¿Te apetece ir a ver a nuestros padres? —le preguntó Marcos.

¡Dios mío!, pensó Sergio. Ni siquiera se le había ocurrido.

—Claro, vamos.

Las tumbas de Siro Olmos y de su esposa se encontraban al otro extremo del camposanto. Los dos hermanos caminaron en silencio entre las tumbas. Cuando llegaron, Sergio advirtió que las lápidas de sus padres estaban impecablemente limpias y tenían flores frescas.

—Las limpio cada semana —explicó Marcos.

Sergio miró a su hermano de soslayo, y lo admiró una vez más. Y, una vez más, lo admiró en silencio. Después, su mirada regresó a las lápidas. Las caras de sus padres lo contemplaron desde una fotografía. Quiso decirles algo. Quiso decirles tantas cosas... Después, su mirada se perdió entre las flores con las que su hermano adornaba las dos tumbas. Al verlas, estuvo a punto de decir algo que se le acababa de ocurrir, pero otra idea se cruzó en su camino.

—Me gustaría ir al piso de José —dijo a su hermano.

Marcos dio un respingo.

—¿A qué viene eso?

—Hay algo que no acabo de entender —respondió Sergio—. ¿Por qué hizo aquel gesto ante Estrada que le costó el disparo?

—No lo sé —confesó Marcos—. Pero, si quieres ir al piso, lo tienes fácil.

—¿Ah, sí? —Sergio lo miró estupefacto.

—Tengo una llave. Guazo tenía también una de mi piso, por si surgía alguna emergencia.

Marja estaba particularmente bella aquella noche. Su melena pelirroja caía sobre sus hombros dibujando unos rizos que la asemejaban aún más a su hermana Jasmina. Sergio sintió una vez más una punzada de celos al ver a Diego y a su novia mirarse con complicidad. Él también podría disfrutar de una relación así, pero, bien por cobardía o por puro egoísmo, había dejado pasar la oportunidad de compartir con Cristina momentos como los que ahora envidiaba.

A pesar de que estuvo a punto de hacerlo, finalmente no había llamado a Cristina. No se atrevió. No le pareció lógico que, un mes después de haber sido incapaz de comprometerse con ella en nada, apareciera ahora proponiéndole acompañarlo a una cena de amigos.

La velada fue agradable. Diego y Marja se habían esforzado para agasajar a los hermanos Olmos. Pero Marcos, como ya había observado Sergio en otras ocasiones, comió muy poco.

El apartamento de Diego estaba a pocos metros de distancia de la playa. El rumor del mar los acompañó con su banda sonora, y todos trataron de animar a Marcos, que no lograba zafarse de la melancolía que parecía haber hecho presa en sus entrañas.

Sergio trató de avivar el ánimo de su hermano proponiéndole un reto como aquellos que le planteaba cuando ambos eran más jóvenes. Guiñó un ojo a Marja y a Diego, y dijo:

—Marcos, ¿cuántos nombres de inspectores de policía de los que aparecen en las aventuras de Holmes serías capaz de citar de memoria?

De inmediato, en los ojos de Marcos brilló una luz, y la expresión de su rostro se dulcificó.

—¿Y tú? —preguntó desafiante a su hermano pequeño.

—Creo que podría recordar el nombre de al menos seis.

—No tendré problema en mencionar cuatro más de los que tú nombres —replicó Marcos—. Y, desde luego, Lestrade no sirve. —Y mirando a Diego y a su novia, añadió—: La gente cree que el único inspector que aparece en esas historias es Lestrade, cuyo nombre de pila, por cierto, desconocemos. Solo sabemos que comenzaba por G.

—Está bien —sonrió Sergio—, allá van mis nombres: Tuson Pollock, de «El oficinista del corredor de Bolsa»[*]; White Mason, de *El valle del terror;* MacKinnon, de «La aventura del fabricante de colores retirado»; McDonald, de *El valle del terror;* Lanner, de «El paciente residente»; Athelney Jones, de «La liga de los hombres pelirrojos», y Wilson Hargreave, de «La aventura de los monigotes».

—¡Bravo! —exclamó Marja.

—Sorprendente memoria —dijo Diego, visiblemente impresionado—. ¿Todos esos policías eran tan torpes como Lestrade?

—Bueno, algunos lo eran mucho más —respondió Marcos, que parecía haber recuperado el ánimo—, y otros, en cambio, gozaban del respeto de Holmes. Por ejemplo, Athelney Jones era realmente estúpido, pero McDonald era un buen profesional.

—Sí, pero en líneas generales Scotland Yard no sale bien parada en las aventuras —reconoció Sergio—. Bueno, ahora te toca a ti —retó a su hermano.

—¿Cuatro nombres más? Eso es fácil. —Marcos cerró los ojos uno segundos—. Veamos: no has citado al inspector Patterson, al que Holmes había dejado toda la información para desarticular la organización criminal de Moriarty, según dejó escrito antes de caer a las cataratas de Reichenbach en «El problema final». Luego, añadiría a Forbes, de «El tratado naval»; al inspector Gregory, de «Estrella de plata», y naturalmente a Tobias Gregson, a quien vemos en varias historias, como por ejemplo en «La aventura del Círculo Rojo» o en «El intérprete griego». Y, desde luego, podría añadir algunos más.

---

[*] Publicada por vez primera en *The Strand Magazine,* en marzo de 1893. Los hechos transcurren en junio de 1889.

Aquel juego tuvo la virtud de animar la velada, lo mismo que los chascarrillos políticos a propósito de qué papel jugaba ahora en el ayuntamiento Jaime Morante. Al parecer, le costaba mucho trabajo asumir el trabajo de estar en la oposición, y corrían rumores de que iba a regresar a sus clases de matemáticas.

Marja explicó que los ánimos en el barrio seguían revueltos. Jóvenes seguidores de Toño Velarde habían provocado incidentes con los inmigrantes.

—A mí me han roto el cristal de una de las ventanas de una pedrada —dijo.

—No me habías contado nada. —Diego la miró con asombro.

—Ha sido hoy —explicó Marja—. El lunes vendrá el cristalero.

—Nunca pensé que Morante pudiera caer tan bajo como para pretender sacar rédito político con el tema de la inmigración —dijo Sergio.

—Parece mentira que no lo conozcas —comentó Marcos.

La cena fue un completo éxito. Cuando los hermanos Olmos dejaron a la pareja a solas, había pasado ya la medianoche.

—¿Has traído la llave? —preguntó Sergio a su hermano cuando estuvieron a solas.

Marcos asintió.

Los dos hermanos se sintieron incómodos caminando por el piso de su difunto amigo. A Sergio le seguía pareciendo imposible que el muchacho al que conoció veinticinco años antes se hubiera convertido en un asesino en serie tan cruel como astuto. Sin embargo, la amargura que destilaba el diario que el doctor había escrito desvelaba detalles de las muertes de aquellas mujeres que solo el criminal podía conocer.

—Estrada le disparó desde aquí —dijo Marcos, sacando a su hermano de sus cavilaciones—. Bullón publicó varias fotografías en las que se veía al inspector más o menos en esta posición, y el cuerpo de Guazo había caído ahí, junto a ese sillón.

Sergio se acercó hasta el sillón que su hermano había señalado.

—A Guazo le gustaba sentarse ahí a leer —comentó Marcos—. Se pasaba tardes enteras en ese sillón desde que murió Lola.

Sergio contempló el sillón en silencio, preguntándose qué había querido decir el doctor cuando metió su mano en el batín. Aquel gesto provocó el grito de alarma de Guazo y el disparo de Estrada. La policía no había podido arrancarle ni una sola palabra al médico, y tampoco había aclarado la razón por la cual enviaba pétalos de violeta en sus cartas a Sergio. Su único comentario al respecto había sido que quiso introducir una innovación respecto a la historia holmesiana de «Las cinco semillas de naranja».

El sillón era negro, de cuero, y muy cómodo, según el propio Sergio comprobó dejándose caer en él. Estaba situado junto una ventana y a su lado había una lámpara de lectura. Sergio la encendió, y la zona próxima al sillón se vio bañada por un concentrado haz de luz.

—De modo que Guazo estaba sentado en este sillón cuando Estrada lo sorprendió —dijo Sergio, aún recostado en el sillón.

—Realmente, Estrada llamó al timbre, y Guazo abrió la puerta.

—Es decir, que abrió la puerta del piso y aguardó la llegada a Estrada sentado tranquilamente. —Sergio estaba desconcertado—. ¿Por qué iba a sacar una pistola? Una pistola que, además, se descubrió que no tenía.

—Fue entonces cuando dijo que debían darte algo a ti, y metió su mano en el batín.

—Pero nadie vio nada de nada —dijo Sergio casi en un susurro—. Salvo que…

De pronto, se levantó del sillón y lo levantó, alejándolo de la pared. Fue entonces cuando los dos hermanos vieron un trozo de papel en el que nadie había reparado. Sergio lo cogió y no pudo evitar que sus manos temblaran. En el papel había una palabra escrita:

LIPSKI

12

L ipski!
Sergio pasó casi toda la noche en vela tratando de comprender qué pretendía decirle el doctor Guazo. ¿Por qué había escrito aquella palabra en un papel? ¿Qué motivos tuvo para tratar de mostrársela al inspector Estrada cuando lo iban a detener?

¡Lipski!

Aquella palabra solo tenía un significado para Sergio Olmos, y lo conducía hasta los hechos previos a la muerte de Elisabeth Stride el 30 de septiembre de 1888.

Según la declaración que realizó el testigo Israel Schwartz al día siguiente del doble asesinato que Jack cometió aquella noche terrible, él había visto a Liz Stride en compañía de un hombre alrededor de la una menos cuarto; es decir, aproximadamente un cuarto de hora antes de que Louis Diemschutz encontrara el cadáver de la prostituta de origen sueco.

Schwartz declaró que Liz hablaba con aquel hombre en Berner Street, junto al patio donde se cometió el crimen minutos después. De pronto, el hombre empujó a la prostituta, y ella se resistió. Sin llegar a gritar, Liz sí emitió tres gemidos, según el testigo.

En el momento en que Israel tomó la decisión de hacer algo al respecto, descubrió en la otra acera a un hombre que encendía una pipa. El hombre que golpeaba a la mujer le dijo al de la pipa: «Lipski». De inmediato, el hombre de la pipa se dirigió hacia Israel, que aceleró su paso al sentirse perseguido por aquel desconocido. Según su declaración, hasta que no se sintió lejos del alcance de aquel hombre, no dio por salvada su vida.

Sin embargo, ¿qué tenía que ver aquel incidente con el mensaje que Guazo había pretendido entregar a Sergio?

Al mismo tiempo, una extraña sensación se había ido apoderando del escritor durante aquella noche en vela. Sentía que algo se le estaba escapando; creía haber visto algo el día anterior que le había provocado malestar, pero no conseguía recordarlo.

Una y otra vez, repasó todo lo que había hecho la tarde anterior. Por su mente desfilaron las imágenes del entierro de Guazo, sus conversaciones con Tomás Bullón, con Clara, con Diego, con su hermano... Veía con extraña claridad las escenas de los miembros del círculo alrededor de la tumba de Guazo, y los corrillos que formaban los integrantes de la Cofradía de la Historia. Después era la cena compartida con Diego y Marja la que se proyectaba en su mente mediante un mágico cinematógrafo, pero no lograba enfocar la mirada lo suficiente.

Las palabras de Holmes resonaron en su mente como si alguien se las susurrara al oído: «No veo más de lo que ven otros, pero me he adiestrado en fijarme en lo que veo».

¿Qué diablos significaba «Lipski»?

Cuando las primeras luces del día arañaron las sombras por el este, Sergio se quedó dormido.

Manolo Salces tenía veintiséis años y era un hombre feliz. Amaba su trabajo como recepcionista de hotel, y hacía poco más de un año que había contraído matrimonio con su novia de toda la vida. Lo único que le faltaba a Manolo estaba a punto de llegar a este mundo. Era cuestión de días que el pequeño que transportaba en sus entrañas su esposa, Sara, desde hacía ya ocho meses y medio viera la luz del día. Lo único que Manolo deseaba era que no llegara en un día como aquel domingo, de cielo plomizo y lluvia inmisericorde.

A las doce de la mañana, el vestíbulo del hotel estaba inusualmente desierto, y Manolo aprovechó para ir al baño. Apenas se demoró unos minutos, pero a su regreso encontró un sobre de color marrón sobre el mostrador de la recepción. En el sobre había algo escrito:

A LA ATENCIÓN DE DON SERGIO OLMOS

Sergio Olmos. Habitación 357. ¿Debería llamar a la habitación o esperar a que el señor Olmos bajara?, se preguntó el recepcionista.

Manolo Salces pensó que tal vez la nota fuera algo urgente y decidió avisar al señor Olmos. Pero, cuando estaba a punto de hacerlo, sonó su teléfono móvil.

La expresión del rostro del recepcionista fue cambiando paulatinamente a medida que recibía las noticias que una voz femenina le transmitía. El resumen apresurado que le acababa de hacer su suegra contenía valiosos datos: Sara había roto aguas, el bebé se adelantaba, estaban ya camino del hospital, conducía el padre de Sara, ¿intentaría Manolo llegar a tiempo para ver nacer a su hijo?

Manolo Salces se metió mecánicamente la nota destinada al señor Olmos en un bolsillo de la chaqueta de su uniforme y corrió hacia la oficina del hotel.

Minutos más tarde, y con el beneplácito de la dirección del hotel, Salces conducía su automóvil mordiéndose los labios por la impaciencia. Solo faltaba que no estuviera allí cuando Manolito naciera. Desde el asiento trasero del automóvil, la chaqueta del uniforme lo miraba con indiferencia. Y, en el bolsillo derecho, viajaba el sobre de color marrón.

Sergio no despertó hasta las doce y media de la mañana. Abrió los ojos con dificultad y tardó bastante en enfocar la mirada. Se sentía cansado, y le dolían el cuello y la espalda. En la calle, llovía con furia. Y sobre la mesilla de noche permanecía el trozo de papel con aquella palabra, «Lipski», demostrándole que no se trataba de un sueño. Realmente, había estado con Marcos en el piso del difunto José Guazo, y era igualmente cierto que había encontrado aquel papel.

Sergio se sentó en el borde de la cama y contempló una vez más la nota. ¿Habría logrado Marcos descifrar el significado de aquella palabra?

Por fin reunió fuerzas suficientes como para ducharse, vestirse y telefonear a su hermano. No encontró, en cambio, valor aún para marcar el teléfono de Cristina Pardo.

Los hermanos Olmos se encontraron en el piso de la familia. Y, nada más ver la cara de Marcos, Sergio supo que tampoco su hermano había logrado resolver el enigma que había dejado tras de sí Guazo.

Pasaron más de dos horas reflexionando en voz alta sobre lo que podía ocultar aquel papel, y la única conclusión a la que llegaron era que debían entregárselo a la policía. ¿Cómo era posible que ellos no lo hubieran visto?

—No es tan extraño —dijo Marcos—. Si no hubieras movido el sillón, tampoco tú lo habrías encontrado.

Sergio entregó el papel a su hermano y le encargó que se lo hiciera llegar al día siguiente al inspector Bedia. Él, confesó, estaba harto de todo aquello y pensaba marcharse a primera hora del día siguiente.

El reto que suponía la misteriosa nota hizo que ambos olvidaran incluso que no habían comido. Cuando repararon en la hora, eran más de las tres y media de la tarde.

Sergio se despidió de su hermano haciéndole una confesión.

—Voy a intentar ver a Cristina esta tarde.

Marcos guardó silencio.

—Tal vez le pida que venga conmigo.

—Espero ver eso —replicó el hermano mayor.

Cristina Pardo había leído en el periódico la noticia de la muerte del asesino de las cuatro mujeres inmigrantes. A ella también le parecía imposible que aquel hombre hubiera sido José Guazo. Conocía al doctor antes de que Sergio se lo presentara como amigo suyo, puesto que lo había visto en la Casa del Pan atendiendo a los inmigrantes en varias ocasiones. ¿Quién iba a pensar que precisamente allí fue donde conoció a sus futuras víctimas?

No sabía si Sergio habría venido a la ciudad para el entierro de su antiguo amigo. Tal vez no. Después de todo, el doctor había demostrado un odio desmedido por Sergio, hasta el punto de que la vida de aquellas mujeres no había tenido más valor para él que el que tendría una pieza de ajedrez. Su único propósito había sido derrotar a Sergio. Vencer a Sherlock Holmes.

A las cuatro de la tarde, sonó el teléfono de Cristina.

La muchacha estaba en pijama. No había salido a la calle en todo el día y estaba dejando pasar las horas muertas de aquella tarde de domingo contemplando la televisión sin prestar atención al programa que emitían.

—Cristina —dijo una voz familiar—, soy Sergio. ¿Podemos vernos?

Silencio.

Silencio.

—Cristina, ¿estás ahí?

—Sí —respondió la muchacha—. Es solo que no esperaba esta llamada.

Sergio y Cristina pasaron toda la tarde en el piso de ella. Hablaron sobre mil cosas, evitando el momento en el que uno de los dos debería pisar un terreno que ambos sabían que era resbaladizo. Pero, ante el temor a que el castillo de naipes que habían formado durante aquella tarde de lluvia se viniera abajo, hicieron el amor con pasión.

A las ocho de la tarde, Sergio le pidió a Cristina que se fuera con él a Londres. Le explicó que acababa de alquilar una casa en una zona exclusiva de la ciudad y que no sabía cuánto iba a estar allí, pero que le gustaría que, fuera adonde fuese, ella estuviera a su lado.

La mirada azul de Cristina se agrandó hasta convertirse en el único horizonte que Sergio tenía ante sí. La besó y ella respondió a su beso.

—¿Y qué hay de mí y de mi trabajo? —preguntó ella—. ¿Por qué no buscas una casa por aquí? —Antes de que él dijera nada, Cristina se apresuró a añadir—: No tiene por qué ser en la ciudad. Ya sé que no te gusta vivir aquí, pero hay muchos lugares cerca. Tal vez junto al mar.

—Tal vez —dijo él lacónicamente.

Sergio se despidió después de compartir con Cristina unos sándwiches de queso y jamón, y tras beberse entre los dos una botella de vino tinto. Antes de irse, prometió considerar la idea que ella le había propuesto.

—¿Y tú pensarás sobre mi oferta? —preguntó Sergio—. Te he apuntado la dirección en aquel papel —señaló una cuartilla que estaba sobre la mesa de estudio de Cristina—. Puede que un día te apetezca conocer Londres.

Manolito Salces llegó al mundo en perfecto estado. Resultó ser un bebé rechoncho, de cuatro kilos de peso, que dio mucho trabajo y provocó intensos sudores a su madre. Mientras, su padre contemplaba la escena del alumbramiento con la boca abierta y los ojos aún más abiertos.

El resto de la tarde transcurrió para el joven matrimonio como en un sueño. La vida era maravillosa, y aquel niño era una bendición.

A las diez de la noche, Manolo Salces le dijo a su mujer que iba a comprar algo de bebida para invitar a los compañeros del hotel. Volvería en una hora, le prometió.

Hasta que no llegó con la compra al coche, Manolo no recordó que había dejado su chaqueta en el asiento trasero y que en uno de sus bolsillos aguardaba a ser entregada la nota que alguien había dejado para el señor Olmos.

—¡Joder! ¡Joder! —se lamentó.

Al llegar al hotel, lo primero que hizo Manolo Salces fue ir hasta la habitación 357 y golpear la puerta con los nudillos.

No había nadie.

Luego preguntó a los compañeros si habían visto al señor Olmos, pero nadie lo había visto durante toda la tarde, dijeron, mientras gastaban bromas al recién estrenado papá.

—¿Le podéis entregar esta carta al señor Olmos cuando regrese? —dijo Manolo antes de retornar junto a la cabecera de la cama de su esposa.

Sergio había paseado bajo la lluvia durante casi dos horas después de salir del piso de Cristina. Las ideas galopaban sin bridas en su mente. ¿Deseaba vivir con Cristina? ¿La amaba tanto como para mudarse cerca de aquella ciudad que detestaba? Si amaba tanto a Cristina, ¿por qué le había dado su dirección de Londres a Clara? Y, si amaba a Clara, ¿qué razón le había llevado a pedir a Cristina que viniera a Londres con él?

Y luego estaba aquella palabra: «Lipski». ¿Qué significaba? ¿Qué quiso decir Guazo con ella? ¿Y por qué tenía una extraña sensación desde el día del entierro del médico? ¿Qué era lo que se le estaba escapando? ¿Por qué no estaba Holmes junto a él aquella noche?

Era más de medianoche cuando entró en el hotel.

—Señor Olmos —le llamó el recepcionista—. Han dejado esto para usted.

Cuando Sergio vio el sobre marrón sintió que las piernas le fallaban. Era un sobre idéntico al de las otras notas que había recibido.

—¿Quién lo entregó?

—No lo sabemos —contestó el recepcionista—. Lo dejaron sobre el mostrador y no vimos a la persona que lo trajo.

Sergio cogió el sobre entre sus manos temblorosas. De pronto, aquel papel pareció pesar más que cualquier roca gigantesca, y Sergio arrastró sus pies hasta el ascensor del hotel.

Cuando llegó a su habitación, se sentó en el borde de la cama y miró con horror aquella carta. Temía abrirla, pero debía hacerlo. Luego, rasgó el sobre. Dentro encontró cinco pétalos de violeta y un escueto mensaje:

¿Dónde estaban colocadas?

Debajo de aquella enigmática pregunta, había un círculo rojo.

13

9 de noviembre de 2009

S ergio dio la vuelta al papel sobre el que estaba escrito el mensaje. Temía encontrar lo que apareció escrito al dorso: párrafos desechados de su futura novela. Sin duda, aquella siniestra carta había sido escrita en su ordenador, como el resto de las notas que precedieron a la muerte de las cuatro mujeres asesinadas por Guazo. Pero Guazo estaba muerto, y los muertos no pueden dejar cartas en la recepción de un hotel.

Miró su reloj. Las doce y media. ¿Estaría despierto su hermano Marcos? Tal vez, pero no era su costumbre. Al día siguiente era lunes, y tenía que trabajar.

Sergio llamó a Diego Bedia.

El teléfono del inspector dio la llamada. Sin embargo, Diego no respondió. Sergio se pasó la mano por el cabello visiblemente nervioso. ¿Qué significaba aquella nota?: «¿Dónde estaban colocadas?». ¿Quién podía haberla dejado en la recepción?

Sergio no tuvo la menor duda de que el mensaje, como los últimos que había recibido, estaba inspirado en «El ritual de los Musgrave», si bien el autor había introducido una variación significativa. En el ritual que aparece en la aventura de Holmes la pregunta se formulaba en singular: «¿Dónde estaba colocada?». En cambio, en su nota aparecía en plural.

En ese momento, sonó el teléfono de Sergio. Era Diego Bedia.

—¿Qué sucede, Sergio? —dijo el inspector—. He visto una llamada perdida. Estaba a punto de acostarme.

—Creo que será mejor que no lo hagas. Necesito que vengas a mi hotel —dijo Sergio, mostrando su impaciencia—. He recibido otra carta.

Gabriela se despertó sobresaltada. Las cartas del tarot le habían susurrado el día anterior la historia de la muerte de una mujer, pero no se había atrevido a ir a la comisaría. ¿Con qué pruebas contaba? ¿Quién la creería ahora que el asesino, el doctor Guazo, había muerto? ¿Acaso había regresado desde la tumba para matar nuevamente?

La una menos diez.

Gabriela estaba empapada en sudor. Instintivamente, tocó su garganta con la mano derecha. En su sueño había visto brillar el filo de un enorme cuchillo rasgando el cuello de una mujer joven como si fuera gelatina. Pero aún había sido más escalofriante ver lo que ocurrió después en aquella habitación. Al recordarlo, Gabriela sintió la necesidad de vomitar.

Corrió hacia el cuarto de baño conteniendo el vómito. Por un instante, creyó sentir a su espalda los pasos del hombre que había visto en su sueño.

Una menos cinco.

El inspector Diego Bedia leía con incredulidad el mensaje que alguien había dejado a Sergio en el hotel.

—Esto es una locura —dijo—. ¿Qué significa?

—Es una pregunta de «El ritual de los Musgrave», como las tres anteriores —dijo Sergio—. Pero aquí se formula en plural. En cuanto al círculo rojo, ya es habitual. Sobre eso no tengo nada nuevo que decirte.

—Dijiste que ese círculo aparecía en una de las aventuras de Holmes y que era la marca de una sociedad secreta que asesinaba a los traidores —recordó Diego—. Guazo perteneció al Círculo Sherlock, y creo que quien te lo ha enviado, también. Alguien del círculo te ha desafiado, y te considera un traidor o algo parecido.

—Si eso es cierto, el autor de la carta podría ser cualquiera de ellos —repuso Sergio—. Todos están en la ciudad. Vinieron al entierro de Guazo y…

De pronto, la mirada de Sergio se perdió contemplando el tono melocotón con el que estaba pintada la pared de su habitación.

—¿Qué sucede? —preguntó Diego intrigado.

—Creo que ya sé lo que significa «Lipski» —respondió Sergio.

—¡¿«Lipski»?!

Sergio explicó al policía en pocas palabras la visita que había hecho con su hermano Marcos al piso de José Guazo y, antes de que Diego pudiera protestar por aquella ilegalidad que los dos hermanos habían cometido, Sergio añadió al relato el descubrimiento del papel con la enigmática palabra escrita en él.

—¿Cómo es posible que nosotros no lo viéramos? —se lamentó el inspector.

—No era fácil verlo —dijo Sergio—. Estaba oculto entre el sillón y la pared, y, aunque lo hubiérais encontrado, no habría significado nada para vosotros, seguramente.

—¿Qué crees que significa?

—¿Recuerdas el asesinato de Liz Stride, la tercera víctima de Jack? —Sergio vio que el inspector asentía y prosiguió—: Pues bien, hubo un testigo, Israel Schwartz, que dijo haber visto a Stride en compañía de un hombre quince minutos antes de que la asesinaran. El hombre la golpeó y, cuando Israel decidió intervenir, otro hombre apareció en la acera de enfrente y encendió una pipa. Entonces, el tipo que estaba con Liz llamó al hombre de la pipa diciendo esa palabra: Lipski.

—¿Y? —Diego estaba en ascuas.

—¿No lo comprendes? —Sergio parecía en éxtasis—. Muchas veces se ha dicho que tal vez a Stride no la mató Jack, porque solamente le cortó el cuello, y no la evisceró. Otros dicen que sí fue obra suya, pero que la llegada de un testigo hizo que tuviera que huir para no ser descubierto. —Sergio comenzó a caminar por la habitación con la cabeza hundida en el pecho. Parecía haber olvidado la presencia de Diego y hablaba en voz alta para sí—. Nadie se explica cómo fue capaz Jack de matar en menos de una hora a Catherine Eddowes en Mitre Square. Jack tuvo que recorrer a buen paso la distancia que hay entre Berner Street y Mitre Square. Después, tuvo que encontrar a una prostituta, ganarse su confianza, calcular el tiempo que empleaba en su ronda el policía que cubría aquella parte de la ciudad y cometer su crimen en una plaza que tenía tres accesos. Sin duda, fue su crimen más arriesgado. Además, mutiló el cuerpo de Catherine de forma brutal, y eso lleva su tiempo.

—¿Adónde quieres ir a parar?

Sergio se detuvo y pareció haber visto por vez primera al inspector.

—Eran dos —respondió mirando a los ojos a Diego—. No sé si Lipski era un nombre judío, como algunos han dicho, o no. Tal vez fuera una clave, un apodo, no lo sé. Pero los crímenes de Jack no los cometió un hombre solo. Eso explicaría cómo fue posible que se moviera con semejante descaro en medio de un barrio infestado de policías.

Diego lo miraba asombrado. ¿Se había vuelto loco Sergio?

—Fíjate bien —dijo Sergio, sacando de su cartera un calendario—. A Daniela Obando la encontraron muerta el día 31 de agosto, el mismo día en que Jack mató a Mary Ann Nichols. Aunque la última vez que Daniela fue vista con vida fue el día 27. Posiblemente fue ese día cuando le administraron el Rohipnol, del que Guazo hablaba en su diario. Ese fármaco es indetectable a las treinta y seis horas, de modo que no se encontró resto alguno en la autopsia. Pero, si Guazo estaba secuestrando a la primera víctima el día 27, no pudo ser él quien me hizo llegar la primera carta cuando yo estaba en Baker Street, porque aquella carta la recibí precisamente ese día.

El inspector Bedia parecía una estatua de sal.

—¿Una conspiración de varias personas, como en el caso de Jack? —murumuró el inspector.

Sergio lo miró estupefacto.

—Una conspiración —repitió en voz baja—. ¡Dios mío! —exclamó de repente. Una luz se había encendido en su mente. A continuación, se dirigió apresuradamente hasta el teléfono de su habitación y marcó el número de recepción—. Buenas noches —dijo—, ¿tienen un plano de la ciudad? ¿Serían tan amables de subírmelo a mi habitación?

—¿Qué sucede? —Diego se sentía como un imbécil, incapaz de seguir el razonamiento de Sergio.

—Creo que he descubierto el significado de la pregunta que hay en la nota —dijo Sergio.

En ese momento, alguien llamó a la puerta de la habitación de Sergio. Un empleado del hotel le trajo el plano de la ciudad que había pedido.

Instantes después, Sergio extendió el plano sobre su cama.

—Fíjate —dijo a Bedia—. Aquí, en este pasaje de la calle José María Pereda, apareció Daniela Obando —hizo un círculo con un bolígrafo sobre el punto exacto—; aquí, en el patio trasero del número 11 de la calle Marqueses de Valdecilla, se encontró a la segunda víctima —hizo un nuevo círculo—; y aquí, esquina de la calle Ansar con Alcalde del Río, a la tercera. Finalmente, en esta pequeña plaza de General Ceballos, estaba la cuarta víctima.

A continuación, Sergio unió con una línea el punto del pasaje de José María Pereda con el de la placita de General Ceballos; y este, con el patio trasero donde se encontró a Yumilca Acosta. Luego, trazó desde ese punto una nueva línea hasta la esquina de las calles Ansar y Alcalde del Río.

—¿Te das cuenta? —preguntó a Diego.

—¿Qué significa eso?

—Solo nos falta un extremo para obtener una estrella de cinco puntas —respondió Sergio—. Los escenarios de los crímenes de Jack formaban también una estrella de cinco puntas un tanto irregular, como esta, si se unían entre sí. —Cogió un papel, y con el bolígrafo que tenía en la mano realizó un apresurado dibujo—. Mira, recuerdo de memoria los escenarios de Whitechapel: Buck's Row con Mitre Square, como en nuestro plano. Y, ahora, Mitre Square con el 29 de Hanbury Street. Y Hanbury Street con Dutfield's Yard. Curiosamente —sonrió—, también el tercer crimen de Jack se cometió al otro lado de la calle principal del barrio, Commercial Road, como sucedió aquí, al otro lado de José María Pereda.

Diego miraba perplejo el dibujo que había hecho su amigo.

—Como verás —dijo Sergio—, solo nos queda un extremo para tener las cinco puntas de la estrella. Lo único que tenemos que hacer es unir en algún punto el primer y el tercer escenario de este modo. —Fue trazando con el bolígrafo una irregular línea recta que partía desde Buck's Row y pasaba por debajo de Hanbury Street. Después, trazó otra línea desde Dutfield's Yard hasta que se unió con la que procedía de Buck's Row—. Ambas líneas se cruzan en Miller's Court, donde asesinaron a Mary Jean Kelly.

—¡Una estrella de cinco puntas! ¿Qué significa?

—¡Masones! Mi amigo Víctor Trejo siempre creyó en una conspiración masónica para explicar los asesinatos de Jack. Los masones protegieron el honor del duque de Clarence —recordó Sergio—. Pero dejemos eso ahora, te lo explicaré por el camino.

—Por el camino ¿adónde?

—A la zona donde se cruzan en nuestro mapa las líneas que proceden del primer y del tercer escenario. —Sergio pintó en el mapa extendido sobre la cama dos líneas que se cruzaban en una zona del barrio norte—. ¿Qué hay aquí? —preguntó a Diego.

El inspector parecía haberse quedado mudo. Estaba blanco como la nieve.

—Hay un patio trasero de la calle Bonifacio del Castillo —dijo con un hilo de voz—. Ahí vive Marja.

—¡Dios mío! —exclamó Sergio—. ¡La ventana rota! ¿No lo recuerdas? Marja nos dijo ayer en la cena que alguien había tirado una piedra contra su ventana. La habitación de Miller's Court donde vivía Mary Kelly tenía una ventana rota, y eso permitió el acceso de Jack. Ahora entiendo del todo el mensaje. Ya sé dónde estaban colocadas. Formaban una estrella de cinco puntas, pero hay algo más: las primeras cuatro mujeres aparecieron muertas en la calle, igual que en 1888. Pero la última va a morir como Mary Kelly, en su propia casa.

Diego estaba paralizado por el terror.

—Da aviso a la policía —dijo Sergio, zarandeando al inspector por los hombros.

El profesional que había en Diego Bedia emergió del hombre descompuesto que había sido durante unos segundos. Telefoneó a la comisaría, al tiempo que corría en pos de Sergio por el pasillo del hotel.

Diego condujo a enorme velocidad, mientras Sergio reflexionaba sobre todo lo que había descubierto en los últimos minutos: Lipski, la estrella de cinco puntas, el mapa de los escenarios de los crímenes de Jack, la masonería, una conspiración… De pronto, recordó qué era lo que había visto en el cementerio durante el entierro de José Guazo que le había provocado aquella extraña desazón.

—¡Violetas! —exclamó.

Diego lo miró de reojo mientras pisaba más a fondo el acelerador.

—¡Violetas! —murmuró Sergio—. ¿Te has fijado en que en los relatos de Holmes hay muchas protagonistas que se llamaban Violet? —Ni siquiera miró a Diego. Sergio hablaba para sí—. Violet de Merville, de «La aventura del cliente ilustre» —citó mientras miraba las gotas de lluvia que golpeaban el parabrisas del coche con furia—; Violet Hunter, de «El misterio de Cooper Beeches»; Violet Smith, de «La aventura de la ciclista solitaria»; Violet Wetsbury, de «La aventura de los planos del Bruce-Partington», y todas eran personajes positivos. ¡Cuatro violetas!

El corazón de Diego Bedia latía a mil por hora. Tal vez Marja estuviera siendo atacada en aquel mismo momento. No había hablado con ella aquella tarde. Marja tenía turno en el hotel en el que trabajaba, pero habría salido a las diez de la noche, de modo que ya tendría que estar en casa. Sin embargo, su teléfono móvil estaba apagado. Los nervios del inspector estaban en un estado de tensión como jamás había experimentado, y para colmo su extraño acompañante parecía estar hechizado recitando el nombre de aquellas mujeres que aparecían en las historias de Holmes.

—Todas eran personajes positivos en honor a la violeta más importante en la vida de Holmes, Violet Sherrinford, la quinta violeta… —Sergio enmudeció de pronto y sus pupilas se dilataron. Su expresión, mezcla de incredulidad y terror, asustó a Diego Bedia.

—¿Qué sucede? —gritó el policía fuera de sí.

Pero Sergio parecía estar sumido en algún extraño trance y hablaba solo para sí. Para sorpresa del inspector, el escritor comenzó a cantar una canción en inglés:

Scenes of my childhood arise before my gaze.
Bringing recollections of bygone happy days.
When down in the meadows in childhood I would roam,
No one's left to cheer me now within that good old home,
Father and Mother, they have pass'd away:
Sister and brother, now lay beneath the clay…
So while life does remain in memoriam I'll retain,
This small violet I pluck'd from mother's grave…

Sergio canturreó aquella canción de nuevo, añadiendo alguna otra estrofa y desquiciando aún más a Diego. Afortunadamente, llegaron a la calle en la que vivía Marja justo a tiempo para evitar que el inspector abofeteara al escritor, que parecía haber caído en un letargo que lo había idiotizado.

Un coche patrulla llegó al mismo tiempo que el Peugeot de Diego al portal de Marja. Diego rompió el cristal de la puerta del portal sin contemplaciones. Una vez abierta la puerta, subió de un salto los cuatro escalones que conducían al piso de su novia, que estaba en la planta baja. Las ventanas que daban al patio trasero quedaban fácilmente al alcance de quien decidiera entrar por una que tuviera el cristal roto.

Mientras tanto, Sergio salió del coche y se dejó mojar por la torrencial lluvia. Solo en ese momento pareció regresar al mundo real, dejó de canturrerar, y siguió a los dos agentes de policía y a Diego.

Para sorpresa del inspector Bedia, al otro lado de la puerta se escuchaba una canción. Se volvió hacia Sergio y cruzó con él una mirada extraña. ¿Por qué sonaba en el piso de su novia la misma canción que Sergio había cantado en el coche?

Diego llamó repetidas veces al timbre, pero finalmente descerrajó un disparo en la cerradura y se abrió paso dando una patada a la puerta.

Todo estaba a oscuras, salvo la habitación de su novia, al fondo del pasillo. La música procedía de allí. Era una voz de mujer la que cantaba.

> *So while life does remain in memoriam I'll retain,*
> *This small violet I pluck'd from mother's grave...*

Hasta aquel día, Diego Bedia había creído estar preparado para ver cualquier cosa en su profesión. Pero la escena que lo aguardaba en la habitación de su novia lo hizo tambalearse primero y vomitar en el pasillo después.

Los dos agentes que lo acompañaban salieron a la calle a vomitar, mientras que Sergio se quedó en el umbral de la habitación contemplando la escena con una frialdad que incluso a él lo sorprendió. En realidad, ya había visto aquello en fotografías, aunque no era lo mismo, desde luego, verlo en blanco y negro que a todo color. En vivo, la carne abierta y la sangre empapando las paredes impresionan notablemente más.

> *So while life does remain in memoriam I'll retain,*
> *This small violet I pluck'd from mother's grave...*

—«… pero mientras la vida siga para animarme, conservaré / esta pequeña violeta que arranqué de la tumba de mamá…». —Sergio tradujo la letra de la canción. Los dos agentes lo miraron con incredulidad.

Al entrar en la habitación, Diego se derrumbó. La escena era dantesca. Sergio, por su parte, se sentía como si acabara de emprender un viaje en el tiempo y estuviera en aquella minúscula habitación de Miller's Court…

Aquella noche del 8 al 9 de noviembre de 1888 llovió con furia. En Victoria Embankment los operarios trabajaban para ultimar los detalles de la procesión triunfal de lord mayor.

A las diez, John MacCarthy, el dueño de la habitación de Mary Kelly, envió a Thomas Bowyer, un muchacho a su servicio, al número 13 de Miller's Court. Mary Kelly debía su alquiler, y Bowyer iba a cobrárselo. La deuda acumulada ascendía a veintinueve chelines.

A las once menos cuarto, Bowyer golpeó la puerta de Kelly, pero no obtuvo respuesta. Entonces, dobló la esquina y miró hacia el interior de la minúscula habitación a través de la ventana que tenía el cristal roto. El espectáculo que se le ofreció le heló la sangre: Mary yacía sobre la cama, totalmente desnuda y abierta casi en canal. La sangre salpicaba la pared, y el muchacho vomitó antes de huir como loco en busca de MacCarthy.

El casero se acercó poco después hasta Miller's Court para asegurarse de que Bowyer no le había mentido. Lo que vio, no lo olvidaría jamás. Sin embargo, logró sacar fuerzas suficientes para ir hasta la comisaría de Commercial Road y dar cuenta al comisario Walter Beck de lo que había sucedido.

Minutos después, se personó en el lugar el inspector Frederick Abberline, además de otros miembros de Scotland Yard. Hasta la una y media no se derribó la puerta de la habitación de Mary Kelly. Muchos policías vomitaron ante aquel espectáculo. Dicen que MacCarthy comentó que aquello parecía la obra del mismísimo diablo, no la de un hombre…

Diego Bedia había caído de rodillas ante la cama de Marja y lloraba desconsolado. Sus manos se habían manchado de sangre, y sus pantalones estaban igualmente empapados. A su espalda, Sergio tragó saliva con dificultad. Uno de los agentes, repuesto de sus vómitos, apagó un pequeño reproductor de música que estaba conectado. Alguien había hecho una grabación sin fin en la que se escuchaba, una y otra vez, la canción que Sergio había canturreado en el coche; la misma que, a decir de los vecinos de Mary Kelly, la joven había cantado en varias ocasiones la noche en que fue asesinada. Todo sucedió en la madrugada de un 9 de noviembre fría y lluviosa, como la que ahora vivía Sergio Olmos.

Sin poder evitarlo, mirando el cadáver irreconocible de Marja, Sergio viajó en el tiempo. El llanto de Diego Bedia le sonó como una canción lejana.

Las ropas de Mary Kelly estaban escrupulosamente dobladas y colocadas sobre una silla. La muchacha vestía solamente un camisón, que Jack había desgarrado. Las botas de la joven estaban junto a la chimenea, y el médico Thomas Bond emitió un primer informe sobre el estado del cuerpo.

Mary yacía desnuda sobre la cama. Sus hombros estaban rectos, pero su cuerpo aparecía recostado hacia el lado izquierdo. La cabeza, inclinada sobre la mejilla izquierda; el brazo izquierdo, pegado al cuerpo. El brazo derecho aparecía retraído respecto al cuerpo. El codo estaba torcido; el antebrazo, en supino; los dedos, entornados.

Las piernas de la prostituta estaban abiertas. El muslo izquierdo dibujaba un ángulo respecto al tronco, mientras que el derecho diseñaba un curioso ángulo obtuso con el pubis. Y, ya fuera obra de un hombre o de un diablo, el hecho cierto es que alguien había desollado el tronco y los muslos de Mary. La cavidad abdominal estaba vacía. La habían eviscerado con saña. Su asesino le había cortado los pechos y le destrozó la cara con innumerables cortes, lo que hacía imposible su identificación con los medios de la época. Las cejas, la nariz, las mejillas y las orejas habían sido arrancadas del rostro con el filo del arma empleada por el asesino. Los labios estaban repletos de cortes. También los brazos presentaban innumerables heridas, y el cuello había sido cortado con tal brutalidad que hasta las vértebras quinta y sexta habían resultado afectadas.

Por toda la habitación se habían esparcido las vísceras de Mary. Los riñones, el útero y un pecho aparecían bajo su cabeza. El otro pecho estaba junto a su pie derecho; el hígado, al lado de los tobillos; los intestinos, descansando a la derecha del tronco, y el bazo, al otro lado.

El criminal había cortado trozos del abdomen y del muslo y los había dejado sobre la mesita de noche. Toda la habitación era un mar de sangre. El muslo derecho había sido rebanado en filetes hasta mostrar desnudo el hueso.

Los órganos genitales habían sido cortados igualmente, mientras que la nalga derecha había sido mutilada en parte.

La parte baja del pulmón estaba rota. El pulmón izquierdo había salido indemne de aquella orgía de sangre. El pericardio estaba abierto, y Jack se había llevado el corazón de Mary. La muchacha tenía aún restos de pescado y patata a medio digerir en su interior. Un trozo del estómago estaba atado a los intestinos como si estos hubieran sido una cuerda.

Todo parecía indicar que a Mary le habían cortado el cuello sobre el lado derecho del colchón, donde los restos de sangre eran más abundantes. Después, Jack procedió a realizar su siniestro trabajo.

La chimenea estaba repleta de cenizas. Jack había encendido un buen fuego para poder trabajar con comodidad. La intensidad del fuego había hecho que una tetera que había sobre ella se hubiera chamuscado en su fondo y en el mango. Buena parte de la ropa de Mary había servido para alimentar el fuego: un sombrero de fieltro, una chaqueta… Más tarde, Maria Harvey, la lavandera amiga de Mary que había dejado allí ropa la tarde anterior, declaró que también faltaban dos camisas de algodón de caballero.

Lo extraordinario fue que ninguno de los vecinos que entró y salió con frecuencia de su casa aquella noche viera el generoso fuego que había en casa de Mary. Si alguien se hubiera asomado por la ventana que tenía el cristal roto, hubiera descubierto a Jack en plena acción. Aquella faena, según la policía, le debió de mantener ocupado alrededor de dos horas. Después, supuso Scotland Yard, Jack salió por la ventana rota, no sin antes atrancar la puerta con una cómoda. Tras de sí, dejaba su obra maestra; su última genialidad.

Aquel crimen lo catapultó definitivamente a la historia, porque no tardó en advertirse que estaba rodeado de enigmas.

Algunos autores sostienen que Mary Kelly estaba en los umbrales de la gestación, pero no se encontró el feto. Si realmente estaba embarazada, ¿por qué no se mencionó ese dato con mayor claridad? ¿Dónde estaba el feto, si es que lo había? ¿Y su corazón?

Patricia Cornwell asegura que Jack se llevó el corazón de Mary y parte de sus genitales y el útero, pero el informe del doctor Bond no dice eso exactamente. Algunos periódicos dieron la noticia de que Jack se había llevado el corazón; otros no mencionan ese dato…

El llanto de Diego Bedia era tan intenso que sacó a Sergio de sus pensamientos y lo hizo regresar a aquel terrible presente. Estaban en la habitación de Marja. Alguien había entrado en la casa aprovechando que el cristal de una de las ventanas traseras, que daban a un oscuro patio, estaba roto. El asesino introdujo la mano por la abertura y logró acceder al piso. Después, agazapado, esperó a su víctima.

Sergio se apiadó de los médicos forenses. Les aguardaba un duro trabajo. Marja estaba destrozada, y Sergio supuso que las heridas que le habían practicado serían similares, o tal vez idénticas, a las que padeció Mary Kelly. La posición del cuerpo era exactamente la misma que se podía ver en las fotografías que se hicieron en Miller's Court. Y admiró a Diego porque, a pesar de su dolor, había sido lo suficientemente cauto como para no tocar el cadáver.

Sergio puso su mano sobre el hombro derecho de Diego. El policía, aún de rodillas, se giró y miró al escritor a través de sus lágrimas. Después se levantó y se abrazó a Sergio con fuerza.

—¿Quién ha hecho esto? ¡Dímelo!

Sergio miró a su amigo y después posó su mirada sobre el cuerpo destrozado de aquella mujer pelirroja. Pero cuando estaba a punto de responder al inspector, la voz de uno de los agentes lo interrumpió.

—¡Señor, viene alguien! —gritó.

Diego y los dos policías sacaron sus pistolas, al tiempo que empujaron a Sergio al interior de otra habitación contigua.

Todos contuvieron la respiración, mientras escuchaban que alguien subía por las escaleras. Los dos agentes habían instado a los vecinos curiosos que habían escuchado los ruidos a esas horas de la madrugada a que permanecieran en sus pisos hasta que se les permitiera salir.

Segundos después, los hombres escucharon el grito de una mujer, encendieron las luces y apuntaron con sus armas hacia la puerta.

Diego se quedó sin habla al ver en el umbral a Marja, sana y salva.

Sergio tardó solo unos segundos en comprender lo que había ocurrido. Y por su mente atravesó veloz el recuerdo de los hechos sucedidos en 1888. ¿Cómo era posible semejante casualidad?, pensó mirando a Marja.

Todos los informes médicos aseguraron que Mary fue asesinada de madrugada, mucho antes de las ocho de la mañana. Pero a esa hora Caroline Maxwell afirmó haber visto a Mary Jean viva en la calle, e incluso describió la ropa que llevaba puesta. De igual modo, y dos horas más tarde, el sastre Maurice Lewis, vecino de Dorset Street, vio a Mary sana y salva. ¿Realmente había muerto Mary Jean Kelly en el número 13 de Miller's Court? ¿No acostumbraba Mary a permitir que otras prostitutas durmieran en su habitación? Si Mary, como algunos dicen, estaba embarazada de tres meses, ¿por qué no se dice nada sobre su feto en los informes médicos?

La respuesta, pensó Diego mirando a Marja, podía ser sencilla, aunque difícil de aceptar: Mary Jean Kelly no murió en Miller's Court. Jack había asesinado a otra mujer.

La felicidad de Diego al ver a su novia pronto desapareció al observar cómo se ensombrecían las bellas facciones de Marja. Todos comprendieron quién era la mujer que había sido brutalmente eviscerada en aquella habitación. Una mujer que, sin serlo, se parecía tanto a Marja como si fuera su hermana.

—¡No! ¡Jasmina no!

El grito desgarrado de Marja atravesó el corazón de Sergio y de los demás hombres. En ese instante, se escucharon las sirenas de otros vehículos de la policía.

Sergio miró su reloj.

Las dos.

14

D iego Bedia había preguntado a Sergio entre lágrimas quién había sido capaz de cometer un crimen tan horrible. ¿Era un hombre o un demonio?, como se preguntaron los periódicos en 1888.

La increíble aparición de Marja había impedido que Sergio pudiera responder a su amigo. Marja explicó que aquella noche la compañera que debía atender la recepción del hotel en el que trabajaba había sufrido un accidente de tráfico. Marja se ofreció a cubrir su puesto, algo que ya había hecho en otras ocasiones. Aunque unas horas después la compañera llegó al hotel. Al parecer, había salido ilesa de la colisión. Por esa razón, Marja había llegado más tarde de lo previsto a su casa, gracias a lo cual había salvado su vida.

¿Y Jasmina? ¿Por qué estaba Jasmina en su cama?

Marja explicó entre lágrimas que en algunas ocasiones su hermana solía gastarle la broma de dormir en su habitación. Y otras veces era Marja quien le devolvía la broma.

Sergio vio a Diego abrazar a Marja, a quien no permitió que entrara en su habitación. El pequeño piso se fue llenando de policías en los minutos siguientes, y él aprovechó aquel barullo para ir en busca del hombre, o del demonio, que había cometido aquel horrible crimen.

Sin que Diego lo advirtiera, Sergio se deslizó hacia la puerta y salió a la calle. Había dejado de llover, pero la noche era fría y húmeda. Sergio caminó sin rumbo fijo durante varios minutos. Lo único que necesitaba en ese momento era alejarse de aquel horror.

Al llegar a la iglesia de la Anunciación, respiró con fuerza el aire frío y trató de controlar sus temblorosas manos para poder marcar un número de teléfono.

Durante unos interminables segundos, Sergio aguardó la respuesta del dueño del teléfono móvil al que había llamado. Sin embargo, le respondió una grabación. La persona a quien había telefoneado, era obvio, aguardaba su llamada. El mensaje de voz lo citaba en un lugar concreto.

—¡La quinta violeta! —murmuró Sergio.

Los viejos panteones decimonónicos del cementerio recortaban su silueta contra un cielo que, inesperadamente, se había tiznado de luz. Una luna llena alumbraba como una gigantesca farola desde lo alto de aquel lúgubre escenario. Los muertos jamás le habían dado miedo a Sergio, que sabía que era a los vivos a quienes convenía mantener alejados de uno.

Al pasar junto a la tumba de José Guazo, se detuvo durante unos segundos. Contempló la lápida con frialdad. Trató de encontrar un sentido a todo lo que había ocurrido, pero, aunque podía admitir sus errores, creía que su carácter no justificaba aquel horror.

—¡Lipski! —dijo Sergio al difunto Guazo—. ¡Buena pista, querido Guazo! —Sergio suspiró. Sin poder evitarlo, la frialdad de su mirada se había derretido y una lágrima furtiva resbalaba por su mejilla—. Me hubiera gustado decirte que eres lo único inalterable en una época en la que todo cambia, pero tú has traicionado la memoria del hombre al que una vez le dijeron esas palabras. —Sergio miró al cielo y, antes de alejarse de la tumba del médico, dijo—: No creo que para ti vaya a soplar jamás viento del este.

Sergio prosiguió su camino entre las tumbas. Sabía que Guazo, si podía escucharlo, comprendería las palabras que le había dedicado.

La luz de la luna se oscureció con el paso de una enorme nube oscura mientras Sergio caminaba con decisión dispuesto a encontrarse con su destino. Cada paso, sin embargo, le resultaba más difícil y, mientras arrastraba sus pies bajo la atenta mirada de los difuntos, se reprochó no haber comprendido antes el mensaje que aquellas violetas le habían transmitido en silencio durante el entierro de Guazo.

Al fin, después de doblar la esquina de un viejo panteón adornado con gárgolas y cruces repletas de telarañas y años, Sergio se encontró cara a cara con el nuevo Jack el Destripador.

Un hombre vestido con un abrigo oscuro lo aguardaba junto a la tumba de su particular quinta violeta. La más importante de todas las violetas de su vida, como Violet Sherrinford lo había sido en la vida de Sherlock Holmes. El hombre estaba agachado ante una lápida en la que la luz de la luna permitía leer un nombre:

VIOLETA SERRANO

—¿Quieres esta pequeña violeta que arranqué de la tumba de mamá? —preguntó el hombre alto.

Al incorporarse, la luz de la luna bañó la brillante cabeza rapada de Marcos Olmos. Sergio reparó en que el abrigo negro de su hermano estaba completamente manchado de sangre.

—¡Oh, vamos! ¡No me mires así! —dijo Marcos, abriendo los brazos, como si pretendiera abrazar la noche—. Esta vez no me importaba dejar pistas. Supongo que el piso debe de estar repleto de mis huellas. Pero eso ya no tiene importancia.

—¿Cómo has sido capaz?

—¿Cómo? —gritó Marcos—. ¿De veras creías que el pobre Guazo podía elaborar un plan como este? ¿Quién conocía mejor que nadie las historias de Holmes? ¿Quién sabe más que nadie sobre Jack? —Marcos miró a Sergio con enorme desprecio. Los rasgos de su cara se torcieron mostrando una máscara cruel.

—¿Por qué? ¿Tanto me odiabas que tenías que matar a esas mujeres?

—Esas mujeres no significaban nada —respondió Marcos—. Eran piezas que servían para demostrar quién era más inteligente, si Mycroft o Sherlock. Además, el mundo no echará de menos a esas putas inmigrantes que están infestando el barrio. —Marcos se echó a reír—. ¿No te das cuenta, querido Sergio? Nuestra ciudad se está destruyendo, nadie recuerda su historia, salvo los que integramos la cofradía. Pero ninguno de ellos tendría agallas suficientes como para limpiar las calles de todos esos miserables que vienen de todo el mundo para borrar nuestras señas de identidad. ¿Qué queda de nuestra infancia? ¿No recuerdas lo que decía la canción que dejé sonando en ese piso?

Sergio repasó mentalmente las estrofas de la canción que Mary Kelly cantó horas antes de su muerte y comprendió lo que su hermano quería decir:

Escenas de mi infancia se elevan ante mi vista,
me traen recuerdos de los días felices que se fueron
en el prado de la infancia me quedaría vagando, despreocupado,
pero ya no queda nadie para animarme en este bueno y viejo
	hogar;
papá y mamá han fallecido,
mi hermana y mi hermano yacen ahora bajo el barro,
pero mientras la vida siga para animarme, conservaré
esta pequeña violeta que arranqué de la tumba de mamá...

—Estás completamente loco —dijo Sergio—. ¿Tanto daño te he hecho en tu vida?

—¿Y me lo preguntas? —Marcos abrió los brazos y giró a su alrededor, como si buscara el aplauso de los muertos que contemplaban la escena—. ¿Me lo preguntas ante la tumba de nuestros padres? ¿Me lo preguntas ante la tumba de mamá, a cuyo entierro ni siquiera asististe? ¿Me lo preguntas tú, que no estuviste con ella mientras envejeció y enfermó? —Marcos comenzó a gritar cada vez con más fuerza—. ¿Me lo preguntas tú, por quien tuve que abandonar mis estudios y enterrar mi talento en ese miserable ayuntamiento? ¿Me lo preguntas tú, que el día en que enterramos a Guazo solo viniste a esta tumba porque yo te lo recordé y ni siquiera fuiste capaz de reconocer el mensaje de las violetas que yo me encargo de colocar todas las semanas? Tú —dijo, escupiendo en el suelo—, a quien mamá tenía siempre en la memoria, a pesar de que era yo quien se ocupaba de ella y me había quedado incluso sin formar una familia por cuidarla.

Sergio se quedó sin palabras. Jamás había pensado en cómo se sentía su hermano durante todos aquellos años. De pronto, ante la tumba de sus padres, comprendió su egoísmo.

—Pero ya ves. —Marcos rio—. Al final, resulta que Sherlock no era tan listo como creía. No ha sido capaz de evitar esos crímenes. Has necesitado cuatro muertes para darte cuenta de que Guazo no podía haber urdido algo tan brillante. Pero ahora, al fin, Watson y Mycroft Holmes están vengados. Vengados por la soberbia y la prepotencia con la que Sherlock se comportó, exactamente igual que tú, Sergio. Tú, que ni siquiera sospechaste que yo asesiné a Bada atropellándolo aquella noche para poder ingresar en el círculo y demostrar a todos que no eras tan brillante como yo.

Sergio se quedó atornillado al suelo al escuchar aquella confesión. Jamás pensó que Marcos hubiera sido el asesino de Sebastián Bada, y mucho menos que lo odiara de aquel modo desde hacía tantos años.

—Y después humillaste a Clara diciendo que ella te había plagiado esa maldita novela —dijo Marcos—. Clara no se merecía algo así.

—¿También ella está mezclada en esto? —Sergio ya no sabía qué pensar.

—No, por supuesto que no —rio Marcos—, pero nos hizo un gran favor cuando, tras varias copas, nos confesó en la fiesta de su premio cuál era la clave de acceso a tu ordenador. Y luego Bullón, que tampoco te soporta, nos puso en contacto con alguien que podía falsificar un pasaporte para que yo pudiera ir hasta Sussex y escribir los mensajes en tu puñetero ordenador. Ante tus mismas narices, Sergio.

Al escuchar a su hermano, las piezas encajaron definitivamente en la mente de Sergio. Como él le había dicho a Diego, era
imposible que Guazo hubiera entregado la primera carta, la que
había recibido Sergio en Baker Street el 27 de agosto, porque seguramente fue ese día cuando secuestró a la primera víctima. Guazo, ahora estaba claro, jamás había ido a Londres. Fue Marcos
quien hizo aquel viaje y él fue quien escribió todos los mensajes
en su ordenador.

—¿Fuiste tú el que mandó aquellas cartas a Bullón imitando
a Jack?

—Eso tuvo gracia —Los labios de Marcos se torcieron dibujando una extraña sonrisa—. No, no fui yo. Y tampoco Guazo
mandó aquella parodia de la carta «Querido Jefe». Nosotros solo
escribimos la nueva versión de «From Hell» que acompañó a la
caja de cartón con el riñón de aquella negra. No sé quién escribió
las cartas que Bullón publicó, pero no me extrañaría que lo hubiera hecho él mismo para darle un nuevo impulso a sus artículos.

Sergio miró al hombre que tenía ante sí intentando encontrar los rasgos de su hermano en él, pero no lo lograba. ¿Adónde
había ido a parar su hermano mayor, el que le leía en la cama aquellas historias sobre Holmes cuando solo era un niño?

—¿Merecía la pena todo esto? ¿Tanto me odias como para
enterrar tu vida en una cárcel?

—¿Enterrar mi vida? —La risa de Marcos atronó en el camposanto—. ¿Mi vida? ¿Pero qué clase de Holmes eres, Sergio? ¿No
ves que me estoy muriendo, como Guazo?

Sergio lo miró perplejo. Ahora entendía aquel tono amarillento en la piel de su hermano y el hecho de que hubiera perdido
tanto peso.

—¡Cáncer de páncreas! —dijo Marcos—. De hecho, Guazo
y yo comenzamos a elaborar este plan en las sesiones de quimioterapia, en las que solíamos coincidir. Él se puso aquel ridículo
peluquín; yo, en cambio, opté por raparme la cabeza. No me queda mucho tiempo, Sergio. —Marcos entonces sacó una pistola de
un bolsillo de su abrigo—. No te puedes hacer idea de lo que es

capaz de encontrar Bullón en el mercado negro —dijo, mirando el arma que sostenía en sus manos llenas de sangre—. No te preocupes —sonrió—, no te voy a matar. Eso no te haría sufrir como te mereces.

—¡No lo hagas! —exclamó Sergio, al comprender las intenciones de su hermano.

Marcos lo miró con expresión burlona, le arrojó una pequeña violeta de la tumba de su madre y dijo:

—Elemental.

El sonido del disparo sonó como un trueno en el cementerio. La sangre y los sesos de Marcos Olmos salpicaron el entorno, y el cuerpo sin vida del hermano mayor de Sergio cayó como un fardo sobre la tumba de Violeta Serrano. La violeta más importante de su vida.

Epílogo

Febrero de 2010

N evaba sobre Londres. Aquel estaba siendo un invierno crudo. Los copos de nieve caían al otro lado del ventanal de la casa de Queen Ann Street mientras Sergio corregía el manuscrito de su novela sobre los años perdidos de la vida de Sherlock Holmes.

Después del entierro de su hermano Marcos, Sergio se había refugiado en Inglaterra aislándose del mundo. La estructura básica de la novela fue cobrando vida en Sussex, en la pequeña casita que había alquilado meses antes. Frente a los acantilados de tiza que fueron el escenario de «La aventura de la melena del león», el penúltimo caso publicado de Holmes.

El proceso creativo se vio interrumpido, sin embargo, cuando venció el plazo del alquiler y Sergio hubo de trasladarse a su nuevo domicilio de Londres.

Dijo adiós a Sussex un día limpio y claro.

En octubre de 1903, Sherlock Holmes bajó por última vez los diecisiete peldaños que separaban sus habitaciones del bullicio diario de Baker Street para retirarse a Cuckmere Haven, en Sussex. Era un hombre joven aún, pero la muerte de Irene Adler un mes antes había consumido el resto de sus ganas de vivir. Sus peores enemigos eran ya un recuerdo: Moriarty había muerto y Sebastian Moran había quedado atrás. Incluso John Watson formaba parte de su pasado. Solo la señora Hudson lo acompañó a aquel retiro en el que tenía previsto escribir su *Manual práctico del apicultor*.

Irónicamente, Sergio tuvo que abandonar Sussex y regresar a Londres para concluir la novela en la que, gracias al imaginario descubrimiento de los documentos secretos de Watson, desvelaría al mundo dónde estuvo exactamente Holmes durante sus años perdidos.

Durante aquellos meses, Sergio apenas había abandonado su casa. No había respondido a ninguna llamada de teléfono ni había abierto la escasa correspondencia que recibía. De la mañana a la noche, su única compañía fueron Watson y Holmes, y el recuerdo de Marcos y José Guazo, que se colaban noche tras noche en sus sueños.

Mientras Sergio Olmos concluía su novela sobre Holmes en la misma calle en la que en otros tiempos vivió Watson, el narrador de casi todas las aventuras del detective, el mundo seguía girando.

Tomás Bullón seguía manteniendo un idilio con el alcohol, pero eso no le había impedido entregar a tiempo a la editorial que le había pagado un jugoso adelanto un libro en el que narraba los crímenes de Marcos Olmos y José Guazo. Al mismo tiempo, supervisaba el guion de una película sobre aquellos terribles acontecimientos.

Víctor Trejo había tomado la decisión de desmantelar la sede del Círculo Sherlock. Su magnífica colección de objetos victorianos y holmesianos fue llevada a su casa en Andalucía, y las puertas del viejo local situado en un callejón del Madrid de los Austrias se cerraron para siempre.

Jaime Morante entregó su acta de concejal y regresó a su cátedra de matemáticas. Su inteligencia era muy superior a la de todos los que formaban la corporación municipal, según su criterio, y no estaba dispuesto a malgastar su tiempo entre tanta mediocridad. De todos modos, se había prometido a sí mismo regresar algún día a la escena política para ganar.

La relación entre Enrique Sigler y Clara Estévez se enfrió de un modo alarmante después de la muerte de Guazo y de Marcos Olmos. Ambos se esforzaban en avivar el fuego de su amor, pero Clara no podía evitar, de vez en cuando, mirar el papel que Sergio le había entregado durante el entierro de José Guazo en el que había anotado su dirección en Londres.

Los ojos de Clara no reían como era habitual. Sigler sorprendía en ocasiones alguna lágrima deslizándose por sus mejillas. Eso sucedía los días en los que ella recordaba una vez más las últimas frases de aquella carta que Irene Adler envió a Holmes tras haberlo burlado: «Dejo una fotografía que tal vez le interese poseer. Y quedo, querido señor Holmes, suya afectísima…».

Ella, Clara, también había dejado una fotografía como único recuerdo a Sergio cuando lo abandonó. Entonces, estaba convencida de que ambos se olvidarían. Pero de eso hacía mucho tiempo, pensaba Clara mientras una lágrima caía desde sus ojos hasta el papel en el que estaba anotado un número de Queen Ann Street. Debía tomar una decisión, se decía.

Diego Bedia y Marja habían fijado la fecha de su boda. Sería en verano. Marja había aceptado irse a vivir con el inspector. No podía seguir ni un minuto más en el piso donde Jasmina había sido asesinada.

Un día, María recibió una inesperada llamada. Era el inspector jefe Tomás Herrera. ¿Le haría el honor de cenar con él una noche?, había preguntado Herrera, quien en las últimas semanas se había dejado caer de forma aparentemente casual por la Oficina de Integración varias veces con la endeble excusa de cerrar algunos cabos sueltos de la investigación sobre los crímenes cometidos en el barrio.

María había dicho que sí, que aceptaría cenar con él.

—¿Te das cuenta como Graciela tenía razón? —le dijo a Cristina.

Cristina Pardo trataba de pasar el invierno abrigada por los recuerdos. Pero la mirada verde de Sergio se iba emborronando cada vez más, y ya no recordaba el sabor de sus besos.

A pesar de que María insistía, apenas salía de casa. Solía sentarse junto a una ventana y se concentraba con el corazón quebrado en las aventuras de Sherlock Holmes, que nunca antes había leído, solo para sentirse más cerca de Sergio. Para marcar las páginas, empleaba el papel en el que él había anotado su dirección en Londres. «Puede que un día te apetezca conocer Londres». Las palabras de Sergio sonaban aún nítidas en su cabeza.

Cristina se dijo que debía tomar una decisión.

Era la segunda mujer que había llegado a la misma conclusión viendo un papel en el que estaba escrito un número de Queen Ann Street.

El día 6 de enero, Sergio había caminado bajo una intensa lluvia hasta Baker Street. El viento hacía inservible el paraguas con el que pretendía refugiarse del aguacero, de modo que finalmente lo cerró y se dejó empapar mientras contemplaba desde la acera el supuesto hogar de su admirado detective. Un día como aquel, pero de 1957, Holmes había fallecido a la edad de ciento tres años[*]. Sin embargo, nunca se publicó su necrológica ni jamás se localizó su tumba, a pesar de que Víctor Trejo estuviera seguro de que la sepultura del más famoso detective de todos los tiempos está en el cementerio parisino de Père-Lachaise. De manera que, a falta de una tumba a la que peregrinar, Sergio se arrodilló frente a la entrada del 221B de Baker Street y dejó en el suelo una violeta seca, la misma que su hermano Marcos había cogido de la tumba de su madre.

Los copos de nieve de aquella tarde de febrero fueron el único testigo del punto y final de la novela que Sergio Olmos había dedicado al personaje literario (¿o era real?) de su vida.

La lectura de aquellas páginas había arrastrado al escritor por rincones ocultos de sus propios sentimientos. Atrás quedaban

---

[*] Dato aportado por W. S. Baring-Gould, en *Sherlock Holmes de Baker Street*, *op. cit.*

tantas cosas… Los jardines de Lauriston, el estremecedor aullido del sabueso de los Baskerville, el enigmático ritual de los Musgrave, el estrambótico Club Diógenes, la mirada de reptil de James Moriarty, el sangriento mensaje del Círculo Rojo, el sonido del violín en Baker Street, la compañía impagable de John Hamish Watson y la imborrable imagen de Irene Adler, «la cosa más linda que se haya visto bajo un sombrero en todo el planeta». Los recuerdos rompieron la presa que siempre impedía el llanto de Sergio, y las lágrimas que el escritor debía a la vida rodaron por sus mejillas. Mientras, un viento cruel se había adueñado de la calle.

La mujer se bajó del taxi y pagó la carrera con un puñado de libras. Al salir del vehículo sintió la caricia helada de aquel viento que zarandeaba a los viandantes. Queen Ann Street estaba cubierta por un manto blanco.

La mujer miró el número que había sobre la puerta. Subió los cuatro peldaños de las escaleras y suspiró profundamente. Ya era demasiado tarde para volverse atrás. Le había costado tomar una decisión, pero al fin lo había hecho. Era una de las dos mujeres que habían tenido en sus manos aquel papel en el que se leía un número de aquella calle de Londres.

Finalmente, pulsó el timbre.

Sergio tardó unos segundos en comprender que alguien llamaba a la puerta. Le costó salir del trance en el que había caído tras poner el punto y final a su novela. Secó sus lágrimas y miró por la ventana hacia la calle. Descubrió la figura de una mujer que se cubría con una capucha negra. No pudo ver su rostro. El viento arreciaba.

Antes de abrir la puerta, Sergio murmuró:

—«Es Dios quien envía el viento, y cuando amaine la tormenta, el sol brillará sobre una tierra más limpia, mejor y más fuerte. Arranque, Watson, que ya es hora de que nos pongamos en marcha»[*].

Al abrir la puerta, los ojos de Sergio quedaron atrapados por los de una mujer.

En Amalur. Octubre de 2011

---

[*] La magnífica memoria de Sergio le permite citar algunas de las últimas palabras de la última aventura de Sherlock Holmes, «El último saludo», *op. cit.*

Nota final y agradecimientos

Todos los hechos narrados en esta novela pertenecen a la ficción. Todos los personajes y situaciones son fruto de la imaginación del autor. La ciudad donde se desarrolla buena parte de la trama es una creación literaria, si bien los escenarios de los crímenes, así como las calles que se mencionan, existen en la ciudad que sirvió como fuente de inspiración para la novela: Torrelavega (Cantabria). La ciudad de ficción es, sin embargo, mucho más extensa y con mayor población.

Salvo el nombre de las calles, algunos escenarios y ciertos datos de su historia que se mencionan, no hay similitudes entre ambas ciudades.

Sí son reales, en cambio, todos los datos que se citan sobre los crímenes que se atribuyeron a Jack el Destripador en 1888. Las informaciones aportadas, las declaraciones de los testigos, los datos forenses y policiales, así como los artículos de la prensa de la época son verídicos.

Igualmente, existen las calles y escenarios de Londres que aparecen en la novela. Asimismo, las distintas citas y referencias que aparecen en la novela sobre las aventuras de Sherlock Holmes son reales y han sido tomadas de los sesenta relatos que componen el mítico *canon*.

Esta novela no hubiera sido posible sin el apoyo de Silvia Bastos Agencia Literaria. Debo agradecer a Silvia Bastos su confianza, y especialmente a Pau Centellas sus comentarios y aliento.

Gracias igualmente a mi editor Gonzalo Albert por creer en la novela, y a todo el equipo editorial de Suma de Letras, de Santillana Ediciones Generales (Prisa Ediciones), por sus sugerencias y correcciones para enriquecer el relato.

Esta novela hubiera sido imposible sin la extraordinaria aportación de los siguientes autores y de sus obras:

BARING-GOULD, W. S., *Sherlock Holmes de Baker Street,* Ed. Valdemar, Madrid, 1999.

CONAN DOYLE, Arthur, *Todo Sherlock Holmes* (el canon holmesiano íntegro), Jesús Urcelay (ed.), Editorial Cátedra, Madrid, 2007.

CORNWELL, Patricia, *Retrato de un asesino. Jack el Destripador, caso cerrado,* Ediciones B, Barcelona, 2006.

COSTELLO, Peter, *Conan Doyle, detective,* Alba Editorial, Barcelona, 2008.

CULLEN, Tom, *Otoño de terror,* Círculo de Lectores, Barcelona, 1972.

EVANS, Stewart – SKINNER, Keith, *Jack el Destripador. Cartas desde el infierno,* Jaguar, Madrid, 2001.

GARRIDO, Vicente, *La mente criminal,* Ed. Temas de Hoy, Madrid, 2007.

KNIGHT, Stephen, *Jack the Ripper. The final solution,* Harrap, Londres, 1976.

RÁMILA, Iván, *La maldición de Whitechapel,* Ed. Espejo de Tinta, Madrid, 2007.

RUMBELOW, Donald, *The complet Jack the Ripper,* Penguin, Londres, 1988.

TERRISE, Javier – TORNÉ, Gonzalo, *Jack el Destripador. Obra selecta,* Elipsis Ediciones, Barcelona, 2008.

VIEJO, Paul M., *Sherlock Holmes. Biografía,* Ed. Páginas de Espuma, Madrid, 2003.

Igualmente, fueron tremendamente valiosas la página web de Scotland Yard (www.met.police.uk) y la que, posiblemente, sea la página de Internet más completa sobre los acontecimientos de Whitechapel: www.casebook.org.

Por último, debo agradecer al eminente psiquiatra y doctor en medicina legal don José Cabrera Forneiro su paciencia y colaboración al responder a las preguntas que le formulé sobre asesinos en serie, psicópatas y otros detalles que fueron sumamente valiosos durante la redacción de esta novela. Asimismo, resultaron impagables las respuestas y el tiempo que me dedicó el jefe de comisaría don Francisco Antonio Mier Carus.

A todos ellos, mi más profundo agradecimiento.

Este libro
se terminó de imprimir
en los talleres gráficos de
Anzos, S. L. (Fuenlabrada, Madrid)
en el mes de enero de 2012

Suma de Letras es un sello editorial del Grupo Santillana

www.sumadeletras.com

Argentina
Avda. Leandro N. Alem, 720
C 1001 AAP Buenos Aires
Tel. (54 114) 119 50 00
Fax (54 114) 912 74 40

Bolivia
Calacoto, calle 13, 8078
La Paz
Tel. (591 2) 279 22 78
Fax (591 2) 277 10 56

Chile
Dr. Aníbal Ariztía, 1444
Providencia
Santiago de Chile
Tel. (56 2) 384 30 00
Fax (56 2) 384 30 60

Colombia
Calle 80, 10-23
Bogotá
Tel. (57 1) 635 12 00
Fax (57 1) 236 93 82

Costa Rica
La Uruca
Del Edificio de Aviación Civil 200 m al Oeste
San José de Costa Rica
Tel. (506) 22 20 42 42 y 25 20 05 05
Fax (506) 22 20 13 20

Ecuador
Avda. Eloy Alfaro, 33-3470 y Avda. 6 de
Diciembre
Quito
Tel. (593 2) 244 66 56 y 244 21 54
Fax (593 2) 244 87 91

El Salvador
Siemens, 51
Zona Industrial Santa Elena
Antiguo Cuscatlan – La Libertad
Tel. (503) 2 505 89 y 2 289 89 20
Fax (503) 2 278 60 66

España
Torrelaguna, 60
28043 Madrid
Tel. (34 91) 744 90 60
Fax (34 91) 744 92 24

Estados Unidos
2023 N.W 84th Avenue
Doral, FL 33122
Tel. (1 305) 591 95 22 y 591 22 32
Fax (1 305) 591 74 73

Guatemala
26 Avda. 2-20
Zona 14
Guatemala C.A.
Tel. (502) 24 29 43 00
Fax (502) 24 29 43 03

Honduras
Colonia Tepeyac Contigua a Banco Cuscatlan
Boulevard Juan Pablo, frente al Templo
Adventista 7° Día, Casa 1626
Tegucigalpa
Tel. (504) 239 98 84

México
Avda. Río Mixcoac, 274
Colonia Acacias
03240 Benito Juárez
México D.F.
Tel. (52 5) 554 20 75 30
Fax (52 5) 556 01 10 67

Panamá
Vía Transísmica, Urb. Industrial Orillac,
Calle Segunda, local 9
Ciudad de Panamá
Tel. (507) 261 29 95

Paraguay
Avda. Venezuela, 276,
entre Mariscal López y España
Asunción
Tel./fax (595 21) 213 294 y 214 983

Perú
Avda. Primavera, 2160
Surco
Lima 33
Tel. (51 1) 313 40 00
Fax. (51 1) 313 40 01

Puerto Rico
Avda. Roosevelt, 1506
Guaynabo 00968
Puerto Rico
Tel. (1 787) 781 98 00
Fax (1 787) 782 61 49

República Dominicana
Juan Sánchez Ramírez, 9
Gazcue
Santo Domingo R.D.
Tel. (1809) 682 13 82 y 221 08 70
Fax (1809) 689 10 22

Uruguay
Juan Manuel Blanes, 1132
11200 Montevideo
Tel. (598 2) 402 73 42 y 402 72 71
Fax (598 2) 401 51 86

Venezuela
Avda. Rómulo Gallegos
Edificio Zulia, 1° – Sector Monte Cristo
Boleita Norte
Caracas
Tel. (58 212) 235 30 33
Fax (58 212) 239 10 51